BASTEI
LÜBBE

Taschenbücher von ORSON SCOTT CARD
im BASTEI-LÜBBE-Programm

24 115 Meistersänger
24 122 Die Stadt am Ende der Welt
24 140 Treason – der Spender-Planet
24 153 Xenozid
24 155 Ender

Die Heimkehr
24 167 Die Verlorene Erde
24 179 Der Ruf der Erde
24 195 Die Schiffe der Erde
24 211 Die Kinder der Erde

ORSON SCOTT CARD

DIE KINDER DER ERDE

Science Fiction Roman

Ins Deutsche übertragen
von Uwe Anton

BASTEI LÜBBE

BASTEI-LÜBBE-TASCHENBUCH
Band 24211

Erste Auflage:
April 1996

Deutsche Lizenzausgabe 1996
Bastei-Verlag
Gustav H. Lübbe GmbH & Co.,
Bergisch Gladbach
Originaltitel: Earthfall
Lektorat:
Wolfgang Neuhaus/Stefan Bauer
Titelbild: Keith Parkinson
Umschlaggestaltung:
Quadro Grafik, Bensberg
Satz: Fotosatz Schell, Hagen a.T.W.
Druck und Verarbeitung:
Brodard & Taupin,
La Flèche, Frankreich
Printed in France

ISBN 3-404-24211-4

Der Preis dieses Bandes
versteht sich einschließlich der
gesetzlichen Mehrwertsteuer.

Für Shane Bell,
einen guten Freund,
einen guten Schriftsteller,
einen guten Menschen.

Danksagungen

Für ihre Hilfe beim Schreiben dieses Buches danke ich:

Erin Absher, weil er die Dinge in Gang hielt, als im Hause Card eine Dauerkrise herrschte, so daß ich mich abseilen und diese erfundenen Geschichten schreiben konnte;

Geoffrey Card für die Löcher in den Bäumen, die zu den unterirdischen Tunnels führen;

Mike Lewis und Dennis Child für die Landmassen und das Gelände, wie sie in vierzig Millionen Jahren aussehen;

Clark und Kathy Kidd für ihren Eßzimmertisch, die Fahrt an den Strand mit einem gebrochenen Bein und Gespräche bei achtundvierzig Abendessen;

Jenen, die meine Tausend-Ideen-Session beim Science-Fiction-Symposium der BYU besucht haben, bei dem wir gemeinsam die ursprüngliche Idee der symbiotischen Kulturen der Wühler und der Engel entwickelt haben;

Kristine und Kathy, weil sie die Seiten gelesen und darauf geantwortet haben, kaum daß das Faxgerät sie ausgespuckt hatte; und Geoff, der wissen wollte, wie es weiterging;

Den Bewohnern von Hatrack River, meines virtuellen Viertels in der American Online, für ihre Kritik und Kommentare zu früheren Bänden der Serie und zu jedem neuen Kapitel, sobald ich es abgeschlossen hatte;

Scott Allen, weil er jede wichtige Software auf fünf Computern etwa sechsmal neu installiert hat;

Kathleen Bellamy, weil sie bei *Die Schiffe der Erde* Korrektur gelesen hat, unmittelbar bevor ich mit diesem Buch anfing, und mich auf alle Fragen hinweisen konnte, die unbeantwortet geblieben waren;

Und vor allem Kristine und den Kindern (Geoffrey, Emily, Charlie und unsere Neuankömmling Zina), weil sie mein Leben lebenswert machen und meiner Arbeit Sinn geben.

FAMILIÄRE

In Basilika

Rasas Kinder
mit Volemak, erster Ehevertrag:
Issib (Issja)
mit Gaballufix:
Sevet (Sevja)
Kokor (Koja)
mit Volemak, zweiter Ehevertrag:
Nafai (Njef)

Volemaks Kinder:
mit Hosni:
Elemak (Elja)
mit Kilvischevex:
Mebbekew (Meb)
mit Rasa:
Issib (Issja)
Nafai (Njef)

Töchter von Muuzh und Durstig:
Huschidh (Schuja)
Luet (Lutja)

Hosnis Söhne:
mit Zdedhnoi:
Gaballufix
mit Volemak:
Elemak

Auf der Reise geborene Kinder
(Mädchen kursiv)

Huschidh & Issib
Dza (Dazja)
Zaxodh – Xodhja
Duschah (Schjada)
Gonets (Netsja)
Skhoditja (Khodja)
Schjopot (Potja)

Luet & Nafai
Chveja – Veja
Zhatva (Zhjat)
Motiga (Motja)
Izuchaja (Zuja)
ZWILLINGE:
Serp (Sepja)
Spel (Spelja)

BEZIEHUNGEN

geborene Kinder

Kokor & Obring
Krasata (Krassja)
Schavaronok (Nokja)
Pavdin (Pavja)
Znergja (Gjaza)
Nodjem (Djema)

Dol & Mebbekew
Basilikja (Sjelsika, Skija)
Zalatoja (Toja)
Tihhi (Tija)
Muzhestvo (Muzhja)
Iskusni (Skunja)

Sevet & Vas
Vasnaminanja (Vasnja)
Umene (Umja)
Panimanja (Panja-Manja)

Schedemei & Zdorab
Padarok – Rokja
Dabrota (Dabja)

Rasa & Volemak
Ojkib (Okja)
Yasai (Yaja)
Tsennji (Nitsja)

Eiadh & Elemak
Protschnu (Proja)
Nadeschni (Nadja)
Yistina (Yista)
Peremenja (Menja)
Schivoja (Schivja)

PROLOG

Der Hauptcomputer des Planeten Harmonie war nicht mehr er selbst; besser gesagt, war er anders betrachtet zweimal er selbst. Er hatte sein Hauptprogramm und all seine persönlichen Erinnerungen kopiert und in den Computerkomplex an Bord des Raumschiffs Basilika *geladen. Hätte er irgendein Interesse an einer persönlichen Identität gehabt, hätte die Frage ihn verwirrt, welche Version des Programms sein wirkliches Ich darstellte. Doch er hatte kein Ego und nahm daher einfach zur Kenntnis, daß das Programm an Bord der* Basilika *als identische Kopie jenes Programms begann, welcher das menschliche Leben auf dem Planeten Harmonie vierzig Millionen Jahre lang überwacht hatte.*

Der Hauptcomputer erkannte des weiteren, daß die beiden Kopien sich von dem Augenblick an, da sie voneinander getrennt wurden, zu verändern begannen. Sie hatten nun unterschiedliche Aufträge. Der Hauptcomputer des Raumschiffs Basilika *würde die Lebenserhaltung und die Schiffssysteme in Betrieb halten, bis das Schiff seinen Bestimmungsort erreicht hatte, den Planeten Erde. Dann würde er sein Bestes geben, um mit dem Hüter der Erde in Verbindung zu treten, neue Anweisungen und jede Hilfe zu erhalten, die die Erde anbieten konnte, um anschließend wieder zurückzukehren, um den Hauptcomputer von Harmonie zu ergänzen und mit neuem Leben aufzufrischen. Im Laufe dieser Mission würde er versuchen, die menschliche Besatzung des Schiffes am Leben zu erhalten und, wenn möglich, eine menschliche Bevölkerung neu auf der Erde anzusiedeln.*

Der Hauptcomputer des Planeten Harmonie hatte eine viel einfachere und doch viel schwierigere Aufgabe zu bewältigen. Eine einfachere, weil es sich dabei lediglich um eine Fortführung dessen handelte, was er schon vierzig Millionen Jahre lang getan hatte – auf die Menschen von Harmonie achtzugeben und zu verhindern, daß sie sich gegenseitig umbrachten. Eine schwierigere, weil seine Systeme, die bereits ständig ausgebessert worden waren, um länger als die vorgesehenen zehn Millionen Jahre zu halten, immer häufiger versagten und die Menschen mittlerweile immer weniger auf die Kräfte reagierten, mit denen der Computer ausgestattet worden war.

Die Reise würde pro Strecke fast einhundert Jahre dauern. Aufgrund der relativistischen Auswirkungen würde die Zeit bis zum Erreichen der Erde einigen Menschen an Bord lediglich wie zehn Jahre vorkommen. Die meisten Menschen würden sich jedoch in einer Art Winterschlaf befinden, und die Reise würde ihnen wie ein ungewöhnlich erholsamer, traumloser Schlaf vorkommen, bei dem sie nicht einmal alterten.

Für den Hauptcomputer des Planeten Harmonie würde die Dauer der Reise jedoch nur genau das sein: eine Zeitspanne. Er würde nicht unruhig werden. Er würde nicht die Tage zählen. Er würde praktisch einen Wecker stellen, der ihn auf den frühest möglichen Zeitpunkt der Rückkehr hinwies. Erst dann würde er nach der Basilika *Ausschau halten. Nachdem das Raumschiff gestartet war, würde der Hauptcomputer des Planeten Harmonie erst wieder an die* Basilika *denken, sobald dieser Wecker klingelte.*

Doch der Hauptcomputer des Raumschiffs Basilika *würde daran denken. Und er schmiedete bereits Pläne, wie er all seine Aufgaben erfüllen sollte.*

ERSTER TEIL

FALLS ICH ERWACHEN SOLLTE, BEVOR ICH STERBE

1

Streit mit Gott

Vusadka: der Ort, an dem Menschen zum erstenmal einen Fuß auf den Planeten Harmonie setzten, nachdem ihre Raumschiffe sie hierher gebracht hatten. Die Schiffe landeten dort; die ersten Kolonisten gingen von Bord und pflanzten Getreide im üppigen Boden südlich der Landefläche an. Schließlich verließen alle Kolonisten die Schiffe und zogen weiter; die Schiffe blieben zurück.

Sich selbst überlassen, wären die Schiffe schließlich verrostet, verrottet, verwittert. Doch die Menschen, die zu diesem Planeten kamen, hatten einen Blick für die Zukunft. Eines Tages werden unsere Nachkommen diese Schiffe vielleicht benötigen, sagten sie. Also umschlossen sie die Landestelle mit einem Stasisfeld. Kein vom Wind getriebener Staub, kein Regen oder andere Niederschläge, kein direktes Sonnenlicht oder ultraviolette Strahlung konnte diese Schiffe beeinträchtigen. Sauerstoff, das korrosivste aller Gifte, wurde aus der Atmosphäre innerhalb der Kuppel entfernt. Der Hauptcomputer des Planeten Harmonie – von den Nachkommen dieser ersten Kolonisten »Überseele« genannt – hielt alle Menschen von der großen Insel fern, auf der die Schiffe abgestellt waren. Innerhalb dieser schützenden Blase warteten die Raumschiffe vierzig Millionen Jahre lang.

Doch nun war die Blase verschwunden. Die Luft war atembar. Auf dem Landefeld erklangen wieder Stimmen menschlicher Wesen. Und nicht nur die der ernsten Erwachsenen, die dieses Gelände zuerst betreten hatten – viele derjenigen, die von einem Schiff zum anderen oder von einem Gebäude zum anderen eilten, waren Kinder. Sie alle arbeiteten hart und bauten aus den Schiffen funktionsfähige Teile aus, um eins davon in ein funktionierendes Raumschiff zu verwandeln. Und wenn das Schiff, das sie *Basilika* nannten, bereit war, voll ausgerüstet und beladen, würden sie zum letztenmal hineinsteigen und diese Welt verlassen, auf der über eine Million Generationen ihrer Vorfahren gelebt hatten, um zur Erde zurückzukehren, dem Planeten, auf dem die menschliche Zivilisation entstanden war – aber nicht einmal zehntausend Jahre überdauert hatte.

Was ist die Erde für uns? fragte Huschidh sich, als sie die Kinder und Erwachsenen bei der Arbeit beobachtete. Warum nehmen wir solche Mühen auf uns, um dorthin zurückzukehren, obwohl Harmonie unsere Heimat ist? Die Bande, die wir vielleicht einmal mit dieser Welt gehabt haben, sind in all den dazwischenliegenden Jahren doch gewiß durchtrennt worden.

Und dennoch würden sie aufbrechen, weil die Überseele sie dazu auserwählt hatte. Weil sie all ihre Leben beeinflußt und manipuliert hatte, um sie zu dieser Zeit an diesem Ort zusammenzubringen. Oftmals war Huschidh froh, daß die Überseele sie mit solcher Aufmerksamkeit bedacht hatte, während sie es zu anderen Gelegenheiten verabscheute. Denn Huschidh war nie in Ruhe gelassen worden und hatte nie die Gelegenheit bekommen, selbst zu bestimmen, welchen Verlauf ihr Leben nehmen sollte.

Doch wenn wir keine Verbindungen zur Erde haben, haben wir zu Harmonie kaum eine stärkere, ging es ihr durch den Kopf. Und von allen Menschen hier erkannte sie allein, daß diese Beobachtung nicht nur bildlich, sondern wortwörtlich zutraf. Sämtliche Menschen hier waren auserwählt worden, weil sie für die geistigen Mitteilungen der Überseele besonders empfänglich waren. Bei Huschidh nahm diese Empfänglichkeit sogar eine seltsame Form an. Sie konnte Personen ansehen und erkannte sofort die Stärke der Beziehungen, die sie mit allen anderen Menschen in ihrem Leben verband. Für Huschidh war es wie eine Vision in wachem Zustand: Sie sah die Beziehungen wie Lichtschnüre, die eine Person an andere fesselte.

Zum Beispiel Luet, ihre jüngere Schwester, die einzige Blutsverwandte, die Huschidh während der Jahre ihres

Heranwachsens gekannt hatte. Als Huschidh sich im Schatten ausruhte, ging Luet vorbei, ihre Tochter Chveja direkt hinter ihr, um denen das Mittagessen zu bringen, die im Raumschiff an den Computern arbeiteten. Stets hatte Huschidh ihre Verbindung mit Lutja als die eine große Sicherheit in ihrem Leben betrachtet. Sie waren aufgewachsen, ohne zu wissen, wer ihre Eltern waren, praktisch als Fürsorgefälle in Rasas großer Schule in der Stadt Basilika. Doch alle Ängste, alle Geringschätzungen, alle Ungewißheiten waren zu ertragen, weil es Lutja gab, die mit Huschidh durch Stricke verbunden war, die nicht deshalb schwächer waren, weil sie außer Huschidh niemand sehen konnte.

Es gab natürlich auch andere Verbindungen. Huschidh erinnerte sich gut daran, wie schmerzlich es gewesen war, das Band zu beobachten, das sich zwischen Luet und ihrem Gatten Nafai entwickelte, einem lästigen jungen Mann, der manchmal mehr Begeisterung als Verstand an den Tag legte. Zu ihrem Erstaunen schwächte Lutjas neue Verbindung mit ihrem Gatten das Band mit Huschidh aber nicht; und als Huschidh ihrerseits Nafais Vollbruder Issib heiratete, wurde das Band zwischen ihr und Luet noch stärker, als es in ihrer Kindheit gewesen war – was Huschidh nie für möglich gehalten hätte.

Als Luet und Chveja nun an ihr vorbeigingen, sah Huschidh sie also nicht nur als Mutter und Tochter, sondern auch als zwei Lichtwesen, die durch ein dickes, leuchtendes Seil miteinander verbunden waren. Es gab keine stärkere Verbindung als diese. Chveja liebte auch ihren Vater Nafai; aber die Verbindung zwischen Kindern und ihren Vätern war stets zögerlicher. Es lag in der Natur der menschlichen Familie: Wenn es um Fürsorglichkeit, Trost, die sichere Grundlage ihres Lebens ging, wandten Kinder sich stets an ihre Mutter. Von den Vätern hingegen erwarteten sie ein Urteil, hofften auf Anerkennung, fürchteten Mißbilligung. Dies bedeutete, daß die Väter im Leben ihrer Kinder eine ebenso bedeutsame Stellung einnahmen. Doch ganz gleich, wie liebevoll und fürsorglich der Vater war – in dieser Beziehung lag fast immer ein Element der Furcht, denn der Vater wurde zum Brennpunkt aller Versagensängste des Kindes. Natürlich gab es hier und da Ausnahmen. Doch Huschidh hatte die Erfahrung gemacht, daß in den meisten Fällen die Verbindung mit der Mutter die stärkste und hellste war.

Bei ihren Gedanken über die Mutter-Tochter-Beziehung hätte Huschidh beinahe übersehen, worauf es wirklich ankam. Erst als Luet und Chveja das Raumschiff betreten hatten und außer Sicht waren, begriff Huschidh, was beinahe völlig gefehlt hatte: Lutjas Bande mit *ihr*.

Aber das war unmöglich. Nach all diesen Jahren? Und warum sollte die Verbindung jetzt schwächer sein? Sie hatten keinen Streit gehabt. Soweit Huschidh wußte, standen sie sich so nah wie eh und je. Waren sie während all der langen Kämpfe zwischen Luets Gatten und dessen böswilligen älteren Brüdern nicht stets Verbündete gewesen? *Was* hatte sich geändert?

Huschidh folgte Luet ins Schiff und entdeckte sie auf der Kommandobrücke, auf der Issib, Huschidhs Gatte, sich mit Luets Gattem Nafai über die computerisierten Lebenserhaltungssysteme besprach. Computer hatten Huschidh nie interessiert – ihre Aufmerksamkeit galt der Wirklichkeit, Menschen aus Fleisch und Blut, keinen künstlichen Gebilden, die als Nullen und Einsen bestanden. Manchmal war sie der Ansicht, daß Männer sich gerade ihrer Unwirklichkeit wegen dermaßen für Computer begeistern konnten. Im Gegensatz zu Frauen und Kindern konnte man Computer völlig beherrschen. Daher verspürte Huschidh eine geheime Freude, wenn sie beobachtete, daß Issja oder Njef sich über irgendein absichtlich stures Programm ärgerten, bis sie schließlich den Programmierungsfehler fanden. Sie argwöhnte zudem, daß Issja im tiefsten Innern glaubte, daß ein Fehler in der Programmierung des Kindes vorläge, wenn eins ihrer Kinder absichtlich eigensinnig war. Huschidh wußte jedoch, daß es sich um keinen Fehler handelte, sondern um eine Seele, die sich selbst finden wollte. Wann immer sie versuchte, Issja dies zu erklären, bewölkte dessen

Blick sich, und er floh so schnell wie möglich zurück zu seinen Computern.

Doch heute lief alles ganz glatt. Luet und Chveja breiteten das Mittagsmahl für die Männer aus. Huschidh hatte nichts besonderes zu tun und half ihnen dabei. Doch als Luet dann davon sprach, die anderen zum Essen rufen zu müssen, die im Schiff arbeiteten, ignorierte Huschidh geflissentlich die Andeutung und zwang Luet und Chveja auf diese Weise, die Leute selbst zu rufen.

Issib mochte ein Mann sein und mitunter Computer Kindern vorziehen, aber er war auch sehr aufmerksam. Luet und Chveja waren kaum fort, als er auch schon fragte: »Wolltest du mit mir sprechen, Schuja, oder mit Njef?«

Sie küßte ihren Mann auf die Wange. »Natürlich mit Njef. Ich weiß schon alles, was du denkst.«

»Sogar, bevor *ich selbst* es weiß«, sagte Issib mit spöttischer Verärgerung. »Na ja, wenn du dich allein mit ihm unterhalten willst, wirst *du* gehen müssen. Ich habe zu tun und werde auf keinen Fall den Raum verlassen, in dem das Essen auf mich wartet.«

Er erwähnte nicht, daß es ihm mehr Schwierigkeiten bereitete, sich zu erheben und zu bewegen. Obwohl seine Flossen in der Umgebung der Raumschiffe arbeiteten, so daß er nicht an seinen Stuhl gefesselt war, forderte jede größere körperliche Bewegung Issib eine beträchtliche Anstrengung ab.

Njef beendete seine derzeitige Arbeit – er hatte gerade irgendeinen Kode eingegeben –, erhob sich von seinem Stuhl und führte Huschidh auf den Gang hinaus. »Was gibt es?« fragte er.

Huschidh kam direkt zur Sache. »Du weißt doch, wie ich die Dinge sehe«, sagte sie.

»Du meinst die Beziehungen zwischen den Leuten? Ja, ich weiß.«

»Ich habe heute etwas sehr Beunruhigendes gesehen.«

Er wartete, daß sie fortfuhr.

»Luet ist ... na ja, abgeschnitten. Nicht von dir. Nicht von Chveja. Aber von allen anderen.«

»Was bedeutet das?«

»Ich weiß es nicht«, sagte Huschidh. »Ich kann keine Gedanken lesen. Aber es macht mir Sorgen. *Du* bist nicht abgeschnitten. Du bist noch immer – der Himmel weiß, warum – mit Banden der Liebe und Treue sogar deinen widerwärtigen älteren Brüdern verbunden, und auch deinen Schwestern und ihren traurigen kleinen Gatten ...«

»Wie ich sehe, hast auch du die höchste Achtung vor ihnen«, sagte Njef trocken.

»Ich sage ja nur, daß Luet früher etwas von demselben ... was auch immer es ist ... Gefühl der Verpflichtung für die ganze Gemeinschaft gehabt hat. Sie war mit allen verbunden. Nicht wie du; aber mit den Frauen vielleicht sogar noch stärker. Eindeutig stärker. Sie war praktisch die Vertreterin der Frauen. Seit man in Basilika feststellte, daß sie eine Wasserseherin ist, hatte sie diese Rolle inne. Aber das ist jetzt nicht mehr so.«

»Ist sie wieder schwanger? Das dürfte eigentlich nicht der Fall sein. Niemand sollte bei unserem Start schwanger sein.«

»Nein, so ist es nicht. Es ist nicht der Rückzug in sich selbst, wie er bei Schwangeren auftritt.« Huschidh war überrascht, daß Nafai sich tatsächlich daran erinnerte. Huschidh hatte nur einmal, vor Jahren, erwähnt, daß die Verbindungen von Schwangeren mit allen Personen in ihrer Umgebung schwächer wurden, während ihre Aufmerksamkeit sich nach innen richtete, auf das Kind. Aber so war Nafai nun mal. Tage-, wochen-, monatelang erweckte er den Eindruck, ein unbeholfener, übergroßer Heranwachsender zu sein, der dazu neigte, zur falschen Zeit das Falsche zu sagen, und den Eindruck erweckte, sich nie der Gefühle anderer bewußt zu sein. Und dann merkte man plötzlich, daß er die ganze Zeit sehr aufmerksam gewesen war; daß ihm praktisch alles auffiel, und daß er sich auch daran erinnerte. Da fragte man sich unwillkürlich, ob er dann, wenn er unhöflich war, unhöflich sein *wollte*. Huschidh hatte noch keine Antwort darauf gefunden.

»Wie ist es dann?«

»Ich dachte, du könntest es *mir* sagen«, entgegnete Huschidh. »Hat Luet irgend etwas gesagt, das darauf schließen läßt, sie könne sich von allen außer dir und euren Kindern absondern?«

Er zuckte mit den Achseln. »Vielleicht hat sie etwas gesagt, und ich habe nicht darauf geachtet. Ich achte nicht immer auf so etwas.«

Schon die Tatsache, daß er dies so leichthin dahersagte, erweckte Argwohn bei Huschidh. Nafai achtete *stets* darauf; also *war* es ihm aufgefallen. Er wollte nur nicht mit Huschidh darüber sprechen.

»Was auch immer es ist«, sagte Huschidh, »du und sie, ihr seid nicht einer Meinung darüber.«

Nafai schaute sie böse an. »Warum fragst du mich überhaupt, wenn du sowieso nicht glaubst, was ich sage?«

»Ich hoffe noch immer, daß du eines Tages zu dem Schluß kommen wirst, ich sei deiner würdig, und du könntest mir deine innersten Geheimnisse anvertrauen.«

»He, was sind wir heute aber empfindlich«, sagte Nafai.

Immer, wenn er sich wie ein kleiner Bruder aufführte, konnte Huschidh ihn am wenigsten ausstehen. »Ich muß Luet bei Gelegenheit mal sagen, daß sie einen schweren Fehler gemacht hat, als sie diese Frauen davon abhielt, dich zu töten, nachdem du in Basilika den heiligen See überquert hast.«

»Ganz meine Meinung«, sagte Nafai. »Dann wäre mir das Elend erspart geblieben, dich so sehr leiden zu sehen, weil du meine Schwägerin bist.«

»Ich würde lieber jeden Tag ein Kind zur Welt bringen, so schlimm ist das«, sagte Huschidh.

Er grinste sie an. »Ich würde mich darüber freuen«, sagte er. »Ich weiß wirklich nicht, warum Luet sich von allen anderen absondert. Aber ich halte es für gefährlich; deshalb werde ich darauf achten.«

Also nahm er sie doch ernst, wenngleich er ihr nicht verraten wollte, was er für das Problem hielt. Nun, auf mehr hatte sie auch nicht hoffen können. Nafai mochte im Augenblick zwar der Anführer ihrer Gemeinschaft sein, doch er war es nicht deshalb, weil er eine besondere Begabung dafür hatte. Elemak, Nafais ältester Bruder, war der geborene Anführer. Nafai hatte lediglich die Macht zur Herrschaft bekommen, weil er die Überseele auf seiner Seite hatte – oder besser gesagt, weil die Überseele Nafai auf *ihrer* Seite hatte. Die Autorität fiel ihm nicht leicht, und er wußte nicht immer genau, was er damit anfangen sollte – und was nicht. Er machte Fehler. Huschidh konnte nur hoffen, daß sein Zögern ihr gegenüber keiner dieser Fehler war.

Potja war bestimmt schon hungrig. Huschidh mußte zurück nach Hause. Weil sie sich um ein Kleinkind zu kümmern hatte, war sie von den meisten Pflichten im Zusammenhang mit den Startvorbereitungen entbunden worden. Der Starttermin war ihrer Schwangerschaft wegen sogar verschoben worden. Sie und Rasa waren als letzte Frauen schwanger geworden, bevor sie herausgefunden hatten, daß während der Reise niemand schwanger sein durfte, weil die Chemikalien und die niedrige Temperatur, die fast alle Passagiere während der Reise im Tiefschlaf hielten, mit einem Embryo schreckliche Dinge anstellen würden. Rasas Baby, ein kleines Mädchen, dem sie den allzu süßen Namen Tsennji gegeben hatte – das bedeutete »kostbar« –, war einen Monat vor Huschidhs drittem Sohn und sechstem Kind geboren worden. Schjopot hatte sie ihn genannt. »Flüstern«. Potja war der Kosename, der Schnellname, der im letzten Augenblick gekommen war, wie der Hauch einer Nachricht von der Überseele. Das letzte Flüstern in ihrem Herzen, bevor sie diese Welt für immer verließ. Issib war der Name komisch vorgekommen, aber er war besser als »kostbar«. Diesen Namen betrachteten sie beide als Anzeichen dafür, daß Rasa jedes Maß und Urteil verloren hatte. Potja wartete, Potja hatte Hunger; Huschidhs Brüste verrieten ihr dies mit einiger Dringlichkeit.

Doch als sie das Schiff verließ, begegnete sie Luet, die sie fröhlich begrüßte und so klang wie immer, so liebevoll und nett wie eh und je. Huschidh wollte ihr eine Ohrfeige geben.

Belüge mich nicht! Tue nicht wie immer, wo ich doch weiß, daß du dich in deinem Herzen von mir abgesondert hast! Wenn du unsere liebevolle Nähe wie eine Maske auf- und absetzen kannst, werde ich nie wieder Freude daran haben können.

»Was ist los?« fragte Luet.

»Was soll denn los sein?« fragte Huschidh.

»Du trägst dein Herz auf deinem Gesicht«, sagte Luet, »zumindest für mich. Du bist wütend auf mich, und ich weiß nicht, warum.«

»Führen wir dieses Gespräch nicht gerade jetzt«, sagte Huschidh.

»Was ist denn? Was habe ich getan?«

»Das genau ist die Frage, die ich gern beantwortet hätte. Was hast du getan? Oder was willst du tun?«

Das war es. Das leichte Zucken von Luets Lidern, ihr Zögern, bevor sie eine Reaktion zeigte, so, als wolle sie überlegen, welche Reaktion sie zeigen sollte. Huschidh wußte, daß Luet irgend etwas vorhatte. Sie plante etwas. Und was auch immer es war, es verlangte von ihr, daß sie sich gefühlsmäßig von allen anderen in der Gruppe absonderte.

»Nichts«, sagte Luet. »Ich bin heute nicht anders als alle anderen auch, Huschidh. Ich ziehe meine Kinder groß und mache meine Arbeit zur Vorbereitung für unsere Reise.«

»Was immer du vorhast, Lutja«, sagte Huschidh, »tue es nicht. Die Sache ist es nicht wert.«

»Du weißt ja nicht einmal, wovon du sprichst.«

»Stimmt. Aber *du* weißt es. Und ich sage dir noch einmal – die Sache ist es nicht wert, dich von allen anderen abzusondern. Sie ist es nicht wert, dich von *mir* abzusondern.«

Luet schaute betroffen drein, und zumindest das war keine Heuchelei. Es sei denn, *alles* war Heuchelei. Diesen Gedanken konnte Huschidh nicht ertragen.

»Schuja«, sagte Luet. »Hast du das gesehen? Stimmt es? Ich habe es nicht gewußt, aber vielleicht ist es wahr. Vielleicht habe ich mich schon abgesondert von ... oh, Schuja.« Luet warf die Arme um Huschidh.

Zögernd – aber warum zögere ich? fragte sie sich – erwiderte Huschidh die Umarmung.

»Ich werde es nicht tun«, sagte Luet. »Ich werde *nichts* tun, das mich von dir trennt. Ich kann nicht glauben, daß ich ... kannst du nicht etwas dagegen tun?«

»Dagegen tun?« fragte Huschidh.

»Du weißt schon, wie du es bei Raschgallivaks Männern getan hast, als sie damals in Tante Rasas Schule eindrangen, um ihre Töchter zu verschleppen. Du hast die Loyalität seiner Männer von ihm abgewandt und ihn gestürzt, einfach so. Erinnerst du dich nicht daran?«

Doch, Huschidh erinnerte sich. Aber das war einfach gewesen; denn sie hatte gesehen, daß die Bande zwischen Rasch und seinen Männern sehr schwach waren, und es hatte nur einiger treffender Worte und überzeugender Gesten bedurft, um den Männern Verachtung für Rasch einzuflößen und sie dazu zu bringen, sich auf der Stelle von ihm abzuwenden. »Das ist nicht dasselbe«, sagte Huschidh. »Ich kann Menschen nicht dazu *veranlassen*, etwas zu tun. Ich konnte Raschs Leuten ihre Loyalität nehmen, weil sie Rasch in Wirklichkeit *ohnehin* nicht folgen wollten. Ich kann deine Bande zu uns nicht wiederherstellen. Das mußt du schon selbst tun.«

»Aber ich will es doch«, sagte Luet.

»Was geht hier vor sich?« fragte Huschidh. »Erkläre es mir einfach.«

»Das kann ich nicht«, sagte Luet.

»Warum nicht?«

»Weil *nichts* vor sich geht.«

»Aber irgend etwas *wird* vor sich gehen, nicht wahr?«

»Nein!« sagte Luet, und nun klang sie wütend, unerbittlich. »Es wird *nichts* geschehen. Und deshalb gibt es nichts zu besprechen.« Mit diesen Worten floh Luet die Leiter hinauf, die zur Zentrale des Schiffes führte, wo die Mahlzeit wartete und die anderen sich versammelten.

Da wußte Huschidh, daß es die Überseele war. Die Überseele hatte Luet befohlen, etwas zu tun, was sie nicht tun wollte. Und wenn sie es tat, würde es sie von allen anderen trennen. Von allen – außer ihrem Mann und ihren Kindern. Um was ging es? Was hatte die Überseele vor?

Und was immer es auch war – warum hatte die Überseele Huschidh nicht darin eingeschlossen?

Zum erstenmal stellte Huschidh fest, daß sie die Überseele für einen Feind hielt. Zum erstenmal erkannte sie, daß sie der Überseele keine große Treue und Loyalität entgegenbrachte. Bloßes Mißtrauen hatte diese Bande aufgelöst. Was tust du mir und meiner Schwester an, Heilige? Was auch immer es ist, höre damit auf.

Doch sie bekam keine Antwort. Nur Schweigen.

Die Überseele hat Luet auserwählt, irgend etwas zu tun, und nicht *mich*. Was soll Luet tun? Ich muß es wissen. Denn wenn es etwas Schreckliches ist, muß ich es verhindern.

Luet gefiel das Gebäude nicht, in dem sie zur Zeit wohnten. Überall harte Oberflächen, glatt und leblos. Sie vermißte das Holzhaus in ihrem kleinen Dorf Dostatok, in dem sie acht Jahre lang gewohnt hatten, bevor ihr Gatte den uralten Raumhafen Vusadka gefunden und für sie geöffnet hatte. Und davor hatte sie, soweit sie sich zurückerinnern konnte, in Rasas Haus in Basilika gewohnt. Stadt der Frauen, Stadt der Anmut; Luet sehnte sich manchmal nach den Nebeln des verborgenen und heiligen Sees, nach dem Lärm auf den gut besuchten Märkten, nach den endlosen Reihen der Gebäude, die über die Straßen hinausragten. Aber dieser Ort – hatten seine Erbauer ihn jemals für schön befunden? Hatten sie gern in solchen toten Häusern gewohnt?

Und doch *war* es ein Zuhause, denn hier versammelten sich ihre Kinder, um zu schlafen und zu essen; hierher kam Nafai stets spät am Abend, um sich neben ihr müde auf ihrem Bett zusammenzurollen. Und wenn die Zeit kam, das Raumschiff zu betreten, das sie *Basilika* genannt hatten, würde sie auch diesen Ort zweifellos vermissen, die Erinnerungen an hektische Arbeit und aufgeregte Kinder und unbegründete Ängste. *Falls* die Ängste sich als unbegründet erweisen sollten.

Zur Erde zurückzukehren – was bedeutete das, wenn seit Millionen von Jahren kein Mensch mehr dort gewesen war? Und diese Träume, die immer wieder zu ihnen kamen, Träume von riesigen Ratten, die mit einer boshaften Intelligenz ausgestattet zu sein schienen. Träume von fledermausähnlichen Geschöpfen, die zwar Verbündete zu sein schienen, aber trotzdem unvorstellbar häßlich waren. Selbst die Überseele wußte nicht, was diese Träume bedeuteten oder warum der Hüter der Erde sie ihnen schickte. Doch unter dem Strich zog Luet aus ihrer aller Träume von der Erde den Schluß, daß dieser Ort kein Paradies sein würde, wenn sie dort eintrafen.

Aber in Wirklichkeit machte ihr – und wohl auch allen anderen, wie sie vermutete – die Reise als solche Angst. Hundert Jahre schlafen? Um dann angeblich zu erwachen, ohne einen Tag älter geworden zu sein? Das kam ihr wie ein Märchen vor, wie die Geschichte von dem armen Mädchen, das sich den Finger an einem Mausezahn stach und einschlief, nur um herauszufinden, daß alle reichen und schönen Mädchen zu fetten, alten Frauen geworden waren, als es dann erwachte, und daß sie die jüngste und schönste von allen war. Aber noch immer arm. Das war ein seltsamer Schluß, hatte Luet immer gedacht, daß das Mädchen arm geblieben war. Es müßte eine Abwandlung dieser Geschichte geben, wo der König das Mädchen seiner Schönheit wegen auswählte, statt die reichste Frau zu heiraten, um in den Besitz ihrer Mitgift zu kommen. Aber das hatte nichts damit zu tun, worüber sie sich nun Sorgen machte. Warum waren ihre Gedanken so weit abgeschweift? Ach ja. Weil sie an die Reise gedacht hatte. Daran, sich auf dem Schiff schlafen zu legen, damit das Lebenserhaltungssystem Nadeln in sie stechen und sie für die Reise einfrieren konnte. Woher sollten sie alle wissen, daß sie nicht einfach sterben würden?

Na ja, sie hätten schon tausendmal sterben können, seitdem in Basilika alles zerfallen war. Statt dessen hatten sie bis jetzt überlebt, und die Überseele hatte sie zu diesem Ort geführt. Und bislang lief alles eigentlich ganz gut. Sie hatten ihre Kinder. Sie hatten es weit gebracht. Niemand war gestorben oder auch nur ernsthaft verletzt worden. Seit Nafai von der Überseele den Mantel des Herrn der Sterne bekommen hatte, verhielten sich sogar Elemak und Mebbekew, seine haßerfüllten älteren Brüder, einigermaßen kooperativ – und es war allseits bekannt, daß sie den Gedanken *verabscheuten*, zur Erde zurückzukehren.

Warum also war die Überseele so wild entschlossen, alles zu verderben?

›Ich bin wild entschlossen, euer Leben zu retten, das deine und das deines Gatten.‹ Hier, an diesem Ort, an dem die Überseele tatsächlich wohnte, hörte Luet ihre Stimme viel leichter, als es in Basilika je der Fall gewesen war.

»Der Mantel des Herrn der Sterne wird Nafai schützen«, murmelte Luet. »Und er wird uns schützen.«

›Und wenn er alt ist? Wenn Elemak seine Söhne gelehrt hat, euch und eure Kinder zu hassen? Es ist simple Mathematik, Luet. Sobald eure Gemeinschaft sich spaltet – und diese Spaltung *wird* kommen – stehen auf der einen Seite Elemak und seine vier Söhne, Mebbekew und sein Sohn, Obring und seine beiden Söhne, Vas und sein Sohn. Vier starke Erwachsene, acht Knaben. Und wer steht auf eurer Seite? Dein Gatte natürlich. Aber wer sind seine Verbündeten? Sein Vater Volemak?‹

»Alt«, murmelte Luet.

›Ja, zu alt. Und Issib ist von Geburt an ein schwacher Krüppel. Der einzige andere erwachsene Mann ist Zdorab – und wie willst du wissen, auf welcher Seite er steht?‹

»Selbst wenn er Nafai unterstützt, zählt seine Hilfe nicht viel.«

›Also erkennst du das Problem. Selbst mit deinen vier Söhnen, Issibs dreien und Volemaks zweien könnt ihr nicht gerade ein starkes Heer bilden. Und Elemak wird sowieso bald zuschlagen, bevor die Kinder alt genug sind, um eine Rolle zu spielen. Also stehen vier starke und brutale Männer gegen einen Mann, der *nicht* stark und brutal ist.‹

»Nur falls es Nafai nicht gelingt, alle zusammenzuhalten.«

»Elemak wartet nur seine Zeit ab. Ich *weiß* es. Daher *wirst* du ihn überzeugen, das zu tun, was ich dir gezeigt habe.‹

»Überzeuge *du* ihn doch.«

›Er wird nicht auf mich hören.‹

»Weil er weiß, daß dein Plan zu einer Katastrophe führen wird. Er würde genau das verursachen, das du angeblich verhindern willst.«

›Natürlich wird es einigen Ärger geben ...‹

»Ärger! Ach, nur ein wenig. Wir erreichen die Erde, und alle Erwachsenen erwachen aus dem Tiefschlaf, nur um herauszufinden, daß Nafai und Luet – upps! – irgendwie vergessen haben, sich ebenfalls in den Tiefschlaf zu versetzen, und daß – noch einmal upps! – sie es irgendwie geschafft haben, daß ein Dutzend der älteren Kinder während der gesamten zehn Jahre der Reise mit ihnen wach geblieben sind. Verstehst du also, meine liebe Schwester Schuja? Als du dich schlafen gelegt hast, war deine Tochter Dza erst acht Jahre alt, aber jetzt ist sie achtzehn und mit Padarok verheiratet, der mittlerweile übrigens siebzehn ist – tut uns leid, Schedemei und Zdorab, wir wußten doch, ihr habt nichts dagegen, daß wir euren einzigen Sohn für euch großziehen. Und da diese Kinder ja nun mal nicht geschlafen haben, haben wir sie natürlich die ganze Zeit unterrichtet, so daß sie jetzt Experten auf allen Gebieten sind, auf denen sie sich auskennen müssen, um unsere Kolonie aufzubauen. Sie sind auch schon groß und stark genug, um die Arbeit von Erwachsenen zu erledigen. Aber – und nochmal upps! – keins *eurer* Kinder, Eiadh und Kokor und Sevet und Dol, keins *eurer* Kinder hat *irgendeine* Ausbildung bekommen. *Ihr* habt noch immer kleine Kinder, die keine große Hilfe sein werden.«

›Wie ich sehe, hast du jeden Aspekt des Plans durchdacht. Warum siehst du nicht ein, daß er sowohl notwendig als auch fehlerlos ist?‹

»Sie werden wütend sein«, sagte Luet. »Sie werden uns

alle hassen – Volemak und Rasa und Issib und Schuja und Schedemei und Zdorab, weil wir ihnen ihre ältesten Kinder gestohlen haben. Und die anderen werden uns hassen, weil wir *ihren* Kindern diesen Vorteil *nicht* gewährt haben.«

›Ja, sie werden wütend sein. Aber diejenigen, die meine treuesten Freunde sind, werden bald die Notwendigkeit einsehen, daß ihre Kinder älter und stärker sein müssen. Dies verändert das Gleichgewicht der körperlichen Macht in der Gemeinschaft. Es wird euch alle am Leben halten.‹

»Sie werden immer davon überzeugt sein, daß die Gemeinschaft lediglich auseinandergebrochen ist, weil Nafai und ich etwas so Schreckliches getan haben. Sie werden uns hassen und uns Vorwürfe machen und uns ganz bestimmt nie wieder *vertrauen*.«

›Ich werde ihnen sagen, daß es meine Idee war.‹

»Und sie werden sagen, daß du nur ein Computer bist und natürlich nicht wissen kannst, wie und was Menschen empfinden. Aber daß *wir* es gewußt haben, und daß *wir* uns hätten weigern sollen.«

›Vielleicht hättet ihr euch weigern sollen. Aber ihr werdet es nicht tun.‹

»Ich habe mich bereits geweigert. Ich weigere mich jetzt erneut.«

›Du weigerst dich mit deinem Mund und deinem Verstand. Doch Huschidh hat in deinem Herzen gesehen, daß du dich bereits darauf vorbereitest, mir zu gehorchen.‹

»Nein!« rief Luet.

»Mutter?« Es war Chvejas Stimme, die durch die Tür von Luets Zimmer drang.

»Was ist, Veja?«

»Mit wem sprichst du?«

»Mit mir selbst, in einem Traum. Reine Torheit. Schlaf weiter.«

»Ist Vater schon zu Hause?«

»Er ist noch bei Issib im Schiff.«

»Mutter?«

»Schlaf jetzt, Chveja. Ich meine es ernst.«

Sie hörte das schlurfende Geräusch von Chvejas Sandalen auf dem Boden. Was hatte Chveja gehört? Seit wann lauschte sie schon an der Tür?

›Sie hat alles gehört.‹

Warum hast du mich nicht gewarnt?

›Warum hast du laut gesprochen? Ich verstehe deine Gedanken.‹

Weil meine Gedanken klarer sind, wenn ich laut spreche, deshalb. Was hast du vor? Willst du Chveja dazu bringen, deinen Plan auszuführen?

›Da du mit Nafai nicht darüber sprechen willst, habe ich Chveja aufgeweckt. Sie sollte hören, was du sagst. Sie wird es ihm erzählen.‹

Warum hast du nicht einfach selbst mit ihm gesprochen?

›Er will nicht auf mich hören.‹

Weil er ein sehr kluger Mann ist. Deshalb liebe ich ihn.

›Er braucht eine andere Sicht der Dinge. Du hättest sie ihm am besten vermitteln können. Chveja wird genügen.‹

Laß ja meine Kinder in Ruhe.

›Deine Kinder sind eigenständige Persönlichkeiten. Als du in Chvejas Alter gewesen bist, warst du bereits als Wasseherin von Basilika bekannt. Mir ist nicht aufgefallen, daß du dich damals über meine enge Beziehung zu dir beschwert hast. Und ich scheine mich zu entsinnen, daß du dich gefreut hast, als Chveja zum erstenmal Träume vom Hüter der Erde bekam.‹

»Wenn ich mir überlege, daß ich dich einmal für einen … einen *Gott* gehalten habe …«

›Und wofür hältst du mich jetzt?‹

»Wenn ich nicht wüßte, daß du ein Computerprogramm bist, würde ich sagen, du bist ein aufdringliches, ekelhaftes altes Miststück.«

›Sei ruhig wütend auf mich, wenn du willst. Das verletzt meine Gefühle nicht. Ich verstehe dich sogar. Aber du mußt die großen Zusammenhänge sehen, Luet. Ich sehe sie.‹

»Ja, du siehst so große Zusammenhänge, daß dir kaum auffällt, wie du das Leben von kleinen Eintagsfliegen wie uns zerstörst.«

›Ist dein Leben bislang so schrecklich gewesen?‹

»Sagen wir mal .... es ist nicht wie erwartet verlaufen.«

›Aber ist es so schrecklich gewesen?‹

»Halt endlich die Klappe und laß mich in Ruhe.«

Luet warf sich auf dem Bett zurück und versuchte zu schlafen.

Doch sie dachte immer wieder daran: Huschidh hat gesehen, daß ich mit den anderen unserer Gemeinschaft nicht mehr verbunden bin. Das heißt, ich hege irgendwo in meinem Herzen bereits die unbewußte Absicht, den Auftrag der Überseele auszuführen. Also kann ich auch gleich aufgeben und es bewußt tun.

Ja, ich tue es und verbringe dann den Rest meines Lebens mit dem Wissen, daß meine Schwester und Tante Rasa und die liebe Schedemei mich alle hassen werden und ich ihren Haß absolut und uneingeschränkt verdient habe.

2

Das Antlitz des Alten

Alle rechneten damit, daß Kitis diesjährige Skulptur ein Porträt seines Ander-Ichs sein würde, kTi. Das war auch Kitis Absicht – bis zu dem Augenblick, da er am Flußufer den Ton fand und sich an die Arbeit machte, indem er ihn mit dem Speer aufbrach und lockerte. Kein junger Mann im Dorf war besser gelitten als kTi; in keinen setzte man größere Hoffnungen. Es hieß, daß eine der großen Damen ihn als Ehemann erwählen und ihm eine Lebensehe anbieten würde; ein außergewöhnlicher Vorgang bei einem so jungen Mann. Wäre es dazu gekommen, wäre Kiti als kTis Ander-Ich ebenfalls in die Ehe übernommen worden. Schließlich waren er und kTi ja identisch, und da spielte es keine Rolle, wer von ihnen der Erzeuger eines besonderen Kindes sein würde.

Aber Kiti wußte, daß er und kTi nicht identisch waren. Oh, ihre Körper waren gleich, wie bei jedem anderen Geburtspaar. Da etwa bei einem Viertel aller Geburtspaare beide Individuen bis zur geschlechtlichen Reife überlebten, war es gar nicht so selten, zwei identische junge Männer vorzufinden, die sich den Damen des Dorfes anboten, um als Paar akzeptiert oder abgelehnt zu werden. Der Brauch und die Höflichkeit schrieben also vor, daß jedermann Kiti denselben Respekt erwies wie seinem Ander-Ich. Aber alle wußten, daß kTi und nicht Kiti ihren Ruf erworben hatte, klug und stark zu sein.

Doch es war nicht völlig zutreffend, daß kTi das gesamte Verdienst zufiel, clever zu sein. Wenn die beiden gemeinsam flogen, eine der Herden des Dorfes hüteten, nach Teufeln Ausschau hielten oder Krähen von den Maisfeldern verjagten, sagte Kiti oft: Diese Ziege wird bestimmt dort entlang gehen, oder: Diesen Baum werden die Teufel wahrscheinlich benutzen wollen. Und am Anfang ihrer berühmtesten Heldentat war es Kiti gewesen, der gesagt hatte: Laß mich so tun, als läge ich verletzt auf diesem Ast, während du mit deinem Speer auf jenem höheren Ast dort wartest. Doch wenn die Geschichte erzählt wurde, schien es immer kTi zu sein, der an alles dachte. Warum sollten die Leute also etwas anderes annehmen? Stets war es kTi, der handelte; stets war es kTi, dessen Kühnheit den Erfolg gewährleistete, während Kiti ihm folgte, ihm half, ihn manchmal rettete, ihm aber nie voranging.

Natürlich konnte er das niemandem erklären. Es wäre zutiefst beschämend für einen Teil eines Geburtspaars gewesen, seinem Ander-Ich den Ruhm nehmen zu wollen. Und außerdem war die Regelung, soweit es Kiti betraf, vollkommen fair. Denn ganz gleich, wie gut eine von Kitis Ideen gewesen sein mochte, stets setzte erst kTis Kühnheit sie in die Tat um.

Warum war es so gekommen? Kiti mangelte es nicht an Mut, oder? Flog er nicht immer auf ihren gewagtesten Abenteuern direkt neben kTi? War es nicht Kiti gewesen, der zitternd auf einem Ast sitzen und so tun mußte, als wäre er verletzt und hätte schreckliche Angst, während er die schwachen Geräusche hörte, mit denen sich im Baumstamm eine Teufeltür öffnete, und das leise Kratzen, mit denen sich die Hände und Füße des Teufels auf dem Ast hinter ihm einen Zentimeter um den anderen voranbewegten? Warum begriff niemand, daß der größte Mut darin bestand, still dort zu sitzen, zu warten und darauf zu vertrauen, daß kTi noch rechtzeitig mit seinem Speer kam? Nein, die Geschichte, die im Dorf erzählt wurde, drehte sich lediglich um kTis wagemutigen Plan, um kTis Triumph über den Teufel.

Es war böse von mir, so wütend zu sein, dachte Kiti. Deshalb wurde mein Ander-Ich mir genommen. Deshalb hat der Sturm uns im Freien überrascht. kTis Füße und Finger löste der Wind vom Ast, kTi wurde in den Himmel befördert, um mit den Göttern zu fliegen. Kiti war dessen nicht würdig, und deshalb hielt sein Griff um den Ast, bis Wind davonging. Es war, als wolle Wind ihm sagen: Du hast dein Ander-Ich beneidet, also habe ich euch auseinandergerissen, um dir zu zeigen, wie unwürdig du ohne kTi bist.

Deshalb hatte Kiti vor, das Gesicht seines Ander-Ichs zu formen. Und genau deshalb konnte er es letztlich nicht. Denn wollte er kTis Gesicht formen, hätte er auch sein eigenes Gesicht formen müssen, und das konnte er in seiner tiefen Unwürdigkeit nicht ertragen.

Und doch mußte er irgend etwas formen. Der Speichel floß bereits in seinem Mund, um den Ton zu befeuchten, um daran zu lecken, ihn zu glätten und der fertigen Skulptur eine schimmernde Patina zu geben. Aber es wäre ruchlos, so kurz nach kTis Tod nicht das Gesicht seines Ander-Ichs zu formen. Man würde dies als Mangel an natürlicher Zuneigung betrachten. Die Damen würden glauben, er habe seinen Bruder nicht geliebt, und deshalb seinen Samen nicht in ihrer Familie haben wollen. Nur eine schlichte, einfache Frau würde sich ihm anbieten. Und er würde, überwältigt vom Tonfieber, dieses Angebot wie ein eifriger Junge akzeptieren, und sie würde seine Kinder zur Welt bringen, und er würde sie von da an Jahr um Jahr ansehen und daran denken müssen, daß er der Vater so niederer Kinder war, weil er es nicht hatte über sich bringen können, das Gesicht seines geliebten kTis zu formen.

Ich habe ihn geliebt, beharrte er stumm. Mit ganzem Herzen habe ich ihn geliebt. Bin ich ihm nicht dorthin gefolgt, wohin er gehen wollte? Habe ich ihm nicht immer wieder mein Leben anvertraut? Habe ich ihn nicht immer wieder gerettet, wenn seine Ungeduld ihn in Gefahr gebracht hatte? Habe ich ihn nicht sogar zur Umkehr gedrängt? Ein Sturm zieht auf! Komm, suchen wir einen Zufluchtsort! Wir müssen Schutz finden! Was für eine Rolle spielt es schon, ob wir den Teufelweg auf diesem Flug oder dem nächsten finden? Kehren wir um, kehren wir um! Und er wollte nicht. Er hat mich ignoriert, als gäbe es mich gar nicht, als wäre ich *nichts*, als hätte ich nicht mal eine Stimme, wenn es um mein Überleben ging, geschweige denn um das seine.

Der Ton wurde feucht, ballte sich zusammen und floß bereits in seinen Händen, doch genauso viele Tränen wie Speichel befeuchteten ihn. O Wind, du hast mein Ander-Ich genommen, und jetzt kann ich sein Gesicht nicht im Ton finden. Gib mir eine Form, o Wind, falls ich würdig bin! O Mais, falls ich dir Töchter schenken soll, auf daß sie deine Felder hüten, gib meinen Fingern Wissen, selbst wenn mein Verstand abgestumpft ist. O Regen, fließe mit meinem Speichel und meinen Tränen und lasse den Ton unter meinen Händen leben! O Erde, du tief verbrennende Mutter, mach meine Knochen klug, denn eines Tages werden sie wieder dir gehören. Laß mich dir andere Knochen bringen, junge Knochen, Kindknochen aus deinem Ton, o Erde! Laß mich dir junge Schwingen in deine Hände geben, o Wind! Laß mich neue Getreidekörner des Lebens für dich machen, o Mais! Laß mich neue Wassertrinker bringen, neue Weiner, neue Bildhauer, die du schmecken kannst, o Regen!

Doch trotz seines Flehens brachten die Götter keine Form unter seine Hände.

Seine Tränen blendeten ihn. Sollte er aufgeben? Sollte er in den Himmel der Trockenzeit hinauffliegen und nach irgendeinem fernen Dorf suchen, das einen kräftigen Mann gebrauchen konnte, und Da'aqebla nie wiedersehen? Oder sollte seine Verzweiflung sogar noch weiter gehen? Sollte er den Ton aus den Händen legen und trotzdem am Flußufer bleiben, bloßgestellt, damit die ihn beobachtenden Teufel sehen konnten, daß er keine Skulptur in sich hatte? Dann würden sie ihn wie ein Kleinkind in ihre Höhlen holen und ihn bei lebendigem Leibe verschlingen, damit er im Augenblick seines Todes sehen konnte, wie die Teufelkönigin sein Herz aß. Das wäre das richtige Ende für ihn. In die Hölle hinabgetragen, weil er nicht würdig war, von Wind in den Himmel gehoben zu werden. Dann würde kTi alle Ehre zufallen, und er müßte sie nicht mit seinem niederen, unwürdigen Ander-Ich teilen.

Seine Finger arbeiteten, obwohl er nicht sehen konnte, was sie formten.

Und während sie arbeiteten, hörte er auf, sein eigenes Versagen zu betrauern, denn ihm wurde klar, daß auf einmal eine Form unter seinen Händen war. Sie wurde ihm gegeben

– auf eine Art und Weise, von der er bislang nur gehört hatte. Als er als Kind mit den anderen Knaben im Spiel Ton geformt hatte, war er jedesmal der geschickteste gewesen; doch nie hatte er gefühlt, daß die Götter seine Hände geleitet hatten. Was er schuf, war stets seinem eigenen Verstand und Gedächtnis entsprungen.

Nun aber wußte er nicht, was unter seinen Händen wuchs, jedenfalls zuerst nicht. Doch bald schon trauerte er nicht mehr, hatte er keine Angst mehr, wurde sein Blick wieder klar, und er sah. Es war ein Kopf. Ein seltsamer Kopf. Nicht der Kopf einer Person oder eines Teufels oder irgendeines Geschöpfes, das Kiti je zuvor gesehen hatte. Er hatte eine hohe Stirn, und seine Nase war spitz, haarlos und glatt, und die Nasenlöcher öffneten sich nach unten. Was für einen Sinn konnte so eine Schnauze haben? Die Lippen waren dick, der Kiefer war unglaublich stark, und das Kinn stand vor, als konkurriere es mit der Nase, dieses Wesen in die Welt hinauszuführen. Die Ohren waren abgerundet und saßen mitten auf den Seiten des Kopfes. Was für ein Geschöpf schaffe ich da? Warum entsteht unter meinen Händen etwas so Häßliches?

Dann kam ihm plötzlich die Antwort in den Sinn: Das ist ein Alter.

Seine Schwingen zitterten, während seine Hände sicher und stark fortfuhren, die Einzelheiten des Gesichts zu formen. Ein Alter. Woher wußte er das? Niemand hatte je einen Alten gesehen. Nur hier und dort, in einigen geschützten Höhlen, fand man mitunter einige unerklärbare Überreste ihrer Zeit auf der Erde. Da'aqebla hatte nur drei solcher Überreste, und Da'aqebla war eins der ältesten Dörfer. Wie konnte er es wagen, den Damen des Dorfes zu erklären, daß dieser groteske, mißgebildete Kopf, den er schuf, der eines Alten war? Sie würden ihn auslachen. Nein, sie würden wütend darüber sein, daß er sie für so töricht hielt, eine so unsinnige Behauptung zu glauben. Wie können wir deine Skulptur beurteilen, wenn du darauf bestehst, etwas zu schaffen, das nie eine lebende Seele gesehen hat? Du hättest besser daran getan, den Ton in einem formlosen Klumpen liegen zu lassen und zu behaupten, es sei die Skulptur eines Flußsteins!

Trotz seiner Zweifel bewegten seine Hände und Finger sich weiterhin. Er wußte, ohne es zu wissen, daß Haar auf dem knochigen Wulst über den Augen sein mußte, und daß der Pelz des Kopfes lang und daß sich eine Vertiefung mitten unter der Nase befinden mußte, die zur Lippe hinabführte. Und als er fertig war, wußte er nicht, wieso er wußte, daß er fertig war. Er betrachtete, was er geschaffen hatte, und war entsetzt darüber. Es war häßlich, fremd und viel zu groß. Doch genau so mußte es sein.

Was habt ihr mit mir gemacht, o Götter?

Er saß ganz still da und betrachtete den Kopf des Alten, als die Damen in großer Höhe herbeigeschwebt kamen und zum Flußufer herabstießen. An den Rändern befanden sich die Männer, deren Skulpturen bereits begutachtet worden waren. Kiti kannte die Männer natürlich allesamt und konnte sich gut vorstellen, wie ihre Arbeiten aussahen. Ein paar von ihnen waren Gatten, und da ihre Damen lebenslang mit ihnen verheiratet waren, standen ihre Skulpturen nicht mehr im Wettstreit mit denen der anderen. Einige von ihnen waren jung, wie Kiti, und boten zum erstenmal Skulpturen feil – und an ihren Armesündermienen erkannte Kiti, daß sie nicht den erhofften Eindruck erzielt hatten. Dennoch hatte das Tonfieber alle Männer befallen, und so sahen sie ihn oder seine Skulptur kaum an; ihre Blicke waren auf die Damen gerichtet.

Die Damen betrachteten seine Skulptur schweigend. Einige von ihnen traten zur Seite, um sie aus einem anderen Winkel zu studieren. Kiti wußte, daß seine Skulptur handwerklich außergewöhnlich gut geraten und ihre Größe beinahe schon dreist war. Er spürte, wie das Tonfieber sich in seinem Innern rührte, und alle Damen kamen ihm wunderschön vor. Er nahm ihre skeptischen Gesichter mit Schrekken war – er sehnte sich jetzt danach, daß sie ihn erwählten.

Schließlich wurde das Schweigen gebrochen. »Was soll

das sein?« flüsterte eine Dame. Kiti hielt nach der Stimme Ausschau. Es war Upua, eine Dame, die nie geheiratet und sich seit einigen Jahren nicht mal mehr gepaart hatte. Das hatte ihr den Ruf eingebracht, überheblich zu sein; es hieß, Upua sei von allen Damen am schwierigsten zufriedenzustellen. Natürlich würde sie die Dame sein, die ihn vor allen anderen befragte.

»Es wuchs unter meinen Händen«, sagte Kiti. Er wagte es nicht, ihnen zu verraten, worum es sich in Wirklichkeit handelte.

»Alle dachten, du würdest dein Ander-Ich ehren«, sagte eine andere Dame, die von Upuas verächtlicher Frage ermutigt worden war.

Die schwierigste Frage. Er wagte es nicht, ihr auszuweichen. Aber wagte er es, ihr die Wahrheit zu sagen? »Das wollte ich auch. Aber es war auch mein Gesicht, und ich war nicht würdig, mein Gesicht aus Ton zu schaffen.«

Leises Gemurmel erklang. Einige hielten das Argument für töricht; andere hielten es für eine Täuschung; einige dachten darüber nach.

Schließlich hatten die Damen sich entschieden. »Nichts für mich.« – »Häßlich.« – »Sehr seltsam.« – »Interessant.« Doch wie ihr Urteil auch ausfiel, sie alle flogen los, stiegen auf und kreisten, ließen sich schließlich zu den Ästen des nächsten Baumes treiben. Die Männer, die wegen der vollständigen Zurückweisung des angeblich talentierten Kiti zweifellos Triumph empfanden, gesellten sich dort zu ihnen.

Schließlich standen nur noch Kiti und Upua am Flußbett.

»Ich weiß, was das ist«, sagte Upua.

Kiti wagte nicht zu antworten.

»Das ist der Kopf eines Alten«, sagte sie.

Ihre Stimme wurde bis zu den Damen und Männern auf den Ästen getragen. Sie hörten Upua, und viele schnappten nach Luft oder pfiffen erstaunt.

»Ja, Dame Upua«, sagte Kiti, beschämt darüber, daß seine Arroganz aufgeflogen war. »Aber es wurde mir unter meine

Hände gegeben. Ich hatte nie vor, ein solches Ding zu schaffen.«

Upua schwieg lange Zeit, ging um die Skulptur herum, umkreiste sie immer wieder.

»Der Tag ist kurz!« rief eine der führenden Damen von ihrem Ausguck in den Bäumen.

Upua schaute erschrocken zu ihr hinauf. »Es tut mir leid«, sagte sie. »Ich wollte dies hier sehen und mich daran erinnern, denn die Götter haben uns ein großes Geschenk gemacht, indem sie uns das Antlitz der Alten zeigen.«

Einige lachten über diese Worte. War Upua wirklich der Ansicht, Kiti könne etwas schaffen, das nie zuvor jemand gesehen hatte?

Sie drehte sich zu Kiti um, den das Tonfieber mittlerweile dermaßen erhitzte, daß er sich kaum davon abhalten konnte, sich vor Upuas Füßen zu Boden zu werfen und sie zu bitten, sich mit ihm zu paaren.

»Heirate mich«, sagte sie.

Er hatte sie bestimmt falsch verstanden.

»Heirate mich«, wiederholte sie. »Von jetzt an bis zu meinem Tode will ich nur deine Kinder haben.«

»Ja«, sagte er.

Seit tausend Jahren war kein anderer Mann mehr so sehr geehrt worden. Bei der ersten Skulptur bereits ein Eheangebot, und das auch noch von einer Dame von solchem Ansehen? Viele der anderen – Damen wie auch Männer – waren außer sich. »Unsinn, Dame Upua«, sagte eine andere der führenden Damen. »Du setzt die Institution der Ehe herab, indem du sie einem so jungen Mann anbietest, und das auch noch für eine so lächerliche Skulptur.«

»Die Götter haben ihm das Antlitz eines Alten gegeben. Kommt alle her und betrachtet diese Skulptur noch einmal. Wir werden erst nach zwei Liedern von hier aufbrechen, damit wir alle uns an das Antlitz des Alten erinnern und unseren Kindern erzählen können, was wir an diesem Tag gesehen haben.«

Und da Upua die Dame war, welche die Ehe angeboten

hatte, und die an diesem Ort akzeptiert worden war, mußten die anderen ihr für den Zeitraum von zwei Liedern zu Willen sein. Sie betrachteten den Kopf des Alten, und Kiti und Upua gingen gemeinsam auf ewig in den Legendenschatz des Dorfes Da'aqebla ein. Sie gingen auch die Ehe ein, und Kiti, der vor kurzem noch bei dem Gedanken, der Gatte einer so angsteinflößenden Dame zu sein, gezittert hätte, sollte bald erfahren, daß Upua eine freundliche und liebevolle Frau war und daß es ihm nur Freude bringen würde, ihr ein aufmerksamer und beschützender Gatte zu sein. Danach vermißte er kTi zwar noch gelegentlich, aber nie wieder würde er denken, daß Wind ihn bestraft habe, indem er ihn nicht mit kTi in den Himmel getragen hatte.

Doch an diesem Tag wußten sie noch nicht, was die Zukunft bringen würde. Sie wußten nur, daß Kiti der kühnste Bildhauer war, der je gelebt hatte, und da seine Kühnheit ihm eine Dame zur Frau gewonnen hatte, stieg er sofort in der Achtung der anderen. Er war fürwahr kTis Ander-Ich, und obwohl man kTi von ihnen genommen hatte, würden sein Mut und seine Klugheit in Kiti weiterleben, bis sie sich im Alter zu Stärke und Weisheit wandeln würden.

Als die beiden Lieder verstrichen waren, und als die Schar der Damen und Männer sich erhob und zum nächsten Mann weiterflog, tauchten dunkle Gestalten aus den Schatten der Bäume auf. Auch sie gingen um die seltsame Skulptur herum, hoben sie schließlich auf und trugen sie davon, obwohl die Skulptur außergewöhnlich groß und schwer war und die Fremden sie nicht verstanden.

3

Geheimnisse

Es rutschte einfach so heraus. Chveja hatte nicht vor, irgend jemandem zu sagen, was sie am vergangenen Abend hinter Mutters Tür gehört hatte. Sie konnte ein Geheimnis bewahren. Selbst ein so schlimmes Geheimnis wie die Tatsache, daß Mutter die Absicht hatte, Dazja während der Reise erwachsen werden und Rokja heiraten zu lassen. Was hatte *das* zu bedeuten? Daß Chveja Proja oder sonstwen heiraten mußte? Das wäre doch schön, oder nicht? Er sollte Dazja heiraten; dann konnten die beiden herrischsten Kinder sich gegenseitig nach Herzenslust herumkommandieren. Warum wollte Chvejas eigene Mutter, daß Dazja den besten Jungen bekam, der kein doppelter Vetter ersten Grades war?

Chveja dachte noch immer darüber nach, als Dazja sie wegen irgendeiner blöden Sache anschrie – weil sie eine Tür offenstehen gelassen hatte, die Dazja geschlossen haben wollte, oder sie geschlossen hatte, obwohl Dazja wollte, daß sie offen blieb – und Chveja einfach damit herausplatzte. »Ach, halt doch die Klappe, Dazja. Du wirst während der Reise sowieso erwachsen und heiratest Rokja. Da kannst du mir doch wenigstens die Entscheidung über Türen überlassen.«

Und es war nicht Chvejas Schuld, daß Rokja in diesem Augenblick zufällig mit seinem Vater hereinkam. Sie trugen Körbe mit Brot, das für die Reise gefroren werden sollte.

»Was redest du da?« fragte Rokja. »Ich würde *keine* von euch beiden heiraten.«

Es war nicht Rokjas Reaktion, die Chveja Sorgen bereitete, sondern die des kleinen Zdorab, Rokjas Vater. »Warum denkst du darüber nach, wer Padarok heiraten wird?« fragte Zdorab.

»Er ist nun mal der einzige, der kein Vetter oder so was ist«, sagte Chveja errötend.

»Veja denkt immer nur ans Heiraten«, sagte Dazja. Dann fügte sie hilfreich hinzu: »Sie ist krank im Kopf.«

»Du bist erst acht Jahre alt«, sagte Zdorab und lächelte vergnügt. »Wie kommst du darauf, daß während der Reise jemand heiratet?«

Chveja hielt die Klappe und zuckte mit den Achseln. Sie wußte, daß sie nichts von dem hätte wiederholen sollen, was sie hinter der Tür ihrer Mutter gehört hatte. Vielleicht würden Zdorab und Rokja und Dazja die Sache vergessen, wenn sie nichts mehr sagte, und dann würde Mutter nie erfahren, daß Chveja sie belauscht hatte und ein Plappermaul war.

Elemak hörte Zdorab teilnahmslos zu. Mebbekew war nicht so ruhig. »Ich hätte es wissen müssen. Er hat vor, uns unsere Kinder zu stehlen!«

»Das bezweifle ich«, sagte Elemak.

»Du hast ihn doch gehört!« rief Mebbekew. »Du glaubst doch nicht, daß *Chveja* sich diesen Plan ausgedacht hat, Kinder während der Reise wach zu halten, damit sie erwachsen werden, oder?«

»Du hast nicht verstanden«, sagte Elemak. »Ich bezweifle, daß Njef dafür *unsere* Kinder auswählen würde.«

»Warum denn nicht? Dann hätte er zehn Jahre Zeit, ihre Gedanken zu vergiften und sie gegen uns aufzuhetzen.«

»Würde er mir das antun, würde ich ihn töten«, sagte Elemak. »Und das weiß er.«

»Und er weiß, daß *ich* ihn nicht töten würde«, sagte Zdorab. »Stellt euch das vor – er erzählt seiner Tochter davon, läßt uns gegenüber aber nicht mal die leiseste Andeutung fallen.«

Elemak dachte kurz darüber nach. Solche Achtlosigkeit mochte bei Nafai vielleicht nicht ungewöhnlich sein, doch er bezweifelte es trotzdem. »Wißt ihr, vielleicht ist es ja gar nicht Nafais Plan. Es könnte der von Chvejas Mutter sein. Vielleicht vermißt die Wasserseherin den Einfluß, den sie in Basilika gehabt hat.«

»Vielleicht gefällt ihr die Vorstellung, eine Schule zu leiten, wie ihre Mutter es getan hat«, sagte Mebbekew.

»Aber können wir überhaupt etwas dagegen unternehmen?« fragte Zdorab. »Er hat den Mantel des Herrn der Sterne. Er hat den Index. Er beherrscht das Schiff. Ganz gleich, was er sagt – was soll ihn davon abhalten, während der Reise unsere Kinder aufzuwecken und zu tun, was immer er will?«

»Die Nahrungsvorräte sind nicht unerschöpflich«, sagte Elemak. »Er kann nicht alle aufwecken.«

»Denk doch mal darüber nach«, sagte Mebbekew. »Was ist, wenn wir aufwachen, und sein Sohn Zhatva ist ein siebzehnjähriger Bursche? Njef war in diesem Alter schon ziemlich groß. Während unsere Kinder noch klein sind. Und Vaters zwei Nachzöglinge Ojkib und Yasai. Und dein Padarok, Zdorab.«

Zdorab lächelte schwach. »Padarok wird nicht so groß.«

»Er wird zum Mann werden«, sagte Mebbekew. »Der Plan ist nicht dumm. Er wird die Kinder während der Reise beeinflussen, damit sie die Dinge auf seine Weise sehen.«

Elemak nickte. Daran hatte er auch schon gedacht. »Die Frage ist, was können wir dagegen tun?«

»Selbst wach bleiben.«

Elemak schüttelte den Kopf. »Er hat bereits gesagt, daß das Schiff nicht eher starten wird, bis alle außer ihm schlafen.«

»Dann fliegen wir eben nicht mit!« sagte Mebbekew. »Soll er doch zur Erde aufbrechen! Sobald er fort ist, können wir unsere Familien nach Basilika zurückbringen.«

»Meb«, sagte Elemak, »hast du vergessen, daß wir nicht mehr reich sind? Das Leben in Basilika wäre armselig. Falls sie uns nicht ins Gefängnis werfen. Oder töten, sobald sie uns sehen.«

»Und die Reise wäre mit kleinen Kindern erbärmlich«, fügte Zdorab hinzu. »Ganz zu schweigen davon, daß Schedemei und ich das überhaupt nicht wollen.«

»Dann flieg doch mit Nafai«, sagte Mebbekew. »Mir doch egal, was du tust.«

Elemak vernahm Mebbekews Worte mit Abscheu. Was für ein Narr er doch war! Zdorab hatte ihnen erzählt, was Chveja gesagt hatte. Zdorab war nie zuvor ihr Verbündeter gewesen. Doch nun, da seine Kinder bedroht wurden, bot sich ihnen die gute Gelegenheit, ihn endgültig auf ihre Seite zu ziehen. Dann würde Nafais Gruppe nur noch aus ihm selbst, Vater und Issib bestehen – mit anderen Worten aus Njef, dem alten Mann und dem Krüppel.

»Zdorab«, sagte Elemak, »ich nehme die Sache sehr ernst. Ich glaube, wir haben keine andere Wahl, als zum Schein bei Nafais Plänen mitzuspielen. Aber es gibt doch bestimmt eine Möglichkeit, in den Schiffscomputer zu kommen und ihn so einzustellen, daß er uns während der Reise weckt – zu einem Zeitpunkt, da Nafai glaubt, daß alles nach seinen Wünschen verläuft und er nicht mit uns rechnet. Die Tiefschlafkammern sind weit von den Wohnquartieren des Schiffes entfernt. Was hältst du davon?«

»Ich halte das für dumm«, sagte Mebbekew. »Hast du vergessen, was der Schiffscomputer *ist*?«

»Ist er es wirklich?« fragte Elemak, an Zdorab gewandt. »Ist der Schiffscomputer mit der sogenannten Überseele identisch?«

»Nun ja«, sagte Zdorab, »wenn man genau darüber nachdenkt, vielleicht nicht. Ich meine, die Überseele wurde installiert, *nachdem* die Sternenschiffe hier gelandet sind. Er lädt einen Teil von sich in die Schiffscomputer, ist damit aber nicht so vertraut wie mit der Hardware, die er seit vierzig Millionen Jahren bewohnt.«

»*Er*«, murmelte Mebbekew verächtlich. »*Es*, meinst du doch.«

Elemak wandte den Blick keinen Augenblick von Zdorabs Gesicht ab.

»Hm«, machte Zdorab. »Ich bin mir nicht sicher. Aber ich glaube nicht, daß die ursprünglichen Reisenden ... Ich meine, sie werden doch kaum ihr *eigenes* Leben der Überseele anvertraut haben. Es war die nächste Generation, nicht sie selbst. Also sind die Schiffscomputer vielleicht ...«

»Und vielleicht, wenn du klug vorgehst ...«, sagte Elemak.

»Eine Fehlschaltung«, sagte Zdorab. »Es gibt ein Kalenderprogramm, das die Ereignisse während der Reise festsetzt. Kurskorrekturen und so weiter. Aber ich kann mir vorstellen, daß die Überseele dieses Programm oft überprüft.«

»Denke darüber nach«, sagte Elemak. »Bei solchen Dingen bin ich wirklich nicht sehr gut.«

Zdorab blühte sichtbar auf. Damit hatte Elemak gerechnet. Wie alle schwachen und eifrig bemühten kleinen Männer schmeichelte es Zdorab, den Respekt eines Mannes wie Elemak zu erhalten, eines großen, starken Mannes, eines charismatischen und gefährlichen Anführers. Es war so leicht, ihn für sich einzunehmen. Nach all diesen Jahren, in denen Zdorab praktisch in Nafais Tasche gesteckt hatte, war es sogar erstaunlich leicht gewesen. Dazu war Geduld erforderlich. Abwarten. Keine Brücken hinter sich abbrechen.

»Ich zähle auf dich«, sagte Elemak. »Aber was du auch immer tust, sprich später nicht darüber. Nicht einmal mit mir. Wer weiß schon, was der Computer alles hören kann?«

»Dann hat er – zum Beispiel – auch alles gehört, was wir hier besprochen haben«, warf Mebbekew höhnisch ein.

»Wie ich schon sagte, Zdorab, gib dein Bestes. Vielleicht ist es unmöglich. Aber falls du *irgend etwas* tun kannst, ist das schon mehr, als Meb oder ich tun können.«

Zdorab nickte nachdenklich.

Jetzt gehört er mir, dachte Elemak. Ich habe ihn. Ganz gleich, was geschieht, Nafai hat ihn verloren – und das alles, weil er oder seine Frau vor ihren Kindern nicht den Mund halten konnten. Schwach und töricht, so war Nafai nun mal. Schwach, töricht und zur Führung ungeeignet.

Und wenn er irgend etwas unternahm, das Elemaks Kindern schadete, würde er nicht nur seine Führungsposition verlieren. Aber das war sowieso nur noch eine Frage der Zeit. Vielleicht erst nach Vaters Tod ... aber der Tag würde kommen, da alle Beleidigungen und Erniedrigungen vergolten werden würden. Ehrenvolle Männer vergeben ihrem lügenden, betrügenden, spionierenden und verräterischen Feind nicht.

»Gehen wir spazieren«, sagte Nafai zu Luet.

Sie lächelte ihn an. »Sind wir noch nicht müde genug?«

»Gehen wir spazieren«, wiederholte er.

Er führte sie aus dem Wartungsgebäude, in dem sie alle wohnten, über den harten, flachen Boden zum Landefeld. Er führte sie nicht zu den Raumschiffen, sondern auf die freie Fläche, bis sie von allen anderen weit entfernt waren.

»Luet«, sagte er.

»Oh«, sagte sie. »Wir sind wegen irgend etwas wütend.«

»Ich weiß nicht, wie es mit *dir* ist«, sagte er, »aber *ich* bin wütend.«

»Was habe ich getan?«

»Ich weiß nicht, ob du irgend etwas getan hast«, sagte er. »Aber Zdorab hat ein Weckdatum in den Schiffskalender eingefügt.«

»Warum sollte er so etwas tun?«

»Das Programm soll ihn wecken, wenn wir die Hälfte der Reise hinter uns haben. Ihn, Schedemei und Elemak.«

»Elemak?«

»Welchen Grund sollte Zdorab dafür haben?« fragte Nafai.

»Ich habe keine Ahnung«, sagte Luet.

»Tja, könntest du mal kurz darüber nachdenken? Fällt dir vielleicht irgend etwas ein, das es dir ermöglicht, dahinter zu kommen?«

Jetzt wurde Luet allmählich wütend. »Was soll das, Nafai? Wenn du irgend etwas weißt ... oder wenn du mir etwas vorwerfen willst ...«

»Aber ich weiß nichts«, sagte Nafai. »Die Überseele hat mich auf Zdorabs kleinen Weckplan hingewiesen. Und ich habe gefragt: Warum? Und sie hat gesagt: Frage Luet.«

Luet errötete. Nafai runzelte die Stirn. »Also«, sagte er. »Wird dir jetzt alles klar?«

»Die Überseele treibt ihre Spielchen mit uns.«

»Ach, wirklich?« sagte Nafai.

»Es sollte uns nicht überraschen«, sagte Luet. »Das hat sie doch schon die ganze Zeit über getan.«

»Würdest du mich vielleicht wissen lassen, um was für ein Spiel es sich diesmal handelt?«

»Es muß damit zusammenhängen, aber ich verstehe nicht ... o ja, doch. Chveja hat mich gehört.«

Nafai legte seine Finger an die Stirn. »Ah, jetzt ist mir alles klar. *Was* hat Chveja gehört?«

»Wie ich mit der Überseele sprach. Gestern abend. Über ... du weißt schon.«

»Nein, ich weiß es nicht.«

»Das kann doch nicht dein Ernst sein.«

»Mir wird von Minute zu Minute ernster zumute.«

»Du meinst, die Überseele hat das Thema bei dir nicht mal zur Sprache gebracht? Daß sie die Kinder auf der Reise wach halten will?«

»Mach dich doch nicht lächerlich. Wir haben nicht genug Vorräte, um alle wach zu halten. Die Reise dauert zehn Jahre!«

»Ich weiß nicht«, sagte Luet. »Die Überseele hat gesagt, wir hätten genug Vorräte, um dich und mich und zwölf der Kinder den größten Teil der Reise wach zu halten.«

»Und warum sollten wir das tun?« fragte Nafai. »Wir legen uns doch gerade deshalb in den Tiefschlaf, weil zehn Jahre an Bord eines Sternenschiffes unglaublich langweilig werden würden. Nicht mal *ich* habe vor, die ganze Zeit wach zu bleiben. Sollten unsere Kinder zehn Jahre ihres Lebens – mehr als die Hälfte! – damit verbringen, in diesem Metalltopf herumzusitzen?«

»Die Überseele hat mit dir gar nicht darüber gesprochen«, sagte Luet. »Das macht mich so wütend.«

Nafai schaute sie an und wartete auf eine Erklärung.

»Es würde sich um unsere Kinder handeln, um alle außer

den Zwillingen, und um Schujas bis zu Netsja, und Schedemeis Jungen und Mädchen, und um deine Brüder Ojkib und Yasai.«

»Warum nicht auch um die anderen Kinder?«

»Man kann nicht die ersten zwei Jahre seines Lebens in niedriger Schwerkraft verbringen.«

»Das kann doch nicht funktionieren«, sagte Nafai. »Selbst wenn die anderen sich einverstanden erklären würden, hätten die Kinder – außer den beiden von Schedjas – keine mehr in ihrem Alter, die sie heiraten könnten. Alle anderen wären Geschwister oder doppelte Vettern ersten Grades – bis auf Ojkib und Yasai. Die sind *einfache* Vettern ersten Grades.«

»Njef, ich habe es ihr immer und immer wieder gesagt. Glaubst du, ich wüßte nicht, was für eine dumme Idee das ist? Das muß Chveja gestern abend mitbekommen haben. Ich habe mit der Überseele gestritten.«

»Du mußt nicht laut mit der Überseele sprechen, Luet«, sagte er.

»Das ist mir aber lieber!« erwiderte sie.

»Na ja, was auch immer geschehen sein mag, Zdorab glaubt anscheinend, daß er gegen Mitte der Reise aufwachen und mich kontrollieren muß.«

»Ich kann mir vorstellen, daß er wütend ist«, sagte Luet.

»Wir können nur eins tun.« Nafai nahm sie bei der Hand. Sie kehrten zum Wartungsgebäude zurück.

Sie brauchten nur ein paar Minuten, alle Erwachsenen in der Küche um den großen Tisch herum zu versammeln, an dem sie abwechselnd ihre Mahlzeiten einnahmen. Wie üblich schaute Elemak ziemlich verärgert drein, während Mebbekew offen feindselig reagierte. »Was hat das zu bedeuten?« fragte er. »Können wir jetzt nicht mal mehr in Ruhe schlafen?«

»Wir müssen sofort etwas klarstellen«, sagte Nafai.

»Ach? Hat einer von uns etwas Böses getan?« fragte Meb höhnisch.

»Nein«, sagte Nafai. »Aber einige von euch glauben, daß Luet etwas vorhat – nein, wenn ich darüber nachdenke, glaubt ihr wahrscheinlich, daß *ich* etwas vorhabe, und ich möchte das sofort offen zur Sprache bringen.«

»Offenheit«, sagte Huschidh. »Endlich mal eine ganz neue Idee.«

Nafai beachtete sie nicht. »Anscheinend hat die Überseele versucht, Luet zu überreden, wir sollten während der Reise etwas Törichtes mit den Kindern anstellen.«

»Etwas Törichtes?« Volemak, Nafais Vater, schaute verwirrt drein.

»Ja«, sagte Nafai. »Zum Beispiel, sie während der Reise wachhalten.«

»Aber das wäre doch schrecklich langweilig für sie«, sagte Nafais ältere Schwester Kokor.

Nafai antwortete ihr nicht; sie schaute lediglich der Reihe nach die anderen an. Es freute ihn, daß sogar Elemak – der bestimmt von der Idee wußte, die Kinder wach zu halten, und dem gewiß klar war, was dies bedeutete – von Nafais Vorgehen ein wenig überrascht zu sein schien. »Ich weiß, daß einige von euch noch vor mir davon gewußt haben. Ich erfuhr es nur deshalb, weil die Überseele das Wecksignal gefunden hat, das du in den Schiffskalender eingegeben hast, Zdorab.«

Mebbekews schneller Blick auf Zdorab und sein ebenso schneller Blick zur Seite bestätigten, daß auch er von dem Wecksignal gewußt hatte. Wahrscheinlich hatte er sogar damit gerechnet, Zdorabs kleiner Wecker würde ihn mit den anderen aus dem Schlaf reißen. Aber Zdorab wußte natürlich, daß Mebbekew nutzlos sein würde. Wüßte Meb doch nur, welche Verachtung alle anderen ihm entgegenbrachten. Andererseits aber wußte er vielleicht doch davon – und dies war der Grund für seine unablässige Boshaftigkeit.

»Ich glaube, das war eine gute Idee, Zdorab«, sagte Nafai. »Natürlich hat die Überseele dein Wecksignal entfernt, aber ich werde ein neues einbauen. Zur Mitte der Reise werden alle Erwachsenen geweckt. Nur für einen Tag, damit ihr eure schlafenden Kinder sehen und euch davon überzeugen könnte daß sie noch in dem Alter sind, in dem ihr euch von ihnen verabschiedet habt. Eine bessere Möglichkeit, dafür zu sorgen, daß die Überseele in dieser Angelegenheit nicht ihren Willen bekommt, fällt mir nicht ein.«

Volemak kicherte. »Glaubst du wirklich, du könntest die Überseele täuschen?«

Luet ergriff das Wort. »Die Überseele versteht vieles, aber sie ist kein Mensch. Sie begreift nicht, was es für uns bedeuten würde, wenn man uns die Kindheit unserer Kinder nähme. Wie würdest du dich fühlen, Tante Rasa, wenn du aufwachst und feststellst, daß Okja und Yaja achtzehn- und siebzehnjährige Männer sind? Daß du all die Jahre dazwischen verpaßt hast?«

Rasa lächelte verkniffen. »Ich würde dem, der mir das angetan hat, niemals verzeihen. Auch der Überseele nicht.«

»Ich habe versucht, es der Überseele zu erklären. Manchmal versteht sie menschliche Gefühle nicht.«

»Manchmal?« murmelte Elemak.

»Ich ... ich habe laut gesprochen. In der Zurückgezogenheit meines Zimmers. Nafai hat bis spät in den Abend gearbeitet. Aber Chveja wurde wach und muß ziemlich lange gelauscht haben, bevor sie schließlich anklopfte.«

»Willst du damit sagen, daß *deine* Tochter eine *Petze* ist?« sagte Mebbekew und gab sich schockiert.

Luet sah ihn nicht an. »Chveja hat nicht verstanden, was sie gehört hat. Es tut mir leid, daß ich für soviel Unruhe gesorgt habe. Ich wußte, daß einige von euch davon wissen und einige nicht. Aber als Nafai vor ein paar Minuten davon erfahren hat, sind wir beide sofort hierher gekommen und ... na ja, hier sind wir.«

»Morgen kann Zdorab bestätigen, daß das Wecksignal auf die Mitte der Reise eingestellt ist«, sagte Nafai. »Es würde uns nur dann nicht wecken, wenn die Überseele es während der vielen Phasen ausschalten würde, in denen ich selbst schlafe. Aber das halte ich nicht für wahrscheinlich. Denn sobald ich dann erwache, würde ich selbst euch manuell wecken. Ich sage euch jetzt ein für allemal, daß mit dem Ablauf der Zeit keine Spiele getrieben werden. Unsere Kinder werden bei unserer Ankunft im selben Alter sein wie bei unserem Aufbruch. Der einzige, der während der Reise altert, werde ich sein – und glaubt mir, ich habe kein Interesse daran, mehr zu altern, als unbedingt nötig ist, um die sichere Funktion des Schiffes zu gewährleisten.«

»Warum mußt du überhaupt wach sein?« fragte Obring, Kokors Gatte, nach Nafais wohlüberlegter Meinung eine kleine Schlange von Mann.

»Die Schiffe wurden nicht dafür entworfen, von der Überseele gesteuert zu werden«, erklärte Nafai. »Das Programm der Überseele ist sogar erst fertig geschrieben worden, nachdem die ursprüngliche Flotte auf Harmonie eingetroffen ist. Die Computer hier können das Programm der Überseele zwar aufnehmen, aber kein einziges Programm ist imstande, sämtliche Computer an Bord des Schiffes gleichzeitig zu kontrollieren. Das ist eine Sicherheitsvorkehrung. Redundanz. Auf diese Weise können nicht alle Systeme gleichzeitig versagen. Außerdem gibt es noch einige Dinge, die ich von Zeit zu Zeit erledigen muß.«

»Die *irgend jemand* erledigen muß«, murmelte Elemak.

»Ich habe den Mantel«, sagte Nafai. »Und ich glaube, dieses Thema haben wir bereits vor längerer Zeit geklärt. Oder wollt ihr wirklich alte Argumente neu ausgraben?«

Offensichtlich wollte das niemand.

»Sohn«, sagte Volemak, »du wirst die Überseele nicht daran hindern können, das zu tun, von dem sie weiß, daß es das Richtige ist.«

»Die Überseele ist im Unrecht«, sagte Nafai. »So einfach ist das. Keiner von euch würde mir je verzeihen, würde ich der Überseele in dieser Sache gehorchen.«

»Das stimmt«, sagte Mebbekew.

»Und ich würde mir selbst auch nicht verzeihen«, sagte Nafai. »Also ist das Thema damit erledigt. Zdorab wird sich morgen den Kalender ansehen. Er und alle anderen, die es wünschen, können ihn sich unmittelbar vor dem Start noch einmal ansehen.«

»Das ist sehr freundlich von dir«, sagte Elemak. »Wir alle

können heute wahrscheinlich viel ruhiger schlafen, da wir nun wissen, daß hinter unserem Rücken keine Ränke geschmiedet werden. Danke, daß du so ehrlich und offen zu uns warst.« Er erhob sich vom Tisch.

»Nein«, sagte Volemak. »Ihr kommt mit dieser Rebellion gegen die Überseele nicht durch. Niemand kommt damit durch. Nicht einmal du, Nafai.«

»Du kannst die Sache so lange mit Nafai besprechen, wie du willst, Vater«, sagte Elemak. »Aber Edhja und ich gehen zu Bett.« Er entfernte sich vom Tisch, legte einen Arm um seine Frau und führte sie hinaus. Die meisten anderen folgten ihm – Kokor und ihr Gatte Obring, Sevet und ihr Gatte Vas, Meb und seine Frau Dolja. Auf dem Weg zur Tür blieben Huschidh und Issib stehen, um ein paar Worte mit Nafai und Luet zu wechseln. »Sehr gute Idee«, sagte Huschidh, »alle einfach zusammenzurufen. Es war sehr überzeugend. Leider hat Elemak dir kein Wort geglaubt. Du hast ihn also nur in seiner Überzeugung bestärkt, daß du unaufrichtig bist.«

»Danke für die schnelle Analyse«, sagte Luet mürrisch.

»Ich weiß sie zu schätzen«, warf Nafai schnell ein. »Ich gehe nicht davon aus, daß Elemak irgend etwas für bare Münze nimmt, das ich tue.«

»Ich wollte dir nur sagen«, fuhr Huschidh fort, »daß die Barriere zwischen dir und Elemak stärker und tiefer als irgendeine Verbindung zwischen zwei anderen Personen hier ist. Gewissermaßen ist das auch eine Art von Verbindung. Doch falls du geglaubt haben solltest, du könntest ihn mit dieser kleinen Szene heute für dich einnehmen ... das ist dir nicht gelungen.«

»Und was ist mit dir?« fragte Luet. »Hat sie dich eingenommen?«

Huschidh lächelte schwach. »Ich stelle noch immer fest, daß du außer von deinem Mann und deinen Kindern von allen anderen getrennt bist, Luet. Wenn sich *das* ändert, werde ich den Versprechungen deines Gatten Glauben schenken.« Damit drehte sie sich um und ging. Issib lächelte, zuckte hilflos mit den Achseln und schwebte hinter ihr her.

Zdorab und Schedemei blieben noch. »Nafai«, sagte Zdorab, »ich möchte mich entschuldigen. Ich hätte wissen müssen, daß du nicht ...«

»Ich verstehe vollkommen«, sagte Nafai. »Es hat so ausgesehen, als hätten wir etwas hinter eurem Rücken geplant. Ich hätte dasselbe getan, wäre ich darauf gekommen.«

»Nein«, sagte Zdorab. »Ich hätte unter vier Augen mit dir sprechen sollen. Ich hätte herausfinden sollen, was wirklich vorging.«

»Zdorab, ich würde ohne eure Zustimmung nie etwas mit euren Kindern anstellen.«

»Und ich würde sie dir nie geben«, sagte er. »Wir haben weniger Kinder als alle anderen. Die Vorstellung, daß die beiden ... daß man uns ihre Kindheit nimmt ...«

»Dazu wird es nicht kommen«, sagte Nafai. »Ich will eure Kinder nicht. Ich will, daß die Reise schnell und ereignislos vorübergeht, und daß wir unsere neue Kolonie auf der Erde errichten können. Sonst nichts. Es tut mir leid, daß du dir deshalb Sorgen machen mußtest.«

Zdorab lächelte. Schedemei nicht. Sie schaute Nafai und dann Luet an. »Wißt ihr, ich habe nicht darum gebeten, diese Reise mitzumachen.«

»Ohne dich könnte sie niemals erfolgreich verlaufen«, sagte Nafai.

»Aber eine Frage bleibt offen«, sagte Luet.

»Nein, Lutja«, sagte Nafai. »Haben wir nicht bereits ...«

»Wir müssen es einfach wissen!« sagte Luet. »Ganz gleich, was geschieht. Ich meine, es muß doch offensichtlich für euch sein, Schedja, daß eure beiden Kinder die einzigen sind, die keine Probleme mit der Blutsverwandtschaft bekommen werden.«

»Offensichtlich«, sagte Schedemei.

»Aber was ist mit den anderen? Ich meine, ist es nicht gefährlich für uns alle?«

»Ich glaube nicht, daß es ein Problem geben wird«, sagte Schedemei.

»Warum nicht?« fragte Luet.

»Vettern und Kusinen sollten nur dann nicht untereinander heiraten, wenn bei ihnen ein rezessives Gen auftritt, das zu Problemen führt. Falls sie doch untereinander heiraten, können ihre Kinder das rezessive Gen von beiden Seiten bekommen, und daher kommt es deutlicher zum Vorschein. Sie bleiben geistig zurück. Körperliche Mißbildungen und schwächende Krankheiten können auftreten. So etwas in der Art.«

»Und das ist kein Problem?«

»Hast du nicht aufgepaßt?« fragte Schedemei. »Hast du in Basilika denn gar nichts gelernt? Die Überseele hat euch alle über lange Jahre herangezüchtet. So hat sie zum Beispiel eure Eltern von gegenüberliegenden Seiten des Meeres zusammengeführt, Luet. Die Überseele hat bereits dafür gesorgt, daß eure genetischen Moleküle sauber sind. Ihr *habt* keine rezessiven Züge, die Schäden verursachen könnten.«

»Woher weißt du das?«

»Wenn ihr welche hättet, wären sie bereits zum Vorschein gekommen. Verstehst du denn nicht? Die Überseele hat jahrelang Vettern und Kusinen miteinander verheiratet, um Menschen hervorzubringen, die für ihren Einfluß dermaßen empfänglich sind. Wären Idioten oder Krüppel dabei aufgetreten, wären sie schon ... aussortiert worden.«

»Nicht alle«, sagte Rasa. Jeder wußte sofort, daß sie an Issib dachte, Nafais älteren Vollbruder. Seine Muskeln waren von Geburt an größtenteils unkontrollierbar, und er war nie imstande gewesen, ohne die Hilfe magnetischer Flossen oder eines Flugstuhls zu laufen oder sich zu bewegen.

»Nein«, sagte Schedemei. »Natürlich nicht alle.«

»Wenn meine Kinder also Huschidhs Kinder heiraten würden, zum Beispiel ...« Luet beendete den Satz nicht.

»Das hat Huschidh mich bereits vor Jahren gefragt«, sagte Schedemei. »Ich dachte, sie hätte es dir gesagt.«

»Das hat sie nicht«, erwiderte Luet.

»Issibs Problem ist nicht genetisch bedingt. Es war ein pränatales Trauma.« Schedemei schaute Rasa an. »Ich vermute, Tante Rasa hat nicht gewußt, daß sie schwanger war, als es passierte.«

Rasa schüttelte den Kopf. Niemand fragte sie, was sie Issib in aller Unschuld im Mutterleib angetan hatte.

»Es wird nicht in den Genen eurer Kinder weitergegeben«, sagte Schedemei. »Ihr könnt eure Kinder verheiraten, wie es euch beliebt. Falls das bedeutet, daß ihr meine Kinder jetzt in Ruhe lassen werdet, bin ich sehr dankbar dafür.«

»Wir haben gar nichts geplant!« rief Luet erzürnt.

»Nafai nicht, das glaube ich gern«, sagte Schedemei, »weil er sofort mit uns darüber gesprochen hat.«

»Ich hatte es auch nicht vor!« beharrte Luet.

»Ich glaube doch«, sagte Schedemei. »Ich glaube, du hast es noch immer vor.« Sie drehte sich um und verließ den Raum. Zdorab folgte ihr nervös.

Draußen auf dem Gang stellte Zdorab fest, daß Elemak auf ihn wartete. Die beiden Männer ließen Schedemei vorangehen und folgten ihr mit gewissem Abstand. »Wie ich sehe, hast du es sehr feinfühlig angefangen«, sagte Elemak.

Zdorab schaute zu ihm auf und lächelte. »Ich war wirklich ungeschickt, nicht wahr? Die Überseele hat mein Wecksignal sofort gefunden.« Dann blinzelte er, schritt schneller aus und ließ Elemak zurück. Elemak ging langsam weiter und dachte nach. Dann lächelte er verkniffen und bog in den Gang, der zu den Zimmern seiner Familie führte.

Nur noch Volemak und Rasa waren mit Nafai und Luet in der Küche geblieben. »Du bist töricht«, sagte Volemak. »Du mußt tun, was die Überseele befiehlt.«

»Was die Überseele befiehlt«, sagte Luet, »wird dafür sorgen, daß unsere Kolonie sich auf Dauer in zwei unversöhnliche Splittergruppen aufspaltet. Damit würde sie einen so tiefen Graben aufreißen, daß er auch nach Generationen noch nicht zugeschüttet werden kann.«

»Es ist ihr Wille«, sagte Volemak.

»Das Gespräch ist sinnlos«, sagte Nafai. »Nicht wahr, Mutter?«

Rasa seufzte. »Es gibt Dinge, die kein anständiger Mensch tun würde«, sagte sie. »Daran muß sich auch die Überseele halten.«

»Es gibt auch Dinge von größerer Bedeutung«, sagte Volemak.

»Ich habe diese drei letzten Kinder bekommen«, sagte Rasa. »Ojkib, Yasai und meine kleine kostbare Tochter. Ich würde jeden hassen, der sie mir nimmt. Sogar dich.« Sie schaute von Nafai zu Luet. »Oder dich.« Und dann sah sie ihren Gatten an. »Oder dich.« Sie stand auf und verließ das Zimmer.

Volemak seufzte und erhob sich ebenfalls. »Ihr werdet es sehen«, sagte er. »Die Überseele läßt sich nicht verhöhnen.«

»Aber die Überseele muß auch *unsere* Gefühle berücksichtigen«, sagte Nafai, »und ...«

Doch Volemak blieb nicht, um seinen Satz bis zu Ende zu hören.

Luet legte die Arme um Nafai und hielt ihn fest. »Ich hätte es dir früher sagen müssen«, erklärte sie. »Aber ich hatte Angst, daß du einfach *alles* tun würdest, was die Überseele dir befiehlt.«

»Die Überseele kennt mich anscheinend besser als du«, sagte Nafai. »Deshalb hat sie es mir überhaupt nicht gesagt.«

»Komm zu Bett, Gatte«, sagte Luet.

»Ich muß noch ein bißchen arbeiten«, sagte er.

»Dann brechen wir eben einen Tag später auf«, sagte sie.

»Ich muß noch arbeiten.«

Sie seufzte, küßte ihn und ging.

Nafai schnitt sich eine Scheibe Brot ab, legte sie in eine leicht überreife Podoroschny und biß davon ab, als er das Wartungsgebäude verließ und zum Raumschiff zurückging.

›Was bist du aber klug.‹

Ich hoffe es, antwortete Nafai stumm.

›Alle glauben, ich hätte diese Angelegenheit nicht mit dir besprochen.‹

Das hast du auch nicht getan.

›Mich zu ignorieren ist nicht dasselbe, wie mich nicht zu hören.‹

Es war nie eine Diskussion. Es wird nicht dazu kommen.

›Es wird dazu kommen, weil es dazu kommen muß. Wenn du es nicht tust, wirst du getötet werden, und Luet ebenfalls.‹

Du kannst nicht in die Zukunft sehen.

›Elemak wird eure Kinder nehmen und zu Sklaven machen.‹

Er wird Kinder nicht für etwas bestrafen, das ihre Eltern getan haben.

›Er wird es Adoption nennen. Eiadh wird es in Sklaverei verwandeln.‹

Dazu wird es nicht kommen.

›Es wird dazu kommen, wenn du dich nicht mit sechs weiteren jungen Männern umgibst, die dir völlig ergeben sind.‹

Und ich sage dir erneut, zum tausendsten Mal, daß ich so etwas ohne die Zustimmung ihrer Eltern nicht einmal in Betracht ziehen werde. Und ich werde nicht einen Finger rühren, um sie zu überzeugen. Ich werde sogar dagegen sprechen.

›Das ist eine sehr kluge Strategie, Nafai. Dann werden sie dir nicht die Schuld geben können, wenn sie es bedauern, ihre Zustimmung erteilt zu haben.‹

Nafai schüttelte den Kopf. Sie werden dem nie zustimmen, sagte er stumm.

›Du unterschätzt meinen Einfluß.‹

4

Überzeugung

Schedemei sah erneut nach den Kindern. Zum drittenmal in dieser Nacht. Als sie wieder ins Bett zurückkam, war Zdorab wach.

»Es tut mir leid«, sagte sie. »Ich hatte einen Traum.«

»Einen Alptraum, meinst du.«

Für einen Augenblick verstand sie ihn falsch. »Hattest du ihn auch?«

»Nein«, antwortete er ein wenig entrüstet. »War es einer von *diesen*?«

»Nein, nein«, sagte sie. »Nicht vom Hüter der Erde, wenn du das meinst.«

»Fledermäuse und Wiesel.«

»Riesige Ratten. Die sehe ich wirklich nicht. Wenn es so eine Art von Traum ist, träume ich von Gärten.«

»Aber davon hast du diese Nacht nicht geträumt.«

Sie schüttelte den Kopf.

»Und du willst es mir nicht sagen.«

»Wenn du möchtest, doch.«

Er wartete.

»Zdorab, ich habe wieder ... uns gesehen, wie wir auf der Erde ankommen. Wir alle verlassen das Schiff. Du und ich unverändert, genau, wie wir jetzt sind. Aber dann sah ich diesen schönen jungen Mann und diese junge Frau, die ich nicht kannte. Er war stattlich und hatte ein kluges Gesicht, war fröhlich und stark. Sie war dunkelhaarig, aber ihr Lächeln war betörend, und sie lachte, und in ihren Augen war eine unglaubliche Intelligenz.«

»Und er war achtzehn, und sie war sechzehn.« Seine Stimme klang verbittert.

»Rokja und Dabja sind die einzigen Kinder, die ich je haben werde«, sagte sie.

»Willst du's mir vorwerfen? Nach all diesen Jahren?«

»Ich werfe niemandem etwas vor. Ich bin nur ... Ich ging zu mir, um sie anzusehen. Um mich zu vergewissern, daß mit ihnen alles in Ordnung ist. Um mich zu vergewissern, daß sie nicht ... denselben Traum hatten.«

»Und woher weißt du, daß sie nicht geträumt haben? Hast du sie geweckt und gefragt?«

»Ich weiß nicht, was sie träumen. Ich weiß nur, daß sie sehr jung sind. Und ich freue mich riesig darauf, was sie sein werden. Auf die nächste Woche und den nächsten Monat und das nächste Jahr und ... aber dann habe ich auch gesehen ...«

»Was?« fragte Zdorab.

»Ich erinnere mich daran, wie sie gewesen sind. Als kleine Babys. Als ich sie gestillt habe. Als sie ihre ersten Schritte machten. Als sie zum erstenmal sprachen, als sie zum erstenmal spielten, als sie lesen und schreiben lernten. Ich erinnere mich an alles, und diese Kinder sind nicht mehr da.«

»Sie sind nicht weg. Sie sind nur größer geworden.«

»Groß geworden, ich weiß. Aber dieses Lebensalter, das ist weg. Man verliert diese Jahre, ganz gleich, was man tut. Sie wachsen heraus, sie schieben ihre eigene Kindheit zur Seite, sie danken dir nicht, daß du dich daran erinnerst.«

Zdorab schüttelte den Kopf. »Ich habe gesehen, wie dieser übergroße Computer die Menschen bearbeitet, Schedemei. Du weißt, du willst deine Kinder nicht Nafai und Luet übergeben, damit sie sie großziehen. Sie sind selbst noch Kinder.«

»Ich weiß, daß ich es nicht will. Aber was ist für sie am besten? Was ist für sie alle am besten? Menschen haben ihre Kinder in den Krieg geschickt. Sie haben heldenhafte Dinge getan.«

»Und nachdem sie die Kinder verloren hatten, haben sie getrauert und nie damit aufgehört.«

»Aber verstehst du nicht? Wir werden sie nicht verlieren. Es ist, als ... als hätten wir sie auf die Schule geschickt. In Basilika tun die Leute das ständig. Sie schicken ihre Kinder in das Haus einer anderen, damit sie dort erzogen werden. Wären wir dort geblieben, hätte ich das auch getan. Sie wären bereits fort, beide. Eigentlich würden wir nur auf die Ferien verzichten.«

Zdorab richtete sich auf einen Ellbogen auf. »Wie du gesagt hast, Schedemei, es sind unsere einzigen Kinder. Ich hätte nie gedacht, daß ich welche bekommen werde. Ich habe es nur dir zu Gefallen getan, weil du meine ... Freundin bist. Und du sie so sehr gewollt hast. Und hättest du mich damals gefragt, als du schwanger warst, ob du sie aufgeben könntest, hätte ich gesagt, na schön, tu, was du willst, es sind deine Kinder. Aber jetzt sind es nicht nur deine. Ich habe sie gezeugt, so unglaublich das auch für mich ist, und ich habe sie erzogen und für sie gesorgt und sie geliebt, und ich will dir etwas sagen. Ich will keinen einzigen Tag mit ihnen verlieren.«

Sie schüttelte den Kopf. »Ich auch nicht.«

»Dann vergiß diese Träume, Schedja. Soll der große Computer im Himmel planen, was immer er will. Wir sind nicht Teil seines Plans.«

Sie legte sich neben ihm im Bett auf den Rücken. »Oh, ich bin durchaus Teil davon.«

»Und wieso?« fragte er.

Sie nahm seine Hand und hielt sie. »Dieser Unsinn, den ich gesagt habe. Über Gene. Rezessive Gene, die zum Vorschein kommen, und so weiter.«

Das Bett erzitterte. Zdorab lachte.

»Das ist nicht komisch.«

»Nichts davon stimmte?«

»Ich habe keine Ahnung, ob es stimmt oder nicht. Sie wissen, daß ich Expertin für Genetik bin. Sie glauben, ich wüßte, wovon ich spreche. Aber ich weiß es nicht. Niemand weiß es. Ich meine, wir können die Genome verzeichnen, aber der größte Teil eines jeden genetischen Moleküls ist noch nicht entziffert worden. Das hielt man früher für bedeutungslosen Blödsinn. Aber das ist es nicht. Soviel habe ich von meiner Arbeit mit Pflanzen gelernt. Es ist alles nur … ruhig. Wartet. Wer weiß, was passieren wird, wenn sie diese Kusinen und Vettern untereinander heiraten lassen?«

Zdorab lachte erneut.

»Das ist nicht komisch«, sagte Schedemei. »Ich sollte ihnen wirklich die Wahrheit sagen.«

»Nein«, sagte Zdorab. »Was du ihnen gesagt hast, bewirkt nur, daß sie nicht das Bedürfnis sehen, unsere Kinder in irgendeins ihrer Experimente einzuschließen, die sie vielleicht durchführen wollen. Gut. So sollte es sein.«

»Aber sieh dir Issib an.«

»Was meinst du damit? Ist sein Zustand doch genetisch bedingt?«

»Nein, dieser Teil entsprach der Wahrheit. Aber sieh dir an, wie er gelitten hat, Zodja. Es ist nicht recht, andere Kinder so etwas durchmachen zu lassen, andere Eltern. Ich kann nicht …«

Zdorab seufzte. »Du tust immer so, als wärest du hartgesotten, Schedja, aber in Wirklichkeit bist du weich wie Käse an einem Sommertag.«

»Danke für diese übelriechende Analogie.«

»Schedja, wenn nicht stimmt, was du gesagt hast … welcher Ansicht bist du denn?«

»Ich weiß es nicht. Die Worte kamen einfach über meine Lippen. Weil ich *irgend etwas* sagen mußte, um sie von unseren Kindern abzulenken.«

»Genau. Die Überseele ist doch durchaus imstande, ihnen etwas zu sagen, oder?«

»Sie spricht ständig mit ihnen.«

»Dann soll die Überseele ihnen sagen, daß ihre Kinder untereinander nicht heiraten dürfen.«

Schedemei dachte kurz darüber nach. »Darauf bin ich gar nicht gekommen. Ich bin nicht eine von denen, die 'alles der Überseele überlassen'.«

»Und außerdem«, sagte Zdorab, »woher weißt du, daß die Überseele dir nicht diese Worte in den Mund gelegt hat?«

»Ach, sei doch nicht so …«

»Ich meine es völlig ernst. Du hast gesagt, was dir gerade eingefallen ist. Woher weißt du, daß die Worte nicht von der Überseele kamen? Woher weißt du, daß du *nicht* die Wahrheit gesagt hast?«

»Tja, ich *weiß* es eben nicht.«

»Na also. Du mußt ihnen gar nichts sagen.«

Darauf hatte sie keine Antwort. Er hatte recht.

Sie lagen lange schweigend da. Sie dachte schon, er würde schlafen. Dann sprach er, ein ganz leises Flüstern. »Wir sind nicht nur ein Mann mit Kindern und eine Frau mit Kindern, die sich dasselbe Haus und dieselben Kinder teilen. Nicht wahr?«

»Nein, nicht nur«, sagte Schedemei.

»Ich meine, wie sehr muß ein Mann seine Frau sexuell begehren, damit die Gefühle, die er ihr entgegenbringt, Liebe sind?«

Sie tastete sich vorsichtig an eine Antwort heran. »Ich weiß nicht, ob die Gefühle überhaupt sexueller Natur sein müssen«, sagte sie.

»Weil ich dich so bewundere. Und wie du mit Rokja und Dabja umgehst ... das bereitet mir ... Freude. Und wie du ihnen etwas beibringst, allen Kindern. Und wie du zu ... zu mir bist. Du bist so freundlich zu mir.«

»Wie sollte ich denn sonst sein? Was sollte ich tun? Dich schlagen? Dich anschreien? Du bist der netteste Mann, den ich je kennengelernt habe. So nett, daß es mich fast in den Wahnsinn treibt. Du machst gar nichts falsch.«

»Abgesehen davon, daß ich dich nicht befriedige.«

Sie zuckte mit den Achseln. »Ich beklage mich nicht.«

»Aber ich liebe dich. Wie eine Schwester. Eine Freundin. Noch mehr als das, wie eine ...«

»Wie eine Ehefrau«, sagte Schedemei.

»Ja«, sagte Zdorab. »Genau so.«

»Und ich liebe dich als meinen Gatten, Zdorab. Wie du bist. Einfach so.« Sie drehte sich zu ihm um, griff nach ihm und gab ihm einen Kuß auf die Wange. »Einfach so«, sagte sie erneut. Dann drehte sie sich wieder auf die andere Seite, ihm den Rücken zugewandt, und war kurz darauf eingeschlafen.

In den letzten Wochen vor dem Start des Raumschiffs *Basilika* kamen die Träume Nacht für Nacht. Und schließlich kam ein Träumender nach dem anderen zu ihm.

Huschidh war die erste. Sie sagte ihm, daß die Überseele recht habe und der Bruch zwischen ihm und Elemak niemals gekittet werden könne, so daß er bereit sein mußte. »Und halte dein Versprechen lieber nicht ein«, sagte sie. »Wecke während der Reise niemanden auf. Es wird zu einer Katastrophe kommen, wenn wir auf so engem Raum eingesperrt sind.«

»Danke für den Vorschlag«, sagte Nafai.

»Ignoriere ihn ruhig«, sagte Huschidh. »Du bist schließlich derjenige mit dem Mantel.«

»Fauch mich nicht an«, sagte Nafai. »Du bist Luets ältere Schwester, nicht meine.«

»Und wir alle wissen, was für tolle Exemplare *deine* älteren Schwestern sind.«

Beide lachten laut auf.

»Richte Luet bitte aus«, sagte Huschidh, »daß ich herausgefunden habe, daß die Bande zwischen Luet und mir zurückgekehrt und so stark wie eh und je sind, nachdem ich mich entschlossen habe, der Überseele zu gehorchen und euch meine vier ältesten Kinder zu geben, damit ihr sie während der Reise großzieht. Sie mochte anfangs Schuld an der Barriere tragen. Aber es war meine Schuld, daß die Wunde erst jetzt geheilt wurde.«

»Ich werde es ihr ausrichten«, erwiderte Nafai. »Aber sag es ihr doch lieber selbst.«

»Ich wußte, daß du mir das raten würdest«, gab Huschidh zurück. »Deshalb hasse ich dich.« Sie küßte ihn auf die Wange und ging.

Dann kamen Rasa und Volemak gemeinsam zu ihm. »Es

war selbstsüchtig von uns, dir unsere Söhne vorenthalten zu wollen. Sie wurden spät geboren«, sagte Rasa. »Das ist eine Möglichkeit für sie, ihre älteren Brüder einzuholen.«

Volemak lächelte zurückhaltend. »Das interessiert mich weniger als Rasa. Wie üblich denkt sie mehr als ich an die Gefühle der Menschen. Ich denke nur daran, was wir alles aufgegeben haben, um so weit zu kommen, und wie dumm es wäre, die Überseele jetzt zurückzuweisen. Es gibt so etwas wie Vertrauen, Nafai. Setze nicht das Überleben der gesamten Kolonie, besonders das deiner eigenen Familie aufs Spiel, nur um dein Bild als das eines Mannes zu schützen, der stets das ›Richtige‹ tut.«

Nafai hörte seinem Vater zu, fand aber keinen Trost in dessen Worten. »Ich habe dieses Bild von mir verloren, als ich Gaballufix' Kopf von seinen Schultern schnitt, Vater. Ich habe es seitdem an jedem Tag meines Lebens bedauert. Mir eine weitere Quelle der Schuld ersparen zu wollen, war töricht von mir, nicht wahr?«

Volemak schwieg darauf, Rasa jedoch nicht. »Ach, wollen wir uns ein wenig darin suhlen?« sagte sie. »Nafai, du bist noch jung und glaubst daher noch immer, das ganze Universum würde sich um dich drehen. Aber in Wirklichkeit tut es das nicht. Die Überseele hat uns überzeugt, daß es das Beste ist, wenn unsere jüngsten Söhne während der Reise wach bleiben. Nun mußt du dir Klarheit darüber verschaffen, ob du den Mut hast, Elemaks Zorn die Stirn zu bieten, wenn alles vorbei ist.«

»Und es ist euch gleichgültig, daß ich ihm – daß ich *allen* – mein Wort gegeben habe, ich würde es nicht tun?«

»Ich bin dein Vater«, sagte Volemak, »und Rasa ist deine Mutter. Wir entbinden dich von deinem Eid.«

»Elemak wird sich bestimmt beruhigen, wenn er das hört.«

Rasa lachte leise. »Jetzt hör aber auf, Nafai. Elemak ist der einzige in unserer Gemeinschaft, der keinen Augenblick lang geglaubt hat, du würdest dein Wort halten. Und weißt du, warum er es nicht glaubt? Weil er weiß, daß *er* dieses Versprechen sofort brechen würde, wäre er an deiner Stelle.«

»Aber ich bin nicht Elemak.«

»Doch, das bist du«, sagte Volemak. »Du bist genau das, was Elemak geworden wäre, hätte er ein gutes Herz gehabt.«

Nafai war sich nicht sicher, ob er soeben ein Lob oder eine Ohrfeige bekommen hatte.

Nach Huschidh, nach Vater und Mutter, kam Issib und brachte wie üblich nicht nur die Träume mit, die die Überseele ihm gegeben hatte, sondern auch einige Ideen, wie die Dinge besser funktionieren würden.

»Wir müssen uns unterhalten«, sagte Issib.

Nafai nickte.

»Ich habe immer wieder diese Träume.«

»Die Überseele«, sagte Nafai. »Ich weiß, ich habe diese Träume auch.«

»Nicht dieselben, Njef«, sagte Issib. »Ich sehe meinen Ältesten, Xodhja, wie er aus dem Raumschiff kommt ...«

»Wie ich Zhjat sehe ...«

»Und er sieht genau aus wie *ich*. Was lächerlich ist, weil er so viel vom Gesicht seiner Mutter hat. Aber in meinem Traum ist er ich. Doch er ist groß und stark, seine Arme, seine Brust – wie ein Gott. Wie eine dieser Statuen im alten Orchester.«

»Natürlich. Die Überseele manipuliert dich nur, Issib.«

»Ja, das weiß ich«, sagte Issib. »Ich war dabei, als wir ihr zum erstenmal widerstanden haben. Kannst du dich noch erinnern? Wir haben es zusammen getan.«

»Ich habe es nicht vergessen.«

»Wir haben bewiesen, daß wir nicht tun *müssen*, was die Überseele will, nicht wahr, Nafai? Aber dann haben wir uns entschlossen, der Überseele zu helfen, weil wir es wollten. Weil wir mit dem einverstanden waren, was sie zu bewirken versuchte.«

»Und solange ich damit einverstanden war, habe ich kooperiert. Was mich sehr viel gekostet hat, wie ich hinzufügen darf.«

»Gekostet? Dich? Mit dem Mantel der Herrn der Sterne?«

»Ich würde den Mantel sofort gegen das Wissen eintauschen, daß meine Brüder mich lieben.«

»*Ich* liebe dich, Njef. Hast du daran je gezweifelt?«

»Nein, ich meinte doch nicht ...«

»Und Okja und Yaja lieben dich. Sind sie nicht deine Brüder? Bin ich nicht dein Bruder?«

»Ihr alle seid es.«

»Und ich glaube wirklich nicht, daß du etwas darum gibst, ob Meb dich mag oder nicht.«

»Na schön, es geht um Elemak. Ich würde den Mantel des Herrn der Sterne für Elemaks Respekt eintauschen, könnte ich ihn irgendwie bekommen.«

»Verstehst du denn nicht, Njef? Du kannst seinen Respekt niemals haben.«

»Weil ich dieses Respektes niemals würdig wäre.«

»Du Dummkopf.« Issib lachte ihn aus. »Du bist beschränkt, Nafai. Du bekommst seinen Respekt genau deshalb nicht, *weil* du ihn verdient hast.«

»Schon in der Schule habe ich keine Paradoxa ausstehen können. Ich glaube, sie sind die Schlußfolgerung, zu der Philosophen gelangen, wenn sie ...«

»Ich weiß. Wenn sie zu denken aufhören. Das hast du schon öfter gesagt. Aber das ist kein Paradoxon. Elemak haßt dich, weil du sein jüngerer Bruder bist und er weiß – genau *weiß* –, daß du mehr von Vaters Respekt und Liebe bekommst als er. Er haßt dich, weil er weiß, daß du in Vaters Augen ein besserer Mensch bist als er.«

»Ich wünschte, es wäre so.«

»Du weißt, daß es stimmt. Doch wenn du alles aufgeben, wenn du alles Elemak überlassen würdest, wenn du den Mantel aufgeben und die Überseele zurückweisen würdest – glaubst du, dann würde er dich respektieren? Natürlich nicht. Denn dann wärest du wirklich verachtenswert. Schwach. Ein Nichts.«

»Du hast mich überzeugt. Ich werde den Mantel behalten.«

»Der Mantel ist nichts. Du tust bereits etwas viel schlimmeres.«

Nafai betrachtete ihn ruhig. »Soll das heißen, du willst mich wirklich überzeugen, deine vier ältesten Kinder während der Reise wach zu halten, sie auszubilden und für dich großzuziehen, damit du feststellst, daß sie bereits erwachsen sind, wenn du aufwachst?«

»Keineswegs«, sagte Issib. »Das würde ich verabscheuen.«

»Worum geht es dann?«

»Halte sie wach, aber wecke auch mich gelegentlich auf. Einmal pro Jahr, für ein paar Wochen. Ich könnte die Kinder dann am Computer ausbilden, zum Beispiel. Niemand versteht sich besser darauf als ich.«

»In der neuen Kolonie werden sie keine Computer brauchen.«

»Dann eben Mathematik. Vermessung. Triangulierung. Ich kann dieselben Bücher mit ihnen durchnehmen, die du eingeplant hast, und sie genau wie du unterrichten. Oder hast du vor, hier ein landwirtschaftliches Labor einzurichten? Forstwirtschaft vielleicht? Wann werden wir die Bäume an Bord holen?«

»Darüber habe ich noch gar nicht nachgedacht.«

»Du meinst, du Überseele hat noch nicht darüber nachgedacht.«

»Wie auch immer.«

»Wir könnten in Schichten arbeiten. Wecke Luet auf, schicke sie nach einer Weile aber wieder schlafen. Wecke mich auf, wecke Huschidh auf. Wecke Mutter und Vater auf. Immer nur für ein paar Wochen. Dann werden wir sehen, wie die Kinder aufwachsen. Wir brauchen nicht darauf zu verzichten. Und wenn wir die Erde erreichen, werden sie Männer und Frauen sein. Und bereit, sich mit dir gegen die anderen zu verbünden.«

Nafai antwortete nicht sofort. »So hat die Überseele es Luet nicht erklärt.«

»Wo steht denn in Stein gemeißelt, daß du alles so tun mußt, wie die Überseele es gern hätte? Solange du tust, was sie will, spielt die Methode doch kaum eine Rolle, oder?«

»Ist Huschidh derselben Ansicht?«

»Vielleicht. Nach einer Weile.«

»Ich werde kein Kind ohne die Zustimmung der Eltern wach halten.«

»Ach ja? Und was ist mit den Kindern selbst? Wirst du auch *sie* fragen?«

»Eigentlich sollte ich das«, sagte Nafai. »Ich werde darüber nachdenken, Issib. Vielleicht wird dieser Kompromiß funktionieren.«

»Gut«, sagte Issib. »Denn ich bin der Ansicht, die Überseele hat recht. Wenn wir das nicht tun, wenn wir nicht dafür sorgen, daß starke junge Männer und Frauen dich unterstützen, wirst du sterben, sobald wir das Raumschiff verlassen und der Einfluß der Überseele schwächer wird. Und ich sterbe ebenfalls.«

»Ich denke darüber nach«, sagte Nafai.

Issib erhob sich vom Stuhl, drehte sich zur Tür um und schritt gemächlich darauf zu. Seine Flossen trugen fast sein gesamtes Gewicht. An der Tür drehte er sich um.

»Und noch etwas«, sagte er.

»Was?« fragte Nafai.

»Ich kenne dich besser, als du glaubst.«

»Ach ja?«

»Zum Beispiel weiß ich, daß die Überseele mit dir über diese Angelegenheit gesprochen hat, lange bevor Luet etwas verlauten ließ.«

»Wirklich?«

»Und ich weiß, daß du von Anfang an damit einverstanden warst. Du wolltest nur nicht, daß es deine Idee war. Du wolltest, daß *wir dich* überzeugen. Auf diese Weise können wir dir später nicht die Schuld geben. Denn du hast versucht, es uns auszureden.«

»Bin ich wirklich so klug?« fragte Nafai.

»Ja«, sagte Issib. »Und ich bin wirklich so klug, daß ich dahintergekommen bin.«

»Na ja, dann bin ich doch nicht so klug.«

»Doch, das bist du«, sagte Issib. »Denn ich will *wirklich*, daß du es tust. Und ich werde dir *niemals* Vorwürfe machen können, wenn mir das Ergebnis nicht gefällt. Also hat es funktioniert.«

Nafai lächelte schwach. »Ich wünschte, du hättest in allem recht«, sagte er.

»Ach? Und in welcher Hinsicht liege ich falsch?«

»Im Grunde meines Herzens wäre es mir lieber, wenn alle unsere Kinder während der ganzen Reise schliefen. Denn ich würde es vorziehen, wenn es in der neuen Kolonie keine Trennung zwischen uns gäbe. Ich würde lieber meinen Bruder Elemak zum König über uns alle machen und ihn über uns herrschen lassen, als ihn zum Feind zu haben.«

»Und warum tust du es dann nicht?«

»Weil er die Überseele haßt. Und wenn wir auf der Erde eingetroffen sind, wird er sich auch dem widersetzen, was der Hüter der Erde von uns verlangt. Mit seiner Sturheit wird er uns alle schließlich vernichten. Er kann nicht unser Herrscher sein.«

»Ich bin froh, daß du dies einsiehst«, sagte Issib. »Denn solltest du je zu der Ansicht gelangen, er sollte unser Herrscher sein, wird er dich in diesem Augenblick vernichten.«

Volemak, Rasa, Huschidh, Issib; und dann kamen endlich Schedemei und Zdorab zu ihm, nur eine Stunde, bevor sie alle sich zu der Reise schlafen legen sollten. »Ich will es nicht«, sagte Zdorab.

»Dann werde ich eure Kinder nicht wecken«, sagte Nafai. »Ich bin noch nicht sicher, ob ich überhaupt irgendwelche Kinder wecken werde.«

»Doch, das wirst du«, sagte Schedemei. »Und du wirst auch uns wecken, damit wir dir helfen, sie zu unterrichten. So lautet unsere Abmachung.«

»Und wirst du ihnen gemeinsam mit mir mutig gegenübertreten, wenn wir die Erde erreichen, und unsere Kinder sind alle zehn Jahre älter als Eljas und Mebs und Vasjas und Brijas? Wirst du sagen: Wir hielten es für eine gute Idee? Wir haben ihn gebeten, es zu tun?«

»Ich werde niemals sagen, daß ich es für eine gute Idee

halte«, erwiderte Zdorab. »Aber ich werde eingestehen, daß ich dich gebeten habe.«

»Das reicht nicht«, sagte Nafai. »Warum bittest du mich, eure beiden einzigen Kinder daran teilnehmen zu lassen, wenn du es für keine gute Idee hältst?«

»Weil mein Sohn mir niemals verzeihen würde«, sagte Zdorab, »würde er erfahren, daß er die Gelegenheit hatte, die Erde als Mann zu erreichen, und ich ihn dazu zwang, als Knabe dort einzutreffen.«

Nafai nickte. »Das ist ein guter Grund.«

»Aber vergiß nicht, Nafai«, sagte Zdorab. »Dasselbe gilt für die anderen Kinder. Glaubst du, daß Eljas' Sohn Protschnu dir je verzeihen wird, wenn er erwacht und feststellt, daß dein *jüngerer* Sohn Motja jetzt acht Jahre älter ist, statt zwei Jahre jünger? Oder auch Motja? Das wird Haß verursachen, der niemals schwinden wird, Generation um Generation. Sie werden immer glauben, daß man ihnen etwas gestohlen hat.«

»Und damit haben sie recht«, sagte Nafai. »Aber was ihnen gestohlen wurde, das hat man ihnen erst genommen, nachdem sie es bereits zurückgewiesen hatten.«

»Daran werden sie sich nie erinnern.«

»Aber wirst du dich daran erinnern?«

Zdorab dachte kurz darüber nach.

»Wenn nicht«, sagte Schedemei, »werde *ich* ihn daran erinnern.«

Zdorab lächelte sie grimmig an. »Gehen wir zu Bett«, sagte er.

Ganz gleich, wer später erwachen würde, beim Start selbst würden alle schlafen. Die Belastung und der Schmerz waren zu groß, um den Start bei Bewußtsein zu überstehen. Stattdessen würden sie von Schaum umgeben in ihren Schlafkammern liegen.

Jedes Ehepaar brachte seine jungen Kinder zu Bett, legte sie in ihre Tiefschlafkammern, küßte sie. Dann schlossen sie den Deckel und beobachteten durch das Fenster, wie die Kinder in den von Medikamenten hervorgerufenen Schlaf fielen, der den Prozeß einleitete. Einige Kinder hatten Angst, besonders die älteren, die ein wenig von dem verstanden, was hier geschah. Aber es herrschte auch Aufregung, Erwartung. »Und wenn wir aufwachen, werden wir auf der Erde sein?« fragten sie immer wieder. »Ja«, sagten ihre Eltern.

Dann führte Nafai die Eltern in den Kontrollraum und zeigte ihnen den Kalender mit der Einstellung, die bewirkte, daß sie zur Mitte der Reise geweckt werden würden. »Dann könnt ihr nach euern Kindern sehen und euch überzeugen, daß sie friedlich schlafen«, versicherte Nafai ihnen.

»Jetzt kann ich in der Tat beruhigt schlafen«, erwiderte Elemak mit trockener Ironie.

Nafai beobachtete, wie sie sich nacheinander schlafen legten, und er ermächtigte die Computer der Lebenserhaltung, sie nacheinander mit Medikamenten zu betäuben, mit Schaum zu umgeben und abzukühlen, bis ihre Körper kaum noch lebten. Dann stieg auch er in seine Kammer und zog den Deckel hinter sich zu.

Kein Mensch sah, wie das Schiff leise in die Luft stieg, hundert Meter, tausend, bis es so hoch war, wie die Magnetkraft des Landefeldes es heben konnte. Dann zündeten die Startraketen und feuerten in die Tiefe, während das Raumschiff in den Nachthimmel stieg.

Weit entfernt, auf der anderen Seite des schmalen Meeres, blickten Reisende auf der Karawanenstraße zum Himmel und sahen die Sternschnuppe. »Aber sie steigt empor«, sagte einer von ihnen. »Nein«, sagte ein anderer. »Das ist nur eine Illusion, weil sie sich uns nähert.«

»Nein«, sagte der erste wieder. »Sie steigt in den Himmel empor. Und sie ist viel zu langsam, um eine Sternschnuppe zu sein.«

»Wirklich?« höhnte der andere. »Was ist es dann?«

»Ich weiß es nicht«, sagte der erste. »Aber ich danke der Überseele, daß wir es sehen konnten.«

»Und warum das?«

»Weil es nach Millionen von Jahren nichts mehr gibt, du Narr, das man nicht schon hundertmal oder tausendmal oder sogar eine Million Mal zuvor gesehen hat. Aber *wir* haben etwas gesehen, das noch nie jemand gesehen hat.«

»Glaubst du.«

»Ja, das glaube ich.«

»Und was nutzt uns das? Etwas Wunderbares zu sehen und keine Ahnung zu haben, was man gesehen hat?«

Das Raumschiff *Basilika* stieg höher, aus dem Schwerkraftbereich des Planeten Harmonie. Als es weit genug entfernt war, stellten die Raketen ihre Arbeit ein. Sie würden erst wieder benutzt werden, wenn das Raumschiff auf einer anderen Welt landen wollte. Statt dessen entfaltete sich ein Netz aus den Seiten des Schiffes, das aus so feinen Strängen bestand, daß man sie nicht hätte sehen können, wäre nicht ein blendendes Licht auf die Drähte gefallen, wann immer ein Wasserstoffmolekül oder ein noch kleineres Teilchen in das Energiefeld stürzte, welches das Netz erzeugte. Dann konnte man dessen Form ausmachen. Es sah wie ein riesiges Spinnennetz aus, das den Staub des Weltraums sammelte, um das Raumschiff damit voranzutreiben. Die *Basilika* begann zu beschleunigen, wurde immer schneller, bis Harmonie weit zurückblieb und nur einer von ungezählten Lichtpunkten war, der sich mit bloßem Auge nicht von irgendeinem anderen unterscheiden ließ. Nach vierzig Millionen Jahren hatten die Menschen die Oberfläche dieser Welt verlassen und kehrten trotz aller Schwierigkeiten nach Hause zurück.

5

Der Lauscher

Als die anderen Kinder erwachten, nahmen sie alle an, sie müßten auf der Erde eingetroffen sein. Schließlich hatte man ihnen das erzählt, als man sie in die Tiefschlafkammern brachte – wenn ihr aufwacht, seid ihr auf der Erde.

Ojkib hingegen wußte bereits, daß er lange vorher aufwachen würde. Es überraschte ihn nicht, daß die Schwerkraft nicht normal war, so daß er sich unvorstellbar leicht und stark vorkam und jeder Schritt ihn bis zur Decke hinaufzutragen schien. So war es nun mal im Weltraum, wo einen kein Planet am Boden hielt, sondern man nur die Beschleunigung des Schiffes hatte. Und hätte er irgendwelche Zweifel gehabt, wären sie durch die Tatsache zerstreut worden, daß Ojkib, als Nafai und Luet die Kinder in der Schiffsbibliothek versammelten – dem größten Raum des Sternenschiffs, von der Zentrifuge einmal abgesehen –, das schwache Murmeln hören konnte, mit dem die Überseele zu den beiden sprach: Das ist eine schlechte Idee. Laßt ihnen keine Wahl. Kinder in diesem Alter sind zu jung, um eine so wichtige Entscheidung treffen zu können. Ihre Eltern haben bereits zugestimmt. Wenn ihr ihnen sagt, daß sie eine Wahl haben, obwohl es gar nicht stimmt, werden sie euch dafür nur hassen. Und so wird es immer weiter gehen.

Ojkib hörte solche Gesprächsfetzen seit seiner frühesten Kindheit. Er konnte sich an keine Zeit erinnern, da er sie nicht gehört hatte. Zuerst waren sie ihm jedoch wie Musik vorgekommen, wie Wind, wie das Geräusch von Wellen, das einem Kind vertraut ist, das am Meer aufwächst. Er dachte sich nichts dabei, suchte nicht nach einer Bedeutung darin. Doch allmählich, als er vier oder fünf Jahre alt war, wurde ihm klar, daß dieses Hintergrundgeräusch Namen enthielt; daß es Ideen enthielt, Ideen, die später bei Diskussionen unter den Erwachsenen aufkamen.

Obwohl die Stimmen nur in seinem Verstand zu vernehmen und daher geräuschlos waren, begann er, gewisse Denkweisen mit gewissen Personen in Einklang zu bringen. Ihm fiel auf, daß er manchmal, wenn er bei Mutter oder Vater war, bei Nafai oder Issib, bei Luet oder Huschidh, am deutlichsten das Gespräch hörte, das dem galt, worüber sie sich gerade mit einem anderen unterhielten. Er sah zum Beispiel, daß Luet versuchte, einen Streit zwischen Chveja und Dazja zu schlichten, und hörte, wie jemand sagte: Warum setzt sie sich bei Dazja nicht durch? Warum macht sie wieder einen Rückzieher? Und ein anderer – die beständigste Stimme, die stärkste – sagte: Sie setzt sich durch, sie macht das gut, hab Geduld, sie muß keinen offenen Sieg erringen, solange ihr Chveja versichert, daß sie noch euren Respekt hat. Daher wußte er, daß eine besonders leidenschaftliche, vertrauliche Stimme bedeutete, daß er Luet hörte; ein kühlerer, ruhigerer, aber unsicherer Gedankengang der Huschidhs war. Die nüchternste, ungeduldigste, streitlustigste Stimme aber war die Nafais.

Doch obwohl Ojkib das alles wußte, war er noch so jung, daß er nicht begriff, daß er diese Dinge eigentlich nicht hören sollte. Zuerst wurde es ihm der Träume wegen klar, denn diese waren eine der wirksamsten Möglichkeiten der Überseele, mit Menschen zu sprechen. Als Ojkib noch sehr klein war, kam Luet einmal zu ihnen, um mit Mutter über einen Traum zu sprechen, den sie gehabt hatte. Als sie ihn erzählt hatte, meldete Ojkib sich zu Wort und sagte: »Ich hatte diesen Traum ebenfalls!«, und dann wiederholte er die Dinge, die Luet gesehen hatte.

Mutter antwortete ihm daraufhin lächelnd, doch er wußte, sie glaubte ihm nicht, daß er denselben Traum gehabt hatte. Als es beim zweitenmal geschah, bei einem Traum Vaters, nahm Mutter Ojkib zur Seite und erklärte ihm sanft, daß er nicht so tun müsse, als hätte er dieselben Träume wie andere Leute gehabt. Es sei besser, nur seine eigenen Träume zu erklären.

Ojkib störte es, daß man ihm nicht glaubte, und je älter er

wurde, desto mehr störte es ihn. Warum glaubten die Erwachsenen ihm einfach nicht, daß er als Dreijähriger, als Vierjähriger, dieselben Mitteilungen von der Überseele bekam, die auch sie so häufig erhielten? Schließlich kam er zu dem Schluß, das Problem läge darin, daß der Traum *wirklich* einer anderen Person geschickt wurde – die Träume trafen immer auf ihre Situation zu, aber eigentlich nicht auf die Ojkibs. Daher wußten die Erwachsenen, daß die Überseele ihm nie einen solchen Traum geschickt hätte; denn der Traum hatte ja nichts mit seinem Leben zu tun. Und die Überseele hatte den Traum auch gar nicht *ihm* geschickt. Die Träume und die Hintergrundgespräche waren völlig real, aber sie waren gleichzeitig nicht die seinen.

Er fragte sich: Warum hat die Überseele *mir* nichts zu sagen?

Als Ojkib acht Jahre alt wurde, hatte er schon lange gelernt, für sich zu behalten, was er gehört hatte. Er war von Natur aus ruhig und zurückhaltend und zog es vor, in einer großen Gruppe zu schweigen; er lauschte auf alles und half, wenn er gebraucht wurde. Er verstand viel mehr, als alle anderen glaubten – zum einen, weil er von klein an mitgehört hatte, wie Erwachsene ihre Probleme mit einem erwachsenen Vokabular besprachen, und zum anderen, weil er neben den lauten Gesprächen Fetzen und Bruchstücke innerer Dialoge hören konnte, wenn die Überseele Vorschläge machte, Stimmungen zu beeinflussen versuchte und die Leute gelegentlich von dem ablenken wollte, was sie gerade dachten oder taten. Das Problem bestand darin, daß diese Gespräche Ojkib stets ablenkten, so daß er kaum eigene Gedanken haben konnte; so sehr beschäftigte ihn der Versuch, allem zu folgen, was um ihn herum vorging. Wenn er den Mund aufmachte, um etwas zu sagen, wußte er nie genau, ob er auf etwas antwortete, das laut gesagt worden war, oder auf Dinge, von denen er nur wußte, weil er etwas gehört hatte, das er eigentlich gar nicht hatte hören sollen.

Es gab auch noch einen anderen Grund, weshalb Ojkib wenig sagte. Er hatte erfahren, daß es eine Privatsphäre und

Geheimnisse gab, und er wußte, daß es die anderen nicht freuen würde, falls sie sich stets fragen mußten, wieviel er wußte. Er nahm an, es würde sie wütend machen, wenn sie erfuhren, daß ihre intimsten Gedanken, die in ihrem Verstand verankert waren, wo nur die Überseele sie hören konnte, vom Geist eines sechs-, sieben- oder achtjährigen Knaben erfaßt und gespeichert wurden.

Manchmal war die Last all dieser Geheimnisse größer, als Ojkib ertragen konnte. Deshalb hatte er damit angefangen, kleine Gespräche mit Yasai zu führen, seinem jüngeren Bruder. Er erzählt Yasai nicht, wie er die Dinge in Erfahrung brachte, von denen er wußte. Statt dessen ließ er stets Bemerkungen fallen wie: »Ich wette, Luet ist wütend, weil Huschidh nie verhindert, daß Dazja die jüngeren Kinder herumkommandiert«, oder: »Vater liebt Nafai eigentlich nicht mehr als alle anderen. Es liegt nur daran, daß Nafai als einziger begreift, was Vater tut, und ihm dabei helfen kann.« Ojkib wußte, daß Yaja verwirrt war, weil seine ›Einblicke‹ sich so oft als richtig erwiesen. Doch Yaja war auch geschmeichelt, von seinem »klugen« älteren Bruder ins Vertrauen gezogen zu werden. Manchmal kam Ojkib sich wie ein Betrüger vor, weil er Yaja in dem Glauben ließ, er sei einfach von sich aus auf bestimmte Gedanken gekommen. Aber er wußte, ohne den Grund dafür zu kennen, daß es keine gute Idee wäre, seinem Bruder Yaja zu erzählen, daß alle Zwiegespräche mit der Überseele in seinen Geist flossen. Yaja konnte durchaus ein Geheimnis bewahren, aber bei einem *so* wichtigen Thema mußte er sich früher oder später einfach verplappern.

Also behielt Ojkib seine Geheimnisse für sich. Am schwersten war ihm dies vor ein paar Monaten gefallen, als Nafai zu den Bergen ging, die Grenze durchbrach und die Raumschiffe fand. Da hörte Ojkib einige schreckliche, angsteinflößende Dinge. Luet bat die Überseele, ihren Gatten zu beschützen. Die Überseele drängte jemand anders, ruhig zu sein – sei ruhig, töte deinen Bruder nicht, wenn du deinen Bruder tötest, wirst du nicht mehr damit leben wollen. Er verstand mittlerweile so gut, was es mit ihrer Gemeinschaft auf sich hatte, daß er wußte, wer die Absicht hatte, Nafai zu töten. Ojkib hätte gern etwas getan, konnte es aber nicht. Mehr noch, der Mahlstrom der Bedürfnisse und Wünsche, der Schreie und Forderungen, der Bitten und des Kummers machte ihn fast unbeweglich. Er hatte schreckliche Angst; er ging zu Mutter und umarmte sie, und er hörte, wie sie zu Volemak sagte: »Siehst du, wie die Kinder die Dinge erfassen, ohne sie zu verstehen?« Er wollte sagen: »Ich verstehe sehr wohl, daß Elemak und Mebbekew vorhaben, Nafai zu töten und dann über uns alle zu herrschen – ich weiß es, weil ich gehört habe, wie die Überseele versucht hat, sie daran zu hindern. Ich weiß, daß Luet schreckliche Angst hat – und du ebenfalls –, Nafai könnte getötet werden. Aber ich weiß auch, daß die Überseele wie mit einer Sturzflut zu Nafai spricht, daß sie ihm wichtige Dinge mitteilt, wunderbare Dinge. Aber er ist so weit entfernt, daß ich kaum etwas davon mitbekomme, und ich weiß, daß Nafai selbst nicht die geringste Furcht hat, daß er nur aufgeregt ist und im stillen immer wieder ruft: 'Jetzt verstehe ich es! So ist das also! Jetzt wird mir alles klar! Ja!'« Aber er konnte nichts davon erklären. Er konnte sich lediglich an seine Mutter klammern, bis sie ihn zurückstoßen mußte, damit sie mit ihrer Arbeit weitermachen konnte. Also blieb ihm nur die Möglichkeit, mit Yasai darüber zu sprechen. »Ich glaube, Elja und Meb werden versuchen, Nafai zu töten, wenn er heute zurückkommt«, sagte er, und Yajas Augen wurden ganz groß. »Ich glaube, Njef macht sich aber keine Sorgen, weil er so stark geworden ist, daß niemand ihn verletzen kann.«

Als alles damit endete, daß Elemak und Mebbekew durch die Macht des Mantels des Herrn der Sterne erniedrigt wurden, empfand Yaja größere Ehrfurcht denn je vor Ojkibs Einsicht. Aber Ojkib war erschöpft. Er wollte nicht so viel wissen. Und doch wollte er eigentlich noch viel mehr wissen. Er wollte, daß die Überseele mit *ihm* sprach.

Warum sollte sie das tun? Ojkib war nur ein achtjähriger Knabe und nicht so stark und beherrschend wie Elemaks

Sohn Protschnu, obwohl Proja ein paar Wochen jünger war. Was sollte die Überseele *ihm* schon zu sagen haben?

Als er nun mit den anderen in der Bibliothek des Raumschiffes *Basilika* saß, wußte Ojkib bereits, was man ihnen erklären würde; denn er hatte gehört, wie die Überseele vor dem Start des Schiffes mit den Erwachsenen darüber gestritten hatte, und nun hörte er, daß die Überseele selbst jetzt noch mit Luet und Nafai darüber stritt. Er wollte sie anschreien, sie sollten endlich die Klappe halten und es *tun*. Aber statt dessen bewahrte er Ruhe und hörte geduldig zu, während Nafai und Luet ihnen alles erklärten.

Ihm gefiel nicht, wie sie es handhabten. Sie sagten natürlich die Wahrheit – er hatte gelernt, dies von ihnen zu erwarten, vielleicht mehr als von irgendeinem anderen der Erwachsenen –, aber sie verschwiegen viele der wahren Gründe, weshalb sie es taten. Sie sprachen nur darüber, was für eine wunderbare Gelegenheit es für die Kinder sei, vieles lernen zu können, das sie wissen mußten, damit die Kolonie überleben konnte, nachdem sie die Erde erreicht hatten. »Und weil ihr bei unserer Ankunft vierzehn, fünfzehn oder sechzehn Jahre sein werdet – einige von euch sogar achtzehn –, werdet ihr die Arbeit eines Mannes oder einer Frau tun können. Ihr werdet Erwachsene sein, keine Kinder mehr. Doch zugleich werdet ihr eure Mütter und Väter während der Reise nur dann und wann sehen können, denn wir können es uns nicht leisten, daß die Lebenserhaltung mehr als zwei Erwachsene gleichzeitig wach hält.«

Ja, ja, das alles stimmt, dachte Ojkib. Aber was ist damit, daß nur ein Dutzend von uns Kindern in eurer kleinen Schule sein wird? Was ist damit, daß Protschnu noch acht Jahre alt sein wird, wenn ich am Ende der Reise achtzehn sein werde? Was ist mit Freundschaften wie der zwischen Mebbekews Tochter Tija und Huschidhs Tochter Schjada? Werden sie noch Freundinnen sein, wenn Schjada sechzehn ist und Tija noch immer sechs? Wohl kaum. Und wie willst du *das* erklären?

Aber er sagte nichts. Wartete. Vielleicht würden sie noch darauf zu sprechen kommen.

»Irgendwelche Fragen?« erkundigte Nafai sich.

»Wir haben viel Zeit«, sagte Luet. »Wenn ihr weiterschlafen wollt, könnt ihr das in ein paar Tagen noch immer tun – es gibt keinen Grund zur Eile.«

»Können wir auf diesem Schiff überhaupt spielen?« fragte Xodhja, Huschidhs Ältester. Das war die offensichtlichste Frage, denn die Erwachsenen hatten vor dem Start den Kindern ja immer wieder versichert, daß sie während der Reise schlafen *wollten*, weil es so langweilig sein würde.

»Es gibt viele Dinge, die ihr hier nicht tun könnt«, sagte Luet. »Die Zentrifuge bietet normale Erdschwerkraft für Körperertüchtigungen, aber dort könnt ihr nur geradeaus laufen. Ihr könnt nicht Ball spielen oder schwimmen oder im Gras liegen, weil es keinen Teich und kein Gras gibt und weil es selbst in der Zentrifuge kaum möglich ist, einen Ball zu werfen oder zu fangen. Aber ihr könnt ringen, und ich glaube, ihr könntet euch daran gewöhnen, in niedriger Schwerkraft Fangen oder Verstecken zu spielen.«

»Und wir haben Computerspiele«, sagte Nafai. »Da ihr ohne Computer aufgewachsen seid, hattet ihr nie Gelegenheit, mit ihnen zu spielen. Aber Issib und ich haben ein paar ziemlich …«

»Ihr werdet aber nicht sehr oft damit spielen können«, unterbrach Luet. »Wir wollen nicht, daß ihr euch daran gewöhnt. Denn auf der Erde werden wir solche Computer nicht haben.«

Fangen in niedriger Schwerkraft spielen – allein damit hätten sie die meisten Kinder auf ihre Seite ziehen können. Ojkib merkte, daß er wütend wurde, weil sie so taten, als würden sie die Wahl ihnen überlassen, ihnen dann aber nur die schönen Dinge erzählten und nicht die schlimmeren.

Vielleicht hätte Ojkib in diesem Augenblick etwas gesagt, doch Chveja kam ihm zuvor. »Ich glaube, alles hängt davon ab, wie Dazja sich entscheidet.«

Daz war stets auf sich eingebildet und hielt sich für das wichtigste Kind, weil sie die Erstgeborene war. Sie blühte sichtlich auf. Ojkib war empört, vor allem, weil er noch nie erlebt hatte, daß Chveja Daz so in den Hintern gekrochen war – er hatte immer gedacht, sie wäre das vernünftigste der Mädchen gewesen.

»Chveja, ihr Kinder müßt euch schon allein entscheiden.«

»Du verstehst nicht«, sagte Chveja. »Wozu Dazja sich auch entscheidet, ich tue das Gegenteil.«

Dazja streckte Chveja die Zunge heraus. »Genau das habe ich von dir erwartet«, sagte sie. »Du bist immer so unreif.«

»Veja«, sagte Luet, »es ist mir peinlich, daß du so etwas Verletzendes sagst. Und willst du wirklich deine gesamte Zukunft verändern, nur um Dazja eins auszuwischen?«

Chveja errötete und sagte nichts.

Endlich hatte Ojkib den Punkt erreicht, an dem er nicht mehr still sein konnte. »Ich weiß, was ihr tun solltet«, sagte er. »Laßt Dazja doch noch drei Tage lang schlafen. Wenn sie dann aufwacht, wären Dazja und Chveja genau gleich alt.«

Chveja verdrehte die Augen, als wolle sie sagen: Das ist doch keine Lösung! Doch Dazja drehte durch. »Ganz gleich, was passiert, mein Geburtstag käme noch immer zuerst!« schrie sie. »Ich bin das erste Kind, sonst niemand! Und deshalb *werde* ich wach bleiben, damit ich noch immer die älteste bin, wenn wir dort ankommen. Niemand wird mich je herumkommandieren!«

Ojkib stellte voller Befriedigung fest, daß Dazja soeben Nafai und Luet gezeigt hatte, warum Chveja nicht wach bleiben wollte, wenn Dazja wach blieb.

»Eigentlich«, sagte Luet, »hat niemand das Recht, andere Leute herumzukommandieren, nur weil sie die älteste oder klügste oder was weiß ich ist.«

Mehrere der jüngeren Kinder lachten. »Dazja kommandiert alle herum«, sagte Schjada, die als Dazjas nächstjüngere Schwester die Hauptlast von Dazjas Launen trug.

»Das tue ich nicht«, sagte Dazja. »Ich kommandiere weder Ojkib noch Protschnu herum.«

»Nein, du kommandierst nur die herum, die *schwächer* sind als du, du blöde Ziege!« sagte Schjada.

»Seid jetzt alle still«, sagte Nafai. »Ihr habt gerade eins der

Probleme erlebt, die wir bekommen werden, falls wir euch während der Reise wach halten, um euch unterrichten zu können. Das Innere des Schiffes ist nicht sehr groß. Ihr werdet hier jahrelang zusammen eingepfercht sein. Auf Harmonie ließen wir euch eine Menge durchgehen, weil wir der Ansicht waren, ihr würdet im Lauf der Zeit vernünftiger. Aber während der Reise können wir nicht dulden, daß die älteren Kinder die jüngeren herumkommandieren.«

»Warum nicht?« sagte Dazja. »Die Erwachsenen kommandieren die Kinder doch ständig herum.«

»Dza«, sagte Luet ruhig, »du bist bestimmt intelligent genug, um zu verstehen, daß die drei Tage zwischen dir und Veja nicht so viel ausmachen wie die fünfzehn Jahre zwischen dir und mir.«

Chveja nahm den Faden sofort auf. »Wenn ich wach bleibe, Mutter, werde ich drei Jahre älter sein als *du* es warst, als ich geboren wurde, wenn wir die Erde erreichen.«

»Ja, aber sie war *verheiratet*», sagte Rokja, Zdorabs und Schedemeis Sohn. Dann schien er plötzlich zu begreifen, was er gerade gesagt hatte, denn er errötete und hielt von nun an die Klappe.

»Ich glaube nicht, daß ihr euch jetzt schon um die Ehe Sorgen machen müßt«, sagte Luet.

»Warum nicht?« sagte Chveja. »*Du* machst dir doch auch Sorgen darum. Rokja ist der einzige Junge hier, der nicht mein Onkel oder ein doppelter Vetter ersten Grades ist.«

»Das wird kein Problem sein«, sagte Luet. »Schedemei hat mir gesagt, daß es keine genetischen Probleme geben wird. Falls ihr euch also in einen Vetter oder Onkel verlieben solltet, wenn ihr älter seid ...«

Die meisten Kinder gaben stöhnende oder würgende Geräusche von sich.

»Ich habe gesagt, wenn ihr *älter* seid, und wenn diese Vorstellung euch nicht mehr abstoßend vorkommt, wird es keine genetischen Probleme geben.«

Aber Ojkib wußte, daß Schedemei vor dem Start die Überseele gebeten hatte, ihr zu vergeben, daß sie Nafai diese

Lüge erzählt hatte. Des weiteren hatte sie die Überseele aufgefordert, Nafai zu sagen, er solle Ehen zwischen engen Vettern und Kusinen verbieten, falls irgendeine Gefahr darin liegen sollte. Er wußte aber auch etwas anderes, das Schedemei nicht gewußt hatte: daß alle ihre Behauptungen, sie wären von der Überseele sorgfältig herangezüchtet worden, um genetische Defekte auszuschließen, ihr von der Überseele eingegeben worden waren. Ojkib hatte diese sehr starke Mitteilung natürlich gehört; deshalb bereitete *ihm* die Vorstellung, eine Kusine zu heiraten, keine Probleme. Er konnte nur hoffen, daß die Überseele recht hatte – Ojkib und Yaja konnten schlecht *beide* Schedemeis und Zdorabs Tochter Dabrota heiraten. Deshalb mußte einer von ihnen eine Nichte heiraten oder unverheiratet sterben.

Chveja war damit nicht zufrieden. »Das hast du an diesem Abend nicht gesagt …«

»Veja«, sagte Luet und brachte alle Geduld auf, die sie besaß, »du hast nicht beide Seiten dieses Gesprächs gehört. Außerdem habe ich seitdem einige neue Informationen bekommen. Hab ein wenig Vertrauen, Schatz.«

Dann ergriff Motiga das Wort. Da ihm nichts am Thema Ehe lag, hatte er über etwas ganz anderes nachgedacht. »Wenn die Leute, die schlafen, nicht älter werden, werden die, die jetzt nicht hier sind, noch klein sein, wenn wir auf der Erde ankommen? Ich meine, werde ich größer als Protschnu sein?«

Luet und Nafai schauten sich an. Sie hatten es eindeutig vermeiden wollen, so eine Frage beantworten zu müssen. »Ja«, sagte Nafai schließlich. »Das bedeutet es.«

»Toll«, sagte Motiga.

Aber die anderen waren nicht unbedingt dieser Meinung. »Das ist doch dumm«, sagte Schjada, die als Sechsjährige in Protschnu verknallt war. »Warum weckt ihr uns nicht einfach abwechselnd auf, wie ihr es bei den Erwachsenen vorhabt?«

Ojkib war überrascht, daß eine Sechsjährige auf die vernünftigste Lösung gekommen war. Das galt auch für Nafai und Luet. Sie wußten offensichtlich nicht, was sie darauf sagen, wie sie es ihr erklären sollten.

Also sprang Ojkib ein, der sich über jede Gelegenheit freute, helfen zu können. »Hört mal, wir sind jetzt nicht wach, weil Nafai und Luet uns am besten leiden können oder so. Wir sind hier, weil unsere Eltern auf Nafais Seite stehen, und die Kinder, die noch schlafen ... na ja, *deren* Eltern stehen auf Elemaks Seite.«

Nafai schaute wütend drein. Ojkib hörte, wie er zur Überseele sagte: Kannst du diesem Jungen nicht mal beibringen, wann er seine Klappe halten soll?

Ojkib hörte auch die Antwort der Überseele: Habe ich dich nicht gewarnt, ihnen keine Wahl zu lassen?

»Ich glaube, es ist besser, wenn wir die *wirklichen* Gründe kennen, bevor wir eine Entscheidung treffen«, sagte Ojkib und schaute Nafai in die Augen. »Ich weiß, daß ihr und meine Eltern und Issib und Huschidh und Schedemei und Zdorab der Überseele gehorchen, und ich weiß, daß Elemak und Mebbekew und Obring und Vas versucht haben, dich zu töten, und die Überseele glaubt, daß sie es erneut versuchen werden, sobald wir die Erde erreichen.« Er wußte, daß er wahrscheinlich zuviel gesagt und Dinge verraten hatte, von denen er eigentlich nichts wissen durfte. Also wandte Ojkib sich an die anderen Kinder, um es ihnen zu erklären. »Es ist wie ein Krieg«, sagte er. »Obwohl Nafai als auch Elemak meine Brüder sind, und obwohl Nafai nicht will, daß es einen Kampf zwischen ihnen gibt, wird Elemak versuchen, Nafai zu töten, wenn wir die Erde erreicht haben.«

Die anderen Kinder blickten ihn mit sehr ernsten Gesichtern an. Ojkib redete nicht besonders viel, aber wenn er etwas sagte, hörten sie ihm zu, und was er sagte, war sehr wichtig. Es ging nicht mehr um so belanglose Fragen wie die, wer unter den Kindern das Sagen hatte. Das war Luets und Nafais Fehler gewesen. Sie hatten gewollt, daß die Kinder eine Entscheidung treffen, aber dabei sollten sie nicht die wirklichen Hintergründe kennen. Nun ja, Ojkib kannte diese Kinder besser, als die Erwachsenen sie kannten. Er wußte, sie würden ihn verstehen, und er wußte, wie sie sich entscheiden würden.

»Ihr seht also«, fuhr Ojkib fort, »in Wirklichkeit haben sie uns aufgeweckt, damit Yasai und Xodhja und Rokja und Zhjat und Motja und ich Männer sein werden. *Große* Männer. Während Eljas und Kokors und Sevets und Mebs Söhne noch kleine Kinder sind. Auf diese Weise wird Elemak es nicht nur mit einem alten Mann wie meinem Vater oder einem Krüppel wie Issib zu tun haben. Er wird *uns* gegenübertreten müssen, und wir werden zu Nafai stehen und für ihn kämpfen, wenn es sein muß. Das werden wir doch, oder?«

Ojkib schaute von einem Jungen zum nächsten, und alle nickten. »Und es geht nicht nur um die Knaben«, fügte er hinzu. »Wir zwölf werden heiraten und Kinder haben, und unsere Kinder werden geboren, bevor die anderen Kinder bekommen, und deshalb werden wir immer stärker sein. Es ist die einzige Möglichkeit, Elemak davon abzuhalten, Nafai zu töten. Und nicht nur Nafai. Denn sie müßten auch Vater töten. Und Issja. Und vielleicht auch Zdorab. Und wenn sie Vater, Issja und die anderen nicht töten, werden sie sie wie Sklaven behandeln. Und uns auch. Es sei denn, wir bleiben auf dieser Reise wach. Elemak und Mebbekew sind zwar meine Brüder, aber sie sind nicht *nett*.«

Luet hatte das Gesicht in den Händen begraben. Nafai schaute zur Decke.

»Woher weißt du das alles, Okja?« fragte Chveja.

»Ich weiß es einfach, ja?« erwiderte Ojkib. »Ich *weiß* es einfach.«

Ihre Stimme wurde ganz leise. »Hat die Überseele es dir gesagt?«

Gewissermaßen ja – aber aus irgendeinem Grund wollte Ojkib nicht lügen oder Chveja auch nur in die Irre führen. Da war es besser, gar nicht zu antworten. »Das geht nur mich etwas an«, sagte er.

»Das trifft auf vieles von dem zu, was du gerade gesagt hast, Ojkib«, sagte Nafai. »Aber du hast es nun mal gesagt, und wir müssen uns damit befassen. Es stimmt, daß die Überseele glaubt, unsere Gemeinschaft würde sich spalten, nachdem wir die Erde erreicht haben. Und es stimmt, daß die Überseele das alles geplant hat, damit ihr alt genug seid, um euch mit euren Eltern gegen Elemak und seine Gefolgschaft und deren Kinder wenden zu können. Aber ich bin nicht der Ansicht, daß es zu einer solchen Spaltung kommen muß. Ich *will* diese Spaltung nicht. Statt dessen bin ich der Ansicht, daß es gut wäre, zwölf weitere Erwachsene zu haben, die uns beim Aufbau der Kolonie helfen können – und zwölf Kinder weniger, auf die wir aufpassen und die wir schützen und ernähren müssen. Alle werden Vorteile daraus ziehen.«

»Aber du hättest uns nichts davon gesagt, wenn Ojkib es nicht gesagt hätte«, warf Chveja ihm leicht erzürnt vor.

»Ich dachte, ihr würdet es nicht verstehen«, sagte Nafai.

»Ich verstehe es auch nicht«, sagte Schjada wahrheitsgemäß.

»Ich bleibe wach«, sagte Padarok. »Ich bin auf deiner Seite, weil ich weiß, daß meine Eltern es auch sind. Ich habe gehört, wie sie darüber sprachen.«

»Ich auch«, sagte seine kleine Schwester Dabja. Nacheinander gaben sie alle ihre Zustimmung.

Schließlich wandte Dazja sich an Chveja. »Und es tut mir leid«, fügte sie hinzu, »daß du mich so sehr haßt, daß du lieber ein kleines Mädchen bleiben willst, als bei mir zu sein.«

»Du haßt doch *mich*«, sagte Chveja.

»Das stimmt nicht«, sagte Dazja.

Es folgte ein langes Schweigen.

»Wenn es hart auf hart geht«, sagte Chveja, »stehen wir auf derselben Seite.«

»Das ist richtig«, sagte Dazja.

Und dann fügte Chveja – die wirklich nicht besonders gründlich nachdachte, bevor sie etwas sagte – hinzu: »Und du kannst Padarok heiraten. Ich habe nichts dagegen.«

Padarok protestierte sofort lautstark, während die meisten anderen Kinder johlten und lachten. Nur Ojkib bemerkte, daß Chveja *ihn* ansah, nachdem sie dies gesagt hatte, bevor sie den Blick senkte und auf ihren Schoß sah.

Also bin ich der Auserwählte, dachte er. Wie nett von dir, daß du meine Entscheidungen triffst.

Aber es war auch offensichtlich. In dieser Gruppe von zwölf Kindern waren Ojkib und Padarok die einzigen Jungen, die im ersten Jahr geboren waren, und Chveja und Dza die einzigen Mädchen. Wenn Dza und Padarok sich zusammentaten, würde Chveja entweder Ojkib oder einen der jüngeren Knaben oder gar nicht heiraten müssen.

Der Gedanke war ein wenig abstoßend. Er dachte an die eine Gelegenheit, als er sich hatte breitschlagen lassen, mit Dza und einigen der jüngeren Mädchen mit Puppen zu spielen. Es war überaus langweilig gewesen, die Rolle des Vaters und Gatten zu übernehmen, und bereits nach ein paar Minuten hatte er das Weite gesucht. Er stellte sich vor, mit Chveja mit Puppen zu spielen, und es kam ihm kaum interessanter vor. Aber vielleicht war es besser, wenn die Puppen echte Kleinkinder waren. Die erwachsenen Männer schienen jedenfalls nichts dagegen zu haben. Vielleicht fehlte irgend etwas, wenn sie mit Puppen spielten. Vielleicht waren in echten Ehen die Frauen nicht so sehr darauf bedacht, die Männer zu zwingen, alles nach ihren Vorstellungen zu tun.

Padarok mußte darauf hoffen, denn wenn er sich wirklich mit Dazja zusammentat, würde er ohne ihre Erlaubnis nicht mal seine eigenen Gedanken denken können. Sie war wirklich die herrischste Person, die je gelebt hatte. Chveja hingegen war bloß stur. Das war etwas anderes. Sie wollte die Dinge auf ihre Weise erledigen, aber sie bestand wenigstens nicht darauf, daß die anderen sie ebenfalls auf ihre Weise erledigen mußten. Vielleicht konnten sie heiraten und in getrennten Häusern wohnen und sich abwechselnd um die Kinder kümmern. Das würde funktionieren.

Nafai zeigte den anderen Kindern nun, wo sie schlafen würden – im Zimmer der Mädchen und in dem der Jungen. Ojkib, der über die Ehe nachgedacht hatte, war in der Bibliothek geblieben und stellte nun fest, daß er mit Luet allein war.

»Du hattest gerade eine Menge zu sagen«, wandte sie sich an ihn. »Normalerweise tust du das nicht.«

»Ihr beide hättet es nicht gesagt«, erwiderte er.

»Nein, wohl kaum«, bestätigte sie. »Und vielleicht hatten wir einen guten Grund dafür. Meinst du nicht auch?«

»Nein, ihr hattet keinen guten Grund«, sagte Ojkib. Er wußte, es war unerhört von ihm, so etwas zu einem Erwachsenen zu sagen, aber das war ihm jetzt egal. Schließlich war er Nafais Bruder und nicht sein Sohn.

»Bist du dir dessen so sicher?« O ja, sie war unglaublich wütend.

»Ihr habt uns nicht den wirklichen Grund für alles gesagt, weil ihr dachtet, wir würden ihn nicht verstehen. Aber wir haben ihn verstanden. Wir alle. Und als wir *dann* eine Entscheidung getroffen haben, wußten wir, *wofür* wir uns entschieden.«

»Du glaubst vielleicht, du verstehst es, aber das stimmt nicht«, sagte Luet. »Es ist viel komplizierter, als du ahnst, und ...«

Jetzt wurde Ojkib wirklich wütend. Er hatte ihre Streitgespräche mit der Überseele gehört – all die Nuancen und möglichen Probleme, um die sie sich Sorgen gemacht hatten –, und obwohl er nicht sagen konnte, wieso er das alles wußte, würde er jetzt auf keinen Fall so tun, als könne er es nicht verstehen. »Bist du jemals auf den Gedanken gekommen, Lutja, daß es vielleicht auch viel komplizierter ist, als *ihr* glaubt?«

Vielleicht lag es daran, daß er sie – eine Erwachsene! – mit ihrem Schnellnamen anredete, oder vielleicht auch, weil sie die Wahrheit dessen erkannt hatte, was er vorgebracht hatte; jedenfalls schwieg sie und schaute ihn an.

»Ihr versteht nicht alles«, sagte Ojkib, »aber ihr trefft trotzdem Entscheidungen. Na ja, wir verstehen auch nicht alles. Aber wir haben eine Entscheidung getroffen, nicht wahr? Und zwar die richtige, oder?«

»Ja«, sagte sie leise.

»Vielleicht sind Kinder nicht so dumm, wie ihr glaubt«, fügte Ojkib hinzu. Das hatte er schon seit langem mal zu einem Erwachsenen sagen wollen, und jetzt schien die richtige Gelegenheit dazu gekommen zu sein.

»Ich glaube gar nicht, daß ihr dumm seid, weder du noch ein anderes ...«

Doch bevor sie den Satz beenden konnte, war Ojkib schon zur Tür hinaus und sprang auf der Suche nach den anderen den Korridor entlang. Wenn er nicht dabei war und sie sich die Betten aussuchten, würde er das schlechteste bekommen.

Es sollte sich herausstellen, daß er trotzdem das schlechteste Bett bekam, die untere Koje direkt neben der Tür, wo jeder, der den Gang entlangkam, ihn sofort sah, so daß ihm *gar nichts* durchgehen würde. Er hatte sich das beste Bett ausgesucht, und da er der erste Junge war, hatte keiner der anderen mit ihm gestritten. Aber dann sah er, wie traurig Motja war, das schlechteste Bett bekommen zu haben – besonders, als Yaja und Zhjat ihn deshalb aufzogen. Also hatte er jetzt das schlechteste Bett, und er wußte, später würde niemand mit ihm tauschen wollen. Zehn Jahre, dachte er. Ich werde zehn lausige Jahre in diesem Bett schlafen müssen.

6

Der häßliche Gott

Emeez' Mutter führte sie zu der heiligen Höhle, als sie sechs Jahre alt war. Es war ein wunderbarer Ort, denn er lag unter der Erde und war trotzdem nicht vom Volk geschlagen worden. Statt dessen wuchs er auf diese Art und Weise, ein Geschenk der Götter; sie hatten die Höhle geschaffen, und deshalb wurden die Götter hierher gebracht, um angebetet zu werden.

Die Höhle war seltsam, ganz rauh und naß statt trocken und mit glatten Wänden wie die Höhlen der Stadt. Kalkwasser tropfte überall. Mutter erklärte Emeez, daß das Wasser mit jedem Tropfen eine winzige Menge Kalk zurückließ, der mit der Zeit dann die gewaltigen Säulen bildete. Aber wie war das möglich? Trugen die Säulen nicht das Dach der Höhle? Was hatte das Dach zu Anfang getragen, wenn die Säulen erst entstanden waren, nachdem das Wasser jahrelang getropft hatte? Aber Mutter erklärte, daß diese Höhle aus Stein bestand. »Die Götter brechen Löcher in den Berg, so, wie wir Steinschichten für unsere Klingen abschlagen«, sagte Mutter. »Sie können ein so breites Steindach in die Höhe halten, daß du selbst mit der hellsten Fackel nicht die andere Seite sehen kannst. Und kein Wind ist so stark, daß er das Dach vom Bau der Götter abreißen könnte.«

Deshalb sind sie wohl auch Götter, dachte Emeez. Sie hatte gesehen, was der Sturm mit dem bergauf gelegenen Ende der Stadt angestellt hatte; er hatte drei Dachbäume abgerissen, so daß Regen und Sonnenlicht dort hineinfielen, wo früher Kinderzimmer und Versammlungsräume gewesen waren. Es hatte Tage gedauert, die Tunnels zu versiegeln und anderswo neue Bauten zu schaffen, um den verlorenen Raum zu ersetzen, und während dieser Zeit hatten zwei Kusinen und drei Nichten bei ihnen gewohnt. Mutter war fast verrückt geworden, und Emeez war es kaum anders ergangen. Sie waren zurückgezogene, ruhige Leute und kamen mit Gschaftlhubern, die sich ständig in ihre Angelegenheiten einmischten, nicht sehr gut zurecht. Oh, was ist das, wollen wir mit so jungen Jahren schon zu weben lernen? Oh, ich wette, du hast dein Herz schon einem jungen Burschen geschenkt, der gerade auf seiner ersten Jagd ist, du hübsches kleines Ding, du.

So eine Verlogenheit. Denn Emeez war kein hübsches kleines Ding. Sie war nicht hübsch. Sie war nicht klein. Und sie war auch kein *Ding*, obwohl die Leute sie oft so behandelten. Zum einen war sie zu haarig. Männer mochten Frauen mit sehr flaumigem Haar, nicht mit dunklem und grobem, wie sie es hatte. Und ihre Stimme war auch nicht liebreizend. Emeez versuchte, wie Mutter zu klingen, doch sie besaß einfach nicht deren Wohlklang in der Stimme. Als Kusine Issess – hatte es je einen unpassenderen Namen für jemanden gegeben!? – einmal nicht mitbekommen hatte, daß Emeez in der Nähe war, hatte sie zu ihrer dummen Tochter Aamuv gesagt: »Die arme Emeez. Weißt du, sie ist zurückgeblieben. Sie ist genauso haarig wie die auf dem Osthang des Berges. Hoffentlich hat sie keine ihrer anderen Charakterzüge!« Es hieß natürlich, daß die haarigen Osthangler die Herzen und Lebern ihrer Feinde aßen, und einige behaupteten sogar, daß sie ihre Feinde einfach aufspießten und vollständig brieten. Ungeheuer. Und das dachten die Leute auch von Emeez, weil sie so haarig war.

Tja, sie konnte nichts daran ändern, was auf ihrem Körper wuchs. Zumindest war es keine schreckliche Pilzinfektion wie die, die den armen Bomossoss so fürchterlich stinken ließ. Er war ein mächtiger Krieger, aber wegen des Körpergeruchs konnte es niemand so richtig genießen, wenn er in der Nähe war. Sehr traurig, dachte Emeez. Die Götter machen mit uns, was sie wollen. Wenigstens stinke ich nicht.

Hier fand keinerlei Verehrung statt – natürlich nicht, da die Anbetung eine Sache der Männer und nicht der Frauen war, und ganz bestimmt nicht für kleine Mädchen. Doch Emeez hatte gehört, daß die Männer die Götter verehrten, indem sie sie leckten, bis sie ganz naß und weich waren, und sie dann über ihre Körper rieben. Sie hatte es nicht geglaubt, bis sie in die erste der Gebetskammern kam.

Einige der Götter waren sehr kompliziert geformt und hatten betörend schöne Gesichter. Es gab Abbildung von wilden Kriegern und von den schrecklichen Himmelsfleisch-Ungeheuern, von Ziegen und Hirschen, von zusammengerollten Schlangen und Libellen, die auf Schilfrohr kauerten. Doch als Mutter auf die allerheiligsten Götter zeigte – auf jene, die am meisten verehrt wurden –, waren *diese* zu Emeez' Überraschung gar nicht besonders kunstfertig geformt. Die heiligsten von ihnen waren nur glatte Tonklumpen.

»Warum sind die wunderschönen Götter nicht so heilig wie die, die nach gar nichts aussehen?«

»Ach«, sagte Mutter, »du mußt wissen, sie waren einmal die schönsten von allen. Aber sie wurden am inbrünstigsten verehrt, und sie haben uns gute Kinder und gute Jagden gegeben. Und so wurden sie natürlich sehr glatt geleckt. Aber wir erinnern uns, wie sie ausgesehen haben.«

Die glatten Klumpen störten Emeez. »Könnte man ihnen nicht neue Gesichter schnitzen?«

»Mach dich nicht lächerlich. Das wäre Blasphemie.« Mutter schaute verärgert drein. »Ehrlich, Emeez, ich verstehe nicht, was dir für Gedanken kommen. Niemand schnitzt die Götter. Sie hätten keine Macht, würden die Männer und Frauen sie einfach nur aus Ton erschaffen.«

»Aber wer stellt sie dann her?«

»Wir bringen sie nach Hause«, sagte Mutter. »Wir finden sie und bringen sie nach Hause.«

»Aber wer *macht* sie?«

»Sie machen sich selbst«, sagte Mutter. »Sie steigen allein aus dem Ton des Flußufers empor.«

»Darf ich das mal beobachten?«

»Nein«, sagte Mutter.

»Ich möchte sehen, wie ein Gott erscheint.«

Mutter seufzte. »Na ja, du bist wohl alt genug. Wenn du

versprichst, daß du es den jüngeren Kindern nicht erzählst.«

»Ich verspreche es.«

»Es gibt eine bestimmte Jahreszeit. Die Trockenphase. Das Himmelsfleisch steigt hinab und formt den Schlamm am Flußufer.«

»Das Himmelsfleisch?« Emeez war entsetzt. »Das kann doch nicht dein Ernst sein. Das ist ja widerlich.«

»Natürlich *wäre* es widerlich«, sagte Mutter, »wenn das Himmelsfleisch wirklich wüßte, was es tut. Aber das weiß es nicht. Die Götter erwachen in den Klumpen, und sie formen den Ton zu fantastischen, komplizierten Mustern, ohne darüber nachzudenken. Wenn sie damit fertig sind, gehen sie einfach fort. Lassen sie zurück. Für uns.«

Das Himmelsfleisch. Diese abscheulichen Flugdinger, die manchmal Jäger fingen und töteten. Ihre Jungen wurden nach Hause gebracht und gebraten und an Schwangere verfüttert. Sie waren gefährlich, geistlose Tiere, verräterisch und verstohlen, und *sie* schufen die *Götter*?

»Ich fühle mich nicht gut, Mutter«, sagte Emeez.

»Nun, dann bleib ein paar Minuten hier sitzen und ruhe dich aus«, sagte Mutter. »Ich soll zur Priesterin kommen, die drei Räume über uns sitzt – in diese Richtung – und darf mich nicht verspäten. Aber du wirst mir folgen und mich suchen, ja? Du wirst nicht vom Hauptpfad abkommen und dich verirren, oder?«

»Ich glaube nicht, daß ich plötzlich *dumm* geworden bin, Mutter.«

»Aber du bist plötzlich unhöflich geworden. Das gefällt mir nicht an dir, Emeez.«

Na ja, niemandem gefällt irgend etwas an mir, dachte sie. Aber das heißt ja nicht, daß ich einer Meinung mit ihnen sein muß. *Ich* glaube, ich bin eine ausgezeichnete Gesellschaft. Ich bin viel klüger als alle meine Freundinnen, und daher ist alles, was ich zu mir selbst sage, interessant und aufregend und ist nie zuvor gesagt worden. Im Gegensatz zu jenen, die immer und immer wieder, endlos, dieselben Happen »Weisheit« vorbringen, die sie von ihren Müttern aufgeschnappt haben. Und ich bin bestimmt eine bessere Gesellschaft als die Jungen, die immer mit Gegenständen werfen und sie kaputtmachen und durchschneiden. Es ist viel besser, zu gestalten, wie die Frauen es tun, und Dinge zu sammeln, statt sie zu töten, und Blätter und Früchte und Fleisch und Wurzeln so zusammenzustellen, daß sie schmecken. Ich werde eine gute Frau sein, ob ich nun haarig bin oder nicht, und der Mann, der mich irgendwann bekommt, wird großes Aufheben darum machen, wie enttäuscht er ist. Aber insgeheim wird er froh sein, und ich werde ihm einen ganzen Stall kluger haariger Babys machen, und sie werden genauso häßlich und genauso klug und gerissen sein, wie ich es bin, bis sie eines Tages aufwachen und begreifen werden, daß die Haarigen die besten Frauen und Mütter sind und die Haarlosen ständig nur schleimig und *kalt* sind, wie geschälte Melonen.

Emeez war wütend geworden. Sie stand auf und schaute sich die Götter genauer an. Sie kam nicht dagegen an – die übermäßig verehrten Götter waren einfach nicht interessant. Die makellosen, komplizierten hingegen faszinierten sie. Vielleicht war das ihr ganzes Problem – sie wurde von den Göttern mit *schlechtem* Ruf angezogen, und deshalb war sie mit Häßlichkeit geschlagen, weil die wirklich einflußreichen Götter wußten, daß sie Emeez nicht gefallen würden. Aber war es nicht schrecklich, sie von Geburt an für eine Sünde zu bestrafen, die sie erst mit sechs Jahren begehen würde – nur zwei Jahre, bevor sie zu einer Frau wurde?

Na ja, da ich schon bestraft worden bin, sagte sich Emeez, werde ich mir keinen Zwang antun und mir die Strafe auch *verdienen*. Ich werde den schönsten, den am *wenigsten* verehrten Gott von allen suchen und zu meinem Liebsten machen.

Also begann sie fleißig nach einem zu suchen, der in perfektem Zustand war. Doch natürlich waren alle Götter zumindest *ein bißchen* verehrt worden. Emeez fand zwar einige, die teilweise noch wunderbare Einzelheiten zeigten, aber keiner von ihnen war völlig unbeschädigt.

Bis sie den erstaunlichsten Gott von allen fand, in der hintersten Ecke eines kleinen Nebenraums. Er sah gar nicht aus wie die anderen. Eigentlich sah er nicht mal wie ein Tier aus. So etwas hatte Emeez noch nie gesehen. Seine Form war absolut makellos. Sie war nirgendwo geglättet worden – und das bedeutete, daß er niemals von jemandem verehrt worden war.

Na ja, sagte Emeez zu dem häßlichen Gott. Ich werde dich jetzt verehren. Und ich werde dich auf die beste Art und Weise verehren, nicht wie die anderen. Ich werde dich nicht ablecken oder reiben, oder welche Abscheulichkeit man mit den anderen schlammigen Göttern auch immer anstellt. Ich werde dich verehren, indem ich dich ansehe und sage, daß du *wunderschön* geformt bist.

Natürlich handelte es sich um eine wunderschöne Statue eines erstaunlich häßlichen Geschöpfs. Oder besser gesagt, nur um den Kopf des Geschöpfs. Es hatte einen Mund wie ein Mensch und zwei Augen wie ein Mensch, aber die Nase zeigte nach unten, und sein Kiefer war erstaunlich spitz, und am unteren Ende des Kopfes wurde er immer schmaler, bis der Hals dann viel, viel dünner als der Kopf war. Wie konnte es einen so gewaltigen Kopf auf einem so dünnen Hals aufrecht halten? Und warum hatte ein dummes Stück Himmelsfleisch auch nur daran *gedacht*, etwas zu schaffen, das nie jemand gesehen hatte?

Als Emeez genauer darüber nachdachte, war die Antwort auf die letzte Frage natürlich offensichtlich. Das Himmelsfleisch hatte diesen Kopf geformt, weil der Gott so aussah.

Nein. Welcher Gott wollte schon *so* aussehen?

Außer – und das war ein erstaunlicher Gedanke – außer, die Götter konnten nichts daran ändern, wie sie aussahen. Außer, dieser Gott war wie sie und wuchs als häßliches Wesen auf. Dennoch war er nicht der Ansicht, er habe nicht das Recht, zu einer Statue gemacht und verehrt zu werden. Deshalb hatte dieser Gott ein Himmelsfleisch dazu gebracht, seinen Kopf zu schnitzen. Doch als der dann hier herunter geschafft worden war, hatte keine Seele ihn je verehrt, und er war in einer dunklen Ecke gelandet. Aber jetzt habe *ich* dich gefunden, dachte Emeez, und ich mag zwar häßlich sein, aber ich bin die einzige Verehrerin, die du je gehabt hast. Also sag mir jetzt ja nicht, du weist mich zurück!

›Ich akzeptiere dich.‹

Sie hörte es so klar und deutlich, als hätte jemand hinter ihr gesprochen. Sie drehte sich um und sah nach, doch es war niemand in diesem dunklen Raum, niemand außer ihr.

»Hast du mit mir gesprochen?« flüsterte sie.

Es erfolgte keine Antwort. Doch als Emeez die häßliche, wunderschöne Statue betrachtete, erkannte sie plötzlich etwas. Etwas so wichtiges, daß sie es sofort Mutter sagen mußte. Emeez lief aus dem Raum und den Hauptpfad hinauf, bis sie das Zimmer erreichte, in dem sich ihre Mutter und die Priesterin angeregt unterhielten. »Wie ich sehe, fühlst du dich besser, Emeez«, sagte Mutter und tätschelte ihren Kopf.

»Mutter, ich muß dir sagen ...«

»Später«, unterbrach Mutter sie. »Wir haben gerade etwas Wunderbares beschlossen, das dich betrifft ...«

»Mutter, ich muß es dir *jetzt* sagen.«

Mutter schaute peinlich berührt und verärgert drein. »Emeez, soll Vleezheesumuunuun etwa glauben, daß ich dich nicht gut erzogen habe?«

Am Namen der Priesterin erkannte Emeez, daß sie eine sehr wichtige und vornehme Person sein mußte, und plötzlich war sie schüchtern. »Es tut mir leid«, sagte sie.

»Ach, das ist schon in Ordnung«, sagte die alte Priesterin. »Es heißt, daß die Haarigen noch die Stimme der Götter hören können.«

Na toll, dachte Emeez. Erzählt mir jetzt ja nicht, daß ich vielleicht als *Priesterin* enden muß, nur weil ich häßlich bin.

»Was wolltest du uns sagen, Kind?« fragte die Priesterin.

»Ich habe nur ... ich habe einen wunderschönen Gott angesehen, nur daß er in Wahrheit häßlich war ... und plötzlich wußte ich etwas. Das ist alles.«

Die Priesterin ging auf alle viere hinab. Augenblicklich tat Mutter es ihr gleich, und Emeez war immerhin so gut erzogen, daß sie wußte, auch *sie* mußte diese Haltung einnehmen. Es war jedoch aufheiternd, denn es bedeutete, daß die Priesterin sie ernst nahm. »Was hast du plötzlich gewußt?« fragte Vleezheesumuunuun.

»Nun, wenn ich jetzt darüber nachdenke, weiß ich nicht mal, was es zu bedeuten hat.«

»Sag es uns trotzdem«, sagte Mutter, und die Priesterin blinzelte langsam ein *Ja*.

»Diejenigen, die verloren sind, kehren nach Hause zurück.«

Mutter und die Priesterin sahen sie verdutzt an. Schließlich ergriff Mutter das Wort. »Das ist *alles*?«

»Das ist genug«, flüsterte die Priesterin. »Sag es niemandem.« Sie hatte ihre Augen geschlossen.

»Dann weißt du, was es bedeutet?« fragte Mutter.

»Nein«, sagte die Priesterin. »Nicht, was es *bedeutet*. Aber erinnerst du dich nicht an das Lied der Schöpfung, in dem die große Prophetin Zz sagte: ›Es wird kein Fleisch mehr am Himmel geben an dem Tag, da die Verlorenen gefunden werden, und keine Götter mehr vom Fluß, wenn die Wanderer nach Hause kommen!‹?«

»Nein, daran erinnere ich mich nicht«, sagte Mutter, »und wenn du genau darauf achtest, hat Zz nichts davon gesagt, daß Verlorene nach Hause kommen. Sie hat gesagt, daß die Verlorenen gefunden werden und die Wanderer nach Hause kommen. Deshalb bin ich nicht der Ansicht, daß du diese Sache so ernst nehmen und meine arme Tochter zu Tode erschrecken mußt.«

Aber offensichtlich war es Mutter, die fürchterliche Angst hatte. Emeez jedenfalls hatte keine Furcht. Sie war freudig erregt. Der Gott hatte ihr gesagt, daß er ihre Verehrung akzeptierte und ihr dann ein Geschenk gemacht, diesen Fetzen Wissen, der ihr selbst zwar nichts bedeutete, der Priesterin anscheinend aber sehr viel – und auch Mutter, obwohl sie das Gegenteil behauptete.

»Das ändert alles«, sagte die Priesterin.

»Das hatte ich befürchtet«, murmelte Mutter.

»Ach, mach dich doch nicht lächerlich«, sagte die Priesterin. »Ich werde trotzdem einen Gatten für deine Tochter finden.«

Einen Gatten finden! Was für eine schreckliche Schande! Eine arrangierte Ehe! Mutter war *so* sicher, daß kein Mann Emeez je haben wollte, daß sie zu der Priesterin gegangen war, um eine *Opferehe* zu arrangieren? Ein Mann sollte gezwungen werden, sie zur Frau zu nehmen, um für irgendein Vergehen zu büßen? Emeez hatte das bereits zweimal miterlebt, und beide Male hatte die Frau, die auf diese Weise feilgeboten wurde, ebenfalls ein Vergehen begangen – und es war *ihre* Buße gewesen, einem Mann aufgedrückt zu werden wie ein häßliches Heilkraut auf eine Wunde.

»Was für ein Verbrechen habe ich begangen?« flüsterte Emeez.

»Sei nicht so gereizt«, sagte die Priesterin. »Wie ich schon sagte, das ändert alles.«

»Inwiefern?« fragte Mutter.

»Drücken wir es einfach so aus ... Wenn ein Mädchen verkündet, daß die Worte von Zz erfüllt werden, wird dieses Mädchen keinem gewöhnlichen Sünder oder einem moralischen Kretin zur Frau gegeben.«

O Freude aller Freuden, dachte Emeez verbittert. Ich nehme an, das bedeutet, daß ich einem wahrhaft außergewöhnlichen Schurken zur Frau gegeben werde.

»Sie ist sechs?« fragte die Priesterin. »In zwei Jahren wird sie eine Frau sein?«

»Soweit man so etwas vermuten kann«, sagte Mutter. »Es ist natürlich die Entscheidung der Götter.«

Die Priesterin streichelte Emeez' Fell. Wie stets versteifte Emeez sich unter der Berührung. Die Leute berührten auch immer die gekrümmten Glieder oder Stümpfe von Krüppeln, und das konnte sie einfach nicht ausstehen, auch wenn es ihnen Glück bringen sollte. Aber dann wurde ihr klar, daß die Priesterin keineswegs diese zögernde kleine

Glücksberührung vollzog. Sie streichelte Emeez' Fell anscheinend mit echter Zuneigung, und es fühlte sich gut an. »Ich weiß nicht, ob es richtig gewesen ist«, sagte die Priesterin, »dieses weiche, flaumige Nichthaar schön zu nennen. Ich glaube, mit dem Haar unserer Frauen haben wir vielleicht noch etwas verloren. Die Nähe zu den Göttern.«

Mutter war zu höflich, um zu widersprechen, doch allein ihr Schweigen machte offensichtlich, daß sie *nicht* dieser Ansicht war.

Die Priesterin sprach noch immer. »Muf, der Sohn der Kriegskönigs, wird etwa zu gleichen Zeit wie unsere Emeez hier ins richtige Alter kommen.«

Nach einer kurzen Pause lachte Mutter auf. »Es kann doch nicht dein Ernst sein, daß du ...«

»Ein Mädchen, das nach all diesen Jahrhunderten das Echo von Zz hört ...«

Mutter protestierte noch immer. »Aber Muf wird nicht glücklich sein, so ein ...«

»Muf will Kriegskönig werden. Er wird heiraten, wie die Götter es befehlen. Und was mich betrifft, so haben die Götter heute hier entschieden.«

Aber es waren doch gar nicht die Götter, dachte Emeez. Eigentlich habe *ich* doch *ihn* gewählt.

»Es ist zuviel für sie«, sagte Mutter. »Sie hat eine solche Ehre nicht erwartet.«

»Die Mädchen, die sie erwarten«, sagte die Priesterin, »sollten sie niemals bekommen.«

Endlich konnte Mutter es glauben – oder vielleicht war ihr auch endlich klar geworden, daß schon ihre bloße Ungläubigkeit Emeez verriet, was sie von ihr hielt. Aus welchem Grund auch immer – schließlich quiekste Mutter erfreut auf und umarmte Emeez.

Bevor sie gingen, mußte Emeez der Priesterin zeigen, welchen Gott sie betrachtet hatte. Sie wußte es jedoch, sobald Emeez sie in den kleinen Nebenraum geführt hatte. »Der große häßliche, nicht wahr? Niemand hat ihn je berührt.«

»Aber er ist wunderschön gearbeitet«, sagte Emeez.

»Ja, das stimmt«, sagte die Priesterin. »Keine großen Hände wie die unsrigen könnten je eine so komplizierte Perfektion schaffen. Deshalb benutzen die Götter das Himmelsfleisch, damit sie ihnen körperliche Gestalt geben. Aber dieser hier – ich habe mich stets gefragt, was er tun kann, da niemand ihm je Gelegenheit gab, ein Kind zu machen oder den Regen zu bringen oder etwas in dieser Art. Er muß auf dich gewartet haben, Kind.« Erneut streichelte die alte Priesterin Emeez' Haar.

Ich werde die Frau des neuen Kriegskönigs sein, falls er sich als würdig erweist, seinem Vater zu folgen. Ich werde ihm auf jede erdenkliche Weise helfen, sich als würdig zu erweisen. Und ich werde ein wunderschönes Zimmer für ihn einrichten, mit Teppichen und Wandbehängen, Körben und Umhängen, die schöner sind, als man sie je gesehen hat. Und wenn die Leute ihn sehen, werden sie nicht denken: Seht euch diesen armen Mann an, der eine so haarige Frau hat. Statt dessen werden sie sagen: Die Frau des Kriegskönigs mag zwar haarig sein, aber sie hat unseren König mit Schönheit umgeben.

Ich werde dir dieses Geschenk nie vergessen, sagte Emeez stumm zu dem wunderschönen häßlichen Gott.

»Wirst du diesen Gott jetzt ins Freie stellen?« fragte Mutter.

»Nein«, sagte die Priesterin. »Und ihr dürft niemandem sagen, welcher Gott es war, der dem Mädchen diese Worte in den Mund gelegt hat. Dieser Gott ist nie berührt worden. So soll es auch bleiben.«

»Ich habe nie gehört, daß man einen mächtigen Gott so behandelt«, protestierte Mutter.

»Und ich habe nie gehört, daß ein unberührter Gott überhaupt Macht hat«, sagte die Priesterin. »Also haben wir hier keine Präzedenzfälle. Deshalb ... werden wir tun, was auch immer funktioniert. Und es scheint ganz wirksam zu sein, diesen Gott nicht zu berühren. Das genügt mir.«

Und mir auch, sagte Emeez stumm. Dann wiederholte sie laut die ersten und klarsten Worte, die der Gott gesprochen hatte. »Ich akzeptiere dich.«

»Spare dir diese Worte für deinen Gatten auf«, sagte Mutter. »Jetzt gehen wir lieber nach Hause, solange noch Zeit ist, ein gutes Abendessen zu bereiten.«

Auf dem gesamten Nachhauseweg wiederholte Mutter immer wieder, daß Emeez diese Dinge für sich behalten mußte und vor niemandem damit prahlen durfte, bis die alte Vleezh eine öffentliche Erklärung abgegeben hatte. Denn bis dahin konnte sie es sich ja jederzeit noch anders überlegen. »Oder sie stirbt vielleicht. Sie ist alt. Und du glaubst doch wohl nicht, daß irgendeine andere Priesterin auch nur im geringsten beeindruckt sein würde, wenn ich dich zu ihr brächte und sagte: Aber Vleezh hat gesagt, daß sie meine Emeez mit Muf zusammentun wird, dem Sohn des Kriegskönigs.«

Nein, natürlich glaube ich das nicht, Mutter. Wer würde es schon glauben?

Doch in ihrem Hinterstübchen nagte weiterhin eine Frage an ihr, die sowohl Mutter als auch die Priesterin übersehen zu haben schienen. Was hatte es zu *bedeuten*, daß die Verlorenen nach Hause kamen? Wer kam? Und wieso waren sie verloren? Hatten sie sich verirrt? Und warum hatte ausgerechnet dieser seltsame häßliche Gott ihnen diese Nachricht mitgeteilt, von all den tausenden Göttern in der heiligen Höhle?

Ich werde aufpassen und warten, dachte Emeez. Ich glaube, der Gott wollte mit diesen Worten mehr erreichen, als mich mit einem höherstehenden Gatten zu verheiraten – mehr, als ich je erwarten konnte. Also werde ich herauszufinden versuchen, was die Mitteilung des Gottes in Wirklichkeit bedeutet. Und falls ich es herausfinde, werde ich es verkünden, das oder alles andere, was der Gott mich verkünden lassen will. Wenn es geschieht, wird mir klar sein, was ich zu tun habe.

Emeez fragte sich nicht, woher sie das alles wußte. Statt dessen überlegte sie, welches Wort sie ihrem Namen hinzufügen sollte, denn die Frau des Sohns des Kriegskönigs durfte nicht nur mit ihrem Entwöhnnamen genannt werden. Emeezuuzh? Uuzh war die Endung, die Mutter an ihrem Tag des Ruhms angenommen hatte, als ihr Korb für das Begräbnis des alten Blutkönigs ausgewählt worden war. Aber es war ein sanfter Name, ein zarter Name, wenn eine Frau ihn wählte. Emeez wollte einen stärkeren Namen haben. Sie würde darüber nachdenken müssen. Ihr blieb noch viel Zeit, bis sie sich entscheiden mußte.

7

Ein Sturm auf See

Zdorab war in der falschen Epoche geboren worden. Bis jetzt hatte er das nicht begriffen. Oh, er wußte durchaus, daß er nicht dorthin paßte, wo er aufgewachsen war oder in Basilika gewohnt hatte, bevor Nafai ihm die Gelegenheit gab, sein Leben zu retten, indem er ihn in die Wüste begleitete. Doch nun, am Ende seiner zweiten Schicht als Lehrer der Kinder an Bord des Raumschiffs *Basilika* – gemeinsam mit Nafai –, wußte Zdorab, wohin er in Wirklichkeit gehörte. Das Problem war nur, daß die Kultur, die vielleicht Wert auf ihn gelegt hätte, vor vierzig Millionen Jahren untergegangen war.

Wer auch immer dieses Raumschiff mit seinem vorzüglichen Entwurf und seinen handwerklichen Qualitäten erbaut hatte, war zu bewundern. Doch erst, nachdem Zdorab auch in dem Schiff gelebt hatte, wurde ihm klar, daß er die Lebensweise der Erbauer auch schätzte. Natürlich waren sie auf das Schiffsinnere beschränkt, doch Zdorab hatte auf das Leben unter freiem Himmel noch nie gesteigerten Wert gelegt. Er vermißte keine Insekten. Er vermißte weder übermäßige Hitze oder Kälte noch Feuchtigkeit oder Trockenheit. Er vermißte weder die Ausscheidungen von Tieren noch die Gerüche seltsamer Dinge, die gerade gekocht oder schon längst verfault waren.

Doch nicht nur das Fehlen von Ärgernissen ließ ihn Geschmack am Leben an Bord des Schiffes finden, sondern in erster Hinsicht die positiven Dinge. Jede Nacht ein bequemes Bett. Eine tägliche Dusche mit sauberem Wasser. Ein Leben, das sich auf die Bibliothek konzentrierte, auf das Lernen und Lehren. Computer, auf denen man arbeiten, aber auch spielen konnte. Musik, die perfekt wiedergegeben wurde. Toiletten, die sich selbsttätig säuberten und denen keine üblichen Gerüche anhafteten. Kleidung, die man reinigen konnte, ohne sie waschen zu müssen. Mahlzeiten, die in wenigen Augenblicken zubereitet wurden. Und das alles, während man sich auf einer hundertjährigen Reise mit unvorstellbarer Geschwindigkeit zu einem anderen Stern befand.

Zdorab versuchte, es Nafai zu erklären, doch der junge Mann sah ihn nur verwirrt an und fragte: »Aber was ist mit den Bäumen?« Offensichtlich konnte Nafai es nicht erwarten, den neuen Planeten zu erreichen, bei dem es sich zweifellos um einen weiteren Ort mit jeder Menge Dreck und Käfern und schweißtreibender körperlicher Arbeit handeln würde. Zdorab hatte auf dem Weg durch die Wüste den gehorsamen Diener gespielt; er liebte geradezu die Tatsache, daß es auf diesem Raumschiff keine Diener gab, weil alle Arbeit entweder von Maschinen oder Computern erledigt wurde oder so leicht und einfach war, daß jeder sie tun konnte – und auch tat.

Und er mochte es, die Kinder zu unterrichten. Einige von ihnen waren jetzt, im sechsten Jahr der Reise, kaum noch Kinder. Ojkib zum Beispiel war inzwischen vierzehn und fast zwei Meter groß; er hatte also einen gewaltigen Schuß getan. Er war schlaksig, doch Zdorab hatte ihn bei Körperertüchtigungen in der Zentrifuge beobachtet, und sein Körper war drahtig und besaß harte, feste Muskeln. Aufgrund der Tatsache, daß Zdorab diesen wunderschönen jungen Körper sehen konnte und nur die Erinnerung einer Begierde empfand, wußte er, daß er inzwischen in mittlerem Alter war. Wenn es irgendeine Gnade der Natur gab, dann das Schwinden der männlichen Libido in mittlerem Alter. Einige Männer, die das Nachlassen der Begierde verspürten, unternahmen heldenhafte – oder kriminelle – Taten, um sich die Illusion einer erneuerten sexuellen Vitalität zu verschaffen, doch für Zdorab war es eine Erleichterung. Es war einfacher, von Ojkib und seinem sogar noch schöneren jüngeren Bruder Yasai als Schüler zu denken. Als Freunde seines Sohnes Padarok. Als mögliche Gefährten seiner Tochter Dabrota.

Mein Sohn, dachte er. Meine Tochter. Großer Gott. Wer

hätte während seiner Jahre der verstohlenen Liebschaften in der Männerstadt vor den Toren Basilikas je gedacht, daß ich einmal einen Sohn und eine Tochter haben werde? Und würde irgendein Mann ohne meine Zustimmung an einen von beiden Hand legen, würde ich ihn umbringen.

Und dann dachte er: Ich bin also doch ein Dschungelgeschöpf.

Er würde sich heute wieder schlafen legen, und Schedemei würde aufwachen, um seine Stelle einzunehmen. Sie würden ein paar Stunden gleichzeitig wach sein; die Überseele hatte gesagt, sie hätten dafür genug Lebenserhaltung. Zdorab freute sich darauf, Schedemei zu sehen. Sie war seine beste Freundin, die einzige Person, die seine Geheimnisse, seine inneren Kämpfe kannte. Er konnte ihr fast alles sagen.

Aber er konnte ihr nichts von dem kleinen Programm erzählen, das er in einem Lebenserhaltungscomputer eingespeist hatte, in einen von jenen, die nicht direkt Teil des Gedächtnisses der Überseele waren. Kurz bevor er den Weckruf zur Mitte der Reise programmiert hatte – den offensichtlichen, den die Überseele sofort entdeckte –, hatte Zdorab ein Programm geschrieben, bei dem es sich angeblich um ein harmloses Inventar ihrer Vorräte handelte. Das Programm überprüfte aber auch, ob bereits sechseinhalb Jahre der Reise verstrichen waren, und sobald sie verstrichen waren, würde es eine neue Version des Weckrufs in den Computer schicken, der den Kalender verwaltete. Diese neue Version würde Elemak, Zdorab und Schedemei genau dreißig Sekunden später wecken. Dann, nach einer weiteren Sekunde, würde das ursprüngliche Kalenderprogramm wiederhergestellt werden, und das Inventarprogramm würde sich selbsttätig neu schreiben und das zusätzliche Unterprogramm löschen. Es war alles sehr geschickt gemacht, und Zdorab war stolz auf die Cleverness des Programms.

Er wußte auch, daß es für den Frieden ihrer Gemeinschaft möglicherweise tödlich war, und nun, da er an Nafais kleinem Plan mitwirkte, hatte er die Absicht, in den Lebenserhaltungscomputer einzudringen und das Programm zu löschen, bevor es aktiv werden konnte. Das Problem bestand lediglich darin, daß es nun, da sie unterwegs waren, nicht leicht war, sich Zugang zu diesem Computer zu verschaffen. Er hatte Pflichten, und wenn diese erledigt waren, trieben sich überall die Kinder herum, die ihn vielleicht fragen würden, was er da machte. Er redete sich ein, daß er auf eine günstige Gelegenheit wartete, die Veränderung vorzunehmen. Aber nun würde er sich in ein paar Stunden wieder schlafen legen, und es hatte sich noch immer keine solche Gelegenheit geboten. Warum nicht?

Weil er Angst hatte, deshalb. Das war der Wurm in seinem Salat. O nein, er hatte längst nicht mehr Angst um sich selbst – das Verlangen nach Selbsterhaltung war für ihn nicht mehr so wichtig wie das Bedürfnis, seine Kinder zu beschützen. Er hatte nicht aufgrund von Träumen bei Nafais Plan mitgewirkt – die waren für Schedemei und andere bestimmt, die die Überseele herangezüchtet hatte, damit sie besonders empfänglich für sie waren. Er hatte deshalb nicht daran mitgewirkt, weil er nicht wollte, daß *einige* der Kinder einen Vorteil bekamen und seine nicht. Als Issib mit dem Vorschlag kam, die Erwachsenen sollten die Kinder abwechselnd unterrichten, wäre Zdorab nicht einmal im Traum darauf gekommen, nicht daran teilzunehmen.

Doch gleichzeitig fürchtete er sich davor, wie Elemak sich später rächen würde. Wenn er auf der Erde aufwachte und feststellte, von diesen starken jungen Männern umgeben zu sein, die sich alle Nafais Sache verschrieben hatten, würde Elemak solchen Haß empfinden, daß er ihm *niemals* verzeihen würde. Früher oder später würde es einen Krieg geben, einen blutigen Krieg. Zdorab wollte nicht, daß seine Kinder darunter zu leiden hatten. Er wollte nicht, daß sie daran teilnahmen oder auch nur Partei ergriffen. Welche bessere Möglichkeit gab es, Elemak seine Loyalität zu beweisen, indem er den Weckruf wie geplant einbaute?

Natürlich würden Nafai und die Überseele sofort darauf

kommen, wer ihnen dies eingebrockt hatte – auf Harmonie hatte niemand sonst genug Erfahrung im Umgang mit Computern gehabt, und keins der Kinder, die sich diese Fähigkeit auf der Reise angeeignet hatten, hätte Elemak aufgeweckt. Hatte er nicht gehört, wie Izuchaja – die beim Start so jung gewesen war, daß sie sich kaum an Elemak erinnerte – gefragt hatte: »Warum müssen wir Elemak denn überhaupt aufwecken, wenn er so böse ist?« Und Nafai hatte geantwortet: »Weil wir sonst einen Mord begehen würden!« und ihr dann erklärt, daß andere Leute selbst dann, wenn man nicht einer Meinung mit ihnen war, das Recht hatten, ihr Leben zu führen und ihre Entscheidungen zu treffen. Man durfte einen anderen nur töten, wenn dieser andere tatsächlich einen selbst umbringen wollte – oder jemanden, den man beschützen muß.

Jemand, den man beschützen muß. Ich muß meine Kinder beschützen. Das ist die kalte, nackte Wahrheit, Nafai: Meine Kinder sind keine Blutsverwandten von dir. Selbst wenn wir uns auf deine Seite schlagen, kann ich deshalb keinen Augenblick lang glauben, daß du sie genauso sorgsam und treu schützen wirst wie deine eigenen Kinder, oder die jungen Kinder deiner Eltern, oder die Kinder deines Bruders Issib. Ich muß einen Weg finden, sie selbst zu schützen, dafür zu sorgen, daß Elemak sie nicht so hassen wird, wie er dich und deine Kinder hassen wird – auch wenn ich ihnen geholfen habe, ihren Vorteil aus deinem Plan zu ziehen und älter und stärker als Elemaks Kinder zu werden. Das tut ein Vater nun mal. Auch wenn seine Frau es nicht billigen würde.

Zdorab wußte, daß Schedemei andere Vorstellungen von Loyalität hatte. Sie vertrat die Auffassung: alles oder nichts. Das rührte hauptsächlich daher, weil sie nicht die alptraumhafte Welt des verflochtenen Verrats kannte, in der Zdorab so viele Jahre lang gelebt hatte. Gaballufix' ständige Ränke, bei denen das Vertrauen anderer Leute als Waffe betrachtet wurde, die man gegen sie richten konnte; die übliche Gewalt und Korruption des Lebens im Männerdorf, in das der verbessernde Einfluß der Frauen nicht vordrang; und natürlich die unbarmherzige Täuschung des Lebens eines Mannes, der Männer liebte. Man kann niemandem wirklich vertrauen, Schedemei, sagte er stumm.

Nicht mal der Überseele. Besonders nicht der Überseele.

Zdorab war lediglich durch den Index und später durch die normalen Computer des Raumschiffs mit dem Hauptcomputer in Kontakt getreten. Er hatte keine Träume, und soweit er wußte, gab die Überseele nichts um ihn und hörte auch seine Gedanken nicht. Wie sonst hätte er sein geheimes Weckprogramm installieren können? Die Überseele hatte keine besondere Verwendung für ihn, einmal davon abgesehen, daß er seinen Chromosomensatz zur Verfügung stellen mußte, damit Schedemei sich reproduzieren konnte. Na ja, das war schon in Ordnung – Zdorab hatte auch nicht besonders viel für die Überseele übrig. Er war fest davon überzeugt, daß der Überseele – ganz gleich, was sie beabsichtigte – nicht viel an der Behaglichkeit und dem Glück der Menschen lag, die sie manipulierte. Und da der Überseele nichts an ihm lag, war Zdorab die einzige Person in der ganzen Gruppe, die so etwas wie Zurückgezogenheit kannte.

Gleichzeitig *hoffte* Zdorab irgendwo in seinem Hinterstübchen, daß die Überseele *doch* seine Gedanken hörte und von dem Weckruf wußte. Wahrscheinlich hatte sie ihn sogar schon entfernt; Zdorab hatte dies aus denselben Gründen nicht überprüft, aus denen er den Weckruf nicht selbst entfernt hatte. Die Überseele würde nicht zulassen, daß während der Reise etwas Gefährliches geschah. Elemak würde erst auf der Erde wieder aufwachen. Und wenn er dann erwachte, konnte Zdorab wahrheitsgemäß sagen: »Ich habe den Weckruf an Ort und Stelle belassen. Die Überseele muß ihn gefunden haben.«

Er sagte die Worte stumm, bildete sie mit den Lippen, der Zunge und den Zähnen, während er bereits wußte, daß Elemak ihm keinen Glauben schenken würde; oder wenn doch, daß es ihm gleichgültig war.

Sie haben einen Fehler begangen, mich mit ihren Familien

an der Reise teilnehmen zu lassen. Sie haben einen Fehler gemacht, mich zu zwingen, mich bei ihren tödlichen häuslichen Streitereien auf eine Seite zu schlagen.

Er stand vor Schedemeis Schlafkammer, als der Deckel zurückglitt und sie die Augen öffnete. Sie lächelte schwach.

»Hallo, du kluge und wunderschöne Dame«, sagte er.

»Es ist der schönste Traum einer jeden Frau, daß man ihr beim Aufwachen schmeichelt«, erwiderte Schedemei. »Leider bin ich noch von den Medikamenten benommen.«

»Welche Medikamente?« Zdorab half ihr, sich aufzusetzen, bevor er die Seite der Kammer aus der Verankerung löste und hinabklappte, damit sie hinauskonnte.

»Du meinst, ich bin von Natur aus geistig so langsam?«

Sie erhob sich und klammerte sich an ihn. Zum einen wollte sie gestützt werden, während sie versuchte, in der niedrigen Schwerkraft wieder allein auf den Beinen zu stehen, zum anderen war es eine Umarmung zwischen Freunden. Er reagierte natürlich und erklärte ihr, welche Fortschritte die Kinder gemacht hatten, seit sie zum letztenmal wach gewesen war. »Das könnte die beste Schule sein, die es jemals gegeben hat«, sagte er.

»Und wie bequem ist es doch, daß die Lehrer zwischen den Semestern schlafen gelegt werden«, erwiderte Schedemei.

Sie verbrachten ihre gemeinsamen Stunden damit, sich über die Kinder zu unterhalten, besonders über ihre eigenen, und über alles zu sprechen, das Schedemei in den Sinn kam. Aber sie sprachen nicht über das Problem, das Zdorab am dringlichsten beschäftigte, und Schedemei bemerkte, daß etwas nicht in Ordnung war.

»Was ist los?« fragte sie. »Du verschweigst mir etwas.«

»Was denn?« antwortete er.

»Irgendwas macht dir Sorgen.«

»Mein Leben ist eine einzige Sorge«, sagte er. »Mir gefällt es nicht, in die Schlafkammer zu klettern.«

Sie lächelte schwach. »Na schön, du mußt es mir nicht sagen.«

»Ich kann dir nicht sagen, was ich selbst nicht weiß«, erwiderte er, und da diese Bemerkung ein Körnchen Wahrheit enthielt – er wußte ja nicht, ob die Überseele sein Programm entfernt hatte oder nicht –, erlaubte Schedemeis Sinn für die Wahrheit ihr, ihm zu glauben, und sie entspannte sich.

Einige Stunden später verabschiedete Zdorab sich von den Kindern mit einem Ritual, an das sie sich mittlerweile gewöhnt hatten, da alle ihre Lehrer auf diese Weise kamen oder gingen. Ein Händedruck oder eine Umarmung, je nachdem, wie alt das betreffende Kind war; ein Kuß für seine eigenen Kinder, ob es ihnen nun gefiel oder nicht; und dann geleiteten Nafai und Schedemei ihn zu seiner Kammer und halfen ihm hinein.

Doch als die Medikamente zu wirken begannen, erfüllte ihn plötzlich Panik. Nein, nein, nein! dachte er. Wie konnte ich nur so dumm sein? Elemak wird nie loyal zu mir stehen, ganz gleich, was ich tue. Ich muß das Programm ändern. Ich muß verhindern, daß er aufwacht und Nafai überrascht. »Nafai«, sagte er. »Überprüfe den Lebenserhaltungscomputer.«

Doch der Deckel der Kammer hatte sich bereits geschlossen, und Zdorab konnte nicht sehen, ob Nafai überhaupt auf seine Lippen schaute. Bevor er auch nur eine Hand bewegen konnte, überwältigte ihn das Medikament, und er schlief.

»Was hat er gesagt?« fragte Nafai Schedemei.

»Ich weiß es nicht. Irgendwas hat ihn gestört, aber er wußte nicht, was es war.«

»Na ja, vielleicht fällt es ihm wieder ein, wenn er aufwacht«, sagte Nafai.

Schedemei seufzte. »Ich verspüre stets dieselbe Beklemmung, als hätte ich vergessen, etwas *sehr* Wichtiges zu sagen. Aber das ist wahrscheinlich nur eine Nebenwirkung der Tiefschlafdroge.«

Nafai lachte. »Als würde man mitten in der Nacht aufwachen, weil ein Traum einem eine sehr wichtige Idee eingegeben hat. Dann schreibt man sie auf, und am Morgen steht dort: ›Nicht das Essen! Der Hund!‹, und man hat nicht die leiseste Ahnung, was das zu bedeuten hat, oder warum man es für so wichtig hielt.«

»Die echten Träume muß man nicht aufschreiben«, erwiderte Schedemei. »Man erinnert sich auch so daran.«

Beide nickten und dachten daran, wie es war, wenn die Überseele oder der Hüter der Erde im Schlaf zu einem sprach. Dann kehrten sie zu den Kindern zurück und hielten die nächste Unterrichtsstunde.

Chveja führte gemeinsam mit Dza einige der jüngeren Kinder durch ihre Übungen. Sie hatten schon vor einigen Jahren herausgefunden, daß alle Kinder kontrolliert werden mußten, oder sie wurden nachlässig, obwohl Nafai sie immer wieder gewarnt hatte, daß sie die Erde mit so schlaffen und schwachen Körpern erreichen würden, daß sie sich Issibs Stuhl borgen müßten, nur um sich dort zu bewegen, falls sie nicht jeden Tag zwei Stunden hart in der Zentrifuge trainierten. Und so übten die jüngeren Kinder mit den älteren, die sich Zeit nahmen, und die älteren mit den jüngeren, die sie ebenfalls überwachten. Auf diese Weise konnte der eine dem anderen nicht sagen, »was er zu tun hatte«. Das System funktionierte durchaus zufriedenstellend.

Dza war noch immer nicht Chvejas Freundin – sie hatten wirklich nicht allzu viel gemeinsam. Dza gehörte zu den Menschen, die es nicht ertragen konnten, allein zu sein, die sich stets mit dem Tumult von Gesprächen umgeben mußten, mit lautem Klatsch, Gelächter und Gespött. Doch Chveja merkte nun, da Dza sie nicht mehr herumkommandierte, daß die jüngeren Mädchen sie wirklich mochten. Es kam Chveja wie eine körperliche Verbindung zwischen ihnen vor, und sie sah, wie die jüngeren Mädchen strahlten, wenn sie in Dzas Nähe kamen – und wie Dza ebenfalls strahlte. Aber Chveja konnte es nicht genießen, lange mit ihnen zusammen zu sein. Und Neid war nicht der Grund dafür, *obwohl* sie Dza manchmal ihre Vielzahl von Freundinnen neidete. All dieses ständige Plaudern, die rasch wechselnden Anforderungen an ihre Aufmerksamkeit – das ermüdete Chveja sehr schnell, und sie mußte dann eine Weile allein sein, sich mit Stille und Musik umgeben, eine Stunde lang ein und dasselbe Buch lesen, denselben Gesprächsfaden weiterführen.

Vater hatte mit ihr darüber gesprochen, und auch Mutter, als sie das letzte Mal wach gewesen war. Du verbringst zu viel Zeit allein, Chveja. Die anderen Kinder glauben manchmal, daß du sie nicht magst. Aber ein Buch zu lesen war für Chveja nicht dasselbe wie allein zu sein. Statt dessen führte sie ein Gespräch mit einer Person, ein beidseitiges Gespräch, das beim Thema blieb und nicht ständig andere Richtungen einschlug oder von jemandem unterbrochen wurde, der verlangte, daß *sie* Klatsch erzählte oder über *ihr* Problem sprach.

Doch solange Chveja genug Zeit für sich allein hatte, kam sie mit den anderen gut aus – sogar mit Dza. Nun, da sie über den kindischen Unsinn hinweggekommen war, das »erste Kind« zu sein, war Dza eine gute Gefährtin, intelligent und fröhlich. Man mußte ihr sogar zugute halten, daß sie nicht eifersüchtig gewesen war, als man herausfand, daß von der dritten Generation an lediglich Chveja die Fähigkeit entwickelt hatte, die Beziehungen zwischen Personen wahrzunehmen, obwohl es Dzas und nicht Chvejas Mutter gewesen war, die dies zuerst gelernt hatte. Wenn Tante Huschidh wach war, verbrachte sie mehr Zeit mit Chveja als mit ihren eigenen Töchtern, doch Dza beschwerte sich nicht. Dza hatte Chveja sogar einmal angelächelt und gesagt: »Dein Vater unterrichtet uns die ganze Zeit. Ich werde nicht böse, weil meine Mutter dich jetzt gelegentlich unterrichtet.« Den Unterricht mit Tante Huschidh verglich sie damit, ein Buch zu lesen. Sie war ruhig, sie war geduldig, sie blieb beim Thema. Und sie hatte einem Buch eins voraus: Sie beantwortete Chvejas Fragen. Bei Tante Huschidh wurde Chveja plötzlich gesprächig. Vielleicht lag es daran, daß Tante Huschidh als einzige sah, was auch Chveja sah.

»Aber du siehst mehr«, sagte Tante Huschidh eines Tages. »Du hast auch Träume wie deine Mutter.«

Chveja verdrehte die Augen. »Es gibt auf diesem Raumschiff keinen See der Frauen«, sagte sie. »Es gibt keine Stadt der Frauen, die wegen mir ein riesiges Theater macht und an jedem Wort der Schilderung meiner Visionen hängt.«

»So war es wirklich nicht«, sagte Huschidh.

»Mutter hat es aber gesagt.«

»Nun, so ist es ihr vielleicht vorgekommen. Aber deine Mutter hat die Rolle der Wasserseherin niemals ausgenutzt.«

»Sie war auch nicht so nützlich wie ... na ja, wie das, was wir können.«

Huschidh lächelte schwach. »Nützlich. Aber manchmal auch irreführend. Man kann Dinge falsch interpretieren. Wenn man zuviel über die Menschen weiß, heißt das noch lange nicht, daß man genug weiß. Weil man nämlich niemals weiß, *warum* sie der einen Person nahe stehen und der anderen nicht. Ich stelle Vermutungen an. Manchmal ist das ganz einfach. Manchmal liege ich hoffnungslos falsch.«

»Ich irre mich immer«, sagte Chveja, schämte sich aber nicht, dies vor Tante Huschidh einzugestehen.

»Immer *zum Teil* falsch«, sagte Huschidh. »Aber oft auch zum Teil richtig, und häufig stellst du wirklich sehr kluge Vermutungen an. Verstehst du, das Problem liegt darin, daß du sehr viel um die anderen Menschen geben mußt. Du mußt wirklich an sie denken, versuchen, die Welt durch ihre Augen zu sehen. Du mußt versuchen, Zeit mit ihnen zu verbringen. Ihnen zuhören. Sich mit ihnen anzufreunden. Ich sage das nicht, weil ich es getan habe, als ich in deinem Alter war, sondern weil ich es *nicht* getan habe und jetzt weiß, wie sehr es mich behindert hat.«

»Und was hat das verändert?« fragte Chveja.

»Ich habe einen Mann geheiratet, der mit einem solchen ständigen inneren Schmerz lebte, daß mir meine eigenen Ängste und Scham und Leiden im Vergleich dazu wie kindisches Gejammer vorkamen.«

»Mutter sagt, lange, bevor du Onkel Issib geheiratet hast, bist du einem bösen Mann entgegengetreten und hast die Treue und Ergebenheit seines gesamten Heeres von ihm genommen.«

»Das konnte ich nur, weil es das Heer eines anderen Mannes war. Aber dieser Mann war tot, und deshalb empfanden die Soldaten sowieso keine große Treue für ihren Anführer. Es war nicht schwer, und ich habe es getan, indem ich blindlings um mich schlug und *alles* gesagt habe, was ihre ohnehin geringe Loyalität noch weiter schwächen konnte.«

»Mutter hat gesagt, du hättest ruhig und meisterhaft ausgesehen.«

»Das entscheidende Wort ist ›ausgesehen‹. Jetzt hör aber auf, Veja. Das weißt du doch alles selbst. Was tust du, wenn du schreckliche Angst hast und verwirrt bist?«

Da kicherte Chveja. »Ich stehe da wie ein erschrockenes Reh.«

»Wie erstarrt, nicht wahr? Aber für die anderen sieht es so aus, als wärest du vollkommen ruhig. Deshalb ziehen dich einige von den anderen manchmal auch so gnadenlos auf. Sie glauben, du bestündest aus Stein, und sie wollen die Oberfläche durchbrechen und menschliche Gefühle berühren. Sie wissen einfach nicht, daß du die größte Angst hast und am zerbrechlichsten bist, wenn du am meisten aus Stein wirkst.«

»Warum wissen sie es nicht? Warum verstehen die Menschen einander nicht besser?«

»Weil sie jung sind«, sagte Huschidh.

»Alte Menschen verstehen sich auch nicht besser.«

»Manche doch«, sagte Huschidh. »Diejenigen, die sich bemühen. Die es wenigstens versuchen.«

»Du meinst dich.«

»Und deine Mutter.«

»Sie versteht mich überhaupt nicht.«

»Das sagst du, weil du eine Heranwachsende bist. Und wenn eine Heranwachsende sagt, daß ihre Mutter sie nicht versteht, bedeutet das, daß ihre Mutter sie nur allzu gut versteht, ihr aber nicht ihren Willen läßt.«

Chveja grinste. »Du bist eine genauso eingebildete, arrogante Erwachsene wie alle anderen.«

Huschidh erwiderte das Lächeln. »Siehst du? Du lernst. Dieses Lächeln hat es dir erlaubt, mir *genau das* zu sagen, was du denkst, und es mir ermöglicht, es als Scherz aufzufassen, so daß ich die Wahrheit hören kann, ohne wütend werden zu müssen.«

»Ich versuche es«, sagte Chveja seufzend.

»Und du machst es ganz gut – für eine kleine, unwissende, schüchterne Heranwachsende.«

Chveja blickte sie entsetzt an. Dann zeigte Huschidh ein Lächeln.

»Zu spät«, sagte Chveja. »Du hast es so gemeint.«

»Nur ein wenig«, sagte Huschidh. »Aber andererseits sind alle Heranwachsenden ungebildet, und du kannst ja nichts dafür, daß du klein und schüchtern bist. Du wirst mit der Zeit größer.«

»Und schüchterner.«

»Aber manchmal auch kühner.«

Na ja, das stimmte. Kurz nachdem Huschidh zum letztenmal schlafen gegangen war, hatte Chveja einen Wachstumsschub eingelegt, und jetzt war sie fast so groß wie Dza und größer als alle Jungs außer Ojkib, der fast schon so groß wie Vater war, aber nur aus Haut und Knochen zu bestehen schien und ständig gegen irgend etwas lief oder sich den Kopf oder die Zehen stieß. Chveja gefiel, wie er die Hänseleien der anderen mit einem wortlosen Grinsen hinnahm und sich niemals beschwerte. Außerdem gefiel ihr, daß er seine Größe niemals mißbrauchte, um die anderen Kinder herumzustoßen. Und wenn er bei Streitigkeiten vermittelte, stiftete er durch ruhige Überzeugung Frieden und nicht durch seine Größe und Kraft. Da sie Ojkib wahrscheinlich sowieso heiraten würde, freute Chveja sich, daß er sich zu einem solchen Mann entwickelte. Zu schade, daß er lediglich »klein und langweilig« dachte, wenn er *sie* ansah. Nicht, daß er es je gesagt hätte. Doch seine Blicke schienen stets an ihr vorbei zu gleiten, als würde er sie nicht einmal soweit zur

Kenntnis nehmen, daß er sie ignorieren konnte. Und wenn er allein mit ihr war, ging er immer so schnell wie möglich, als würde es ihn beinahe umbringen, sich in ihrer Gesellschaft zu befinden.

Nur weil wir Kinder bekommen und uns zusammentun und heiraten müssen, brauchen wir uns nicht unbedingt ineinander zu verlieben, sagte Chveja sich. Wenn ich ihm eine gute Frau bin, wird er mich eines Tages vielleicht lieben.

Sie dachte absichtlich nicht oft an die andere Möglichkeit – daß Ojkib vielleicht darauf bestehen würde, eine andere zu heiraten, sobald die Zeit für die Eheschließungen gekommen war. Die süße kleine Shjada zum Beispiel. Sie mochte zwei Jahre jünger sein, wußte aber schon mit den Jungs zu flirten, so daß der arme Padarok immer sprachlos um sie herumhing und Motja sie die ganze Zeit über mit einem Ausdruck so elender Sehnsucht betrachtete, daß Chveja nicht wußte, ob sie lachen oder weinen sollte. Was, wenn Ojkib *sie* heiratete und Chveja einen der jüngeren Knaben heiraten mußte? Was, wenn sie einen der jüngeren *zwangen*, sie zu heiraten?

Dann werde ich mich umbringen, nahm sie sich vor.

Natürlich wußte sie, daß sie das nicht tun würde. Jedenfalls nicht buchstäblich. Sie würde die beste Miene zum bösen Spiel aufsetzen, die sie aufsetzen konnte, und mitspielen.

Manchmal fragte sie sich, wie es bei Tante Huschidh gewesen war. Hatte sie sich in Issib verliebt, bevor sie ihn geheiratet hatte? Oder hatte sie ihn geheiratet, weil er als einziger übriggeblieben war? Es mußte schwer gewesen sein, einen Mann zu heiraten, den man hochheben und tragen mußte, wenn er sich nicht an einem Ort befand, an dem seine Flossen funktionierten. Aber sie schienen glücklich miteinander zu sein.

Die Menschen *können* glücklich miteinander sein.

Alle diese Gedanken und viele weitere gingen Chveja durch den Kopf, während sie Shjada, Netsja, Dabja und Zuja durch ihre Leibesübungen half. Da Netsja eine strenge

Aufseherin war, wenn sie sich bei den älteren Kindern Zeit nahm, war es ein Vergnügen, »Schneller, Netsja. Beim letztenmal hast du das besser gemacht!« zu ihr sagen zu können, wobei Netsjas Gesicht immer röter wurde und Schweiß von ihren Händen und ihrer Nase tropfte, während sie sich abstrampelte.

»Du bist«, sagte Netsja keuchend, »die Königin … aller Miststücke.«

»Und Ihr seid die Prinzessin, liebste Gonets.«

»Hört sie euch an«, sagte Zuja, die *nicht* keuchte, weil sie ihre Übungen stets so leicht bewältigte, als wären sie ein angenehmer Spaziergang. »Sie liest so viel, daß sie jetzt schon wie ein Buch spricht.«

»Wie ein … altes Buch«, keuchte Netsja. »Ein uraltes … eselsohriges … verstaubtes … vergilbtes … wurmzerfressenes …«

Ihre Aufzählung von Chvejas Tugenden wurde von einem lauten Klingelgeräusch unterbrochen, dem das beinahe ohrenbetäubende Jaulen einer Sirene folgte. So etwas hatten sie noch nie gehört.

»Da stimmt was nicht«, sagte Dza zu Chveja. Chveja fiel auf, daß Dza die Hände nicht auf die Ohren gedrückt hatte. Sie wirkte so ruhig wie eine Eule.

»Ich glaube, wir sollten hier warten, bis Vater uns sagt, was wir tun sollen«, sagte Chveja.

Dza nickte. »Stellen wir fest, wer gerade hier ist, und achten wir darauf, daß wir keinen verlieren.«

Das war eine gute Idee. Chveja war vorübergehend eifersüchtig darauf, nicht die Geistesgegenwart besessen zu haben, selbst daran zu denken. Andererseits jedoch wußte sie, daß es besser war, sich nicht den Kopf darüber zu zerbrechen, *wer* gute Ideen hatte, sondern sie einfach in die Tat umzusetzen. Und Dza war eine geborene Anführerin. Solange Dzas Entscheidungen klug und vernünftig waren, sollte Chveja ein gutes Beispiel abgeben und sie schnell und bereitwillig befolgen.

Dza hatte mit den jüngeren Knaben gearbeitet. Sie rief sie

schnell zu sich. Motja, der jüngste; Xodhja, Yaja und Zhjat. Sie führte sie zu der Stelle, an der Chveja die jüngeren Mädchen versammelt hatte. Chveja hatte ihre Gruppe bereits zusammen, weil die Mädchen zu dem Zeitpunkt trainiert hatten, als der Alarm losging.

»Bleibt einfach hier sitzen und wartet!« rief Dza allen Kindern zu.

»Können sie das nicht abstellen?« jammerte Netsja, die offensichtlich fürchterliche Angst hatte.

»Haltet euch die Ohren zu, aber seht uns an!« rief Dza. »Schließt nicht die Augen!«

Dza war schnell von Begriff. Wenn die Kinder nichts hören konnten, mußten sie *sehen*, damit sie Anweisungen bekommen konnten, falls sie irgend etwas tun mußten. Erneut verspürte Chveja einen kleinen Stich der Eifersucht. Die Feststellung, daß das Vertrauen, die Loyalität zu Dza – und die *Abhängigkeit* von ihr – bei allen anderen plötzlich eindeutig größer geworden war, munterte sie nicht gerade auf.

Selbst *mein* Vertrauen, dachte Chveja. Sie ist wirklich das führende Kind, da sie ... na ja, diese Stellung nicht mißbraucht.

Ein Beinpaar erschien im Leitergang am oberen Ende der Zentrifuge. Lange Beine mit großen, unbeholfenen Füßen. Ojkib. Und er war noch unbeholfener als sonst, weil er einen sperrigen Gegenstand unter dem Arm trug. Einen Gegenstand, der in Stoff gehüllt war.

Als er den Boden erreichte, wandte er sich sofort an Dza, als hätte er gewußt, daß sie das Kommando hat. »In den Schlafräumen ist es nicht so laut«, rief er. »Kannst du die jüngeren Kinder in ihre Betten bringen?«

Dza nickte.

»Nafai möchte es jedenfalls, wenn du es schaffst, ohne eins von ihnen zu verlieren.«

»In Ordnung«, sagte Dza und erteilte sofort Anweisungen. Die jüngeren Kinder stiegen die Leiter hinauf. Dza ermahnte jedes, in der Röhre unmittelbar außerhalb der Zentrifuge zu warten, bis sie ebenfalls dort oben eingetroffen sei. Chveja kam sich völlig überflüssig vor.

Ojkib wandte sich an sie und hielt ihr das Stoffbündel hin. »Es ist der Index«, sagte er. »Elemak ist wach. Verstecke ihn.«

Chveja war erstaunt. Keins der Kinder hatte den Index je berühren dürfen, auch nicht, wenn er in Tücher eingeschlagen war. »Hat Vater dir gesagt ...«

»Verstecke ihn«, sagte Ojkib. »Irgendwo, wo Elemak nicht nachsehen wird.«

Er drückte ihr das Bündel gegen den Bauch, und ihre Arme schlossen sich instinktiv darum. Dann drehte er sich um und ging, folgte Dza die Leiter hinauf.

Chveja sah sich in der Zentrifuge um. Gab es hier eine Stelle, wo sie den Index verstecken konnte? Wohl kaum. Die Übungsfläche war größtenteils frei, abgesehen von den Kraftmaschinen, und die boten keine Verstecke. Also drückte sie den Index unter den Arm und wartete darauf, die Leiter hinaufsteigen zu können.

Dann sah sie dort, wo der Zentrifugenboden sich hinaufkrümmte, um einen Kreis um das Äußere des Schiffes zu vollziehen, eine Lücke im Teppich. Dort befand sich die Zugangstür. Wenn die Zentrifuge angehalten wurde, konnte man die Zugangstür öffnen, damit man in das System der Räder kriechen konnte, die der Zentrifuge die Drehbewegung ermöglichten. Das Problem war nur, daß die Zentrifuge stets eine halbe Stunde benötigte, um ihre Drehbewegung zu beenden. Wenn Chveja sie jetzt abschaltete, würde die Zentrifuge erst in einer halben Stunde zum Stillstand kommen. Und dann benötigte sie nochmals eine Stunde oder noch mehr, um wieder auf volle Geschwindigkeit zu kommen. Elemak würde sofort merken, daß die Zentrifuge aus *irgendeinem* Grund ausgeschaltet worden war. Sie konnte nicht darauf hoffen, daß es ihm entging. Daß er während der Reise noch nie wach gewesen war, bedeutete nicht, daß er bei der Arbeitsweise des Schiffes keine Anomalien bemerkte.

Andererseits würde für ihn allein die Tatsache, daß man die Zentrifuge nicht angehalten hatte, bedeuten, daß dort nichts versteckt worden war.

Chveja lief zur Zugangstür und zerrte daran. Die Tür gab nicht nach – eine Sicherheitsschaltung verhinderte, daß man sie öffnen konnte, während die Zentrifuge sich drehte. Sie lief zum nächsten Notknopf und drückte darauf. Der aufjaulende Alarm ging im Heulen der Hauptsirene unter. Nun konnte die Zugangstür geöffnet werden, obwohl die Zentrifuge sich noch schnell drehte. Sie drückte sie zurück; die Tür bildete einen kleinen Bogen auf dem gekrümmten Boden. Durch die Öffnung konnte sie die Räder der Zentrifuge sehen, unter denen sich die Laufbahn drehte; dann veränderte sich ihre Perspektive, und Chveja begriff, daß sie sich auf der sich drehenden Oberfläche befand und die Laufbahn in Wirklichkeit zum Rest des Schiffes gehörte, der unter den Rädern unbewegt ruhte. Oben an der Spitze der Leiter schien die Drehung viel langsamer zu sein. Es waren zwar genauso viele Umdrehungen pro Minute, doch so nahe am Zentrum war das gar nicht so schnell.

Wird der Index zerbrechen, wenn ich ihn fallen lasse?

Oder genauer gefragt – werde ich getötet oder nur verstümmelt und für den Rest meines Lebens verkrüppelt, wenn ich stürze oder die Laufbahn auch nur berühre?

Schwitzend vor Angst streckte sie zuerst das eine, dann das andere Bein durch die Öffnung, bis sie auf dem Rahmen der nächsten Räderanordnung stand. Dann stützte sie ihr Gewicht mit der rechten Hand ab und drückte den Index gegen die Tür, während sie ihre Hand darunter schob. Den Index auf der Handfläche balancierend, drückte sie ihn vorsichtig in die Öffnung hinab und griff in die Oberseite der anderen Räderanordnung direkt unter dem Boden der Zentrifuge. An einer Stelle, an der vier Metallstangen ein Quadrat bildeten, ließ sie den Index behutsam los, und er rollte hinab und fiel auf das Viereck. Dort war er in Sicherheit – nichts würde ihn hinabstoßen, und er lag viel zu weit auf den Stangen, um hindurchfallen zu können. Und am besten war, daß man ihn nur sehen konnte, wenn man so tief in die Öffnung hinabstieg, daß der Kopf sich unterhalb der Ebene des Zentrifugenbodens befand. Alles sprach dafür, daß Elemak schon lange vorher zu dem Schluß kommen würde, es sei viel zu gefährlich, den Index hier unten zu verstecken. Er würde aufgeben und anderswo suchen.

Doch wenn sie darüber nachdachte, war es in der Tat sehr gefährlich, sich hier unten aufzuhalten. Sie mußte zudem wieder nach oben und die Tür schließen, damit deren Alarmsirene zu jaulen aufhörte, bevor die Hauptsirene verstummte. Das Hinaufklettern war jedoch nicht so einfach wie das Hinabsteigen, und nun, da sie sich nicht mehr darauf konzentrieren mußte, den Index zu verstecken, hatte sie Zeit, sich entsetzlich zu fürchten. »Langsam!«, sagte sie sich immer wieder. Vorsichtig. Ein Fehltritt, und sie können mich einen Monat lang von der Laufbahn abkratzen.

Schließlich war sie draußen, hing mit gespreizten Gliedern über der Öffnung. Sie glitt wie eine Spinne weiter, bis sie sich auf sicherem Untergrund befand, sprang dann auf und warf die Tür wieder zu. Der Verschluß rastete ein, und jetzt konnte Chveja die Zentrifuge wieder einschalten. Sie spürte kaum, wie die Drehbewegung schneller wurde – die Zentrifuge war so gut konstruiert, daß in der Zeit, da der Motor ausgeschaltet gewesen war, die Reibung sie kaum verlangsamt hatte.

Die Sirene verstummte. Die Stille war wie ein körperlicher Schlag; es klingelte in Chvejas Ohren. Sie hatte es gerade noch geschafft; zehn oder fünfzehn Sekunden länger, und es wäre zu spät gewesen.

In der Stille hörte sie das Geräusch, als jemand die Leiter hinabstieg.

Sie schaute hoch. Beine. Nicht Vaters Beine. Nicht die eines Kindes. Wenn man sie hier vermeintlich grundlos entdeckte, würde Elemak sich fragen, warum sie die anderen Kinder nicht begleitet hatte.

Ohne nachzudenken, warf Chveja sich zu Boden, rollte sich zu einer Fötusposition zusammen, begrub das Gesicht in den Händen und begann leise zu wimmern und vor Furcht zu zittern. Sollten sie doch denken, sie sei in Panik geraten, erstarrt vor Furcht vor dem schrecklichen, lauten

Geräusch. Sollten sie doch glauben, sie wäre schwach und hätte die Selbstbeherrschung verloren. Sie würden es glauben, denn niemand nahm an, daß sie ein gefährliches Kunststück vollbringen konnte, während sie sich auf der sich rasend schnell drehenden Zentrifuge befand. Warum sollten sie das auch annehmen? Sie hatte es ja selbst nicht gewußt. Sie konnte es auch jetzt kaum glauben.

»Steh auf«, sagte der Mann. »Reiß dich zusammen. Niemand wird dir etwas tun.«

Es war nicht Elemak. Es war Vas, Vasnjas und Panjas Vater. Tante Sevets Gatte. Also war nicht nur Elemak wach.

»Du brauchst dich nicht zu schämen«, sagte er. »Laute Geräusche – die bringen manche Leute nun mal durcheinander. Du kannst dir nicht vorstellen, wie aufgebracht die kleinen Kinder sind. Es wird Stunden dauern, um sie wieder zu beruhigen.«

»Die kleinen Kinder?« Sie begriff sofort, daß er nicht die Zwölf- und Dreizehnjährigen meinte. »Die kleinen Kinder sind geweckt worden?«

»Alle sind wach. Als der Tiefschlaf-Alarm losging, wurden alle gleichzeitig geweckt. Nur für den Fall, daß mit dem System etwas nicht in Ordnung ist.«

»Was hat den Alarm ausgelöst?« fragte Chveja.

Nun legte sich zum erstenmal ein dunkler Ausdruck des Zorns auf Onkel Vas' Gesicht. »Das müssen wir erst noch herausfinden. Aber wären wir nicht geweckt worden, hätten wir keine Gelegenheit bekommen, dich als so hübsche kleine – wie alt bist du? – Vierzehnjährige zu sehen.«

»Fünfzehn«, sagte sie.

»Herzlichen Glückwunsch zum Geburtstag«, antwortete er trocken. »Meine achtjährige Tochter Vasnaminanja wird sich bestimmt freuen, ihre liebe Kusine Veja zu sehen. Es wird dir wirklich Freude machen, mit ihr mit Puppen zu spielen, meinst du nicht auch?«

Plötzlich schämte Chveja sich. Vasnja war ihre Freundin gewesen, das einzige Kind des ersten Jahres, das nett zu ihr gewesen war und sie bei ihren Spielen beteiligt hatte, selbst als Dza bestimmt hatte, daß Chveja eine Unberührbare war. Doch da Vasnjas Eltern Freunde von Elemak statt von Nafai waren, war Vasnja zurückgelassen worden. Chveja war bereits sechseinhalb Jahre älter. Sie würden nie wieder wirkliche Freundinnen sein. Und warum? Hatte Vasnja irgend etwas Böses getan? Nein – sie war ein guter Mensch. Und doch war sie zurückgelassen worden.

»Es tut mir leid«, sagte Chveja leise.

»Nun ja, wir wissen, wer die Schuld daran trägt, und es war keins der Kinder.« Er reichte ihr eine Hand. »Elemak hat jetzt das Sagen. Das hätte schon vor langer Zeit so sein sollen.«

Er versuchte, sich nett und zuversichtlich zu geben, doch Chveja war nicht dumm. »Was habt ihr mit Vater gemacht?«

»Nichts«, erwiderte Vas lächelnd. »Er schien einfach nicht besonders versessen darauf zu sein, Elemaks Autorität herauszufordern.«

»Aber er hat den Mantel des ...«

»Des Herrn der Sterne«, sagte Vas. »Ja, den hat er noch immer. Und er sprüht auch weiterhin Funken. Nafai hat den Mantel. Aber Elemak hat die Zwillinge.«

Die Zwillinge, Serp und Spel. Chvejas jüngste Brüder, die noch so klein waren, daß man sie nicht in die Schule hatte aufnehmen können. Elemak mußte sie als Geiseln genommen und gedroht haben, ihnen etwas anzutun, falls Vater nicht tat, was Elemak wollte.

»Also benutzt er Babys, um seinen Willen durchzusetzen?« sagte Chveja verächtlich.

Vas' Gesichtsausdruck wurde plötzlich sehr häßlich. »Ach, wie schrecklich von ihm, nicht wahr? Eines Tages wirst du mir erklären müssen, warum es böse von Elemak ist, die Kinder zu benutzen, um seinen Willen zu bekommen – aber daß es völlig in Ordnung ist, wenn dein Vater genau dasselbe tut. Und jetzt komm mit.«

Als sie vor Vas die Leiter hinaufkletterte, versuchte Chveja, einen klaren Unterschied zwischen dem Vorgehen der beiden Männer zu finden. Elemak benutzte Babys als

Geiseln, doch Nafai hatte Kindern die Wahl gelassen, ob sie ihn unterstützen wollten – um die Kontrolle über die Kolonie behalten zu können. Darauf lief es doch hinaus, nicht wahr? Kinder zu benutzen, um die Kontrolle über die gesamte Gemeinschaft zu bekommen und zu behalten.

Aber es *war* etwas anderes. Es gab einen klaren moralischen Unterschied, und wenn Chveja lange genug darüber nachdachte, würde sie ihn auch erklären können. Und dann würden alle verstehen, daß der Unterricht während der Reise ein vollkommen anständiges Vorgehen war, das Benutzen der Zwillinge als Geiseln aber eine unaussprechliche Scheußlichkeit.

Dann kam Chveja ein ganz anderer Gedanke. Ojkib hatte ihr den Index gegeben. Er war davon ausgegangen, daß Dza die anderen Kinder in Sicherheit führte. Doch als es darum ging, den Index der Überseele zu verstecken, hatte er es nicht selbst getan, sondern diese Aufgabe Chveja übertragen. Und er hatte ihr auch nicht gesagt, wo sie ihn verstekken sollte.

Alle hatten sich in der Bibliothek eingefunden. Da es sich um einen großen, offenen Raum handelte, der fast den ganzen Umfang des Schiffes ausnutzte, war es der einzige, der groß genug war, sie alle aufzunehmen. Babys weinten, und kleine Kinder schauten verwirrt und verängstigt drein. Chveja kannte natürlich alle kleinen Kinder. Sie hatten sich nicht verändert und drängten sich jetzt um ihre Mütter. Kokor, Sevet, Dol. Und Elemaks Frau Eiadh. Aber sie hielt nicht ihr jüngstes Kind in den Armen, nicht Zhivja. Nein, Tante Eiadh hielt einen der Zwillinge, Spel.

Und Elemak, der am Rand der Bibliothek stand, hielt Serp.

Ich werde euch beiden niemals verzeihen, sagte Chveja stumm. Kann sein, daß ich die moralischen Grundsätze noch nicht auf die Reihe bekomme, aber ihr haltet meine Brüder fest und droht, ihnen Schaden zuzufügen, um euren Willen durchzusetzen.

»Chveja«, sagte Luet, als sie sie sah.

»Halt die Klappe«, sagte Elemak. »Komm her«, sagte er zu Chveja.

Sie ging zu ihm, blieb aber mehrere Schritte vor ihm stehen.

»Sieh dich an«, sagte Elemak mit verächtlicher Wut.

»Sieh *dich* an«, sagte Chveja. »Du bedrohst ein Baby. Deine Kinder müssen stolz auf ihren tapferen Vater sein.«

Heiße Wut überkam Elemak, und sie sah, daß seine Verbindung zu ihr fast eine negative Stärke annahm. Für einen Augenblick wollte er sie tot sehen.

Aber Elemak tat nichts und sagte nichts, bis er sich wieder ein wenig beruhigt hatte.

»Ich will den Index«, sagte er dann. »Ojkib behauptet, er habe ihn dir gegeben.«

Chveja wirbelte zu Ojkib herum, der ihren Blick teilnahmslos erwiderte. »Das ist schon in Ordnung«, sagte Ojkib. »Dein Vater wollte ihn verstecken. Jetzt befiehlt die Überseele ihm, den Index Elemak zu geben.«

»Wo ist Vater?« fragte Chveja. »Wer bist du, daß du für ihn sprechen kannst?«

»Dein Vater ist in Sicherheit«, sagte Elemak. »Du solltest lieber auf deinen *großen* Onkel Ojkib hören.«

»Glaub mir«, sagte Ojkib. »Du kannst es ihm sagen. Die Überseele behauptet, es sei in Ordnung.«

»Woher willst du denn wissen, was die Überseele sagt?« fragte Chveja.

»Wieso sollte er es nicht wissen?« sagte Elemak höhnisch. »Das weiß hier doch jeder. Dieser Raum ist *voll* von Menschen, die anderen Leuten liebend gern sagen, was die Überseele von ihnen verlangt.«

»Wenn ich es aus Vaters Mund höre, werde ich dir sagen, wo der Index ist.«

»Wenn sie ihn versteckt hat«, sagte Vas, »muß er in der Zentrifuge sein.«

Ojkibs Augen wurden groß. »Da kann man ihn nirgends verstecken.«

Elemak fuhr Mebbekew und Obring an. »Nun geht schon los und sucht ihn«, sagte er.

Obring erhob sich sofort, doch Mebbekew bewegte sich absichtlich langsam. Chveja sah, daß seine Loyalität zu Elemak schwach war. Andererseits war seine Loyalität zu allen anderen ebenfalls schwach.

»Sag es ihnen einfach, Veja«, forderte Ojkib sie auf. »Glaub mir, ich meine es ernst.«

Mir egal, ob du es ernst meinst oder nicht, sagte Chveja stumm. Ich habe nicht mein Leben riskiert, um den Index zu verstecken, nur um mich jetzt von einem Verräter wie dir überreden zu lassen, ihn wieder herauszurücken.

»Es spielt keine Rolle«, sagte Ojkib. »Der Index verfügt lediglich über die Macht, jemanden zu befähigen, mit der Überseele zu sprechen. Glaubst du, die Überseele wird einem Mann wie *diesem* irgend etwas zu sagen haben?« Seiner Stimme war deutlich die Verachtung zu entnehmen, als er auf Elemak zeigte.

Elemak lächelte, ging zu Ojkib, hob ihn dann mit einer Hand aus seinem Stuhl und schleuderte ihn gegen die Wand. Der Aufprall trieb Ojkib die Luft aus den Lungen, und er sackte zusammen und hielt sich den Kopf, mit dem er gegen einen Schrank geprallt war. »Du magst groß sein«, sagte Elemak, »und du magst auch stolze Worte schwingen, aber es steckt nichts dahinter, Junge. Hat Nafai wirklich gedacht, ich würde vor einem 'Mann' wie dir jemals Angst haben?«

»Du kannst es ihm verraten, Chveja«, sagte Ojkib, ohne Elemaks Frage zu beantworten. »Er kann Kinder verprügeln, aber er kann nicht die Überseele beherrschen.«

Es schien sich nur um eine kaum wahrnehmbare Handbewegung zu handeln, doch die Folge war, daß Ojkibs Kopf erneut mit solcher Wucht gegen den Schrank prallte, daß der Junge zu Boden fiel.

Chveja sah die starken, leuchtenden Fäden der Loyalität, die Ojkib mit ihr verbanden. So war es nie zuvor gewesen. Und ihr wurde klar, daß Ojkib sich nur deshalb von Elemak verprügeln ließ, um Chveja zu beweisen, daß er kein Verräter war, sondern die Wahrheit sagte. Sie konnte den Index Elemak geben.

Aber sie brachte es einfach nicht über sich. Selbst wenn Ojkib recht hatte und der Index nutzlos war, schien Onkel Elemak anderer Ansicht zu sein. Er wollte ihn haben. Sie mußte irgendeinen Vorteil daraus ziehen.

Doch sie durfte nicht zulassen, daß Ojkib weiterhin mißhandelt wurde, wenn sie es verhindern konnte. »Ich werde euch verraten, wo der Index ist«, sagte sie.

Obring und Meb standen an der Leiter in der Mitte der Bibliothek.

»Sobald ich gesehen habe, daß es Vater gut geht«, fügte Chveja hinzu.

»Ich habe dir doch schon gesagt, daß er in Ordnung ist«, sagte Elemak.

»Du hältst auch ein Baby in den Armen, um deinen Willen durchzusetzen«, sagte Chveja. »Das beweist, daß du ein anständiger Mensch bist, der niemals lügen würde.«

Elemak errötete. »Wir haben das Mundwerk einer Erwachsenen, was? Nafais Einfluß auf diese Kinder ist doch so wunderbar.« Doch während er sprach, ging er zu der Stelle hinüber, an der Mutter mit ihren anderen Kindern saß. Er gab ihr Serp. »Ich bedrohe keine Babys«, sagte er.

»Du meinst damit, daß du Vater bereits dazu gebracht hast, sich dir zu ergeben«, sagte Chveja.

»Wo ist der Index?« fragte Elemak.

»Wo ist mein Vater?« fragte Chveja.

»In Sicherheit.«

»Der Index ebenfalls.«

Elemak ging zu ihr, beugte sich über sie. »Willst du etwa mit mir handeln, kleines Mädchen?«

»Ja«, sagte Chveja.

»Wie Ojkib schon gesagt hat, für mich ist der Index nutzlos«, sagte Elemak grinsend.

»Schön«, sagte Chveja.

Er beugte sich noch tiefer hinab, legte eine Hand hinter ihren Kopf und flüsterte ihr ins Ohr. »Veja, ich werde einfach alles tun, um meinen Willen zu bekommen.«

Er hatte sie kaum losgelassen, als sie ganz laut sagte: »Er

hat gesagt: ›Veja, ich werde einfach alles tun, um meinen Willen zu bekommen.‹«

Die anderen murmelten leise miteinander. Vielleicht über Chvejas Kühnheit, laut zu wiederholen, was Elemak ihr gesagt hatte. Vielleicht über Elemaks Drohung. Es spielte keine Rolle – das Geflecht der Beziehungen veränderte sich. Elemaks Einfluß auf seine Freunde war etwas schwächer geworden. Natürlich waren die anderen noch immer durch Furcht und Schrecken mit ihm verbunden; Ojkibs Mißhandlung hatte Elemaks Kontrolle über die Situation gestärkt. Doch Chvejas Kühnheit und Elemaks Poltern hatten die Loyalität jener geschmälert, die ihm freiwillig folgten.

Er schien das zu spüren – er war ein starker Anführer gewesen; er hatte Karawanen durch gefährliche Gebiete geleitet und wußte, wann er an Boden verlor, auch wenn er nicht Chvejas und Huschidhs Fähigkeit hatte, die Bande der Treue und des Gehorsams, der Liebe und Furcht zu sehen. Also änderte er seine Taktik. »Bemühe dich ruhig, Veja«, sagte er, »aber es wird dir nicht gelingen, mich zum Bösewicht dieser kleinen Szene zu machen. Dein Vater und diejenigen, die sich mit ihm verschworen haben, haben uns andere allesamt betrogen. Dein Vater hat gelogen, als er versprach, er würde uns zur Mitte der Reise wecken. Dein Vater hat unsere Kinder um ihr Geburtsrecht betrogen. Sieh sie dir doch an.« Er zeigte auf sie, auf die Vierjährigen, die Fünfjährigen, die Achtjährigen, die noch immer versuchten, diese großen Erwachsenen mit den Kindern in ihrem Alter in Einklang zu bringen, die sie – wie sie sich erinnerten – noch vor ein paar Stunden gesehen hatten, als sie vor dem Start schlafen gelegt worden waren. »Wer hat hier Kinder schlecht behandelt? Wer hat sie ausgebeutet? Ich nicht.«

Chveja sah, daß Elemak wieder an Mitgefühl gewann. »Warum hält deine Frau dann noch immer Spel fest?« fragte sie.

Eiadh sprang auf und fauchte ihre Antwort. »Ich nehme keine kleinen Kinder als Geisel, du abscheuliches kleines Balg! Er hat geweint, und ich habe ihn getröstet.«

»Vielleicht hätte seine Mutter das besser gekonnt«, sagte Chveja. »Vielleicht *will* dein Mann nicht, daß du Spel Mutter zurückgibst.«

Eiadh schaute sofort zu Elemak hinüber, und dessen gereizte Geste bewies Chveja, daß sie recht gehabt hatte. Verdrossen trug Eiadh Spel zu Luet hinüber, die ihn nahm und auf ihr anderes Knie setzte. Doch die ganze Zeit über hatte Mutter nichts gesagt. Warum schweigt Mutter? fragte Chveja sich. Warum überlassen die Erwachsenen es mir und Ojkib, das Reden zu übernehmen?

›Weil sie Kinder haben.‹

Der Gedanke trat mit solcher Klarheit in ihren Verstand, daß sie wußte, er kam von der Überseele. Und sie verstand sofort, was die Überseele meinte. Weil die Erwachsenen kleine Kinder hatten, hatten sie Angst davor, was Elemak mit ihnen anstellen könnte. Nur Heranwachsende wie ich und Ojkib können tapfer sein, weil wir keine Kinder beschützen müssen.

›Ja.‹

Du kannst also mit mir sprechen. Warum sagst du mir dann nicht, daß ich Elemak den Index geben soll, wenn es dein Wunsch ist?

Aber es erfolgte keine Antwort.

Chveja verstand nicht, was die Überseele tat. Warum sagte sie Ojkib etwas, das sie ihr gegenüber nicht bestätigte? Warum verriet sie ihr nicht, was sie wissen mußte? Die Überseele hätte sich jederzeit melden und erklären können, warum die Erwachsenen nichts sagten, aber sie hatte Chveja keinen einzigen Hinweis darauf gegeben, was sie nun tun sollte.

Vielleicht bedeutete dies, daß sie bereits das Richtige tat.

›Ja.‹

»Bringe mich zu Vater«, sagte Chveja. »Wenn ich sehe, daß ihm nichts geschehen ist, werde ich dir den Index geben.«

»So groß ist das Schiff nun auch wieder nicht«, sagte Elemak. »Ich werde den Index auch ohne deine Hilfe finden.«

»Du kannst es ja versuchen«, sagte Chveja. »Aber allein die Tatsache, daß du so beharrlich zögerst, mich zu meinem Vater zu bringen, beweist mir, daß du ihn verletzt hast und diesen Leuten nicht zu zeigen wagst, was für ein gewalttätiger, schrecklicher, böser Mensch du bist.«

Für einen Augenblick dachte sie, er würde sie schlagen. Doch es war nur ein Ausdruck, der in seinen Augen aufflakkerte; seine Hände bewegten sich nicht, und er beugte sich nicht einmal zu ihr hinunter.

»Du kennst mich nicht«, sagte er leise. »Als wir uns das letzte Mal gesehen haben, warst du nur ein Kind. Vielleicht bin ich genau so, wie du behauptest. Aber warum hast du noch keine Prellungen und blutest nicht, wenn ich wirklich so schrecklich, böse und gewalttätig bin?«

»Weil du bei deinen Speichelleckern nichts erreichen wirst, wenn du ein Mädchen schlägst«, sagte Chveja kalt. »Aber wie du Ojkib behandelt hast, zeigt, wie du wirklich bist. Die Tatsache, daß du mich nicht genauso behandelst, beweist nur, daß du dir noch nicht sicher bist, wirklich die Kontrolle zu haben.«

Chveja hätte es früher nie gewagt, so etwas zu sagen, doch nun sah sie, daß sie mit jedem Wort, jedem Satz, Elemaks Position schwächte. Natürlich war sie klug genug, um zu wissen, daß dieses Vorgehen sehr gefährlich war; denn sobald Elemak sich seines nachlassenden Einflusses erst bewußt wurde, würde er vielleicht unbesonnener und brutaler vorgehen. Doch etwas anderes fiel ihr einfach nicht ein. Nur so konnte sie ihre Lage in gewisser Weise beherrschen.

»Aber natürlich habe ich nicht die Kontrolle«, sagte Elemak ruhig. »Ich habe es auch nie angenommen. Dein Vater ist der einzige, der die Leute beherrschen will. Ich muß ihn in Schranken halten. Denn wenn ich's nicht tue, wird er diesen Mantel benutzen, um die Leute zu zwingen, das zu tun, was er will. Mir liegt einfach nur an Gerechtigkeit. Zum Beispiel könntet ihr übergroßen Kinder für den Rest der Reise schlafen, während *unsere* Kinder die Möglichkeit bekommen, euch wenigstens halbwegs einzuholen, was das

Wachstum angeht. Ist dieser Vorschlag wirklich so schrecklich, böse und gewalttätig?«

Chveja wurde klar, daß Elemak bei diesem Spiel sehr, sehr gut war. Mit einigen wenigen Worten konnte er alles wieder aufbauen, das sie niedergerissen hatte.

»Gut«, sagte sie. »Du bist ein freundlicher, vernünftiger und anständiger Mann. Deshalb wirst du mich und Ojkib und Mutter jetzt zu Vater bringen lassen.«

»Vielleicht. Sobald ich den Index habe.«

Für einen Augenblick dachte Chveja, er habe nachgegeben. Sie müsse ihm nur sagen, wo der Index war, und er würde sie zu Vater lassen. Aber dann griff Ojkib ein.

»Wirst du diesem Lügner etwa glauben?« fragte er. »Er spricht davon, daß Nafai uns mit dem Mantel unterdrückt – aber niemand soll sich daran erinnern, daß er und Meb vorhatten, Nafai zu *ermorden*. Er ist ein Mörder! Er hat in Basilika sogar unseren Vater verraten. Er hätte ihn in einen Hinterhalt gelockt, und Gaballufix hätte ihn getötet, wenn die Überseele Luet nicht gesagt hätte, sie solle ihn warnen ...«

Elemak brachte ihn mit einem Schlag zum Schweigen, einem gewaltigen Hieb seines kräftigen Arms. Ojkib flog durch den Raum und prallte noch härter als zuvor mit dem Kopf gegen eine Wand. Die Schwerkraft mochte niedriger sein, doch wie alle Kinder in der Schule gelernt hatten, wurde die Masse dadurch nicht verringert, und so lag Ojkibs volles Gewicht hinter dem Zusammenprall. Er rutschte bewußtlos zu Boden.

Jetzt gaben die Erwachsenen ihr Schweigen auf. Rasa schrie. Volemak sprang auf und brüllte Elemak an: »In deinem Herzen warst du immer ein Mörder! Du bist nicht mehr mein Sohn! Ich enterbe dich! Ich nehme dir alles, was du je hattest!«

Elemak verlor kurz die Selbstbeherrschung. »Du und deine Überseele!« schrie er zurück. »Was bist du denn schon? Nichts! Ein schwacher, gebrochener Wurm von einem Mann! Ich bin dein *einziger* Sohn – der einzige wahre Mann, den du je gezeugt hast! Aber du hast mir ja stets diesen verlogenen kleinen Schleimer vorgezogen!«

Volemak antwortete ganz ruhig. »Ich habe ihn dir nie vorgezogen. Ich habe dir alles gegeben. Ich habe dir alles anvertraut.«

»Du hast mir nichts gegeben. Du hast dein Geschäft weggeworfen, unseren Reichtum, unsere Stellung, alles. Für einen *Computer.*«

»Und du hast mich an Gaballufix verraten. Du bist im Grunde deines Herzens ein Verräter und Mörder, Elemak. Du bist nicht mein Sohn.«

Chveja wußte, damit war es geschafft. Obwohl die Furcht blieb, verblich in diesem Augenblick alle Loyalität, die die anderen Elemak vielleicht entgegengebracht hatten. Sie würden ihm noch immer gehorchen, aber niemand würde es mehr freiwillig tun. Selbst sein ältester Sohn, der achtjährige Protschnu, schaute seinen Vater voller Furcht und Entsetzen an.

Rasa und Schedemei kümmerten sich um Ojkib. »Ich glaube, er kommt wieder in Ordnung«, sagte Schedemei. »Wahrscheinlich hat er eine Gehirnerschütterung, und er wird nicht so bald wieder aufwachen, aber gebrochen ist nichts.«

Nachdem sie gesprochen hatte, herrschte lange Zeit Schweigen. Ojkib würde sich erholen – aber niemand konnte vergessen, wer ihm seine Verletzungen zugefügt hatte. Niemand konnte die brutale Härte des Schlages vergessen, die Wut, die dahinter steckte, den Anblick von Ojkib, der hilflos und wehrlos durch die Luft flog. Man würde Elemak gehorchen, soviel stand fest. Aber niemand würde ihn lieben oder bewundern. Er war nicht mehr der gewählte Anführer, jetzt nicht mehr, für keinen. Niemand stand auf seiner Seite.

»Luet«, sagte Elemak leise. »Du begleitest mich und Chveja. Und auch Issib. Ihr *sollt* euch davon überzeugen, daß es Nafai gut geht. Und ihr sollt auch Zeuge werden, daß er nie wieder das Kommando über dieses Schiff bekommen wird.«

Als Chveja Elemak die Leiter hinab auf eins der Lagerdecks folgte, fragte sie sich: Warum hatte er sie nicht sofort zu Vater geführt, als sie ihn darum bat? Es ergab keinen Sinn.

›Er hat dich nicht zu ihm gebracht, weil du es verlangt hast.‹

Wie kindisch von ihm.

›Nein, es war vernünftig. Wenn er seine Autorität durchsetzen wollte, mußte er sich von Anfang an völlige Kontrolle verschaffen.‹

Tja, *das* ist ihm gelungen.

›Im Gegenteil. Du und Ojkib, und schließlich auch Volemak, ihr habt ihn zerbrochen. Er hat bereits verloren. Vielleicht dauert es eine Weile, bis es ihm klar wird, aber er hat bereits verloren.‹

Das ließ Chveja glühenden Triumph empfinden, während sie Elemak in den Lagerraum folgte, in dem Vater gefangengehalten wurde.

Doch das Glühen legte sich schnell, als sie sah, wie sie ihn behandelt hatten. Vater lag auf der Seite auf dem Boden eines Lagerraums. Seine Handgelenke waren fest – brutal – im Rücken zusammengebunden. Chveja sah, daß die Haut über und unter der Schnur angeschwollen war, und seine Hände waren weiß. Sie hatten auch seine Knöchel zusammengebunden – genauso eng. Dann hatten sie die Beine hinter ihm hochgezogen, ihn schmerzhaft zurückgebogen, zwei Stricke von seinen Knöcheln zu seinen Schultern gezogen und sie vorher und nachher verknotet, so daß sie eng um seinen Hals lagen. Anschließend hatten sie die Stricke über seinen Leib wieder hinabgeführt, zwischen seinen Beinen hindurch, und sie über seinen Hinterbacken wieder mit den Handgelenken verknotet. Das Ergebnis war, daß die Stricke einen ständigen Druck ausübten. Vater konnte den Druck auf seinen Schultern und den Lenden nur lindern, wenn er die Beine noch höher nahm oder den Körper noch weiter nach hinten bog. Doch da sie ihn bereits so fest in diese Richtung zurückgezogen hatten, wie es ihnen möglich gewesen war, gab es keine Erleichterung für ihn. Seine

Augen waren geschlossen, sein Gesicht gerötet, und schnelle, flache Atemzüge verrieten Chveja, daß er Schmerzen hatte und ihm in dieser unmöglichen Position sogar das Atmen schwerfiel.

»Nafai«, murmelte Mutter.

Nafai schlug die Augen auf. »Hallo«, sagte er leise. »Seht ihr, wie ein kleiner Sturm auf See die Reise unterbrechen kann?«

»Wie klug du ihn gefesselt hast«, sagte Issib mit Gift in der Stimme. »Was für ein einfallsreicher Folterknecht du doch bist.«

»Die übliche Prozedur für unterwegs«, erwiderte Elemak, »wenn eine Person, die man braucht, sich unbedingt stur verhalten will. Man kann sie nicht umbringen, ihren Trotz aber auch nicht dulden. Normalerweise reicht es, wenn man ein paar Stunden so gefesselt liegt. Aber Nafai ist schon immer ein äußerst starrköpfiger Bursche gewesen.«

»Kannst du atmen, Nafai?« fragte Mutter.

»Kannst *du* es?« fragte Vater.

Erst jetzt merkte Chveja, daß die Luft wirklich sehr stickig und muffig war.

»Was meinst du damit?« fragte Elemak.

Issib antwortete für ihn. »Die Lebenserhaltung verkraftet es nicht, daß so viele Leute gleichzeitig wach sind«, sagte er. »Sie arbeitet bereits auf höchsten Touren. Wir werden im Laufe der Zeit immer weniger Sauerstoff bekommen.«

»Kein Problem«, sagte Elemak. »Wir lassen einfach all die Leisetreter und Lügner und ihre übergroßen Kinder den Rest der Reise schlafen.«

»Das wirst du nicht tun«, flüsterte Vater.

Elemak betrachtete ihn gelassen. »Ich glaube, wenn ich den Index habe, wird der Schiffscomputer tun, was ich will.«

Vater antwortete nicht einmal.

»Der Index, Chveja«, sagte Elemak. »Ich habe mein Wort gehalten.«

»Binde ihn los«, sagte Chveja.

»Das kann er nicht«, sagte Issib. »Nafai hat den Mantel. Man kann ihn ihm nicht nehmen. Wenn er ihn freiläßt, hat Nafai sofort wieder die Kontrolle über das Schiff. Dann könnte niemand etwas gegen ihn ausrichten.«

Das also hatte er erreicht, indem er die Zwillinge als Geiseln nahm. Vater hatte sich freiwillig so fesseln lassen, damit seinem Nachwuchs nichts geschah. Zum erstenmal wurde Chveja wirklich klar, wie machtlos Eltern waren. Nur Leute ohne Kinder konnten wirklich nach bestem Wissen und Gewissen handeln. Sobald man sich um Kinder kümmern mußte, konnte man immer von jemandem beherrscht werden.

»Kannst du die Fesseln nicht lockern?« fragte Chveja. »Du mußt ihn doch nicht so verdrehen.«

»Nein, das muß ich nicht«, sagte Elemak. »Aber ich *will* es. Schließlich bin ich böse und schrecklich und gewalttätig.« Er musterte sie ruhig. »Der Index, Chveja, oder deine Mutter wird hier neben ihm auf dem Boden liegen. Es tut ihm nicht weh – nicht ganz so schlimm –, denn der Mantel heilt ihn. Aber *sie* wird er nicht heilen.«

Chveja spürte, wie Mutter sich neben ihr versteifte. »Das wirst du nicht tun«, sagte sie.

»Ach nein? Da du und Ojkib und Vater bereits dafür gesorgt haben, daß alle mich hassen, wird es dadurch nicht schwerer für mich. Und wenn ich beweise, daß ich eine Frau genauso brutal wie einen Mann behandeln kann, bleiben mir vielleicht weitere Einmischungen von großmäuligen kleinen Miststücken wie dir erspart.«

»Sag es ihm«, verlangte Vater. Seine Stimme klang wie die personifizierte Niederlage.

Sie hatte es aus seinem Munde gehört. Mit weiterem Widerstand konnte sie nichts mehr erreichen. »Ich werde dich zu ihm führen«, sagte sie. »Der Index ist in der Zentrifuge. Aber du mußt warten, bis sie sich nicht mehr dreht. Solange sie sich bewegt, kannst du ihn nicht herausholen.«

»In den Maschinen also?« sagte Elemak. »All diese Mühe – und irgendwann wäre ich selbst darauf gekommen. Na schön, raus mit euch allen. Ich schließe dir Tür hinter mir ab und werde ununterbrochen Wachen aufstellen. Glaubt also nicht, ihr könntet euch hier herunterschleichen und ihn losbinden. Ich könnt von Glück sprechen, daß ich ihn nicht schon längst getötet habe.«

Für einen Augenblick fragte Chveja sich: Warum hat Elemak ihn nicht bereits getötet? Er hat es doch schon mal versucht, oder? Es muß am Mantel liegen. Man kann Vater nicht mehr so leicht umbringen. Nicht, solange er im Schiff oder auch nur in dessen Nähe ist. Elemak kann ihn wahrscheinlich nicht mal berühren, geschweige denn, ihm etwas antun – nicht, solange Vater es nicht zuläßt. Und sollte Elemak versuchen, ihn zu töten, wäre wahrscheinlich nicht mal eine bewußte Anstrengung Vaters nötig, damit der Mantel zurückschlägt. Wahrscheinlich würde er automatisch aktiv werden. Oder vielleicht beherrscht die Überseele ihn. Aber die agiert auch automatisch, oder? Denn in Wirklichkeit ist die Überseele nur ein Computer.

›Und du bist in Wirklichkeit nur eine Anordnung organischer Bestandteile.‹

Chveja errötete. Sie ließ zu, daß Elemak sie und die anderen hinausführte. Erst im letzten Augenblick fiel ihr ein, »Vater, ich liebe dich!« zu rufen.

Zuerst bestand Elemak darauf, den Index herauszuholen, während die Zentrifuge sich noch bewegte, doch als er sah, daß dies unmöglich war, ohne das Risiko einzugehen, den Index fallenzulassen, woraufhin er unter einem der Räder zerbrechen würde, wartete er verdrossen, bis die Maschine zum Stillstand gekommen war. Als sie schließlich hielt, schickte er Obring in die Öffnung, damit er den Index herausholte. Chveja war klar, wieso. Elemak wagte es nicht, sich vollständig in die Öffnung zu begeben, weil dann jemand die Tür hinter ihm zuschlagen könnte. Natürlich käme er früher oder später durch die eine oder andere Tür wieder heraus – es gab mehrere Öffnungen, die von der Zentrifuge ins Schiffsinnere führten –, aber bis dahin wäre vielleicht jemand zu Vater gelaufen und hätte ihn losgebunden. Jetzt konnte er niemandem vertrauen. Also war es Obring, der durch das Wartungsloch kletterte und Elemak dann den in Stoff eingeschlagenen Index aushändigte.

»Ich kann es einfach nicht fassen, daß sie das Ding dort hinein gelegt hat, während die Zentrifuge sich noch bewegte«, sagte Obring.

Elemak antwortete nicht, doch Chveja empfand angesichts des Kompliments einen trotzigen Stolz. Sie hatte es tatsächlich gut gemacht. Und obwohl Ojkib – aus welchem Grund auch immer – Elemak fast sofort verraten hatte, wer den Index versteckt hatte, war es ihr gelungen, Elemaks Position zu schwächen und ihren Vater zu sehen.

Nun hob Elemak das Tuch hoch und hielt den Index in den Händen.

Nichts geschah.

Er wandte sich an Issib. »Wie funktioniert er?« fragte er.

»Einfach so«, sagte Issib. »Du machst es völlig richtig.«

»Aber er reagiert nicht!«

»Natürlich nicht«, sagte Issib. »Die Überseele kontrolliert ihn, und sie spricht nicht mit dir.«

Elemak hielt Issib den Index hin. »Dann mach du es. Tu, was ich dir sage, oder Huschidh endet bei Nafai auf dem Boden des Lagerraums.«

»Ich werde es versuchen. Aber ich glaube nicht, daß die Überseele sich täuschen lassen wird, nur weil ich den Index halte. Sie wird sich dir nicht unterwerfen.«

»Halt die Klappe und tu's einfach«, sagte Elemak.

Issib sank ein wenig tiefer und nahm den Index von Elemak in Empfang, der ihn Issib in den Schoß legte. Issib drückte die Hände darauf, doch nichts geschah.

»Siehst du?« sagte Issib.

»Was passiert normalerweise?« fragte Elemak. »Vielleicht reagiert er nur etwas langsamer?«

»Der Index reagiert niemals langsam«, erwiderte Issib. »Er funktioniert einfach nicht, solange der Herr der Sterne nicht die Kontrolle über das Schiff hat.«

»Herr der Sterne«, sagte Elemak, als wäre das Wort Gift in seinem Mund.

»Wir haben immer weniger Sauerstoff«, sagte Issib. »Das Schiff kann Kohlendioxyd nur mit einer gewissen Geschwindigkeit aufspalten, und hier atmen einfach zu viele Personen.«

»Du meinst, die Überseele versucht, mich durch den Sauerstoffvorrat zur Aufgabe zu zwingen?«

»Es ist nicht die Überseele«, sagte Issib. »Sie kontrolliert die Lebenserhaltungssysteme nicht direkt und könnte sie auf keinen Fall ausschalten, um menschlichen Wesen Schaden zuzufügen. In die Maschinen wurden Sicherheitsvorrichtungen eingebaut. So ist das nun mal.«

»Na schön«, sagte Elemak. »Dann legen wir einfach alle Leute schlafen, die ich nicht wach haben will. Vielleicht sollte ich sogar Nafai für den Rest der Reise schlafen lassen – aber er müßte während seines Nickerchens gefesselt bleiben.«

»Um danach als schlimmerer Krüppel zu enden, als ich einer bin?« fragte Issib.

»Warum nicht?« fragte Elemak, der die Vorstellung sichtlich genoß. »Mit *dir* hatte ich nie irgendwelche Probleme.«

»Was du vorhast, spielt keine Rolle«, sagte Issib. »Die Überseele *kann* verhindern, daß du die Schlafkammern aktivierst. Sie muß nur ein Gefahrensignal in die Computer schicken, die sie kontrollieren. Das kannst du nicht ausschalten.«

Elemak dachte eine Zeitlang nach. »Na schön«, sagte er dann. »Ich kann warten.«

»Du glaubst, du kannst die Überseele zermürben?«

»Ich glaube, die Überseele will nicht, daß diese Reise scheitert«, sagte Elemak. »Ich glaube, sie wird irgendwann begreifen, daß *ich* die Kolonie führen werde, und sich daran gewöhnen.«

›Keine Chance.‹

»Keine Chance«, echote Chveja.

»Ach, wirklich?« sagte Elemak und drehte sich zu ihr um. »Spricht die Überseele jetzt mit *dir*?«

Chveja sagte nichts.

›Ich kann mein Hauptziel auch erreichen, wenn jeder Organismus auf diesem Schiff tot ist.‹

»Die Überseele kann ihren wichtigsten Zweck auch erreichen, wenn auf dem Schiff alle tot sind«, sagte Chveja.

»Das sagt sie zumindest den Leuten, die sie täuscht«, entgegnete Elemak. »Wir werden wohl ein paar interessante Tage erleben, während wir herausfinden, wie ernst die Überseele es meint.«

»Die kleinen Kinder werden zuerst sterben«, sagte Issib. »Und die Alten.«

»Wenn eins meiner Kinder wegen dieser Sache stirbt«, sagte Elemak, »dann können, soweit es mich betrifft, auch alle anderen sterben, mich eingeschlossen. Der Tod wäre besser, als auch nur noch einen Tag länger von diesem verlogenen, verschlagenen, klugscheißerischen, verräterischen Mistkerl beherrscht zu werden, den Vater mir als Bruder aufgezwungen hat.« Elemak wandte sich Chveja zu und lächelte. »Ich will in deiner Gegenwart nichts Schlechtes über deinen Vater sagen, kleines Mädchen. Aber da du ja völlig nach ihm geraten bist, kommt dir das wahrscheinlich wie ein Lob vor.«

Chvejas Abscheu überwog die Furcht vor seinem Zorn. »Ich würde mich seiner schämen«, sagte sie, »würde ein Mann wie du ihn nicht hassen.«

Kicherte Obring leise hinter Elemak? Elemak wirbelte herum, doch Obring tat ganz unschuldig.

Du hast bereits verloren, dachte Chveja. Die Überseele hatte recht. Wir haben dich bereits besiegt. Jetzt können wir nur hoffen, daß niemand stirbt, bevor du es begreifst.

8

Befreit

Luet war wütend, aber nicht auf Elemak. Für sie war Elemak beinahe zu einer Naturgewalt geworden. Selbstverständlich haßte er Nafai. Natürlich würde er auf jede Entschuldigung zurückgreifen, um ihn zu verletzen. Sie hatten mittlerweile zuviel miteinander erlebt. Es gab zuviel alten Groll, zuviel Schuld aufgrund Elemaks früherer Versuche, seinen Bruder zu töten. Man bewältigte die Situation nicht, indem man versuchte, Elemak zu ändern. Man bewältigte sie, indem man vermied, ihn zu provozieren.

Du hast das herbeigeführt, sagte Luet zur Überseele. Es war deine Idee. Du hast darauf gedrungen. Du hast Nafai und mich und die Eltern der anderen Kinder dazu getrieben, diese kleinen Spielchen mit der Zeit zu veranstalten.

›Und ich hatte recht.‹

Du hast nur nicht damit gerechnet, daß sie aufwachen, nicht wahr?

›Ich habe trotzdem recht. Alles wird in Ordnung kommen.‹

Meine Kinder bekommen nur noch schlecht Luft. Sie können kaum noch essen, weil das Schlucken so lange dauert, daß sie schon wieder nach Luft ringen, wenn sie damit fertig sind. Wir sterben, und du sagst mir, alles wird in Ordnung kommen?

›Erst in einigen Tagen wird jemand Gefahr laufen, tatsächlich zu sterben.‹

Oh, jetzt fühle ich mich aber viel besser.

›Ich bin nicht Elemak. Ich habe Elemak nicht gezwungen, die Dinge zu tun, die er getan hat.‹

Du bist für diesen Zustand verantwortlich. Du hast uns in diese Lage gebracht.

›Hast du etwa geglaubt, dieser Tag würde nie kommen?

Hast du geglaubt, Elemak würde sich niemals gegen euch stellen, wenn ihr alles richtig macht? Besser, er tut es hier, wo ich noch eine gewisse Kontrolle über die Dinge habe, als auf der Erde, wo ihr völlig auf euch selbst angewiesen sein werdet.‹

O nein, wir werden auf der Erde nicht auf uns allein gestellt sein. Dort wird der Hüter der Erde auf uns achten. Und wenn er nur halb soviel Liebe für uns empfindet und halb soviel Obhut walten läßt wie du, werden wir alle innerhalb eines Jahres tot sein.

›Der Hüter ist viel mächtiger als ich.‹

Freut mich, das zu hören.

›Ich verstehe deinen Zorn. Laß ihn nur nicht dein Urteilsvermögen bewölken.‹

Nein, wir müssen klare Entscheidungen treffen können, während wir keuchen, um genug Sauerstoff zu bekommen, während wir zusehen, wie unsere Kinder träge und apathisch werden, während wir daran denken, wie unser Gatte gebogen und verzerrt dort liegt, die Hände und Füße von Fesseln abgeschnürt …

So verlief Luets Gespräch mit der Überseele, Stunde um Stunde. Sie wußte, wenn ihr Zorn verraucht war, würde sie verstummen, sich mit der Situation abfinden, der Überseele schließlich wahrscheinlich sogar beipflichten, daß die Dinge ein gutes Ende nehmen würden. Doch noch war dem nicht so. Und wenn das die beste Entwicklung war, die die Dinge nehmen konnten, wollte sie gar nicht wissen, wie die schlechteste aussah – oder auch nur die zweitbeste. Aber das war dasjenige, was sie nie erfahren würden: was geschehen *wäre*. Die Leute sprachen immer so, als könnte man es wissen. »Wäre doch nur der Alarm nicht losgegangen.« – »Wäre Nafai als Junge doch nicht so ein Klugscheißer gewesen.« Das war Nafais Lieblingsspruch, wie Luet sehr wohl wußte, da er gern die Schuld an allem auf sich nahm. Aber Luet wußte auch, niemals verursachte nur *ein* Ereignis etwas, und könnte man tatsächlich diesen einen Vorgang verändern, war damit keineswegs sichergestellt, daß die

Folgen verschwanden oder die Dinge auch nur einen besseren Verlauf nahmen.

Eines Tages werde ich diese tiefe, unvernünftige Wut auf die Überseele nicht mehr empfinden. Aber nicht jetzt, nicht, da der Anblick Nafais in diesen grausamen Fesseln noch so frisch in meiner Erinnerung ist, so lebendig in meinen Alpträumen. Nicht, solange meine Kinder nach jedem Schluck keuchen. Nicht, solange der blutrünstige Elemak die Menschen an Bord dieses Schiffes beherrscht.

Hätten wir doch nur der Überseele widerstanden und die Kinder während der Reise schlafen lassen.

In ihrem Herzen tobte sie, machte der Überseele schwere Vorwürfe, dachte sich lange, boshafte und scharfe Reden aus, von denen sie wußte, sie würde sie niemals Elemak oder Mebbekew oder denen vortragen können, die sie unterstützten. Doch den anderen zeigte sie ein ruhiges, unbewegtes Gesicht. Zuversichtlich, furchtlos, nicht mal verärgert – so gab sie sich vor den anderen. Sie wußte, damit würde sie Elemak und seine Gefolgschaft stärker beunruhigen als auf jede andere Art und Weise. Daß sie nicht beunruhigt zu sein schien, würde die anderen beruhigen. So wenig dies auch war – mehr konnte Luet nicht tun.

Sie. Wir. Insgeheim dachte Luet von Elemaks Gefolgsmännern und ihren Familien als den ›Elemaki‹ – Elemaks Volk – und von denen, die während der Reise am Unterricht teilgenommen hatte, als den »Nafari«. Normalerweise dienten solche Endungen dazu, Nationen oder Stämme zu bezeichnen. Aber sind wir hier auf diesem Schiff nicht Stämme, ganz gleich, wie wenige wir auch sein mögen?, fragte sie sich.

Elemak verlangte, daß die Nafari-Familien ihre Mahlzeiten gleichzeitig in der Bibliothek einnahmen. Danach brachten er oder Meb jede Familie in ihr enges Quartier zurück und verriegelte die Tür. Während sie unterwegs waren, hielten Vas und Obring Wache. Luet musterte sie während der Mahlzeiten in der Bibliothek eindringlich. Ihre Aufgaben schienen ihnen nicht ganz genehm zu sein, doch Luet konnte nicht sagen, ob es daran lag, daß sie sich schämten, oder ob sie lediglich nicht sehr zuversichtlich waren, sich in einer körperlichen Auseinandersetzung behaupten zu können.

Einige der Elemaki-Frauen unternahmen während der Mahlzeiten in der Bibliothek halbherzige Versuche, Gespräche zu führen, doch Luet zeigte durch keine Geste, keinen Gesichtsausdruck, geschweige denn durch ein einziges Wort, daß sie diese Frauen Kenntnis nahm. Sie gaben ihre Bemühungen wütend auf, besonders Kokor, Tante Rasas jüngere Tochter, die schnippisch sagte: »Du hast dir das sowieso alles selbst eingebrockt, weil du so vornehm getan hast, als man dich noch Wasserseherin genannt hat.« Da dies nicht das geringste mit dem derzeitigen Konflikt zu tun hatte, war Luet klar, daß Kokor nur ihren uralten Groll gegen sie zum Ausdruck brachte. Es fiel Luet schwer, nicht über Kokor zu lachen.

Luets Schweigen gegenüber den Elemaki-Frauen beruhte nicht auf Zorn. Ihr war völlig klar, daß sie nichts mit den Entscheidungen der Männer zu tun hatten, daß Mebs Frau Dol und Elemaks Frau Eiadh zutiefst entsetzt darüber waren, was ihre Männer taten. Doch Luet wußte auch, daß sie sich *viel* besser fühlen würden, würde sie zulassen, daß sie ihr ihr Mitgefühl zum Ausdruck brachten und die unsichtbare Grenze zwischen den Elemaki und den Nafari überschritten. Vielleicht würden sie sich richtig *wohl* fühlen, sogar *edelmütig*, weil sie Nafais in die Enge getriebener Frau ihre Freundschaft angeboten hatten. Luet aber wollte nicht, daß sie sich besser fühlten. Sie wollte, daß sie sich unbehaglich fühlten, so unwohl, daß sie anfingen, sich bei ihren Gatten zu beschweren, bis der Druck endlich so groß wurde, daß die anderen das Mißfallen und die Verachtung ihrer Frauen so sehr fürchteten, wie sie Elemak fürchteten, und Elemak selbst schließlich glauben mußte, daß sein Vorgehen ihn in seiner Familie mehr kostete, als er gewinnen konnte, wenn er jenem verdrehten Teil seiner Psyche folgte, der seinen Haß auf Nafai barg.

Natürlich bestand immer die Gefahr, daß zusätzlicher Druck von seiner Frau Elemak noch unversöhnlicher machte. Doch Luet stand lediglich die Möglichkeit offen, die Elemaki-Frauen zu schneiden, und diese Chance nahm sie wahr.

Ungewöhnlich war lediglich, wie Zdorab und Schedemei behandelt wurden. Auch sie wurden bewacht, genau wie Luet, Huschidh und Issib und Rasa und Volemak überall hin begleitet. Doch in der Bibliothek konnten sie sich ungehindert bewegen und unterhalten; man forderte sie und ihre Kinder sogar auf, sich zu den Elemaki zu setzen.

Dies führte Luet zu der unausweichlichen Schlußfolgerung, daß der Alarm, der alle Tiefschlafkammern geöffnet hatte, kein Zufall gewesen, sondern daß es Zdorab irgendwie gelungen war, nicht nur einen, sondern zwei Weckrufe einzugeben, und daß die Überseele den zweiten nicht gefunden hatte. Schedemei konnte nichts davon gewußt haben; und es war auch kaum damit zu rechnen, daß Zdorab selbst es gewußt hatte, denn hatte er sich nicht an ihren Plänen beteiligt und ihnen geholfen, die Kinder zu unterrichten? Waren sein Sohn und seine Tochter nicht mit den anderen Kindern aufgewachsen? Was für einen verdrehten Verstand mußte er haben, wenn er die Freundschaft der Nafari bereitwillig akzeptierte und doch die ganze Zeit über wußte, daß sein Weckruf Nafais Leben in Gefahr bringen und die gesamte Gemeinschaft schlimmer denn je spalten würde? Nein, sie konnte es sich einfach nicht vorstellen. Zdorab konnte es nicht getan haben. Niemand konnte so doppelzüngig sein, so ...

Und doch saß Zdorab – neben ihm sein Sohn Rokja – direkt gegenüber von Mebs Frau Dolja. Schedemei hingegen hielt sich von den anderen fern. Ihre Scham war fast spürbar. Sie ließ ihre Tochter Dabja nicht aus den Augen und sagte nur etwas, wenn sie angesprochen wurde. Sie sah niemanden an, schaute beim Essen auf den Teller und verließ den Raum dann so schnell wie möglich. Luet hätte liebend gern Chveja oder Huschidh gebeten, die Verhältnisse abzuschätzen und herauszufinden, wo Zdorabs Loyalität lag. Doch man hatte ihr verboten, mit Huschidh zu sprechen, und Chveja wurde ebenfalls von allen anderen abgesondert. Auch Ojkib wurde von den anderen Kindern ferngehalten; den beiden war es in der Tat gelungen, sich Elemaks besondere Aufmerksamkeit zu verschaffen.

Am Abend des zweiten Tags klopfte es an der Tür von Luets Familienquartier, und als sie öffnete, stellte sie fest, daß es Zdorab war. Die Zwillinge schliefen; sie atmeten schnell, aber regelmäßig. Die anderen Kinder – Zhatva, Motiga und Izuchaja – schliefen nicht, lagen aber auf ihren Betten und ruhten sich aus, um so wenig Sauerstoff wie möglich zu verbrauchen. Man hatte ihnen allen befohlen, sich so zu verhalten, und da sie genau merkten, wie niedrig der Sauerstoffgehalt bereits war, kamen *diesem* Befehl Elemaks alle bereitwillig nach.

Luet betrachtete Zdorab wortlos und wartete darauf, daß er etwas sagte.

»Ich muß mit dir sprechen.«

Sie überlegte, ob sie ihm die Tür vor der Nase zuschlagen sollte. Aber dann hätte sie ein Urteil über ihn gefällt, ohne zu hören, was er zu sagen hatte. Also trat sie zur Seite und ließ ihn herein. Dann schaute sie in den Korridor hinaus und sah, daß Vas und Obring sie beobachteten. Es war also kein heimlicher Besuch. Es sei denn, zwei mutige Seelen hatten es tatsächlich gewagt, sich gegen Elemaks ausdrückliche Befehle zu verschwören.

Luet schloß die Tür.

»Ich war es«, sagte Zdorab. »Ich weiß, daß du es weißt, aber ich mußte es dir persönlich sagen. Elemak hat mir geraten, ich sollte sagen, ich hätte mein Weckprogramm nicht entfernen können, selbst wenn ich es gewollt hätte, aber das stimmt nicht. Und ich wollte es entfernen. Ganz am Schluß, als ich schlafen gelegt wurde, habe ich versucht, Schedja und Njef zuzurufen, sie sollten noch warten, meine Kammer öffnen, aber …«

Er sah, daß seine Worte keinerlei Wirkung auf sie erzielten. Er schaute zur Tür. »Ich konnte nicht vorhersehen, wie die Dinge sich entwickeln würden. Ich … dachte einfach, Elemak würde sich damit abfinden, vor vollendete Tatsachen gestellt zu sein. Ich dachte, vielleicht würde er sich eine Möglichkeit ausdenken, daß die anderen Kinder wenigstens in den Genuß von dreieinhalb Jahren Ausbildung kommen. So etwas in der Art. Eure Kinder hätten dann sechseinhalb Jahre gehabt, seine dreieinhalb. Ich habe nicht … die Gewalt, Nafai auf diese Art und Weise gefesselt, und jetzt die Lebenserhaltung … keine Luft mehr … kannst du die Überseele nicht dazu bringen, nachzugeben und die Hälfte von uns wieder schlafen zu lassen?«

Darum ging es also. Elemak und die anderen benutzten Zdorab, sie zu überreden, die Erweckten vor den Folgen ihrer eigenen Taten zu retten.

»Du kannst Elemak sagen, wenn er Nafai losgebunden und ihm die Kontrolle über das Schiff zurückgegeben hat, können er und seine Leute jederzeit wieder in ihre Tiefschlafkammern zurückkehren. Oder sollte ich sagen, er und *deine* Leute?«

Zu ihrer Überraschung schossen Zdorab Tränen in die Augen. »Ich habe keine ›Leute‹«, sagte er. »Ich habe vielleicht nicht mal mehr eine Frau. Oder Kinder.«

Also hatte Schedemei es nicht gewußt. Das war allerdings keine Überraschung.

»Ich habe nicht erwartet, daß du Mitleid für mich aufbringst«, sagte er, wischte sich über die Augen und riß sich zusammen. »Ich wollte dir nur sagen, hätte ich gewußt …«

»Hättest du was gewußt? Daß Elemak Nafai haßt? Daß er ihn tot sehen will? Wie konntest du diese kleine Einzelheit übersehen? Schließlich haben wir doch alle das Blut gesehen, mit dem Nafai nach Elemaks letztem kleinen Anschlag bedeckt war.«

Zorn blitzte in Zdorabs Augen auf. »Diesmal hatte Elemak keinen kleinen Anschlag geplant.«

»Nein, es war die Überseele«, sagte Luet. »*Und* du. Dir ist es sogar gelungen, auf beiden Seiten an den Verschwörungen mitzuwirken.« Dann dämmerte es ihr. »Ach, darum ging es gar nicht, stimmt's?«

»Ich bin hier ein Außenseiter«, sagte er. »Schedja und ich sind mit niemandem verwandt.«

»Schedja ist eine von Tante Rasas Nichten.«

»Das ist keine Blutsverwandtschaft, das ist ...«

»Viel mehr.«

»Aber *ich* bin nicht mit euch verwandt. Ganz gleich, was ich tue, meine Kinder werden in diesen Familienstreit zwischen Nafai und Elemak verwickelt. Ich bin nicht wie Volemak oder seine Söhne, ich bin körperlich nicht stark. Ich bin kein ... kein großer *Mann*, jedenfalls nicht auf die Weise, wie ihr Männer einschätzt. Wie also kann ich *meine* Kinder schützen? Ich dachte mir, wenn ich sowohl zu Nafai als auch zu Elemak ein gutes Verhältnis hätte ...«

»Das ist unmöglich«, sagte Luet. »Besonders jetzt, dank dir.«

»Ich habe getan, was ich als das Beste für meine Kinder hielt. Ich habe mich geirrt. Jetzt vertraut mir keine Seite, und auch meine Kinder werden dafür bezahlen. Ich habe mich *geirrt*, und ich versuche nicht zu verbergen, was ich getan habe oder wie schlimm es war. Aber ich habe nicht versucht, dich oder Nafai zu verraten. Ich habe getan, was ich als das Beste für meine Kinder hielt.«

»Na schön«, sagte Luet kalt. »Du hast mir dein Herz ausgeschüttet. Ich habe dich angehört, und sollte ich je wieder mit jemandem sprechen dürfen, von meinen Kindern mal abgesehen, werde ich allen erzählen, daß dein einziges Motiv deine altruistische Besorgnis um deine Kinder war.«

»Mebbekew hat mir gesagt, daß du eiskalt bist«, sagte Zdorab.

»Und wir wissen ja alle, was für ein guter Menschenkenner Meb ist.«

»Aber er irrt sich«, sagte Zdorab. »Du bist nicht eiskalt, du brennst geradezu.«

»Ich danke dir für diese einsichtsvollen Metaphern zur Beschreibung meines Charakters.«

»Vergiß nur eins nicht, Luet. Ich habe dir Unrecht getan. Das weiß ich, und ich stehe in deiner Schuld, tief und auf ewig. Ich bin von Natur aus nicht unehrenhaft. Ich habe gehandelt, wie Männer wie ich stets handeln mußten – um zu überleben, so, wie ich es für das Beste hielt. Irgendwann in der Zukunft wirst du meine Hilfe brauchen, ganz gleich, wie sehr du mich verachtest. Ich bin hier, um dir zu sagen, daß ich tun werde, was in meiner Macht steht, wenn Nafai oder du mich darum bittest.«

»Gut. Sag Elemak, er soll meinen Gatten losbinden.«

»Was in meiner Macht steht, habe ich gesagt. Ich habe ihn bereits gebeten, deinen Mann loszubinden. Kokor und Sevet haben es gefordert. Deine älteste Tochter hat ihm ins Gesicht gespuckt und ihn einen Eunuchen genannt, der ihm überlegene Menschen einsperren muß, damit er sich als echter Mann fühlen kann.«

Luet rang nach Atem. »Hat er sie geschlagen?«

»Ja«, sagte Zdorab. »Aber es geht ihr gut. Alle waren deshalb entrüstet, und er hat sich seitdem nicht mehr in ihre Nähe gewagt. Was es auch wert sein mag – ich glaube, sogar seine eigene Frau hat sich gegen ihn gestellt, als sie sah, wie er Chveja einfach so schlug.«

Genau das hatte Chveja zweifellos damit beabsichtigt. »Das war stets immer Eljas Problem«, sagte Luet. »Er hat schon immer versucht, Worte mit Taten zu beantworten. Das mag vielleicht den Sprecher zum Schweigen bringen, bestätigt aber nur den Wahrheitsgehalt seiner Worte.«

»Selbst du mit deinem unbeugsamen Schweigen – darüber unterhalten die Frauen sich die halbe Zeit«, sagte Zdorab. »Und auch Schedja beteiligt sich mittlerweile an deinem Redeboykott. Alle wollen, daß Elemak aufhört. Ich dachte, das interessiert dich vielleicht. Was du tust, was Chveja und Ojkib getan haben, selbst Nafais stilles Ausharren – das alles ist eine Art von starrköpfigem und tapferem Widerstand, und alle, die auf Elemaks Seite stehen ... schämen sich deshalb fürchterlich.«

Luet nickte ernst. Das hatte sie hören wollen. Die Tatsache, daß Zdorab gekommen war, um es ihr zu sagen, machte sie aber nicht zu Freunden.

»Ich habe in den letzten beiden Tagen echten Mut erlebt«, sagte Zdorab. »Ich selbst hatte ihn nie – nicht den Mut, der offen zutage tritt, selbst wenn man machtlos ist und den Starken herausfordert, sein Bestes zu geben. Chveja. Ojkib. Mein Leben wäre anders verlaufen, hätte ich jemals so gehandelt.« Dann lachte er verbittert auf. »Ja, wahrscheinlich wäre ich tot.«

Luet kam in den Sinn, daß sie fast nichts von Zdorab wußte, von seiner Erziehung. Er sprach, als hätte er sein ganzes Leben lang ohne Freunde und in Furcht verbracht. Warum?

Trotz allem mußte sie eingestehen, daß die Dinge von seiner Warte aus vielleicht ganz anders aussahen. *Sie* hatte keine Wahl – sie mußte alles tun, was in ihrer Macht stand, um Nafai und der Überseele zu helfen, sich gegen Elemak durchzusetzen. Denn sollten sie den Sieg nichtz davontragen, blieb ihnen gar nichts mehr. Doch Zdorab konnte sich eine Zukunft vorstellen, in der Elemak gesiegt hatte. Und sollte dieser Fall eintreten – und das war durchaus vorstellbar –, war es für ihn moralisch ohne weiteres zu vertreten, sich in Elemaks Lager einen Platz für sich selbst und seine Kinder zu verschaffen.

Das Problem war, daß er letztlich vielleicht auf keiner Seite einen Platz fand. Und genau darauf steuerten die Dinge im Augenblick zu.

Als sie wieder das Wort ergriff, klang ihre Stimme nicht mehr so kalt. »Zdorab, was du gesagt hast, ist nicht auf taube Ohren gestoßen. Falls du dir Sorgen um die Zukunft machst, kann ich dir folgendes mit völliger Überzeugung sagen: Keiner von uns wird sich an dir rächen, und ganz bestimmt nicht an deinen Kindern. Sie haben ihren Platz bei uns nicht verloren, falls du möchtest, daß dies ihr Platz ist.«

»Elemak wird diese Auseinandersetzung verlieren«, sagte Zdorab. »Die Frage lautet nur, wie viele sterben werden, bevor er besiegt ist.«

»Keiner, hoffe ich«, erwiderte Luet.

»Ich will damit nur sagen, daß mich der reine Eigennutz hierher geführt haben könnte. Du hast keinen Grund, mir zu vertrauen. Ich habe euch alle getäuscht. Ich habe gedacht, ich wäre einer von euch, und ich habe euch verraten. Das werdet ihr niemals vergessen können. *Ich* kann es ganz bestimmt nicht. Aber auf eins könnt ihr euch verlassen: Sollten Nafai oder du mich je wieder brauchen, werde ich zur Stelle sein. Ganz egal, was geschieht. Selbst wenn ich bei dem Versuch sterbe, euch zu helfen.«

Luet gelang es mit knapper Not, eine verächtliche, spöttische Antwort zu unterdrücken.

»Ich tue das nicht für mich«, sagte Zdorab. »Eigentlich auch nicht für euch. Ich will nur … es ist die einzige Möglichkeit, wie ich meine Ehre in den Augen meiner Kinder wiederherstellen kann. Früher oder später werden alle wissen, was ich getan habe. Deshalb habe ich mir auch nicht die Mühe gemacht, dieses Gespräch vor deinen Kindern zu verbergen, die dort mit geschlossenen Augen wachliegen. Meine Kinder werden sich meiner schämen, auch, wenn niemand sie deshalb verspottet. Irgendwie, eines Tages, muß ich mich in ihren Augen als würdig erweisen. Das bedeutet für mich das Überleben. Ich dachte, es ginge nur darum, am Leben zu bleiben; aber das ist nicht der Fall. Niemand lebt ewig. Es kommt nur darauf an, wie man mich in Erinnerung behalten wird. Es geht darum, was meine Kinder von mir denken werden, nachdem ich tot bin. *Das* ist Überleben.« Er blickte Luet ruhig in die Augen. »Und wenn man eins von mir behaupten soll, dann das: Ich überlebe.«

Er erhob sich von der Bettkante, auf der er gesessen hatte. Luet öffnete die Tür, und er ging.

Nachdem sie die Tür wieder geschlossen hatte, sprach Zhatva leise in die Stille im Zimmer. »Ich bin froh, daß ich nicht in *seinen* Schuhen stecke.«

»Sei dir da nicht so sicher«, erwiderte Luet trocken. »Unsere Schuhe sind im Augenblick auch nicht besonders bequem.«

»Wäre ich doch nur so tapfer wie Veja«, sagte Zhatva.

»Nein, nein, Zhjat, denk nicht so was. Sie war in einer Lage, in der man mit Tapferkeit etwas erreichen konnte. Bei dir war das nicht der Fall. Sollte jemals die Zeit kommen, da du Mut brauchst, wirst du ihn haben. Genug Mut. Soviel, wie du brauchst.« In Gedanken fügte sie hinzu: Möge dieser Tag, an dem du Mut brauchst, niemals kommen. Doch schon, als sie dies dachte, wußte sie, daß der Tag kommen *würde*. Sie erschauderte.

Oh, Nafai, sagte sie stumm. Könntest du mich doch nur so hören, wie die Überseele mich hört. Wüßtest du doch nur, wie sehr ich dich liebe, wie sehr mich die Vorstellung schmerzt, was du durchmachst. Und ich kann nur eins für dich tun ... mich um die Kinder zu kümmern, so gut es mir möglich ist, und auf die Überseele und die menschliche Natur vertrauen, daß sie ein Wunder wirken und dich befreien. Ich tue, was ich kann, doch es ist nicht genug. Was für ein Leben gibt es für mich noch, solltest du sterben? Selbst wenn den Kindern nichts geschieht, selbst wenn sie zu guten, starken, wunderbaren Erwachsenen heranwachsen, wird es nicht genügen, nicht, wenn ich dich verliere. Die Überseele mag uns als Figuren in ihrem Spiel zusammengebracht haben; aber das heißt nicht, daß die Verbindung zwischen uns deshalb schwächer sein muß. Sie ist stark, viel stärker als die Seile, mit denen sie dich gefesselt haben. Aber ohne dich an meiner Seite komme ich mir vor, als wäre *ich* gefesselt, in meiner Seele zusammengeschnürt und unfähig, mich zu bewegen, unfähig, auch nur zu atmen. Nafai.

Sein Name hallte durch ihren Verstand. Die Erinnerung an sein Gesicht versengte sie. Sie legte sich auf ihr Bett, bemüht, sich zu entspannen und den Schlaf herbeizuzwingen. Je weniger Sauerstoff ich atme, desto mehr wird *er* haben, desto mehr werden *die Kinder* haben. Ich muß schlafen. Ich muß ruhig sein.

Doch sie war nicht ruhig, und als sie schließlich in einen unruhigen Schlaf fiel, raste ihr Herz, und sie tat schnelle, kurze, scharfe Atemzüge, als würde sie mit einem übermächtigen Gegner kämpfen, der immer wieder auf sie einstach, während sie ihm kaum ausweichen konnte.

Bei der ersten Mahlzeit am dritten Tag war Elemak nicht in der Bibliothek. Wo er sich aufhielt, wagte niemand zu fragen. Eigentlich interessierte es auch niemanden. Wenn er fort war, blieb die Vorsicht; die echte Angst kam erst mit ihm zurück. Dies lag keineswegs daran, daß die anderen auf die Gutmütigkeit von Meb, Obring und Vas vertrauten. Meb schien Freude an kleinen Grausamkeiten zu haben, und Obring genoß allem Anschein nach seinen Status als ein Mann, der an der Macht beteiligt war. Doch alle wußten, daß jeder von ihnen Elemak auf der Stelle verraten würde, wäre er der Ansicht, einen Vorteil daraus ziehen zu können. Vas hingegen schien zu verabscheuen, was er tat; dennoch tat er es, und auf ihn verließ Elemak sich am meisten. Elemak konnte ihm eine Aufgabe geben und sich darauf verlassen, daß Vas sie einfallsreich und gut ausführte, selbst wenn er ihn dabei nicht im Auge behielt – was man von den beiden anderen Elemaki-Männern nicht unbedingt behaupten konnte.

Doch als Elemak an diesem Tag nicht anwesend war, wurde seine Autorität zum erstenmal offen herausgefordert. Volemak erhob sich, nachdem er Rasa angeschaut hatte, und wandte sich an die Gruppe.

»Meine Freunde und Familienangehörigen«, begann er.

»Setz dich und halt die Klappe«, sagte Mebbekew.

Volemak richtete einen Blick auf seinen zweiten Sohn – einen Blick, der so starr wie der einer Schlange war – und fuhr fort: »Versuche ruhig, mich zum Schweigen zu bringen. Doch wenn du keine körperliche Gewalt einsetzt, werde ich sagen, was ich zu sagen habe.«

Meb machte einen Schritt auf seinen Vater zu. Obwohl sie in keiner Hinsicht dazu aufgefordert worden waren, erhoben sich augenblicklich Volemaks jüngster Sohn Yasai, Issibs ältester Sohn Zaxodh und Nafais Ältester, Zhatva. Sie befanden sich nicht in Volemaks Nähe, doch die Drohung war eindeutig.

Meb lachte. »Glaubt ihr etwa, ich hätte vor euch Kindern Angst?«

»Vielleicht solltest du vorsichtig sein«, sagte Rasa. »Sie leben seit sechs Jahren in niedriger Schwerkraft, während du noch etwas unsicher auf den Füßen zu sein scheinst.«

»Komm her, Obring«, sagte Meb.

Obring trat einen Schritt auf Volemak zu. Nun erhoben sich Nafais zweiter Sohn Motiga und Zdorabs Sohn Padarok. Nach einem Augenblick tat Zdorab es ihnen gleich.

»Vas«, sagte Meb, »du kannst zwar so tun, als ginge dich das alles nichts an, aber für mich sieht das wie eine Revolte aus.«

Vas nickte. »Obring, hole Elemak.«

»Wir werden selbst damit fertig!« fauchte Meb.

»Das sehe ich. Wir machen uns wirklich gut.«

Obring schaute von Vas zu Meb, drehte sich dann um und verließ die Bibliothek.

»Dieser ganze Disput ist überflüssig«, sagte Volemak. »Mich hat die Überseele in die Wüste gerufen, und ich bin der Anführer dieser Expedition. Es stimmt, daß ich in der Wüste die Durchführung der täglichen Aufgaben an Elemak delegiert habe, aber das war nie mehr als eine befristete Regelung, mit der ich meine Anerkennung für seine Fertigkeiten und Erfahrung zum Ausdruck gebracht habe. Ebenso habe ich während der Reise das Kommando über das Schiff an Nafai übertragen, weil die Überseele ihm den Mantel des Herrn der Sterne gegeben hat. Aber es bleibt die Tatsache bestehen, daß ich der einzige rechtmäßige Anführer dieser Gruppe bin. Und wenn wir auf der Erde eintreffen, werde ich diese Amtsgewalt an keinen anderen übertragen. Solange ich lebe, werden weder Elemak noch Nafai den Befehl haben.«

»Und wie lange wirst du leben, alter Mann?« fragte Meb.

»Länger, als dir lieb ist, du verachtenswerte Schnecke«,

sagte Volemak nachsichtig. »Es ist für jeden offensichtlich, daß Elemak nicht mehr bei Sinnen ist. Aufgrund der Androhung von Gewalt und der Hilfe dreier willensschwacher Schläger« – er sah Vas in die Augen – »und weil Nafai sich unterworfen hat, um das Leben seiner kleinen Kinder zu retten, scheint Elemaks Meuterei im Augenblick die Oberhand gewonnen zu haben. Doch wir alle sind uns darüber im klaren, daß Elemak sich irgendwann unausweichlich der Wirklichkeit stellen muß – das Schiff kann nicht uns alle wach halten, und die Überseele erlaubt ihm nicht, irgend jemanden in den Tiefschlaf zu versetzen, solange Nafai gefesselt bleibt. Daher verlange ich jetzt von jedem von euch den feierlichen Eid, daß ihr euch meiner Autorität unterwerft, und keiner anderen, nachdem diese Krise beendet ist. Solange ich lebe, wird es keine Wahl zwischen Nafai und Elemak geben, sondern lediglich Gehorsam für mich, wie wir es vor Antritt der Reise vereinbart haben. Ich fordere euch alle auf, Männer wie Frauen, diesen Eid zu leisten. Wer schwören will, sich nach dieser Krise nur meiner Autorität zu unterwerfen, möge sich erheben und ja sagen.«

Augenblicklich brachten alle Männer, die bereits standen, laut ihr Einverständnis zum Ausdruck, von Vas und Mebbekew einmal abgesehen. Rasa, Huschidh, Luet und Schedemei erhoben sich ebenfalls sofort, und die jüngeren Frauen, die von ihnen unterrichtet worden waren, taten es ihnen gleich. Ihre höheren Stimmen bildeten ein Echo des Einverständnisses der Männer. Dann erhob auch Issib sich langsam und sagte ja.

»Ich gehe davon aus«, fuhr Volemak fort, »daß sich Ojkib und Chveja ebenfalls diesem Eid angeschlossen hätten, würde man sie nicht von uns abgesondert halten. Daher werde ich auch sie zu den gesetzestreuen Angehörigen meiner Gemeinschaft zählen. Sobald Nafai freigelassen wird, werde ich auch ihn auffordern, diesen Eid zu leisten. Gibt es hier jemanden, der bezweifelt, daß er sich dazu bereit erklären wird? Und daß er sich an diesen Eid halten wird, nachdem er ihn abgelegt hat?«

Niemand sagte etwas.

»Bedenkt bitte, daß ich euch auffordere, meine Autorität zu akzeptieren, *nachdem* die derzeitige Krise beigelegt worden ist. Ich verlange nicht von euch, daß ihr euch in Gefahr bringt, indem ihr euch Elemak zu diesem Zeitpunkt widersetzt. Aber wenn ihr diesen Eid jetzt nicht ablegt, werdet ihr keine Bürger der Kolonie sein, die ich auf der Erde gründen werde. Ihr könnt euch natürlich später um die Bürgerschaft bewerben, und dann werde ich darüber abstimmen lassen, ob ihr aufgenommen werdet oder nicht. Doch wenn ihr den Eid jetzt ablegt, werdet ihr von Anfang an Bürger sein.«

Zur allgemeinen Überraschung ergriff Vas das Wort. »Ich werde diesen Eid leisten«, sagte er. »Wenn diese Krise ausgestanden ist, wird deine Autorität die einzige sein, die ich akzeptiere, solange du lebst. Und ich werde alles tun, was in meiner Macht steht, um dein Leben so lange wie möglich zu erhalten.«

Nachdem Vas gesprochen hatte, erhoben sich seine Frau Sevet und ihre drei jungen Kinder. »Auch ich leiste den Eid«, sagte sie, und die Kinder wiederholten ihre Worte.

Diejenigen, die sitzen geblieben waren, fühlten sich nun offensichtlich in die Enge gedrängt.

»Elemak wird nicht sehr glücklich darüber sein«, sagte Meb zu Vas.

»Elemak ist dieser Tage sowieso nicht glücklich«, sagte Vas. »Ich will nur Frieden und Gerechtigkeit.«

»Du weißt, daß mein Vater an Nafais kleiner Verschwörung beteiligt war«, sagte Meb. »Er ist wohl kaum unvoreingenommen.«

»Ich weiß, einige von euch sind unglücklich darüber, daß während der Reise einige Kinder wach blieben, um ausgebildet zu werden«, sagte Volemak. »Leider hat Elemak uns nicht erlaubt, unser Vorgehen zu erklären. Jeder einzelne von uns, dessen Kind unterrichtet wurde, ist von der Überseele dazu gedrängt worden. Nafai wollte es zuerst nicht zulassen. Wir haben ihm zugesetzt, bis er sich einverstanden erklärte. Diese Kinder wurden von der Überseele ausgewählt, und sie und wir haben freiwillig mitgemacht. Das Ergebnis hat seine Vorzüge. Statt nur eine Handvoll Erwachsene und viele unproduktive Kinder zu haben, haben wir die jüngere Generation geteilt, so daß nun über viele Generationen hinweg ständig junge Leute erwachsen werden, und nicht immer alle gleichzeitig. Die Nachteile, die ihr jetzt zu sehen glaubt, werden nicht mehr vorhanden sein, sobald ihr erkennt, daß ihr mehr Lebensjahre auf der Erde haben werdet als die, die während der Reise wach geblieben sind.«

Dol erhob sich und winkte ihren Kindern, es ihr gleichzutun.

»Setz dich, du treuloses Miststück!« brüllte Mebbekew.

»Meine Kinder und ich werden Bürger deiner Kolonie sein«, sagte Dol. »Wir leisten den Eid.«

Mebbekew stürmte auf sie zu. Vas trat zwischen ihn und seine Frau und streckte eine Hand aus, um Meb zurückzuhalten. »Das ist keine gute Zeit für Gewalt«, sagte Vas. »Ich glaube, sie ist eine freie Bürgerin und hat das Recht, eigene Entscheidungen zu treffen.«

Mebbekew stieß Vas' Hand von seiner Brust zurück. »Nichts davon wird *irgend etwas* zu bedeuten haben, sobald Elemak wieder da ist!«

Nur einen Meter von ihm entfernt erhob Eiadh sich. Augenblicklich zerrte ihr ältester Sohn Protschnu an ihrem Ärmel, um sie zurückzuziehen. »Nach der Krise werde ich mich deiner Autorität unterwerfen, Volemak«, sagte Eiadh.

Protschnu drehte sich zu den anderen Kindern um. »Wagt es ja nicht, den Eid zu leisten!« brüllte er sie an. Die Kinder fürchteten sich offensichtlich vor seinem Zorn.

»Ich erkenne an, daß deine jüngeren Kinder eingeschüchtert werden und den Eid deshalb nicht leisten«, sagte Volemak. »Sie bekommen also Gelegenheit, ihn zu einem späteren Zeitpunkt freiwillig abzulegen.«

»Sie werden ihn niemals ablegen!« rief Protschnu. »Bin ich meinem Vater hier als einziger treu? *Er* sollte uns führen!«

Kokor stand auf, und ihre Kinder mit ihr. »Wir werden auch Bürger sein«, sagte sie. »Nach der Krise.«

»Das werdet ihr, wenn ihr den Eid leistet«, sagte Volemak.

»Ja, das wollte ich damit natürlich sagen«, erwiderte sie. »Wir leisten den Eid.«

Ihre Kinder nickten oder murmelten ihre Zustimmung.

An der Schwelle ergriff Elemak leise das Wort. »Na gut«, sagte er. »Jeder hat seine Wahl getroffen. Jetzt setzt euch wieder.«

Augenblicklich befolgte Kokor den Befehl und drängte ihre Kinder, es ihr gleichzutun. Nacheinander setzten sich auch die anderen, abgesehen von Volemak, Rasa und Eiadh, die sich zu ihrem Gatten umdrehte. »Es ist vorbei, Elja«, sagte sie. »Siehst allein du nicht ein, daß du nicht mehr gewinnen kannst?«

»Ich sehe nur«, sagte Elemak, »daß ich Nafai nicht erlauben werde, je wieder über mich oder irgendeinen anderen zu herrschen.«

»Selbst wenn das zur Folge hat, daß deine eigenen Kinder ersticken werden?«

»Wenn Nafais kleiner Computer unbedingt die schwächsten von uns töten will, kann ich ihn nicht daran hindern. Aber ich töte niemanden.«

»Mit anderen Worten, dir ist es gleichgültig«, sagte Eiadh. »Für mich ist das der letzte Beweis, daß du nicht dafür geeignet bist, diese Kolonie zu beherrschen. Dein Stolz ist dir wichtiger als das Überleben unserer Kinder.«

»Das reicht«, sagte Elemak. »Mehr höre ich mir von dir nicht an.«

»Nein«, sagte Eiadh. »Mehr höre ich mir von dir nicht an. Bis du mit diesem kindischen Spiel aufhörst, unbedingt deine männliche Härte zur Schau stellen zu wollen, bist du nicht mehr mein Gatte.«

»Oh, du willst den Vertrag nicht erneuern?« sagte Elemak und lächelte häßlich. »Was hältst du denn *davon*, Proja?«

Sein ältester Sohn, Protschnu, ging zu seinem Vater. »Ich glaube, ich habe keine Mutter mehr«, sagte er.

»Wie passend«, sagte Elemak, »denn ich habe keinen Vater und keine Frau. Habe ich auch keine Freunde mehr?«

»Ich bin dein Freund«, sagte Obring.

»Ich stehe auf deiner Seite«, sagte Meb. »Aber Vas hat den Eid geleistet.«

»Vas leistet jeden Eid, um den du ihn bittest«, sagte Elemak. »Aber sein Wort war schon immer wertlos. Das wissen alle.«

Sevet lachte. »Sieh dir deine Freunde an, du armer Mann«, sagte sie. »Ein verleiteter Achtjähriger. Und wen noch? Meb! Obring! In Basilika waren beide wertlos.«

»Das hast du nicht gesagt, als du mich in dein Bett eingeladen hast!« schrie Obring sie an.

»Das hatte nichts mit dir zu tun«, sagte Sevet verächtlich. »Das war eine Sache zwischen mir und meiner Schwester, und glaube mir, ich habe für diesen Fehler teuer bezahlt. Vas weiß, daß ich ihm seitdem treu gewesen bin, sowohl in meinem Herzen als auch mit meinen Taten.«

Die Kinder, die alt genug waren, um zu verstehen, was hier enthüllt wurde, würden später über einen gewaltigen Familienskandal sprechen können. Obring und Sevet hatten eine Affäre gehabt? Und wie hatte Sevet dafür bezahlt? Und was meinte sie damit, daß es um sie und Kokor gegangen war?

»Genug«, sagte Elemak. »Der alte Mann hat sein kleines Spiel aufgezogen, aber ihr werdet feststellen, daß er jetzt nicht den Mut hat, euch aufzufordern, euch gegen mich zu stellen. Er herrscht lediglich in irgendeiner eingebildeten Zukunft über euch. Er weiß genau, wie ihr alle, daß ich jetzt über euch herrsche. Und glaubt mir, ihr werdet nie eine Zukunft erleben, in der das nicht der Fall sein wird.« Er wandte sich an Obring. »Bleib hier und sorge dafür, daß niemand die Bibliothek verläßt.«

Obring grinste Vas an. »Ich glaube, du wirst mir keine Befehle mehr erteilen.«

»Vas ist noch immer eine Wache«, sagte Elemak. »Ich vertraue ihm nicht, aber er wird tun, was man ihm sagt. Und jetzt wird er tun, was *du* ihm sagst, Obring. Nicht wahr, Vas?«

»Ja«, erwiderte Vas ruhig. »Ich werde tun, was man mir sagt. Aber ich werde auch alle meine Eide halten.«

»Ja, ja, ein ehrenwerter Mann und so weiter«, sagte Elemak. »Und jetzt komm, Meb. Bringen wir Vater und seine Frau zu Nafai. Und wenn wir schon dabei sind, können wir auch die Frau mitnehmen, die behauptet, daß sie nicht mehr meine Gattin ist.«

»Was habt ihr vor?« fragte Rasa verächtlich. »Wollt ihr uns so fesseln, wie ihr Nafai gefesselt habt?«

»Natürlich nicht«, sagte Elemak. »Ich behandle alte Leute mit Respekt. Aber für jeden, der deinen kleinen Eid geleistet hat, Vater, wird Nafai einen Schlag bekommen. Und ihr werdet zuschauen.«

Volemak funkelte Elemak an. »Ich wünschte, man hätte mich kastriert oder getötet, bevor ich dich zeugen konnte.«

»Was für ein trauriger Gedanke«, sagte Elemak. »Dann hättest du nie deinen kostbaren Nafai gezeugt. Aber jetzt, wo ich darüber nachdenke, frage ich mich, ob dazu überhaupt der Samen eines Mannes nötig war. Er ist doch nichts weiter als ein kleines Muttertöchterchen.«

Einen Augenblick später stießen Elemak und Mebbekew Volemak und Eiadh die Leiter hinab und durch den Gang zum Lagerraum, in dem Nafai lag. Rasa folgte ihnen hilflos.

Nafai schlief nicht richtig; er hatte in den letzten paar Tagen schon nicht mehr richtig geschlafen. Oder falls er doch geschlafen haben sollte, kam es ihm vor, als wäre er wach gewesen, so lebhaft waren die Träume. Manchmal brachten sie seine schlimmsten Befürchtungen zum Ausdruck, Träume von den Zwillingen, die nach Luft rangen, bis sie schließlich ganz zu atmen aufhörten, die Augen geöffnet, die Münder weit aufgerissen. Im Traum versuchte Nafai immer wieder, ihre Augen und Münder zu schließen, doch jedesmal, wenn er die Hand wegnahm, öffneten sie sich wieder. Aus diesen Träumen erwachte er selbst nach Luft ringend.

Manchmal jedoch träumte er von anderen Zeiten, von besseren Zeiten. Er erinnerte sich, wie er morgens im Haus seines Vaters aufgestanden, hinaus zur Dusche gelaufen war und das kalte Wasser aufgedreht hatte. Damals hatte er es nicht ausstehen können, doch jetzt erinnerte er sich mit Wohlgefallen daran. Eine unschuldige Zeit, in der das Schlimmste, was einem passieren konnte, der Schock des eiskalten Wassers auf Kopf und Rücken war, und in der das Schlimmste, das man tun konnte, altkluge Bemerkungen waren, die man solange von sich gab, bis die anderen zu lachen aufhörten und einem eine Abreibung verpaßten. Aber jetzt lachten sie überhaupt nicht mehr, jetzt verziehen sie nichts mehr, und das kalte Wasser war gar nichts; es wäre das reinste Vergnügen, es noch einmal zu spüren. Wie hatte ich in jenen Tagen wissen können, fragte er sich, wenn er aus solchen Träumen aufwachte, in denen er sich erinnerte, wie hatte ich damals wissen können, daß Elemaks Verärgerung sich in solchen Haß verwandelt? Daß uns so schlimme Tage bevorstehen? Ich habe klugscheißerische Scherze gerissen, weil ich Elemaks Aufmerksamkeit erregen wollte, das war alles. Er war wie ein Gott, so stark, und Vater hat ihn so sehr geliebt. Ich wollte nur, daß er mich bemerkt, daß er mir sagt, daß er mich gern hat, daß er annahm, ich würde eines Tages mit ihm in einer Karawane in ein fernes Land reiten und mit exotischen Pflanzen nach Hause kommen, die Vater dann verkaufen würde. Ich wollte nur, daß er mich respektiert, den Arm um meine Schulter legt und sagt: Das ist mein Bruder, seht euch meinen Bruder an, ich kann mich auf ihn verlassen, er ist meine rechte Hand.

Wer sonst hätte dein Bruder sein können, Elemak? Meb? Hättest du ihn gewählt? War ich für dich so verabscheuungswürdig, daß du ihn mir vorgezogen hast?

›Er hat Meb vorgezogen, weil er Mebbekew beherrschen konnte. Er hat dich gehaßt, weil du stärker warst als er.‹

Ja, mit dem Mantel des Herrn der Sterne bin ich stärker.

›Du weißt, daß du ihn jederzeit niederschlagen kannst.‹

Nein, das kann ich nicht. Der Mantel kann es. *Du* kannst

es. Aber ich nicht. Ich liege hier gefesselt, und meine Handgelenke und Knöchel schmerzen.

›Es ist deine Entscheidung, sie nicht zu heilen. Du weißt, daß der Mantel es sofort könnte.‹

Er will, daß ich Schmerzen habe. Wenn er sieht, daß meine Haut aufgescheuert ist und blutet, wird er vielleicht zufrieden sein.

›Nur dein Tod wird ihn zufriedenstellen.‹

Dann werde ich eben sterben.

›Ich werde dich nicht sterben lassen. Sobald du bewußtlos bist, kontrolliere ich den Mantel wieder, und ich werde dich heilen.‹

Bleib von mir weg, wenn ich schlafe. Ich will jetzt keinen deiner Träume, und ganz bestimmt nicht deine Einmischung.

›Magst du den Schmerz?‹

Ich verabscheue den Schmerz, wissen zu müssen, daß mein Bruder mich haßt. Und ich weiß, daß ich es diesmal vielleicht verdient habe.

›Du hast nie zu leiden verdient, wenn du mir hilfst.‹

Ach, und ich dachte, *du* würdest *mir* helfen, indem wir die Kinder wach halten.

›Ich habe dir geholfen, damit du mir helfen konntest. Tu nicht so dumm und treibe keine kindischen Streitgespräche mit mir.‹

Sprichst du wirklich mit mir? Oder träume ich das auch?

›Ja. Und ja.‹

Und warum kann ich nicht aufwachen, wenn das ein Traum ist?

Kaum hatte Nafai diesen Gedanken in seinem Verstand gesprochen, als er erwachte. Oder besser gesagt träumte, daß er erwachte; denn er wußte sofort, daß er noch immer schlief, vielleicht sogar tiefer als zuvor. Und während er in seinem Schlaf dachte, er sei wach, spürte er, wie die Schnüre von seinen Händen schmolzen und erhob sich. Die Tür öffnete sich bei seiner Berührung. Er ging die Korridore entlang und sah hier und dort Menschen, die mit offenen Mündern keuchend dalagen, und keiner bemerkte ihn, als wäre er unsichtbar. Ah, dachte er. Jetzt verstehe ich. Ich bin tot, und mein Geist geht den Korridor entlang. Dann aber wurde ihm in seinem Traum klar, daß seine Handgelenke und Knöchel schmerzten und er Schwierigkeiten hatte, geradeaus zu gehen, selbst in der niedrigen Schwerkraft. Also war er doch nicht tot.

Er erreichte die Leiter und stieg sie hinauf, immer höher, zur höchsten Ebene des Raumschiffs, in der das Abschirmfeld erzeugt wurde. Doch nun hörte die Leiter nicht auf. Sie führte immer weiter hinauf, und über die nächste Öffnung erreichte er nicht den glatten Plastikboden eines der Raumschiffdecks, sondern einen Steinboden. Er trat darauf und spürte sein volles Körpergewicht, und seine Schritte bereiteten ihm Schmerzen, weil die Schwerkraft wieder normal war. Es war dunkel, eine Höhle. Hier und da hörte er Schritte, aber sie näherten sich ihm nicht. Allerdings entfernten sie sich auch nicht. Nur hastige Schritte, und er ging weiter und blieb dann stehen, und wieder erklangen hastige Schritte. Schon in Ordnung, dachte er. Folgt mir, ich habe keine Angst vor euch. Ich weiß, daß ihr da seid, aber ich weiß auch, daß ihr mir nichts tun werdet.

Er gelangte zu einem Gang und sah, daß in einer kleinen Nebenkammer der Höhle Licht brannte. Er ging dorthin, betrat den Raum und sah Dutzende von Statuen, wunderbar aus Ton geformt. Sie standen auf allen Felsvorsprüngen und überall auf dem Boden. Doch als er genauer hinschaute, sah er, daß alle Statuen beschädigt waren; sie waren hier und da so stark geglättet, daß man keine Einzelheiten mehr ausmachen konnte. Wer würde so wunderbare Arbeiten unkenntlich machen? Unkenntlich machen und doch hier stehen lassen, als handele es sich um eine geheime Schatzkammer?

Dann endlich bemerkte er eine Statue, die ganz oben und weit entfernt vom Licht stand, eine Statue, die größer als die anderen und nicht unkenntlich gemacht war. Doch nicht die Perfektion der Feinarbeiten war der Grund dafür, daß er sie entgeistert anstarrte. Es war das Gesicht selbst. Denn im

Gegensatz zu den anderen Statuen, die allesamt Tiere oder Ungeheuer darstellten, handelte es sich bei ihr um den Kopf eines Menschen. Und er kannte das Gesicht. Wie konnte es auch anders sein? Seitdem er zum Mann geworden war, hatte er es in jedem Spiegel gesehen.

Nun kamen die Schritte näher, nicht mehr hastend, sondern langsam, respektvoll. Er spürte, daß eine kleine Hand ihn am Schenkel berührte. Er sah nicht hin; das war nicht nötig. Er wußte, wer es war.

Allerdings wußte er es nur in dem Traum. In Wirklichkeit hatte er nicht die geringste Ahnung, wer es sein konnte, und er versuchte, sein Traum-Ich dazu zu bringen, sich zu drehen und hinunterzuschauen und festzustellen, wer oder was ihn berührt hatte. Aber er konnte den Kopf nicht senken; er konnte sich nicht zur Seite drehen. In Wirklichkeit lag er zurückgezogen auf dem Boden, und um seinen Hals lagen zwei Seile, und er hörte Schritte, sehr laute Schritte, keine schnellen, hastenden, sondern langsame, bedächtige, und ein Licht flammte auf und blendete ihn.

Er blinzelte; dann schlug er die Augen auf. Jetzt war er wirklich wach und träumte nicht nur, wach zu sein.

»Zeit für meinen Spaziergang?« fragte er.

Ein schnelles Pfeifen, dann ein scharfer Schmerz in seinem Arm. Obwohl er es nicht wollte, schrie er auf.

»Das ist der erste«, sagte Elemaks Stimme. »Sag mir, Rasa, wieviele hast du gezählt? Wieviele haben den Eid geleistet?«

»Mach deine schmutzige Arbeit selbst«, sagte Mutters Stimme.

»Könnten es Hunderte gewesen sein?« Erneut das pfeifende Geräusch. Erneut der entsetzliche Schmerz, diesmal in den Rippen seines Rückens. Eine von ihnen brach; als er einatmete, spürte er, wie der Knochen in sein Fleisch stach. Und doch konnte er nicht aufhören zu atmen; er mußte nach Luft ringen, weil er nicht mehr genug Sauerstoff bekam; er konnte nicht mehr tief genug einatmen, um bei Bewußtsein zu bleiben.

›Heile dich.‹

»Nenne mir die Gesamtsumme, oder ich rechne diese Schläge nicht auf die Gesamtsumme an«, sagte Elemak.

»Zähl doch selbst«, sagte Rasa. »Es waren alle außer Protschnu, Obring und Mebbekew. *Alle*, Elemak. Denk *darüber* nach.«

»Er heilt sich nicht«, sagte Luet.

Nafai hörte ihre Stimme und fühlte, wie Zorn auf Elemak in ihm aufbrandete. Hielt sein Bruder sie für so schwach, daß er glaubte, ihr Geist würde zerbrechen, wenn sie erlebte, daß ihr Gatte Schmerz erleiden mußte? Was wollte Elemak damit überhaupt erreichen? Er mußte die Überseele überzeugen – oder sich ihr ergeben. Aber irgend etwas war passiert. Ein Eid.

»Das ist mir aufgefallen«, sagte Elemak. »Seine Handgelenke und Knöchel scheinen nicht besser zu werden. Ich weiß nicht, ob es daran liegt, daß der Mantel im Augenblick nicht funktioniert oder er sich absichtlich nicht heilt, um noch jämmerlicher zu wirken, damit er mit leid tut und ich seine Fesseln löse, woraufhin er sich dann befreien und mich umbringen würde.«

Das pfeifende Geräusch. Ein weiterer Schlag, diesmal auf seinen Nacken. Nafai keuchte, als der Schmerz sein Rückgrat hinauf und wieder hinab schoß; für einen Augenblick war er vom Hals abwärts taub, und er dachte: Er hat mir das Genick gebrochen.

›Ein betäubender Schlag, mehr nicht. Ein paar Nervenschäden.‹

Warum tötet er mich nicht einfach?

›Weil ich noch einen gewissen Einfluß auf ihn habe. Genug, um ihn abzulenken, wenn er daran denkt, dich endgültig zu erledigen.‹

Dann hör auf damit. Soll er mich doch töten. Dann hat er seinen Sieg, und es wird Frieden herrschen, und alle werden besser dran sein.

›Elemak weiß es nicht, aber dich zu töten wäre das Schlimmste, was er je tun könnte. Denn dann wäre er nie imstande, dich zu besiegen.‹

Was denn? Tot ist nicht besiegt?

›Er will, daß sein Vater sagt: Du, Elemak. Ich wähle dich. Und wenn du tot bist, Nafai, kann Volemak nie mehr zwischen euch wählen. Dann wird er immer die zweite Wahl sein.‹

Wenn du irgendwelchen Anstand hast, befiehlst du Volemak, die Zauberworte zu sagen und alldem ein Ende zu machen.

›Das ist ja das Problem, Nafai. Selbst wenn Volemak es sagte, würde Elemak es nicht glauben. Denn er weiß, daß es nicht stimmt. Er weiß, daß er nicht so gut oder anständig oder klug oder stark bist wie du. Selbst wenn sein Vater sagen würde: Elemak, ich wähle dich, wüßte er, daß es gelogen wäre, denn er weiß auch, daß Volemak niemals so töricht wäre, ihm dich vorzuziehen.‹

Ich bin zu müde, um über den Sinn deiner Worte nachzudenken. Verschwinde und laß mich sterben.

›Er hat mit diesem letzten Schlag sehr ernste Schäden bei dir verursacht.‹

Mit dem gegen meinen Nacken?

›Das war vor drei Schlägen. Du hast jetzt innere Blutungen.‹

O ja. Das spüre ich.

›Ich werde dich heilen.‹

Tu das nicht.

›Bevor der Blutverlust innere Schäden verursacht.‹

Heile mich nicht, bevor er den Raum verlassen hat. Gestehe mir wenigstens soviel Würde zu.

›Würde? Du wärest bereit, um der Würde willen zu sterben?‹

Es ist eine Sache zwischen ihm und mir. Ich will nicht, daß er sieht, wie du zu meinen Gunsten eingreifst.

›Dein Stolz ist unglaublich. Zwischen ihm und *dir*? Es ist eine Sache zwischen ihm und *mir*, war es schon immer. Genau, wie es eine Sache zwischen mir und Muuzh war. Und zwischen *dir* und mir. Und zwischen Luet und mir.

Und wenn wir die Erde erreicht haben, wird es eine Sache zwischen euch allen und dem Hüter sein.‹

Das tut wirklich weh.

›Ich heile dich, deshalb.‹

Ich habe dir doch gesagt, du sollst es nicht tun.

›So ein Pech.‹

»Seht doch«, sagte Elemak. »Sein Bein wird wieder gerade. Wahrscheinlich haben wir soeben herausgefunden, wieviel Schmerz er ertragen kann, und jetzt hat er seinen unsichtbaren Freund geholt, damit der ihn rettet.«

»Ich schaue hin«, sagte Volemak kalt. »Ich sehe einen Feigling, der einen anderen Mann mit einer Eisenstange schlägt.«

Elemaks Stimme hob sich zu einem Schrei. »*Ich* – ein Feigling? Ich bin nicht derjenige mit dem Mantel! Ich bin nicht derjenige, der sich durch Zauberei heilen kann, wenn ich mir den großen Zeh anstoße! Ich bin nicht derjenige mit der Macht, anderen Leuten Stromstöße zu versetzen, wann immer ich sie in die Knie zwingen will!«

»Nicht die Macht, die man hat, macht einen zu einem Feigling oder zu einem Schläger«, sagte Volemak. »Es liegt daran, wie man sie einsetzt. Glaubst du, es nimmt dem Mantel irgend etwas von seiner Macht, daß er dort gefesselt liegt? So schlimm du ihn auch behandelst, so schlimm du uns alle auch behandelst … Nafai hat sich entschlossen, dich nicht einfach an Ort und Stelle zu töten.«

»Dann tu es, Nafai«, sagte Elemak leise. »Wenn du die Macht hast, mich zu töten … töte mich. Du hast schon einmal getötet. Einen Betrunkenen, der bewußtlos in der Gosse lag, glaube ich. Das ist deine Spezialität: Leute zu töten, die sich nicht wehren können. Aber Vater hält *mich* für den brutalen Schläger. Wie kann es denn brutal sein, einem Mann die Knochen zu brechen, der sich sofort wieder heilen kann? He, ich könnte dir den Schädel brechen, und …«

Der Wutschrei einer Frau und das Geräusch einer Rauferei erklangen. Dann wurde jemand gegen eine Wand gestoßen; eine Frau schrie. Nafai versuchte, die Augen zu öffnen. Er konnte jedoch nur die Wand sehen, gegen die er gedrückt wurde. »Luet«, flüsterte er.

»Luet kann sich nicht selbst heilen, oder?« sagte Elemak. »Daran sollte sie sich erinnern, bevor sie mich angreift.«

»Alles, was du tust«, sagte Nafai, »verbraucht den Sauerstoff, den deine Kinder zum Atmen benötigen.«

»Du kannst es jederzeit beenden, Njef«, sagte Elemak. »Du mußt nur sterben.«

»Und was dann?« fragte Volemak. »Dann wirst du den nächsten hassen, der besser ist als du, und zwar aus demselben Grund. *Weil* er besser ist als du. Und wenn du ihn getötet hast, wirst du wieder einen finden, der besser ist als du. So wird es ewig weitergehen, Elemak. Denn jeder Akt der brutalen Grausamkeit macht dich kleiner, bis du schließlich jedes menschliche Wesen und jedes Tier töten mußt. Und selbst dann wirst du dich mit solcher Verachtung betrachten, daß du sie nicht ertragen kannst ...«

Die Stange knallte mitten in Nafais Gesicht. Er fühlte, wie sie sämtliche Knochen auf der Vorderseite seines Kopfes zerschmetterte. Dann wurde alles schwarz.

Ein Augenblick später? Es hätte sein können; es hätten aber auch Stunden oder Tage sein können. Er war wieder bei Bewußtsein, und sein Gesicht war nicht zertrümmert. Nafai fragte sich, ob er allein war. Fragte sich, was mit Vater und Mutter geschehen war. Mit Luet. Mit Elemak.

Jemand war im Raum. Jemand atmete.

»Um so besser«, sagte die Stimme. Ein Flüstern. Schwer zu erkennen. Nein, ganz leicht. Elemak. »Die Überseele gewinnt erneut.«

Dann ging das Licht wieder aus, die Tür wurde geschlossen, und er war allein.

Eiadh sang den kleinen Kindern, Yista und Manja und Zhivja, leise etwas vor, als Protschnu zu ihr kam. Sie hörte, wie er das Zimmer betrat. Die Tür glitt auf und hinter ihm wieder zu. Sie sang weiter.

Wenn das Licht dann wiederkommt
Erinnre ich mich, wie man sieht?
Erkenne ich Mutters Gesicht?
Und erkennt sie mein Lied?

Wenn das Licht dann wiederkommt
Haben nichts zu fürchten wir;
Also schließe ich die Augen und träume vom Tag
In der Dunkelheit hier.

»Singen ist Sauerstoffverschwendung«, sagte Protschnu leise.

»Weinen auch«, gab Eiadh ruhig zurück. »Drei Kinder weinen jetzt nicht mehr, weil eine Person gesungen hat. Wenn du gekommen bist, um mein Singen zu unterbinden, kannst du gleich wieder gehen. Melde deinem Vater mein Verbrechen. Vielleicht wird er deshalb so wütend, daß er mich verprügelt. Vielleicht darfst du ihm dabei helfen.«

Sie sah ihn noch immer nicht an. Sie hörte, daß er ein wenig schwerer atmete. Ein bißchen abgehackt vielleicht. Doch als er erneut sprach, war sie erstaunt, daß seine Stimme vor kaum zurückgehaltenem Weinen ganz hoch klang. »Es ist nicht meine Schuld, daß du dich gegen Vater gestellt hast.«

Seine Zurückweisung in der Bibliothek hatte sie dermaßen schwer getroffen, daß sie seitdem nicht mehr mit ihm gesprochen und auch vermieden hatte, an ihn zu denken. Protschnu, ihr ältester Sohn, sagte so schreckliche Dinge zu seiner eigenen Mutter. Der Junge hatte in diesem Augenblick so wild ausgesehen, so sehr wie Elemak, daß sie den Eindruck gehabt hatte, sie würde ihn gar nicht kennen. Aber sie kannte ihn, nicht wahr? Er war erst acht Jahre alt. Es war nicht richtig, daß er von streitenden Eltern hin und her gerissen wurde.

»Ich habe mich nicht gegen deinen Vater gestellt«, sagte sie leise. »Ich habe mich gegen das gestellt, was er tut.«

»Nafai hat uns betrogen.«

»Die Überseele hat uns betrogen. Und alle Eltern dieser Kinder. Nicht nur Nafai.«

Protschnu schwieg. Vielleicht habe ich ihn zur Einsicht gebracht, dachte sie. Aber nein, er dachte an etwas ganz anderes. »Liebst du ihn?«

»Ja, ich liebe deinen Vater. Aber wenn er zuläßt, daß der Zorn ihn beherrscht, tut er böse Dinge. Und diese bösen Taten lehne ich ab.«

»Ich habe nicht Vater gemeint.«

Offensichtlich ging er davon aus, daß sie es schon wußte. Daß er irgendwie darauf gekommen war, daß sie einen anderen Mann liebte.

Und er hatte natürlich recht. Aber es war eine hoffnungslose Liebe – eine Liebe, die sie nie jemandem gezeigt hatte.

»Wen meinst du denn?«

»Ihn.«

»Sag den Namen, Proja. Namen sind keine Zauberei. Es wird dich nicht vergiften, wenn der Name über deine Lippen kommt.«

»Nafai.«

»Onkel Nafai«, berichtigte sie. »Bringe älteren Menschen Respekt entgegen.«

»Du liebst ihn.«

»Ich möchte hoffen, daß ich alle meine Schwager liebe – wie ich auch hoffe, daß du alle deine Onkel liebst. Es wäre schön, wenn dein Vater für alle seine Brüder ein wenig Liebe übrig hätte. Aber vielleicht siehst du es nicht so. Schau dir Menja an, der dort schlafend liegt. Er ist der vierte Sohn in unserer Familie. Er steht zu dir in derselben Beziehung wie Nafai zu deinem Vater. Sag mir, Proja, hast du vor, den kleinen Menja eines Tages zu fesseln und ihm mit einer Eisenstange die Knochen zu brechen?«

Protschnu heulte jetzt richtig los. Zögernd setzte Eiadh sich auf und griff nach ihm, zog ihn neben sich auf das Bett, nahm ihn in die Arme. »Ich werde Menja nie etwas tun«, sagte er. »Ich werde ihn beschützen und dafür sorgen, daß ihm nichts passiert.«

»Das weiß ich, Proja, das weiß ich. Und zwischen deinem Vater und Nafai ist es nicht dasselbe. Der Altersunterschied zwischen ihnen ist viel größer. Nafai und Elja hatten nicht dieselbe Mutter. Und Elemak hatte einen noch älteren Bruder.«

Protschnu riß die Augen weit auf. »Ich dachte, Vater wäre der älteste.«

»Er ist der älteste Sohn deines Großvaters Volemak. Damals, als er der Wetschik war, im Land Basilika. Aber Elemaks Mutter hatte andere Söhne, bevor sie Volemak heiratete. Und der älteste von ihnen hieß Gaballufix.«

»Haßt Vater Onkel Nafai, weil er seinen Bruder Gaballufix getötet hat?«

»Sie haben sich schon vorher gehaßt. Und Gaballufix hat versucht, Nafai und deinen Vater und Issib und Meb zu töten.«

»Warum hätte er Issib töten wollen?«

Eiadh stellte amüsiert fest, daß Protschnu sich nicht fragte, warum jemand seinen Onkel Meb töten wollte. »Er wollte Basilika beherrschen, und die Söhne des Wetschik standen ihm im Weg. Dein Großvater war ein sehr reicher und mächtiger Mann, damals in Basilika.«

»Was bedeutet ›reich‹?«

Was habe ich dir angetan, mein armes Kind, daß du nicht mal weißt, was das Wort bedeutet? Jeder Wohlstand, alle Annehmlichkeiten sind aus deinem Leben verschwunden, und da du nichts als Armut gesehen hast, kennst du nicht einmal die Worte für das schöne Leben. »Es bedeutet, daß du mehr Geld hast, als ...«

Aber natürlich wußte er auch nicht, was *Geld* bedeutete.

»Es bedeutet, daß du ein schöneres Haus als die anderen Leute hast. Ein größeres Haus, und schöne Kleider, viele schöne Kleider zum Wechseln. Und daß du auf bessere Schulen mit klügeren Lehrern gehst und bessere Nahrung zu essen bekommst, und mehr davon. Soviel du willst, und noch mehr.«

»Aber dann sollte man teilen«, sagte Protschnu. »Du hast

mir gesagt, wenn man mehr hat, als man braucht, sollte man teilen.«

»Und du teilst ja auch. Aber ... das verstehst du nicht, Proja. Diese Art von Leben haben wir auf ewig verloren. Du wirst es nie verstehen.«

Sie schwiegen für einen Augenblick.

»Mutter«, sagte Protschnu dann.

»Ja?«

»Du haßt mich doch nicht, weil ich mich für Vater entschieden habe? Neulich, in der Bibliothek?«

»Jede Mutter weiß, daß eine Zeit kommen wird, da ihre Söhne sich für ihren Vater entscheiden. Das gehört zum Aufwachsen. Ich hätte nie gedacht, daß es bei dir in so jungen Jahren geschehen wird, aber es ist nicht deine Schuld.«

Eine Pause. Dann wurde seine Stimme wirklich ganz leise. »Aber ich habe mich nicht für ihn entschieden.«

»Nein, Protschnu, ich habe nie angenommen, daß du dich für die bösen Dinge entscheiden würdest, die er tut. Du bist nicht so ein Junge.« Doch in Wirklichkeit fürchtete Eiadh manchmal, daß er ganz genau *so* ein Junge war. Sie hatte ihn beim Spielen beobachtet, hatte gesehen, wie er über die anderen Jungs herrschte, manche von ihnen grausam hänselte, bis sie weinten, und dann über sie lachte. Es hatte ihr, damals auf Harmonie, angst gemacht, daß ihr Sohn so widerlich zu denen war, die kleiner waren als er. Und doch war sie auch stolz darauf gewesen, wie er die anderen Jungs bei allem anführte, wie sie alle zu ihm aufschauten, wie sogar Tante Rasas Ojkib zur Seite getreten war und Protschnu den ersten Rang unter den Jungen überlassen hatte.

Kann es je das eine ohne das andere geben? Die Führung ohne den Mangel an Mitleid? Den Stolz ohne die Grausamkeit?

»Aber natürlich hast du dich für deinen Vater entschieden«, sagte Eiadh. »Für den Mann, den du kennst, der er in Wirklichkeit ist, den guten, tapferen, starken Mann, den du so sehr liebst. Ich weiß, das ist der Mann, für den du dich an diesem Tag entschieden hast.«

Sie fühlte, wie Protschnus Körper sich in ihrer Umarmung bewegte, während er sich wappnete, das Schwierige zu sagen. »Er ist ohne dich wirklich unglücklich.«

»Hat er dich geschickt, mir dies zu sagen?«

»Ich habe mich selbst geschickt«, erwiderte Protschnu.

Oder hat die Überseele dich geschickt? Eiadh machte sich manchmal Gedanken darüber. Hatte Luet nicht gesagt, daß *sie alle* von der Überseele erwählt worden waren? Daß sie alle für ihre Gedanken ungewöhnlich empfänglich waren? Warum sollte dann nicht eins ihrer Kinder eine dieser außergewöhnlichen Begabungen haben, wie sie zum Beispiel auch bei Chveja aufgetreten war?

»Also ist dein Vater ohne mich unglücklich. Dann soll er Nafai freigeben und den Frieden auf dem Schiff wiederherstellen, und er muß nicht mehr auf mich verzichten.«

»Er kann nicht aufhören«, sagte Protschnu. »Nicht ohne Hilfe.«

Er ist erst acht Jahre alt? Und er kann so tief sehen? Vielleicht hat die Krise irgendeine versteckte Befähigung zur Empathie in ihm geweckt. Die Überseele weiß, daß ich in diesem Alter für niemanden Verständnis oder Mitgefühl hatte. Ich war eine moralische Einöde, die sich nur dafür interessierte, wer am hübschesten war und am besten sang und eines Tages berühmt und reich sein würde. Wäre ich dieser Kindlichkeit nur früher entwachsen, hätte ich vielleicht bemerkt, welcher der Brüder der bessere Mann war, damals, als Nafai mich mit den Kuhaugen der heranwachsenden Liebe betrachtete. Damals habe ich einen schrecklichen Fehler gemacht. Ich habe Elemak angeschaut und mußte jedesmal denken, er ist der Erbe des Wetschik, der älteste Sohn eines der reichsten und angesehensten Männer in Basilika. Und was war Nafai?

Doch wenn ich wirklich klug gewesen wäre, hätte ich keinen der beiden geheiratet und wäre noch in Basilika. Obwohl, falls Volemak wirklich recht hat, Basilika bereits vernichtet wurde. Die Stadt wurde zerstört und die wenigen Überlebenden in alle Himmelsrichtungen zerstreut.

»Und was für eine Art von Hilfe braucht dein Vater?« fragte Eiadh.

»Er muß es sich anders überlegen können, ohne eingestehen zu müssen, daß er sich geirrt hat.«

»Müssen wir das nicht alle?« murmelte sie.

»Mutter, ich kann manchmal kaum noch atmen. Ich wache am Morgen auf und habe das Gefühl, jemand sitzt auf meiner Brust. Ich kann einfach nicht mehr tief genug einatmen. Manchmal wird mir schwindlig, und ich stürze. Und dabei geht es mir noch besser als den meisten anderen. Wir müssen Vater helfen.«

Sie wußte, daß er recht hatte. Aber sie wußte auch, daß sie nach dieser Szene in der Bibliothek nicht mehr die Macht gehabt hatte, ihm zu helfen. Doch nun, mit Protschnu an ihrer Seite, konnte sie es vielleicht. Hatte dieser Achtjährige soviel Macht?

Acht Jahre alt, aber er hatte die Zusammenhänge erkannt. Er wußte, was getan werden mußte, und er hatte die Verantwortung übernommen, gemäß dieses Verständnisses zu handeln. Das erfüllte sie mit Hoffnung, nicht nur für die unmittelbare, sondern auch für die noch sehr ferne Zukunft. Sie wußte, daß die Gemeinschaft sich beim Tod Volemaks spalten würde, falls nicht sogar schon früher, und wenn dies geschah, würde Elemak die Herrschaft über eine der beiden Hälften haben. Er würde wütend und verbittert sein, erfüllt mit Abscheu und Haß. Doch Elemak würde nicht ewig leben. Eines Tages würde ein anderer seinen Platz als Herrscher einnehmen, und der wahrscheinlichste Kandidat dafür war dieser Achtjährige, der neben ihr auf dem Bett saß. Wenn im Lauf der Jahre in seinem Innern Klugheit heranwuchs statt Zorn, wie es bei seinem Vater der Fall gewesen war, würde er für die Städte der Ebene wie der Herbstregen sein, der nach dem trockenen Feuer des Sommers Erleichterung brachte, sobald er die Stelle seines Vaters als Herrscher einnahm.

Für dich, Protschnu, werde ich tun, was getan werden muß. Ich werde mich um deinetwegen vor Elemak erniedrigen, so unwürdig er auch ist, damit du eine Zukunft hast, damit du eines Tages die Stellung einnehmen kannst, die die Natur für dich vorgesehen hat.

»Bei der nächsten Mahlzeit in der Bibliothek«, sagte sie. »Komm dann zu mir, und mit dir an meiner Seite werde ich tun, was getan werden muß.«

Elemak war während der Mahlzeit natürlich bei ihnen. So war es jetzt ständig, seit Volemak seine Abwesenheit als Gelegenheit genutzt hatte, sich den Eid leisten zu lassen. Die Mahlzeiten waren nun spärlicher besucht. Nachdem Volemak und Rasa hatten zusehen müssen, wie Elemak Nafai verprügelte, hatten sie sich zu Bett begeben müssen. Der Sauerstoffmangel machte ihnen genauso sehr zu schaffen wie den kleinsten Kindern. Sie hatten nicht mehr die Kraft, sich zu bewegen, und diejenigen, die sie versorgten – Dol und Sevet –, berichteten, daß sie immer wieder bewußtlos wurden und häufig phantasierten. »Sie sterben«, flüsterten sie – aber so laut, daß Elemak sie während der Mahlzeiten ganz bestimmt hörte. Er zeigte keine Reaktion.

Beim Mittagsmahl am vierten Tag seines Wachseins saß Elemak allein an einem Tisch und hatte sein Essen noch nicht angerührt, als Protschnu aufstand und zu seiner Mutter ging. Elemak beobachtete ihn, und sein Gesicht verdüsterte sich. Doch allen war klar, daß Protschnu sich nicht auf die Seite seiner Mutter geschlagen hatte. Statt dessen führte er sie zu Elemak. Er mochte noch ein paar Köpfe kleiner sein als sie, beherrschte die Lage aber eindeutig. Langsam näherten sie sich dem Tisch, an dem Elemak saß.

»Mutter hat dir etwas zu sagen«, sagte Protschnu.

Plötzlich brach Eiadh in Tränen aus und fiel auf die Knie. »Elemak«, schluchzte sie, »ich schäme mich so. Ich habe mich gegen meinen Gatten gestellt.«

Elemak seufzte. »Das wird nicht klappen, Eiadh. Ich weiß, was für eine gute Schauspielerin du bist. Wie Dolja. Du kannst die Tränen auf- und abdrehen. Wie bei einem Wasserhahn.«

Sie weinte um so mehr. »Warum solltest du mir auch je wieder glauben oder vertrauen? Welch schreckliche Dinge du auch zu mir sagen willst, ich habe es verdient. Aber ich bin deine treue Frau. Ohne dich bin ich nichts. Ich würde lieber sterben, als nicht mehr Teil von dir und deinem Leben zu sein. Bitte vergib mir und nimm mich wieder auf.«

Alle sahen, wie Elemak zwischen Glauben und Skepsis schwankte. Er war nicht mehr so feinsinnig oder klug wie früher. Aufgrund des Sauerstoffmangels waren alle träge und schwer von Begriff geworden. Sie erinnerten sich zwar, daß sie früher ein gutes, schnelles Urteilsvermögen gehabt hatten, wußten aber nicht mehr, wie sie sich dabei vorgekommen waren. Elemak blinzelte langsam und Eiadh an.

»Ich weiß, wer der stärkste, beste Mann ist«, sagte sie. »Nicht der, der sich auf Tricks und Maschinen, Lügen und Täuschungen verläßt. Du bist ehrlich.«

Seine Lippen kräuselten sich vor Verachtung angesichts dieser offensichtlichen Schmeichelei. Dennoch zeigte sie Wirkung. Jemand versteht mich. Selbst, wenn sie nur leere Worte von sich gibt – jemand *hat* die Worte gesagt.

»Aber die Lügner haben die Oberhand. *Sie* sind diejenigen, die unsere Kinder als Geiseln halten, nicht du. Manchmal muß ein Mann dem Bösen nachgeben, um seine Kinder zu retten.«

Die meisten, die ihren Worten lauschten, wußten, daß sie eine Verzerrung der Wahrheit hörten. Und doch wollten sie, daß dieser Verdrehung Glauben geschenkt wurde, daß zumindest Elemak ihr glaubte. Denn wenn er ihr Glauben schenkte, würde er damit nachgeben können und in seinen Augen trotzdem noch edel und heldenhaft sein. Soll das die Version der Geschichte sein, an die Elemak glaubt, damit unsere Geschichte über diese Stunde hinausgehen kann.

»Glaubst du etwa, ich ließe mich täuschen, wenn Nafai hier wieder herumstolziert? Er und sein funkelnder Mantel, der in sein Fleisch eingebettet ist und ihn selbst wie eine Maschine aussehen läßt – ich lasse mich den Rest der Reise voller Dankbarkeit wieder in Tiefschlaf versetzen, nur um ihn nicht ansehen zu müssen. Ich will erst auf der Erde wieder erwachen, mit dir neben mir, und mit unseren Kindern, die wir noch großziehen können. Sie werden älter werden. Die Zeit wird verstreichen. Und du wirst immer noch mein Gatte sein, und ein großer Mann in den Augen aller, die die Wahrheit kennen.«

Elemak musterte sie scharf. Oder versuchte es zumindest. Dann und wann konnte er sie nur noch verschwommen erkennen.

Sie öffnete den Mund, um noch etwas zu sagen, doch Protschnu legte eine Hand auf ihre Schulter, und sie lehnte sich zurück, auf den Knöcheln hockend, während Protschnu vortrat und so leise sprach, daß ihn außer Elemak kaum jemand hören konnte. »Suche dir den Zeitpunkt für den Kampf aus«, sagte er ruhig. »Das hast du mich in Vusadka gelehrt. Suche dir den Zeitpunkt den Kampf aus.«

Elemak antwortete genauso leise. »Sie haben bereits gesiegt, Protschnu. Als ich erwachte, hatten sie dich schon um dein Erbe betrogen. Sieh dich doch an, so jung, so klein.«

»Tu, was nötig ist, damit wir alle weiterleben, Vater. Eines Tages werde ich nicht mehr klein sein, und dann werden wir an unseren Feinden Rache nehmen.«

Elemak betrachtete sein Gesicht. »An *unseren* Feinden?«

»Was sie dem Vater angetan haben, haben sie auch dem Sohn angetan«, flüsterte Protschnu. »Ich werde es niemals, niemals, niemals, niemals, niemals vergessen.«

Es erfüllte Elemak mit Hoffnung, in der Stimme seines Sohnes eine solche Entschlossenheit, einen solchen Haß zu hören.

Er erhob sich. Alle Blicke waren auf ihn gerichtet. Alle beobachteten ihn, als er Protschnu an der Hand nahm und ihn zur Leiter in der Mitte des Zimmers führte. Dort drehte er sich um. »Meb. Obring.«

Sie standen langsam auf.

»Kommt mit.«

»Und wer paßt dann auf sie auf?« fragte Obring.

»Ist mir egal«, sagte Elemak. »Ich kann sie nicht mehr sehen.«

Er stieg die Leiter hinab, und Protschnu folgte ihm; dann auch Obring und Meb.

Sie waren kaum fort, als die Frauen sich um Eiadh drängten. »Danke«, sagten sie leise. »Das war sehr tapfer von dir.« – »Du warst wunderbar.« – »Danke.« – »Danke.«

Sogar Luet nahm Eiadhs Hände in die ihren. »Heute warst du die größte aller Frauen. Dank dir ist es jetzt vorbei.«

Eiadh konnte nur das Gesicht in die Hände drücken und weinen. Denn sie hatte die Worte gehört, die Protschnu zu Elemak gesagt hatte, hatte den Haß in seiner Stimme gehört, und sie wußte, daß Protschnu nicht geschauspielert hatte wie sie, zumindest nicht jetzt. Protschnu würde den Haß seines Vaters in die nächste Generation tragen. Es war alles umsonst gewesen. Sie hatte sich für nichts erniedrigt. »Für nichts«, murmelte sie.

»Nicht für nichts«, sagte Luet. »Für unsere Kinder. Für alle Kinder. Ich sage es noch einmal, Eiadh. Heute warst du die größte aller Frauen.«

Luet kniete neben ihr nieder; Eiadh griff nach ihr und weinte an ihrer Schulter.

Die Tür wurde geöffnet, und das Licht ging an. Nafais Augen gewöhnten sich schnell daran. Elemak, Mebbekew, Obring und Eljas Sohn Protschnu. Er sah den Haß in ihren Augen, in ihrer aller Augen.

Sie sind gekommen, mich zu töten.

Zu Nafais Überraschung war dieser Gedanke keine Erleichterung für ihn. Trotz aller verzweifelter Worte, die er zu der Überseele gesagt hatte, wollte er in Wirklichkeit nicht sterben. Aber er würde sterben; er würde sich dem Tod unterwerfen, wenn dies den Frieden brachte.

Zu seiner Überraschung kniete Elemak zu seinen Füßen nieder und fummelte an den Knoten um seine Knöchel herum. Mebbekew tat es ihm gleich und lockerte die Fesseln um seine Handgelenke.

Seine Haut war an diesen Stellen wund, und ihr grobes Vorgehen scheuerte sie weiter auf. Nachdem er mißhandelt worden war, hatte die Überseele den Mantel veranlaßt, ihn zu heilen; danach aber hatte Nafai die neuerlichen Entzündungen an seinen Fuß- und Handgelenken nicht mehr geheilt. Nun war der Augenblick, da ihm Erleichterung verschafft wurde, beinahe unerträglich schmerzhaft.

»Wir haben einen Eid abgelegt«, sagte Elemak leise. »Den Eid, den Vater von jedem auf diesem Schiff verlangt hat. *Er* ist der einzige Herrscher dieser Kolonie. Niemand ist sein Stellvertreter oder Berater oder hat irgendeinen anderen Posten inne, der Macht verschleiert. *Er* wird herrschen. Ich habe den Eid geleistet, und Meb und Obring ebenfalls. Und mein Sohn Protschnu. Solange Volemak lebt, gehorchen wir ihm und keinem anderen.«

»Das ist ein guter Eid«, sagte Nafai sanft. Er fügte nicht hinzu: Wenn ihr ihn nur eher geleistet und danach gelebt hättet, wie ich es von Kindheit an getan habe. Das hätte uns sehr viel Ärger erspart.

»Du kannst jetzt zu ihm gehen und den Eid ebenfalls ablegen«, sagte Meb.

Die Stricke um seinen Hals, die Stricke, die seinen Körper schmerzhaft zurückgebogen hatten, wurden plötzlich gelöst. Schmerz schoß seinen Rücken hinauf und hinab. Er stöhnte auf.

»Hör mit der Schauspielerei auf«, sagte Meb verächtlich. »Wir wissen, daß du dich jederzeit sofort heilen könntest.«

Seine Füße und Hände waren taub; sie fühlten sich wie schwere, träge Keulen an und gehorchten seinen Befehlen nicht. Als er sich auf den Bauch rollte, schmerzte sein Rükken, und er konnte sich kaum auf die Knie erheben. Er stützte sich an der Wand ab und stand schließlich auf unsicheren Beinen. »Wo ist Vater?« fragte er. »Ich muß zu ihm und den Eid ablegen.«

»Ojkib und Chveja haben den Eid auch noch nicht abgelegt«, sagte Obring.

»Dann hole sie«, antwortete Elemak verächtlich. »Wartest

du noch immer darauf, daß ich dir einen Befehl erteile? Ich habe hier nichts mehr zu sagen.«

»Und ich auch nicht«, erklärte Nafai.

Aber das entsprach nicht ganz der Wahrheit. Der Mantel teilte ihm bereits die Informationen mit, die er brauchte. »In den Reservespeichern ist noch genug Sauerstoff, daß wir zwei Stunden lang normal atmen können. Das genügt, um den Sauerstoffgehalt im Blut eines jeden auf das übliche Niveau zu bringen. Anschließend können wir alle uns in den Tiefschlaf begeben. Dann kann das Schiff seine Vorräte auffüllen, bevor es uns wieder weckt.«

Elemak lachte häßlich. »Was denn? Willst du uns nicht versprechen, daß wir schlafen, bis wir die Erde erreichen?«

»Ich werde den Unterricht der Kinder dort fortsetzen, wo wir aufgehört haben«, sagte Nafai. »Falls Vater es mir aufträgt.«

»Ich habe nicht den geringsten Zweifel, daß er alles sagt, was du ihm aufträgst.«

»Dann kennst du ihn oder mich wirklich nicht. Denn Vater wird sagen, was die Überseele ihm aufträgt, und sonst nichts.«

»Ach, wir wollen nicht streiten, Nafai«, sagte Elemak mit übertriebener Fröhlichkeit. »Wir müssen jetzt *Freunde* sein.«

Nafai ging schweigend, stützte sich immer wieder an den Wänden ab und war dankbar für die geringe Schwerkraft. »Elemak, willst du das wirklich für Protschnu?« fragte er irgendwann. »Willst du ihn mit diesem ständigen Haß füttern?«

»Haß ist die beste Nahrung«, sagte Elemak. »Sie macht einen stark, sie gibt einem Kraft. Und ich habe eine ganze Festtafel davon, an der meine Kinder sich nähren können.«

»Schaffe Frieden zwischen deinen Kindern und meinen, Elja«, sagte Nafai.

»Zwischen deinen großen und meinen kleinen Kindern?« fragte Elemak. »Natürlich wird Friede herrschen, genau, wie zwischen dem Löwen und der Fliege Friede herrscht.«

Sie erreichten die Tür zu Volemaks und Rasas Raum in

demselben Augenblick, als Obring mit Ojkib und Chveja dort eintraf. Wortlos umarmte Chveja ihren Vater, und er stützte sich auf sie, als sie den Raum betraten.

Nafai kniete nieder und leistete den Eid, hielt dabei die Hand seines Vaters. Chveja und Ojkib taten es ihm gleich.

»Dann ist es vollbracht«, sagte Volemak schwach von seinem Bett aus. »Alle haben den Eid geleistet. Gib uns wieder Sauerstoff und laß uns weiterschlafen.«

Schon nach ein paar Sekunden spürten sie alle den Unterschied. Sie konnten wieder tief durchatmen, und nach kurzer Zeit machte ihr Keuchen und Luftschnappen sie trunken vor Sauerstoff und schwach vor Luft. Dann paßten ihre Körper sich an; ihre Atmung wurde wieder normal. Es war, als wäre stets alles in Ordnung gewesen. Mütter weinten bei ihren Kindern, die jetzt wieder normal atmeten. Kinder lachten und jauchzten und tollten herum, nur weil ihnen endlich wieder normales Atmen möglich war.

Doch schon lange, bevor die zwei Stunden verstrichen waren, hatte das Lachen und Rufen wieder aufgehört. Die Eltern brachten ihre Kinder in die Schlafkammern. Dann schickten Zdorab und Schedemei alle Erwachsenen schlafen, außer Nafai, der sich von den anderen abgesondert hielt, um nicht unnötigerweise Elemak und die aufzubringen, die seine Niederlage bedauerten.

Erneut standen Nafai und Schedemei über der Kammer, in der Zdorab lag. »Vergib mir, Nafai«, sagte Zdorab.

»Das habe ich bereits«, sagte Nafai. »Luet hat mir erklärt, was du damals gedacht hast. Und wie sehr du es später bedauert hast.«

»Keine weiteren Überraschungen«, sagte Zdorab. »Ich stehe bis zu meinem Tod zu dir.«

»Dein Eid gilt meinem Vater«, sagte Nafai. »Aber ich freue mich über deine Freundschaft, und du kannst dir auch der meinen sicher sein.«

Als Nafai mit Schedemei allein war, konnte er endlich die aufgescheuerten Stellen an seinen Hand- und Fußgelenken heilen. »Wer hätte das gedacht«, sagte er.

»Was?« fragte sie.

»Daß Zdorabs Fehler etwas bewirkt hat, das andernfalls unmöglich gewesen wäre.«

»Und was ist das?«

»Ich habe damit gerechnet, daß Elemak außer Kontrolle geraten und einen Krieg anzetteln wird, sobald wir die Erde erreicht haben. Ich glaube, auch die Überseele hat das erwartet. Doch nun haben wir den Krieg bereits gehabt, und ich glaube, der Friede wird halten.«

»Bis dein Vater stirbt«, sagte Schedemei nachdrücklich.

»Vater ist noch nicht alt«, sagte Nafai. »Diese Einigung verschafft uns Zeit. Wer weiß, was in den kommenden Jahren noch alles geschehen wird?«

»Ich möchte keinen Anteil daran haben«, sagte Schedemei.

»Diese Entscheidung kommt ein wenig spät«, sagte Nafai.

»Ich möchte an der Auseinandersetzung keinen Anteil haben«, wiederholte Schedemei. »An dem Kampf. Ich bin mitgekommen, mich um den Garten zu kümmern.« Sie lachte ein wenig spöttisch. »Um mit dem pflanzlichen und tierischen Leben auf der Erde herumzupfuschen. Das ist der Traum, den der Hüter mir geschickt hat. Es ist bei mir nicht wie bei den anderen. Ich bin nur die Gärtnerin.«

»Nur? Du wirst die wichtigste Person von uns allen sein.«

»Weißt du, ich habe dich auch belogen, Nafai. Als ich dir sagte, Vettern und Kusinen könnten ungefährdet heiraten. Genau wie Zdorab habe ich etwas verschwiegen.«

»Das ist schon in Ordnung«, sagte Nafai. »Jeder verschweigt etwas, ob er es nun weiß oder nicht.«

»Aber eure Kinder … die Konsequenzen könnten schrecklich sein.«

»Das glaube ich nicht«, sagte Nafai.

»Ach.« Schedemei verzog das Gesicht. »Also hat die Überseele mir gesagt, was ich sagen soll?«

»Es vorgeschlagen. Jedes einzelne Wort war die Wahrheit.«

Schedemei lachte sarkastisch. »Oder zumindest so wahr wie jedes *andere* Wort der Überseele.«

»Ich vertraue ihr«, sagte Nafai.

»Du vertraust darauf, daß sie alles sagt, was nötig ist, um ihr Ziel zu erreichen«, sagte Schedemei. »Darüber hinaus kann man ihr nicht vertrauen.«

»Ach, weißt du, Schedja, die Ziele der Überseele sind auch *meine* Ziele. Also kann ich ihr völlig vertrauen.«

Sie tätschelte seine Wange. »Da du während der Reise ständig wach warst, magst du rein formal jetzt etwa so alt sein wie ich. Aber ich muß sagen, Njef, du hast noch viel zu lernen.«

Mit diesen Worten schwang sie sich in ihre Kammer. Nafai hob das Seitenstück, verschloß es und leitete dann den Tiefschlafprozeß ein. Der Deckel klappte zu. Er beobachtete, wie sie in dem luftdichten Abteil einschlief. Er war wieder allein.

›Ich kann den Sauerstoffgehalt nur noch fünfzehn Minuten auf dieser Höhe halten, dann ist der Vorrat aufgebraucht.‹

Ich beeile mich.

›Alles hat ziemlich gut geklappt, meinst du nicht auch?‹

Weißt du was? Sprich in der nächsten Zeit einfach nicht mehr mit mir. Laß mich mit meinen eigenen Gedanken in meinem Kopf einschlafen.

›Wie du willst. Aber das wird dir ziemlich seltsam vorkommen.‹

Damit werde ich schon fertig.

›Weil du noch nie in deinem Leben ohne mich schlafen gegangen bist.‹

Dann wünschte ich, du wärest eine bessere Gesellschaft gewesen.

›Nur zu, sei wütend auf mich. Aber vergiß nicht, daß ich Elemak nicht so geschaffen habe, wie er ist. Hätte er bessere Entscheidungen getroffen, wäre er von Geburt her ein besserer Mensch, wäre er jetzt an deiner Stelle und würde den Mantel des Herrn der Sterne tragen.‹

Ich wünschte, er würde ihn tragen.

›Ja, das meinst du ernst. Du willst wirklich nicht die Verantwortung oder die Macht haben. Und doch hast du beides angenommen, weil jemand sie annehmen mußte und nur du zur Verfügung standest. Nicht gegen deinen Willen, aber gegen deine Wünsche und dein besseres Wissen. Deshalb habe ich dich zu dem Mantel geführt. Denn hättest du verstanden, worum es sich dabei handelt, hättest du niemals danach gegriffen.‹

Ich bin nur die Marionette, die du brauchst, nicht wahr?

›Du bist überhaupt keine Marionette. Marionetten sind nutzlos für mich. Ich brauche freiwillige Freunde und Verbündete.‹

Laß mich in Frieden schlafen, und wenn ich aufwache, werde ich vielleicht wieder ein freiwilliger Verbündeter sein.

›Schlafe gut, mein Freund. Vor uns liegt noch ein langer Weg.‹

Der Himmelsbildschirm in der Bibliothek zeigte sie, die Erdkugel, blau und weiß, mit braunen und grünen Stellen hier und da. Da sie während des Starts geschlafen hatten, hatten sie noch nie eine Welt auf diese Weise gesehen, als Kugel, die im Schwarz der Nacht trieb.

»Wie ein Mond«, sagte Chveja.

Ojkib griff nach ihr und nahm ihre Hand. Sie schaute zu ihm auf und lächelte. Die letzten dreieinhalb Jahre waren sowohl wunderbar als auch entsetzlich gewesen – zu wissen, daß er sie liebte, und auch zu wissen, daß es unmöglich war, sie zu heiraten und während der Reise Kinder zu bekommen. Sie sprachen nicht darüber, was sie empfanden; so war es für beide einfacher. Die anderen hatten genauso diskret Pärchen gebildet. Doch während sie nun Erkundigungen einzogen und die Erde immer und immer wieder umkreisten, die Berichte lasen, welche die Instrumente lieferten, die Karten studierten, nach einer Landestelle suchten, darauf warteten, daß die Überseele eine Entscheidung traf oder der Hüter der Erde ihnen einen Traum schickte, der ihnen verriet, was sie tun sollten, war es für Ojkib unmöglich, nicht an Chveja zu denken und daran, was vor ihnen lag. Eine neue Welt, harte Arbeit, Ackerbau und Forschungen – und wer konnte schon wissen, welche Gefahren ihnen von Krankheiten oder Tieren oder dem Wetter drohte? Aber dagegen stand der Gedanke von Chveja in seinen Armen, von Kindern, von dem Beginn eines neuen Kreislaufs, davon, Teil der lebenden Welt zu sein.

»Wir sind einmal in Schande und Furcht von dieser Welt geflohen«, sagte Chveja. »Wir haben sie einmal verschmutzt und uns gegenseitig abgeschlachtet.«

Sie mußte nicht hinzufügen, daß sie befürchtete, es könne wieder von vorn geschehen. Sie alle wußten, daß die Zeit des echten Friedens vorbei war und daß die Spannungen unter der Höflichkeit deutlich hervortreten würden, selbst wenn der Eid an Volemak Bestand hatte. Und wie lange würde Volemak leben? Dann würde es vielleicht wieder zu einem Krieg kommen. Dann wurde auf der Erde vielleicht erneut menschliches Blut vergossen.

Ojkib hörte, wie Chveja mit der Überseele sprach. Warum hast du uns hierher gebracht, wenn wir nicht besser und klüger sind als diejenigen, die von hier aufgebrochen sind?

»Aber das sind wir doch«, sagte Ojkib. »Besser und klüger, meine ich.«

Sie drehte sich mit weit aufgerissenen Augen zu ihm um. »Was tust du? Damals, während der Krise, hast du so wissend gesprochen. Darüber, was die Überseele wollte. Was Nafai wollte, obwohl du gar nicht mit ihm darüber geredet hattest. Was also tust du?«

»Ich lausche«, sagte er. »So war es schon mein Leben lang. Ich höre alles, was auf den Kanälen der Überseele gesprochen wird. Was sie sagt. Was du sagst.«

Sie schaute entsetzt drein. Ist das wahr? fragte sie die Überseele. Das ist ja schrecklich!

»Jetzt weißt du, warum ich es nie jemandem erzählt habe. Obwohl ich es während der Krise sehr deutlich gezeigt habe. Es überrascht mich, daß niemand darauf gekommen ist.«

»Was ich zu der Überseele sage, ist so ... privat.«

»Das weiß ich«, sagte Ojkib. »Ich habe auch nicht darum gebeten, es zu hören. Ich kann es einfach. Ich wuchs auf und wußte viel mehr, als irgendein Kind wissen sollte. Ich weiß, was im Leben anderer Menschen vorgeht, und zwar in einem Ausmaß, das ... na ja, sagen wir einfach, ich würde den Leuten viel lieber glauben, was sie sagen, als genau zu wissen, was sie wirklich bekümmert. Oder was die Überseele mit denen anstellen muß, die nie mit ihr sprechen, um zu verhindern, daß sie das Schlimmste tun, was sie gern täten. Ich trage keine besonders angenehme Last.«

»Das kann ich mir vorstellen«, sagte Chveja. »Na ja, vielleicht auch nicht. Ich versuche im Augenblick gar nicht, es mir vorzustellen. Ich versuche mich nur daran zu erinnern, was ich der Überseele alles gesagt habe, welche Geheimnisse du kennst.«

»Ich werde dir ein Geheimnis verraten, das ich kenne, Veja. Ich weiß, daß von allen Leuten auf diesem Sternenschiff keiner ehrlicher und besser ist als du, liebevoller und sorgfältiger darauf bedacht, die Gefühle anderer Menschen nicht zu verletzen. Von allen Personen auf diesem Schiff gibt es niemanden, der so in Frieden mit sich selbst lebt, niemanden, der weniger zu der Last der Scham und Schuld beiträgt, die ich mit mir herumtrage. Von allen Leuten auf diesem Schiff bist du die einzige, Veja, der ich gern auf ewig nahe sein würde, weil alle deine Geheimnisse so strahlend und gut sind und ich dich deshalb liebe.«

»Einige meiner Geheimnisse sind *nicht* strahlend und gut, du Lügner.«

»Ganz im Gegenteil. Die bösen Geheimnisse, derer du dich so schämst, sind für *mich* ganz sanft und kläglich, denn ich habe das wirkliche Böse in einem Ausmaß gesehen, von dem ich hoffe, daß du es nie erfahren wirst. Für mich sind selbst deine dunkelsten, schändlichsten Geheimnisse betörend schön.«

»Ich glaube«, sagte Chveja, »du redest gerade darum herum, daß du mich heiraten willst.«

»Als ob das jemals ein Geheimnis für dich sein könnte, wo

du doch genau wie Tante Huschidh die Verbindung zwischen den einzelnen Menschen siehst. Da mußt gerade du von einem Eindringen in die Privatsphäre sprechen.«

»Ich kenne dein Geheimnis, Okja«, sagte sie lächelnd, drehte sich zu ihm um, legte die Arme um seine Taille und zog seine Hüften an die ihren. »Ich weiß, was du willst. Ich weiß, wie sehr du mich liebst. Ich sehe, daß wir von hellen Banden zusammengefügt werden, so eng, daß es kein Entkommen gibt, solange wir leben. Du bist mein Gefangener, und ich werde niemals Gnade zeigen und dich gehen lassen.«

»Diese Bande sind keine Fesseln, Veja«, sagte Ojkib. »Sie sind die Freiheit. Die ganze Reise über war ich in Gefangenschaft, weil ich dich nicht haben konnte. Wenn wir diese neue Welt betreten, diese alte Welt, und ich endlich offen mit dir verbunden bin, damit wir unser gemeinsames Leben beginnen können – dann wurde ich wirklich befreit.«

»Meine Antwort lautet ja«, sagte sie.

»Ich weiß«, sagte er. »Ich habe gehört, wie du es der Überseele gesagt hast.«

ZWEITER TEIL

LANDUNG

9

Beobachter

Es gab viel für einen jungen Mann zu tun. Die Gemeinschaft trug ihm eine Menge Pflichten auf, selbst wenn er bereits verheiratet war, sogar mit einer so bemerkenswerten Frau wie Iguo. Da pTo außerordentlich gefördert wurde, erwartete das Volk ausgezeichnete Leistungen und eine Vorbildfunktion als junger Mann von ihm.

Na ja, vielleicht nicht das ganze Volk. Viele erwarteten von pTo bestenfalls eine Enttäuschung, schlimmstenfalls einen Skandal. Er war zu jung. Iguo hatte nur deshalb einen Knaben geheiratet, weil ihre Urgroßmutter Upua dasselbe mit Kiti getan hatte. Es war bei den Frauen dieser Linie irgendwie zu einer Familientradition geworden, Männer zu heiraten, die zu jung waren – und pTo war kein Kiti, wie viele sehr bald klarstellten.

»Weißt du, du bist kein Kiti«, sagte Poto, pTos eigenes Ander-Ich.

»Was dich betrifft, ganz bestimmt nicht«, sagte pTo. »*Sein* Ander-Ich war in dem Jahr, als er die Skulptur schuf und von Upua erwählt wurde, schon tot.«

»Du kannst nicht so verrückte Dinge tun. Sie werden dir gar nichts verzeihen. Wenn du ein hervorragender Mann bist, werden sie behaupten, du wärest arrogant. Wenn du zögerst, werden sie sagen, du hättest dich übernommen. Wenn du freundlich bist, werden sie sagen, du wärest herablassend. Wenn du zurückhaltend bist, werden sie sagen, du wärest arrogant.«

»Also kann ich doch gleich tun, was mir beliebt.«

»Bedenke nur, daß du auch meinen Namen durch den Dreck ziehst. Wenn *du* verrückt bist – was bin dann ich?«

»Ein hilfloses Opfer meines Wahnsinns«, sagte pTo. »Ich will zum Turm gehen.«

Sie hockten auf dem kräftigen Ast eines Baumes und paßten auf eine Herde fetter Truthähne auf. Die Truthähne waren durchaus fügsam; denn sie waren zu dumm, um zu wissen, welches Schicksal das Volk ihnen zugedacht hatte. Die Gefahr ging von den Teufeln aus, die nichts lieber taten, als Tiere aus den Herden des Volkes zu rauben. Teufel waren faule Geschöpfe und arbeiteten niemals, wenn sie nicht gerade ihre häßlichen kleinen Löcher in den Boden gruben und die Herzen von Bäumen ausschnitzten. Während der Jahreszeit der Geburten traten sie in Scharen auf und stahlen manchmal bis zu einem Drittel der Neugeborenen eines jeden Jahrgangs; deshalb hatten auch so viele vom Volk ihr Ander-Ich verloren. Doch für den Rest des Jahres über waren sie hinter den Tierherden her.

»Wir haben Wache«, sagte Poto.

»Wir bewachen das Falsche«, beharrte pTo. »Die Alten im Turm sind die wichtigsten Geschöpfe auf der Welt.«

»Boboi sagt, daß sie unsere Feinde sind.«

»Warum hat man dem Ahnherr meiner Frau das Gesicht eines Alten gezeigt, wenn sie nicht unsere Freunde sind?«

»Um uns zu warnen«, sagte Poto.

»Die Alten kennen Geheimnisse, und wenn wir nicht Freundschaft mit ihnen schließen, werden sie diese Geheimnisse den Teufeln geben. Dann werden wir sie *wirklich* zum Feind haben.«

»Es ist verboten«, sagte Poto, »und wir haben hier Pflichten. Und ganz gleich, wie alt du warst, als du geheiratet wurdest – *du* bist *nicht* Kiti.«

pTo wußte, daß sein Ander-Ich recht hatte. Er hatte meistens recht. Aber pTo konnte es nicht ertragen, ihm dies einzugestehen, denn er wußte: wenn nicht er etwas über die Alten in Erfahrung bringen würde, dann niemand. Niemand sonst *wagte* es. »Ich bin nicht Kiti«, sagte pTo, »aber ich bin auch der einzige Mann, der keine Angst hat, daß er von allen Frauen zurückgewiesen wird, weil er über Bobois Verbot lacht, die Alten zu besuchen.«

»Du bist nicht der einzige Verheiratete.«

»Du weißt, was ich meine. Die älteren Männer *wollen* nicht

gehen. Sie werden ziemlich langsam und ziemlich fett. Es ist zu gefährlich für sie, ins Herz des Teufelslandes hinabzusteigen.«

Einer der Truthähne kam zum Schluß – wie es bei Truthähnen nun mal der Fall ist –, daß er dringend ins Unterholz mußte, und er fing plötzlich zu kollern und zu laufen an. Wortlos glitt Poto vom Ast hinab und flog schreiend vor den Vogel. Das Tier blieb stehen und schaute den Mann dumm an, der in der Luft vor ihm schwebte und mit den Schwingen schlug. Poto ließ sich zu Boden fallen, sprang dann wieder hoch und trat den Truthahn dabei gegen den Kopf. Das Tier kreischte, drehte sich um und trottete zur Herde zurück.

Als Poto sich wieder neben pTo auf dem Ast niederließ, konnte dieser nicht widerstehen. »Was du gerade mit dem Truthahn gemacht hast, macht Boboi mit allen Männern.«

Poto seufzte. »Kannst du nicht Frieden geben, pTo?«

»Ich will damit sagen, Poto, daß ich fliegen werde. Du kannst dich allein um die Herde kümmern.«

»Wir hüten die Herden zu zweit, weil ein Mann auf die Truthähne aufpassen muß und der andere auf seinen Gefährten, damit er nicht überrascht wird.«

»Dann begleite mich«, sagte pTo. »Ich schäme mich nicht, zu gestehen, daß ich Angst habe, allein zu gehen.«

»Ich habe Angst, überhaupt zu gehen, und das sollte bei dir nicht anders sein.«

»Dann leb wohl, mein Ander-Ich, mein Besserwisser. Vielleicht wird meine Iguo dich heiraten, wenn ich tot bin.« In der alten Zeit wären sie bereits beide mit ihr verheiratet. Manchmal wünschte pTo sich, dieser Brauch hätte sich erhalten.

»Ja, für dich ist alles ein Gedicht«, sagte Poto verächtlich, aber pTo war nicht taub, was die Gefühle hinter Potos harten Worten betraf.

»Über meinen Tod, so ich denn sterbe, werden die Dichter singen.«

»Lieber ein Leben führen, an das die Kinder mit Freude zurückdenken, als einen Tod zu erleiden, an den die Dichter sich mit Liedern erinnern.«

»Kaum zu glauben, daß du kein alter Mann bist, wenn du so einen Unsinn zitierst.«

»Geh los, wenn du unbedingt gehen mußt.«

Augenblicklich sprang pTo von dem Ast. Sein Gleitflug hatte kaum begonnen, als er sich höher schwang und schließlich über den Baumwipfeln kreiste. »Paß auf deinen Rücken auf, Gehorsamer!« rief er zu Poto hinab.

»Nein!« rief Poto, nun wirklich wütend. »Ich werde deine Arbeit nicht für dich tun!«

Seine Worte saßen, doch pTo flog weiter, das Tal entlang. Er wußte, daß die anderen ihn sehen würden. Und er wußte auch, daß Poto sich zwar so hoch oben im Tal befand, daß ihm kaum Gefahr drohte, die anderen aber trotzdem sagen würden, er sei so unnatürlich, daß er nicht mal sein Ander-Ich liebte. Sollten sie doch sagen, was sie wollten. Boboi irrte sich. Es war eine große Gefahr, die Alten zu ignorieren. pTo *würde* sie studieren und alles über sie in Erfahrung bringen, vielleicht sogar ein Gespräch mit ihnen anfangen. Ihre Sprache lernen. Ihr Freund werden. Ihre uralten Geheimnisse zurückholen. Es war besser, dem Volk Wissen statt wertloser Schmuckstücke zu bringen. Ihr Schatz an Artefakten der Alten war nicht groß, aber es hatte vieler Generationen bedurft, um ihn zusammenzutragen. Doch er war wertlos, denn nichts davon hatte irgendeine Bedeutung. Sie benötigten Wissen, mußten Kenntnisse sammeln. Und nicht die Teufel dürfen sie bekommen, dachte pTo, sondern wir.

Es war nicht weit. pTo war nicht mal müde, als der Turm in Sicht kam. Er hatte ihn schon öfter gesehen, immer aus der Ferne, und er staunte jedesmal darüber. Wer war imstande, ein so großes und glattes Gebilde zu schaffen? Es war so hell wie Sonnenlicht auf dem Wasser, und die Bäume in seiner Umgebung sahen wie Büsche aus, die sich niederkauerten, um ihn anzubeten.

Warum hatten die Alten sich zwischen den Teufeln niedergelassen und nicht beim Volk? War es möglich, daß die Alten ein Höllenvolk waren und daß die Götter sie gar nicht geschickt hatten? Doch sie waren nicht aus dem Boden hervorgebrochen; sie waren vom Himmel gekommen. Wie konnten sie da ein Höllenvolk sein? Die Frage war leicht zu beantworten.

Sie konnten ein Höllenvolk sein, weil sie ihren Turm direkt neben mehrere dicke, uralte Bäume gestellt hatten. Überall in der Nähe waren die Spuren einer Teufelsstadt zu sehen. Hier und dort lagen tote Bäume; hier und dort waren Senken von alten Tunnels, die nachgegeben hatten; und nicht weit entfernt befanden sich die felsigen Hügel, in denen sich kilometerweit Höhlen befanden, in denen sie ihre obszönen kannibalistischen Verehrungen abhielten. Die Alten mußten das alles gesehen, mußten es gewußt haben, und doch erbauten sie ihr Dorf dort, wo die Teufel sie beobachten konnten, ohne ihre Löcher zu verlassen. Warum sollten die Alten so etwas tun, wenn sie sich nicht mit den Teufeln anfreunden wollten? Wahrscheinlich hatten sie genau das schon getan. Und dann war es bereits zu spät.

Aber falls es wirklich zu spät ist, dachte pTo, werde ich Spuren ihres Bündnisses sehen, eine Vorstellung davon bekommen, wie groß die Gefahr wirklich ist, und dann werde ich nach Hause zurückkehren und darüber berichten. Wenn die Gefahr ersichtlich wird, werden sie nicht mehr auf Boboi hören. Aber dann werden wir hierher kommen, um Krieg zu führen statt zu lernen, und die Alten werden uns wahrscheinlich mit ihrer Magie aus dem Himmel holen. Die Alten wohnen in einem Turm, der auf einem Fundament aus Feuer steht. Selbst der größte Krieger des Volkes wäre für sie nicht gefährlicher als eine Mücke.

Es darf keinen Krieg geben. Es muß Freundschaft sein. Ich muß eine Möglichkeit finden, Freundschaft zu schließen.

Die Teufel hatten ihn zweifellos bereits bemerkt. Flug war die Rettung des Volkes, aber auch sein Fluch, zumindest tagsüber. Sie konnten in den Himmel springen, um vor einem Feind zu fliehen; aber ihr Feind konnte auch in den Himmel schauen und ihre Annäherung bemerken. Dieser Unterschied hatte viel bewirkt: Das Volk war offen und ehrlich; die Teufel hingegen verstohlen und betrügerisch. Das

Volk lebte im Reich der Sonne und der Sterne, die Teufel lebten im Reich der Würmer und Raupen. Das Volk war leicht wie Luft und daher ätherisch, mit den Göttern verwandt; die Teufel waren schwer und unbeholfen und daher irden, mit dem Stein verwandt.

Aber das änderte nichts an der Tatsache, daß ein Teufel einem Mann des Volkes, so er ihn in die Hände bekam, problemlos alle Knochen brechen konnte, als wären es dünne Zweige. Ein Nahkampf mit einem Teufel war praktisch tödlich. Ein Stoß mit einem Speer– zu mehr kam ein Krieger nicht. Dann mußte er entweder fliegen oder sterben. Er konnte nicht mal eine sehr schwere Last tragen – nicht mal einen Stein, den er einem Teufel auf den Kopf werfen konnte, jedenfalls keinen, der so groß war, daß er ernsthaften Schaden verursachte.

Er konnte nicht einmal sein eigenes Kind mit in die Luft nehmen, wenn das Kind in diesem unbeholfenen Alter war – zu groß, als daß es beim Flug getragen werden konnte, aber noch zu klein, um selbst zu fliegen. Deshalb kamen die Teufel um diese Jahreszeit, und die Eltern mußten eine schreckliche Wahl treffen: Welches der beiden Kinder brachten sie in Sicherheit? Einige schafften es, rechtzeitig zurückzukehren, um auch das zweite Kind zu retten. Einige hatten ältere Kinder, die sich noch nicht gepaart hatten und den anderen Zwilling in Sicherheit bringen konnten. So hatte Poto überlebt – er und pTo waren Drittgeborene. Wirklich selten war der Erstgeborene, dessen Ander-Ich noch lebte.

Also beobachteten die Teufel ihn und fragten sich, weshalb er kam. Zweifellos lief ihnen schon bei dem Gedanken, sein Fleisch zwischen ihre Zähne zu kriegen, das Wasser im Mund zusammen. Nun ja, pTo war so jung und schnell, daß niemand ihn erwischen würde. Er war noch so leicht, daß er sich auf hohe Äste hocken konnte, auf die die Teufel nicht klettern konnten, ohne sie zum Schütteln zu bringen. Seine Ohren waren noch immer so scharf, daß er das Geräusch der Finger vernahm, die sich in die Baumrinde gruben. Es bestand zwar die Gefahr, daß er in eine Falle lief, aber wenn er vorsichtig war, würde ihm nichts passieren.

Dann kam pTo ein beunruhigender Gedanke: Jeder Mann und jede Frau, die den Teufeln in die Klauen gefallen waren, hatten wahrscheinlich genau dasselbe gedacht – bis zu dem Augenblick, da sie ihren Irrtum erkannt hatten.

Das Dorf der Alten war einwohnermäßig sehr klein, flächenmäßig jedoch gewaltig. Die Häuser waren ungeheuer groß. Ganze Bäume waren gefällt und gespalten worden und bildeten die Wände und Dächer – von den wenigen Gebäuden abgesehen, die aus seltsamen Substanzen bestanden, die pTo noch nie zu Gesicht bekommen hatte. Es fiel ihm nicht leicht, sich einen Reim darauf zu machen, wozu die Gebäude dienten. Das große mußte ein Schlafsaal sein – aber andererseits ... warum gab es nur einen? Schliefen die unverheirateten Männer und Frauen im selben Haus? Undenkbar.

Er suchte sich einen Aussichtspunkt, einen dünnen Ast, der jedoch kräftig genug war, um ihm einen guten Start zu ermöglichen, und der viele Blätter hatte, die ihn vor den Blicken der Alten verbargen. pTo inspizierte den Baumstamm, doch der war so dünn, daß die Teufel ihn noch nicht ausgehöhlt haben konnten. Also mußte er sich keine Sorgen darüber machen, wegen einer verborgenen Tür im Baum in einen Hinterhalt zu geraten. Wollte ein Teufel ihn erwischen, mußte er die Außenseite des Stammes hinaufklettern, und das würde pTo hören.

Es sei denn, er hörte es *doch* nicht, oder es war ihnen *doch* möglich, einen so dünnen Baum auszuhöhlen.

pTo verdrängte seine Ängste und schickte sich an, die Alten zu beobachten. Er behielt sie den ganzen Tag im Auge, und bei Sonnenuntergang hatte er viele seltsame neue Dinge erfahren. Am erstaunlichsten war, daß alle Erwachsenen verheiratet zu sein schienen und jedes Paar in seinem eigenen Haus wohnte. Das größte Gebäude wurde tagsüber von einigen Erwachsenen und allen kleinen Kindern benutzt. Offensichtlich hielten die Alten dort Unterricht ab. Aber in einem Gebäude? Es ergab für pTo keinen Sinn, daß sie ihre Kinder von der Welt abschnitten, um ihnen etwas über sie beizubringen.

Des weiteren erfuhr pTo, daß die Wohngebäude aus Holz bestanden; die aus der seltsamen, glatten Substanz dienten nur zur Lagerung oder für obskure Zwecke; denn diese Gebäude suchten die Alten nur selten auf, und dann auch nur, um ein Werkzeug oder einen anderen Gegenstand zu holen oder dorthin zurückzubringen.

Die Alten hielten ein paar Tiere in Pferchen, aber nur sehr wenige, und sie waren ziemlich seltsam. Einige sahen wie Ziegen aus, waren aber größer. Andere sahen wie Kühe aus, waren aber winzig. Und es gab Dutzende von Wölfen – oder zumindest bellten und jaulten und heulten sie wie Wölfe –, die frei zwischen den Alten herumliefen. Freunde von Wölfen! Was für Geschöpfe waren diese Alten? Fürchteten sie nicht um die Sicherheit ihrer Kleinkinder? Oder wurden ihre Babys so stark geboren, daß sie sich nicht zu fürchten brauchten? Nein, keineswegs: pTo sah, daß ein paar Alte Babys in Schlingen herumtrugen, und die Babys schienen völlig hilflos zu sein.

Zuerst dachte pTo – voller Enttäuschung –, daß alle Kinder allein waren. Erst spät am Nachmittag stellte er fest, daß zwei der Kleinen identisch waren und dieselben Eltern hatten. Sie hatten Ander-Ichs! Und doch waren diese beiden nicht ständig zusammen – deshalb hatte pTo erst so spät bemerkt, daß sie nicht ein und dasselbe Kind waren. Er dachte darüber nach: nur ein Paar unter allen Kindern. Waren die Alten dermaßen katastrophale Eltern, daß alle anderen Paare zerbrochen waren? Oder war es möglich, daß nur einige ihrer Kinder paarweise geboren wurden und alle anderen allein kamen? Was waren sie dann – Tiere?

Doch darüber würde pTo später noch ausführlich nachdenken können. Wenn er ihre Sprache gelernt hatte, fand er vielleicht eine Möglichkeit, eine so taktlose Frage zu stellen. Im Augenblick konnte er lediglich beobachten. Doch er würde besonders auf das Paar achten, um festzustellen, wie die beiden durch die Kindheit kommen konnten, wenn sie so oft voneinander getrennt waren. Sind sie so viel stärker als wir, fragte pTo sich, oder mangelt es ihnen einfach an echter Zuneigung?

Während dieses Tages stellte er fest, daß die meisten Erwachsenen sehr viel Zeit auf der großen gelichteten Fläche verbrachten, auf der sie die Erde mit zahlreichen Reihen gekennzeichnet hatten, als wollten sie den Ton lockern, um eine gigantische Skulptur zu schaffen – obwohl das Erdreich hier locker war und niemals zusammenhalten würde, wenn sie es zu formen versuchten. Doch nachdem pTo sie mehrere Stunden beobachtet hatte, dämmerte es ihm, daß der gefurchte Boden möglicherweise nur ein Frühstadium der vier seltsamen Wiesen war, die alle mit unterschiedlich hohem Gras bewachsen waren. Denn auch dort schienen die Gräser in Reihen zu wachsen. Es gab auch andere Stellen, an denen die Pflanzen absichtlich angebracht worden zu sein schienen. Von einer holten einige Alte Melonen, die sie dann aufschnitten und zur Mitte des Tages mit den Arbeitern teilten.

Das war das erste Geheimnis, das pTo von den Alten erfuhr. Statt sich von Jahr zu Jahr daran zu erinnern, wo die besten Pflanzen wuchsen, und eine Opfergabe aus Früchten und Wurzeln in der Erde zu lassen, damit die Mutter ihnen im nächsten Jahr neue Pflanzen gab, konnte man das Opfer direkt seinem ursprünglichen Wurzelplatz entnehmen und an einem neuen Ort zusammenpferchen wie Truthähne oder Ziegen, so daß nur ein paar Männer und Frauen auf alles zusammen achten konnten. Natürlich lag eine gewisse Gefahr darin – die Teufel mußten nur eine künstliche Wiese wie diese finden und dann versteckt darauf warten, daß die Ernter kamen. Vielleicht konnte das Volk dieses besondere Geheimnis der Alten also nicht nutzen. Vielleicht aber doch.

Viel wichtiger hingegen war, daß die Teufel dieses Geheimnis mit großer Sicherheit nutzen konnten. Andererseits hingegen hätten die Teufel problemlos die Geheimnisse des Volkes in Erfahrung bringen können, zum Beispiel, Tiere zu hüten, damit sie vor Räubern geschützt waren und gutes Fleisch lieferten. Statt dessen hatten die Teufel lediglich gelernt, die Herden des Volkes zu finden und ihnen Tiere daraus zu stehlen. Zweifellos hatten die Teufel bereits die Absicht, Früchte und Samen von den Wiesen der Alten zu stehlen.

Das was das Seltsamste überhaupt. Niemand hielt Wache. Einige Kinder stellten sich abwechselnd auf zwei der Wiesen – auf die, auf der alle Gräser gleichzeitig reif wurden, und die, die frisch gefurcht war und auf der verschiedene Tiere neu gepflanzte Samen zu finden schienen. Dort hielten die Kinder nach Vögeln Ausschau; wenn sie landeten, rannten die Kinder zu ihnen und verscheuchten sie.

Auf Vögel achteten sie also , aber nicht auf Teufel.

Bedeutete dies, daß die Alten sich bereits mit den Teufeln angefreundet hatten? Oder hatten sie die Teufel vielleicht schon besiegt und unterworfen?

Oder – war es möglich? – die Teufel waren so verstohlen und die Alten so achtlos gewesen, daß sie noch nicht bemerkt hatten, daß die Teufel sie beobachteten.

Doch bestimmt konnten die Alten einen Teil von dem sehen, was pTo sah. Allein während dieses Tages hatte er beobachtet, daß über ein Dutzend verschiedener Gruppen von Teufeln aus der Erde gekommen oder auf Baumäste geklettert waren, um die Alten zu beobachten. pTo hatte bemerkt, daß mehrere Teufel auch *ihn* gesehen hatten, und war überzeugt, daß sie planten, ihn irgendwie gefangenzunehmen oder zumindest zu vertreiben. Die Teufel waren klug, aber *so* klug nun auch wieder nicht. Oder waren die Alten bloß unaufmerksam? Wie hatten sie so mächtig werden können, wenn sie zu dumm waren, um so wichtige Dinge zu bemerken wie die Verstecke der Teufel und daß sie beobachtet wurden und wo die Fallen der Teufel sich befanden?

Die Sonne ging unter.

Nun war der Zeitpunkt gekommen, wie pTo wußte, daß die Teufel die Fallen auslösen würden, die sie während des ganzen Tages vorbereitet hatten. Des Nachts begangen sie zudem ihre Diebstähle und spionierten die Alten aus. pTo sah im schwächer werdenden Licht bereits, daß die Teufel sich am Rand der Wiese versammelten; und doch schlugen die Alten keinen Alarm und schienen nur eine völlig unzureichende Wache aufgestellt zu haben – einen Mann, der mit einer Lampe in den Händen umherging (und nie etwas verschüttete!). Eine Lampe – es ergab einfach keinen Sinn. Warum rief er nicht einfach: »Ich komme. Geht mir aus dem Weg! Versteckt euch, damit ich euch nicht sehen kann!«

pTo hörte ein leises, scheuerndes Geräusch und spürte, daß sein Ast vibrierte. Für einen Augenblick war er versucht zu warten, den Teufel zu ärgern, so zu tun, als wisse er nicht, daß der Teufel sich anschlich. Doch dann dachte er: Vielleicht ist das die einzige Warnung, die ich bekommen werde. Vielleicht ist der Teufel schon näher, als ich glaube. Und wenn ich nur noch einen Moment zögere ...

Er sprang in den Himmel und hörte dabei unmittelbar hinter ihm ein enttäuschtes Zischen, so laut und nah, daß er sich einbildete, er könne den Atem des Teufels im Rücken spüren. So sterben die Unvorsichtigen, dachte er. Sie warten einfach etwas zu lange, bevor sie losfliegen.

Er sackte hinab und stieg dann so hoch, daß er für einen Moment gleiten konnte. Er war noch ein wenig steif, weil er den ganzen Tag lang reglos auf dem Ast gehockt hatte. Es wäre besser gewesen, wenn er die Hände und Füße um den Ast geschlungen und mit dem Kopf nach unten gehangen hätte – aber dann wäre er vielleicht eingeschlafen. Nein, die Steifheit war der Preis dafür, den ganzen Tag aufrecht gesessen und sich nicht bewegt zu haben. Doch nach allem, was er von den Alten gesehen hatte, fragte pTo sich, ob seine Vorsicht überhaupt nötig gewesen war. Er hätte wahrscheinlich tanzen und singen können, und die Alten hätten ihn nicht bemerkt.

Er wußte, daß die Teufel jetzt auf den Wiesen der Alten sein würden, war aber überzeugt, ein Risiko eingehen und Proben der Gräser sammeln zu müssen, die sie in so perfektem Einklang anpflanzten. Er flog zum reifsten Feld und sah sofort, daß dort die Gefahr äußerst groß war. Die Halme waren nicht stark genug, um ihn zu tragen, aber so groß, daß sie seinen Flug behinderten. Am schlimmsten war, daß der Wind sie ununterbrochen rascheln ließ, so daß pTo keine der schwachen Geräusche hören konnte, die die Teufel vielleicht erzeugten, wenn sie sich durch das Gras bewegten. Er wagte es nicht, dort aufzusetzen – jeder Teufel im Gras hätte ihn sehen können, pTpo sie hingegen nicht. Und es bestand die Möglichkeit, daß er ein paar Handbreit neben dem Teufel landete und es erst merken würde, wenn die kräftigen Hände sich um seine Beine oder Arme schlangen oder die feste, dünne Haut seiner Schwingen zerrissen.

Er wagte es nicht, dort zu landen, und doch tat er es, denn er wollte nicht ohne eine Trophäe seiner Expedition nach Hause zurückkehren. Die Geheimnisse, die er erfahren hatte, waren sehr wertvoll, doch er wußte, er würde Bobois Kritik besser standhalten können, wenn er zusätzlich irgend etwas in den Händen hatte. Also setzte er auf und brach sofort ein paar Halme ab, so dicht über dem Boden, wie es ihm möglich war. Er machte sich gar nicht erst die Mühe, sich umzuschauen. Er hätte sowieso nichts sehen können. Wenn ein Teufel sich in seiner unmittelbaren Nähe aufhielt, war er verloren, ob er sich nun umschaute oder nicht; und wenn die Teufel weiter entfernt waren, hätte er ihnen mehr Zeit verschafft, an ihn heranzukommen, hätte er innegehalten und in dem undurchdringlichen Gras nach ihnen gesucht.

Wie viele Halme? Einer. Zwei. Drei. Es dauerte immer einen Augenblick, einen abzubrechen und neben den ersten zu legen. Wie viele Augenblicke hatte er? Vier. Fünf. Wie viele Halme brauchte er? Sechs. Sieben. Waren sie alle reif? Oder würde er nur unreife nach Hause bringen, die ihn in eine peinliche Lage versetzen würden? Acht. Neun.

Genug. Geschafft. Flieg los.

Er umschloß die Halme mit einem Fuß, ging in die Hocke und sprang dann mit aller Kraft hoch. Seine Schwingen konnten sich in dem Gras kaum ausbreiten, so daß er sie erst zu voller Länge entfalten konnte, nachdem er sich über die Halme erhoben hatte, und dann mußte er all seine Kraft aufbringen, um sich in die Luft zu stoßen und höher zu steigen. Für einen entsetzlichen Augenblick schwebte er auf der

Höhe der Spitzen der Grashalme und bewegte sich vorwärts, aber nicht höher. Unter ihm sah er Augen – vier, sechs, acht –, die im Mondschein leuchteten und zu ihm hochsprangen, als er über sie hinwegglitt. Wären sie größer gewesen, oder wäre pTo langsamer gewesen, würde er jetzt zwischen den Halmen liegen, während sie seinen Körper zerfetzten und die Stücke dann in ihre Löcher trugen, um sie mit ihren dreckigen, fleischessenden Gefährten zu teilen.

Aber sie waren nicht größer, und pTo war nicht langsamer, und so erhob er sich in die Luft und flog zum Dorf der Alten. Er mußte eins der Gebäude berühren, die nicht aus Holz bestanden. Aber das war nicht so gefährlich. In das Dorf hatten die Teufel sich noch nicht gewagt, und der Alte mit der Lampe würde ihn wahrscheinlich nicht sehen. Und er würde auf dem Dach landen, wo nichts ihn daran hindern konnte, wieder loszufliegen.

Das Dach gab unter seinem Gewicht leicht nach. Da er sich nur mit dem Fuß festhalten konnte, der nicht die Getreidehalme umschloß, mußte er sich bücken und das Material mit den Händen befühlen. Es war wie ein vorübergehendes Nest geflochten, wie ein Korb, doch das Flechtwerk war erstaunlich eng und fein. Nicht einmal Wasser konnte durch ein so dichtes Gewebe dringen. Und er hatte nicht die geringste Ahnung, woraus die Fasern bestanden. Im Sonnenlicht hatten sie geglänzt. Warum töteten die Alten Bäume, um Häuser zu bauen, wenn sie ein so feines und perfektes Dach wie dieses weben konnten?

Nach dem glatten Haus kam eine letzte Versuchung: pTo flog zum Fundament des Turms und berührte es. Ganz und gar nicht wie das gewebte Haus. Es gab nicht nach; es war wie Stein, bei der Berührung aber nicht ganz so kalt. Als er leicht mit den Knöcheln darauf schlug, hörte er ein schwaches Klingeln, genau wie bei mehreren Artefakten der Alten im Dorfschatz. Also stimmte zumindest dies von dem, was man den Alten nachsagte: Sie bauten Musik in die Dinge, die sie schufen.

Ein Geräusch ließ ihn zusammenfahren – wie eine

Stimme, aber laut und tief. Er war so erschrocken, daß er losflog, ohne zu denken. Erst als er in der Luft war, konnte er sich umdrehen, über die Stelle hinwegfliegen und feststellen, wer gesprochen hatte. Und es war *tatsächlich* eine Stimme. Einer der Alten. Ein Mann. Wie hatte er sich so leise nähern können? Die Alten waren laut bei allem, was sie taten, wie Taube. Auch dieser schrie wie ein Tauber, so laut und dröhnend war seine Stimme. Und doch hatte er sich so leise an pTo heranschleichen können, daß …

So leise, daß er sich offensichtlich gar nicht an pTo herangeschlichen hatte. Er mußte dort im Schatten des Turms gesessen haben. Die ganze Zeit über. Was hatte er bemerkt? Hatte er die Getreidehalme gesehen, die pTo gestohlen hatte? Würde er jetzt wütend sein? Würde dieser Diebstahl die Alten zu Feinden des Volkes machen?

Für einen Augenblick dachte pTo: Ich werde keinem sagen, daß der Alte mich gesehen hat.

Doch er gab die Idee sofort auf. Wenn wir uns je mit den Alten anfreunden sollten, werden sie sich an die Halme erinnern, die ich von ihrer Wiese gestohlen habe. Dann werde ich die Buße dafür auf mich nehmen. Aber mein Volk wird bereits wissen, daß mein Diebstahl bemerkt wurde. Sie werden wissen, daß ich ihnen in jeder Hinsicht die Wahrheit gesagt habe. Ich gestehe den Fehler ein, mich gezeigt zu haben. Viele werden mich meiner Achtlosigkeit wegen schelten – aber keiner wird bezweifeln, daß ich ehrlich bin, oder behaupten, ich hätte meine Geschichte verändert, damit ich gut dastehe. Es ist besser, das Vertrauen des Volkes statt seinen Respekt zu haben. Mit Vertrauen kann ich mir den Respekt der Leute später verschaffen; ohne Vertrauen kann ich mir ihren Respekt nie verdienen, und bekäme ich ihn trotzdem, wäre er wie Gift.

Müde vom langen Ausharren, voller Angst vor seiner Heimkehr, arbeitete pTo sich höher, die Schlucht hinauf, dem Tal entgegen, in dem das Volk wohnte.

Ojkib beobachtete die riesige Fledermaus, die einen Kreis zog und dann die Schlucht entlang flog. Er wußte, daß dies für die anderen den Anfang der Erfüllung der alten Träume bedeutet hätte, die der Hüter der Erde geschickt hatte. Aber für Ojkib war es etwas anderes. Er hatte die Stimme des Hüters gehört, der zu diesem Besucher gesprochen hatte – und er hatte sie verstanden.

Die Stimme des Hüters war seltsam. Sie war leiser als die der Überseele, nicht so klar. Sie sprach eher in Bildern als in Begriffen, mehr mit Begierden statt mit Gefühlen. Es fiel Ojkib schwer, diese Stimme zu verstehen. Nachdem sie auf der Erde gelandet waren, hatte er mehrere Wochen gebraucht, bis er begriffen hatte, daß es die Stimme des Hüters tatsächlich gab. Die Gespräche zwischen Menschen und der Überseele waren um so vieles lauter, daß die Stimme des Hüters wie ein ferner Donner war oder wie eine leichte Brise in den Blättern – Ojkib fühlte sie eher, als daß er sie hörte. Doch nachdem er sie endlich bemerkt hatte und eine Vorstellung davon bekommen hatte, um was es sich handelte, lauschte er bewußt darauf. Wenn er in der zunehmenden Dämmerung im Schatten des Sternenschiffes saß, konnte er sich konzentrieren und die lautere Stimme der Überseele allmählich in den Hintergrund drängen.

Es war besonders schwer, da der Hüter nicht oft zu den Menschen sprach. Dann und wann ein Traum, manchmal ein Begehren; und die Träume kamen nicht oft zu Zeiten, da Ojkib sie problemlos hören konnte. Doch der Hüter führte einen fast ununterbrochenen Dialog mit jemand anderem. Mit vielen anderen, die das Dorf Rodina umsäumten – aber wie fern oder nah sie waren, konnte Ojkib nicht sagen. Das eigentliche Problem bestand darin, das Gesagte zu verstehen. Die Träume, die Begierden, die er belauschte, ergaben keinen Sinn. Zuerst dachte er, es wäre einfach eine Frage der Verwirrung. Es waren zu viele, und darin läge das Problem. Doch als er dann allmählich einen Traum vom andern unterscheiden konnte, einem speziellen Kommunikationsfaden folgte, wurde ihm klar, daß die Fremdartigkeit in den Nachrichten begründet lag. Der Hüter spornte diese anderen mit Begierden an, die Ojkib niemals empfunden hatte, die er nicht verstehen konnte. Und dann kam plötzlich ein klarer Gedanke: die Begierde, sich um ein Kind zu kümmern. Der Wunsch, vor seinen Freunden nicht in eine peinliche Lage versetzt zu werden. Und je länger Ojkib lauschte, desto deutlicher erfaßte er, worum es sich bei diesen fremdartigen Begierden handelte: die Begierde zu wühlen, der Drang, mit den Händen an Holz zu reißen. Der Drang, sich mit Ton zu beschmieren. Das alles ergab keinen Sinn. Doch als Ojkib im Schatten des Schiffes saß und sich seines Menschseins entkleidete, fegten diese Begierden über ihn hinweg, und er kam sich ... anders vor. Als wäre er nicht mehr er selbst.

Er und Chveja hatten neulich darüber nachgedacht, denn auch sie hatte aus den Augenwinkeln flüchtige Blicke auf etwas erhascht, auf unerklärliche Fäden, die nicht die Menschen untereinander verbanden. »Und doch kann ich so etwas wohl kaum sehen«, hatte sie zu Ojkib gesagt. »Ich sehe nur die Fäden zwischen den Menschen, die ich sehen kann oder die ich zumindest kenne. Und doch habe ich niemanden gesehen, zu dem diese Fäden gehören könnten.«

»Oder du hast sie aus den Augenwinkeln gesehen«, hatte Ojkib als Erklärung vorgeschlagen. »Sie gesehen, ohne zu wissen, was du gesehen hast.«

»Wenn das der Fall ist, haben sich Dutzende von ihnen um das Dorf und die Felder versammelt, und wir haben sie nicht gesehen. Kein einziges Mal. Das ist eine ziemlich dumme Vorstellung.«

»Aber sie *haben* sich die ganze Zeit über um uns versammelt.«

»Aber in weiter Ferne. Du hast gesagt, was du gehört hast, sei sehr schwach gewesen.«

»Verglichen mit der Überseele, mehr nicht. Als würde ich versuchen, ein fernes Konzert zu hören, während jemand direkt neben mir auf der Querpfeife spielt.«

»Siehst du? Du hast es selbst gesagt – ein fernes Konzert.«

»Was ist, falls uns tatsächlich jemand beobachtet?«

»Na und?« hatte Chveja geantwortet. »Sollen sie uns doch beobachten. Der Hüter beobachtet auch *sie.*«

Natürlich hielten alle, die an die Wahrheit der Träume glaubten, nach den schwingenbewehrten Flugwesen und den sich eingrabenden Nagetieren Ausschau – wie hatten Huschidh und Luet sie genannt? Engel und Wühler. Doch so oft Ojkib auch lauschte, so oft Chveja auch Blicke auf die Fäden der Loyalität und des Mitgefühls anderer Leute erhaschte, sie hörten und sahen nichts, das ihnen verriet, welche der seltsamen Spezies, von denen sie geträumt hatten, ihre aufmerksamen Nachbarn war. Falls überhaupt eine von ihnen.

Doch wer oder was auch immer diese Fremden waren, Ojkib verstörten die Träume und Begierden, die in seinen Kopf kamen, immer stärker. Das Verlangen, etwas Warmes und Salzblütiges zu essen, das vor Leben noch zitterte – als er diese Begierde erstmals verstand, mußte er vor Ekel über sich selbst würgen. Wie konnte er sich so etwas wünschen? Und obwohl er wußte, daß dieses Verlangen von außerhalb kam, suchte es ihn heim, als wäre es sein eigenes. Denn ihm wurde klar, daß das warme und salzblütige Etwas, das er lebend essen wollte, ein weiches, zartes Kleinkind war. An diesem Bild war noch etwas anderes verwirrend – ein betörender Himmel, eine ledern knisternde Decke. Wie bei allen Kommunikationen zwischen dem Hüter und diesen Fremden war nichts wirklich eindeutig. Aber soviel wußte Ojkib: Es war ein Gebet eines dieser Geschöpfe an den Hüter der Erde gewesen, und zwar ein Gebet um das lebende Fleisch eines kleinen Kindes.

Was für Ungeheuer waren diese Wesen?

Ich muß es jemandem sagen, dachte er; aber er konnte es nicht. Wenn er es irgendeinem außer Chveja verriet, würde er damit eingestehen, daß er seit vielen Jahren ihre geheimsten Gespräche mit der Überseele belauschte. Alle würden das Gefühl haben, ausspioniert, beraubt, vergewaltigt worden zu sein. Und wenn er es Chveja sagte, würde sie sich schreckliche Sorgen um die Sicherheit ihres erstgeborenen

Kindes machen, das bereits in ihrem Leib wuchs; und um die Sicherheit der kleinen Kinder, die sie jeden Tag in der Schule unterrichtete.

Während er ihr also fast alles von dem erzählen konnte, was er belauschte, konnte er ihr das Schlimmste nicht verraten; er konnte ihr nicht erklären, warum er seit einer Woche mitten in der Nacht schweißgebadet und würgend erwachte oder warum er in den letzten paar Tagen schweigsam geworden war und kaum noch mit ihr oder einem anderen gesprochen hatte.

Der heutige Abend jedoch hatte sehr viele Fragen beantwortet. Denn als diese Fledermaus mit ihren ledrigen Schwingen herabgestoßen kam und auf dem Dach eines nahegelegenen Lagerzelts aufsetzte, hatte Ojkib ein völlig anderes Wesen gespürt. Auch dieses Geschöpf bekam vom Hüter einen fast ununterbrochenen Kommunikationsstrom in einer noch unbekannten Sprache der Begierden; aber sie war heller und klarer, wenn auch noch furchterregender. Es waren Fragen, und sie wurden zu Begriffen umgewandelt, die Ojkib verstehen konnte. Mehr noch, sie waren mit einer Sprache verbunden. Er verstand die Worte nicht, wußte aber, daß man diese Sprache erlernen konnte.

Doch die Begierden verstand er sehr gut. Ein Wunsch, die anderen nicht zu enttäuschen; der Drang, die Frau und Kinder zu beschützen; ein Hunger nach Geheimnissen.

Hunger nach Geheimnissen. Als Ojkib das Geschöpf dort auf dem Zeltdach beobachtete, kam ihm eine Vorstellung, *wessen* Geheimnisse das Flugwesen zu entschlüsseln versuchte. Zwei Bilder traten fast gleichzeitig in seinen Verstand. Das verschwommene Bild eines großen, monströsen menschlichen Kopfes, der aus ungebranntem Ton bestand; und dann viel deutlicher, das Bild des lebenden Nafai. Nur, daß es nicht Nafai war. Es war ein Geschöpf genau wie dieses, nur mit spärlicherem Haar und zerfetzten Schwingen, das zwar nicht fliegen konnte, aber trotzdem respektiert wurde und auf dessen Worte alle lauschten.

Es war Nafai, aber es war auch Nicht-Nafai.

Dann verstand er plötzlich. Es ist das Wort dieser Geschöpfe für uns, für menschliche Wesen. Alter Mensch. Altes Volk. Wir sind das alte Volk.

Aber das würde bedeuten, die anderen mußten wissen, daß auf der Erde einst Menschen gelebt hatten. Und das war absurd. Nichts konnte vierzig Millionen Jahre lang im Gedächtnis bleiben. Und wie sollten sie sich überhaupt daran erinnern? Soweit er wußte, hatten diese Geschöpfe sich noch nicht zu intelligenten, bewußten Wesen entwikkelt, als die Menschen die Erde verlassen hatten.

Dann sprang das Wesen vom Zelt und flog schnell über die Lichtung zum Fundament des Raumschiffs. Dort berührte es das Metall, pochte dann mit den Knöcheln dagegen und sprach mit dem Hüter – nein, sang zum Hüter, so verzückt war seine Stimme. Ojkib hatte den Eindruck, die Ehrfurcht und Freude dieses Geschöpfs befänden sich in ihm. Er hatte einen Gedanken, der so klar war, als wäre es sein eigener: »Die Alten bauen noch immer Musik in die Dinge, die sie schaffen.«

Er hatte ihn verstanden, obwohl die Worte, die die Vorstellung zum Ausdruck brachten, in einer Sprache gehalten waren, die er noch nie gehört hatte. Kein richtiger Laut war geäußert worden, und doch wußte er in seinem Gedächtnis, wie die Sprache dieses Geschöpfs klingen würde. Hoch und musikalisch, mit zahlreichen gedehnten Vokalen, aber ohne Zisch- oder Nasal- oder auch nur Reibelaute. Die einzigen Konsonanten waren Verschluß- und Knacklaute, und doch waren sie nicht weniger musikalisch als die Zungenstöße eines Flötisten, der flatternde Unterbrechungen in eine Melodie verwandelte. T und K, G und P, B und D und ein gutturaler Konsonant, von dem Ojkib wußte, daß seine Kehle ihn nicht erzeugen konnte. Manchmal wurden diese Konsonanten mit einem Luftstoß verlängert; manchmal wurden sie hart abgebrochen. Es war eine wunderbare Sprache.

Doch noch wichtiger war die Tatsache, daß die Begierden nicht dunkel und gewalttätig waren und der Hüter sich anscheinend nicht bemühen mußte, dieses Geschöpf zu bändigen. Er lenkte es nicht ab, sondern ermutigte es, verstärkte seine Begierden. Dieser Gegensatz war nach all den Wochen und Tagen der Verwirrung und Dunkelheit für Ojkib eine solche Erleichterung, daß er laut sprach. »Endlich hat der Hüter einen Freund zu uns gebracht«, sagte er.

Er hatte vergessen, wie vorsichtig und aufmerksam das Geschöpf – nein, der Engel – gewesen war. Ihm war nicht klar geworden, daß der Engel ihn in der Dunkelheit nicht gesehen hatte. Doch als Ojkib seine eigene Stimme hörte, wußte er, daß sie zu laut und plötzlich erklungen war. Der Engel sprang fast zwei Meter hoch in die Luft und schlug dann hektisch mit den Schwingen, um noch höher zu steigen, aus dem Gefahrenbereich.

Aber das Entsetzen hielt ihn nicht lange gepackt. Er flog zurück und kreiste, als wolle er sich Ojkib genau ansehen. Nun, betrachte mich nach Herzenslust, sagte Ojkib, der mit gespreizten Armen und geöffneten Händen dastand. Ich werde dir nichts tun, versuchte Ojkib mit seinem Körper zu sagen.

Und dann sagte er zum Hüter: Hilf ihm zu begreifen, daß ich nicht sein Feind bin.

Wie üblich erfolgte keine Antwort. Andere bekamen ihre Träume und ihre leise geflüsterten Worte der Anleitung; Ojkib konnte sie nur belauschen, aber niemals welche empfangen, die direkt an ihn gerichtet waren. Doch als nun die Erinnerungen an die Sprache und Begierden des Engels noch gegenwärtig waren, verspürte Ojkib zum erstenmal kein Bedauern über diesen Mangel. Vielleicht war es die bessere Gabe, die anderen hören zu können.

Als der Engel im Nachthimmel davonflog, im Mondschein die Schlucht entlang, ging Ojkib um das Raumschiff herum und kehrte zu seinem Haus zurück. Er sah das Aufblitzen der Lampe. Wer hatte heute Wache? Meb? Vas? Auf jeden Fall einer der Elemaki.

Obring, der war es. Obring schwang beim Gehen stets die Lampe, so daß er einfach keine seltsamen Bewegungen ausmachen konnte, weil die Lampe selbst sich bewegende Schatten schuf, die jede tatsächliche Bewegung, die vielleicht stattfand, verschleierte. Ojkib hatte beobachtet, wie Elemak es Obring einmal gezeigt hatte. Obring hatte nur gelacht und gesagt: »Da ist nichts zu sehen, Elja. Und außerdem gehorchen wir alle jetzt Volemak und nicht dir, wie du dich vielleicht erinnerst.«

Elemak erinnerte sich daran. *Das* wußte Ojkib. Und während Elemak niemals zur Überseele betete oder mit ihr sprach, fluchte er zu ihr, und wenn eine ernste Absicht hinter seinen Flüchen steckte, verschob ihre Intensität sie in den Bereich der Kommunikation mit der Überseele, so daß Ojkib ihn verstehen konnte. Stumme Flüche; nichts wurde laut geäußert. Der Mann beherrschte sich. Und am Ende erfolgte tatsächlich ein Gebet, oder vielleicht nur ein Mantra: Ich werde mein Wort nicht brechen. Ich werde den Eid einhalten.

Ojkib hatte nicht den geringsten Zweifel darüber, welchen Eid er meinte – den, den er seinem Vater geleistet hatte. Das Versprechen, ihm zu gehorchen, solange er lebte und über sie herrschte. Besser als alle anderen außer Huschidh und Chveja, die die Loyalitäten in der Kolonie wie auf einer Landkarte sehen konnten, wußte Ojkib, daß der Frieden in der Kolonie nur oberflächlich war. Alle wußten, wer die Elemaki waren und wer die Nafari; alle sahen, daß das Dorf in der Mitte praktisch geteilt war. Die Nafari wohnten im Osten, die Elemaki im Westen. Die Kolonie war nicht geeint und würde es auch niemals sein. Gesundheit für dich, Volemak. Gesundheit und ein langes Leben. Möge es keinen Krieg zwischen uns geben, bevor meine Kinder geboren und in Sicherheit aufgewachsen sind. Lebe ewig, alter Mann. Du bist die einzige Schnur, die diese Ernte zu einer einzigen Garbe zusammenhält.

Also hielt Obring Wache, was aber völlig wertlos war, während Ojkib sich draußen in der Dunkelheit eines dunklen Geraunes und wilder Gebete bewußt wurde und mit niemandem darüber zu sprechen wagte.

Und nahm er an diesem Abend eine neue Dringlichkeit wahr? Ein Gefühl des Triumphs, in das sich Furcht mischte? Kühnheit, das war es. Jemand wagte etwas, das er noch nie gewagt hatte. Und der Hüter schickte einen ständigen Strom von Ablenkungen. Etwas geschieht. Was? Sprich mit mir, Hüter! Sprich mit mir, Überseele!

Chveja schlief, als er ins Haus kam. So war es oft. Sie stand mit dem Anbruch der Dämmerung auf und arbeitete den ganzen Tag lang schwer, als dürfe ihre Schwangerschaft nicht zu einer Veränderung ihrer Pläne führen. Dann kam sie nach Hause und schlief ein, ohne sich auszuziehen, ob sie nun gerade saß oder lag. Einmal war Ojkib nach Hause gekommen und hatte sie vorgefunden, wie sie stehend schlief. Sie lehnte sich nirgendwo an, stand einfach mit geschlossenen Augen wie ein Flaggenmast in der Mitte des einzigen Raums ihres Hauses. Sie atmete schwer – hätte sie gelegen, wäre es ein Schnarchen gewesen.

Heute lag sie auf dem Bett, aber voll bekleidet, die Füße noch auf den Boden baumelnd. Er wollte sie nicht wecken – aber ihre Beine würden am Morgen eingeschlafen sein, und das würde ihr großes Unbehagen bereiten, besonders, wenn sie in der Nacht aufwachen sollte, weil sie ihre Blase leeren mußte, und ihre Beine sie nicht tragen würden.

Außerdem war es wichtig. Das, was an diesem Abend geschehen war. Der Engel, der zu ihm gekommen war, oder zumindest zum Schiff, der es berührt hatte, und die Klarheit der Stimme, mit der er zum Hüter und mit der der Hüter zu ihm sprach. Die Tatsache, daß Ojkib seine Sprache hörte und verstand. Und das Gemurmel und Gewusel der anderen, dunkleren Wesen, die das Dorf umgaben.

Er legte ihre Füße auf das Bett. Chveja erwachte.

»Oh, schon wieder?« murmelte sie. »Ich wollte eigentlich auf dich warten.«

»Das spielt keine Rolle«, sagte er. »Schlafe, wenn du es kannst, du brauchst es.«

»Aber du bist ganz durcheinander«, sagte sie.

»Glücklich und besorgt«, verbesserte er sie. Dann erzählte

er ihr alles, was geschehen war und was es seines Erachtens zu bedeuten hatte.

»Also kommen die Engel endlich zu uns«, sagte sie.

»Aber es verrät uns auch, wer die anderen sind, die wir gesehen haben. Diese Rattengeschöpfe. Draußen in der Dunkelheit.«

»Ich glaube, du hast recht«, sagte Chveja.

»Hat Huschidh nicht geträumt, sie würden ihre Kinder stehlen?«

»Und du hast den Eindruck, heute abend habe sich etwas Wichtiges ereignet?« fragte Chveja. »Dann sollten wir die anderen warnen. Zusätzliche Wachen aufstellen.«

»Und was sollen wir ihnen sagen? Wie sollen wir es erklären?« fragte Ojkib.

»Wir erklären gar nichts. Wenn wir Großvater bitten, heute die Wachen zu verdoppeln, zu verdreifachen, wird er es tun, auch wenn wir ihm sagen, daß es nur ein Gefühl ist. Er respektiert unsere Gefühle.«

Sie gingen zur Tür, hatten sie jedoch kaum geöffnet, als auf der Elemaki-Seite des Dorfes ein Schrei erklang. Er kam aus einer menschlichen Kehle, und aller Kummer der Welt lag darin.

10

Sucher

Eiadh hatte geschrien. Sofort versammelten sich alle Erwachsenen um sie. Sie schrie jetzt nicht mehr, konnte ihre Stimme jedoch kaum unter Kontrolle halten, während sie erklärte, was passiert war.

»Zhivja ist verschwunden!« sagte sie. »Das Baby. Aus der Krippe geraubt. Ich bin aufgewacht und habe sie noch gesehen, wie lange Schatten, die davonliefen.« Nun verlor sie die Kontrolle, und ihr Entsetzen füllte ihre Stimme aus. »Sie hielten die vier Ecken ihrer Decke. Mein Baby wurde von *Tieren* geraubt!«

Elemak war – irgendwo gewesen. Nicht bei ihr im Haus, das war sicher. Doch nun kniete er in der Türöffnung. »Seht euch diesen Fußabdruck an«, sagte er. »Den hat ein Tier gemacht. Es kam herein und ging wieder hinaus – eigentlich waren es sogar zwei Tiere. Und als sie gingen, trugen sie eine schwere Last.« Er stand auf und schaute sie an. »Ich habe gesehen, wie ein Fluggeschöpf auf den Feldern landete, dann auf das Zelt mit den Lebensmitteln flog und danach hinter das Schiff. Einen Augenblick später flog es weiter, die Schlucht entlang. Zweifellos, um seine Freunde zu holen.« Er berührte den Fußabdruck. »Diese Spur könnte von diesem ... *Ding* stammen. Ich werde ihm in die Schlucht folgen.«

Aber Ojkib betrachtete den Fußabdruck und wußte, daß Elemak sich irrte. Die Füße des Engels waren wie Hände gewesen, oder vielleicht eher wie starke Schraubstöcke. Diese Abdrücke stammten von einem Geschöpf mit flacheren Füßen und langen Zehen mit dicken Krallen. Die Füße eines Läufers oder Wühlers. Nicht die eines Geschöpfs, das fliegt und sich an Äste klammmert.

»Dieser Abdruck stammt nicht von dem Engel«, sagte Ojkib.

Elemak schaute mit stählernem Haß in seinen Augen zu ihm hoch.

Nafai ging sofort dazwischen. »Elemak versteht sich darauf, die Spuren von Tieren zu lesen, Ojkib.«

»Aber ich habe den Engel gesehen ...«

»Elemak auch«, sagte Nafai, »und es ist seine Tochter.« Er wandte sich an Elemak. »Sag uns, was wir tun sollen, Elemak.«

Chveja drehte sich zu Ojkib um und begrub einen Augenblick lang schweigend ihr Gesicht in seiner Schulter. So reagierte sie immer, wenn Nafai genau das Falsche sagte – was er für einen so intelligenten Mann, wie er es war, überraschend oft tat. Soweit Nafai es wußte, hatte er recht; es war durchaus angemessen, daß sie sich in dieser Sache auf Elemaks Urteil verließen. Aber er hätte mittlerweile wissen müssen, daß Elemak ihm nicht dankbar sein würde, weil Nafai allen befohlen hatte, ihm seinen Willen zu lassen.

Außerdem hätte man Elemak *nicht* nachgeben sollen, denn er hatte sich geirrt. Ojkib wußte, daß die Engel das Kind nicht geraubt hatten. Die Entführer waren keine Flugwesen. Man mußte sie auf dem Boden suchen. Und noch schlimmer war, daß sich unter denen, die Zhivja geraubt hatten, wenigstens ein paar befanden, die danach gierten, das lebende Fleisch eines Kleinkindes zu essen. Es war dringend geboten, das Kind zu finden, und es wäre eine kriminelle Zeitverschwendung, Flugwesen zu verfolgen, die es gar nicht geraubt hatten.

Als könnte sie seine Gedanken lesen, legte Mutter eine Hand auf Ojkibs Schulter. »Habe Geduld, mein Sohn«, sagte sie. »Du weißt, was du weißt, und zu gegebener Zeit wird man auf dich hören.«

Zu gegebener Zeit? Ojkib schaute Chveja an. Ihre Lippen waren geschürzt; sie war genauso besorgt wie er und genauso wütend.

Elemak stellte seine Suchmannschaft zusammen und teilte den Männern ihre Aufgaben zu.

Volemak ergriff das Wort. »Sind alle Erwachsenen hier versammelt? Wer paßt dann auf die Kinder auf? Wir wissen mittlerweile doch, daß sie in ihren Häusern nicht sicher sind.«

Sofort stürmten die Frauen, die Kinder hatten, hinaus, um zu ihren Häusern zurückzukehren.

»Elemak«, sagte Volemak, »laß ein paar Männer hier, die das Dorf schützen, während ihr fort seid.«

Elemak stimmte sofort zu. »Du kannst Nafai und Ojkib hier behalten – dann kann er dir nach Herzenslust seine Theorien mitteilen. Aber gib mir die anderen Männer mit.«

»Ich bin ein Mann«, sagte Yasai.

Ojkib mußte sich zurückhalten, um nicht zu sagen: »Ja, wenn ein Löwenzahn ein Baum ist.« Aber das war nicht die Zeit für spöttische Bemerkungen. Und Yasai *war* ein Mann.

»Falls es einen Angriff gibt«, sagte Volemak, »werden wir mehr brauchen. Vielleicht die jüngeren Männer.«

Nun war Elemak unerbittlich. »Nafai hat den Mantel. Wenn ihr mehr braucht, habt ihr die älteren Knaben. Wir wollen Geschöpfe verfolgen, die fliegen können. Dafür brauche ich so viele Männer wie möglich.«

»Ich kann das Dorf beschützen«, sagte Protschnu und versuchte, älter als seine neun Jahre auszusehen.

Elemak betrachtete ihn mit ernstem Gesichtsausdruck. »Das mußt du auch. Gehorche deinem Großvater, ohne Fragen zu stellen.«

Protschnu nickte. Ojkib mußte unwillkürlich denken, daß ihr aller Leben in den letzten paar Monaten viel glücklicher gewesen wäre, wenn Elemak seinen eigenen Ratschlag befolgt hätte.

Kurz darauf war Elemak unterwegs. Von den Männern blieben nur Nafai, Issib, Volemak und Ojkib zurück.

»Willkommen unter den Nutzlosen«, sagte Issib trocken.

»Nutzlos? Das glaube ich kaum«, sagte Volemak. »Na schön, Ojkib. Sag uns, was du weißt.«

»Ich habe heute abend einen Engel gesehen«, sagte Ojkib. »Denselben, den Elemak gesehen hat. Aber er war nur ein paar Meter von mir entfernt, und ich habe seine Füße gesehen. Dieser Abdruck kann nicht von ihm stammen.«

»Von wem dann?« fragte Nafai.

»Es gibt andere«, sagte Chveja. »Ich habe kurze Blicke auf sie werfen können. Ich konnte nie etwas deutlich ausmachen, aber immerhin genug, um Verbindungen zu erkennen. Huschidh hat auch einige Hinweise darauf bekommen. Sie sind überall um uns herum. Aber dicht über dem Boden, im Unterholz. Niedrige Schatten, wie Eiadh sagte. Manchmal sind sie in den Bäumen.«

»Du weißt das alles, und du hast sie trotzdem nicht *gesehen*?« fragte Issib.

»Ich sehe die Verbindungen zwischen ihnen. Ganz schwach.« Chveja lächelte grimmig. »Mehr haben wir nicht.«

»Das ist nicht genug«, sagte Nafai. Er warf Ojkib einen kalten Blick zu. »Hör mit den Spielchen auf, Ojkib. Was *weißt* du?«

Zum erstenmal kam es Ojkib in den Sinn, daß er sein Geheimnis vielleicht doch nicht so gut gehütet hatte, wie er glaubte. »Ich *weiß*, daß in dem Engel keine Bosheit war. In seiner Vorstellung sind wir die Alten, und er bringt uns Respekt und Ehrfurcht entgegen. Aber es gibt auch andere, und sie beobachten uns seit Monaten, und einige von ihnen …« Er warf einen Blick auf Eiadh, und ihm wurde klar, daß er sich überlegen mußte, was er sagte. »Einige von ihnen könnten Zhivja gefährlich werden.«

»Diejenigen, die wir Wühler genannt haben«, sagte Nafai.

Volemak nickte. »Und sie leben ganz in der Nähe.«

Issib lachte. »Sollen wir uns etwa Schaufeln holen und zu graben anfangen?« Er riß die Arme hoch, um anzudeuten, wie groß die Fläche war, die sie umgraben mußten.

»Höhlen und Bauten haben Eingänge«, sagte Nafai.

»Aber wir haben die Umgebung erkundet«, sagte Protschnu. »Wir haben keine Löcher entdeckt.«

»Warum tun wir nicht das Offensichtliche?« sagte Ojkib. »Das, was auch Elemak getan hätte, wäre er nicht dermaßen überzeugt davon gewesen, daß die Entführer fliegen können. Folgen wir den Spuren.«

Die Fußabdrücke der Wühler gingen fast sofort in dem Durcheinander verloren, das ihre eigenen Füße hinterlassen hatten, als sie auf Eiadhs Ruf herbeigelaufen kamen. Es half auch nicht, daß Rasa die Frauen veranlaßt hatte, die kleinen Kinder aus ihren Betten zu holen und in die Schule zu bringen. Doch trotz des Tumults gelang es Volemak, Lampen an die Männer und älteren Knaben zu verteilen, und nach ein paar Minuten rief Protschnu sie zu sich. »Hier!« sagte er aufgeregt. »Sie sind nicht zur Seite ausgewichen oder so, sie sind einfach geradeaus gelaufen.«

Es stimmte – die Spur setzte genau in der Richtung wieder ein, in der die Wühler aus Elemaks und Eiadhs Haus gelaufen waren. Die anderen gesellten sich zu Protschnu, blieben jedoch zurück, als er zum Waldrand weiterging.

»Wartet«, sagte Volemak. »Nafai, Ojkib – ihr geht zu den Seiten und paßt auf. Ich will nicht, daß Protschnu kopfüber in eine Falle läuft.«

Mit Lampen in der einen und Gartenwerkzeugen als behelfsmäßigen Waffen in der anderen Hand drang das zusammengewürfelte kleine Heer in den Waldrand ein. Vier Erwachsene, ein paar junge Knaben und die jungen Frauen, die noch keine Kinder hatten – damit würden sie in den Herzen ihrer Feinde Entsetzen hervorrufen. Sie hatten den Wald kaum betreten, als die Spur nicht mehr so leicht zu verfolgen war – auf den Blättern auf dem Waldboden zeichneten sich Fußabdrücke nicht sehr gut ab. Protschnu brauchte eine Weile, um die Spur auch nur sechs Meter in den Wald zu verfolgen, und dann verlor er sie.

Sie gingen langsam und vorsichtig weiter und zogen einen stets größer werdenden Kreis, um die Spur wiederzufinden. Dann hörte Ojkib einen leisen Ruf von Protschnu, der nur ein paar Schritte neben ihm stand. Der Junge schaute zu den Ästen hinauf. »Ich bin so dumm!« sagte er und lief augenblicklich zu der Stelle zurück, an der er die Spur verloren hatte.

Ojkib folgte ihm. »Du meinst, sie haben das Baby durch die Bäume getragen?«

»In einem Baum hinauf«, sagte Protschnu. »Erinnert ihr euch an die hohlen Stumpfe, die wir gefunden haben, als wir Bäume fällten?«

»Schedemei hat gesagt, es sei nicht unmöglich, daß irgendeine Krankheit sie ...«

Doch mittlerweile war Protschnu schon den Baum hinaufgeklettert und drückte hier und dort die Hand hart gegen den Stamm. »Protschnu, du suchst doch nicht nach Geheimgängen, oder?«

»Wir haben die hohlen Bäume verbrannt, weil wir sie für unsere Bauten nicht brauchen konnten. Wir hätten sie genauer betrachten sollen. Die Spur führt direkt zu diesem Baum und verschwindet dann. *Irgendwohin* müssen sie gegangen sein.« Er hielt plötzlich inne und grinste. »Hier hat die Rinde ein wenig nachgegeben. Halte deine Lampe hoch, *Onkel* Ojkib. Ich habe eine Tür gefunden.« Mit dem Blatt der Hacke, mit der er sich ausgerüstet hatte, stemmte er einen Spalt in die Rinde, und in der Tat öffnete sich ein länglicher Teil des Baumstamms wie eine Tür. Bis zu diesem Augenblick hatte er sich nahtlos in dem Baum befunden.

»Protschnu, erinnere mich daran, daß ich dich nie wieder dumm schimpfe«, sagte Ojkib.

Doch Protschnu hatte ihn kaum gehört. Er hatte sich bereits umgedreht und die Beine in die Öffnung geschoben.

Ojkib knipste seine Lampe aus, kletterte den Baum hinauf und hielt Protschnu am Arm fest. »Nein!« rief er. »Wir wollen nicht *zwei* von Elemaks Kindern retten müssen!«

»Ich bin der einzige, der durch die Tür paßt!« rief Protschnu und versuchte, sich von Ojkibs Griff zu befreien.

»Proja, du warst brillant, also stelle dich jetzt nicht so dumm an!« rief Ojkib zurück. »Du kannst nicht mit den Füßen zuerst in ihren Bau klettern! Du weißt nicht mal, ob du dort unten soviel Platz hast, daß du die Hacke benutzen kannst. Also komm raus, bevor sie dir die Füße abschneiden!«

Zögernd kletterte Protschnu aus der Tür hinaus.

Mittlerweile hatten die anderen sich um den Baum versammelt. Nafai trug eine Axt, Ojkib ebenfalls. Als Protschnu den Baum verlassen hatte, machten sie sich schnell daran, den Stamm zu fällen. Nach ein paar Minuten hatten sie soviel von dem überlebenden Stamm weggeschlagen, daß der Baum umkippte.

Jetzt war die Öffnung nicht mehr nur eine winzige Tür. Sie war so groß, daß auch die Erwachsenen sich in das Loch hinunterlassen konnten. Und nachdem Nafai seine Lampe so tief in das Loch hinabgelassen hatte, wie es ihm möglich war, gab er bekannt, daß die Kammer so groß sei, daß ein Mensch darin stehen könne, während man die Tunnels nur benutzen konnte, wenn man sich auf alle viere hinabließe.

»Ich glaube nicht, daß das im Augenblick eine gute Idee wäre«, sagte Volemak.

»Wir dürfen keine Zeit verschwenden, Vater«, sagte Nafai.

»Steh auf und sieh dich um, Njef.«

Sie hoben ihre Lampen und schauten sich um. Hunderte von Wühlern umgaben sie, in den Bäumen, auf dem Boden. Sie schwangen Keulen und Speere mit Steinspitzen.

»Ich glaube, sie sind in der Überzahl«, sagte Issib.

»Sie sind häßlich«, sagte Sevets Sohn Umene. »Ihre Haut ist rosa und haarlos.«

»Daß sie häßlich sind, ist unser kleinstes Problem«, sagte Volemak.

»Hat jemand eine Ahnung, wer ihr Anführer ist?« fragte Nafai.

»Ist Chveja nicht mit uns gekommen?« fragte Ojkib.

Chveja musterte die Wühler bereits. Dann runzelte sie die Stirn und zeigte auf einen. »Der da, der hinter den anderen.«

Augenblicklich zog Nafai sein Hemd über den Kopf und entblößte die Haut seiner Brust und des Rückens. Dabei leuchtete sie hell auf. Der Mantel des Herrn der Sterne, der normalerweise unsichtbar unter seiner Haut lebte, strahlte nun Licht aus, das aus Nafai einen Gott machte – zumindest in den Augen dieser Wühler. Sofort vernahm Ojkib eine

Kakophonie von Gebeten und Flüchen. »Es funktioniert«, sagte er leise. »Ihre Schließmuskeln lockern sich. Nach dieser Nacht wird es hier einen Kreis mit besonders fruchtbarem Boden geben.«

Ein paar Knaben lachten, aber kein einziger Erwachsener.

Nafai trat vor und ging zu der Stelle, auf die Chveja gezeigt hatte. »Mit welchem dieser kleinen Ungeheuer will ich sprechen?« fragte er.

Chveja trat neben ihn, sorgsam darauf bedacht, seine leuchtende Haut nicht zu berühren. Nun konnte sie den Anführer ausfindig machen, einen kleinen, starken Wühler, der eine Kette aus kleinen Knochen um den Hals trug. »Der mit der Trophäenkette.«

Nafai hob eine Hand und zeigte auf den Wühler. Sein Finger leuchtete. Plötzlich sprang ein Funke von seiner Hand zum Anführer der Wühler. Die Trophäenkette war ihm keine große Hilfe – augenblicklich lag er zitternd auf dem Boden.

»Du hast ihn doch nicht getötet, oder?« fragte Chveja.

Ojkib konnte sie kaum verstehen. Der Tumult der entsetzten Gebete der Wühler übertönte fast alle anderen Wahrnehmungen in seinem Verstand. Doch selbst das Entsetzen dieser Wesen wurde von Zorn und Rachsucht durchdrungen. Sie fürchteten Nafai, aber sie haßten ihn auch und wollten ihn töten. »Wenn du glaubst, daß du dir Freunde geschaffen hast, irrst du dich«, murmelte Ojkib.

Nafai ignorierte ihre Kommentare. »Ojkib«, sagte er, »du mußt das Reden übernehmen. Ich habe genug damit zu tun, ein Gott zu sein. Sie dürfen nicht merken, daß es mir Mühe macht, mit ihnen zu kommunizieren. Außerdem kannst du als einziger darauf hoffen, ihre Antworten zu verstehen.«

Ojkib war erstaunt. »Wie kann ich mit ihnen sprechen? Ihre Sprache ist mir nicht geläufig.«

»Du hast doch etwas von der Sprache der Engel aufgeschnappt, oder? Die Überseele hat es mir gesagt.«

»Aber *ihre* Sprache habe ich noch nie gehört, geschweige denn verstanden ...«

»Du wirst sie jetzt hören«, sagte Nafai.

Also ist die Überseele sich doch meiner bewußt und weiß, wozu ich imstande bin, dachte Ojkib. Es war die erste Bestätigung dafür, die er je erhalten hatte. Aber wußte die Überseele auch, was alles er *nicht* konnte?

Er trat vor und ging zu dem Anführer der Wühler, dem man gerade wieder auf die Füße half. »Das Baby«, sagte Ojkib. Er griff auf die Zeichensprache zurück und wiegte in einer Pantomime ein Kleinkind in den Armen. Die Wühler hatten die Menschen lange genug beobachtet, um zu wissen, was die Geste bedeutete.

Der Wühlerkönig plapperte irgend etwas. Ojkib war überrascht, als er die Sprache hörte. Sie war das genaue Gegenteil der Engelsprache – lediglich Zisch-, Reibe- und Nasallaute mit einem gewissen Beiklang, dem allerdings nichts Musikalisches innewohnte, sondern ein Fauchen und Summen. Klingt es in meinen Ohren lediglich wie eine böse und schleimige Sprache, weil ich ihre Gebete und Begierden kenne? fragte Ojkib sich.

Als der Wühlerkönig mit seiner Gefolgschaft sprach, verstand Ojkib natürlich nichts. Nach einem Augenblick zerrten die Wühler vier ihrer Soldaten vor und warfen sie vor Nafais Füßen auf den Boden. Nun bekam Ojkib einen klaren Eindruck von dem Entsetzen, dem Fluchen und den Gebeten der vier Wühler. »Das sind diejenigen, die Zhivja geraubt haben«, sagte er. »Ich glaube, sie liefern sie an dich aus, damit du sie bestrafen kannst.«

Nafai lehnte das Angebot augenblicklich ab. »Sag ihnen, daß ich keine Rache will, sondern das Baby.«

»Ach, und wie soll ich das mit der Zeichensprache tun?« fragte Ojkib. Aber er versuchte es trotzdem, wiederholte das Symbol für das Kleinkind und bedeutete dann, daß man die vier Krieger fortbringen sollte.

Doch die Wühler waren offenbar der Ansicht, daß die Geste etwas völlig anderes bedeutete. Auf einen Wink des Königs traten vier andere Krieger vor und drückten die Klingen ihrer Speere gegen die Kehlen der vier Entführer. »Nein!« rief Ojkib und hörte gleichzeitig Chvejas Stimme.

Nafai fuhr herum und warf mit einer einzigen Geste seines funkelnden Arms alle vier Wühler zu Boden. Dann schien er völlig durchzudrehen. Er deutete nacheinander auf einige Bäume, bis ihre Äste in Flammen aufgingen.

»Es ist zu naß, um einen richtigen Brand zu entfachen«, murmelte Ojkib.

»Darauf zähle ich«, sagte Nafai. »Glaubst du etwa, ich will unser Dorf abbrennen?«

Doch soweit es die Wühler betraf, war dies der Zorn der Götter, und ihr Wald war dem Untergang geweiht. Der König stürmte vor und warf sich zu Nafais Füßen auf den Bauch. Dann drehte er sich auf den Rücken und spreizte die Arme und Beine, so daß sein nackter Leib völlig ungeschützt war.

Ojkibs Verstand wurde mit Gebeten angefüllt, und da der Wühlerkönig sich nun in seiner unmittelbaren Nähe befand und Ojkib einen Teil der Zusammenhänge erkannte, verstand er jetzt mehr von dem, was der König sagte. »Er bittet den Gott – dich –, ihn zu töten und sein Volk zu verschonen.«

»Also ist er ein würdiger König«, bemerkte Nafai. »Sag ihm, daß ich das Baby will, sonst nichts. Aber zuerst werde ich sein Angebot achten.« Nafai trat einen Schritt vor und stellte sich mit gespreizten Beinen über den auf dem Rücken liegenden König. Dann bückte er sich und berührte die Brust des Königs mit der Axtklinge. »Was hältst du davon?« fragte Nafai. »Das sind gewalttätige Leute, nicht wahr? Hilf mir, ich bin gerade dabei, ein Ritual zu begründen.«

»Kein Blut«, sagte Ojkib. »Das wäre nicht richtig. Der andere König führt die Blutrituale durch.«

»Der andere König?« fragte Nafai.

Chveja war zuerst erschrocken, bestätigte es dann aber. »Einem anderen bringen sie genauso viel Ergebenheit entgegen wie diesem.« Dann runzelte sie die Stirn. »Aber da ist noch jemand. Jemand, dem sogar der König Untertanentreue entgegenbringt. Jemand unter der Erde.«

»Kein Blut«, sagte Nafai. »Was soll ich also tun?«

»Gib ihm die Axt«, sagte Ojkib. »Das wünscht er sich am sehnlichsten, obwohl er kaum zu hoffen wagt. Er wird dir seinen Speer und seine Knochenkette geben.«

Nafai ließ den Griff der Axt aus seiner Hand gleiten.

»Nein!« rief Protschnu hinter ihnen. »Gib niemals deine Waffe aus der Hand! Niemals!«

»Halt den Mund, Proja«, sagte Volemak nachsichtig.

Der Wühlerkönig schlang eine Hand um den Stil der Axt, rollte sich dann auf den Bauch und erhob sich. Er konnte die Axt zwar heben, doch der Griff war nicht für seine Hand geschaffen. Er bekam den Kopf der Axt in die Höhe, während er das andere Ende hielt. Man mußte nicht befürchten, daß er die Axt als Waffe benützte.

Der König bückte sich, hob seinen Speer auf und bot ihn Nafai an.

»Was hat es zu bedeuten, wenn ich ihn nehme?« fragte Nafai.

»Ich weiß es nicht«, sagte Ojkib. »Mir steht leider kein Wörterbuch mit erklärenden Fußnoten zur Verfügung.«

Nafai nahm den Speer. Der König hob nun die Knochenkette über den Kopf und hielt sie Nafai hin. Nafai zögerte. »Mir gefallen die Knochen nicht, aus denen dieses Ding besteht«, sagte er.

»Mir auch nicht«, sagte Ojkib. »Ich glaube, es ist an der Zeit, noch einmal Zhivja zu verlangen.«

»Und warum glaubst du das?«

»Weil mir nicht gefällt, wie er darum betet, daß du die Kette nimmst. Er will wirklich, daß du sie nimmst, aber nicht, weil er dich mag, glaube ich.«

»Na schön«, sagte Nafai. »Sag ihm, daß ich das Baby haben will.«

Ojkib trat zwischen Nafai und den König und verhinderte damit die Übergabe der Kette. Der König schaukelte auf seinen Hinterbacken hin und her und schien ... ja, was? War es Zorn? Zumindest kam es Ojkib so vor. Er machte die Kind-Pantomime und rief – nein, schrie – dem König dann ins Gesicht: »Bring uns Zhivja, oder wir werden jeden einzelnen von euch häßlichen nackten rosahäutigen Mistkerlen töten!«

»Da sie dich sowieso nicht verstehen«, sagte Chveja, »könntest du ruhig Ausdrücke benutzen, die wir den Kindern hinterher nicht erklären müssen.«

»Er versucht, Zorn darzustellen«, sagte Nafai. »Funktioniert es?«

»O ja, es funktioniert. Ihr beide bekommt eine immer bessere Kontrolle über die Situation. Aber sie mögen euch noch immer nicht.«

»Das bricht mir das Herz«, sagte Nafai.

»Zerbrich den Speer«, sagte Ojkib.

»Was?« fragte Nafai.

»Davor hat er Angst. Er steht vor dir, hält die Axt fest und hat Angst, daß du den Speer zerbrichst.«

Nafai zerbrach den Stiel des Speers über seinen Knien. Das Krachen des brechenden Holzes schallte durch die Luft.

Sofort nahm der Wühlerkönig die Axt in beide Hände und versuchte, den Griff zu zerbrechen. Es gelang ihm nicht. Er war zu dick und hart.

»Tue noch etwas, das er nicht kann«, sagte Ojkib. »Er muß zweimal versagen.«

Nafai bückte sich und hob den Teil des Speers mit der Spitze daran auf. Die Spitze wie ein Messer benutzend, schnitt er schnell und tief über seinen Bauch. Augenblicklich spritzte Blut auf das Gesicht des Wühlerkönigs, und Ojkib sah für einen Augenblick zu seinem Entsetzen, daß Nafai die Muskeln durchtrennt und seine Eingeweide freigelegt hatte. Doch dann heilte der Mantel des Herrn der Sterne die Wunde, und sie schloß sich unter den Blicken der Wühler, ohne daß eine Narbe zurückblieb.

Der Wühlerkönig nahm das Kopfende der Axt in die Hände, als wolle er sich ebenfalls den Bauch aufschneiden.

»Ich will nicht, daß er sich tötet«, sagte Nafai. »Es steht nicht in meiner Macht, ihn zu heilen.«

»Keine Angst«, sagte Ojkib. »Du hast genau das Richtige getan. Der Kriegskönig darf sein Blut nicht für das Volk vergießen. Das ist ihm verboten. Frag mich nicht, warum, ich weiß nur, daß er gerade versucht, sich mit dieser verzwickten Lage auseinanderzusetzen.«

Chveja unterbrach ihn. »Jemand kommt.«

Sie schauten auf und sahen, daß das Heer der Wühler in der Tat auf jemanden reagierte. »Nicht der Blutkönig«, sagte Ojkib. »Es ist die Mutter.«

»Die Königin?«

»Ja, ich glaube, sie ist die Gefährtin des Kriegskönigs«, sagte Ojkib. »Aber sie ist gleichzeitig mehr als das. Alle nennen sie 'die Mutter'.«

»Was, sie haben eine Rattenkönigin?« fragte Chveja. »Wie eine Bienenkönigin oder eine Ameisenkönigin?«

»Das sind Säugetiere«, erinnerte Ojkib sie. »Ich glaube, es ist ein religiöser Titel. Wie Blutkönig und Kriegskönig.« Dann sprach er zögernd das Geräusch aus, das er in seinem Kopf gehört hatte. »Emeezem«, sagte er.

»Was ist das?« fragte Nafai.

»Ihr Name. So nennen sie sie. Und ihr Titel lautet Ovovoi.«

»Sag ihren Namen noch mal«, sagte Nafai. »Ich muß ihn gleich beim erstenmal richtig aussprechen.«

»Emeezem«, sagte Ojkib. »Ich weiß allerdings nicht, ob *ich* ihn richtig ausspreche.«

Nafai hob das Kinn und bellte ihren Namen wie ein Marktschreier. »Emeezem!«

Die Wühler verstummten. Eine einzelne Gestalt tauchte aus dem Wald auf und näherte sich langsam Nafai.

Sie war offensichtlich weiblich, aber die große Überraschung war, daß sie haariger als die meisten Männer war. Sie trug keinen Schmuck, doch das Muster ihrer ergrauenden Behaarung war gewissermaßen auch einer. Sie sah königlich aus – und sie wirkte zerbrechlich.

»Sie bittet den Gott, ihr zu verzeihen. Sie hat nicht gewußt, was die törichten Männer vorhatten.«

»Ich will das Baby«, sagte Nafai.

»Das weiß sie. Ihre Frauen sind bereits auf der Suche nach

dem Kind«, sagte Ojkib. Dann wurde ihm plötzlich klar, was sie unbedingt sehen wollte. »Halte deine Lampe vor Nafais Gesicht, Chveja.«

Chveja tat wie geheißen, und die Wühlerkönigin senkte den Kopf und rollte sich auf dem Boden zu einem Ball zusammen. »Jetzt kann sie glücklich sterben«, sagte Ojkib, »weil sie endlich dein leibhaftiges Gesicht gesehen hat.«

»*Mein* Gesicht?« fragte Nafai.

»Das scheint sie zu mir zu sagen«, bestätigte Ojkib. »*Du* bist derjenige mit dem direkten Draht zur Überseele. Mir fällt es schon schwer genug, diesen Ereignissen irgendeinen Sinn zu entnehmen.«

»Sei nicht so gereizt«, sagte Nafai. »Die Überseele hört nicht die Dinge, die du hörst. Deine Verbindung mit dem Hüter ist besser als die ihre.«

Ojkib spürte, wie sich ein Glühen in seinem Körper ausbreitete. Stolz und Furcht, eine seltsame Mischung. Die Überseele braucht meine Hilfe – das war der Stolz. Aber die Furcht war stärker: Wenn ich einen Fehler mache, kann niemand mich berichtigen.

Emeezem gab ihre Fötusposition wieder auf. »Sie hat ihr ganzes Leben lang auf dich gewartet«, sagte Ojkib und versuchte weiterhin, die Bilder zu deuten, die in seinem Verstand aufblitzten – Bilder von Emeezem als Kind, von dunklen, unterirdischen Orten. »Sie glaubt, daß du sie zur Königin gemacht hast. Weil du sie akzeptiert hast.«

»Wann habe ich das angeblich getan?«

»Als sie ein kleines Mädchen war«, sagte Ojkib. »Ich verstehe es nicht, aber ihre Kindheitserinnerungen schließen dich ein.«

»Ihre Verbindung mit dir ist unglaublich stark«, sagte Chveja. »Stärker als ihre Verbindung mit ihrem Gatten. Es ist wirklich erstaunlich, Vater.«

»Sie bittet dich, das Leben ihres Gatten zu verschonen. Er hat auch nichts von der Entführung gewußt. Der Sohn des Blutkönigs hat es getan.«

Emeezem zischte und fauchte ihrem Mann einen scharfen

Befehl zu, und er erhob sich und rief fast dieselben Worte. Einen Augenblick später trat ein stolz wirkender Mann vor und warf mit einer auffallenden Geste seine Waffe weg. Er trat vor Nafai, verbeugte sich aber nicht und zeigte nicht den geringsten Respekt.

Sowohl Emeezem als auch der Kriegskönig murmelten ihm Befehle zu, doch er tat so, als habe er sie nicht gehört.

Die Königin drehte sich zu Nafai um und sagte etwas, das sich wie ein schrecklicher Fluch anhörte.

»Sie bittet dich, Fusum zu töten«, sagte Ojkib. »So heißt der junge Mann. Er hat alles geplant, obwohl man allen befohlen hat, uns kein Leid zuzufügen.«

»Ich werde ihn nicht töten«, sagte Nafai.

»Du mußt etwas tun«, sagte Ojkib. »Er trägt die größte Schuld. Der Kriegskönig wagt es nicht, ihn anzurühren, da er der Sohn des Blutkönigs ist. Deshalb hat er dir die vier eigentlichen Entführer ausgeliefert. Aber du bist ein Gott, Njef. Du mußt etwas mit ihm tun, oder ... nun ja, ich weiß es nicht. Chaos. Das Universum bricht zusammen. Auf jeden Fall wird irgend etwas wirklich Schlimmes geschehen.«

»Das gefällt mir ganz und gar nicht«, sagte Nafai. »Wie wäre es, wenn ich ihn gefangennehme?«

»Und ihn in unser sicheres Gefängnis wirfst?« fragte Chveja. »Zum Glück haben wir zuallererst einen Kerker gebaut.«

»Also kein Gefangener«, sagte Nafai. »Eine Geisel?«

»Schlag ihn nieder«, sagte Ojkib. »Sie sind entsetzt, weil du zögerst.«

»Ich will lediglich Zhivja zurückbekommen«, sagte Nafai. »Ich will hier keine Leichen.«

Volemak trat vor und baute sich neben Nafai auf. »Verbeuge dich vor mir«, sagte er. »Oder was auch immer in ihrer Kultur als Verbeugung durchgeht.«

»Dann knie auf alle viere nieder und küsse Vaters Bauch«, sagte Ojkib.

»Du machst Witze«, sagte Nafai. »So hat der Kriegskönig *mir* nicht Respekt erwiesen.«

»Der Kriegskönig hat sich als unwürdiges Opfer angeboten. Du ehrst Vater als deinen König und Vater.«

»Mach schon«, sagte Volemak. »Sie müssen nicht wissen, daß ich nicht die Macht des Mantels habe. Sie müssen sehen, daß auch du von jemandem Anweisungen entgegennimmst. Das wird in ihnen den Eindruck wecken, daß sie, unsere Macht noch nicht vollends erkannt haben, so mächtig du auch bist.«

Nafai ließ sich auf alle viere fallen. Doch aus dieser Stellung konnte er den Bauch seines Vaters nicht küssen. Er stieß sich mit den Händen hoch und drückte dann sein Gesicht gegen Volemaks Hemd.

Augenblicklich erklang unter den Wühlern Gemurmel.

»Kannst du noch heller leuchten, als es schon der Fall ist?« fragte Volemak.

»Ja«, sagte Nafai.

»Na schön. Wenn ich deinen Kopf berühre, strahlst du, so hell du kannst.«

Volemak griff mit einer prunkvollen Geste hinab und berührte Nafais Kopf. Im gleichen Augenblick schien Nafai vor Licht zu explodieren. Selbst die Menschen schnappten nach Luft, und die Wühler schrien entsetzt auf.

»Gut gemacht«, sagte Volemak. »Wir müssen unsere Macht eindrucksvoll unter Beweis stellen. Jetzt schlage diesen stolzen kleinen Welpen nieder. Töte ihn nicht, mache ihn einfach ohnmächtig wie die anderen.«

Der noch immer leuchtende Nafai erhob sich, streckte die Hand aus und zeigte auf Fusum.

Der Sohn des Blutkönigs duckte sich nicht; er zuckte nicht einmal zusammen. Er starrte Nafai einfach nur trotzig ins Gesicht. Dann zischte die Luft zwischen ihnen, seine Glieder wurden starr, und er stürzte wie ein gefällter Baum. Zukkend lag er da.

»Du hast einen natürlichen Sinn für theatralische Effekte«, sagte Volemak. »Jetzt sag Ojkib, er soll auf alle neun dieser müden kleinen Wühler zeigen und sie zum Schiff tragen lassen.«

»Zum Schiff?« fragte Nafai.

»Sie dürfen nicht mitbekommen, daß wir diskutieren,« sagte Volemak scharf. »Tu es einfach. Geiseln. Und Schedemei kann sie unter Medikamente setzen oder sogar in den Tiefschlaf versetzen, während sie ein paar ungefährliche Studien an ihnen vornimmt. Vertraue mir, Nafai.«

»Ich vertraue dir, Vater. Verzeih, daß ich gezögert habe.« Er wandte sich an Ojkib und erklärte ihm mit vielen Worten, genauso vorzugehen, wie Volemak befohlen hatte.

Zuerst kam es Nafai absurd vor, genau die Worte zu wiederholen, die sie alle gerade von Vater gehört hatten. Doch als Nafai gehorchte, kam ihm dieses Vorgehen wie ein Ritual vor. Es war der Ausdruck von Macht. Der König. Der Sohn des Königs. Der Diener des Sohns. Die Wühler mußten die Vorführung mitbekommen. Doch auch die anderen Menschen, besonders die Knaben. Besonders Protschnu. Das ist Macht und Autorität, Proja, dachte Ojkib. So sollte es funktionieren, und deshalb ist dein Vater ein solcher Versager – weil Elemak niemals akzeptieren könnte, daß jemand über ihm steht. Diejenigen, die sich nicht beherrschen *lassen*, sind nicht geeignet, andere zu beherrschen.

Als Nafai also mit seinem Vortrag fertig war, machte Ojkib ein großes Aufhebens darum, auf jeden der bewußtlosen Wühler zu zeigen und anzuordnen, daß andere Wühler sie aufheben und zum Schiff tragen sollten.

Die Königin schien den Tanz zu verstehen, den sie aufführten. Sie sprach ihrerseits scharfe Worte zu ihrem Mann, dem Kriegskönig, und dann wandte er sich wiederum an die Soldaten, die in den Bäumen warteten. Kurz darauf versammelten sie sich in Vierergruppen um die Bewußtlosen und hoben sie hoch.

In diesem Augenblick erklangen andere laute Stimmen aus den Wäldern. Emeezem rief eine Antwort, und vier weibliche Wühler tauchten wie aus dem Erdboden auf. Jede hielt den Zipfel einer Decke, und mitten darauf lag die lachende Zhivja. Anscheinend gefiel ihr es, getragen zu werden.

»Schnell«, sagte Volemak. »Protschnu, lauf ins Dorf zurück und hol Eiadh. Bring sie hierher!« Und an Nafai gewandt: »Greif nicht nach dem Baby. Sie sollen warten. Sie werden Zhivja ihrer Mutter überreichen.«

Schweigend blieben sie stehen. Es kam ihnen wie eine Ewigkeit vor, obwohl es kaum länger als fünf Minuten gedauert haben konnte. Schließlich kehrte Protschnu zurück, mit Eiadh an der Hand, die vor Freude aufschrie, als sie das Baby sah. Sie lief zu den vier weiblichen Wühlern und bückte sich, um Zhivja von der Decke zu heben. »Zhivoja, meine Schöne, meine Lachende«, sang sie und lachte und weinte und drehte sich im Kreis herum.

»In Ordnung«, sagte Volemak. »Nafai, Ojkib soll ihnen sagen, daß sie die Geiseln jetzt zum Schiff bringen sollen. Und befiehl Dazja, sie dorthin zu führen, damit sie Schedemei erklärt, was sie mit ihnen anstellen soll. Sie sollen bewußtlos bleiben, und ich will, daß sie sie gründlich studiert.«

Dazja, das ehemalige Erste Kind, trat vor. »Ich habe verstanden«, sagte sie.

»Aber du hast anscheinend nicht verstanden, daß ich will, daß Nafai dir den Befehl erteilt«, sagte Volemak, ohne sie anzusehen.

Nafai wandte sich an Dazja und erteilte genau denselben Befehl, den Volemak bereits erteilt hatte. Dazja verbeugte sich errötend. Die Wühlersoldaten bildeten eine Prozession hinter ihr und trugen die neun Bewußtlosen zum Schiff.

Die Befehlsgewalt war nun eindeutig festgesetzt worden. Königin Emeezem wandte sich jetzt direkt an Ojkib. Das Problem bestand darin, daß sie ihn nicht als Gott betrachtete und ihre Worte daher kein Gebet waren, wenn sie mit ihm sprach. Es war weder eine Kommunikation mit dem Hüter noch mit der Überseele, und so hörte Ojkib lediglich ein unverständliches Zischen und Summen. »Wenn sie nicht glauben, mit einem Gott zu sprechen, kann ich sie nicht verstehen«, sagte Ojkib.

»Bleib einfach stehen und weigere dich, sie anzuhören«, sagte Volemak. »Wenn sie innehält, zeigst du auf Nafai.«

Ojkib gehorchte. Sie begriff sofort und sprach dieselben Worte zu Nafai. Ojkib konnte sie wieder verstehen.

Oder vielleicht auch nicht. »Sie bittet dich, sie zu begleiten und zu sehen, wie gut sie sich um deinen ... hm ... gekümmert haben.«

»Um meinen was?«

»Es ergibt keinen Sinn«, sagte Ojkib.

»Um meinen was haben sie sich gekümmert?«

»Um deinen Kopf«, sagte Ojkib.

»Wohin soll ich sie begleiten?«

»Unter die Erde«, sagte Ojkib. »Sie will, daß du ihr unter die Erde folgst.«

Nafai wandte sich an Volemak und wiederholte ausführlich alles, was Ojkib gesagt hatte. Volemak hörte mit bewußt ernster Miene zu.

»Zuerst sollen die Soldaten fortgehen«, sagte er dann. »Und dann wirst du, Nafai, ihr in die Tunnels folgen. Du hast den Mantel. Wenn sie uns betrügen wollen, wirst du als einziger in Sicherheit sein.«

»Ich muß Ojkib mitnehmen«, sagte Nafai. »Ich verstehe kein Wort von dem, was sie sagen.«

Volemak zögerte nur ganz kurz. »Gib auf ihn acht«, sagte er.

11

Löcher

Es war erstaunlich, daß ein Gott sich in einem solchen Maße herabließ. Emeezem wagte es, ihn zu bitten, weil sie alt war und keine Furcht hatte, und weil sie im Laufe ihres Lebens gelernt hatte, auf Dinge zu hoffen, auf die man eigentlich nicht hoffen konnte. Und genauso, wie er sie akzeptiert hatte, als sie ein häßliches, unerwünschtes Kind gewesen war, akzeptierte der Gott sie nun erneut und folgte ihr in die Stadt hinunter.

Auf ihre Bitte hin, die Welt des Lichts zu verlassen und in die Dunkelheit zu kommen! Der strahlende Glanz seines unsterblichen Körpers würde die irdenen Mauern der tiefen Tempel erhellen! Sie wollte singen, zu den Tunnels hinabtanzen. Aber sie führte einen Gott zu seinem Tempel. Die Würde mußte gewahrt bleiben.

Besonders um Mufruzhuuzh' willen; er bedürfte heute der Würde. Niemand würde ihn des Geschehenen wegen kritisieren; schließlich war es ja Fusum gewesen, der den Diebstahl des Kleinkindes geplant und ihnen eine tödliche Konfrontation aufgezwungen hatte, die Muf weder gesucht noch gewollt hatte. Und er war dem Gott tapfer gegenübergetreten – alle sahen, daß er keine Furcht hatte, als er dem Gott sein Herz anbot. Als der Gott ihn dann aufforderte, unmögliche Taten zu vollbringen, Dinge zu tun, die nur der Blutkönig tun konnte, falls überhaupt – nun, niemand konnte ihm Vorwürfe machen, daß er da gezögert und nicht gehandelt hatte. Er hatte sich nirgendwohin wenden können, also hatte er sich überhaupt nicht gerührt.

Dennoch war es erniedrigend für ihn, daß seine Frau vortreten und ihn aus diesem Dilemma befreien mußte. Ganz zu schweigen davon, daß die Frau des Kriegskönigs nur ganz selten auch die Wurzelmutter war. Er war beschämt, als seine Frau von dem Gott akzeptiert wurde, der ihm nur unlösbare Rätsel aufgegeben hatte.

Doch konnte Emeezem etwas daran ändern, daß ihr das Kind in die Hände gefallen war? Muf wußte nicht, wo das Baby versteckt worden war – erst, als Fusums Schwester klar geworden war, was für eine schreckliche Tat er begangen hatte, hatte sie sich mit der Wahrheit an sie gewandt, und da stand Muf bereits dem Gott gegenüber. Es war nur eine unglückliche Verkettung von Umständen. Mufruzhuuzh war noch immer Kriegskönig. Der Gott würde alles richten.

Der Gott war so groß, daß er sich auf alle viere niederlassen mußte, um durch die Tunnels zu gelangen. Natürlich hätte er genausogut aufrecht gehen und die Dächer der Tunnels aufreißen können, einfach, indem er hindurchschritt. Aber das tat er nicht; er ließ die Tunnels unbeschädigt, damit das Volk sie weiterhin benutzen konnte. Solche Freundlichkeit! Solche Großzügigkeit gegenüber einfachen erdkriechenden Würmern wie uns!

Um sie herum hörte sie das Trappeln von tausend Füßen, während Männer und Frauen und Kinder zu jedem offenen Durchgang eilten, in der Hoffnung, einen Blick auf den Gott werfen zu können, wenn er an ihnen vorbeiging. Emeezem sah Hände, die nach oben griffen, damit das Licht des Gottes sie berührte; Eltern hielten ihre Kinder hoch, auf daß das Licht des Gottes ihre winzigen Körper segnete. Und noch immer folgte der Gott ihr, ohne daß sein Licht schwächer wurde.

Sie gelangten zu der Kammer, in der Emeezem vor so vielen Jahren – nein, damals war sie lediglich Emeez gewesen – zum erstenmal den unbeleckten Kopf des Gottes gesehen hatte. Sie blieb stehen und flehte ihn an, ihr zu verzeihen, daß sie ihn so lange in solcher Dunkelheit hatte stehenlassen.

Sie hörte, wie der Untergott zu ihm sprach und er antwortete. Dann leckte er seinen Finger, streckte die Hand aus und berührte die Oberschwelle der Türöffnung. Damit hinterließ er die Flüssigkeit seines Körpers auf der Tür der Kammer. Das war mehr als bloße Vergebung. Sie kniete vor Erleichterung nieder, und viele andere taten es ihr gleich. Sie hörte, wie eine Stimme, die eines Mannes, sang: »Wir haben deinen ruhmreichen Kopf in die Dunkelheit gestellt und ihn angebetet, weil wir im Ton dein Licht nicht sehen konnten. Aber du gibst uns die Wasser des Lebens zurück und bringst Licht in den Bauch der Erde. So edel, so groß!« Andere sangen ihre Zustimmung zu seinen Worten: »So edel! So groß! So edel! So groß!«

Der Gott erwies ihnen die Ehre, reglos dort zu stehen, bis das Lied endete. Dann ging Emeezem weiter, führte ihn tiefer in den Gang, zu dem Tempel, den sie für ihn hatte bauen lassen. Den Befehl dazu hatte sie an dem Tag gegeben, an dem sie zur Wurzelmutter gewählt worden war. Da der Kopf eine solche Größe besaß, war sie zu dem Schluß gekommen, daß auch der Gott sehr groß sein mußte, und so hatte sie das Volk seinen Tempel so tief graben lassen, daß die Decke nun sehr hoch war. Außerdem hatte sie den Tempel so anlegen lassen, daß das Dach in eine Felsspalte hinaufgriff, wodurch ein wenig Tageslicht in die Kammer fiel. Und an der hellsten Stelle dieses weichen, diffusen Schimmers hatte sie auf einem Podest, das aus Knochen des Himmelsfleisches bestand, seinen Kopf aufgestellt.

Doch mittlerweile war es Nacht, so daß es kaum Beleuchtung gab, als er den Tempel betrat. Statt dessen brachte er das Licht mit, und es erhellte jede Ecke des Raumes, als er sich auf die Füße erhob. Andere betraten den Raum nach ihm, drängten sich an die Wände des Tempels und beobachteten, wie er zu dem Podest ging, auf dem die Skulptur stand. Nun würde er sehen, wie sie ihn angebetet hatten, nachdem ihnen klar geworden war, daß sein seltsamer großer Kopf ein Zeichen der Macht und nicht der Schwäche war. Hatte man ihm nicht in diesem ersten Jahr die gesamte Frühlingsernte an kleinkindlichem Himmelsfleisch dargeboten, so daß sein Podest augenblicklich erhöht wurde, bis es mindestens so hoch stand wie die der anderen Götter? War seitdem nicht auch Jahr für Jahr weit mehr als sein Anteil Himmelsfleisch aufgebrochen und vom Volk zu seinen Ehren verzehrt worden? Dennoch hatte niemand seinen

Kopf zur Zeit der Paarung benutzt; denn sie hatten begriffen, daß er nicht auf diese Weise verehrt werden durfte.

Der Gott ging langsam zu dem Gesicht und blieb vor ihm stehen. Es leuchtete in der Helligkeit seines Körpers, ein irdenes Gesicht vor seinem strahlenden. Er streckte die Hand aus und berührte es. Dann hob er den Kopf zur schwachen natürlichen Lichtquelle der Kammer und sank vor der Statue auf die Knie.

Ich verstehe, dachte Emeezem. Du zeigst uns, wie man dich richtig anbetet. Wir können nicht genau das tun, was du gerade getan hast, denn unsere Knie lassen sich in dieser Richtung nicht beugen. Aber wir werden das Gesicht berühren, wie du es berührt hast. Gab es einen Grund dafür, daß du es mit den Lippen berührt hast? Sollten es immer die Lippen sein? Oder werden wir jenen Teil des Gesichts berühren, der uns segnen soll? Du mußt es mir sagen. Vielleicht später, falls du dich herablassen solltest, deine Lippen zu besudeln, indem du unsere Sprache sprichst, oder falls dein Untergott die Gnade zeigen sollte, unsere unreine Sprache zu sprechen. Wir berühren dein Gesicht, schauen ins Licht, lassen uns dann vor deinem Gesicht auf unser Gesäß hinab und betrachten es. Ja, ich werde mich daran erinnern. Keiner von uns wird es vergessen.

Wie alle anderen Frauen war auch Schedemei von der Prozession der Wühler, die ins Dorf kamen und ihre von Nafai bewußtlos geschlagenen Gefährten trugen, gleichzeitig verängstigt, abgestoßen und fasziniert. Doch die Verantwortung, wie mit ihnen zu verfahren sei, lag bei ihr, und so schob sie ihre persönlichen Gefühle schnell zur Seite und führte die Wühler ins Schiff. Sie wußte sofort, was Volemak beabsichtigte; er hatte gesehen, wie sie harmlose Untersuchungen und Studien der wenigen Tiere vornahm, die sie mitgebracht hatte, und wußte, daß sie sehr viel über ein Geschöpf erfahren konnte, wenn sie die Schiffsausrüstung benutzte. Es war unbedingt erforderlich, daß sie die körperlichen Strukturen und Systeme verstanden, die das Leben der Wühler bestimmten; genauso wichtig war allerdings, daß den Untersuchungsobjekten dabei kein Schaden zugefügt wurde.

Das Problem bestand darin, daß es vielleicht keine so gute Idee sein mochte, den Wühlern das Innere des Schiffes zu zeigen. Aufgrund von Dzas spärlicher Schilderung des Geschehens wußte sie, daß Nafai ihnen mit den Mächten des Mantels des Herrn der Sterne starke Ehrfurcht eingeflößt hatte. Vielleicht würden die glatten und leuchtenden Oberflächen des Schiffsinnern diese Wirkung verstärken, vielleicht aber auch nicht. Es lag eindeutig eine Gefahr darin, den Wühlern zu zeigen, daß die Menschen trotz allem Menschen waren, daß sie ihre Wunder mit Werkzeugen und Maschinen wirkten und nicht mit gottähnlichen Kräften, die in ihnen wohnten.

Doch mit diesem Problem mußten sie sich an einem anderen Tag befassen. Volemak hatte seine Entscheidung getroffen, und es war mit großer Sicherheit die beste gewesen. Selbst wenn dies nicht der Fall sein sollte, würde Schedemei gehorchen. Der Frieden, den sie in den Monaten seit der Ankunft auf der Erde genossen hatten, hing von seiner Autorität ab; sie mußte gestützt werden, und Schedemei würde ihm auch dann gehorchen, falls er völlig falsch liegen sollte. Frieden – mehr wollte Schedemei nicht. Die Möglichkeit, ihre Arbeit zu tun, ohne sich Gedanken darüber machen zu müssen, auf welcher Seite sie stand und wer bei den endlosen Familienkämpfen zwischen Volemaks und Rasas Kindern zur Zeit die Oberhand hatte.

Nachdem die Träger wieder fort waren, bestand ihre erste Aufgabe darin, die Wühler zu betäuben, damit sie nicht zu einem unpassenden Zeitpunkt erwachten. Seit die Flora und Fauna der Erde und des Planeten Harmonie unterschiedliche Wege eingeschlagen hatten, waren vierzig Millionen Jahre vergangen, doch der konservativste Aspekt des menschlichen Lebens war die chemische Ebene. Eine leichte Dosis des sichersten Sedativums müßte dies bewirken. Während sie die Körper nacheinander wog, sprach sie mit dem medizinischen Computer. Die Dosen wurden festgesetzt, und sie drückte die Injektoren gegen die rosa Haut.

Haarlose rosa Haut – warum hatten diese Nagetiere ihr Fell verloren? Schedemei vermutete, daß es keinen vernünftigen evolutionsmäßigen Grund dafür gab – es war kulturell bedingt. Irgendein Schönheitsstandard hatte sich durchgesetzt, und danach waren nur noch die imstande gewesen, sich zu paaren, die dieses Merkmal aufwiesen. Bald würde die rosa Haut in dieser Kultur vorherrschen, während die starke Behaarung auf ein paar verachtete Angehörige beschränkt blieb. Ansonsten ergab dieses Merkmal keinen Sinn. Die Wühlerhaut enthielt kein Melanin. Kein Wunder, daß sie im Gegensatz zu ihren uralten rattenähnlichen Vorfahren die ganze Zeit in den Schatten und Tunnels bleiben mußten – wenn sie von den Bäumen stiegen, konnten sie das Sonnenlicht nicht ertragen.

Sobald alle betäubt waren, begann Schedemei mit der Untersuchung. Doch dann überkam die Müdigkeit sie wie eine Meereswoge, und ihr wurde klar, daß es kaum der beste Zeitpunkt war, eine ordentliche Analyse vorzunehmen, nachdem sie die ganze Nacht wach gewesen war. Also benutzte sie die Karren und fuhr die Wühler nacheinander zu den Tiefschlafkammern. Um zu vermeiden, daß sie in den Tiefschlaf versetzt wurden, stellte Schedemei sie auf normale Lebenserhaltung ein – das Risiko war zu groß, daß die Tiefschlafdosis für die Wühler zu hoch war und sie dann nicht mehr wiederbelebt werden konnten.

Dann ging sie zu ihrer Koje und legte sich hin, um ein kleines Nickerchen zu halten. Nur ein paar Stunden, und sie würde wieder wohlauf sein. Es erinnerte sie daran, wie sie in Basilika gelebt hatte, bevor man sie überredet hatte – nein, getäuscht, manipuliert, gezwungen –, Volemak auf seinem Auszug in die Wildnis zu begleiten. Wenn sie in jenen Tagen einem flüchtigen Gen auf der Spur gewesen war, hatte sie rund um die Uhr gearbeitet und stets nur kurze Nickerchen gehalten, die sich zu kaum mehr als ein paar Stunden Schlaf pro Tag summierten. Die Aufregung der Entdeckung und Schöpfung war wichtiger als Schlaf und Essen. Sie hatte nie gewollt, daß dieses Leben unterbrochen wurde.

Nun, es war unterbrochen worden, und sie war nicht völlig unglücklich darüber. Zum einen war Basilika bei Muuzh' Versuch, ein Reich zu errichten, zerstört worden, so daß sie ihr altes Leben auf keinen Fall hätte fortsetzen können. Doch selbst, wenn es Basilika noch gäbe, hatte Schedemeis Reise in die Wildnis ihr viele Segnungen gebracht. Ihre beiden Kinder, Padarok und Dabrota – ihre Namen bedeuteten Geschenk und Freundlichkeit, und sie hatten ihnen alle Ehre gemacht. Zdorab, ihr schüchterner und komplizierter Gatte, der nie Frauen begehrt und ihr trotzdem zwei Kinder geschenkt hatte, ganz zu schweigen davon, daß er ihr so viele Jahre ein so guter Gefährte gewesen war. Trotz seines Mangels an Begierde, trotz ihres Mangels an Interesse hatten sie einander geholfen, sich in den großen Fluß des Lebens, der Schöpfung einzufügen. Wäre es nicht traurig gewesen, wenn ich mein Leben damit verbracht hätte, Leben zu verändern und zu schaffen, und nie selbst daran teilgenommen hätte? Das wurde mir erspart, und ich bin froh darüber.

Doch nun waren Rokja und Dabja erwachsen. Rokja war mit Huschidhs Tochter Dza verheiratet, Dabja mit Luets Sohn Zhatva. Bald würden sie selbst Eltern sein. Sie brauchten Schedemei nicht mehr. Zdorab hatte sie nie gebraucht, nicht in Wirklichkeit. Sie gemocht, ja, sie sogar geliebt, aber nicht *gebraucht*. Warum bin ich also noch hier? fragte sie sich. Ich will nicht miterleben, wie diese Gemeinschaft auseinandergerissen wird. Ich will nicht zusehen, wie meine Kinder sich für die eine oder die andere Seite entscheiden müssen. Ich will nicht dabei sein, wenn Blut vergossen wird, wenn Leben genommen werden. Ich will mir nicht einmal um das Ergebnis Gedanken machen. Ich will nur ich selbst sein, mit Pflanzen und Tieren arbeiten, studieren, welche unterschiedlichen Entwicklungen die Biosysteme eingeschlagen haben, immer besser verstehen, wie das Leben sich selbst schafft. Ich will wissen, warum riesiges Weidevieh die Ebenen im Norden dieses Massivs durchstreift. Ich will wissen, warum zwei intelligente Spezies sich in unmittelbarer Nähe entwickelt haben, ohne daß eine von ihnen die andere vernichtet. Ich will wissen, warum die Überseele uns ausgerechnet zu diesem Ort gebracht hat, statt zu einem der vielen anderen, wo wir unsere Kolonie hätten begründen können, ohne uns in das Leben der Wühler oder Engel einzumischen.

Ich will, daß mein Traum Wirklichkeit wird.

Ja, das war der Wunsch, der allen anderen zugrunde lag. Der Traum, den der Hüter der Erde ihr vor so vielen Jahren geschickt hatte, ein Traum von einem Garten im Himmel. Natürlich *war* er schon erfüllt worden. Die Samen und Embryos, die sie mitgebracht hatte, spielten bereits eine Rolle im Leben dieses Planeten. Aber konnte der Traum nicht wortwörtlicher gemeint sein? Konnte sie nicht, sobald die Kolonie sich behauptet hatte, das Schiff wieder in den Himmel bringen und die Erde umkreisen, Ökosysteme studieren, Variationen und Verbesserungen und Hybriden verschiedener Lebensformen von Harmonie und der Erde entwickeln, nur hin und wieder landen, um Proben zu sammeln und Messungen vorzunehmen und neue Organismen auf der Welt einzuführen? Dann wäre sie, Schedemei, *wirklich* die Gärtnerin der Erde; dann hätte sie einen gesamten Planeten, mit dem sie spielen könnte. Ich bin für diese Aufgabe geschaffen, flüsterte sie der Überseele zu. Dann muß ich nicht mehr Teil dieser schmutzigen Rivalitäten hier in der Kolonie sein. Ich will mich nicht um Konflikte und Treuepflichten kümmern. Ich will nur lernen, damit ich verändern, schaffen, verwandeln kann. Darin liegt mein Talent. Ich habe nicht die Begabung, mit Menschen zurechtzukommen. Ich habe dir gegeben, was du gebraucht hast. Jetzt gib mir, was ich haben möchte.

›In Ordnung.‹

Schedemei fühlte, wie die Beklemmung und Sehnsucht aus ihren Gedanken sickerte. Die Überseele hatte gesagt, sie wäre einverstanden. Jetzt konnte Schedemei schlafen.

Ojkib war froh, sich endlich erheben zu können, nachdem er durch anscheinend endlose, niedrige Tunnels gewatschelt oder gekrochen war. Er hatte kaum auf seine Umgebung achten können, zum einen, weil das Grau und Braun der Felsen und Erdmauern kaum Abwechslung oder gar einen Ausblick geboten hatten, doch hauptsächlich, weil die Wühler, die sie umgaben, allesamt zu den Göttern riefen, so daß Ojkib die stummen Gebete und Psalme und Päane hörte, als würden die Wühler sie ihm ins Ohr singen.

Doch trotz des Stimmengewirrs lernte Ojkib allmählich einige Worte, einige Formen und Strukturen der Sprache. Zuerst waren sie wie Musik für ihn, und er hörte die Rhythmen und Melodien, die Bedeutungen und Gefühle ausdrückten. Das muß genau das sein, was Hunde in der menschlichen Sprache hören, dachte er. Die Musik in unseren Stimmen verrät ihnen, ob wir wütend oder glücklich, traurig oder verängstigt sind. Mehr verstand Ojkib von der Sprache der Wühler noch nicht, doch er wußte, daß dies sich bald ändern würde. Er hatte noch nie eine Zweitsprache erlernen müssen, so daß er bis jetzt nicht gewußt hatte, wie leicht es war. Er hatte ein Talent dafür. Oder vielleicht war es auch einfacher, eine Sprache zu lernen, wenn man die Sprechenden bereits in einem gewissen Ausmaß verstand, bevor man ihre Worte zu erfassen versuchte.

Als er nun in der Tempelkammer stand, in der das Licht des Mantels jede Ecke erhellte, hatte Ojkib Zeit, die Wühler zu betrachten, die sich an den Wänden des Raumes versammelt hatten. Daß sie von Ratten abstammten, war unverkennbar, aber das galt auch für die Tatsache, daß die Tausende von Generationen zwischen ihnen und ihren Ahnen sie weit mehr verändert hatten, als die Menschen von Basilika sich verändert hatten. Die Schnauzen und Barthaare traten noch deutlich zutage, aber nicht mehr so stark wie bei ihren Vorfahren, und die Kiefer hatten sich verändert und ihnen die Fähigkeit zur Sprache gegeben. Ojkib konnte es kaum erwarten, mit Schedemei darüber zu sprechen, welchen Zwecken all die anderen Veränderungen dienten.

»Ojkib«, sagte Nafai.

Genau, er hatte hier eine Aufgabe. Ein wenig verlegen, sich in einem so prekären Augenblick Tagträumen hingegeben zu haben, trat er neben Nafai. »Ja?« sagte er.

Doch Nafai antwortete nicht; sie betrachtete lediglich weiterhin die Statue, die auf einem Podest aus winzigen Knochen ruhte. Es war ein menschlicher Kopf. Aber nicht der irgendeines Menschen. Es war eindeutig Nafais Gesicht.

»Wann haben sie ihn geschaffen?« fragte Nafai.

Ojkib versuchte, die vielen Gebete voneinander zu trennen, die in der Kammer gesprochen wurden, und erhielt allmählich einige Informationen. »Sie haben sie nicht geschaffen«, sagte er. »Sie schaffen ihre Götter nicht selbst. Ihrer Meinung zufolge schaffen die Götter sich selbst. Sie preisen *dich*, weil du ihnen eine so perfekte Kopie deines Kopfes geschenkt hast.«

»Sie *ist* perfekt«, sagte Nafai. »Vielleicht ein bißchen jünger.«

»Sieh ihn dir an«, sagte Ojkib. »Der Kopf ist hundert Jahre alt.«

»Unmöglich.«

»Vor fünfzig Jahren hat die Königin diese Statue in jener winzigen abgelegenen Kammer gefunden, die du … gesegnet hast, oder was auch immer du damit angestellt hast.«

»Ich hoffe, daß ich sie gesegnet habe«, sagte Nafai.

»Damals war sie schon fünfzig Jahre alt. Offensichtlich war die Beziehung zu dieser Statue der Dreh- und Angelpunkt ihres Lebens. Wegen dir hat sie den Kriegskönig geheiratet. Weil du sie akzeptiert hast.«

»Bist du sicher, daß du die Sache auch richtig verstanden hast?« fragte Nafai.

»Keineswegs«, sagte Ojkib. »Aber es ist so klar wie alles andere, das *ich* verstanden habe. Wir haben noch genug Zeit, um alles genau zu klären. Aber eins steht fest. Dieser Kopf ist älter als jeder lebende Wühler. Und sie behaupten eindeutig, daß sie ihn nicht geschaffen haben – obwohl ich mir nicht vorstellen kann, wie ihre Tongötter sich selbst schaffen können. Sie weisen darauf hin, wie perfekt die Gesichtszüge erhalten geblieben sind. Das kommt daher, weil sie dich anders als die anderen Götter verehrt haben. Sie haben – das ist ziemlich abstoßend – sie haben deinen Kopf nicht gerieben, um sich fortzupflanzen.«

»Also haben ihre anderen Götter mit Fruchtbarkeitsriten zu tun.«

»Die Bilder, die ich empfange, sind ziemlich häßlich.«

»Religion ist nicht immer schön«, sagte Nafai. »Besonders, wenn ein Ungläubiger sie von außen sieht. Demnach haben sie die anderen Statuen bei Paarungsritualen benutzt, meine aber in Ruhe gelassen?«

»Genau. Weil du so häßlich warst.« Ojkib konnte ein leises Lachen nicht aus seiner Stimme halten.

»In ihren Augen bin ich das ganz bestimmt«, sagte Nafai. »Aber stell dir nur mal vor, was sie gedacht hätten, wenn es *dein* Kopf gewesen wäre.«

»Die Kinder wären bestimmt schreiend aus der Höhle gerannt.«

»Was soll ich denn jetzt mit dieser Statue anfangen?«

»Laß dir irgendein Ritual einfallen, Nafai. Bislang hast du eine prachtvolle Aufführung geboten.«

Also sank Nafai vor der Statue auf die Knie und improvisierte eine recht einfache und harmlose Ehrerbietung. Als er fertig war, stand er auf und lächelte Ojkib an. »Das ist ziemlich peinlich«, sagte er. »Daß man angebetet wird, meine ich. Obwohl einige zweifellos behaupten werden, daß ich mich insgeheim mein ganzes Leben lang danach gesehnt habe.«

»Dann verrate ihnen nicht, daß du angebetet wirst.«

»So was kann man nicht verbergen. Mein Gesicht, das vor hundert Jahren aus Ton geformt wurde ... da *ich* es mit Sicherheit nicht geschaffen habe, muß es ein anderer gewesen sein. Jemand muß gewußt haben, wie ich aussehe.«

»Offensichtlich der Hüter.«

»Ja, aber verstehst du denn nicht? Das bedeutet, daß der Hüter hier auf der Erde zu einer Zeit Dinge von uns gewußt haben muß, als ... na ja, als diese Information ihn nicht erreicht haben könnte, selbst wenn sie mit Lichtgeschwindigkeit übermittelt worden wäre. Wenn diese Statue vor hundert Jahren angefertigt wurde, hätte der Hüter bei Lichtgeschwindigkeit mein Gesicht fast achtzig Jahre sehen müssen, bevor ich geboren wurde.«

»Wir wissen also nicht alles über die Physik. Das kann man kaum als Überraschung bezeichnen, hat die Überseele doch verhindert, daß die Menschen viel über Wissenschaft und Technik in Erfahrung bringen.«

»Aber Ojkib ... ich habe immer vermutet, daß der Hüter irgendein Computer ist, genau wie die Überseele. Die Überseele wurde von der Menschheit erschaffen, als sie auf ihrem technischen Gipfel stand, gleichzeitig mit unserem Raumschiff. Und zu dieser Zeit haben die Menschen nichts von überlichtschneller Kommunikation gewußt.«

»Also hat irgend jemand mehr erfahren.«

»Wer, Ojkib? Die Menschen waren von der Erde verschwunden. Wer hat den Hüter erbaut, wenn er Kräfte hat, die weit über das hinausgehen, was die Menschheit zu ihrer Glanzzeit erschaffen konnte?«

»Vielleicht haben nicht alle Menschen die Erde verlassen«, sagte Ojkib.

»Vielleicht«, sagte Nafai. »Es ist ein Rätsel. Aber jetzt würde ich diesen dunklen, modrigen, schmutzigen Ort gern wieder verlassen. Draußen muß es schon dämmern, und ich bin erschöpft.«

»Ich hätte auch nichts gegen ein Nickerchen einzuwenden.«

»Wie verabschiede ich mich also? Ich habe nicht die geringste Ahnung, wie ich hier wieder herauskomme.«

»Improvisiere«, sagte Ojkib.

»Ich bin froh, daß ich dich mitgenommen habe«, sagte Nafai trocken. »Du erteilst mir immer hervorragende Ratschläge.«

Es dämmerte bereits, als Elemaks Gruppe die Stelle erreichte, an der die Schlucht zu einer flachen Senke und schließlich zu einem Teil des Sattels der ersten Bergkette wurde. Selbst mit ihren Lampen waren sie in der Dunkelheit nur langsam vorangekommen. Vielleicht gerade wegen der Lampen. Und es half auch nicht, daß Mebbekew und Obring darum zu wetteifern schienen, wer die längsten und derbsten Flüche ausstoßen konnte, wann immer sie ausglitten oder ein Weg ihnen besonders gefährlich erschien oder ... na ja, was auch immer.

Zdorab verabscheute es, sich ihr Schimpfen anhören zu müssen. In Wirklichkeit, so wurde ihm nun klar, verabscheute er einfach *sie*, auch wenn die beiden ausnahmsweise mal die Klappe hielten. Er verabscheute es, wie sie Frauen behandelten. Er verabscheute es, wie sie dachten. Er verabscheute es, wie sie *nicht* dachten. Er wußte nicht genau, wen von ihnen er mehr verabscheute. Einerseits war Obring von Natur aus dumm und brutal. Er konnte nichts dafür. Es war ein chronischer Zustand, der ihm in die Wiege gelegt worden war. Andererseits war Mebbekew eigentlich sogar ziemlich klug; er hatte sich lediglich dafür entschieden, dumm zu sein. Er schien an Grausamkeiten ebenfalls Vergnügen zu finden. Doch im Unterschied zu Obring waren sie ihm nicht wichtig genug, um bewußt danach zu suchen. Er ergriff einfach die Gelegenheiten, die sich ihm zufällig boten, dumm und grausam zu sein. Wer von ihnen war also abscheulicher? Derjenige, der von Natur aus ekelhaft war, oder der, der ekelhaft sein wollte, aber nicht genug Ehrgeiz hatte, um sich dabei wirklich hervorzutun?

Wie bin ich nur hierher gekommen? fragte Zdorab sich, als er auf einer Bergkette auf der Erde die Morgendämmerung begrüßte, bei der Verfolgung eines Flugwesens, das keine Spur hinterließ und vielleicht ganz woanders war. Warum schlafe ich nicht in einem weichen Sessel in einer Bibliothek in Basilika? Warum nehme ich in Gesellschaft genau jener Art von Männern, die ich in der Zivilisation am meisten gehaßt habe, an einem so anstrengenden Unternehmen teil?

Und, noch schlimmer, warum nehme ich Befehle von ihnen entgegen?

Zdorab wußte, daß die meisten anderen ganz ähnlich dachten. Nun ja, sie mochten nicht von weichen Betten in Basilika träumen. Die jüngeren Männer hatten die Stadt nie gesehen – oder irgendeine Stadt. Dennoch waren sie voller Groll, weil sie wußten, daß keine Aussicht bestand, irgend etwas zu erreichen. Wo auch immer diese Flugwesen leben mochten, wahrscheinlich lag der Ort sehr hoch. Außer Reichweite. Und wie sollte diese Gruppe von Männern Elemaks Tochter retten, falls diese Geschöpfe sie wirklich entführt hatten? Was konnten sie mit ihrer bunten Auswahl an landwirtschaftlichen Werkzeugen schon tun? Gebt uns unser kleines Mädchen zurück, ihr Schurken, oder wir *legen einen Garten an!*

Bei diesem wunderlichen Gedanken mußte Zdorab unwillkürlich lächeln. Doch ausgerechnet in diesem Augenblick erreichte er die höchste Stelle der Steigung und bemerkte, daß Elemak ihn wütend anfunkelte.

»Was gibt es da zu lächeln, Zdorab?«

»Ich war in einer anderen Welt«, sagte Zdorab und zog unterwürfig den Kopf ein. Diese Geste hatte er vor langer Zeit gelernt. Im allgemeinen besänftigte sie den Zorn von Schlägern. »Es tut mir sehr leid.«

»Das braucht es nicht«, sagte Elemak. »Besser jede andere Welt als diese.«

Also verabscheute auch er sie. Als trüge er mit seinen Ränken und Komplotten in Basilika nicht eine gewisse Mitschuld daran.

Doch Zdorab sagte nichts mehr. Statt dessen drehte er sich um und schaute über das Terrain hinweg, das die Dämmerung ihnen enthüllte. Auf dieser Höhe war die Luft merklich kühler, und das Unterholz wuchs nicht ganz so dicht. Ein dünner Nebel hatte sich in dem Tal hinter dem Sattel gebildet, wie ein Fluß, der zwischen den Bäumen verlief. Die nächste Bergkette war zwar schroff, aber von erstaunlicher Schönheit, und dahinter konnte man die Gipfel einiger

Berge ausmachen, die so hoch waren, daß sie sogar in diesen Breitengraden mit Schnee bedeckt waren. Während der Jahre, die er in Basilika gewesen war, hatte es mehrmals geschneit, aber nie waren mehr als fünf, sechs Zentimeter gefallen, und der Schnee war stets binnen eines Tages geschmolzen. Doch der Schnee hier oben würde wahrscheinlich nie schmelzen. Was hatte Schedemei gesagt? So neue und hohe Berge, daß es ein Wunder war, daß der Erdmantel ihr Gewicht überhaupt tragen konnte. Elftausend Meter. Die Überseele hatte gesagt, daß es auf Harmonie keine so hohen Berge gab, und seinen Aufzeichnungen zufolge hatte es auch auf der Erde noch nie so hohe Berge gegeben. Sie waren gerade erst entstanden, von einer Meeresplatte hochgeschoben worden, die sich unter einer ehemaligen schmalen Landenge befand, die zwei Kontinente miteinander verband. Nun gab es hier ein Gebirgsmassiv, die höchste Erhebung der Erde, und in ihrem Umkreis traten jedes Klima und jede Geländeform auf. An der Westküste waren die Berge so hoch, daß ihr Regenschatten eine vollkommene Wüste geschaffen hatte. Im Osten hingegen regnete es fast ständig, Tag und Nacht, im Sommer wie im Winter, so daß es dort nur nackten Fels gab, von einigen wenigen widerstandsfähigen Moosen mal abgesehen, die unter einer ständigen Bewölkung leben konnten.

Warum können Schedemei und ich dieses Dorf nicht verlassen und einfach diesen neuen Planeten erkunden? Sie brauchen uns nicht. Wir wollen nicht bei ihnen sein. Unser Sohn und unsere Tochter sind mittlerweile erwachsen und verheiratet. Es wäre schön, sie gelegentlich mal zu besuchen, aber elterliche Fürsorge brauchen sie nicht mehr. Wenn sie Kinder haben, kann ich ihnen ein paar dumme Liedchen vorsingen und sie auf meinen Knien wiegen. Zweimal im Jahr.

Aber der Gedanke an kleine Kinder erinnerte ihn wieder daran, warum sie hier waren. Warum sie die Nacht ohne Schlaf verbracht hatten und in der Dunkelheit eine Schlucht hinaufgestiegen waren. Und nun schaute er über das Tal hinweg und sah im ersten Licht der Dämmerung, daß die Bäume dort vor Leben wimmelten. Flugwesen hüpften in die Luft, flogen eine kurze Strecke und fielen dann wieder zwischen die Blätter zurück. Jedes von ihnen schien bei seinem Flug irgend etwas in den Füßen zu tragen.

»Sie haben Angst vor uns«, sagte Elemak leise.

»Woher willst du *das* denn wissen?« fragte Mebbekew.

»Weil sie ihr Dorf räumen. Sieh doch – sie bringen ihre Kinder fort.«

»Schaut«, sagte Zdorab. »Wenn die Kinder etwas größer sind, müssen sie von zwei Erwachsenen getragen werden.«

»Du hast gute Augen«, sagte Elemak. »Vier von ihnen waren nötig, um Zhivja hochzuheben. Und wenn sie glauben, sie könnten vor mir fliehen, indem sie ihre Kinder in Sicherheit bringen ...«

»Aber genau das *können* sie«, sagte Vas verächtlich. »Sie können jederzeit vor uns fliehen, einfach, indem sie ihre Kinder in Sicherheit bringen. Was hast du vor? Willst du auf den Baumwipfeln tanzen, bis du einen von ihnen fängst?«

Elemak drehte sich langsam um. »Steig wieder den Berg hinab, wenn dir an dieser Mission nichts liegt.«

Vas entschuldigte sich augenblicklich. »Ich bin müde, Elemak. Ich bin zu müde, um zu wissen, was ich sage.«

»Dann halt den Mund geschlossen«, sagte Elemak. »Und die Augen offen.«

Zdorab seufzte und wandte sich von dieser rührenden Szene wahrer Freundschaft ab. Lediglich Elemaks Freunde haßten ihn noch mehr als seine Feinde. Und doch folgten sie ihm, weil sie wußten, er brauchte sie so dringend, daß er sie nicht ignorieren konnte, wie Nafai es mit Sicherheit getan hätte. Wahrscheinlich bringen genau auf diese Weise viele gemeine Männer andere dazu, ihnen zu folgen, dachte Zdorab. Gute Männer wollen ihnen nicht folgen, aber sie brauchen jemand; deshalb müssen sie diejenigen Männer nehmen, die kein guter Mann freiwillig bei sich aufnehmen würde. Das Wunder dabei war, daß das Böse sich behaupten konnte, da die einzigen Menschen, die an ihm teilnahmen, sich im allgemeinen gegenseitig nicht ausstehen konnten, und das aus gutem Grund.

Zdorabs Aufmerksamkeit wurde von einer Bewegung in einem Baum direkt unterhalb des Bergkamms erweckt. Eins der Fledermausgeschöpfe saß dort auf einem Ast. »Seht«, sagte er.

»Ich sehe ihn«, sagte Elemak.

»Was tut er dort?« fragte Yasai.

»Wir alle haben die gleiche Anzahl von Augen«, sagte Elemak verächtlich. »Wenn wir ihn beobachten, werden wir es gemeinsam feststellen.«

Der Engel ließ sich abrupt vom Baum fallen und flatterte zu einer kleinen Lichtung, die in der Richtung lag, in der die Menschen sich befanden. Zdorab konnte ihn nun deutlich ausmachen. Er hatte seine Schwingen ausgebreitet. Sein Gesicht war häßlich, aber das war kaum eine Überraschung. Schließlich stammte er von einer breitschnauzigen Spezies von Fledermäusen ab. Die echte Überraschung war der faszinierende Kompromiß, den die Natur erzielt hatte: Die Arme und Beine des Wesens waren fast lächerlich dünn. Auf jeder Seite des Körpers breiteten die Schwingen sich von den Handgelenken bis zu den Knöcheln aus. Sie wurden von zwei verdrehten Fingern einer jeden Hand gehalten. Die drei anderen Finger pro Hand waren jedoch von normaler Größe, so daß das Geschöpf ausgezeichnet zugreifen konnte. Und der Kopf war in Anbetracht der Größe des Körpers beinahe riesig. Es grenzte an ein Wunder, daß das Geschöpf überhaupt fliegen konnte. Es hatte mit Sicherheit die Obergrenze seines Wachstums erreicht – wäre es noch größer, würde es die Flugfähigkeit verlieren.

Doch in diesem Augenblick ging es um sie herum. Es bewegte sich zwar nicht ohne Anmut, doch es war offensichtlich, daß es sich auf Ästen oder in der Luft wohler fühlte. Zum Langstreckenläufer würde es mit diesen Füßen nie werden.

Diese Füße.

Zdorab war klug genug, den Mund zu halten. Der junge

Yasai leider nicht. »Ojkib hat recht gehabt«, platzte er heraus. »Die Abdrücke im Dorf können auf keinen Fall von diesen Füßen stammen.«

Elemak drehte sich langsam zu ihm um. »Dann stammen die Abdrücke also vielleicht nicht von diesem *Ding*. Glaubst du etwa, ich hätte nicht gewußt, daß diese Möglichkeit besteht? Aber dieser Bursche hat auf jeden Fall für die Entführer Schmiere gestanden. Wenn er Zhivja nicht hat, weiß er zumindest, wo sie ist.« Elemak trat einen Schritt hinab, auf das Geschöpf zu.

Sofort blieb das Wesen stehen und tat dann etwas sehr Außergewöhnliches. Es bückte sich und nahm mehrere Getreidehalme, die es mit dem Fuß gehalten hatte. Dann legte es die Halme ins Gras, ganz langsam und sorgfältig, als wollte es sie abzählen. Als die Halme dort lagen, trat das Geschöpf einen Schritt zurück.

»Das ist Getreide von unserem Feld«, sagte Obring.

»Hast du das erst jetzt gemerkt?« fragte Vas.

»Spielt das eine Rolle?« fragte Meb.

»Er glaubt, wir wären deshalb hierher gekommen«, sagte Padarok, Zdorabs Sohn. »Weil er unser Getreide gestohlen hat. Er gibt es uns zurück.«

»Seit wann bist du Experte für übergroße Fledermäuse?« fragte Elemak.

»Das ist doch logisch«, sagte Padarok stur.

Zdorab gab ihm mit der Hand ein Zeichen, den Mund zu halten.

»Nein, ich werde nicht schweigen, Vater. Die ganze Sache ist doch lächerlich. Der Engel hat Getreide von unserem Feld gestohlen und weiß nichts von Zhivja. Hätte jemand die Ruhe bewahrt und darüber nachgedacht hätte, hätten wir nicht die ganze Nacht damit verbracht, einen Berg zu besteigen, um einen unschuldigen Menschen zu verfolgen.«

Elemaks Hand schnellte vor und ergriff Padarok am Kopf. Wie sein Vater war Padarok ziemlich klein gewachsen und von schmächtigem Körperbau. In Elemaks kräftigem Griff wirkte er wie eine Puppe. »Mensch?« fragte Elemak. »Du nennst dieses *Ding* einen *Menschen*?«

»Eine Redewendung«, murmelte Padarok.

»Dieser *Mensch*, wie du ihn nennst, weiß, wo meine Tochter ist!« Mit diesen Worten schüttelte Elemak Padarok durch. Sein Körper erschlaffte. Für einen Augenblick befürchtete Zdorab, das Schütteln hätte einen Gehirnschaden hervorgerufen oder Padorok vielleicht sogar getötet. Und obwohl Padarok sofort wieder die Augen öffnete und die Glieder bewegte, wurde der heiße Zorn, der in Zdorab aufgewallt war, nicht schwächer. Zu seinem Erstauenen stellte Zdorab plötzlich fest, daß er eine Sichel über Elemaks Schultern und Hals hielt und unglaubliche Worte zu ihm sagte. »Laß meinen Sohn los«, sagte er. »Sofort.«

Elemak drehte sich langsam um und betrachtete Zdorab mit Echsenaugen. »Und wenn ich das nicht tue, wirst du mir die Arme abschneiden?«

»Nur, wenn ich deinen Hals verfehle«, sagte Zdorab.

Elemak ließ Padarok los. »Drohe mir nicht, Zdorab. Selbst falls *du* vergessen haben solltest, wer unser Feind ist, *ich* habe es nicht.« Mit einer schnellen Bewegung riß Elemak Zdorab die Sichel aus den Händen, so schnell, daß Zdorab kaum merkte, daß es überhaupt geschehen war. Für einen Augenblick stand Elemak mit erhobener Sichel da, und Zdorab wußte nicht, ob er sie gegen ihn oder seinen Sohn richten würde. Dann aber warf er die Sichel zu Boden und ging zu dem Geschöpf hinüber.

Das arme Ding zitterte sichtbar unter Elemaks scharfem Blick, wich aber nicht zurück. Elemak hob einen Fuß und trat die Getreidehalme in das schlammige Gras. »Das Getreide ist mir egal«, sagte er. Dann bückte er sich und riß das Geschöpf an einem Arm hoch. »Wo ist meine Tochter?« brüllte er.

»In welcher Sprache soll er denn antworten?« sagte Padarok verächtlich. »Oder soll er dir vielleicht eine Landkarte in die Luft zeichnen?«

Bitte, stachle ihn nicht an, provoziere ihn nicht, Rokja! Zdorab dachte diese Worte, sprach sie aber nicht aus. Denn auch er war stolz. Er hatte sich sein Leben lang vor solchen

Männern verbeugt, so daß sie ihm nichts tun würden. Doch sein Sohn verbeugte sich nicht. Er mag meine Größe geerbt haben, dachte Zdorab, aber das Rückgrat seiner Mutter.

Elemaks Antwort war ein wütendes Gebrüll. Dabei legte er beide Hände um das Geschöpf. Zdorab sah zu seinem Entsetzen, daß das arme Ding in Elemaks Griff wie ein spröder Stock war. Er sah, wie beide Arme unter Elemaks Händen brachen und gleichzeitig beide Schwingen rissen und zu bluten anfingen, da jedes Gelenk in die falsche Richtung gebogen worden zu sein schien und nun nicht wieder zurückschnappen konnte. Das Geschöpf schrie einmal auf und verstummte dann, hing schlaff und gebrochen in Elemaks Händen.

»Tz, tz, tz«, machte Meb. »Der Bursche vergißt manchmal, wie stark er ist.«

»Gut gemacht«, sagte Padarok. »Jetzt, wo er tot ist, wird er einen hervorragenden Führer abgeben.«

Elemak schleuderte das leblose Tier zu Boden. Es prallte gegen einen Baumstamm, rutschte langsam daran hinab und blieb reglos liegen. »Wo ist meine Tochter?« brüllte Elemak. »Sie haben meine Tochter geraubt!«

Seine Wut war so schrecklich, daß alle vor ihm zurückwichen, nur einen Schritt, aber es brachte trotzdem ihre Furcht zum Ausdruck. Alle bis auf Padarok. *Er* wich nicht zurück.

Und das bedeutete, daß er die Hauptlast von Elemaks schrecklichem Zorn ertragen mußte. Elemak funkelte ihn bereits wütend an.

Also trat Zdorab erneut vor, ohne darüber nachzudenken. »Wir kehren jetzt zurück, Elemak. Wir haben es versucht. Falls sie wirklich hier oben ist, werden wir sie nie finden. Wenn du dich besser fühlst, indem du ein hilfloses kleines Geschöpf zerbrichst und tötest ... nun, das hast du gerade getan. Du brauchst nicht noch etwas zu töten oder zu zerbrechen.«

Er sah, daß Elemak sich mühsam zusammenriß.

»Diese Worte werde ich dir nie verzeihen«, erwiderte Elemak.

»Hier ist keine Menschenseele, der du nicht schon versprochen hast, ihr niemals dieses oder jenes zu verzeihen«, sagte Zdorab. »Aber wir verzeihen *dir*, Elemak. Wir alle haben Kinder. Es hätte jeden von uns treffen können. Könnten wir sie dir zurückholen, würden wir es tun.«

»Wenn ihr sie mir zurückbringen könntet«, sagte Elemak, »wäre ich auf ewig euer williger Diener.« Dann ging er davon, über den Sattel und in die Schlucht hinab.

Obring und Meb folgten ihm auf dem Fuße, doch beide blieben stehen, als sie an Zdorab vorbeigingen. »Wer hätte gedacht, daß das kleine Pizduhn doch ein wenig Mut in sich hat«, sagte Obring und lachte abfällig.

»Mach nur *so* weiter«, sagte Meb. »Wer weiß ... eines Tages kriegst du dann vielleicht tatsächlich einen Ständer. Dann wärest du ein halber Mann.« Er tätschelte Zdorabs Kopf und folgte Obring und Elemak hinab.

Padarok kam zu Zdorab und umarmte ihn. »Danke, Vater. Ich dachte schon, er würde mir das Genick brechen.«

»Wir haben gesehen, was er *dir* antun wollte, Rokja«, sagte Zdorab, »denn er hat es bereits dem Engel angetan.«

Dann rief Yasai von dem Baum, gegen den Elemak das arme Geschöpf geworfen hatte: »Er ist nicht tot!«

»Dann sollten wir es vielleicht töten, um es von seinen Qualen zu erlösen«, schlug Zhatva vor, Nafais Ältester. Sie alle versammelten sich um das Geschöpf.

»Das ist kein Hund«, sagte Yasai. »Ojkib hat gesagt, daß sie intelligent sind. Es ist eine Person, kein Tier. Wenn es jemandem gelingt, das Wesen zu heilen, dann Schedemei.«

Das Geschöpf blinzelte langsam mit einem Auge.

»Bist du sicher, daß das kein Reflex ist?« fragte Xodhja.

Yasai zog sein Hemd aus. »Helft mir, ihn darauf zu legen«, sagte er. »Ohne ihm den Hals zu brechen.«

»Er ist bereits gebrochen«, sagte Motiga zweifelnd.

»Aber vielleicht ist die Wirbelsäule nicht durchtrennt.« Plötzlich pfiff Yasai überrascht. »Er ist so leicht.«

»Es tut ihm weh«, sagte Vas. »Er hat vor Schmerzen die Augen geschlossen.«

»Aber er beklagt sich nicht«, sagte Zdorab. »Er erträgt sein Leiden tapfer.«

»Ja, ein echter Mann«, sagte Zhatva. Doch in seiner Stimme war kaum Spott. Das Geschöpf war zu bewundern.

»Was ist, wenn Elemak sieht, daß wir ihn tragen?« fragte Motja.

»Hoffentlich sieht er es«, sagte Padarok. »Dieses Geschöpf hat ihn in keiner Hinsicht bedroht, und schaut euch an, was er getan hat. Selbst wenn es ein Hund gewesen wäre ...«

Er brauchte den Satz nicht zu beenden. Vier von ihnen ergriffen die vier Ecken des Hemdes. Die anderen trugen ihre Lampen, und sie machten sich an den langsamen Abstieg in die Schlucht.

Eiadh hörte das frohe Rufen der Kinder und wußte, daß Elemak und seine Begleiter endlich von ihrer nächtlichen Suche zurückgekehrt waren. Zweifellos würde Elja erschöpft und enttäuscht darüber sein, daß seine Suche vergeblich gewesen war. Doch alles würde vergessen sein, wenn er Zhivja sah.

Zhivja hielt gerade ein Mittagsschläfchen; vielleicht war sie von den Aufregungen des Vortages erschöpft. Eiadh hob sie vorsichtig hoch; das Baby rührte sich, erwachte jedoch nicht. Eiadhs große Sorge war nun, daß sie sich vielleicht an irgend etwas erinnern würde. Sie war jetzt alt genug, um auf wackligen Beinen zu gehen, aber bestimmt noch nicht so alt, daß Erinnerungen blieben. Sie dürfte eigentlich keine Alpträume von Wühlern bekommen, die sich über ihre Krippe beugten, oder von ihrem Marsch durch lange, dunkle Tunnels. Nein, es bestand kein Grund zur Sorge.

Zhivja wachte auf, als Eiadh sie zum Dorfrand trug. Dort war Elemak, groß und stark – trotz all seiner Schwächen ein guter Mann, eine mächtige Gestalt. Eiadh erinnerte sich wieder daran, warum sie sich in Basilika in ihn verliebt hatte, damals, als sie noch ein törichtes, oberflächliches Mädchen gewesen war. Sicher, er hatte nicht die Selbstbeherrschung und die Selbstlosigkeit gezeigt, die sie bei einigen der anderen Männer bewunderte, und sein Temperament hatte zur Folge, daß sie und die Kinder zu Hause vorsichtig mit ihm umgehen mußten. Aber er war ihr Gatte, und sie war nicht unglücklich darüber. Nicht heute, nicht, nachdem ihre Tochter vor den Ungeheuern in den Höhlen gerettet worden war.

Als Eiadh näher kam, sah sie, daß Volemak ihm berichtete, was geschehen war; als sie sprachen, schaute Volemak zu ihr. Elemak blickte ebenfalls auf und sah, daß sie das Baby hatte. Er lächelte ihr zu. Das Lächeln hätte etwas begeisterter ausfallen können, aber er war müde.

Plötzlich herrschte eine hektische Aktivität. Yasai, Rokaj, Xodhja und Zhjat trugen etwas in einem Hemd – zweifellos war es Yasais Hemd, denn sein Oberkörper war nackt. Volemak zeigte zum Schiff, in dem Schedemei die als Geiseln festgehaltenen Wühler studierte. Was war geschehen? Sie hatten doch bestimmt nicht einen der Engel verletzt, oder?

Kaum war ihr dieser Gedanke gekommen, als sie auch schon wußte, daß genau dies geschehen war. Volemak machte Elemak Vorhaltungen, und nun war Eiadh nah genug bei ihnen, und ihre Stimmen waren so laut, daß sie die Männer hören konnte.

»Aber er war unbewaffnet?« fragte Volemak. »Er hat euch in keiner Hinsicht bedroht?«

»Ich habe dir gesagt, daß ich glaubte, er wisse, wo meine Tochter war!«

»Also hast du ihn verkrüppelt? Auch wenn es dir völlig egal ist, daß wir an diesem Ort leben müssen und daß du dir *überflüssigerweise* einen Stamm intelligenter Geschöpfe zu Feinden machst, hättest du daran denken müssen, daß es eine schreckliche Dummheit ist, die einzige Person zu verletzen, die dir vielleicht helfen könnte!«

Volemak ist zu wütend, dachte Eiadh. Elemak reagierte nicht allzu gut auf harte Vorwürfe, besonders nicht in der Öffentlichkeit. Er hatte den Gehorsamseid treu eingehalten – aber warum sollte man es unbedingt auf die Spitze treiben?

Natürlich hatte sie den verletzten Engel nicht gesehen, im Gegensatz zu Volemak. Was hatte Elemak getan?

»O ja, ich bin furchtbar dumm«, erwiderte Elemak. »Aber dein perfekter Held mit dem magischen Mantel hat bei einem Haufen Ratten Gott gespielt!«

»Er hat deine Tochter zurückgeholt, er und Ojkib und Protschnu und ich«, sagte Volemak. »Und es ist uns gelungen, während wir von einer Streitmacht von bewaffneten Wühlern umzingelt waren, die hundertfach in der Überzahl war, weil *du* darauf bestanden hast, nur wenige Männer im kampffähigen Alter zurückzulassen.«

»Hättest du mir befohlen, mehr Leute zurückzulassen ...«, begann Elemak, doch Volemak unterbrach ihn.

»O ja, du hättest gehorcht – und mir vorgeworfen, ich wolle, daß deine Tochter stirbt. Na ja, Elja, sie hat überlebt – aber nicht aufgrund deines Vorgehens. Und jetzt wollen wir sehen, ob der harmlose Engel auch so viel Glück hatte.«

»Was soll ich denn tun? Auf die Knie fallen und Nafai anbeten? Ist er jetzt auch *mein* Gott?«

Das war zuviel für Eiadh. »Du könntest ihm danken«, sagte sie ruhig. »Er hat uns Zhivja zurückgegeben.«

»Nicht er«, sagte Elemak. »Der Mantel des Herrn der Sterne hat vollbracht, was immer vollbracht wurde. Hätte *ich* den Mantel gehabt, wäre es mir ebenfalls gelungen.«

»Nein, wäre es nicht«, sagte Eiadh. »Du wärest mit dem Mantel in die Schlucht gestürmt und hättest ihn zweifellos benutzt, um Engel aus dem Himmel zu schießen, und hier unten wären wir von den Wühlern überrascht und abgeschlachtet worden – jeder einzelne von uns.«

»Wie hätte ich wissen sollen, daß das Baby von Geschöpfen entführt wurde, die wir noch nie gesehen haben?«

»Ojkib hat versucht, es dir zu sagen, aber du wolltest ja nicht auf ihn hören. Das ist einer der Gründe, weshalb du nicht geeignet bist, uns zu führen. Du hörst nie zu, du entscheidest stets auf der Grundlage dessen, was du bereits weißt. Tja, Elemak, du weißt aber nicht *alles*.« Eiadh hörte ihre Worte und wußte, daß sie zuviel gesagt hatte. Der Zorn in seinem Gesicht war angsteinflößend. Er hatte sie nicht mehr so angesehen, seit sie ... seit sie während der Reise Volemak den Eid geleistet hatte.

»Also ist das die Begrüßung, die ich bei meiner Heimkehr von meiner Frau bekomme«, sagte er.

»Ich wollte dich voller Freude begrüßen«, sagte Eiadh und senkte den Kopf. »Es tut mir leid.«

Da sie sich unterworfen hatte, konnte Elemak seinen Zorn nun auf andere richten. »Also habe ich mich geirrt«, sagte er. »Ich habe nicht gehört, daß einer von *euch* mir widersprochen hat!«

Sie antworteten ihm mit Schweigen.

»Also kritisiert mich nicht, wenn ihr es nicht besser gewußt habt.«

»Wir alle haben es besser gewußt«, sagte Padarok ruhig. »Wir alle haben gewußt, daß du dich irrst. Von Anfang an.«

Seine Worte waren ein Schlag in Elemaks Gesicht. »Warum seid ihr mir dann gefolgt?«

»Es war deine Tochter, die entführt worden ist«, sagte Padarok.

»Das bedeutet doch nicht, daß ich recht haben muß«, sagte Elemak. »Es bedeutet wahrscheinlich, daß mein Urteilsvermögen nicht das beste war.«

»Ja, das habe ich damit gesagt«, erwiderte Padarok.

»Ihr seid mir gefolgt, *weil* mein Urteilsvermögen nicht gut war?« fragte Elemak. »Ihr alle habt gewußt, daß ich mich geirrt habe, und seid mir gefolgt, *weil* ich mich geirrt habe?« Die Verachtung in seiner Stimmer verschleierte kaum die Verwirrung, die er offensichtlich verspürte.

»Elemak, komm hinein, komm ins Haus«, sagte Eiadh.

»Nein, ich muß das erst verstehen«, sagte Elemak. »Ich will begreifen, warum diese sogenannten Männer so dumm sind, wissentlich jemandem zu folgen, von dem sie annehmen, daß er sich irrt.«

»Bitte, Elemak.«

»Wir sind dir nicht gefolgt, weil du dich geirrt hast«, sagte Yasai schließlich. »Wir sind dir gefolgt, weil du unvernünftig warst. Wir haben nicht gewußt, was du tun würdest, hätten wir dir nicht gehorcht.«

»Was meinst du damit?« fragte Elemak. »Es kam doch nur darauf an, meine Tochter zu finden. *Nur* darauf.«

»Wirklich?« fragte Eiadh. »Wenn das stimmt, hättest du innegehalten und zugehört, als Ojkib dir zu sagen versuchte, daß nicht die Engel Zhivja entführt haben. Und jetzt höre bitte auf, deshalb herumzustreiten. Alle sind sicher zu Hause, und niemandem ist etwas geschehen.«

Elemak schüttelte die Hand ab, die sie auf seinen Arm gelegt hatte. »Behandle mich nicht so gönnerhaft, Eiadh.«

»Sei nicht wütend, Elemak«, sagte sie. »Wir hatten Zhivja verloren, und wir haben sie zurückbekommen. Das ist ein Grund zur Freude, nicht zum Zürnen. Du könntest sogar denjenigen danken, die sie uns zurückgebracht haben.«

»Ihnen danken? Weil die Überseele Nafai die einzige gute Waffe gegeben hat? Weil sie mir auf eine törichte Jagd die Schlucht hinauf gefolgt sind, *weil* sie wußten, daß sie töricht war?«

Padarok trat näher an Elemak heran. »Nein, Elemak. Wir sind dir gefolgt, weil wir Angst hatten, daß du einem von uns antun würdest, was du schließlich diesem harmlosen Engel angetan hast. Und unsere Furcht war nicht unbegründet. Falls du dich erinnerst ... du hättest *mir* fast dasselbe angetan.«

Erst jetzt bemerkte Eiadh die Prellungen an Padaroks Hals und Kiefer.

»Falls Vater nicht dazwischengetreten wäre«, sagte Padarok.

Elemaks Gesicht war vor Zorn – oder war es Scham? – rot angelaufen. »Glaubst du«, antwortete er verächtlich, »wegen seiner elenden Drohung hätte ich damit aufgehört?«

»Ich weiß nicht, warum du aufgehört hast«, sagte Padarok. »Aber wir wissen nie, *ob* du aufhören wirst. Und deshalb gehorchen wir dir, wenn du wütend und unvernünftig bist. Weil wir Angst vor dir haben. Und wenn du darüber nachdenkst, ohne daß der Zorn deine Vernunft bewölkt, wirst du einsehen, daß wir allen Grund zur Furcht haben.«

»Gehen wir nach Hause, Elja«, sagte Eiadh erneut.

Doch Elemak war entschlossen, diese Sache auszufechten. »Du hättest Zhivja sterben lassen, weil du solche Angst vor mir hattest, daß du es nicht gewagt hast, mit mir zu streiten?«

Padarok schüttelte den Kopf. »Wir haben gewußt, daß Nafai sie zurückholt – falls es überhaupt jemandem möglich sein würde.«

»Nafai?« sagte Elemak. Dann brüllte er: »Nafai! Nafai! Nafai! Ihr habt darauf vertraut, daß es *ihm* gelingt! Ihr habt das Leben meiner Tochter in *seine* Hände gelegt! Was weiß er denn schon, dieser dumme, prahlerische Junge! Dieser rotznäsige kleine Heuchler, dieser ...«

»Ihm ist es gelungen!« schrie Eiadh ihn an. »Du dummer, wütender Narr! Er *hat* sie gerettet, also hatten sie jedes Recht darauf, ihm zu vertrauen!« Das Geschrei verängstigte das Baby, und es fing zu weinen an. Doch Eiadh konnte jetzt nicht aufhören. »Und sie haben gewußt, wenn du hierbleibst, wirst du in deinem Zorn irgendeine Dummheit begehen und eine Katastrophe verursachen. Deshalb war es *besser*, dich in die Schlucht hinaufzuschicken, wo du keinen Krieg zwischen uns und den Wühlern anfangen konntest. Hast du jetzt kapiert, Elemak? Verstehst du jetzt endlich, was du für uns bist, nachdem du uns dazu gebracht hast, dir mehr zu sagen, als wir dir je sagen wollten? Würde eine Situation eintreten, bei der es auf ein wenig Fingerspitzengefühl ankommt, solltest du besser nicht hier sein – das war uns allen klar. Weil du immer, immer, immer das tust, was du diesem Engel angetan hast!«

Für einen Augenblick verspürte Eiadh die Erregung, endlich mit der Wahrheit herausgeplatzt zu sein, es endlich diesem stolzen Mann heimgezahlt zu haben, der ihr Leben in all diesen Jahren so verwickelt gestaltet hatte.

Dann sah sie etwas, das sie noch nie zuvor gesehen hatte. Seine Schultern sackten hinab. Er erbleichte sichtlich. Er schaute niemanden an, begegnete keinem Blick. Er drehte sich einfach um und ging in den Wald.

»Es tut mir leid, Elja«, rief sie ihm nach. »Ich war wütend! Ich habe es nicht so gemeint.«

Aber sie wußte, daß sie es *doch* so gemeint hatte. Alle wußten, daß sie es so gemeint hatte, und alle wußten, daß sie die reine Wahrheit gesagt hatte. Alle hatten es schon seit Jahren gewußt. Und seit heute wußte Elemak es endlich auch.

Er kam am nächsten Tag zurück. Ruhig, bezwungen. Ein anderer Mensch. Ein gebrochener Mann. Als sie allein im Haus waren, versuchte Eiadh, sich bei ihm zu entschuldigen, doch er ging einfach hinaus und hörte sie nicht an. Sie teilten ihr Bett, doch er griff nie wieder nach ihr. Er antwortete den Kindern, wenn sie ihm Fragen stellten, und manchmal spielte er mit ihnen und lachte und lächelte wie in alten Zeiten. Doch er kam zu keinem der Treffen der Erwachsenen, und wenn Eiadh versuchte, ihn in Gespräche über ihren eigenen Haushalt zu verwickeln, antwortete er stets mit denselben Worten. »Was immer du willst«, sagte er. »Es ist mir egal.«

Und es war ihm gleichgültig; diesen Eindruck erweckte er zumindest. Er machte seine Arbeit auf den Feldern, unterbreitete aber keine Vorschläge mehr, was andere tun sollten. Er tat einfach, was man ihm auftrug. Er arbeitete hart, sogar bis zur Erschöpfung. Aber er schien noch immer unsichtbar zu sein.

Ich habe ihn getötet, dachte Eiadh.

Oder vielleicht, nur vielleicht, habe ich den ersten Schritt zu seiner Heilung getan.

Sie beschloß, sich an diese Hoffnung zu klammern. Diese verwirrende, stille, zurückgezogene Persönlichkeit war lediglich ein Stadium seiner Entwicklung zu einem reifen, klugen, beherrschten und guten Mann.

Zu einem Mann wie Nafai.

12

Freunde

Schedemei bat Volemak um ein Treffen all jener, die mit den beiden intelligenten Spezies zu tun hatten. »Wir müssen einige Entscheidungen treffen«, sagte sie, und als sie die Abendmahlzeit eingenommen hatten, versammelten sie sich in der Schiffsbibliothek: Volemak und Schedemei natürlich, und dazu Nafai und Luet, Issib und Huschidh sowie Ojkib und Chveja. »Ich habe Elemak eingeladen«, erklärte Volemak, »weil er auf Harmonie soviel Erfahrung im Umgang mit fremden Kulturen und Herrschern hatte. Er wollte nicht kommen, aber ich werde ihn trotzdem bitten, wenigstens mit den Wühlern zu arbeiten. Sie sitzen ja praktisch auf uns …«

»Eigentlich sitzen wir auf *ihnen*«, sagte Nafai.

Volemak hielt geduldig für einen Augenblick inne, als würde er sich insgeheim fragen: Wann wird der Junge endlich erwachsen? Wann wird er lernen, daß man bei so ernsten Gesprächen keine Scherze macht? Luet beugte sich zu Nafai hinüber und stieß mit dem Finger gegen sein Bein. Er grinste sie dumm an.

»Und es ist unbedingt erforderlich«, fuhr Volemak fort, »daß wir eine tragfähige Übereinkunft finden, wie sich unser Zusammenleben gestalten soll. Ich weiß nicht, was ihr davon haltet, aber *ich* habe in der Nacht der Entführung eine in ernsten Konflikten befindliche Wühlergesellschaft gesehen. Die Entführung wurde vom Sohn des Blutkönigs organisiert, und die Frau des Kriegskönigs setzte Verehrung dagegen. Allein die Tatsache, daß es der Frau … wie hieß sie noch gleich?«

»Emeezem«, sagte Ojkib.

»Die Tatsache, daß Emeezem Erfolg gehabt hat, wo … äh …«

»Mufruzhuuzh.«

»Wo Mufmuf ... wie auch immer ... versagt hat, könnte ihn geschwächt haben. Daher können wir davon ausgehen, daß es mindestens eine Fraktion gibt, die die Erde von den Menschen säubern will, vielleicht sogar zwei – Mufjas und die Ränkeschmieder, die die eigentliche Entführung ausgeführt haben. Ich glaube, Elemak könnte sich als nützlich erweisen, eine Verständigung mit den feindseligen Parteien herbeizuführen.«

»Falls er sich dazu bereiterklärt«, sagte Huschidh. »Er ist im Augenblick mit niemandem sehr eng verbunden. Nicht einmal mit Protschnu, da der Junge unbedingt vor seinem Vater damit prahlen mußte, daß *er* den Eingang zur Wühlerstadt in einem Baum entdeckt hat. Das war zu Hause kein sehr willkommenes Thema.«

»Hast du diese häusliche Szene gesehen?« fragte Volemak.

»Ich habe von einem Augenzeugen davon gehört.«

»Also ist es Klatsch«, sagte Volemak.

»Klatsch aus erster Hand«, sagte Huschidh. »Sehr zutreffend. Von bester Qualität.«

Volemak lächelte und wiederholte dann nachdrücklich: »Klatsch.«

Nafai ergriff das Wort. »Ich glaube, Elemak bietet sich geradezu an, mit den Wühlern zu arbeiten.«

»Nicht nur einer wird sich darum kümmern«, sagte Volemak. »Und tue uns allen einen Gefallen, Nafai. Hänge nicht an die große Glocke, daß du dich dafür ausgesprochen hast, Elemak diesen Auftrag zu erteilen.«

Nafai nickte. Plötzlich war er ganz ernst geworden. Doch Luet war nicht beeindruckt. Sie wußte, daß er verstandesmäßig begriff, wie schlecht die Idee war, nett zu Elemak sein zu wollen. Erst gestern hatte Luet es ihm erneut klarzumachen versucht, und er hatte sie unterbrochen und es ihr erklärt. »Ich weiß, Elemak betrachtet mein Bemühen, ihm Autorität zu geben, nicht als Vertrauen oder Freundlichkeit, sondern als Herablassung und Schadenfreude. Aber es ist keine Schadenfreude und keine Herablassung, Luet. Ich bewundere seine Fähigkeiten wirklich und bin davon überzeugt, daß er jede Aufgabe, die man ihm überträgt, mit Bravour bewältigen wird. Ich kann doch nicht dafür, daß ich ihm die Hand reichen will.«

»Aus deiner Warte sieht es so aus, als würdest du ihm die Hand reichen«, erklärte Luet geduldig – zum fünfzigstenmal, da war sie sicher. »Von seiner Warte aus streust du ihm Salz in die Wunde.«

Er hätte bei jedem Thema, bei dem es um Elemak ging, einfach den Mund halten sollen; das wußte Nafai, aber er hielt es einfach nicht durch. »Dann werden alle glauben, ich wäre eingeschnappt oder wolle nichts mehr mit ihm zu tun haben. Ich möchte *wirklich*, daß er bestimmte Aufgaben übernimmt. Also muß ich das auch sagen, oder? Damit *alle* wissen, daß ich ihm nichts übelnehme.«

»Kannst du mir nicht einfach vertrauen?« fragte Luet. »Kannst du mir nicht einfach vertrauen und *die Klappe halten*?«

Er hatte ihr – erneut – seinen ernsten Schwur geleistet, daß er nichts mehr zu oder über Elemaks Rolle in der Gemeinschaft sagen würde. Und jetzt hatten sie sich zu diesem Treffen zusammengefunden, keinen Tag, nachdem sie ihn zum letztenmal darum gebeten und er das Versprechen ihr gegenüber erneuert hatte. Und nun tat er genau das, was zu unterlassen er ihr versprochen hatte.

Volemak kam zum eigentlichen Thema zurück. »Auf jeden Fall wird nicht nur eine Person mit den Wühlern arbeiten. Wir müssen so viele verschiedene Perspektiven wie möglich haben – selbst, wenn wir nur Getreide anbauen und uns Nahrung besorgen und Vorräte für die Trockenzeit einlagern. Aber das alles ist nur eine Einleitung. Schedemei hat um dieses Treffen gebeten. Ich vermute, sie hat einen Bericht über die Biologie der Wühler und Engel fertiggestellt, und das wäre ein ausgezeichneter Anfang.«

»Eigentlich ist es kein Bericht«, sagte Schedemei. »Es ist eher eine Liste von Fragen. Die erste Untersuchung hat ergeben, daß die Wühler und Engel wie alle anderen Tiere und

Pflanzen, die wir seit unserer Ankunft untersucht haben, die normalen evolutionären Veränderungen gegenüber ihren Vorfahren von vor vierzig Millionen Jahren aufweisen. Wühler waren eine Spezies von Feldratten, die im südlichen Mexiko vorkamen, und Engel waren eine ganz normale Fledermausspezies. Die genetischen Abweichungen liegen in einer Größenordnung von jeweils nur fünf Prozent gegenüber dem Original. Es wird Jahre dauern, bevor wir auch nur daran denken können, die fossilen Überreste zu untersuchen. Aber hier könnt ihr sehen, wie der Wühlerkörper sich verändert hat, um einen schwereren Kopf tragen zu können. Und die Hände haben sich weiterentwickelt, um große, schwere Werkzeuge handhaben zu können – ohne die derbe Kraft zu verlieren, die man zum Graben, Klettern und – wie ich hinzufügen muß – Töten ohne Werkzeuge braucht.«

Sie schaltete auf dem Computerbildschirm von den Skeletten der Wühler und Ratten auf die von Fledermäusen und Engeln um. »Die Engel hatten eine schwierigere Aufgabe – sie mußten die Flugfähigkeit behalten, ein Gehirn von höherem Gewicht stützen und die körperliche Kraft entwickeln, Werkzeuge zu benutzen. Ihr Kompromiß bestand darin, ihre Füße als starke Hände einzusetzen. Wenn sie auf einem Fuß stehen, ermöglichen die Hüftgelenke ihnen, sich weit genug zu drehen, um einen Axtstiel schwingen zu können. Doch während Fledermäuse nur über rudimentäre Hände verfügen, haben sie sich bei den Engeln zu brauchbaren Greifwerkzeugen weiterentwickelt. Sie können allerdings kein großes Gewicht tragen, und wie wir durch einen unglücklichen Zwischenfall erfahren haben, brechen die Arme, wenn man sie hart anfaßt. Also benutzen sie die Hände nicht zu groben körperlichen Aktivitäten, sondern eher für sehr feine, komplizierte Arbeiten.«

Schedemei saß da und musterte die anderen ruhig.

Endlich begriff Luet, was sie damit angedeutet hatte. »Du meinst, daß die Engel die Statuen in der Wühlerstadt angefertigt haben?«

»Die Wühlerhand ist einfach nicht dazu fähig, die Arbeiten auszuführen, die ihr beschrieben habt«, sagte Schedemei. »Ich habe die Wühler getestet, als sie noch halb bei Bewußtsein waren. Sie können nur Arbeiten leisten, die viel Kraft erfordern. Wenn man weichen Ton formt, muß man sehr zurückhaltend vorgehen und darf nur einen bestimmten Druck ausüben. Die Wühler sind nicht dazu imstande. Sie würden den Ton zu Brei zerstampfen.«

»Vielleicht«, sagte Issib, »hast du nur Soldaten und Handwerker untersucht.«

Schedemei wandte sich an Nafai und Ojkib. »Ist euch in den Höhlen irgendein Dimorphismus aufgefallen?«

»Nein«, sagte Nafai.

»Und sie haben eingestanden, daß sie die Statuen nicht selbst angefertigt haben«, fügte Ojkib hinzu.

»Aber es sind ihre Götter«, sagte Chveja. »Götter, die sie verehren, indem sie ihnen die Knochen toter Kleinkinder der Engel anbieten. Das kommt mir nur wenig übereinstimmend vor.«

»Ja, da hast du recht«, sagte Schedemei. »Aber das stößt genau ins Herz der wichtigsten Fragen überhaupt vor. Die erste lautet: Warum haben zwei intelligente Spezies sich praktisch in unmittelbarer Nachbarschaft entwickelt, ohne daß eine die andere vernichtet? Den Unterlagen in der Bibliothek zufolge haben sich mehrere intelligente Spezies gleichzeitig mit dem Menschen aus demselben Stamm entwickelt – Homo robustus und Homo heidelbergiensis, so hat man sie genannt. Doch der Homo erectus hat den Robustus praktisch ausgelöscht, und die modernen Menschen den Heidelberger.«

»Vielleicht haben sie sie auch absorbiert«, berichtigte Issib.

»Wie es auch geschehen sein mag«, fuhr Schedemei fort, »wo der moderne Mensch sich ausgebreitet hat, gibt es keinen Robustus, Heidelberger oder Erectus mehr. Wieso also haben sowohl die Engel als auch die Wühler überlebt?«

»Weil sie nicht um dieselben natürlichen Reichtümer konkurrieren?« fragte Chveja.

»Meine gute Schülerin«, sagte Schedemei lächelnd. »Aber die Wühler *essen* die Jungen der Engel. Und verehren die Statuen, die sie anfertigen. Also lassen sie sich nicht mit – zum Beispiel – Tintenfischen und Adlern vergleichen, die in gar keiner Hinsicht konkurrieren. Die Engel sind die Beute der Wühler. Und doch haben sie überlebt.«

»Kunstliebhaber«, sagte Nafai.

Es hörte sich wie eine weitere klugscheißerische Bemerkung an, und Luet wollte ihn schon wieder anstoßen, doch Schedemei antwortete darauf, als würde es sich um einen ernsten Einwurf handeln. »Ich glaube, du hast recht, Nafai. Ich könnte mir vorstellen, hier spielt irgendein biologischer Aspekt eine Rolle, und die Skulpturen haben damit zu tun. Hast du nicht gesagt, Ojkib, daß die Verehrung der Statuen immer etwas mit der Paarung und Fortpflanzung zu tun hat?«

Ojkib errötete und schaute verstohlen zu seiner Frau und dann zu Nafai hinüber.

»Sei doch nicht so schüchtern, Okja«, sagte Volemak. »Nafai hat es für das Richtige gehalten, den anderen zu erzählen, wozu du imstande bist. Nicht allen – nur den Leuten in diesem Raum. Es wäre doch sinnlos, alle anderen ihrer Gebete wegen in den Wahnsinn zu treiben.«

Issib grinste boshaft. »Wir sind natürlich so reinen Herzens, daß es uns nichts ausmacht, belauscht zu werden.«

»Issib will damit sagen«, warf Volemak ein, »daß wir die Tatsache akzeptieren, daß einige von uns die Fähigkeit haben, Dinge zu erfahren, die andere lieber geheimhielten. Aber du hast während deiner Kindheit und bis in dein Erwachsenenalter eine so bemerkenswerte Diskretion gezeigt, daß wir keine Angst vor dir haben.«

»Ich schon«, sagte Chveja. »Nur deshalb habe ich mich von dir schwängern lassen.«

»Veja«, tadelte Luet. Mußte das Mädchen so grausam sein?

»Auf jeden Fall stimmt es doch, Ojkib, nicht wahr?« fragte Schedemei.

»Ja«, sagte er. »Einige ihrer ... Gedanken der Verehrung sind ... schlichtweg pornographisch. Ich meine, wie sie von den Statuen denken. Wir haben gesehen, daß die meisten von ihnen abgescheuert sind. Manche sind nur noch bloße Tonklumpen. Sie beten, indem sie die Statuen überall an ihren Körpern reiben.«

»Das ist sehr hilfreich«, sagte Schedemei. »Dieses Verhaltensmuster kenne ich weder von Ratten noch von irgendwelchen anderen Nagetieren. Habt ihr bei euren Studien je so etwas gesehen?«

»Du bist die Biologin, Schedja«, sagte Huschidh. »Wenn du es nicht kennst, kannst du dich darauf verlassen, daß *wir* es ganz bestimmt nicht kennen.«

»Da wir gerade bei dem Thema sind, *wer* von uns *was* weiß«, sagte Luet, »würde ich gern wissen, warum ich hier bin. Ich meine, Schedjas Gatte ist nicht hier, und Tante Rasa auch nicht, also haben wir uns nicht paarweise oder so zusammengefunden. Schuja und Veja werden beide gebraucht, um die Wühler und Engel zu verstehen, weil sie Dinge sehen können, die die Sprache nicht ausdrücken kann. Ojkibs Methode ist anders, aber das Ergebnis ist dasselbe. Nafai ist derjenige mit dem Mantel, dessen Gesicht in der Wühlerstadt auf einer Statue abgebildet wird. Issib kann nicht auf den Feldern arbeiten, ist aber gut, was Sprachen betrifft, und niemand geht mit dem Index besser um als er. Also brauchen wir ihn für Nachforschungen und Gespräche. Aber warum bin *ich* hier?«

»Fühlst du dich unsicher, mein Schatz?« fragte Nafai mit spöttischer Besorgnis.

»Du bist hier«, sagte Volemak, »weil du du bist. Für das, was ich im Sinn habe, muß nicht jeder spezialisiert sein. Und du kommunizierst mit der Überseele besser als jeder andere.«

»Nicht, wenn ihr den Index benutzt«, erwiderte Luet. »Ich habe hier nichts zu suchen.«

»Halt den Mund, Lutja«, sagte Huschidh fröhlich. »Mit deinen Selbstzweifeln verschwendest du nur unsere Zeit.«

»Habe Geduld«, sagte Volemak. »Ich werde gleich zur Sache kommen, und dann wirst du schon verstehen.« Er löschte Schedemeis Darstellungen vom Bildschirm und ersetzte sie durch eine Landkarte der unmittelbaren Umgebung. »Hier sind *wir*», sagte er, »und hier sind die Wühler. Und da oben sind die Engel. Jetzt ratet mal, welche Kultur wir am besten verstehen werden.«

»Besonders, wenn sie mal wieder Lust auf eine Entführung haben«, sagte Issib.

»Ich befürchte, das könnte zu einem unglücklichen Ende führen«, sagte Volemak. »Zuerst einmal werden wir natürlich der Spezies näherstehen, die wir besser begreifen, und das könnte ein ernster Fehler sein. Zweitens – und dieser Punkt ist vielleicht noch wichtiger – werden die Engel mit Sicherheit davon ausgehen, daß wir den Wühlern näherstehen und daher alles, was wir tun, mit Argwohn betrachten. Vielleicht sogar mit Feindseligkeit. Versteht ihr das Problem?«

Issib nickte. »Du möchtest, daß einige von uns dort hinauf ziehen und bei den Engeln leben.«

»Das hört sich so endgültig an«, sagte Nafai. Diesmal knuffte Luet ihn.

»Nicht einige von ihnen, Issja«, sagte Volemak. »Einige von *euch*.«

Issib schaute wütend drein. »Ich nicht«, sagte er. »Nicht mit dem Stuhl.«

Luet verstand ihn. Er hatte diese Jahre in der Wildnis gehaßt, als er körperlich hilflos gewesen war, wenn er nicht in seinem Flugstuhl gesessen hatte. Daß Huschidh ihn hochhob und trug und ihm bei seinen körperlichen Bedürfnissen half, war schon schlimm genug gewesen, als seine Kinder noch klein waren; nun aber würde es eine unerträgliche Erniedrigung sein. Hier, in der Nähe des Schiffes, funktionierten seine Magnetflossen genauso, wie sie in Basilika funktioniert hatten, und verliehen ihm eine beinahe normale körperliche Freiheit. Die würde er nicht aufgeben.

»Hört mich zuerst an«, sagte Volemak. »Ich habe die

Sache genau durchdacht, und wenn ihr aufmerksam seid, werdet ihr meinen Schlußfolgerungen zustimmen. Zuerst einmal bin ich der Ansicht, daß wir nicht allzu viele zu den Engeln schicken sollten, weil wir den Großteil unserer Kraft hier brauchen, wo wir die Felder bestellen und die Kolonie gründen. Also werde ich nur zwei Paare und ihre kleinen Kinder zu ihnen schicken. Schedemei kann ich nicht entbehren, weil sie mit den Instrumenten im Schiff arbeitet. Aber ich muß jemanden schicken, der so methodisch vorgeht wie sie und mit dem Index vertraut ist. Und das trifft auf dich zu, Issib.«

»Das trifft auf jeden hier an diesem Tisch und die Hälfte derjenigen zu, die nicht hier sind«, sagte Issib.

»Chveja und Huschidh haben in etwa dieselbe Fähigkeit«, sagte Volemak, »und diese Fähigkeit ist unentbehrlich. Also bleibt die eine hier, und die andere geht.«

»Ojkib ist am besten geeignet, fremde Sprachen zu lernen«, sagte Issib. »Schicke ihn dort hinauf.«

»Ich brauche Ojkib hier unten«, sagte Volemak. »Ich möchte, daß nicht nur Elemak, sondern auch er die Sprache der Wühler erlernt.«

Luet verstand, genau wie alle anderen. Davon war sie überzeugt. Es wäre nicht ratsam, Elemak als einzigen Übersetzer zu haben. Volemak wollte es nicht geradeheraus sagen, aber man konnte Elemak nicht völlig vertrauen. Und wie er sich seit der Nacht der Entführung benommen hatte, war es zweifelhaft, daß er den Auftrag, mit den Wühlern zu arbeiten, überhaupt annahm.

»Außerdem«, sagte Volemak, »kennen die Wühler Ojkib.«

»Nafai kennen sie auch«, sagte Issib.

»Widersetze dich mir in dieser Angelegenheit nicht, Issja«, sagte Volemak. »Nafai halten sie für einen Gott. Deshalb ist es sehr wichtig, daß sie nicht allzu viel von ihm zu sehen bekommen. Sollen sie den Tonkopf ruhig anbeten, aber der Mensch selbst muß ein Geheimnis bleiben.«

»Mit anderen Worten«, sagte Nafai, »niemand, der mich kennt, könnte mich anbeten.«

»Das ist eine zutreffende Zusammenfassung«, sagte Volemak.

»Ich bete dich an«, sagte Luet viel zu freundlich.

Nafai lächelte genauso freundlich.

»Und was deinen Abscheu vor dem Stuhl betrifft«, sagte Volemak, »so sind Nafai und ich ziemlich sicher, daß wir irgendwo auf diesem Gipfel ein Relais aufstellen können. Er überblickt das Tal der Engel und die gesamte Schlucht, die zu ihm führt. Ich glaube, dort werden deine Magnete funktionieren.«

»Wenn ich nicht gerade hinter einen Baum trete«, sagte Issib.

»Das Relais besteht aus vier Anlagen, so daß es stets eine Parallaxe geben wird«, sagte Nafai. »Es müßte schon ein sehr großer Baum sein.«

»Falls die Magnete funktionieren, tue ich's«, sagte Issib.

»Du wirst es sowieso tun«, sagte Volemak. »Wenn du in dem Stuhl sitzt, wirst du bloß wütender sein. Aber du bekommst den Index. Betrachte das als Trostpreis.«

»Also werden wir vier gehen«, sagte Nafai. »Die Brüder, die die Schwestern geheiratet haben.«

»Ich werde trotzdem nutzlos sein«, sagte Luet. Sie bemühte sich, leidenschaftslos zu klingen, doch es gelang ihr nicht.

»Nicht mehr und nicht weniger als Nafai«, sagte Volemak. »Die Engel werden von der leuchtenden Haut nicht so beeindruckt sein wie die Wühler. *Ihr* erster Kontakt mit uns war eine mutwillige Gewalttat. Selbst wenn Huschidh und Issib dich beraten, wird es einiger feinfühliger Manöver bedürfen, sie dazu zu bringen, euch überhaupt zu akzeptieren. Yasai und Padarok haben mir versichert, daß unser verletzter Engel nicht gewalttätig reagiert hat. Aber das bedeutet nicht, daß die anderen genauso friedlich sein werden. Schließlich *sind* sie eine intelligente Spezies. Wenn Menschen und Wühler ein Beispiel dafür sind, was das bedeutet, müssen wir davon ausgehen, daß sie genauso viele mörderische Neigungen haben wie wir.«

»Dann löschen wir sie doch einfach aus«, sagte Nafai.

Alle blickten ihn entsetzt an.

»Das war ein *Scherz*», sagte er.

»Versuche lieber nicht, mit den Engeln solche Scherze zu machen«, sagte Volemak.

Nafai schaute empört drein. »Wenn ich für irgend etwas die Verantwortung trage, mache ich keine dummen Scherze«, sagte er. Dann grinste er. »Aber das ist *dein* Treffen.«

»Ich weiß deine Unterstützung zu schätzen«, sagte Volemak. »Hat noch jemand etwas vorzubringen?«

»Ich«, sagte Schedemei. »Es betrifft hauptsächlich die vier von euch, die zu den Engeln gehen, aber eigentlich auch alle, die mit den Wühlern arbeiten. Ihr müßt auf alles achten. Nicht nur auf die Einzelheiten, in denen sie sich von uns unterscheiden, sondern auch auf die, in denen wir uns gleichen. Ihr müßt euch sofort Notizen machen und alles aufschreiben, was euch auffällt. Je länger ihr damit wartet, desto mehr werdet ihr euch daran gewöhnen, wie sie die Dinge handhaben, und um so unwahrscheinlicher wird es, daß die Einzelheiten euch dann noch auffallen. Issib hat den Index, und ich habe die Computer hier auf dem Schiff – wir könnten jeden Abend Berichte anfertigen.«

»Wann sollen wir damit anfangen?« fragte Ojkib.

»Die Arbeit mit den Wühlern beginnt sofort«, erwiderte Volemak. »Doch wir werden erst wieder in diese Schlucht gehen, wenn wir einen gesunden – oder zumindest nicht sterbenden – Engel seinem Volk zurückbringen können. Bis dahin werdet ihr vier abwechselnd bei diesem armen, geprügelten Burschen bleiben. Verbringt soviel Zeit mit ihm, wie Schedemei es für ratsam hält. Macht ihn euch zum Freund, wenn ihr könnt.« Dann schaute er sie alle düster an. »Und achtet darauf, daß dieser Bursche nicht mal in Elemaks *Nähe* kommt. Elja hat wie immer Zugang zum Schiff, aber ich werde ihn bitten, sich von dem Deck fernzuhalten, auf dem Schedemei den Engel gesundpflegt. Das müßte genügen.«

Schedemei hatte nur noch eins hinzuzufügen. »Ich

möchte ganz besonders alles erfahren, was mit Sex zu tun hat. Reproduktion und Überleben – das sind die beiden Schlüsselkräfte, die die Evolution antreiben. Ich werde ihre Biologie oder ihre Kultur erst verstehen, wenn ich weiß, was für ihre Paarung, Fortpflanzung, Ernährung und Verteidigung lebensnotwendig ist. Irgendwie spielen diese Skulpturen für *beide* Kulturen eine Rolle.«

»Kunst ist Leben«, sagte Nafai. »Und Leben ist Kunst.«

Luet knuffte ihn erneut, diesmal so heftig, wie es ihr möglich war. Er jaulte auf. Sie hoffte, daß ein blauer Fleck zurückbleiben würde.

Als die Versammlung sich auflöste, sahen Schedemei und Issib sich noch die abgetasteten Bilder der Körper der Wühler und des Engels an. »Ich wollte das eigentlich vor der ganzen Gruppe zur Sprache bringen«, sagte Schedemei, »aber das Treffen ist anders verlaufen. Ich habe nicht gewußt, was Volemak vorhatte, und wichtig ist nur, daß *ihr* es wißt, damit ihr nach einer Erklärung suchen könnte, sobald ihr in der Schlucht der Engel seid.«

»Ich habe noch nicht eingewilligt«, sagte Issib.

Schedemei blickte ihn verdutzt an.

»Na ja, zeig's mir trotzdem«, sagte Issib.

»Hier«, sagte sie. »Bei den Männern der Wühler. Und hier, bei unserem Engel, ebenfalls bei einem männlichen Exemplar.«

»Ich weiß nicht, was das ist, worauf du zeigst.«

»Ich auch nicht«, sagte Schedemei. »Aber es ist ein winziges Organ, vielleicht eine Drüse, ich bin mir über die Funktion keineswegs im klaren. Aber bei den Menschen ist sie nicht vorhanden, und auch bei keiner anderen Spezies, die ich untersucht habe.«

»Dann sind diese Wesen eben anders.«

»So einfach ist das nicht«, sagte Schedemei. »Biologische Mannigfaltigkeit entsteht durch Verzweigungen. Es gibt zwei Möglichkeiten, wie Geschöpfe zu ähnlichen Organen kommen können. Die eine ist die, daß sie einen gemeinsamen Vorfahren haben. Die andere ist die konvergierende

Entwicklung – ein ähnlicher Druck in der Umgebung veranlaßt sie, ähnliche Strategien zu entwickeln, um diesem Druck zu begegnen. Wenn sie das identische Organ nun wegen eines gemeinsamen Vorfahren haben, müßte es auch bei allen anderen Spezies auftreten, die sich zur gleichen Zeit von derselben Quelle abgespalten haben. Aber dem ist nicht so, Issib. *Keine* andere Spezies von Ratten oder Fledermäusen oder irgendeines Nagers oder verwandten Tieres hat an dieser Stelle oder auch nur in der Nähe irgend etwas, das diesem Gebilde auch nur entfernt ähnlich sieht. Ich spreche von unserer Gegenwart *und* von der Zeit vor vierzig Millionen Jahren, als die ältesten biologischen Daten des Schiffes zusammengestellt wurden. Es ist einfach nicht vorhanden.«

»Also eine konvergierende Evolution.«

»Aber von der Skelett- und Muskelstruktur einmal abgesehen, beschert einem die konvergierende Entwicklung lediglich Organe mit ähnlichen *Funktionen*. Es gibt keinen besonderen Grund, warum sie sich an derselben Stelle befinden sollten.«

»Es sei denn, es hat etwas mit der männlichen Reproduktion zu tun, und die Stelle unmittelbar oberhalb des Hodensacks ist die einzige, an der dieses Organ seine Funktion ausüben kann.«

»Genau. Ihr müßt da oben also nach einem Grund suchen – selbstverständlich suche ich hier unten auch danach –, warum diese beiden Spezies, und nur diese beiden, dieses Organ besitzen. Es ist doch seltsam ... warum haben ausgerechnet die beiden intelligenten Spezies der Erde diese eigentümliche Ähnlichkeit?«

»Weil sie in einem Zusammenhang mit ihrer Intelligenz steht?« fragte Issib.

»So muß der erste Gedanke lauten«, sagte Schedemei. »Andererseits haben wir noch keine Gelegenheit gehabt, uns ihre Frauen anzusehen. Sie sind ebenfalls intelligent ... aber wenn sie dieses Gebilde nicht aufweisen sollten ...«

»Oder eins mit einer analogen Funktion ...«

»Du erkennst das Geheimnis«, sagte Schedemei. »Dieses Organ kam von irgendwoher und hat irgendeine Funktion, und es existiert nur bei den beiden intelligenten Spezies, und vielleicht nur bei den männlichen Exemplaren. Wenn man bedenkt, wo es angebracht ist, hat es vielleicht wirklich etwas mit der Fortpflanzung zu tun.«

Issib grinste. »Vielleicht sind sie den Menschen ähnlicher, als wir dachten.«

Schedemei blickte finster drein. »Du willst damit sagen, daß die männliche Intelligenz vielleicht von Testosteron abhängig ist?«

»Ich hätte es unhöflicher ausgedrückt«, sagte Issib.

»Zweifellos«, sagte Schedemei, »da du ja selbst ein Mann bist. Aber wie du bereits angedeutet hast, denken die menschlichen Männer sowieso schon die halbe Zeit über mit ihrem Glied, und *sie* haben dieses seltsame kleine Organ nicht.«

»Es war nur ein Scherz, Schedemei, kein ernsthafter wissenschaftlicher Vorschlag.«

Schedemei lächelte schwach. »Das war mir klar, Issib. Ich habe mit einem Scherz darauf geantwortet.«

Er lachte. Es klang ein wenig gezwungen.

»Haltet nach irgendeiner Erklärung Ausschau, Issib, mehr verlange ich gar nicht. Ich werde alles in die Datenbank eingeben, was mir auffällt, damit dir die Informationen da oben über den Index zur Verfügung stehen.«

»*Falls* ich dort hinaufgehe«, sagte Issib.

»Wie auch immer«, sagte Schedemei.

Während Issib und Schedemei an einem der Computerterminals sprachen, winkte Chveja Luet zur Seite und wartete mit ihr, bis alle anderen die Bibliothek und das Schiff verlassen hatten.

»Warum hat Vater sich während des Treffens so kindisch benommen?« fragte Chveja. »Das war ja direkt peinlich.«

»Kindisch?« fragte Luet. »So ist es mir gar nicht vorgekommen. Er hat sich schon öfter so benommen.«

»Ich habe es bei ihm noch nie erlebt. Und es war gar nicht komisch.«

»Für ihn schon«, sagte Luet. »Und für mich eigentlich auch.«

»Ich verstehe ihn überhaupt nicht«, sagte Chveja.

»Natürlich nicht«, sagte Luet. »Er ist dein Vater.«

Chveja hatte die Treppe fast erreicht, als Luet die richtige Antwort auf Chvejas richtige Frage einfiel. »Veja, meine Liebe, es ist ganz einfach, wieso du ihn noch nie so gesehen hast. So benimmt er sich, wenn er glücklich ist.«

Chveja runzelte die Stirn, nickte nachdenklich, schwang sich dann auf das Treppengeländer und rutschte wie ein Kind hinab. »Sei vorsichtig!« rief Luet ihr nach. »Vergiß nicht, daß du schwanger bist!«

»Ach, Mutter!« rief Chveja zurück, und ihre Stimme hallte durch jede Etage des Schiffes.

Und sie kritisiert ihren Vater, weil er sich kindisch benommen haben sollte? Luet schüttelte den Kopf, packte das Geländer und stieg die Treppe eine Stufe nach der anderen hinab.

Poto hing mit dem Kopf nach unten von dem Ast und hatte die Schwingen eng um seinen Körper gelegt, ganz ähnlich wie die Kleidung, die die Alten trugen. Er hörte sich mit geduldigem Schweigen Bobois Strafpredigt an und die aller anderen, die ihre Partei ergriffen hatten. Es waren so viele, aber niemand stellte sich auf Potos Seite. pTos Frau, Iguo, hätte gern für ihn gesprochen; aber es war einer Frau verboten, unter solchen Umständen zu sprechen, ganz einfach, weil jeder wußte, was sie sagen würde. Sie stand kopfüber auf demselben Ast wie Poto, schwieg aber.

Obwohl Poto allein stand, sprachen zwei Dinge für ihn. Erstens wußte hier jeder, was man seinem Ander-Ich schuldig war. Boboi konnte so viele Argumente vorbringen, wie sie wollte – pTo ist bestimmt tot; die Alten sind bereits wütend, also provozieren wir sie nicht noch mehr; die Alten haben pTos Leiche nur mitgenommen, um sie den Teufeln zum Fraß vorzuwerfen –, doch im Herzen eines jeden Mannes und einer jeden Frau, die an dieser Versammlung teilnahmen, regten sich die tiefen und komplizierten Gefühle, die jeder seinem oder ihrem Ander-Ich entgegenbrachte. Potos Gefühle hingegen waren wesentlich unklarer. pTo war gegen Potos ausdrücklichen Rat hinabgeflogen; und ebenfalls gegen Potos Rat war er den Alten dann allein gegenübergetreten, um ihnen das gestohlene Getreide zurückzugeben. Aber pTo war auch sein Ander-Ich, und als Poto sah, wie der wütende bärtige Riese pTos Körper wie Anmachholz brach und zerriß, hätte Poto am liebsten aufgeschrien und wäre zu dem Alten geflogen, obwohl dies den sicheren Tod bedeutet hätte und streng verboten war. Wenn man den Gefangenen nicht retten kann, gibt man ihnen keinen zweiten. Poto hatte versucht, die Gesetze und Weisheiten des Volkes zu befolgen; andere lobten ihn hinterher dafür, daß er Ruhe bewahrt hatte, aber das war für ihn nur ein geringer Trost. pTo, du Narr! rief er insgeheim. Und dann: pTo, mein Ander-Ich, hätte ich doch nur für dich sterben können!

Denn hatte das Schicksal nicht vorgesehen, daß eigentlich Poto hätte sterben sollen? Als sie zwei Jahre alt gewesen waren – zu groß, daß ihre Eltern einen von ihnen allein tragen konnten –, waren die Teufel auf ihrem Raubzug gekommen und hatten das Versteck der Familie gefunden. Ohne das geringste Zögern hatten beide Eltern pTos Füße ergriffen und ihn zu der hohen Zuflucht getragen. Es war ein langer Flug. Poto war allein auf dem Ast, und ein Wühler kletterte behende zu ihm hinauf. Da Poto wußte, daß seine Eltern sein Ander-Ich und nicht ihn gewählt hatten, wäre er beinahe geblieben, wo er war. Warum sollte er Wert auf sein Leben geben, wenn es für seine Eltern keinen Wert hatte? Aber der Überlebenswille war zu stark. Und da war auch noch pTos Ruf, als seine Eltern ihn davongetragen hatten. »Lebe, kleine Seele!« hatte er geschrien. Für seine Eltern war Poto nichts, also würde er für sie nicht leben. Aber er würde für pTo leben.

Also krabbelte er auf das entfernteste Ende des Astes. Der Teufel lachte über ihn und stieg dann langsam und vorsichtig auf den Ast. Er neigte sich unter seinem Gewicht immer tiefer. Poto sah, daß unter dem Ast ein anderer Teufel wartete, bereit, ihn zu ergreifen, sobald er tief genug sank.

Der Teufel unter ihm sprang, und seine scharfen Wühlhände streiften Potos Kopf. Bei einer solchen Gefahr reagierten viele Kinder dermaßen entsetzt, daß sie zu fliegen versuchten, doch so kleine und schwache Schwingen konnten sie nicht tragen, und die Teufel machten sich einen Spaß daraus, sie zu verfolgen, während sie dicht über dem Boden flatterten und taumelten. Diejenigen, die zu fliegen versuchten, wurden stets gefangen und in die Tunnels der Teufel gebracht, wo sie dann bei schrecklichen, barbarischen Festen verzehrt wurden.

Poto versuchte nicht zu fliegen. Statt dessen nahm er all seinen Mut zusammen und kroch näher zu dem Teufel auf dem Ast heran. Damit stieg er so hoch, daß der untere Teufel ihn mit seinen Sprüngen nicht erreichen konnte. Aber es brachte ihn auch fast in die Reichweite der ausholenden Hand des oberen Teufels. Zweimal berührte die Hand Potos Füße. Doch beim zweitenmal hatte der Teufel sich so weit vorgewagt, daß sein Gleichgewicht gefährdet war, und in diesem Augenblick *sprang* Poto. Der Teufel machte einen Satz und fiel vom Ast. Und bevor er wieder hinaufklettern und es noch einmal versuchen konnte, kehrten Potos Eltern zurück und trugen ihn in Sicherheit, an den Ort, an dem pTo ihn mit einer Umarmung begrüßte und lauschte, während Poto sein schreckliches Abenteuer erzählte. Seit dieser Zeit wußte Poto, daß sein Leben verschont geblieben war, damit er auf das erwählte Ich aufpassen konnte; alle hatten Respekt und wußten, daß pTo an diesem Tag von den Teufeln geholt worden wäre, wäre es Poto nicht bestimmt, ihn zu beschützen.

Es gab ein zweites bedeutendes Argument, das für Poto sprach: Jeder wußte – ganz gleich, wie die Versammlung entscheiden würde –, daß Poto hinabsteigen, pTo suchen und alles tun würde, um ihn zu retten, sogar sein Leben für ihn anbieten, falls er noch nicht tot war. Die Versammlung mußte in Wirklichkeit also nicht entscheiden, ob Poto gehen sollte, sondern, ob sein Versuch so gefährlich war, daß man ihm eine Schwinge abreißen sollte, um zu verhindern, daß er ging. Das wäre eine schreckliche Strafe, denn es war die äußerste Erniedrigung, einen Mann der Flugfähigkeit zu berauben. Das war die Strafe, die man einem Mann aufzwang, der einer Frau Gewalt angetan hatte, und sie führte immer zum gleichen Ende: zu einem grausamen, erniedrigenden Tod unter den Händen der Teufel, sobald sie ihren nächsten Überfall durchführten. Da Poto kein Kind war, würde man ihn nicht in die Höhlen hinabtragen. Statt dessen würden die Räuber ihn an Ort und Stelle essen, bei lebendigen Leibe. Die Ablenkung, einen mit einer zerrissenen Schwinge essen zu können, mochte ein paar Kleinkindern das Leben retten – nur dafür war ein solcher Verbrecher noch gut.

Es wäre grausam, da Potos einziges Verbrechen darin bestand, daß er sein Ander-Ich retten wollte, ganz gleich, was die Versammlung entschied. Aber es würde ihm nicht helfen, daß er abstritt, der Versammlung trotzen zu wollen – indem er den Eindruck erweckte, sein Ander-Ich mehr zu lieben als das Gesetz, würde er sich nur erniedrigen. Wie man von einer Frau erwartete, daß sie für die Rettung ihres Mannes bat, und sie deshalb schweigen mußte, ob sie nun tatsächlich für ihn gebeten hätte oder nicht, erwartete man von einem Mann, daß er allen Ängsten, Gesetzen, Gefahren und Weisheiten trotzte, um zur Rettung seines Ander-Ichs zu fliegen. Ob er das Gesetz nun brechen würde oder nicht, man müßte ihn eigentlich bestrafen, als ob er es gebrochen *hätte*. Wenn das Volk ihn *nicht* bestrafte, würde es damit zum Ausdruck bringen, daß es ihn für das verächtlichste aller Geschöpfe hielt, für einen Mann, der nicht alles für sein Ander-Ich riskierte. Da war es schon besser, wenn man seine Schwinge zerriß.

Also mußte die Versammlung entscheiden, ob sie Potos Schwinge zerreißen oder das Risiko eingehen sollten, daß er die Sicherheit des Volkes gefährdete, indem er erneut den Alten gegenübertrat.

Nachdem die letzten ihrer Befürworter gesprochen hatten, verstummte Boboi endlich. Wie viele waren es? Etwas weniger als die halbe Versammlung. Wenn auch nur einige weitere für sie stimmten, würde Poto zerrissen werden, und pTo würde allein unter den Alten bleiben.

Nun war Poto an der Reihe. Das Volk war bereits müde. Er würde sich kurz fassen. »Ich glaube nicht, daß alle Alten unsere Feinde sind. Sie waren sehr wütend auf pTo, sonst wären sie nicht die Schlucht hinaufgekommen, um ihn zu suchen. Es stimmt, sie haben sein Angebot zurückgewiesen. Aber derjenige, der ihn geschlagen hat, handelte allein. Ich sah, daß die anderen sich von ihm abwandten oder nach ihm griffen, um ihn aufzuhalten …«

»Woher willst du wissen, was die Alten tun *wollten*?« unterbrach Boboi ihn.

Die Versammlung kreischte ihren Ärger darüber hinaus, daß Boboi es gewagt hatte, Poto zu unterbrechen. Schließlich hatte Poto die Formen der Höflichkeit gewahrt. Durch das hohe Kreischen in Verlegenheit gebracht, wandte Boboi das Gesicht von der Versammlung ab.

»Ich habe das nicht als einziger gesehen«, fuhr Poto fort. »Wenn es irgendeinen Zeugen gibt, der abstreitet, daß die anderen Alten pTo nicht zerbrechen wollten, wie der eine es getan hat, mögen sie jetzt sprechen, und ich erkläre mich mit allem einverstanden.«

Einige waren vielleicht nicht damit einverstanden, aber keiner war sich seiner so sicher, daß er es gewagt hätte, Poto zurückzuweisen, während er für sein Ander-Ich bat.

»pTo war nicht tot – ich habe gesehen, wie er tapfer die Augen öffnete, um uns zu zeigen, daß er noch lebte. Und als die Alten sahen, daß er noch lebte, haben sie ihn nicht gegessen, obwohl er kein Kind mehr ist. Sie haben ihn behutsam behandelt und ihn in ihr eigenes Leder gelegt, um ihn die Schlucht hinabzutragen. Ich habe keine Ahnung, was sie mit ihm vorhaben. Aber wenngleich die Alten unter ihrem Leder hauptsächlich haarlos sind, stecken in ihren Körpern keine Teufel. Vielleicht sind sie also auch in ihren Herzen keine. Sie sind doch aus dem Himmel gekommen, nicht wahr? Vielleicht sind sie auf pTo gar nicht mehr wütend! Und wenn ich zu ihnen gehe, um für ihn zu bitten, lassen sie ihn mich vielleicht nach Hause bringen, oder zumindest bei ihm bleiben und ihn pflegen, bis er stirbt.«

Er schluckte und versuchte, sich Bobois andere Punkte in Erinnerung zu rufen, damit er sie widerlegen konnte. »Ich glaube nicht, daß die Alten überhaupt auf uns wütend sind. Sonst hätten sie es nicht dabei bewenden lassen, lediglich pTo Gewalt anzutun. Es dämmerte, und sie haben bestimmt die Wachfrauen gesehen, die über dem Dorf flogen. Sie haben gewußt, wo wir zu finden sind, aber sie haben den Bergkamm nicht überschritten. Das beweist, daß sie das Ganze nicht für die Tat des einen verantwortlich machen. Daher werde ich das Volk nicht gefährden, selbst wenn sie mich hassen, weil ich zu ihnen gekommen bin.«

Was war noch zu sagen? Die meisten von Bobois Argumenten hatten sich darauf gestützt, daß viele Leute immer wieder dieselben Dinge sagten; er hingegen hatte kaum noch etwas zu sagen.

»Angehörige der Versammlung«, rief Poto, »ich kann nur noch eins hinzufügen: Mein Ander-Ich hat nichts Schrecklicheres getan, als in den Fußstapfen Kitis zu wandeln, des berühmten Vorfahren seiner Frau. Sie beide wurden von den Alten angezogen. pTo hat uns alle in Gefahr gebracht, doch obwohl Boboi bestimmt hat, niemand solle zu den Alten gehen, bis die Versammlung dies beschließt, bleibt die Tatsache bestehen, daß die Versammlung sein Tun noch nicht verboten hat. Es war tollkühn, aber es war auch tapfer, und er hat es nicht für sich getan, sondern zum Wohle des Volkes. Zumindest hat er es dafür gehalten. Sollte man so einen aufgeben? Sollte man sein Ander-Ich zerreißen, um zu verhindern, daß er ihm hilft? Ich glaube, jeder hier, sogar Boboi, wäre stolz, das Ander-Ich eines so Tapferen zu sein, wie mein pTo es ist. Gebt mir die Gelegenheit, ihm ein wahrer Bruder und Freund zu sein. Die Gefahr für das Volk ist nicht bekannt. Soll das unbekannte Böse uns davon abhalten, das bekannte Gute zu tun?«

Mit diesen Worten drehte Poto sich langsam auf dem Ast um und breitete die Schwingen aus, bereit, sie reißen zu lassen, sollte dieses Urteil ergehen. Er hörte das Geräusch, mit dem Bobois Anhänger zu Boden fielen. Wie viele? Sie fielen schnell, alle gleichzeitig, und dann waren keine mehr übrig. So schnell hatten sie sich entschlossen. Vielleicht bedeutete dies, daß nur diejenigen für sie gestimmt hatten, die auch für sie gesprochen hatten.

Vielleicht aber auch nicht.

Chveja erwachte wie üblich als erste. Normalerweise konnte sie tagaus, tagein viel länger schlafen als Ojkib, doch zu ihrer Überraschung hatte die Schwangerschaft bereits die Kapazität ihrer Blase vermindert, und sie mußte vor Tagesanbruch aufstehen, ob sie nun wollte oder nicht. Und sie wollte oft nicht. Aber es war auch sinnlos, sich wieder schlafen zu legen. Sie würde sowieso nur wachliegen, und da konnte sie genauso gut aufstehen und etwas tun. Und das bestand heute darin, auf einem Stuhl zu sitzen, der an einer Wand ihres einzimmrigen Hauses lehnte, und sich Basilika vorzustellen, die Stadt der Frauen. Mutter hatte ihr von Gebäuden erzählt, von Tausenden von Gebäuden, die so eng beisammen standen, daß sie sich auf allen Seiten berührten, bis auf die vordere. Und manchmal kamen Leute und bauten ein neues Haus direkt vor dem eigenen, das einen völlig von der Straße abschnitt, wenn man nicht das Geld hatte, Schläger anzuheuern, die sie vertrieben. Man konnte ein Haus auch quer über die Straße bauen und sie völlig blokkieren – aber meistens rissen die Passanten, die wütend waren, daß jemand ihre Straße schließen wollte, es im Vorbeigehen wieder ab.

Es war nicht leicht, sich einen solchen Ort und so viele Menschen vorzustellen. Ihr Leben lang hatte Chveja nur die Leute der Kolonie gekannt. Die einzigen weiteren Menschen, die sie kennenlernte, waren die Babys, die geboren wurden. Die einzigen Gebäude, die sie gesehen hatte, waren jene Gebäude, die sie mit eigenen Händen erbaut hatten – und die unmöglichen, magischen Bauten des Raumhafens, und das war keine Stadt, da ihre Bevölkerung aus genau denselben Leuten bestand, die sie schon immer gekannt hatte.

Aber die Wühler hatten eine Stadt, oder? Auch wenn sie unterirdisch lag, abgesehen von den Stellen, an denen die Eingänge zu ihren Tunnels nach oben in die Bäume gebohrt waren. Chveja stellte sich vor, wie sie geklettert sein mußten, als die Menschen von Harmonie eingetroffen waren und begonnen hatten, die Bäume zu fällen, um dort, wo sie gelandet waren, Felder anzulegen. Die Tunnels, die zu den gefällten Bäumen führten, mußten gefüllt werden, damit die Menschen, wenn sie in die hohlen Stämme schauten, nicht sahen, daß sich unter ihnen Tunnels öffneten. Und selbst nachdem die Wühler so viele Tunnels gefüllt hatten, verfügte ihre Stadt noch immer über ein gewaltiges Netzwerk miteinander verbundener Kammern.

Chveja wußte, daß dem so war. Sie konnte nun die Verbindungen zwischen vielen, vielleicht sogar den meisten der Wühler sehen, und sie wußte, daß es dort unten Hunderte von ihnen gab und ein ständiges Kommen und Gehen herrschte. Es war die einzige richtige Stadt, die sie je gesehen hatte; aber sie hatte sie ja noch gar nicht richtig gesehen und würde wahrscheinlich auch nie dazu kommen. Sie würde nie durch die Tunnels kriechen. Chveja *hoffte*, daß sie nie in der Dunkelheit hindurchkriechen würde. Ihre Haut leuchtete nicht, wie die Vaters es vermochte, wenn er es wollte. Dort unten war die ganze Zeit über Nacht. Und sie würde von Fremden umgeben sein. Es lag nicht daran, daß sie *fremdartig* waren, tierähnlich. Es lag daran, daß Chveja sie nicht kannte, daß sie nicht wußte, was sie zu erwarten hatte. Selbst Elemak, selbst Meb und Obring, so gefährlich und unzuverlässig sie auch sein mochten, schienen ihr sicherer zu sein, weil Chveja sie zumindest *kannte*. Die Wühler aber waren ihr fremd.

Und so mußte es auch in Basilika gewesen sein. Niemand

konnte dermaßen viele Leute kennen, so daß man von Fremden umgeben gewesen sein mußte, wenn man die Straße entlang ging, von Leuten, die man nie zuvor gesehen hatte und die man nie wieder sehen würde, die von überall her kommen, die alles mögliche denken konnten, die schreckliche Dinge begehren mochten, die einen selbst oder die vernichten konnten, die man liebte und an denen einem lag, und man wußte nicht einmal etwas davon.

Wie haben sie es gemacht, die Leute, die dort gewohnt hatten? Wie konnten sie es ertragen, ein Leben unter völlig Fremden zu führen? Warum haben sie sich nicht einfach in ihre Häuser zurückgezogen, die Türen verriegelt und sich jammernd in eine Ecke gehockt?

Warum tue ich das nicht? fragte sich Chveja. Ich weiß, daß ich von Wühlern umgeben bin, die ich nicht kenne, deren Verhalten ich nicht vorhersagen kann, die die Macht haben, mich und alle zu vernichten, die ich liebe –, und warum gehe ich am Abend noch zu Bett und stehe am Morgen auf?

Jemand klatschte vor der Tür leise in die Hände.

Chveja stand auf und ging zur Tür. Es war Elemak.

»Ist Ojkib auf?« fragte er.

»Äh, nein«, sagte Chveja. »Aber es wird Zeit, daß er erwacht.«

»Ich bin auf«, sagte Ojkib schläfrig vom Bett aus. »Jedenfalls wach.«

»Komm rein«, sagte Chveja.

Elemak tat wie geheißen. Er blieb stehen, bis Ojkib sich im Bett aufsetzte und seinem ältesten Bruder bedeutete, er solle am Fuß des Bettes Platz nehmen. »Was gibt es?« fragte er.

»Volemak will, daß ich mit diesen Wühlern arbeite, die wir als Geiseln genommen haben«, sagte Elemak.

»Wenn du willst«, sagte Ojkib.

»Ich tue meine Pflicht«, sagte Elemak und lächelte grimmig. »Ich habe den Eid geleistet.«

»Na ja«, sagte Ojkib. »Dann sollen wir wohl beide seine Sprache lernen.«

»Du bist mir schon weit voraus«, sagte Elemak. »Ich

möchte, daß du mir beibringst, was du über ihre Sprache weißt.«

»Es ist noch nicht viel. Nur ein paar Begriffe. Ich kenne die Struktur noch nicht.«

»Was immer du auch weißt, ich möchte es gern lernen. Ich hätte auch gern, daß Protschnu es lernt. Kannst du uns nicht Unterricht in der Wühlersprache geben?«

»Das ist eine gute Idee«, sagte Ojkib. »Ja, natürlich.«

Draußen lief jemand. Trommelnde Schritte. Protschnu stand auf der Schwelle. »Vater«, sagte er.

Elemak erhob sich.

»Auf dem Dach von Issibs Haus steht einer dieser Engel.«

»Wer hat Wache?« fragte Ojkib, stand auf und zog sich schnell an.

»Motja«, sagte Protschnu. »Er hat mich geschickt, dich zu holen.«

»*Mich* zu holen?« fragte Elemak.

»Äh ... na ja, die Erwachsenen zu holen.«

»Er hat nicht mich gemeint«, sagte Elemak.

Protschnu schaute trotzig drein. »Aber *ich* wollte dich holen.«

»Hol Volemak«, sagte Elemak.

Chveja war überrascht, daß Elemak so gut verstand, was für eine Rolle er jetzt in der Gemeinschaft spielte – und daß er sie zu akzeptieren schien. Sie wußte, daß seine Verbindung mit den meisten Leuten mittlerweile sehr dünn war, sah aber, daß das Band mit seinem ältesten Sohn hell und stark war. Und doch hatte er zugelassen, daß sein Sohn Zeuge seiner eigenen Erniedrigung geworden war. Es machte sie ziemlich traurig, daß er nicht so stark und stolz sein konnte, wie Protschnu es gern gehabt hätte. Das verursachte echten Schmerz in Protschnu, und doch trat Elemak dem offen gegenüber und ...

Es sei denn, er *wollte*, daß Protschnu diesen Schmerz fühlte.

Nein, sie weigerte sich zu glauben, daß Elemak irgendeinen ausgeklügelten Plan schmiedete, der damit zu tun hatte, tiefen Groll im Herzen seines Sohnes zu wecken.

Ojkib war jetzt angezogen und ging zur Tür hinaus. Elemak deutete mit keiner Geste an, daß er ihm folgen wollte.

»Bist du nicht neugierig?« fragte Chveja, als sie Ojkib hinaus folgte.

»Ich habe schon einen gesehen«, sagte Elemak.

Als sie Issibs Haus erreichten, stand der Engel noch immer starr und reglos auf dem Dach. Issib und Huschidh und ihre Kinder waren draußen und schauten zu ihm hoch; auch die anderen liefen allmählich zusammen. »Er sieht so verängstigt aus«, sagte Chveja.

»Vor uns hat er keine Angst«, sagte Ojkib und zeigte zu den Bäumen. Auf den Ästen und im Unterholz konnte man die schattenhaften Gestalten von Wühlern ausmachen. »Ihr Wort für die Engel lautet *Mvievo*. Fleisch vom Himmel.«

»Sie essen sie?«

»Sie bevorzugen die Kleinkinder«, sagte Ojkib. »Sagen wir einfach, daß die bilateralen Beziehungen zwischen Wühlern und Engeln auf einer ziemlich primitiven Ebene stattfinden.«

Aber Chveja sah nun etwas anderes. Der Engel auf dem Dach hatte die hellste, stärkste Verbindung, die sie je zwischen zwei Wesen gesehen hatte, und diese Verbindung führte zum Schiff. »Er ist wegen des anderen hier«, sagte sie. »Wegen des verletzten Engels im Schiff?«

»Das nehme ich an«, sagte Ojkib.

»Ich weiß es«, sagte sie.

»Er betet, daß wir ihn nicht den Teufeln übergeben, bevor er seinen ... Bruder findet. Aber es ist mehr als ein Bruder.«

»Dann bringen wir ihn doch zu ihm«, sagte Chveja. Sie ging zum Dachrand, griff hinauf, bekam den Dachbalken zu fassen und kletterte die grobe Holzwand hinauf.

»Veja«, sagte Ojkib verärgert. »Du bist schwanger.«

»Und du stehst einfach nur da«, sagte sie.

Einen Augenblick später waren sie beide auf dem Dach. Der Engel schaute sie an, bewegte sich aber nicht. Ojkib streckte eine Hand aus. Chveja tat es ihm gleich.

Der Engel breitete die Schwingen aus, entfaltete sich wie

ein Sonnenschirm. Die Wirkung war erstaunlich. Von einem kleinen, zitternden Ding verwandelte er sich plötzlich in einen großen, undeutlichen Schatten. So würde der verletzte Engel also aussehen, wäre er stark und gesund. Doch wie bei einem Schmetterling war sein Körper im Baldachin der Schwingen dünn und zerbrechlich. Nur der Kopf paßte noch zu den Proportionen der großen Spannweite der Schwingen. Der schwere, nickende Kopf.

»Tja, wir können ihn wohl kaum tragen«, sagte Ojkib und bedeutete dem Engel, er solle näher kommen. Der Engel machte einen unbeholfenen Schritt. »Ein großer Spaziergänger ist dieses Tier wohl kaum«, sagte Ojkib.

»Er ist kein Tier«, erwiderte Chveja. »Er ist ein sehr tapferer und verängstigter Mann, und er liebt seinen Bruder.«

»Sein anderes Ich«, sagte Ojkib. »So lautet das Wort. Sein Ander-Ich.«

»Dann führen wir ihn zu ihm.« Sie ging zum Dachrand, setzte sich und schwang sich hinab. Ojkib folgte ihr. Und einen Augenblick später lugte der Engel über den Rand und stieß dann herab. Einige Kinder kreischten und wichen ein Stück zurück.

Chveja sah, daß die Wühler im Wald näher kamen; aber offensichtlich wagten sie es nicht, die Grenze zum menschlichen Territorium zu überschreiten.

Ojkib erklärte Nafai und Volemak, was er und Chveja gesehen und daraus geschlossen hatten.

»Wollen wir die beiden Engel zusammenbringen?« fragte Nafai. »Wie wird seine Reaktion sein, wenn er sieht, wie schlimm sein Bruder verletzt ist?«

»Wichtiger ist doch«, sagte Volemak, »wie wird seine Reaktion sein, wenn wir ihn nicht zu seinem Bruder lassen?«

Nafai nickte. Derweil führten Ojkib und Chveja den Engel zum Schiff.

pTo war mehrmals erwacht, seit die Alten ihn mitgenommen hatten, aber jedes Aufwachen war wie ein Traum gewesen. Er trieb, schwebte auf dem Rücken, als wäre die Luft dick geworden und würde ihn nun ohne Mühe tragen. Er wußte nicht, ob er sich bewegen konnte oder nicht, denn er hatte nicht die Willenskraft, sich zu bewegen, nicht einmal die, irgendeinen Laut über die Lippen zu bringen. Und wenn er die Augen öffnete, sah er einen weiblichen Alten, der ebenfalls schwebte und langsam in sein Blickfeld und wieder hinaus trieb. Und über ihm der Himmel, von einer neutralen Farbe, als hätten die Wolken sich noch nicht entschieden, ob sie stürmisch oder freundlich werden wollten. Und es traten schwache Brisen auf, die aus keiner besonderen Richtung kamen – vielleicht sogar von unten. Nichts roch lebendig, von seinem schwachen Schweiß und dem muffigeren Geruch des Alten einmal abgesehen.

Dann trieb er wieder davon, nicht in den Schlaf, aber ins Vergessen.

Ist das der Tod? Bringen die Alten uns zum Himmelsgott? Ist er ein Leben in einer Wolke?

Aber dann, vielleicht, als er zum dritten oder fünftenmal erwachte – er war nicht sicher, wie viele verschiedene Erinnerungen bereits wieder verloren waren –, wurde ihm klar, daß er sich im Turm der Alten befinden mußte und der Himmel kein Himmel war, sondern ein Dach. Befand er sich in einem Tunnel, wie die Teufel sie schufen, nur daß er sich über der Erde befand? Oder war es ein Schutznest, wie die Strohgeflechte, die das Volk über den Nestern errichtete und in denen die Kleinkinder sich zuerst an das Fell ihrer Mutter und dann die Zweige unter dem Nest klammerten?

Sind die Alten wie wir oder wie die Teufel?

Wie die Teufel, weil der Alte in seiner schrecklichen Wut pTo ergriffen, zerrissen und einfach liegen gelassen hat.

Wie das Volk, weil die Alten ihn behutsam auf das strohähnliche Leder gelegt haben, das sie willentlich über ihre Körper streifen und wieder ablegen konnten. Wie das Volk, weil sie ihn den Hügel hinabgetragen hatten, bevor er gnädigerweise das Bewußtsein verlor. Wie das Volk, weil er noch lebte und nicht verzehrt oder zerfetzt worden war, nicht einmal gefangengehalten wurde.

Oder eine dritte Möglichkeit. Vielleicht waren sie wie die Götter. Schließlich hatte er keine Schmerzen.

Dann aber kam ein Tag, an dem er Schmerzen hatte, doch mit dem Schmerz erwachte er zum erstenmal vollständig. Er trieb nicht mehr. Und nun konnte er seine Glieder, seine Finger spüren und sie bewegen. Einige davon. Ein großes Gewicht drückte auf die Knochen, die gebrochen waren. Er drehte den Kopf – ja, er konnte den Kopf drehen, und er konnte den Rücken soweit bewegen, daß er sah, daß irgend etwas um seine gebrochenen Knochen gewickelt worden war, das sie schiente wie den Pfropf eines Baumastes. Die Schienen waren so schwer, daß er sie nicht bewegen konnte. Als er es versuchte, wurde der dumpfe, unterschwellige Schmerz lediglich scharf.

Warum hatten sie den Schmerz zurückkehren lassen? Ist dies ein Vorspiel des Todes? Hat man ein Urteil über mich gefällt und mich für unwürdig befunden? Oder haben sie sich entschlossen, mich ins Leben zurückkehren zu lassen? Damit ich mein Ander-Ich wiedersehen kann? Meine Frau? Mein Volk?

Ein pfeifendes, heulendes Geräusch – ah, ja, die Sprache der Alten. Es lag eine gewisse Musik darin, aber sie enthielt auch Teufelslaute, dieses Zischen und Summen.

Und dann ein anderes Geräusch. Sein Name, der klar und deutlich, mit Liebe und Besorgnis ausgesprochen wurde. »pTo«, sagte die Stimme, und er erkannte sie sofort, obwohl es eigentlich unmöglich war, daß er sie hörte.

»Poto«, antwortete er, und dann stand sein Ander-Ich mit einem Rascheln seiner lederartigen Schwingen auf derselben Oberfläche, auf der pTo lag, und schaute zu ihm hinab. »Ich habe dir gesagt, du sollst nicht zum Turm der Alten fliegen«, sagte pTo.

»Und jetzt bist du auch gekommen«, sagte Poto.

»Boboi wollte meine Schwingen zerreißen, um mich daran zu hindern«, sagte Poto. »Ich wäre beinahe geflohen, ohne das Urteil abzuwarten. »Aber ich wollte, daß du in Ehren zurückkehren kannst, falls du überlebt hast. Also habe ich gewartet, und das Volk stand mir bei. *Uns*, pTo. Sie ehren dich. Und sie ehren, wie du die Bestrafung des wütenden Alten ertragen hast.«

»Er war das schrecklichste Geschöpf, das ich je gesehen habe«, sagte pTo. »Bestimmt viel schrecklicher als die Teufel.« Poto schüttelte den Kopf. »Ich habe den Teufeln ins Gesicht geschaut, und auch diesen Alten.«

»Aber die Teufel, Poto, sie hassen uns nicht, sie wollen uns lediglich verzehren. Es gibt keinen Haß, der dem der Alten gleichkommt.«

»Sie haben mich zu dir geführt, zu meinem Ich, meinem wunderschönen Ich«, sagte Poto. »Sie haben gewußt, wer ich bin und was ich wollte, und sie haben mich zu dir geführt.«

Die Stimme des weiblichen Alten erklang erneut. Poto sah sie an, und die anderen; auch pTo schaute sich um und stellte fest, daß vier andere das – ja, was? Das Nest? Den Tunnel? Um was auch immer es sich bei diesem Ort handeln mochte – betreten hatten. Er erkannte einen von ihnen – den Mann, den er in jener schicksalhaften Nacht gesehen hatte, als er auf dem Turm gelandet war. »Der da hat mich gesehen«, sagte pTo. »Der da hat gesehen, daß ich die Gräser gestohlen habe. Er muß Alarm geschlagen haben!«

»Aber er ist nicht der Wütende?« fragte pTo.

»Jetzt ist er nicht wütend«, sagte pTo. »Nicht wie der andere. Oh, hoffentlich sehe ich den wütenden Alten nie wieder!«

»Endlich«, sagte Ojkib. »So etwas wie ein Gebet. Die Hälfte von dem, was die Wühler sagen, ist zumindest zum Teil an ihre Götter gerichtet. Es wäre leichter für mich, wären die Engel auch so fromm.«

»Aber das hat er gesagt?« fragte Schedemei.

»Er will den Wütenden nie wiedersehen. Den wütenden Alten.« Er lachte. »Wir sind natürlich die Alten. Die Alten sind zurückgekehrt.«

»Darüber gibt es doch nichts zu lachen«, sagte Schedemei. »Das ist sehr wichtig. Luet oder Nafai, kann einer von euch Huschidh und Issib holen? Sie müssen dabei sein, müssen sie kennenlernen, wenn sie die Verbindungsleute zu den Engeln sein werden.«

»Ja, ich gehe schon«, sagte Nafai.

»Nein, Nafai, das ist dumm, ich werde gehen«, sagte Luet.

»*Ich* gehe«, sagte Ojkib.

»Wir brauchen dich hier«, sagte Schedemei. »Für den Fall, daß du noch etwas verstehst.«

Nafai ging.

»Ihre Sprache ist ein Knallen und Singen, nicht wahr?« fragte Luet. »Wie Blasen in einem Bach. Wie ...«

»Ja, Mutter?« sagte Chveja.

»Wie die Musik des Sees der Frauen, als ich am Rand eines wahren Traums darauf trieb.«

»Vielleicht war der Hüter der Erde imstande, dir ihre Lieder zu schicken«, sagte Chveja.

»Seid still«, sagte Schedemei. »Ich glaube, die beiden sind Zwillinge. Seht sie euch doch an, sie sind praktisch identisch.«

»Jeder nennt den anderen sein *Ander-Ich*«, sagte Ojkib. »Das ist viel mehr als nur ein Bruder.«

»Meine Zwillinge würden füreinander vielleicht dasselbe empfinden«, sagte Luet, »könnten Babys in ihrem Alter ihre Gefühle ausdrücken.«

»Psst«, sagte Schedemei. »Hör zu, Ojkib. Paßt alle auf.«

Doch Chveja mußte noch eine letzte Bemerkung loswerden: »Ich habe bei den Menschen noch nie eine Liebe gesehen, die so stark ist wie die, die diese beiden verbindet.«

»Du bist zweifellos der dümmste aller Männer«, sagte Poto.

»Ich akzeptiere die Ehre«, sagte pTo. »Und du bist der treueste von allen. Möge irgendeine Frau jetzt die Stärke und Kraft in dir sehen und dich zu ihrem Gatten nehmen.«

»Der Verletzte betet dafür, daß irgendeine Frau Bewunderung empfinden wird, wie stark der Gesunde ist«, sagte Ojkib, »und sich mit ihm paart. Nein, sich mit ihm verbindet.«

»Ihn heiratet«, schlug Chveja vor.

»Tja, das könnte sein. Das Wort steht in engem Zusammenhang mit Verflechten und Verknoten.«

»Das mit dem Verflechten ist mir klar«, sagte Chveja. »Er meint eine Ehe. Der Verletzte ist verheiratet, der Gesunde aber nicht – weil der Verletzte eine starke Verbindung mit jemandem hat, der nicht hier ist, sondern oben in der Schlucht.«

»Haben sie Namen?« fragte Schedemei.

»Erwartest du etwa, daß ich diese Geräusche wiederholen kann?« fragte Ojkib.

»Eines Tages werden wir es müssen. Da kannst du es genausogut schon jetzt versuchen.«

»Der Name des Gesunden lautet Oh-Oh, mit schnellen, kleinen Konsonanten davor. To-To. Po-To.«

»Und der andere?«

Ojkib lachte frustriert. »Genauso. Derselbe Name.«

»Ander-Ich«, murmelte Schedemei.

»Nein, er ist anders. Der Kranke heißt Po-*To*, und der Gesunde *Po*-To.«

»Sei still«, sagte pTo. »Höre zu.«

»Worauf soll ich hören?«

»Auf die Alten. Sie haben gerade deinen Namen gesprochen.«

Sie lauschten.

»Poto«, sagte Ojkib. »Poto.« Dann murmelte er noch etwas, und dann sprach er wieder den Namen. »Poto. Poto.«

»Sie wollen etwas von dir«, sagte pTo.

Poto sprang augenblicklich zu Boden, aus pTos Blickfeld. Doch pTo hörte deutlich, wie er sagte: »Ich bin Poto, Alter, falls du mich wirklich sprechen willst. Füge meinem Ander-Ich keinen Schaden mehr zu. Wenn du noch Strafe vergeben willst, werde ich sie auf mich nehmen.«

»Er betet *uns* an«, sagte Ojkib.

»Wie schön«, sagte Schedemei. »Vielleicht können wir jetzt für alle Götter sein.«

»Wenn wir erneut Schwingen zerreißen wollen, sollen wir die seinen und nicht die seines Ander-Ichs zerreißen.«

»Wie kommt er denn darauf?« fragte Chveja. »Glaubt er, wir wären wütend auf ihn?«

»Woher soll er wissen, was es mit uns auf sich hat?« fragte Luet. »Ich werde versuchen, es ihm zu zeigen.«

Sie beobachteten, wie Luet auf die Knie sank und dann zu dem Gesunden rutschte. »Poto«, sagte sie und zeigte auf ihn.

Er wandte ihr den Rücken zu und breitete die Schwingen aus, nicht ganz, aber so weit, daß das Leder der Flügel locker und offen vor ihr hing.

»Berühre sie«, schlug Schedemei vor. »Sehr sanft. Sie sind kräftig, aber ich weiß nicht, ob sie schmerzempfindlich sind oder nicht.«

Luet streckte die Hand aus und berührte sanft die Haut der Schwingen. Sie war haarlos und glatt, wie Schuhleder, aber viel leichter. Federnder.

Der Engel schien auf mehr zu warten, doch als es nicht kam, drehte er sich um und sah sie an.

»Poto«, sagte Luet erneut. Und nun reichte sie ihm die Hand, zeigte ihm die geöffnete Handfläche.

Er betrachtete ihre Hand und schaute dann von einem Gesicht zum anderen, versuchte, irgendeine Bedeutung darin zu finden. Vielleicht fand er eine, über die sie nicht mal Vermutungen anstellen konnten, oder er kam einfach darauf, was die Geste bedeuten mußte. Doch schließlich beugte er den Körper hinab, bis seine Wange auf ihrer Handfläche lag. Als hätte Luet es von Anfang an so beabsichtigt, legte sie sanft auch die andere Hand auf sein Gesicht, drückte die Handfläche gegen die andere Wange. Sie verweilte nur für einen Augenblick in dieser Haltung und hob die Hand dann wieder.

Der Engel sprach leise, aber nicht zu ihr, sondern zu seinem Zwilling.

»pTo, sie hat sich zu meiner Tante gemacht. Sie hat mich wahrhaftig umschlossen, auch von der Seite.«

»Oh, Poto, möge unser ganzes Volk eine solche Gabe von den Alten bekommen«, antwortete pTo aus dem Bett hinter ihm.

»Der im Bett betet darum, daß sein ganzes Volk so eine Segnung von den Alten bekommt«, sagte Ojkib.

»Sehr schön«, bemerkte Schedemei.

»Das reicht nicht«, sagte Luet. »Ich will nicht, daß wir für diese Wesen Götter sind.«

Und sie bückte sich vor ihm und ermöglichte es ihm, ihren Kopf zwischen die Hände zu nehmen.

»Was soll ich tun, pTo?« rief Poto in höchster Not. »Sie verbeugt sich vor mir wie vor einem Vater und neigt ihren Kopf nicht mal zur Seite.«

»Wenn die Alte verlangt, daß du ihr Vater bist, dann sei es eben!« sagte pTo. »Mach sie nicht wütend! Sie sind schrecklich, wenn sie wütend sind.«

»Aber ich kann nicht ihr Vater sein«, sagte Poto. »Das wäre nicht richtig.«

»Es *ist* richtig«, sagte pTo. »Sie hat keinen Vater. Er ist tot.«

»Und woher weißt du das, gebrochene Schwinge?«

»Er ist tot, Poto. Ich weiß es. Ich habe es gesehen, als ich schlief. Ich habe es in meinen Träumen gesehen.«

»Du hast noch nie das Gesicht der Alten gesehen, die vor mir kniet.«

»Ich habe auch sie gesehen. Ich habe sie alle gesehen.« Es entsprach der Wahrheit. pTo hatte sich bis jetzt nicht daran erinnert, bis zu dem Augenblick, da er die Erinnerung brauchte, und da kam sie wie eine Flutwelle zurück. Er hatte in seinen Träumen all ihre Gesichter gesehen. Sogar das des Wütenden, nur daß er nicht wütend, sondern von Kleinen umgeben war, seinen Kindern. Und aufgrund ihrer Stimme erkannte er, wer diese Alte war. Er hatte sie gesehen, wie sie beide seiner eigenen erstgeborenen Kinder auf den Schultern trug. »Sie wird eines Tages auf einer Wiese im Dorf stehen, und meine Kinder werden auf ihren Schultern stehen.«

»Na schön«, sagte Poto. »Dann nehme ich sie als meine Nichte an.«

»Tochter«, sagte Poto. »Sie hat keinen Vater. Du wirst jetzt ihr Vater sein.«

»Ich habe keine Frau«, sagte Poto. »Welche Frau wird mich heiraten, wenn sie dabei die Mutter einer Alten werden muß?«

»Diejenige, die deine Frau sein *sollte*, und keine andere«, sagte pTo. »Du wurdest auserwählt, der Vater einer Alten zu sein, und machst dir Sorgen, ob du eine Frau bekommen wirst? Bist du *so* einsam, mein liebes verrücktes Ich?«

»Sie klingen aufgeregt«, murmelte Luet.

»Bleibe einfach, wo du bist«, sagte Ojkib. »Ich bekomme einen Teil davon mit. Ich glaube, als du seinen Kopf zwischen die Hände genommen hast, hast du ihn damit zu einem Verwandten gemacht. Du hast ihn unter deinen Schutz genommen. Und jetzt bittest du ihn, *dich* als Verwandte zu adoptieren.«

»Hm«, machte Luet. »Vielleicht ist das keine so gute Idee.«

»Tu es«, sagte Schedemei. »Bleibe einfach stehen und lasse ihn entscheiden.«

Das Gespräch zwischen den beiden endete. Und dann breitete Poto die Schwingen aus, doch statt sie um Luets Kopf zu legen, umschloß er ihren gesamten Körper damit. Sie fühlte die federleichte Umhüllung. Sie wußte, wenn sie einen Arm bewegte, würde sie die betreffende Schwinge zerreißen; aber sie wußte auch, sollte sie die Schwinge dieses Geschöpfs zerreißen, würde dies nicht ihn, sondern sie vernichten.

»Er betet, daß er dir ein guter Vater sein kann«, sagte Ojkib.

»Vater?« fragte Luet.

»Er sagt, er hoffe, den Platz deines alten Vaters einnehmen zu können, der an einem fernen Ort starb.«

»Was?« sagte Chveja. »Mutter, wie kann er das wissen?«

»Er sagt, er wird nicht sterben, außer, wenn er sterben kann, während er dich vor den hungrigen Teufeln verteidigt. Ich glaube, das gehört bei einer Adoption zu den rituellen Redewendungen. Aber du bist natürlich kein Kleinkind mehr.«

»Kannst du mir das Wort für *Vater* sagen?« fragte Luet.

»Hm«, machte Ojkib. »Mal sehen ... falls er es noch einmal sagt, während ich lausche ...«

Der Engel sprach erneut.

»Bet«, sagte Ojkib.

»Was?« fragte Chveja.

»Das Wort lautet *Bet*. Das Wort für *Vater*.«

Als der Engel seine Schwingen von ihr nahm, hockte Luet sich auf die Fersen und blickte ihm in die Augen. »Poto«, sagte sie und zeigte auf ihn. »Bet.« Dann zeigte sie auf sich. »Luet«, sagte sie.

»Was sagt sie?« fragte Poto. »Ich glaube, sie hat mir ihren Namen genannt, aber ich weiß nicht, was das für ein Geräusch ist. Es klingt so seltsam.«

»Uh-Et«, sagte pTo.

»Nein, vorher kommt noch etwas anderes. Aber kein Teufelsgeräusch, nur ein Verzerren der Musik. Wuh-Et. Juh-Et.«

»Hör doch, wie er versucht, deinen Namen zu sprechen«, sagte Ojkib. »Ich glaube, in ihrer Sprache gibt es kein L.«

»Wuet kommt dem schon ziemlich nah«, sagte Luet. Sie nickte und akzeptierte den Namen, den Poto aussprechen konnte. »Wuet«, sagte sie und zeigte erneut auf sich und dann auf ihn. »Poto. Bet Poto.«

»Potobet«, berichtigte der Engel sie.

»Potobet«, sagte sie.

Dann zeigte er erneut auf sie. »Wuetigo«, sagte er.

»Wuetigo«, sagte sie und zeigte auf sich.

Danach nickte der Engel – aber bei ihm war es eine übertriebene, unbeholfene Bewegung. Sie brachten ihr Einverständnis wahrscheinlich nicht durch ein Nicken zum Ausdruck, aber er hatte gesehen, wie die Menschen es taten, und folgte nun ihrem Beispiel. »Kluger Bursche«, sagte sie.

Dann zeigte sie auf das Bett, auf dem der andere Engel lag. »Po-*To*?« fragte sie.

»pTo«, sagte Poto.

»pTo«, antwortete sie.

»pTobet«, fügte Poto hinzu.

»Aha«, sagte Schedemei. »Wenn der eine dich adoptiert, ist auch der andere Zwilling dein Vater.«

»Zwillinge müssen in ihrer Kultur eine große Rolle spielen«, sagte Ojkib.

Vom Bett erklang die Stimme des Verletzten. »Wuetigo«, sagte er. Und dann verdrehte er zu ihrer Überraschung unter großen Mühen seine Zunge und sagte: »Luetigo.«

Sie lachten und klatschten erfreut in die Hände. Zuerst wirkten die Engel erschrocken, verängstigt. Doch als sie dann sahen, daß die Menschen beim Klatschen auch nickten, tat Poto es ihnen gleich.

In diesem Augenblick betrat Nafai den Raum, gefolgt von Issib und Huschidh. »Habe ich irgend etwas verpaßt?« fragte er.

»Nicht viel«, sagte Luet. »Darf ich dir meine neuen Adoptivväter vorstellen, Poto und pTo. Aber weil ich ihre Tochter bin, muß ich sie Potobet und pTobet nennen. Und sie nennen mich Luetigo.«

»Luetigo bedeutet, daß du ihre Tante bist«, sagte Ojkib. »Vergiß nicht, du hast sie zuerst adoptiert. Der auf dem Bett … Poh-*To* …«

»pTo«, verbesserte Chveja ihn.

»Der Verletzte«, sagte Ojkib. »Er ist sehr dankbar, daß du ihnen die Ehre erwiesen hast, sie zu deinen Neffen zu machen, und dann die noch größere Ehre, daß sie deine Väter sein dürfen. Es bedeutet ihnen sehr viel. Und ich glaube, es ist von Dauer.«

»Ja«, sagte Huschidh. »Du siehst es doch auch, nicht wahr, Chveja?«

»Sie haben dich in ihr Leben aufgenommen, Mutter«, sagte Chveja. »Du gehörst jetzt zu ihrer Familie. Du bist mit ihnen verbunden, wie du mit mir verbunden bist. Sie scherzen nicht. Das ist keine bloße Formalität.«

»Sie glauben«, sagte Ojkib, »dies bedeutet, daß alle Alten auf ewig Freunde des … Volkes, der Engel sein werden.«

»Gut«, sagte Nafai. »Ich glaube, wir haben einen sehr guten Anfang gemacht. Jetzt lassen wir die beiden für eine Weile allein. Schließ die Medizin weg, Schedja, und dann verschwinden wir für ein paar Stunden.«

»Der Schmerz wird ihm nicht gefallen.«

»Kannst du ihm etwas geben, das ihn bei Bewußtsein bleiben läßt?«

»Ja«, sagte Schedemei. »Aber wird sein Zwilling es zulassen?«

Poto war nicht sehr erfreut darüber. Doch als Luet sich vor ihm verbeugte und beide Hände zu einer demütigen Bitte ausstreckte, schien er zu verstehen, daß das Werkzeug in Schedemeis Hand keine Bedrohung darstellte. Sie spritzte das Medikament in pTos Unterschenkel, und dann verließen sie alle den Raum.

»Sie vertrauen uns«, sagte pTo.

»Oder aber, wir sind beide Gefangene«, sagte Poto.

»Dann stell sie doch auf die Probe. Geh einfach. Ich weiß, sie werden dich gehen lassen.«

»Ich werde erst gehen, sobald du mich begleiten kannst.«

»Dann *sind* wir Gefangene. Aber meine Verletzung hält uns hier fest, nicht die Alten.«

Poto kehrte zum Bett zurück und untersuchte die Wunden seines Ander-Ichs. »pTo«, sagte er, und seine Stimme füllte sich mit Staunen. »Der Riß in deiner Schwinge ... er verheilt.«

»Das kann nicht sein«, sagte pTo. »Zerrissene Schwingen heilen nie. Zerrissene Schwingen sind Teufelsfleisch.«

»Aber es stimmt. Die Seiten des Risses wurden zusammengefügt, und eine Narbe bildet sich zwischen ihnen, wie auf Fellhaut. Die Alten haben die Macht, Leder heilen zu lassen.«

»Ach, Poto. Wer kann jetzt noch sagen, es sei falsch von mir gewesen, zu den Alten zu gehen?«

»Boboi«, sagte Poto trocken.

»Aber was sagst *du*?« fragte pTo.

»Ich sage, daß mein Ander-Ich vorangegangen ist. Ich sage, daß das Volk ohne deinen Mut, deine Kühnheit und deinen Ungehorsam den Alten fremd geblieben wäre. Aber jetzt sind die Alten unsere Freunde. Und einer von ihnen ist unsere Tante, und wir sind ihre Väter.«

Für Elemak war das Erlernen der Sprache der Wühler eine Rückkehr zu seiner Jugend, zu den Tagen, da er sich den Gefahren der Straße gestellt hatte, um sich seinen rechtmäßigen Platz als Erbe seines Vaters zu verdienen. Zu jener Zeit hatte er ein gutes Gefühl für Sprachen gehabt. Er erlernte sie schnell, schnappte sie von Führern auf, die er angeheuert hatte, von Gastgebern in den Städten, die er besuchte. Die ersten Sprachen waren wirklich mühsam zu erlernen, doch nach einer Weile fand er in ihnen Gleichmäßigkeiten und Muster. Bozhotz war wie Cilme, abgesehen davon, daß aus allen B-Lauten P-Laute und aus langen Vokalen Doppelvokale mit U-Endungen geworden waren. Man mußte nur den Mund richtig formen, auf einige wenige

Worte achten, die in den beiden Sprachen nicht die gleiche Bedeutung hatten – *Olpoik* bedeutete auf Bozhotz nicht *Haus*, und wenn man nicht erstochen werden wollte, bat man einen Mann lieber nicht, er möge einen zu seinem Olpoik führen –, und kam zurecht. Nachdem er so lange gereist war, war es dermaßen leicht geworden, daß Elemak zwar stolz auf seine Fertigkeit mit Sprachen war, sich aber kaum noch dafür interessierte.

Nachdem er nun von seinem Vater enterbt worden war, würde er nie wieder durch die Welt streifen können – und selbst wenn, gab es keinen Ort mehr, der es wert gewesen wäre, daß man ihn aufsuchte. Darüber hinaus hatte seine Frau ihn vor der gesamten menschlichen Bevölkerung dieses Planeten verstoßen, und jetzt blieb ihm nur noch übrig, die Sprache irgendwelcher übergroßer unterirdischer Nagetiere zu erlernen.

Aber das war schon in Ordnung. Er hatte nicht einmal etwas dagegen, daß Ojkib ihm die Grundlagen der Sprache beibrachte. Ojkib mochte zwar Nafais kleiner Bruder sein, aber er war nicht Nafai selbst. Wäre es anders gekommen, wäre Ojkib vielleicht der Bruder geworden, der Issib hätte sein können, wäre er nicht behindert. Klug, aber kein Klugscheißer; folgsam, aber bereit, die Initiative zu ergreifen; mutig, aber nicht töricht; zuversichtlich, aber nicht prahlerisch. Er mochte Ojkib. Er wünschte, er würde nicht merken, daß Ojkib ihm ganz offensichtlich mißtraute und ihn fürchtete. Nun ja, in der Schiffsbibliothek hatte er ihn ein wenig hart angefaßt. Eine Sache des Temperaments. Es war sinnlos, ihm zu erklären, daß er auf Nafai wütend war, über Nafais Verrat. Und es war sinnlos, sich bei ihm einzuschleimen und ihm zu erklären, daß sie Freunde geworden wären, hätte Nafai einmal, nur einmal, durchblicken lassen, daß er wie Ojkib war. Es genügte, daß der Junge ihm die Sprache beibrachte, ihm bei den schwierigen Stellen half, bei der Suche nach Regeln und Mustern.

Denn es *gab* Regeln und Muster. Sie entsprachen natürlich nicht denen der Sprachen von Harmonie, denn die Wühlersprache hatte sich eigenständig entwickelt, ohne menschliche Vorlagen. Aber es gab trotzdem gemeinsame Konstanten. Methoden, Zeitabläufe auszudrücken, so daß die Sprache Vergangenheit und Gegenwart und Zukunft beschreiben konnte, Ursache und Wirkung, Motiv und Absicht. Handelnde und Handlungen zwangen jede Sprache, auf eine bestimmte Weise Substantive und Verben zu entwickeln. Und ziemlich schnell – fast so schnell wie damals, als er jung gewesen war – bekam Elemak ein *Gefühl* für die Sprache, erfaßte er ihre Musik. Wenn sie zum Waldrand gingen, um sich mit den Beobachtern zu unterhalten, die dort Wache hielten, sah Elemak, daß ihnen gefiel, wie er sprach. Der Klang seiner Stimme gefiel ihnen, und auch die Tatsache, daß einer der Götter die Wühlersprache beherrschte.

Elemak bemerkte, daß Ojkib ein wenig eifersüchtig war. Schließlich war er anfangs der Lehrer gewesen, und nun, nach ein paar Wochen, war es Elemak, der ihm etwas beibrachte; wenn nicht die Bedeutung der Dinge, dann doch die Grammatik und Aussprache und den Sinn von Redewendungen. Wann hätte Ojkib auch ein Ohr für solche Dinge entwickeln sollen? Es war seine erste Fremdsprache, und Elemaks fünfzigste. Doch Elemak mußte ihm zugute halten, daß er nur Lob für Elemaks Fähigkeiten hatte, und es gab kein Anzeichen dafür, daß Ojkib sich der Veränderung in ihrer Beziehung widersetzte oder versuchte, Elemak nicht mehr unterrichten zu müssen. Hätte Nafai doch nur eine solche Selbstbeherrschung gehabt …

Doch schließlich kam die Zeit, da er zuversichtlich war, mit den Geiseln im Schiff kommunizieren zu können. Vier der ursprünglichen neun waren bereits freigelassen worden – die Soldaten, die auf Befehl des Kriegskönigs die Entführer hatten töten wollen. Doch die vier Entführer waren noch bei ihnen, und, was am wichtigsten war, Fusum, der Sohn des Blutkönigs, der Mann, der alles geplant hatte. »Ich will, daß er rehabilitiert wird«, sagte Volemak. »Ich will, daß *er* den Wühlern die menschliche Kultur bringt, denn er war derjenige, der uns vernichten wollte. Seine Freundschaft ist am wichtigsten.«

Also sollte Elemak sich mit ihm anfreunden. »Aber ich tue es auf meine Weise, Vater, oder überhaupt nicht.«

»Und was für eine Weise ist das?«

»Fusum ist ein gewalttätiger und zorniger Mann, Vater«, sagte Elemak.

»Also müssen wir ihn lehren, anders zu werden.«

»Zuerst müssen wir klarstellen, wer der Lehrer ist«, sagte Elemak. »Dann können wir darangehen, ihn eine andere Lebensweise zu lehren.«

Volemak hatte seine Zweifel, gab schließlich aber nach. »Aber ihm darf kein Leid geschehen, Elja«, sagte Volemak. »Nichts darf die Feindschaft zwischen ihm und uns noch schlimmer machen, als sie bereits ist.«

Also würde Elemak ihn nicht verletzen. Ihm zumindest keinen dauerhaften Schaden zufügen. Und im Tausch gegen dieses Versprechen bekam er in jeder anderen Hinsicht freie Hand. Freie Hand, und keine Beobachter.

Einmal abgesehen davon, daß er sich zuerst nur im Schiff mit Fusum und den anderen Wühlern treffen konnte, wo sie vom Computer beobachtet werden würden, den sie noch immer Überseele nannten, obwohl er nur einen winzigen Bruchteil der Macht hatte, die die echte Überseele auf Harmonie ausgeübt hatte. Nun, sollte die Maschine doch zusehen. Sollte sie Volemak und Issib und Nafai Bericht erstatten. Es würde keine Geheimnisse geben. Außerdem machten sich Njef und Issja große Sorgen um ihre kleinen Engelzwillinge. Häßliche kleine Geschöpfe. Knochen wie Zweige. Aber sie waren so hübsch, wenn sie flogen, und sie hatten sich mit Nafais Hure angefreundet, so daß sie jetzt eine große Familie waren. Natürlich war Nafai zu dumm, um zu begreifen, daß es nutzlos war, sich mit Schwächlingen anzufreunden. Die Engel waren nutzlos. Himmelsfleisch, so nannten die Wühler sie. Soweit Elemak herausbekommen hatte, waren die Engel lediglich noch nicht ausgelöscht worden, weil die Wühler einen ständigen Vorrat ihrer Lieblingsmahlzeit zur Verfügung haben wollten. Intelligente Kochtöpfe, das waren die Engel, Eintopf auf Schwingen, und mit *denen* wollten Nafai und Issib sich anfreunden.

Bitte, Vater, zwinge mich nicht, hier unten zu bleiben und mich mit den stärksten, mutigsten und eigensinnigsten Vertretern der starken, aggressiven Wühler anzufreunden! Elemak hätte manchmal fast laut aufgelacht, wenn er darüber nachdachte, wie Vaters kluges Manövrieren mit dem Ziel, Frieden zu schaffen, eine Zukunft sicherte, in der Elemak Experte für die einzigen Geschöpfe der Erde war, die es wert waren, daß man sie besser kannte, während Nafais Kenntnisse ausschließlich ihren wertlosen, geistlosen und rückgratlosen Opfern galten.

Elemak sagte es Ojkib zuerst. »Ich werde heute anfangen, mit den Geiseln zu arbeiten. Ich will mich jeden Tag mir dir treffen und das, was ich über ihre Sprache und Kultur von ihnen erfahren habe, mit dem vergleichen, was du von den freien Wühlern hier unten herausbekommen hast.«

Ojkib akzeptierte und schlug kein einziges Mal vor, er könne Elemak ja ins Schiff begleiten, um ebenfalls mit den Geiseln zu arbeiten. Ein guter Junge, ein wunderbarer Junge.

Dann ging Elemak zu Schedemei. »Wecke zuerst die vier Entführer auf«, sagte er. »Ich will eine Zeitlang mit ihnen üben. Von ihnen lernen, hören, wie sie sich miteinander unterhalten, unter Bedingungen, die ich kontrolliere, damit sie sich nicht einfach ins Unterholz schlagen können, wenn die Fragen schwierig werden.«

»Sie sind sehr stark«, sagte Schedemei. »Stärker, als du vielleicht glaubst.«

»Ich weiß, daß sie sehr stark sind«, sagte Elemak. »Also werde ich mich wohl kaum von ihnen überraschen lassen.«

»Ich wollte damit nur sagen, daß du ihnen vielleicht nicht allein gegenübertreten solltest«, sagte sie.

»Und ich wollte nur sagen, daß ich ihnen nicht den geringsten Hinweis darauf geben will, daß ich sie fürchte«, sagte Elemak. »Ich bin mit gefährlicheren Männern als diesen umgegangen – mit Männern aus Kulturen, über die ich rein gar nichts wußte, bis diese Männer es mir durch ihre Taten gezeigt haben. Das ist mein Arbeitsgebiet. Ich schaue dir ja auch nicht bei genetischen Angelegenheiten über die Schulter, oder?«

Beschämt erweckte Schedemei einen Entführer nach dem anderen. Elemak legte großen Wert darauf, daß sein Gesicht das erste war, das sie nach dem Erwachen sahen. Und er bestand darauf, sie grob anzufassen. Sie spürten seinen Griff auf ihren Schultern, während sie durch die Gänge des Schiffes getrieben wurden. An ihren Knöcheln trieb er jeden die Leiter zum Deck des Schiffes hinauf, das er als Schule, Verhandlungsraum und Gefängnis benutzen würde.

Vier Wochen verbrachte er mit ihnen und lernte alles, was er in Erfahrung bringen konnte. Natürlich jeden Tag neue Vokabeln und immer komplizierte grammatikalische Regeln, die er jeden Abend, wenn die Wühler eingesperrt wurden, gewissenhaft mit Ojkib besprach. Aber er erfuhr auch viel über ihre Kultur und darüber, wie das Leben in der unterirdischen Stadt organisiert war. Daß der Blutkönig der Heilige war, der die Knaben beim Übergang zum jungen Mannesalter führte. Der Blutkönig setzte auch den Zeitpunkt für das Fest der Himmelsfleisch-Kleinkinder fest, rühmte dabei die Männer, die gut und schnell töteten, aber noch mehr die, die ihre Beute lebendig nach Hause brachten, verkrüppelt, aber nicht blutend. Der Kriegskönig bildete die jungen Männer zwar im Kämpfen, Anpirschen und Töten aus; er wählte ihre Offiziere, führte sie an, wenn es darum ging, sowohl große als auch kleine Beute zu machen; aber der Blutkönig vergab alle Ehren und bestimmte, welche Männer groß und welche nichts waren.

Mufruzhuuzh war ein großer Kriegskönig gewesen, doch manche Männer behaupteten, er hätte den Fehler gemacht, Emeezem zu heiraten. Natürlich hatte er keine Wahl gehabt. Er war dazu gezwungen worden. Und es war nicht seine Schuld, daß man sie ihrer Träume und Stimmen wegen zur tiefen Mutter gemacht hatte, zur Herrin der unterirdischen Stadt. Aber gerade ihre Kraft hatte ihn geschwächt; er fügte sich ihr zu sehr, hörte auf sie, wenn er auf seine Männer hätte hören sollen. Dadurch war ein Vakuum entstanden.

Fusums Vater, Schosseemem, hätte dieses Vakuum ausfüllen sollen. Er hätte in die Bresche springen und den Männern helfen sollen, ihre Macht zu spüren, statt zu dulden, daß Emeezems Dominanz sie ihnen entzog. Doch Schosseemem wurde von Emeezems Visionen genauso gelähmt, wie es bei Mufruzhuuzh der Fall war. Schließlich hatte sie ja gesagt, daß der Unberührte Gott aus dem Himmel kommen würde, und genau das war geschehen. Sie hatten ihn zwischen den Unter- und Halbgöttern gesehen, hatten gesehen, wie er sich mit Zuversicht und Macht bewegte, und sie wagten Emeezems Autorität nicht anzuzweifeln, obwohl sie zu Schwäche und Passivität riet.

Paßt auf, sagte sie. Seht zu und wartet! Lernt, bevor ihr handelt! Nun, sie hatten zugesehen und gewartet, und dann war eines Tages Fusum zu ihnen gekommen und hatte gesagt: »Seid ihr Männer oder Frauen? Wenn ihr Frauen seid, wo sind dann die Kinder, die an euren Zitzen saugen? Und wenn ihr Männer seid, warum wartet ihr noch und beobachtet, wenn ihr doch gesehen habt, wo die kleinen Kinder gehütet und wie schlecht sie bewacht werden? Sie haben weder Tunnels noch Nester, also befinden ihre Kinder sich die ganze Zeit über auf ebener Erde. Warum haben wir sie nicht zum Blutkönig gebracht?«

»Weil der Blutkönig nicht nach ihnen verlangt. Und der Kriegskönig hat uns nicht zu handeln befohlen.«

»Das kommt daher, weil sie von Frauen beherrscht werden. Aber ich bin ein Mann, und wenn keine Männer über mich herrschen, werde ich eben selbst herrschen. Das sind keine Götter, auch wenn sie aus dem Himmel gekommen sind. Pissen sie ihren Urin nicht genau wie wir auf den Boden? Essen und atmen und scheißen sie nicht genau wie wir? Was soll an ihnen göttlich sein?«

»Das sind die Lügen, die Fusum uns erzählt hat«, betonten sie Elemak gegenüber immer wieder. »Er hat uns getäuscht. Hätten wir gewußt, daß ihr wirklich Götter seid, wie wir es nun wissen, wären wir ihm nie gefolgt. Vergib uns, Mächtiger, und lasse uns nicht vom Zorn deines leuchtenden Gottvaters niederschlagen«, und so weiter und so fort, bis Elemak sie ihrer Schwäche und Treulosigkeit wegen am liebsten erwürgt hätte.

Aber er zeigte ihnen mit keiner Regung, daß er ihren erbärmlichen Verrat an Fusum mißbilligte. Er ließ sie im Glauben, er wolle, daß sie ihre unsterbliche Hingabe für den leuchtenden Gott zum Ausdruck brachten – für Nafai, den verlogenen kleinen Mistkerl. Und als er alles von ihnen erfahren hatte, was er erfahren konnte, teilte er Volemak mit, er glaube, sie seien nun bereit, das Schiff zu verlassen, damit Schedemei und Ojkib, Chveja und Yasai und alle anderen, die die Lebensweise der Wühler ergründen wollten, mit ihnen arbeiten konnten.

Oh, Volemak und alle anderen waren so *zufrieden* mit der Arbeit, die Elemak geleistet hatte. Sie waren so unterwürfig, diese vier Wühler. So eifrig darauf bedacht, ihnen zu gefallen. So voller Informationen und Weisheit. Man schickte nach ihren Frauen, und sie nahmen an den Gesprächen teil; so gut kamen sie miteinander zurecht, die Menschen und die vier Wühler, die ein Kind aus Elemaks Haus gestohlen hatten. »Ich bin stolz auf dich, Sohn«, sagte Volemak. »Du hast diejenigen, die dir und deiner Familie geschadet haben, zu Freunden gemacht. Es war gute Arbeit, und du hast sie hervorragend bewältigt.«

Elemak wußte es besser. Wären sie aufrichtig gewesen, hätte man ihr Verhalten nur als schändlich bezeichnen können. Aber er kannte die Wahrheit über die vier Entführer. Treulos, das waren sie. Feiglinge. Fusum hatte sie zu ihrer Tat gezwungen, und nun wollten sie sich bereitwillig von Elemak dazu zwingen lassen, etwas anderes zu tun. Falls Fusum einen Funken Verstand hatte, würde er sie alle töten lassen, sobald er an die Macht kam.

Und Fusum *würde* an die Macht kommen. Davon war Elemak überzeugt. Denn je mehr er von den Entführern hörte, desto besser glaubte er Fusum zu kennen, zu wissen, was er dachte, wie er fühlte, was er wollte, und was er tun würde, um zu bekommen, was er wollte.

Was er wollte, war ganz einfach: Macht.

Und was würde er tun, um sie zu bekommen? Was immer dazu nötig war.

Elemak kannte Fusum, weil er Fusum *war*. Oder zumindest Fusum sein könnte, falls dieser Sohn des Blutkönigs genug Verstand hatte, um die Situation richtig einzuschätzen und seine Zeit abzuwarten, wie Elemak es tat.

Und so kam der Tag, da Schedemei Fusums Tiefschlafkammer bereitmachte.

»Ich wäre gern mit ihm allein, wenn er zu sich kommt«, sagte Elemak.

Sie musterte ihn ruhig. »Und warum das?«

»Weil ich ihn kenne«, sagte Elemak. »Aus dem, was die anderen gesagt haben. Der hier ist gefährlich, und wenn er gezähmt werden soll, muß ich ihm zeigen, wer der Herr ist. Wenn du hier bist, wird er sehen, daß noch ein anderer Mensch damit zu tun hat. Dann wird er nicht wissen, daß ich die alleinige Kontrolle über jeden Aspekt seines Lebens habe. Siehst du das ein?«

»Das sehe ich ein«, sagte Schedemei. »Trotzdem bin ich anderer Meinung.«

»Aber du *wirst* mich mit ihm allein lassen«, sagte Elemak.

»Das werde ich, weil Volemak gesagt hat, du sollst die Dinge auf deine Weise handhaben.« Sie drehte ihm den Rükken zu und ging.

Nach einer Weile glitt die Klappe zurück, und Fusum lag vor ihm. Er blinzelte und versuchte, seine Umgebung zu erfassen. Elemak griff mit einer Hand hinab, legte sie um seinen Hals, riß ihn fast in eine sitzende Position hoch und brüllte ihn an: »Du hast meine Tochter gestohlen! Du wolltest sie essen! Bist du so ein Krieger? Gegen Kinder kannst du kämpfen, aber vor Männern duckst du dich?«

Fusums erste Reaktion war nicht Furcht, sondern Zorn. Elemak sah erfreut, wie Fusum mit Armen, die von den Tiefschlafmedikamenten noch schwach waren, nach ihm griff und versuchte, ihm das Herz aus der Brust zu reißen. Sehr gut. Du bist also kein Jammerlappen, was? »Und jetzt greifst du mich an, du Narr!« Ihn noch immer an der Kehle haltend, zerrte Elemak ihn aus der Kammer und warf ihn gegen die gegenüberliegende Wand.

Ah, ja, das war kein schwaches und zerbrechliches Spielzeug, wie der Engel es gewesen war. Sein Körper war nicht gebrochen. Er sprang sofort wieder auf, entblößte die Zähne und spreizte die Hände zum Kampf. Aber er war geschwächt und noch benommen. Es war kein fairer Kampf, und genauso hatte Elemak es gewollt. Es ging um Autorität und Dominanz, nicht um Gerechtigkeit. Wäre es um Gerechtigkeit gegangen, hätte Elemak ihn in seinem Schlaf erwürgt.

Fusum sprang ihn an – eine hohe, federnde Bewegung, die Elemak vielleicht überrascht hätte, hätten die Entführer nicht schon ihre Kampftechniken bei Schaukämpfen demonstriert. Nur um die Worte für alle Dinge zu lernen, die ihr tut, hatte er ihnen erklärt. Nun, er hatte die Worte gelernt. Er hatte auch die körperliche Antwort darauf gefunden. Und so stellte Fusum fest, daß sein eigenes Gewicht gegen ihn gerichtet wurde, als er wieder zu Boden geworfen wurde, diesmal auf den Gang hinaus, so daß er noch ein gutes Stück weiterschlitterte und -rutschte, bis er erneut gegen eine Wand prallte.

Mit einem Knurren nahm er den Kampf wieder auf, doch seine Füße fanden auf dem glatten Boden kaum Halt, und er konnte nicht genug Schwung bekommen, um Elemak von den Füßen zu holen oder auch nur kurz aus dem Gleichgewicht zu bringen. Als die Wirkung der Medikamente nachließ, war er körperlich erschöpft und durch seine unzähligen Niederlagen durch Elemaks Hände erniedrigt.

Als Fusum sich schließlich nicht mehr bewegen konnte, ergriff Elemak ihn an einem Hinterbein und schleppte ihn durch den Gang zur mittleren Leiter. Dann trug er ihn in den verschließbaren Raum, der Fusums Zelle sein würde, wenn Elemak nicht bei ihm war. Dabei unternahm er keine Anstrengungen, den Kopf und Körper des Wühlers vor Schmerz zu bewahren, und ermöglichte es Fusum auch nicht, wieder so weit ins Gleichgewicht zu kommen, daß er sich selbst schützen konnte. As sie vor dem Raum angelangt waren, stieß er Fusum hinein, folgte ihm, schloß die Tür und stand lachend da.

Die Wühler lachten nicht, wie die Menschen es taten, doch die Botschaft kam deutlich hinüber. Fusum erhob sich auf seine Hinterbeine und entblößte seinen unbehaarten rosa Bauch. »Wirst du mich wie ein Mann opfern?« fragte er. »Hier ist mein Leib! Reiße mein Herz und meine Eingeweide heraus und esse sie vor meinen Augen – es ist mir egal. Ich esse soviel davon, wie ich dir abnehmen kann!«

Elemak erkannte Tapferkeit, wenn er sie sah. »Ich würde lieber meine eigene Scheiße essen, bevor dein feiges Blut meine Lippen berührt.«

»Also willst du mir den Tod eines Feiglings bereiten. Hier ist meine Kehle. Schneide sie durch, es ist mir gleichgültig. Das Leben bedeutet mir nichts mehr, denn jetzt, wo ihr Götter hier seid, sind Männer nichts mehr wert. Es gibt keine Männer mehr. Nur noch Frauen und Feiglinge mit zwei Schwänzen.«

Unwillkürlich mußte Elemak erneut lachen. Dieser Trotz! Das war ein Junge nach seinem Geschmack. Aber andererseits wäre es eine Enttäuschung gewesen, wenn er nicht *genau so* reagiert hätte. Ein Obring hätte gekrochen und um sein Leben gefleht. Ein Vas wäre verdrossen und stumm gewesen. Ein Mebbekew hätte zu handeln, irgend etwas für sich herauszuschlagen versucht. Aber er hier, Fusum, er war *wirklich* ein Mann und gab sein Bestes, um Elemak jede Freude und jeden Triumph über den Sieg zu nehmen.

»Narr«, sagte Elemak in der Wühlersprache. »Ich will dich nicht töten. Ich will, daß du König wirst.«

Das brachte den Wühler so abrupt zum Schweigen, wie es nichts anderes vermocht hätte.

»Dein Vater ist nichts wert«, sagte Elemak. »Emeezem beherrscht ihn. Mufruzhuuzh ist kein Kriegsführer. Er könnte ebensogut schwingenloses Himmelsfleisch sein, so nutzlos ist er. Ich dachte, deine Mitverschwörer, die vier Entführer, wären vielleicht Männer, aber sie sind nichts, sie haben dich frohen Herzens verkauft, um ihr eigenes Leben zu retten, und dir jede Schuld in die Schuhe geschoben.« Elemak ahmte ihre Stimmen nach, sprach plötzlich hoch und feminin. »Oh, Fusum hat uns *getäuscht*. Er hat uns dazu *gezwungen*. Es war nicht unsere *Schuld*. Hätten wir doch nur gewußt, daß ihr wirklich *Götter* seid.«

Fusum zischte als Antwort und verspritzte Speichel durch Elemaks gesamte Seite des Raumes. Es war die äußerste Geste der Verachtung. Wäre Elemak ein Wühler gewesen, hätte sie einen Kampf bis zum Tod provoziert.

Doch Elemak lachte nur. »Wäre dein Speichel Gift, wäre er es vielleicht wert, über mich gespritzt zu werden. Aber so ist es sinnlos. Wenn du dein Volk retten, wenn du verhindern willst, daß ihr unsere Sklaven werdet, bin ich die einzige Hoffnung, die du noch hast.«

»Wenn du meine Hoffnung bist, habe ich keine Hoffnung.«

»Du bist wirklich ein Narr. Aber was kann ich schon von dir erwarten? Schließlich bin ich ein Gott, und *du* bist ein Wurm, der in der Erde kriecht.«

»Ich bin kein Wurm, und du …«

»Nur zu, Fusum, mein lieber Junge, mein hilfloses hübsches Baby, fahre fort.«

Fusum schüttelte den Kopf.

»Du wolltest sagen: ›Und du bist kein Gott.‹ Nicht wahr? Seien wir doch ehrlich zueinander.«

»Ich habe deine Hände auf meinem Körper gespürt«, sagte Fusum. »Es waren nicht die Hände eines Gottes.«

»Ach was«, sagte Elemak. »Du hast zweifellos schon viele Götter berührt und weißt also, wie ihre Hände sich anfühlen.«

Fusum antwortete nicht.

»Ich werde dir sagen, wie *meine* Hände sich anfühlen. Sie fühlen sich an, als gehörten sie einem Mann, der stärker, klüger, schneller und haßerfüllter ist als du.«

Fusum betrachtete ihn. »Ein Mann, sagst du.«

»Ein Mann, sage ich«, erwiderte Elemak. »Kein Gott.«

»Stärker, ja«, sagte Fusum. »Heute zumindest. Heute auch schneller. Klüger – vielleicht. Heute.«

»Immer, Fusum«, sagte Elemak. »In zehntausend Jahren könnte dein ganzes Volk nicht lernen, was ich in diesem Augenblick weiß.«

»Klüger«, gestand Fusum ein. »Aber niemals haßerfüllter als ich.«

»Du bist nicht der Ansicht? Dann erzählen wir uns doch ein paar Geschichten und vergleichen sie.«

Und das taten sie. Und als der erste lange gemeinsame Tag verstrichen war, als Elemak Fusum endlich zu essen brachte, da waren sie nicht mehr Gefangener und Kerkermeister, oder Geisel und Wächter, oder Mann und Gott. Sie waren Verbündete, zwei Männer, die in ihrem jeweiligen Volk die Macht verloren hatten, aber entschlossen waren, ihre gegenseitige Freundschaft zu benutzen, um die Vorherrschaft über ihre Rivalen in ihrem jeweiligen Volk wiederzugewinnen. Dazu waren Geduld und Planung erforderlich. Und viel Zeit. Aber sie *hatten* Zeit, oder? Und Geduld konnte man von einem Tag zum anderen erlernen. Elemak war ja gerade dabei. Warum sollte es Fusum nicht ebenfalls gelingen?

»Vergiß nur nicht«, sagte Elemak zu ihm, als Fusum lautstark über seine Mahlzeit herfiel, »falls du einmal glauben solltest, daß du es auch ohne mich schaffen kannst, werde ich diesen Gedanken in deinem Kopf sehen, bevor du selbst ihn bemerkst. Und wenn du dich dann umdrehst, um mir ein Messer in den Rücken zu stoßen, wirst du feststellen, daß mein Messer bereits in deinem steckt.«

Fusum lachte, das schnaufende, zischende Lachen eines Wühlermannes. »Jetzt weiß ich, daß ich dir mein Leben anvertrauen kann.«

»Das kannst du«, sagte Elemak. »Und ich wollte dir lediglich sagen, daß ich dir meins *niemals* anvertrauen werde.«

Als Nafai und Luet, Issib und Huschidh zum Dorf der Engel aufbrachen, trugen sie ihre Werkzeuge auf ihren Rücken – oder in Issibs Fall auf dem Stuhl, der ihnen folgte. Yasai und Ojkib waren eine Woche zuvor auf den betreffenden Gipfel geklettert und hatten die Relaisantennen angebracht, so daß Issib den Weg in die Schlucht problemlos hinaufschweben konnte. Doch seinen Stuhl hatten sie mitgenommen, falls schlechtes Wetter einsetzte oder jemand ihm die Flossen stehlen sollte, während er schlief.

Ihre kleinen Kinder hatten sie in der Obhut der anderen zurückgelassen. Falls bei ihrem ersten Kontakt mit dem Dorf der Engel alles gut verlief, würden sie Häuser bauen und dann zurückkehren, um die Kinder zu holen – und Saatgut, zusätzliche Kleidung und Unterrichtsmaterial. Sie hofften, zur Zeit der Aussaat in dieser Höhe einen voll funktionsfähigen Hof errichtet zu haben. Falls alles gut verlief.

pTo und Poto führten sie die Schlucht hinauf. Von Zeit zu Zeit stiegen sie in die Luft empor, kreisten und landeten dann wieder, damit die Menschen mit ihnen sprechen konnten, wenn sie sie eingeholt hatten. Sie alle wußten ganz genau, daß viele Engel die Vorstellung zurückgewiesen hatten, sich mit den Menschen anzufreunden – den Alten. Aber sie hatten eine Rede vorbereitet, von der sie hofften, das Volk damit für sie gewinnen zu können – oder zumindest die Erlaubnis für die vier Menschen einzuholen, bei ihnen zu wohnen. Und als sie schließlich die höchste Stelle der Schlucht erreichten, die Wiese, auf der pTos Knochen gebrochen, seine Schwinge zerrissen und sein Blut vergossen worden waren, hielten sie an und spielten es durch.

pTo hockte sich auf Nafais Kopf und Poto auf Luets. Ihre Füße drückten, leicht, aber fest, gegen die Kiefer der Menschen. Und sie öffneten die Schwingen und schlangen sie um Nafais und Luets Schultern, wie Mäntel, wie Zelte.

»Wie Nester«, sagte Luet.

Nafai nickte. Denn obwohl sie noch nie mit eigenen Augen das Nest eines Engels gesehen hatten, kannten sie die Beschreibungen, die pTo und Poto ihnen gegeben hatten, und sie hatten die Zeichnungen gesehen, die sie angefertigt hatten, und schließlich hatten sie von ihnen geträumt, und als sie aus den Träumen erwachten, waren sie überzeugt gewesen, daß der Hüter der Erde ihnen die Wahrheit gezeigt hatte. Die Nester waren aus feinen Zweigen und Gräsern geflochten und in Wirklichkeit Dächer, die die Äste schützten, auf denen die Frauen und Jungen schliefen, mit den Köpfen nach unten, in die Decken ihrer eigenen Schwingen geschlungen.

Sie wußten, daß die Engel irgendwo auf den Ästen der umgebenden Bäume waren und sie beobachteten. Ihr Urteil über sie fällten.

Issib glitt vor, ohne daß seine Füße den Boden berührten. Huschidh folgte ihm und sagte ihnen leise, wo die Engel waren, und welche nicht besonders stark mit pTo und Poto verbunden zu sein schienen. Das waren natürlich diejenigen, die sie für sich gewinnen mußten, und der in der Luft stehende Issib – ein Trick, zu dem sonst niemand imstande war, nicht mal Nafai mit seinem Mantel – flößte ihnen große Ehrfurcht ein, der sichtbare Gott, der einzige, der fliegen konnte.

»Wo ist Iguo, wenn ihr Gatte zu ihr nach Hause kommt?« rief Issib laut in der Sprache der Engel. Er wußte, daß seine Stimme nur schwer zu verstehen war, da sie so tief war, aber er sprach schnell, in der Hoffnung, daß ihnen allein die Konsonanten genügen würden, den Sinn seiner Worte zu verstehen.

Niemand kam aus dem Wald hervor; aber das war keine Überraschung. Noch nicht.

»Seine Schwinge wurde zerrissen. Aber nun ist kein Riß mehr darin. Glaubt ihr, wir wollten euch Schaden zufügen, wenn wir die Schwinge eines tapferen Forschers heilen können?«

Noch immer trat niemand vor.

»Als der wütende Alte pTo verletzte, dachte er, ihr, das Volk, hättet sein Kind davongetragen. Wir haben damals noch nichts von den dunklen unterirdischen Pfaden der Teufel gewußt.«

Luet hatte davon abgeraten, das Wort der Engel für die Wühler zu benutzen, doch Issib hatte darauf bestanden, in einer Sprache mit ihnen zu sprechen, die sie auch verstanden. »Schließlich nennen Elja und Okja die Engel ja auch *Himmelsfleisch*, wenn sie mit den Wühlern über sie sprechen, nicht wahr?« hatte Issib dagegen gehalten. Daraufhin hatten alle zugestimmt, daß *Teufel* ganz bestimmt kein schlimmeres Wort als dieses war.

Issib fuhr damit fort, die unsichtbaren Engel anzusprechen. »Jetzt wissen wir, daß das Volk nicht die Schlucht hinabgekommen ist, um unsere Kinder zu stehlen. Statt dessen haben wir gesehen, daß ein tapferer Mann ungerechtfertigt niedergeschlagen wurde und sein Ander-Ich, der genauso tapfer ist wie der erste, zu ihm gegangen ist, um sich um ihn zu kümmern und ihn zu retten, falls er es kann.«

Endlich zeigten sich ein paar wenige Engel und hüpften auf den vorderen Ästen der Bäume vor, die die Lichtung umgaben. Einige von ihnen standen aufrecht auf den Ästen, andere hingen kopfüber an ihnen hinab. Es war schwindel erregend, sie zu beobachten, doch Issib fuhr fort. »Nun wissen wir, daß diejenigen, die den tapferen Poto hätten aufhalten können, ihn zu uns ließen kommen. Das sind die Leute, die auf Freundschaft mit uns gehofft haben, mit den Alten, die vom Hüter der Erde nach Hause gebracht worden sind.«

Auch darüber hatte es Meinungsverschiedenheiten gegeben. Die Engel wußten nichts vom Hüter der Erde, doch Nafai hatte darauf bestanden, daß man ihnen den Namen von Anfang an vorstellte. »Sie werden früh genug herausfinden, daß wir keine Götter sind«, hatte Nafai gesagt. »Es soll nie gesagt werden können, wir hätten sie angelogen.«

»Wie wir die Wühler belogen haben?« fragte Luet nachsichtig.

»Wir versuchen nicht, den Engeln ein entführtes Kind abzujagen«, stellte Nafai klar. »Wir versuchen, Freundschaft mit Leuten zu schließen, die uns lediglich bei einer sinnlosen, grausamen Tat beobachtet haben. Wir werden uns ihnen gegenüber nicht als Götter ausgeben, selbst wenn wir ihre Aufmerksamkeit bekommen, indem Issib seinen kleinen Schwebetrick aufführt.«

Also nannte Issib jetzt den Namen des Hüters der Erde und benutzte dabei die Übersetzung, die pTo und Poto ihnen nannten, als sie endlich begriffen hatten, was und wer der Hüter war. Oder, besser gesagt, als sie genauso viel verstanden wie die Menschen, oder zumindest soviel, wie diese ihnen mit ihren rudimentären Kenntnissen der schwierigen Sprache der Engel erklären konnten.

»Die Alten bitten euch, uns unseren Irrtum zu verzeihen. Wir haben euch damals nicht gekannt, aber wie kennen euch jetzt. Durch diese beiden tapferen und rechtschaffenen Männer kennen wir euch. Und ihr kennt uns durch die Heilung von pTos Schwinge. Wir vier möchten bei euch wohnen. Doch zuvor laßt Iguo zu ihrem Gatten vortreten. Komm und sieh, Iguo, daß sein Körper unversehrt ist und daß wir dir wirklich pTo zurückgebracht haben.«

Dann warteten sie, taten nichts, sagten nichts. Lediglich pTo und Poto murmelten gelegentlich beruhigend. Geduld. Habt Geduld. Die Entscheidung, ob Iguo zu uns kommen darf, fällt ihnen bestimmt nicht leicht.

Sie kam, flatterte unbeholfen unter den Ästen der näheren Blätter, bis sie die Lichtung erreichte. Schon bald sahen sie, daß ihre Unbeholfenheit daher rührte, weil zwei Säuglinge sich an das Fell ihrer Brust klammerten und sie beim Fliegen aus dem Gleichgewicht brachte.

pTo schnappte überrascht nach Luft, während Poto vor Freude sang. »Söhne«, jubelte er. »Die Frau des Gebrochenen hat ihm Söhne geschenkt, während er sich erholte. Nun ist seine Freude doppelt und noch einmal doppelt so groß, denn er kehrt zu der Frau heim, die er als Weib zurückgelassen hat, und stellt nun fest, daß sie Mutter ist.«

pTo sprang von Luets Kopf und landete vor seiner Frau. Die beiden unterhielten sich leise und schnell, und die Musik ihrer Stimmen klang wunderschön miteinander, obwohl keiner der Menschen verstehen konnte, was sie sagten. Als Iguo pTos Körper untersuchte, besonders die

Schwinge, die einmal zerrissen gewesen war, untersuchte pTo seinerseits die beiden Babys, die sie in das Gras zu seinen Füßen gelegt hatte. Sie konnten stehen, wenn auch noch nicht fliegen, und obwohl sie stockend und kleinkinderhaft sprachen, konnten sie ihn schon Vater nennen, und pTo weinte schamlos, weil er sie mit seinen Fingerspitzen und der Zunge berühren konnte und sie seinen Körper hinaufkletterten und unter dem Baldachin seiner Schwingen herumtollten.

Schließlich wandte Iguo sich wieder den wartenden Engeln zu. »Was nicht geheilt werden kann, ist geheilt worden«, sagte sie. »Was für ewig verloren war, wurde gefunden. Daher kann auch das verziehen werden, was nicht verziehen werden kann. Möge uns Freundschaft mit den Gästen verbinden, die zu uns gekommen sind, mögen wir sie in unsere Herzen und Familien aufnehmen, in unsere Nester und Bäume.«

Das war der formelle Vorschlag, auf den zu warten pTo und Poto ihnen eingeschärft hatten. Und nun kam die Abstimmung. Nur ein paar fielen aus den Bäumen zu Boden, um ihr Mißfallen oder ihre Befürchtungen zum Ausdruck zu bringen. Und als die Abstimmung beendet war, flogen all jene los, die zugestimmt hatten, indem sie in den Bäumen geblieben waren, erhoben sich über die Lichtung, schwärmten aus und tollten herum und sangen. Dann schossen sie hinab, immer nur ein paar, um die Menschen zu berühren, sie nicht nur mit ihren Augen, sondern auch mit den Händen und Füßen zu sehen, und um ihre Stimmen zu hören, während sie mit der schwierigen Sprache kämpften.

»Dapai«, nannten sie Nafai, weil sie den Nasal- und Reibelaut seines Namens nicht aussprechen konnten. »Quet«, nannten sie Luet und benutzten den tiefen, gutturalen Verschlußlaut als Ersatz für das unaussprechbare *L*. »Ittib« war Issib, und »Kuschied« Huschidh. pTo hatte sich beklagt, daß die Alten ihre Namen anscheinend so gewählt hatten, daß das Volk sie nicht aussprechen konnte.

Doch Dapai, Quet, Ittib und Kuschied kamen der Sache ziemlich nahe. Die Engel hatten ihre Namen ausgesprochen und sie willkommen geheißen. Während der Stuhl hinter ihnen herzockelte, folgten sie den segelnden und ausschwärmenden Engeln in das Tal hinab, das ihre Heimat war.

13
Morde

Vas wollte nichts Böses. Er war lediglich ein aufmerksamer Mann, und ein leidenschaftlicher. In den Monaten, die vergangen waren, seit Elemak den fliegenden Alptraum zusammengeschlagen hatte, den sie Engel nannten, und Eiadh ihn vor allen zurückgewiesen hatte, schien das eisige Verhältnis zwischen Elemak und Eiadh nicht aufgetaut zu sein. Soweit Vas es sagen konnte, sprachen die beiden nicht miteinander, und Elemak schaffte es irgendwie, sich fast nie in seinem Haus aufzuhalten, wenn Eiadh sich darin befand. Nicht, daß Vas stets auf das Kommen und Gehen der Leute geachtet hätte. Ihm fiel einfach zufällig auf, daß Elemak mit der Wühlergeisel in dem Schiff blieb und lernte, dessen Sprache zu summen und zischen, und daß die arme Eiadh ohne männlichen Gefährten auskommen mußte.

Nun ja, Vas war nicht ganz so allein. Sevet, seine liebe Frau, die ihn in Basilika regelmäßig betrogen hatte, hatte ihn nun erneut hintergangen, indem sie durch die Geburt sehr vieler Kinder einen fetten Bauch bekommen hatte. Noch schlimmer war, daß sie nichts mehr von dem fröhlichen Charme zeigte, den er damals so geschätzt hatte, als er den ersten mehrjährigen Ehevertrag mit ihr schloß. Zu jener Zeit war sie eine Berühmtheit gewesen, eine bekannte und geschätzte Sängerin. Vas hatte damals wirklich einen tollen Fang mit ihr gemacht.

Aber sie hatte seit Jahren nicht mehr gesungen. Nicht mehr seit dem Abend, an dem Kokor nach Hause gekommen war und ihren Gatten Obring überrascht hatte, wie er zwischen Sevets einladende Hüften stieß. Koja handelte eher impulsiv als aus einem Gerechtigkeitsgefühl heraus und hatte auf die Person eingeschlagen, die sie am meisten auf der Welt haßte, auf ihre Schwester Sevet. Der Schlag hatte ihren Kehlkopf getroffen, und Sevet hatte seitdem keinen Ton mehr gesungen. Aber es lag kein körperlicher Schaden vor. Sie konnte sprechen, und nicht nur eintönig. Und sie summte den kleinen Kindern Schlaflieder vor. Aber mit voller und starker Stimme zu singen – das war vorbei. Und das galt natürlich auch für den Ruhm, in dessen hellem Schatten Vas so geschwelgt hatte. Also war nichts mehr an Sevet sonderlich attraktiv. Doch leider war sie Rasas Tochter, und sie alle hatten sich auf den Unsinn eingelassen, der dazu geführt hatte, daß sie in die Wüste hinausgezogen waren, und so hatte die Ehe kein Ende gefunden, obwohl der letzte Funke der Liebe, die einst zwischen ihnen gewesen war, in der Nacht erlosch, als sie ihn mit dem bemitleidenswerten, elenden, dummen, verabscheuungswürdigen Wurm von Gatten Obring betrogen hatte.

Also war Vas genauso einsam wie Eiadh, und aus ähnlichen Gründen – beide hatten herausgefunden, daß ihre Ehepartner moralische Kretins waren, die nicht mal zu einem Funken menschlichen Anstands fähig waren. Vas hatte seine lieblose Ehe ertragen und der Hure sogar drei Kinder gemacht, obwohl niemand ahnte, wie sehr er es haßte, sie auch nur zu berühren. Und es war nicht nur ihre immer fetter werdende Taille oder der Verlust ihres von Ruhm umgebenen Lebens in Basilika. Es war das Bild, wie sie ihre Beine um Obrings nackte, schlaffe, weiße, haarige Schenkel geschlungen hatte, und das Wissen, daß sie dies nicht mal getan hatte, um Vas zu betrügen, sondern um ihre boshafte, untalentierte kleine Schwester Kokor zu ärgern. Sevet hatte zweifellos nicht mal an Vas gedacht, während sie ihn …

Das war nun viele Jahre her, und hundert Jahre interstellaren Fluges, ganz zu schweigen von den Jahren in der Wüste und fast einem weiteren Jahr auf dieser neuen Welt – doch für Vas war es gestern, stets gestern, und so erinnerte er sich sehr deutlich an den Schwur, den er geleistet hatte, als Elemak ihn davon abhielt, Obring und Sevet zu töten, um seine Ehre und Männlichkeit wiederherzustellen. Er hatte geschworen, daß er eines Tages, vielleicht, wenn Elemak alt und schwach und hilflos war, die Dinge wieder ins Lot bringen würde. Vas würde Obring und Sevet töten und dann, während das Blut an seinen Händen noch frisch war, zu Elemak gehen, und Elemak würde über ihn lachen und sagen: Du erinnerst dich noch daran? Es ist schon so lange her! Und *dafür* hast du sie getötet? Und Vas würde zu ihm sagen: Elemak, es ist *nicht* lange her. Es war in diesem Leben. Und deshalb werde ich in diesem Leben alles wieder ins Lot bringen. Obring und Sevet habe ich wegen ihres Betrugs getötet. Dich werde ich töten, weil du verhindert hast, daß ich diese Rache heiß genossen habe. Wenn sie kalt ist, bedarf es mehr Blutes, damit sie funktioniert. Deines Blutes, Elemak. Stirb durch meine Hände, wie meine Ehre durch die deinen gestorben ist.

Oh, hatte er es sich seitdem nicht tausendmal vorgestellt? Immer und immer wieder. Wenn Elemak versucht hatte, Nafai oder Volemak zu töten, und sie ihn aufgehalten, niedergeschlagen, erniedrigt hatten, hatte Vas sie beobachtet und insgeheim gefleht: Tötet ihn nicht. Spart ihn für mich auf. Zehntausendmal hatte er sich vorgestellt, wie Obring winseln und um Gnade flehen und Sevet ihn geringschätzig verachten und nicht glauben würde, daß er sie tatsächlich tötete, bis dann dieser Ausdruck der unaussprechlichen Überraschung kam, wenn das Messer in ihren Körper glitt – oh, es mußte ein Messer sein, eine Handwaffe; er mußte fühlen, wie das Fleisch unter dem Druck der spitzen Klinge riß, fühlen, wie der Stahl in das blutdurchströmte Fleisch drang, im Körper herumtastete, bis er das Herz fand und das Blut unter seiner Hand hinausschoß, im letzten Höhepunkt von Sevets elendem Leben seinen Arm heraufspritzte …

Der Tag wird kommen, dachte Vas. Aber warum sollte ich ihn nicht sorgfältig vorbereiten? Elemak hielt es für unbedeutend, daß ein anderer Mann mit meiner Frau schläft. Wäre es also nicht angemessen und gerecht, daß ich ihm dann, wenn er sterbend daliegt, in den letzten Augenblicken seines Bewußtseins sage: O ja, Elemak, mein Freund, du erinnerst dich daran, was meine Frau dir angetan hat? Nun, meine Frau hat es dir auch angetan, und zwar mit mir. Und Elemak wird mir in die Augen sehen und wissen, daß ich die Wahrheit spreche, und dann wird er begreifen, daß ich doch nicht ein so passives Geschöpf war, nicht das geistlose Werkzeug, für das er mich so viele Jahre lang gehalten hat.

Das einzige Problem bei diesem Traum war Eiadh selbst. Auch wenn sie nicht mehr mit Elemak schlief, bedeutete das noch lange nicht, daß sie für Vas etwas übrig hatte. Er war kein Narr. Er war ein aufmerksamer Mann, mehr nicht. Er wußte, daß sie zur Zeit verletzbar war. Einsam. Und Vas konnte leidenschaftlich sein. Er würde nicht zornig zu Eiadh gehen, um sich an Elemak zu rächen, nein, keineswegs. Er würde als ihr Freund zu ihr gehen, um ihr einen starken, tröstenden Arm zu bieten, und eins würde zum anderen führen. Vas hatte Bücher gelesen. Er wußte, daß so etwas geschehen konnte. Warum nicht auch bei ihm? Warum nicht bei Eiadh, deren Taille *nicht* dicker geworden war, obwohl sie doppelt so viele Kinder wie Sevet geboren hatte? Eiadh, die noch immer sang, nicht mit der Kraft einer berühmten Unterhaltungskünstlerin wie Sevet, aber mit einer glänzenden Vertraulichkeit, einer Stimme, die in der Seele eines Mannes Sehnsucht wecken konnte, ah, ja, Eiadh, ich habe dich singen hören und gewußt, daß diese Stimme eines Tages stöhnen, diese süße Kehle sich rückwärts krümmen wird, während dein Körper als Reaktion auf den meinen erzittert.

»Ja?« fragte Eiadh.

Er hatte nicht mal in die Hände geklatscht. Sie mußte ihn kommen gesehen haben. Wie unangenehm. »Eiadh«, sagte er.

»Ja?« sagte sie erneut.

»Darf ich hereinkommen?« fragte Vas.

»Stimmt etwas nicht?« fragte Eiadh. Er konnte sehen, daß sie im Geiste ihre Kinder abzählte.

»Nicht, daß ich wüßte«, sagte Vas. »Einmal davon abgesehen, daß ich mir Sorgen um dich mache.«

Eiadh schaute verwirrt drein. »Um mich?«

»Bitte, darf ich hereinkommen?« fragte er.

Sie lachte, ließ ihn aber zur Tür hinein. »Natürlich, Vas, aber ich habe keine Ahnung, wovon du sprichst. Abgesehen davon, daß ich ständig müde bin. Aber darüber beklagen sich alle anderen auch. Bist du gekommen, um das Gemüse für das Abendessen zu schneiden? Das würde mich freuen.«

»Brauchst du bei dem Gemüse wirklich Hilfe?« fragte Vas.

»Nein, das war nur eine Redewendung. Eigentlich nähe ich gerade. Volemak besteht darauf, daß wir alle lernen, mit diesen schrecklichen Knochennadeln zu nähen. Sie sind so dick, daß sie bei jedem Stich klaffende Löcher in den Stoff reißen. Aber Volemak ist der Ansicht, daß es eines Tages keine Nadeln aus Stahl mehr geben wird, und deshalb ... na ja, *ich* sehe es nicht ein. Selbst in der Wüste mußten wir nicht ... ich langweile dich, oder?«

»Es tut mir leid«, sagte Vas. »Du langweilst mich nicht. Aber ich habe mehr dem Klang deiner Stimme als deinen Worten gelauscht. Ich hoffe, du verzeihst mir. Elemak kann sich glücklich schätzen, eine Frau zu haben, bei der normales Sprechen wie Musik klingt.«

Sie schaute angesichts des Kompliments verwirrt drein, lachte dann aber hell. »Ich glaube nicht, daß Elemak sich sehr glücklich schätzt«, sagte sie.

»Dann ist Elemak ein Narr«, sagte Vas. »Wenn er sich von solcher Güte und Schönheit wie der deinen abwendet ...«

»Vas, versuchst du etwa, mich zu verführen?« fragte Eiadh.

Er war so durcheinander, daß er es nur abstreiten konnte. »Nein, ich kann doch nicht ... Glaubst du etwa, daß ich ... oh, ist das peinlich. Ich wollte mich mit dir *unterhalten*. Ich war einsam und dachte, vielleicht hast du ... aber wenn du der Ansicht bist, es schickt sich nicht, daß wir beide hier allein in dem Haus ...«

»Das ist schon in Ordnung«, sagte Eiadh. »Ich weiß, daß meine Tugend bei dir sicher ist.«

Vas setzte sein bestes trockenes Lächeln auf. »Anscheinend ist die Tugend aller Frauen bei mir sicher.«

»Armer Vas«, sagte sie. »Du und ich, wir haben etwas gemeinsam.«

»Ach ja?« fragte er. War es möglich, daß sie ihm dieselben Gefühle entgegenbrachte, die er für sie hegte? Vielleicht hätte er seine Absicht, sie zu verführen, nicht so schnell und energisch abstreiten sollen.

»Vom Offensichtlichen abgesehen, meine ich«, sagte sie. »Anscheinend sind wir beide dazu bestimmt, in unseren eigenen Autobiographien Nebenrollen zu spielen.«

Vas lachte, weil es den Anschein hatte, daß sie genau darauf wartete. »Und damit meinst du ...«, sagte er.

»Oh, nur, daß wir beide hier und da von den Entscheidungen durchgeschüttelt werden, die andere Leute treffen. Warum in aller Welt hat man *uns* an Bord eines Raumschiffs gebracht? Fällt dir irgendein Grund ein? Es war reiner Zufall. Wir haben uns am falschen Tag zum falschen Wendepunkt der Geschichte in die falsche Person verliebt.«

»Ja«, sagte Vas. »Jetzt verstehe ich, was du meinst. Aber können zwei Nebendarsteller wie wir nicht trotzdem unsere kleinen Schauspiele aufführen, während die berühmten Schauspieler mit volltönender Stimme Reden vor dem großen Publikum der Geschichte halten? Können wir uns nicht in der Dunkelheit, in der wir das einzige Publikum sind, irgendein Glück zusammenkratzen?«

»Ich bin nicht der Typ, der in der Dunkelheit irgend etwas zusammenkratzt«, sagte Eiadh. »Ich habe eine dumme Ehe geschlossen und wußte es fast sofort. Das war bei dir genauso, fürchte ich. Aber das bedeutet nicht, daß ich die Zukunft meiner Kinder in Gefahr bringen werde, ganz zu schweigen von meiner eigenen, um irgendeinen Trost zu finden oder irgendeine Rache zu üben. Ich nehme das Glück, das ich im Licht finden kann, wo mich jeder sieht. Ich liebe meine Kinder. Du hast selbst gute Kinder, Vas. Finde Trost in ihnen.«

»Die Liebe meiner Kinder ist nicht die Liebe, nach der ich mich sehne«, sagte er. Er wagte es, bei ihr unverblümt vorzugehen, weil ihm klar wurde, daß sie all seine Versuche, kluge Umwege einzuschlagen, sowieso durchschaute.

»Vas«, sagte sie freundlich, »ich bewundere dich schon seit langem, weil du alles mit solcher Geduld erträgst. Ich weiß mittlerweile, welche Art der Stärke die bessere ist, die deine oder Elemaks. Aber ich bewundere auch, daß du imstande bist, das alles zu ertragen, ohne davor zurückzuweichen. Wir wollen doch nicht so werden, wie sie es sind. Erniedrigen wir uns nicht so sehr, daß wir schließlich verdienen, was sie uns antun.«

Vas war ein aufmerksamer Mann. Er bemerkte sofort, daß sie sich auf etwas zu beziehen schien, das erst vor kurzer Zeit vorgefallen war, und nicht auf uralte Geschichten aus Basilika. Sie schien anzunehmen, daß er etwas wußte, was er noch nicht wußte. »Du wirst nie verdient haben, was Elemak dir antut«, sagte er in der Hoffnung, eine ganz bestimmte Antwort darauf zu bekommen.

Und er bekam sie. »Und du hast auch nicht verdient, was Sevet dir antut«, erwiderte sie. »Man sollte doch meinen, sie hätte ihre Lektion schon vor langer Zeit gelernt, aber manche Frauen lernen nichts, während andere alles lernen.«

In Vas' Kopf drehte es sich. Er hatte so lange bei der Erinnerung an den schon Jahre zurückliegenden Betrug mit Obring verweilt, daß ihm gar nicht in den Sinn gekommen war, Sevet hätte vielleicht noch jemanden in ihr Bett geholt. Doch es gab viele Gelegenheiten. Wenn er draußen auf den Feldern arbeitete; wenn er Wache hielt; als er diese beiden Male mit Zdorab unterwegs gewesen war, mit dem Beiboot des Schiffes die Umgebung erkundet und kartographiert hatte. Sevet hatte vielleicht ... aber das würde sie doch ganz bestimmt nicht tun ... nicht ein zweites Mal, nicht, nachdem sie so viel verloren hatte, ihre Stimme und ...

Aber ich habe ihr die Stimme nicht genommen, oder? Das war Kokor gewesen, und als ihre Stimme wiederhergestellt war, hatten wir Basilika bereits verlassen. Sevet weiß vielleicht, daß sie Kokors Zorn zu fürchten hat; aber was hat sie je gelehrt, den meinen zu fürchten?

Der Augenblick ist gekommen, erkannte Vas. Diesmal würde es keine Geduld geben. Diesmal würde kein Elemak seine Hand zurückhalten. Sevet und Obring würden sterben, und dann würde er sich gegen Elemak wenden und Eiadh auf ewig von der Last befreien, die dieser monströse Gatte darstellte. Und nachdem dann alle Hindernisse aus dem Weg geräumt waren, würde sie sich *endlich* dem Mann zuwenden, der sie befreit hatte.

Oder auch nicht. Aber was interessierte es ihn schon, ob jemand ihn liebte oder auch nur mochte? Er versuchte nicht, die Liebe oder Bewunderung eines anderen zu gewinnen; es ging ihm nur um seine Achtung. Er hatte schon zu lange auf sie verzichtet, und es war an der Zeit, sie sich zurückzuholen.

»Kaum zu glauben, daß sie noch immer auf Obring reinfällt«, sagte Vas. »Man sollte doch meinen, sie hätte ihn mittlerweile durchschaut. Er hat seinen knabenhaften Charme verloren ... falls er jemals welchen besaß.«

Sie lachte, doch auf ihrem Gesicht lag ein verwirrter Ausdruck. Was hatte das schon wieder zu bedeuten?

Es hatte zu bedeuten, daß es nicht Obring war. Sevet betrog ihn, aber nicht mit Obring.

Dann fiel ihm ein, was sie zuvor gesagt hatte. Darüber, daß sie etwas gemeinsam hatten. ›Vom Offensichtlichen abgesehen, meine ich‹, hatte sie gesagt. Was war das Offensichtliche? Es war so offensichtlich, daß nur Vas es nicht bemerkt hatte. Alle anderen mußten es wissen. Alle.

Sie mußte auf seinem Gesicht gesehen haben, daß er begriffen hatte, denn nun schaute sie tief betroffen drein. »Oh, Vas, ich dachte, du hättest es gewußt. Ich dachte, du wärest deshalb gekommen, um es ihnen heimzuzahlen. Aber ich war nicht wütend, verstehst du. Denn ich wollte ihn sowieso nicht mehr in meinem Bett haben, und es ist mir egal, auf wen er seinen verschwitzten Körper legt, und ich dachte ... Ich weiß nicht, warum, aber ich ging davon aus, du hättest dieselbe Einstellung. Aber jetzt sehe ich, daß dem nicht so ist. Du hast es nicht gewußt, und es tut mir so leid, ich ...«

Er bekam das Ende des Satzes nicht mit, weil er aufstand und ihr Haus verließ. Elemaks Haus.

»Mach keine Dummheiten, Vas«, sagte sie leise. Doch weil sie genau wußte, daß er sehr wahrscheinlich *doch* irgendwelche Dummheiten machen würde, suchte sie Hilfe. Volemak mußte wissen, daß sich ein Streit zusammenbraute. Er würde wissen, wie er ihn aufhalten konnte. Eiadh hätte sich schon längst an ihn wenden sollen. In ihrer winzigen Gemeinschaft war Ehebruch ein schreckliches Vergehen – Elemak selbst hatte dieses Gesetz während der Wüstenjahre erlassen. Eiadh hatte sich nie beschwert, weil sie aufrichtig froh darüber war, ihn nicht in ihrer Nähe zu haben, diesen Mann mit den wütenden Händen, die ein hilfloses, unschuldiges Wesen zerbrochen und die an Bord des Schiffes alle geprügelt und terrorisiert hatten. Da war es besser, allein zu schlafen und von dem einzigen echten Mann zu träumen, den sie je gekannt hatte. Von einem Mann, der sie einst, als er ein Junge war, geliebt oder sie wenigstens begehrt hatte. Einem Mann, der sie nun nicht mal mit Vergnügen anschaute.

Bei all ihrer kindischen Sehnsucht nach Nafai war ihr nie in den Sinn gekommen, daß Vas sich nicht über Elemaks und Sevets Ehebruch beschwert hatte, weil er nichts davon wußte. Wie hatte er nichts davon wissen können? Waren Männer viel blinder als Frauen? Oder hatte er etwa geglaubt, nur weil er Sevet nicht mehr wollte, würden auch ihre sexuellen Begierden einfach vertrocknen?

Es würde eine fürchterliche Schweinerei geben, und am Ende würde jemand sterben. Das wußte sie nun, denn sie hatte Vas noch nie mit einem Ausdruck solch nackter Wut auf dem Gesicht gesehen. Sie hatte ihn schon mal bei Elemak gesehen; aber Elemak war es gewohnt, solche Gefühle zu haben und sie in Schranken zu halten. Vas hatte diese Übung nicht.

Auf dem Weg zu Volemaks Haus kam sie an Mebbekew vorbei, der das Fell einer Ziege aufspannte, die er und ein paar Wühler erlegt hatten, als sie an diesem Morgen in den Hügeln auf die Jagd gegangen waren. »Wieso die Eile?« fragte er.

»Vielleicht solltest du mitkommen und helfen«, sagte sie. »Vas hat gerade von Sevets Ehebruch erfahren, und es könnte gefährlich werden.«

Aufgrund der Art und Weise, wie Mebs Gesicht erbleichte, wußte Eiadh, daß mehr als nur ein Bauer Eiadhs Feld gepflügt hatte. »Nicht du«, sagte Eiadh. »Von dir weiß er nichts.«

»Wer noch?« fragte er verwirrt.

Sie lachte ihn aus. »Sind alle Männer so dumm wie du und Vas? Ihr alle glaubt, euch gehöre der Mond, nur weil ihr nie mitbekommt, daß auch andere ihn anschauen.«

Meb lächelte. »Also hat Vas es auf Elemak abgesehen«, sagte er.

»Ich hole Volemak. Wir müssen der Sache Einhalt gebieten.«

»Oh, und ich werde dort sein, um zu helfen. Du kannst dich darauf verlassen. Das will ich mir um nichts auf der Welt entgehen lassen.«

Aber Mebbekew folgte ihr nicht zu Volemaks Haus. Stattdessen überlegte er, den schweren Holzhammer noch in den Händen, wohin Vas zuerst gehen würde. Zweifellos zum Werkzeugschuppen, um sich irgendeine Waffe zu besorgen – Vas würde nicht mit bloßen Händen vorgehen, nicht, wenn ihm der Sinn nach Mord stand. Er kannte seine Grenzen. Genau wie Meb. Vas würde sich einen scharfen Gegenstand mit einem langen Griff besorgen. Und Meb hatte einen sehr großen Holzhammer. Da Vas ein stolzer Mann war, würde er mit seinem vorgesehenen Opfer sprechen, ihn beim Namen rufen, ihm gegenübertreten. Da Meb überhaupt keinen Stolz hatte, würde er ihn von hinten angreifen. Oder einen Hinterhalt legen und auf ihn warten. Meb schämte sich dessen nicht. Er wußte, daß er einem entschlossenen Feind in einem anständigen Kampf nicht gewachsen war. Die Kunst des Kämpfens hatte er nie erlernt. Er war zum Schauspieler bestimmt, und gäbe es einen echten Gott und nicht nur diesen dummen Computer, wäre Meb jetzt noch in Basilika auf der Bühne, hätte sich schon längst einen Namen gemacht und würde jeden Abend neue Frauen und neue Freunde finden. Statt dessen war er hier, in diesem schmutzigen kleinen Dorf, lebte im Dreck und war jeden Tag mit Schweiß und Staub und Schlamm und Insektenstichen bedeckt, und jetzt gab es hier einen sehr wütenden Ehemann, und ob dieser Ehemann es nun wußte oder nicht, höchstwahrscheinlich hatte Meb als letzter mit Vas' Frau geschlafen.

Natürlich wird er zu Sevet gehen. Er wird nach Hause gehen.

Doch in Vas' Haus war niemand. Sevet war fort. Mit den Frauen weggegangen. O ja, sie gab Unterricht; das war die Zeit, zu der sie die Kinder unterrichtete. Als würde es noch eine Rolle spielen, ob sie lesen konnten oder nicht. Was wollten sie denn lesen? Die neueste Geschichte, die eine Ratte in einem Loch geschrieben hatte? Aber dieser Umstand rettete Sevet im Augenblick das Leben, und so war es doch gar nicht so schlecht, daß sie unterrichtete, oder? Sevet war eine sehr dankbare Liebhaberin. Und sie hatte sich während ihrer Blütezeit einige Fertigkeiten angeeignet, so daß es eine willkommene Abwechslung war, mit ihr zu schlafen, allenthalben im Vergleich zu Doljas Klammern, das so widerwärtig und gierig war, so bedürftig, selbstsüchtig und unbeholfen …

Was nicht heißen sollte, daß Meb etwas dagegen hatte, mit Dol zu schlafen, wann immer sie wollte. Meb war noch jung, und jetzt, da Elemak das Ehebrecher-Gesetz nicht mehr überwachte, schien sich niemand mehr dafür zu interessieren, abgesehen von den Ehebrechern selbst. Das war das Schöne daran, daß Gesetze einem nur von denen aufgezwungen werden, die selbst daran glauben – sie vermuten ganz einfach nicht, daß die Gesetze gebrochen werden, weil ihre unschuldigen kleinen Geister sich einfach nicht vorstellen können, *daß* sie gebrochen werden.

Falls Vas Sevet nicht finden konnte, und falls er von Meb nichts wußte, würde er auf jeden Fall Elemak suchen. Das hieß, er war auf dem Weg zum Schiff, in dem Elemak mit der Geisel arbeitete.

Auf dem Weg dorthin kam Meb jedoch an Obrings Haus vorbei und sah, daß die Tür offenstand, obwohl Obring lange schlafen würde, nachdem er in der vergangenen Nacht Wache gehalten hatte, und … war es möglich? Hegte Vas so viele Jahre nach der Tat noch Groll gegen Obring? Oder bildete Vas sich ein, daß Sevet nach diesem häßlichen Abend, an dem Kokor sie überrascht hatte, noch einmal mit Obring geschlafen hatte? Oder war es einfach so, daß der neue Ehebruch seiner Frau die Erinnerung an den alten aufgefrischt hatte?

Selbst wenn Obring friedlich wie ein Baby schlief, wollte er den Spaß bestimmt nicht verpassen, und Meb hatte nichts dagegen, auf Nummer Sicher zu gehen und einen weiteren Mann mitzunehmen, selbst wenn dieser Mann Obring und daher unzuverlässig und feige war. Ich bin selbst unzuverlässig und feige; also kann ich ihm *das* wohl schlecht vorwerfen.

Meb trat in das Haus. Obring lag auf seinem Bett, die Augen weit geöffnet, die Hände über der Wunde in seiner Brust gespreizt, obwohl es zweifelhaft war, daß es sich dabei um die Todesursache handelte. Der tiefe Schnitt über seine Kehle hatte ihn zweifellos erledigt. Sehr ordentlich ausgeführt. Die Verletzung in der Brust konnte von einer Spitzhacke oder Axt stammen. Eindeutig keine normale Hacke. Aber aufgrund der Halsverletzung erkannte man zweifelsfrei, daß es eine Waffe mit einer Klinge war. Eine Sichel. Nein. Eine Axt. Scharf genug, um die Kehle durchzuschneiden, aber auch stark genug, um sich in die Brust zu graben. Armer Obring. Armer Meb, falls Vas es auch auf mich abgesehen haben sollte. Eine Axt gegen einen Holzhammer? Vielleicht warte ich doch lieber, was Vater entscheidet. Soll Nafai doch mit seinem magischen Mantel kommen und dem armen Vas einen Schlag versetzen.

Was, in aller Welt, würden sie mit einem Mörder tun?

Meb hörte irgendwo ein lautes Gespräch, in der Nähe von Volemaks Haus, ignorierte es jedoch und lief schnell zum Schiff. Vas hat es eilig, und Elemak wartet. Auf welchem

Deck hat er die Wühler eingesperrt? Ich hätte besser aufpassen sollen. Elemak kann von Glück reden, wenn ich noch rechtzeitig komme, um sein Leben zu retten. Und wenn nicht, kann ich Vas vielleicht noch in einen kleinen Hinterhalt locken. Sollte der Mörder erfreulicherweise ebenfalls umgekommen sein, wäre Vaters Problem gelöst.

Elemak und Fusum führten ein Streitgespräch und warfen sich Argumente um die Ohren. Elemak benutzte die Wühlersprache; Fusum mühte sich, so gut er konnte, mit menschlichen Worten ab. Das gehörte zu der Vereinbarung, die sie geschlossen hatten. Fusum würde Elemak die feinsten Sprachnuancen beibringen, wenn er irgendwann dafür verstehen würde, was die Menschen sagten. »Wenn ihr keine Götter seid«, meinte Fusum, »ist eure Sprache auch nicht heilig, und es wäre keine Sünde für mich, sie zu erlernen, nicht wahr?« Dem konnte Elemak nur zustimmen.

Fusum war im Erlernen von Sprachen jedoch keineswegs so geübt wie Elemak; er war den ganzen Morgen wütend und verdrossen, weil Elemak beredt komplizierte Sätze herunterrasselte, während er nur die rudimentärsten Antworten stammeln konnte. Dann und wann fiel er in seine Muttersprache zurück und setzte zu einem Redefluß an, nur um angesichts von Elemaks überlegenem Lächeln wieder zu verstummen und sich erneut mit der menschlichen Sprache abzumühen. Diese Geräusche, die sie von sich gaben – die Hälfte davon klangen wie die des Himmelsfleisches. Wie die von Tieren. Das sagte Fusum jedenfalls, wann immer er aufgab und kurze Zeit wütend vor sich hinmurmelte.

Elemak genoß es geradezu.

Bis zu dem Augenblick, da Vas auf der Schwelle auftauchte, eine blutgetränkte Axt in der Hand. Das gehörte nicht zu Elemaks Plänen für diesen Tag. »Was hast du mit dieser Axt gemacht?« fragte Elemak. Der elende Mistkerl hatte doch nicht etwa Sevet getötet, oder? Sie unterrichtete gerade – er würde es doch wohl kaum vor allen Kindern tun, oder? Und wer hatte es ihm gesagt? Warum hatten sie es ihm nach all diesen Monaten ausgerechnet *jetzt* gesagt?

»Ich hatte sowieso vor, dich umzubringen«, sagte Vas. »Weil du mich vor all diesen Jahren daran gehindert hast, Obring und Sevet zu töten. Ich habe nie vergessen, wie du mich erniedrigt hast, Elemak. Aber das ... mit Sevet zu schlafen. Warum konntest du nicht einfach eine der Wühlerfrauen ficken, wenn Eiadh dich nicht mehr in ihr Bett läßt? Das ist doch dein Stil, nicht wahr, Elemak? Mit hilflosen kleinen barbarischen Tieren zu vögeln?«

»Ich nehme nicht an«, sagte Elemak in der Wühlersprache zu Fusum, »daß du mir irgendwie helfen könntest, oder?«

»Sprich so, daß ich dich verstehe!« verlangte Vas.

»Was denn? Warst du kein braver Junge und hast die Wühlersprache gelernt?«

Mittlerweile hatte Fusum herausbekommen, wie er Elemaks Bitte in der Menschensprache beantworten konnte. »Ich würde gern helfen, aber der verrückte Mensch hat die Axt.«

Vas betrachtete ihn kalt. »Eine sehr kluge Entscheidung, Rattenjunge«, sagte er. »Mir ist es egal, ob auch dein Gehirn hier auf dem Boden liegen wird oder nicht.«

»Er wird dich auf jeden Fall umbringen«, sagte Elemak – erneut in der Wühlersprache –, »nachdem er mich umgebracht hat, und dann behaupten, du hättest mich mit der Axt getötet, und dann hätte er mit dir gekämpft, sie dir abgenommen und *dich* damit getötet.«

Fusum starrte ihn an und antwortete stur in der Menschensprache, obwohl Vas ihn dann verstand. »Die Axt ist blutig. Er hat außerhalb des Schiffes schon jemanden getötet.«

»Wen hast du umgebracht, Vas?« fragte Elemak. »Jemand, den ich kenne?«

»Obring«, sagte Vas. »Ich habe ihm die Kehle durchtrennt. Nachdem ich die Axt in sein Herz gerammt habe.«

»Wie passend. Sein Herz zu zerschmettern, so, wie er das deine gebrochen hat.« Elemak lachte. Nicht, weil er nicht glaubte, daß Vas ihn töten würde. Ganz im Gegenteil, er ging davon aus, daß Vas es auf jeden Fall versuchen würde. Und in Anbetracht der Tatsache, daß Elemak in einer sehr schlechten Position war – er saß auf dem Boden, ohne besondere Hebelkraft zu haben –, bestand durchaus die Möglichkeit, daß Vas ihn mit einem einzigen Schlag fällte, bevor er sich wehren konnte.

»Dir kommt das komisch vor?« fragte Vas.

»Und traurig, natürlich. Die arme Sevet. Wenn ich tot bin, wird sie sich wieder mit deinen gelegentlichen, unbeholfenen Versuchen begnügen müssen, mit ihr zu schlafen.«

»Sie werde ich auch töten«, sagte Vas.

»Und wen dann? Alle anderen ebenfalls? Du bist verloren, Vas. Du hättest klüger sein sollen. Du hättest deine Zeit abwarten sollen.«

»Ich habe bereits lange genug gewartet.«

»Du hättest es wie einen Unfall aussehen lassen sollen. Oder noch besser, es so darstellen sollen, als hättest du versucht, mein Leben zu *retten*. Einen nach dem anderen erledigen, nicht alle zusammen, und noch dazu mit einer Axt. Und du hast Obrings Blut an deiner Kleidung. Sehr ungeschickt, Vas. Dafür werden sie dich töten. Sie können schlecht einen Mörder frei herumlaufen lassen.«

»Du wirst zuerst sterben«, sagte Vas.

»Ja, ganz bestimmt. Und deshalb wirst du dich *viel* besser fühlen, wenn sie dich … ja, was? Erwürgen? Ertränken? Vielleicht hat Schedemei irgendein Medikament, das dich schmerzlos im Schlaf sterben läßt. Dann kannst du von mir träumen, während du deinen letzten Atemzug keuchst.«

»Ich habe keine Angst vor dem Tod«, sagte Vas.

»Wie schade«, sagte Elemak. »Ich schon. Weißt du auch, warum? Ich habe Angst davor, daß es ein Leben nach dem Tode geben könnte. Ich habe Angst davor, daß ich weiterleben muß, aber nicht in diesem sehr behaglichen Körper. Was ist, wenn ich wiedergeboren werde? Was, wenn ich in einem Körper zurückkomme, wie *du* einen hast?«

Den letzten Satz sprach er mit soviel Abscheu, wie er aufbringen konnte. Er erzielte damit aber keine Wirkung.

»Ich werde mich nicht von dir verleiten lassen, etwas Unüberlegtes zu tun«, sagte Vas. »Ich weiß, du sitzt da und denkst darüber nach, wie du mir die Axt abnehmen kannst, bevor ich dir damit den Kopf einschlage. Aber warum sollte ich auf deinen Kopf zielen? Da wären deine Beine, gespreizt wie die Äste eines Weihnachtsbaums. Ich kann mit einem einzigen Schlag einen fünf Zentimeter dicken Ast durchtrennen – meinst du, das gelingt mir auch bei deinem Knöchel?«

»Nein. Ich glaube nicht, daß du das kannst.«

»Du glaubst, du bist so schnell, daß du mich aufhalten kannst? Im Sitzen, du arroganter Narr?«

»Ich muß dich nicht aufhalten«, sagte Elemak.

»Gut«, sagte Vas. »Denn das kannst du auch nicht.«

»Aber Meb kann es«, sagte Elemak. »Er steht mit einem sehr großen Holzhammer hinter dir, und ich glaube, er hat die Absicht, deinen Kopf wie einen Nagel zwischen deine Schultern zu treiben.«

Vas machte sich nicht mal die Mühe, sich umzudrehen. »Wenn du schon Dämonen heraufbeschwörst, um mir angst zu machen, könntest du doch gleich Nafai nehmen. Er ist sowieso der einzige richtige Mann hier. Vor Meb habe ich keine Angst.«

»Ich stimme dir ja zu«, sagte Elemak. »Meb kann einem nur angst machen, wenn er mit einem Holzhammer hinter einem steht. Die meiste Zeit ist er ein wertloser kleiner Wühlerscheißkerl. Aber es wird nicht funktionieren, Meb. Du kannst seinen Kopf nicht zwischen seine Schultern treiben, nicht so einen weichen kleinen Kopf wie den von Vas. Da platzt er vorher wie eine Melone und spritzt das ganze Zimmer voll.«

»Hege keine Wunschvorstellungen, was meinen Kopf betrifft«, sagte Vas. »Denke lieber an deine Beine.« Er hob die Axt über den Kopf.

»Falls es dich trösten sollte«, sagte Elemak, »Meb hat auch mit Sevet geschlafen.«

Vas zögerte, schwang die Axt nicht, schlug nicht zu.

Elemak sprach weiter. »Deine arme Frau ist anscheinend

so einsam, daß sie sich mit allem zufrieden gibt, das Anspruch darauf erhebt, männlich zu sein, sogar mit Meb, der nicht mal tapfer genug ist, dich von hinten zu erschlagen. Was willst du dann mit diesem Holzhammer, Meb? Etwa dein Arschjucken bekämpfen?«

Meb starrte ihn voller Abscheu an. Elemak wußte, daß er es nicht *ausstehen* konnte, verhöhnt zu werden.

»Ach, Meb«, sagte Elemak. »Schwing das verdammte Ding endlich und bring's hinter dich.«

Genau das tat er. Es stellte sich heraus, daß Meb einen viel stärkeren Schlag führen konnte, als Elemak erwartet hatte. Doch Elemak behielt recht, was das Spritzen betraf. Es wurde wirklich widerlich, besonders, nachdem Vas zu Boden gefallen war und Meb immer wieder mit dem Holzhammer auf seinen Kopf einschlug – drei, vier, fünf Mal –, bis der Kopf nur noch Brei war und Gehirn- und Knochenstücke überall im Zimmer lagen. Als Meb sich beruhigt hatte und betrachten konnte, was er getan hatte, übergab er sich natürlich sofort, als wäre die Schweinerei entstanden, weil Vas' Kopf irgendwie von sich aus explodiert und nicht von ihm zu Brei zermatscht worden war. Doch Elemak machte sich keine großen Gedanken um Meb. Nein, Fusum faszinierte ihn, indem er Bröckchen von Vas' Gehirn von seinem nackten Körper pflückte und sie aß.

»Daß du mir ja nicht auf den Geschmack kommst, Fusum«, sagte Elemak in der Wühlersprache.

»Schmeckt fast wie Pekarigehirn«, sagte Fusum. »Und da *bin* ich schon auf den Geschmack gekommen.«

»Solltest du je einen Menschen verletzen, Fusum, werde ich dich in winzige Stücke zerreißen.«

»Auch wenn es Nafai ist?« verhöhnte Fusum ihn.

Also war Fusum dahintergekommen, welche Konflikte in der Gemeinschaft der Menschen herrschten – und das, obwohl Nafai sich hauptsächlich in der Schlucht aufhielt, um das Himmelsfleisch zu lehren, wie man Getreide anbaute.

»Besonders bei Nafai«, sagte Elemak. »Er gehört mir.«

Meb mußte sich mittlerweile nicht mehr übergeben. »Was hast du gesagt? Ich habe gehört, daß du Nafai erwähnt hast.«

»Ach, Fusum, ich habe gerade darüber gesprochen, wie schade es ist, daß die einzige nützliche Tat, die du in deinem Leben je begehen wirst, an Vas verschwendet wurde.«

»Verschwendet?« fragte Meb. »Ich habe meinen Freund getötet, um dein Leben zu retten, und du nennst das Verschwendung?«

»Ich hätte ihn aufgehalten, bevor er mich berührt hätte«, sagte Elemak. Er wußte nicht, ob es stimmte, war aber überzeugt davon, daß Meb es glauben würde. »Und daß Vas dein Freund sein soll – ich werde nicht um dich weinen. Nicht, während Sevets Geruch von der letzten Nacht noch an dir haftet, als Vas Wache hatte.«

»Da sieht man mal wieder, was *du* schon weißt«, sagte Meb. »Gestern nacht hatte ich keine Zeit für Sevet. Nachdem sie mich monatelang belästigt hatte, gab ich endlich nach und ließ mich von Eiadh bum...«

Meb beendete den Satz nicht. Plötzlich stellte er fest, daß er gegen die Wand gedrückt wurde und der Axtstiel ihm die Luft abschnürte.

»Ich weiß, daß es gelogen ist«, sagte Elemak. »Aber sollte ich jemals der Ansicht sein, es könnte wahr sein, wirst du am Ende darum beten, daß ich für dich tue, was du für Vas getan hast. Ein schnelles Ende. Aber das wäre zu gut für dich, Meb.«

»Es war nur ein Witz, du Arschloch«, sagte Meb, als er wieder sprechen konnte.

»Verschwende meine Zeit nicht mit deinen Entschuldigungen«, sagte Elemak. »Nicht, wenn wir Vas' Tod den Leuten erklären müssen, die jetzt schon die Leiter hinaufkommen, wie ich höre.«

»Was gibt es da zu erklären?« fragte Meb. »Ich habe dir das Leben gerettet.«

»Ah, aber warum hat Vas versucht, es mir zu nehmen? Und warum hast du mir deine freundliche Hilfe zukommen lassen?«

»Er wollte dich umbringen, weil du seine Frau bestiegen hast«, sagte Meb. »Ich ich habe ihn aufgehalten, weil du mein älterer Bruder bist und ich dich liebe.«

»War das deine beste Leistung, Meb?« fragte Eiadh, die durch den Korridor zu ihnen ging. »Es war dein Glück, daß wir Basilika verlassen haben, bevor du dich erniedrigen konntest, in der Öffentlichkeit aufzutreten.« Volemak, Ojkib und Padarok kamen mit ihr durch die Tür. Sie alle trugen Werkzeuge, die ziemlich überzeugende Waffen abgegeben hätten, hätten sie sich nicht in den Händen so sanfter, friedliebender Seelen befunden. »Was hat dieses Durcheinander zu bedeuten? Wo ist Vas?« Dann sah sie die Leiche auf dem Boden, deren zerschmetterter Kopf noch gekrümmt mit den Schultern verbunden war. Sie prallte zurück. »Was habt ihr getan?« flüsterte sie Elemak zu.

»Eigentlich habe *ich* es getan«, sagte Meb. »Gerade, als er Elemaks Knöchel abschlagen wollte.«

Doch Eiadh schenkte Meb keine Beachtung. Sie schaute Elemak kalt in die Augen. »Dieser Mann ist tot, weil du nicht einen Monat lang leben konntest, ohne *irgendeine* Frau ins Bett zu bekommen.«

Elemak lächelte sie an. »Das stimmt nicht. Solange ich mit dir verheiratet war, mein Schatz, war niemals eine Frau in meinem Bett.«

»Du bist wirklich schlecht«, sagte Eiadh. »Du liebst es wirklich, etwas zu vernichten. Und es ist nicht mal das große Böse, das spektakuläre, das weltenzerstörende Böse, über das die großen Epen geschrieben werden. Nein, in deinem Herzen ist nur ein armseliges, kleines, wurmähnliches Böses.«

»Sag ruhig, was dir auf dem Herzen liegt«, entgegnete Elemak. »Ich weiß, daß du dich in Wirklichkeit nur freust, daß ich noch lebe.«

»Daß ich es zugelassen habe, daß du der Vater meiner armen, unschuldigen Kinder wirst, war das Zweitschrecklichste, das ich je im Leben getan habe.«

»Und das Schlimmste?« fragte Elemak. »Nur zu, sag es –

ich bin tapfer, ich bin zäh. Ich habe Vas' Blut und Körper überall auf mir. Ich kann alles verkraften.«

Eiadh lächelte ihn an, denn sie wußte, sie würde das Schrecklichste sagen, das er jemals hören würde. »Das Schlimmste, das ich je getan habe? Nafai nicht zu heiraten, als ich damals in Rasas Haus merkte, daß er mich liebte. Ich erkannte meinen Fehler schon lange, bevor ich *dich* geheiratet habe, Elemak. Ich habe dich nur zum Mann genommen, um in Nafais Nähe bleiben zu können. Ich habe gebetet, daß alle meine Söhne so wie er sein mögen und nicht wie du. Und jedesmal, wenn du mit mir geschlafen hast, habe ich mir vorgestellt, er wäre es gewesen. Nur so konnte ich verhindern, seinen Namen zu rufen.«

»Genug davon«, sagte Volemak. »Schreckliche Dinge sind heute hier geschehen, und ihr verschwendet eure Zeit mit einem Ehestreit.«

Elemak ließ das Thema gehorsam fallen und beantwortete Volemaks Fragen. Doch er hatte gehört, was Eiadh zu ihm gesagt hatte. Er hatte es gehört, und er würde sich daran erinnern.

Ojkib bekam den Auftrag, die Schlucht hinaufzureisen und von den Morden zu berichten. Schedemei hätte die Schiffscomputer benutzen können, um es Issib durch den Index zu sagen, doch Volemak bestand darauf, daß die Nachricht persönlich überbracht werden mußte. Sein erster Gedanke war es gewesen, Chveja zu schicken, damit sie es ihren Eltern mitteilte, doch sie stand kurz vor der Entbindung von ihrem ersten Kind, und so wurde statt dessen ihr Gatte ausgewählt. Er war dafür nicht dankbar. »Mir gefällt es nicht, im Augenblick von hier wegzugehen«, sagte er. »Nicht, während Gewalt in der Luft liegt.«

»Ich glaube, das Morden ist vorbei«, sagte Volemak.

»Und wenn du dich irrst?«

»Denke logisch nach«, sagte Zdorab. »Wenn Elemak nichts unternommen hat, als er sich auf Obring und Vas verlassen konnte, wird er jetzt erst recht nichts unternehmen, wenn Meb ihm als einziger Erwachsener zur Seite stehen wird. Das Morden ist vorbei.«

»Das Morden wird nie vorbei sein«, sagte Rasa, »wenn der Ehebruch weitergeht und unbestraft bleibt.«

»Ich würde sagen«, erwiderte Volemak, »daß die Strafe für Ehebruch eindeutig aufgezeichnet wurde.«

»Der Ansicht bin ich nicht«, sagte Rasa. »Ich würde sagen, daß deine ältesten Söhne gestanden haben, Ehebrecher zu sein, und daß meine Töchter durch ihre Aussage ebenfalls belastet wurden.«

»Was soll ich denn tun?« fragte Volemak. »Sie zum Tode verurteilen? Sollen sechs der ursprünglich sechzehn Erwachsenen unserer Expedition sterben?«

»Was ist schlimmer, Volemak? Sechs sind tot, und das Gesetz wurde bestätigt? Oder zwei sind tot, und das Gesetz mit ihnen?«

»Du bist hart, Mutter«, sagte Ojkib. »Die Todesstrafe für Ehebruch war eine Maßnahme für die Wüste, nicht für die Erde.«

»Weil es hier Bäume und Bäche gibt, ist Ehebruch für unsere Gemeinschaft nicht mehr so verhängnisvoll?« fragte Rasa. »Ich dachte, ich hätte dich zu einem vernünftigeren Menschen erzogen, Ojkib.«

»Genug davon«, sagte Volemak. »Ojkib muß die Schlucht hinaufziehen, um die Nachricht zu überbringen.«

»Ich bin der Ansicht, er sollte Eiadh mitnehmen«, sagte Rasa.

Die anderen schauten sie an, als wäre sie verrückt geworden. »Nach dem, was sie zu Elemak gesagt hat?« fragte Ojkib. »Willst du, daß sie ihr Todesurteil unterschreibt?«

»Glaubst du etwa, es wäre besser, sie hier unten zu lassen?« fragte Rasa.

»Ja«, sagte Volemak. »Wenn sie zu Nafai ginge, würde Elemak das als Eingeständnis für irgendein Verhältnis zwischen ihnen betrachten, obwohl es das in Wirklichkeit nie gegeben hat. Rasa, willst du die Dinge unbedingt schlimmer machen?«

Rasa war wütend. »Ich will, daß die Dinge in fünf Jahren besser sind, während du entschlossen zu sein scheinst, sie im Augenblick besser zu machen und die Zukunft in der Schwebe zu lassen.« Sie stürmte aus der Bibliothek.

Volemak seufzte. »Jeder Anführer hat seine Kritiker«, sagte er. »Doch normalerweise muß er nicht des Abends zu ihnen nach Hause gehen.«

»Sie hat recht in allem, was sie sagte«, warf Schedemei ein. »Aber du hast auch recht in allem, was du beschlossen hast.«

Volemak lachte grimmig. »Manchmal, Schedemei, *gibt* es keinen Mittelweg.«

»Ich spreche nicht von einem Mittelweg. Du hast recht, daß du in diesem Augenblick keine andere Entscheidung hättest treffen können als die, die du getroffen hast. Aber Rasa hatte hinsichtlich der Konsequenzen recht. Sevet und Kokor werden weiterhin mit Elemak und Mebbekew und, soweit wir alle wissen, jedem geilen Wühler schlafen, der an ihren Häusern vorbeigeht. Elemak und Mebbekew werden ihre Gattinnen weiterhin betrügen und dann dieselben Frauen hassen, denen sie Schaden zufügen.«

»Und was soll ich dagegen tun?« fragte Volemak.

»Nichts«, sagte Schedemei. »Du *kannst* nichts dagegen tun. Nur zusehen, wie unsere soziale Ordnung zerfällt.«

»Manchmal bist du zu sehr Wissenschaftlerin, Tante Schedja«, sagte Ojkib.

»Unmöglich«, sagte Schedemei. »Und du vergißt, auch meine Kinder müssen in der neuen gesellschaftlichen Ordnung leben, die wir hier erschaffen. Wenn man darüber nachdenkt, kennzeichnet dieser Augenblick Elemaks Triumph über seinen Vater. Trotz des Eides, trotz seiner vielen Niederlagen ist es ihm endlich gelungen, alle Anstrengungen seines Vaters ungeschehen zu machen. Weil die anderen nicht die Herzenskälte haben, das Gesetz aufrechtzuerhalten und ihn zu töten, hat Elemak jetzt die Gesellschaft durchgesetzt, die er bevorzugt.«

»Das stimmt«, sagte Volemak. »Die anderen haben nicht die nötige Herzenskälte. Hast du sie?«

»Nein«, sagte Schedemei sofort. »Wie ich schon sagte, man kann keine andere Entscheidung treffen als die, die du getroffen hast, so katastrophal sie auch sein mag. Und jetzt soll Ojkib sich auf den Weg machen, während die anderen die Leichen zum Verbrennen vorbereiten. Was mich betrifft ... ich muß die Schweinerei in diesem Raum beseitigen.«

Ojkib erhob sich. »Ich werde zum Berg gehen, aber mir gefällt es nicht, Chveja in einer Zeit wie dieser zurückzulassen.«

»Es wird schon nichts passieren«, murmelte Chveja.

»Die Sorgen, die ich mir mache, haben nichts mit Elemak und Mebbekew und Ehebruch und so weiter zu tun«, sagte Ojkib.

»Ach. Und worüber machst *du* dir Sorgen?« fragte Volemak. »Ich bin stets begierig, etwas Neues zu erfahren, das mich des Nachts keinen Schlaf finden läßt.«

»Fusum hat gesehen, wie Vas starb.«

»Wir haben nie behauptet, unsterblich zu sein«, sagte Volemak.

Ojkib schüttelte den Kopf. »Fusum hat gesehen, wie Vas starb. Eines Tages werden wir alle der Meinung sein, daß es das schlimmste Ereignis des heutigen Tages war.«

Ojkib ging noch bei sich zu Hause vorbei, um etwas hartkrustiges Brot für die Reise einzupacken. Der Weg, der die Schlucht hinaufführte, war jetzt ein Pfad und wurde immer mehr zu einer Straße, da sie das Unterholz wegschnitten und mit Hacken und Spaten die schlimmsten Stellen glätteten. Daher waren es nur zwei Stunden bis zum Sattel am Ende der Schlucht und dann eine weitere durch den Wald zum Dorf.

Er hatte sich in den letzten paar Monaten verändert. Nafai und die anderen bemühten sich, den Engeln Wege aufzuzeigen, wie sie ihr Leben besser gestalten konnten. Während die Engel früher gewußt hatten, wo sich im Umkreis von zwanzig Kilometern um ihr Dorf alle nützlichen Pflanzen befanden, hatten sie nun genug Bäume gefällt, um ein Feld anzulegen, auf dem Yamswurzeln und Maniokstraucher, Melonen und Mais im offenen Sonnenschein gedeihen konnten. Während die Engel früher Schädlinge von ihren geschützten Pflanzen und Raubtiere von ihren Häusern ferngehalten hatten, indem sie an jedem Trampelpfad und Weg in ihrem Territorium Fallen aufstellten, hatten sie nun einen Zaun um ihre Felder gezogen, und ihre Truthähne und Ziegen wurden des Nachts in Pferche getrieben. Die Engel konnten bereits so viel Nahrung erzeugen, daß es für das Doppelte ihrer derzeitigen Bevölkerung gereicht hätte, und der Großteil des Überschusses konnte eingelagert werden.

Aber die landwirtschaftliche Revolution war nicht die einzige. Die Engel schienen den Menschen in jeder Hinsicht nacheifern zu wollen. Viele von ihnen hatten mittlerweile Häuser auf dem Erdboden errichtet, wie die Menschen es taten, obwohl sie gar nicht die Kraft hatten, sie so stabil wie nötig zu bauen, und der erste Sturm die Häuser einreißen würde. Das wußten sie auch, und bei schlechtem Wetter schliefen sie weiterhin, indem sie an den Ästen der Bäume hingen. Aber es war wichtig für sie, daß sie Häuser nach menschlicher Bauweise *besaßen*, und Nafai hatte es schon längst aufgegeben, sie davon zu überzeugen, daß diese Bestrebungen völlig sinnlos waren.

Ojkib fand Njef und Huschidh, wie sie gerade mit dem Werkzeugmacher der Engel arbeiteten.

»Was ist los?« fragte Huschidh sofort. »Wer ist gestorben?«

»Woher weißt du es?« fragte Ojkib.

»Dein Gesicht«, sagte sie. »Dein Gesicht spricht zu uns.«

»Ist es Vater?« fragte Nafai. Und das war die wichtigste Frage – wenn Volemak tot war, würde sich alles ändern.

»Nein«, sagte Ojkib. »Vas hat Obring getötet – anscheinend als Rache dafür, was zwischen ihm und Sevet in Basilika war. Und als er Elemak für einen nicht ganz so lange zurückliegenden Betrug umbringen wollte, konnte Meb sich hinter ihn schleichen und ihn umbringen.«

»Elemak hat niemanden getötet?«

»Vielleicht hätte er es getan, aber er bekam nicht die Gelegenheit dazu«, sagte Ojkib. »Noch etwas. Fusum hat zugesehen, als Meb Vas getötet hat. Es passierte direkt vor seinen Augen. Mit einem Holzhammer, mit dem Meb Häute aufspannte.«

»Und wie hat Vas Obring getötet?«

»Die Axt in die Brust und dann in die Kehle«, sagte Ojkib.

»Spielt das jetzt noch eine Rolle?«

»Insofern, als daß die Wühler jetzt wissen, wie man uns töten kann«, sagte Nafai.

Ojkib lächelte grimmig. »Genau meine Gedanken.«

»Aber das ist nicht alles, was du uns sagen willst, nicht wahr?« fragte Huschidh.

»Nein«, sagte Ojkib. Und dann erzählte er ihnen, was Eiadh zu Elemak gesagt hatte, daß sie ihn verhöhnt hatte, daß sie zeit ihrer Ehe mit Elemak Nafai geliebt hatte und daß sie wollte, daß ihre Söhne zu Männern heranwuchsen, wie Nafai einer war.

»Warum hat sie nicht kurzen Prozeß gemacht und mir direkt die Kehle durchgeschnitten?« wollte Nafai wissen.

»Und dann ihre eigene«, sagte Huschidh. »Soweit es Elemak betrifft, hättet ihr beide genausogut Ehebruch begehen können. Und keiner haßt den Ehebruch anderer Leute so sehr wie ein Ehebrecher.«

»Komisch, nicht wahr?« sagte Nafai. »In wie wenigen Jahren wir die Gebräuche Basilikas aufgegeben haben. Dort hätte Eiadh ihren Vertrag mit Elemak einfach nicht erneuert, und Sevet und Kokor hätten jetzt schon ihren sechsten oder zehnten Ehemann, und niemand wäre dafür gestorben.«

»Findest du, das wäre zivilisierter gewesen?« fragte Huschidh. »Dieselbe Wut würde lediglich unter der Oberfläche brodeln, dasselbe Verlangen, daß der Ehemann oder die Ehefrau einem treu ist. Obring ist nicht wegen einer Sache gestorben, die er in der Wildnis getan hat. Er ist wegen des Ehebruchs gestorben, den er in der Stadt begangen hat.«

»Aber er ist nicht in der Stadt gestorben«, sagte Nafai. »Na gut. Wenn die Wühler wissen, daß Menschen getötet werden können, sollten wir es lieber auch den Engeln erzählen. Zum Glück mußte ich hier oben nie den Gott spielen, so daß es für sie kein so großer Schock sein wird. Wir werden natürlich zur Beerdigung in die Stadt kommen. Und ein paar Engel mitbringen. Sie sollen sehen, wie die Leiche eines Menschen in Flammen aufgeht.«

»Vielleicht wäre das genau die falsche Lektion für sie«, sagte Huschidh.

»Warum?« fragte Nafai. »Glaubst du, einige Engel wollten insgeheim alle Menschen abschlachten?«

»Keineswegs«, sagte Huschidh. »Aber ich glaube, einige Engel zählen darauf, wir könnten verhindern, daß die Wühler weiterhin gegen sie zu Felde ziehen und ihre Kinder stehlen, um sie zu essen und Podeste aus ihren Knochen zu machen. Es wird sie kaum ermutigen, wenn sie sehen, daß wir gebrochen und getötet werden können.«

»Besonders nicht die Art und Weise, wie Vas gestorben ist«, sagte Ojkib. Woraufhin sie darauf bestanden, daß er ihnen beschrieb, wie es passiert war, und sich dann kurz darauf wünschten, er hätte es nicht getan.

»Es ist nur von Vorteil, daß die Engel unsere Schwächen kennen«, sagte Nafai. »Sie müssen auf ihre eigene Stärke vertrauen. Darauf, und auf die Obhut und Weisheit des Hüters der Erde.«

»Der Hüter?« fragte Ojkib. »Sie wissen von ihm?«

»Sie kannten ihn nicht unter diesem Namen, bis wir es ihnen erklärt haben«, sagte Nafai. »Aber es gab unter ihnen schon immer Träumer. Und Luet hat mehrere gefunden, die gut auf jene Trancen reagieren, die sie als Wasserseherin in Basilika benutzt hat. Der Hüter spricht zu ihnen. Und ich arbeite daran, Waffen zu finden, die sie benutzen können, um sich gegen die Wühler zu verteidigen, falls es je zu einem Krieg kommen sollte.«

»Bist du nicht der Ansicht, daß wir Frieden zwischen ihnen stiften können?«

»Ich glaube nicht mal, daß es uns gelingen wird, unter *uns* Frieden zu halten«, sagte Nafai. »Und wir haben schon zwei Todesfälle, die meine Befürchtung bestätigen.«

»Ist es sehr schlimm«, fragte Huschidh, »wenn ich zugebe, daß ich Obring kaum vermissen werde?«

»Es hätte mich mehr überrascht, wenn du anderer Ansicht wärest«, sagte Nafai. »Aber ich glaube, Vas hat versucht, ein guter Mensch zu sein.«

Ojkib runzelte die Stirn. »Hätte er es wirklich versucht, wäre es ihm auch gelungen, Nafai. Die Leute sind, was sie sein wollen.«

»Was für eine unbarmherzige Sichtweise«, sagte Huschidh. »Wie du sprichst, könnte man meinen, du wärest der Ansicht, die Menschen wären für ihr Verhalten selbst verantwortlich.«

»Sind sie es denn nicht?« fragte Ojkib.

»Hast du noch nie einen Dreijährigen gesehen, der einen dummen Fehler gemacht hat? Er schaut irgendein Kind oder einen Erwachsenen an, der in seiner Nähe ist, und schreit ihn an: ›Jetzt sieh nur, wozu du mich gebracht hast!‹ Das ist das moralische Universum, in dem Vas und Obring stets gelebt haben – und auch Sevet und Kokor.«

Bei der Beerdigung achtete Kokor verstohlen auf Sevet und tat es ihr Träne um Träne, Seufzer um Seufzer gleich. Diese alte Hure wird aus der Witwenschaft keine größeren Vorteile ziehen als ich, dachte Kokor. Schließlich hat *ihr* Gatte den meinen umgebracht. Sie hat ihn dazu getrieben, ja, genau, weil sie so ungeschickt war, daß man ihr auf die Schliche gekommen ist. *Ich* habe schon vor der Reise zur Erde mit Elemak geschlafen, und keiner hat es je erfahren. Sevet wird bei ihren kleinen Affären eben ständig erwischt. Vielleicht will sie das ja sogar. Vielleicht verschafft es ihr den nötigen Nervenkitzel, wenn sie beobachten kann, wie die Leute ihrer Taten wegen – und wegen denjenigen, die sie gemeinsam mit ihr begangen haben – verzweifeln oder Wutanfälle kriegen.

Bei mir hat das ja hervorragend geklappt, damals in Basilika. Mich hat sie ganz bestimmt wütend gemacht, o ja! Und dann spielte sie jahrelang das Opfer, hat nie wieder gesungen, obwohl ihre Stimme schon im ersten Jahr *völlig* wiederhergestellt war. Sie hat stets ihr musikalisches Schweigen bewahrt, auch wenn Mutter sie angesehen hat und sich daran erinnerte, wie sie einst ›Sogliadatais Liebestraum‹ oder ›Tod des vergifteten Sperlings‹ sang.

Die Scheiterhaufen waren bereits angezündet, und die Engel, die um sie herumstanden, gaben fürchterliche, jammernde Geräusche von sich. Häßliche kleine Geschöpfe. Was wußten *sie* schon von Trauer?

Aber ihr Gesang – falls man es so nennen konnte – brachte Kokor auf eine Idee, und die führte sie sofort aus. Der ›Tod des vergifteten Sperlings‹ war Sevets Erkennungslied gewesen, und es würde wunderbar zu dieser Gelegenheit passen, auch wenn es dabei nicht um eine Beerdigung ging, sondern um das Ende einer wunderschönen, aber unmöglichen Liebe. Und eins der besten Arrangements des Liedes war ein Duett zwischen Sevet und einer Flöte gewesen. Kokor hatte es sich immer wieder angehört, hatte das Lied unbedingt singen wollen, es öffentlich aber nicht gewagt, weil sie befürchtete, damit den Anschein erwecken zu können, sie beneide ihre Schwester und wolle mit ihr konkurrieren. Doch sie kannte jede Note davon. Und nachdem sie kurz darüber nachgedacht hatte, wurde ihr klar, daß sie sich auch an jede Note des Flötenparts erinnerte.

Also fing sie an, diesen Flötenpart wortlos zu singen; sie hob die Stimme und hielt damit die Melodie der Flöte. Sie konnte natürlich nicht so hoch singen, wie die Flöte spielte; andererseits konnte Sevet auch nicht mehr so hoch singen wie damals, als junges Mädchen, besonders nicht ohne Übung. Nachdem Kokor zu singen angefangen hatte, wagte sie es nicht einmal, einen verstohlenen Blick auf Sevet zu werfen; sonst hätte es so ausgesehen, als wolle sie Sevet zu irgend etwas veranlassen, statt einfach nur das Leid zum Ausdruck zu bringen, das sie verspürte, als sie den Leichnam ihres Gatten in Flammen aufgehen sah.

Sie sang den gesamten Flötenpart, und Sevet fiel nicht ein.

Doch Kokor erkannte daran, wie still die anderen waren – selbst die Engel waren verstummt, um ihr zu lauschen –, daß sie sich diesmal für das Richtige entschieden hatte, denn die anderen billigten ihr Vorgehen nicht nur, sondern nickten sogar anerkennend. Und als sie dann mit dem Flötenpart von vorn anfing, erklang endlich Sevets Stimme und sang die Melodie. Nun ergaben die seltsamen Klänge, die Kokor gesungen hatte, endlich einen Sinn als Harmonie zu Sevets Stimme, und die Worte, die Sevet sang, trieben den Leuten Tränen in die Augen, was der Tod so wertloser Männer wie Obring und Vas niemals vollbracht hätte. Die Menschen weinten, wenn Kokor das Lied im Theater sang und niemand gestorben war – wie konnten sie da anders, als sich hier die kleinen Herzen aus der Brust zu schluchzen, während der Geruch des verbrennenden Fleisches in ihren Nasen war und Obrings und Vas' kleinste Kinder sich die Augen ausheulten, weil ihre Väter so wertlose, mörderische, herumhurende Wühlerärsche gewesen waren. Kokor gefiel es, wie ihre Stimmen sich ergänzten. Denn Sevets Stimme hatte sich verändert, war älter und reifer geworden, aber Kokors nicht; sie hatte die flötenähnliche Schlichtheit und Reinheit der Jugend bewahrt. Kokor mußte nicht mehr versuchen, wie Sevet zu klingen, und Sevet mußte die Ähnlichkeit ihrer Stimmen nicht mehr verabscheuen. Sie klangen jetzt ganz verschieden, gemeinsam aber trotzdem wunderschön.

Als sie das Lied beendet hatten, war offensichtlich, was sie nun tun mußten, und Sevet enttäuschte die Erwartungen nicht. Beide streckten gleichzeitig die Arme aus und umarmten sich weinend und schluchzend. Kokor genoß es geradezu, das kollektive Seufzen der Versammelten zu hören. Die beiden Schwestern, endlich wieder versöhnt! Sie stellte sich vor, wie Mutter Volemaks Hand ergriff und drückte, und wie Volemak ihr dann zuflüsterte: Könnten meine Söhne doch nur Frieden schließen, wie deine Töchter es gerade getan haben.

Während sie sich in ihrer Umarmung der Trauer und Vergebung aneinanderdrückten, flüsterte Sevet etwas in Kokors Ohr. »Jetzt werde ich Elemaks Geliebte sein, kleine Schwester, und komme mir ja nicht in die Quere.«

Woraufhin Kokor flüsternd antwortete: »Ich ebenfalls. Sein Schwanz reicht doch für uns beide, meinst du nicht auch?«

»Wir wollen ihn uns gerecht teilen?« murmelte Sevet.

»Ich wette, ich gebäre ihm ein Kind, bevor du es schaffst«, flüsterte Kokor. Natürlich hatte sie nicht die geringste Absicht, ihm überhaupt ein Kind zu gebären; aber es wäre doch wunderschön, wenn Sevet das täte und ihren dicken Körper damit noch schlimmer ruinierte, als sie es durch die Geburt ihrer drei Kinder ohnehin schon getan hatte. Soll das arme Miststück doch glauben, wir würden uns darum streiten, Elemaks Bastarde zu gebären – ich lasse sie einfach ›gewinnen‹ und heimse den wirklichen Sieg ein, der darin besteht, daß ich meinen jugendlichen Körper behalte, obwohl Obring mir fünf Kinder gezeugt hat. Falls alle fünf wirklich von ihm sind.

Sie lösten sich voneinander und traten ein Stück zurück. »Oh, Kokor«, sagte Sevet. »Meine Schwester.« Dann brach sie wieder in Tränen aus.

Verdammt. Das war kaum zu übertreffen.

Kokor streckte die Hand aus, wischte eine Träne von Sevets Wange und hob dann die Fingerspitze mit dem funkelnden Tropfen darauf hoch. »Wegen mir wirst du nie wieder eine Träne vergießen müssen, meine geliebte Sevja.«

Das Seufzen der anderen war mehr als genug Applaus für Kokor. Ich habe schon wieder gewonnen, Sevet. Du bist mir einfach nicht gewachsen.

Fusum lernte aus Obrings und Vas' Tod zweierlei.

Zum einen lernte er, daß die Menschen tatsächlich sterblich waren und getötet werden konnten, wenn man die geeignete Waffe auf die richtige Art und Weise und mit genug Kraft benutzte. Er hatte nicht die Absicht, diese Information in nächster Zukunft zu verwenden, wollte aber in den kommenden Monaten und Jahren ausführlich darüber nachdenken.

Zum anderen lernte er, daß das Töten eine drastische Maßnahme war, die man nicht verschwenden durfte, sondern wohldosiert einsetzen mußte. Man mußte die richtige Person töten, und zur richtigen Zeit, und immer, um damit ein wichtiges Vorhaben durchzusetzen. Deshalb legte Fusum, als er schließlich rehabilitiert wurde und zu seinem Volk zurückkehrte, größten Wert darauf, Freund und Gefährte von Nen zu werden. Als ältester und begabtester Sohn von Emeezem und Mufruzhuuzh, der tiefen Mutter und des Kriegskönigs, war Nen die strahlende, goldene Hoffnung der nächsten Generation. Er sprach die Menschensprache fast so fließend wie Fusum selbst, was daher kam, daß er oft mit Ojkib zusammen war, und als Emeezem und Mufruzhuuzh Fusums Vater, den Blutkönig Schosseemem, zwangen, gemeinsam mit ihnen die Entführung und den Verzehr der Kinder des Himmelsfleisches zu verbieten, war es Nen, der vortrat und schwungvoll das Knochenpodest wegwischte, auf dem der Unberührte Gott geruht hatte. Und es war Nen, der dann rief: »Auf daß ewige Freundschaft zwischen unserem Volk und dem Himmelsvolk herrsche!« Oh, Fusum hatte an diesem Tag gemeinsam mit allen anderen gejubelt. Und er arbeitete hart, um einen Platz an Nens Seite zu gewinnen, als sein vertrauenswürdigster Freund.

Dann jagten sie eines Tages gemeinsam, trugen den traditionellen Speer mit der Steinspitze in der einen und die knorrige Keule in der anderen Hand. Sie verfolgten ein Pekari durch das Unterholz, waren ihm schon so nah, daß sie es dann und wann grunzen hörten, als Fusum plötzlich seine Chance sah. Auch ein Panther hatte es auf das Pekari abgesehen, doch wie alle wußten, waren Panther nicht sehr wählerisch und nahmen jedes Fleisch als Mahlzeit, das sich ihnen bot. Aber es mußte lebendes Fleisch sein, und als Fusum zuschlug, schlug er nicht hart genug zu, um zu töten – oder hoffte es zumindest. Nen fiel wie ein Stein, richtete sich dann aber fast sofort wieder auf die Ellbogen auf und stöhnte. Fusum mußte nicht mal einen Stein werfen, um die Aufmerksamkeit des Panthers zu erlangen. Das Tier sprang auf Nen und zerfetzte augenblicklich dessen Kehle. Dann griff Fusum an, trieb seinen Speer in die Seite des Panthers, unter die Rippen, und traf augenblicklich dessen Herz. Ich bin wirklich gut darin, dachte Fusum. Dann zog er dem Panther mehrmals die Keule über den Kopf, damit niemand auf die Idee kommen würde, auf der Waffe nach Spuren von Nens Blut, Haar und Geruch zu suchen.

Einige Minuten später torkelte er weinend in die Wühlerstadt, schrie laut seine Trauer über den Tod seines Freundes Nen hinaus und machte sich Vorwürfe, daß er den Goldenen, den Schönen, nicht hatte retten können. »Kein Mann war je ein schlechterer Freund als ich!« rief er. »Ich bitte euch, tötet mich! Ich will mit Nens Tod an meinen Händen nicht mehr leben.« Doch als sie am Schauplatz des Geschehens angelangt waren, sprachen die Männer der Stadt Fusum von jeder Schuld frei, und die Geschichte seiner großen Trauer über den Tod seines geliebten Freundes wurde in der ganzen Stadt verbreitet. So verblieb ein Teil von Nens Ruhm bei Fusum, und viele sahen nun, da Nen tot war, ihn als die Hoffnung der Zukunft an.

14

Worte

Nafai wußte nicht genau, ob der Traum vom Hüter, von der Überseele oder aufgrund der Sorgen kam, die er sich machte. Vielleicht lag es einfach daran, daß sie trotz allen Unterrichts, den sie den Engeln, Wühlern und ihren eigenen Kindern erteilten, ihnen keinen zwingenden Grund nennen konnten, Lesen und Schreiben zu lernen.

Wozu war das gut? Wuchs das Getreide dadurch besser? Blieben die Ziegen des Nachts deshalb in ihren Pferchen? Wehrte es Raubtiere ab? Verhinderte es, daß Kinder krank wurden?

Als er mit Luet darüber sprach, schien sie sich deshalb keine Sorgen zu machen. »Njef, wir erschaffen hier kein zweites Basilika. Das können wir nicht. Der nächsten Generation wird es an so sehr vielen Dingen mangeln. Wir müssen ihnen beibringen, welche Kräuter Infektionen und verschiedene Krankheiten heilen können. Wir müssen ihnen die Grundlagen der Hygiene beibringen, damit sie ihre Wasservorräte nicht verschmutzen. Wir müssen ...«

»Wir müssen dafür sorgen, daß sie Menschen bleiben.«

»Nicht das Schreiben macht uns zu Menschen.«

»Ach nein?« fragte Nafai. »Was denn?«

»Die Wühler und Engel sind intelligente Wesen. Sie sind ... na ja, keine Menschen, aber *Leute*. Und sie können nicht lesen und schreiben.«

Auf das, was sie sagte, gab es keine Antwort, und die Art und Weise, wie sie es sagte, machte klar, daß sie dies nicht für ein Problem hielt, über das man nachdenken mußte. Hatten sie ihren eigenen Kindern nicht das Lesen und Schreiben beigebracht? Hatten sie auf der Reise nicht die Vernichtung riskiert, indem sie die Kinder lehrten, wie man Computer benutzte, und sie Millionen Bücher über die Geschichte und das Wissen der Menschheit studieren ließen, obwohl das alles bei der nächsten Generation in Vergessenheit geraten würde?

Und die nächste Generation gab es bereits. In den fünf Jahren seit der Landung hatten sämtliche Angehörige von Chvejas und Ojkibs Generation Familien gegründet. Deren Kinder wuchsen heran. Wnd würde es für sie überhaupt noch eine *Schule* geben, wenn sie sechs, sieben oder acht Jahre alt wurden? Nein, sie würden sich daran machen, die Kunst des Überlebens zu erlernen. Seite an Seite mit Wühlern und Engeln bei der Feldarbeit, beim Sammeln in den Wäldern, würden sie Zäune und Mauern errichten, Ähren lesen und Unkraut jäten, pflanzen und ernten, Felle gerben und Leder herstellen, Wolle kardätschen und zu Garn spinnen – wie sollten sie bei all diesen Aktivitäten noch die Zeit finden, etwas zu lesen? Auf dem Schiff hatten sie sich auf ein neues Leben vorbereitet, im voraus gelernt, was sie wissen mußten, um in einer neuen Welt überleben zu können. Nun befanden sie sich auf dieser Welt, und die neue Generation lernte von den Erwachsenen und nicht aus Büchern.

Und das war gut so. Niemandem wurde Schaden zugefügt. Die Dinge, die für das Überleben wichtig waren, brachte man ihnen bei. Was sonst war noch nötig?

Doch Nafai wurde sein Unbehagen darüber nicht los. In den gesamten vierzig Millionen Jahren der Geschichte auf Harmonie hatten die Menschen lesen und schreiben können. Die Sprachen hatten sich mit den Jahrhunderten und Kilometern verändert. Aber es hatte stets Schrift gegeben. Man konnte auf die Vergangenheit zurückgreifen. Aus ihr lernen. Die Schrift ermöglichte es einer Gemeinschaft, ihre Erinnerungen zu bewahren, ohne auf einzelne Mitglieder zurückgreifen zu müssen, die zufällig noch lebten und in dem betreffenden Augenblick dabeigewesen waren.

Wie lange wird es dauern, bis man mich vergißt, mich und Luet und Vater und Mutter und uns alle?

Dann lachte er über seine Eitelkeit, den Menschen die Mühe aufzwingen zu wollen, Lesen und Schreiben zu lernen, damit sie sich daran erinnern konnten, daß er einmal gelebt hatte. In zehn Generationen würde das nicht mehr die geringste Rolle spielen.

Am Anfang des sechsten Jahres hatte er diesen Traum. Er sah einen Mann, der eine gewaltige Nation von Engeln und Menschen führte, während sich auf beiden Seiten eines großen Flusses Bauernhöfe ausdehnten, Kilometer um Kilometer, so weit das Auge sehen konnte. Hier und dort flogen Engel, und Ziegen und Hunde zogen Karren und Schlitten über die Straßen. Schiffe fuhren den Fluß hinauf und hinab, manche mit Wühlern, manche mit Engeln als Besatzung. Und hier und da hielten Wachen in Türmen, die sich hoch über die größten Bäume hoben, den Umkreis unter Beobachtung, damit sich kein Feind unbemerkt nähern konnte.

Der Mann, der diese große Nation führte, war müde und verängstigt. Feinde bedrängten sie von allen Seiten, und innerhalb der Nation drohten Splittergruppen, die Struktur der Gemeinde zu zerreißen. Städte, die einst unabhängig gewesen waren, vergaßen, daß sie zu jener Zeit auch Hunger gelitten hatten. Menschen, deren Vorfahren einst Herrscher gewesen waren, vergaßen, daß diese Vorfahren auch von Feinden getötet worden waren und ihr Volk nur überlebt hatte, weil es unter den Schutz dieser großen Nation getreten war. Menschen, die nach Reichtum gierten, verschafften ihn sich auf jede nur erdenkliche Weise, schmiedeten Ränke und betrogen, schüchterten andere ein und töten manchmal auch, um Rivalen aus dem Weg zu räumen. Es war ein wunderschönes Land; aber der Kampf, dieses Land zu bewahren, schien von Jahr zu Jahr schwerer zu werden, und der Mann verzweifelte.

In seiner Einsamkeit und Furcht ging er in sein kleines Haus und öffnete ein Kästchen, das er in einem Krug mit getrocknetem Getreide versteckt hatte. In dem Kästchen fand er einen dicken Stapel aus Metallplatten, die auf einer Seite mit Metallringen verbunden waren. Nafai wurde klar, daß es sich um ein Buch handelte, denn in das Metall waren Worte geschrieben, und der Mann öffnete es und blätterte die Seiten um.

Ohne zu begreifen, wie dies möglich war, wußte Nafai, was die Worte besagten und was der Mann in seiner Vorstellung sah, als er las. Der Mann las die Geschichte, wie Volemak auf einem Felsen in der Wüste eine Feuersäule gesehen hatte und nach Basilika zurückkehrte, um die Leute zu warnen, daß die Stadt zerstört werden würde. Dann beschrieb das Buch, wie Nafai und seine Brüder in die Stadt zurückgekehrt waren, um den Index zu holen. Der Mann sah, wie Nafai über Gaballufix' Leiche stand, und nickte. Manchmal mußten die, die etwas um eine Gemeinschaft gaben, bei ihrem Vorgehen akzeptieren, daß eine Einzelperson Schaden nahm. Einem guten Menschen fiel dies niemals leicht, und er vermied es, wenn es sich umgehen ließ; aber wenn er zum Nutzen des Volkes hart sein mußte, *war* er hart und schreckte nicht davor zurück. Er tat, was getan werden mußte, mit eigenen Händen, und verschwieg es nicht.

Das hat er von mir gelernt, dachte Nafai, und dann wurde ihm klar, daß er dieses Buch hergestellt und die Geschichte seines Lebens darin aufgeschrieben hatte, des Lebens und der Handlungen aller Menschen in dieser Gemeinschaft, ihrer bösen und heldenhaften Taten, ihrer Zeiten der Zweifel und ihrer erstaunlichen Leistungen. Und dieser Mann, dieser Anführer, dieser König, er schaute in das Buch und fand Geschichten darin, Geschichten, die ihm verdeutlichten, was er tun mußte, und Weisheit, die seine Entschlossenheit stärkte, und Liebe, die ihn Mitgefühl lehrte, und Hoffnung, die zu edlen Taten führte, selbst wenn sie sich dann doch nicht erfüllte.

Nafai erwachte und dachte: Dieser Traum war so klar, daß er von der Überseele gekommen sein mußte. Oder vielleicht vom Hüter der Erde.

Und dann dachte er: Dieser Traum entspricht so genau meinem Wunsch, das Lesen und Schreiben unter diesem Volk zu bewahren, daß er genausogut meiner eigenen Sehnsucht entsprungen sein könnte.

Aber andererseits – woher kam seine Sehnsucht? Warum wollte er unbedingt, daß die geschriebene Sprache bei seinen Nachkommen erhalten blieb? Konnte ihm dieser Wunsch nicht vom Hüter eingegeben worden sein?

Nein, dachte er. Dieses Verlangen stammt aus meiner Erinnerung, über Gaballufix' Leiche zu stehen. Ich habe ihn getötet, um ihm den Index abnehmen zu können. Und wozu diente der Index? Er war mein Zugang – *unser* Zugang – zu dem gewaltigen Schatz an Wissen an Bord des Raumschiffs, das uns hierher gebracht hat. Der Index ist der Schlüssel zu allem, was die Überseele weiß. Was für Folgen hätte es gehabt, wenn keiner von uns hätte lesen und schreiben können? Für ein ungebildetes Volk wäre der Index wertlos, und daher hätte niemand sterben sollen, damit Nafai ihn bekam. Ich träume den Traum, der mir gegenüber meine Handlungsweise rechtfertigt.

Doch während er den Traum noch als unbedeutend abtat, wußte er, daß er seine Weisungen befolgen würde.

Ohne ein Wort der Erklärung verabschiedete er sich von Volemak und Luet und flog mit dem Beiboot des Schiffes zu einem Ort, von dem die Vermessungskarten zeigten, daß man dort Gold finden konnte. Es war eine reiche Ader, die durch die großen Auffaltungen und Umwälzungen, die in den letzten vierzig Millionen Jahren stattgefunden hatten, an die Oberfläche getreten war. Nafai war mit den Metallwerkzeugen aus dem Lagerraum des Schiffes ausgestattet, und in zwei Tagen einsiedlerischer Arbeit schürfte er mehrere Pfund massiven Goldes aus der freiliegenden Ader im Berghang. Einen Tag verbrachte er damit, es zu veredeln. Dann goß er es unlegiert zu flachen, glatten Platten, wobei er die unzerstörbare Metalloberfläche des Beibootes als Amboß benutzte. Das Metall war sehr dünn, aber aufeinandergelegt auch sehr schwer. Er brauchte drei Tage, um die Goldplatten herzustellen, und während dieser Zeit machte er nur gelegentliche Pausen, um Nahrung zu sammeln, die er ohne Schwierigkeiten in der Umgebung fand. Er war hungrig; aber die Arbeit, die er tat, war ihm wichtiger als das Essen.

Er fand bei seinen ersten Experimenten heraus, daß man

die geschwungenen Linien des Alphabets, das seit so vielen Jahrtausenden auf Harmonie gebräuchlich war, einfach nicht mit der Hand in das Gold schreiben konnte. Er mußte für die Buchstaben eckigere Formen finden, gleichzeitig aber dafür sorgen, daß man sie auseinanderhalten konnte. Und die Rechtschreibung war zu kompliziert, und es waren zu viele Buchstaben erforderlich, um die Laute auszudrükken. Also veränderte er sie und erfand fünf neue Buchstaben, die für Laute standen, die vorher jeweils zwei Buchstaben erfordert hatten. Das Ergebnis bestand eindeutig in einer Verdichtung der geschriebenen Sprache, und während er den Text verfaßte, verdichtete er sie noch mehr, indem er nur ein paar Buchstaben benutzte, die für die gebräuchlichsten Wörter standen.

Wie kann ich es wagen, die Sprache dermaßen zu verändern? fragte er sich. Wer konnte sie jetzt noch verstehen?

Offensichtlich konnte diese Sprache nur von jenen problemlos gelesen werden, die man lehrte, sie zu schreiben und zu sprechen, und die daher wissen würden, was die Symbole bedeuteten. Doch vielleicht genauso wichtig war, daß jeder, der gelernt hatte, die Schrift zu lesen, in der die Buchstaben gehalten waren, die er ins Gold drückte, auch den Großteil der Buchstaben entschlüsseln konnte, aus denen die Sprache von Harmonie bestand – die Sprache der Computerbibliothek des Schiffes. Zumindest, bis die Sprache sich veränderte, konnten seine Nachkommen also ihr literarisches Erbe bewahren, falls sie es tatsächlich einmal wiederentdecken sollten.

Gold. Wie passend für einen solchen Schatz, wie dieses Buch einst einer sein würde. Zumindest hoffte er das. Doch er benutzte es nicht wegen des Wertes von Gold als Tauschmittel, sondern aus denselben Gründen, aus denen Gold während des Großteils der menschlichen Geschichte beim Prägen von Münzen Verwendung gefunden hatte. Es war weich. Es konnte geformt werden. Doch es war nicht so weich, daß es seine Form nicht bewahren konnte. Und es korrodierte und zerfiel nicht, es lief nicht an und verdarb nicht. Wenn Nafai schon längst tot war, würde es diese Buchstaben auf den Seiten seines Metallbuches noch immer geben.

Er legte die goldenen Seiten und das übriggebliebene Gold ins Beiboot und flog nach Hause. Nachdem er das Beiboot im Schiff abgestellt hatte, erklärte er nicht, wo er gewesen war oder was er getan hatte. Er wollte niemanden täuschen. Und es war nicht so, daß er kein Vertrauen in Vater oder Mutter, Luet oder die anderen gehabt hätte. Es war ihm lediglich unangenehm, darüber zu sprechen. Sie würden sein Vorgehen für albern halten.

Nein, das war es nicht. Daran lag es keineswegs, und das wußte er auch. Als er dort im Licht der Lampe saß und arbeitete und der Docht flackerte, während er im Tongefäß auf dem geschmolzenen Fett schwamm, fühlte er die Macht dessen, was er tat. Ich stelle mich selbst und meine Sicht der Dinge, die uns widerfahren sind, für die Zukunft dar. Eines Tages wird die Version der Ereignisse, die ich geschrieben habe, die einzige sein, die man noch kennt. Unsere Nachfahren werden uns durch meine Augen und keine anderen sehen. So werde ich in ihren Erinnerungen weiterleben. Ich werde es sein, der in das Ohr dieses großen Herrschers flüstert – falls es ihn jemals geben wird, falls dieses Buch erhalten bleibt, falls wirklich Weisheit in ihm ist.

Das Verfassen dieser goldenen Seiten wird mich unsterblich machen. Wenn alle anderen tot sind, werde ich noch leben und leuchten. Deshalb halte ich es geheim. Deshalb behalte ich es für mich. Es ist herzlos und egoistisch von mir.

›Nein, das ist es nicht.‹

Ich kenne mich doch. Ich schäme mich nicht einzugestehen, daß meine Motive unrein sind.

›Du tust etwas sehr Großzügiges. Du gibst den Nachkommen, die du in zehn oder zwanzig Generationen haben wirst, Kenntnisse über ihre Vergangenheit. Kenntnis darüber, warum Menschen und Wühler und Engel an diesem Ort in Frieden zusammenleben.‹

Was wäre, wenn Elemak dieses Buch geschrieben hätte? Es wäre doch ein ganz anderes Buch geworden, nicht wahr?

›Es wäre ein Buch voller Lügen.‹

Ein Geschichtenerzähler verzerrt zwangsläufig jede Geschichte, die er erzählt. Ohne es zu wissen, lüge auch ich, indem ich den Ereignissen die Gestalt verleihe, die für mich Sinn ergibt. Alle anderen würden sie anders beschreiben. Mein Weg ist nicht unbedingt der beste.

›Was du erschaffst, wird man als heiligen Gegenstand betrachten. Als Symbol der Autorität, das man von Generation zu Generation weitergibt. Wie den Index. Er hat vierzig Millionen Jahre überdauert.‹

Nafai lachte innerlich, darauf bedacht, Luet und ihre drei jüngsten Kinder nicht zu wecken, die geboren worden waren, nachdem sie in die Schlucht gezogen waren, um bei den Engeln zu wohnen, oder die Zwillinge, die auf dem Dachboden schliefen und von neuen Streichen träumten, die sie spielen konnten, oder von Unfällen, die sie erleiden konnten, um ihre Eltern immer wieder in Angst und Schrekken zu versetzen.

›Du lachst, aber du weißt, daß ich dir die Wahrheit sage.‹

Also, Überseele, mein lieber alter Freund, hast du mir diesen Traum geschickt?

›Nein.‹

Dann also der Hüter?

›Du weißt, daß ich nicht weiß, was der Hüter tut oder nicht tut.‹

Also könnte es einfach die ureigene Phantasievorstellung eines Mannes im mittleren Alter sein, der spürt, daß der Tod ihm in den Nacken bläst?

›Und wenn es das wäre ... ändert es etwas daran, daß es eine kluge Entscheidung ist? Ein großes Geschenk für die Zukunft?‹

Ich muß jemandem beibringen, meinen Text zu lesen. Ich muß jemanden finden, der ihn in die Zukunft weitergeben wird.

›Du wirst jemanden finden. Vielleicht einen, der heute noch ein Kind ist. Sobald die Zeit kommt, wirst du wissen, wer das Buch bekommen soll.‹

Ich werde es allen sagen. Wenn meine Kinder das lesen, werden sie sagen: Warum hat er nicht einfach die Klappe gehalten? Warum hat er die Sache nicht auf sich beruhen lassen? Meine Fehler werden für jeden ersichtlich sein, und sie werden mich herabwürdigen.

›Und wenn schon. Du wirst tot sein.‹

Und wenn Elemak dies liest, wird er mich töten und das Buch vernichten. Das weißt du.

›Ich würde vorschlagen, daß du es ihm nicht zeigst.‹

Oder irgendeinem anderen. Die Stunden, die ich damit verbracht habe – sind sie verschwendet?

›Was meinst du?‹

Nafai hatte keine Antwort darauf. Aber er arbeitete weiter. Er schrieb und schrieb, und seine Schrift wurde immer winziger und kompakter, damit er mehr Worte auf die Seiten bekam. Er hielt seine Geschichte immer knapper.

Was schrieb er? Zuerst war es eine sehr persönliche Geschichte, ein Bericht über ihr Leben in Basilika, so gut er sich daran erinnerte, über die Reise durch die Wüste und die Entdeckung des Raumhafens in Vusadka. Doch als er schließlich über die Erde schrieb, wurde die Geschichte viel allgemeiner. Die Dinge, die sie über die Wühler und Engel erfahren hatten, schilderte er in der Reihenfolge, wie sie sie herausgefunden oder sich zusammengereimt hatten. Die Ergebnisse von Zdorabs Reisen im Beiboot des Schiffes, bei denen er das Gelände vermessen und Proben des pflanzlichen und tierischen Lebens gesammelt hatte, damit Schedemei sie studieren konnte. Die Kultur der Engel und Wühler, und wie sie auf die kulturellen Innovationen reagierten, die die Menschen ihnen brachten. Die politischen Ränke, während die Gemeinschaften der Wühler und Engel versuchten, mit der Zerstörung ihrer Götter und der Zertrümmerung ihres gesellschaftlichen Gleichgewichts fertigzuwerden.

Denn die alten Götter wurden tatsächlich zerstört. Man kann wohl nicht mit Göttern leben und noch immer an sie glauben, dachte Nafai. Und nachdem Nafai ihnen allen nach der anfänglichen Krise erklärt hatte, daß er und Volemak niemals Götter gewesen waren, daß ihre Macht auf Technik und Wissen beruhte, daß keiner von ihnen imstande war, auch nur eine der komplizierten Maschinen im Raumschiff nachzubauen – obwohl er das alles erklärte, merkte er, daß viele ihm dieses Wissen geradezu übelnahmen. Emeezem bekam am meisten davon mit. Als er ihr sagte, die Tonfigur, die sie fast ihr ganzes Leben lang verehrt und geschätzt hatte, sei nur eine bemerkenswert schöne Skulptur eines talentierten Engels namens Kiti, soweit er wisse, dankte sie ihm nicht. Sie benahm sich, als hätte er ihr eine Ohrfeige gegeben. »Und? Soll ich die Statue jetzt zerbrechen?« fragte sie verbittert.

»Willst du einen so schönen Gegenstand wie diesen zerbrechen?« erwiderte Nafai. »Willst du etwas zerstörten, das dazu beigetragen hat, daß du zu der edlen Herrscherin wurdest, die du nun bist?«

Aber sie ließ sich durch das Lob nicht besänftigen; obwohl es der Wahrheit entsprach und aufrichtig gemeint war, klang es in ihren Ohren wie Schmeichelei. Nafais Zurückweisung ihrer Verehrung war ein grausamer Schlag. Er sah, wie sie geradezu verwelkte; obwohl sie ihr Volk weiterhin mit Klugheit und fester Hand führte, war sie nicht mehr mit dem Herzen dabei. Sie hatte nicht nur den Glauben, sondern auch die Hoffnung verloren.

Die Engel hatten es einfacher. Da das erste, was sie von den Menschen gesehen hatten, Elemaks Wut gewesen war, nahmen sie mit Erleichterung zur Kenntnis, daß es sich bei ihnen nicht um Götter handelte. Aber die Menschen kannten so viele Geheimnisse, und ihre Weisheit, die sie den Engeln zur Verfügung stellten, rettete so viele Leben und verbesserten die Gesundheit aller, daß in ihrer Beziehung noch ein Element der Verehrung blieb, und daher kam bei ihnen ein bißchen – oder sogar sehr viel – Enttäuschung und Ernüchterung auf, wenn ein beliebiger Mensch einer Aufgabe nicht gewachsen war, einen schlechten Ratschlag gab oder etwas vorhersagte, das dann doch nicht so eintraf.

Während Nafai über das alles schrieb, wurde ihm klar,

daß die Leute – sowohl Wühler, Engel als auch Menschen – einen Außenstehenden brauchten, auf den sie ihre Hoffnung auf Weisheit und Rechtschaffenheit richten konnten. Sie mußten damit anfangen, den Hüter der Erde für den einzigen zu halten, der sich niemals irren konnte.

Allerdings war Nafai sich dabei selbst nicht ganz sicher. Er hörte die Stimme des Hüters nie mit der Deutlichkeit, mit der die Überseele zu ihm sprach. In Wirklichkeit wußte er nie ganz genau, ob er die Stimme des Hüters der Erde überhaupt gehört oder seine Träume gesehen hatte. Und er wußte nicht, was der Hüter war. Daß es ihn gab, war offensichtlich – es gab keine andere Erklärung für die Statue, deren Gesicht genau wie das Nafais aussah und die entstanden war, als Nafai gerade das Sternenschiff betreten hatte, um zur Erde zu fliegen. Und es gab keine andere Erklärung für die Träume, die sie auf Harmonie gehabt und in denen so viele von ihnen Wühler und Engel gesehen hatten, als die Überseele selbst noch gar nicht wußte, daß diese Geschöpfe nun die Erde bevölkerten. Doch die Träume waren immer vieldeutig und von den Hoffnungen und Ängsten und Erinnerungen des Träumenden selbst gefärbt, so daß nie feststand, wo die Nachricht des Hüters endete und die Selbsttäuschung begann.

Doch so unzulänglich Nafais Verständnis vom Hüter der Erde auch sein mochte, wußte er doch, daß der Glaube an den Hüter eine wichtige soziale Funktion erfüllte. Der Hüter würde die höchste Autorität sein, derjenige, der sich niemals irrte, die Quelle der Wahrheit. Wenn offensichtlich wurde, daß selbst der klügste der Menschen in Wirklichkeit nur sehr wenig wußte; wenn offensichtlich wurde, daß selbst das wunderbarste aller Wunder in Wirklichkeit die Folge der Arbeit einer Maschine oder des Einsatzes allgemein bekannten Wissens war, dann würde es trotzdem keine Ernüchterung geben, weil schließlich alle wußten, daß in den Augen des Hüters der Erde Menschen, Engel und Wühler gleich waren und im Vergleich zu ihm gleichermaßen unwissend, schwach und dumm.

Nafai erklärte diese Gedanken Luet, und sie stimmte ihm zu. Sie erzählte den Engelfrauen nun vom Hüter der Erde und baute ihre uralten Überlieferungen über die verschiedenen Götter zu einer zusammenhängenden Geschichte um, in der die guten Götter durch verschiedene Aspekte des Hüters ersetzt wurden. Bei den Engelmännern ging Nafai etwas brutaler vor, fegte alle alten Götter beiseite und bewahrte nur einige ihrer uralten Legenden. Die alten Legenden würden natürlich nicht sterben – aber er wollte, daß sie mit einem reinen Kern des Wissens über den Hüter anfingen, obwohl dieses Wissen wirklich sehr gering war.

Dann zogen Nafai und Luet Ojkib und Chveja ins Vertrauen, und schon bald unterwiesen Ojkib die Wühlermänner und Chveja die Wühlerfrauen über den Hüter der Erde. Auch sie übernahmen, woran die Leute bereits glaubten; auch sie gestanden aufrichtig ein, wie wenig sie persönlich über den Hüter wußten. Aber eins wußten sie immerhin genau: Der Hüter wollte, daß Menschen, Wühler und Engel in Frieden zusammenlebten.

Die alte Religion verlor immer mehr Anhänger, und immer weniger Wühler nahmen an den jährlichen Beutezügen teil, bei denen sie die Statuen der sich paarenden Engel stahlen. Das Problem dabei war jedoch, daß gleichzeitig die Geburtsrate der Wühler geringer zu werden schien – während die Engel gediehen und ihre Bevölkerung mit fast schon beunruhigender Schnelligkeit wuchs. Unter den Wühlern wurde geflüstert, die neue Religion des Hüters der Erde sei in Wirklichkeit Teil einer Verschwörung mit dem Ziel, die Wühler zu vernichten, damit die Engel und Menschen die Welt unter sich aufteilen konnten. Nicht viele Wühler glaubten an diese Geschichten, aber immerhin so viele, daß Anlaß zur Besorgnis gegeben war. Und es gab natürlich einige, die diese Gerüchte ausnutzten. Als Nafai dann hörte, nicht alle Menschen, sondern nur Nafai und die, die ihm folgten, wollten die Wühler vernichten, wußte er, daß jemand versuchte, diese Gerüchte zu seinem Vorteil zu nutzen.

Doch derweil sank die Geburtsrate der Wühler weiterhin dramatisch, obwohl die Qualität ihrer Nahrung permanent verbessert wurde. Und die Engel mußten ihr Territorium ständig ausdehnen und immer mehr Wald verbrennen, um Land zu kultivieren. All diese Zwillinge, und keiner von ihnen starb während der Kindheit; all diese gesunden Erwachsenen, und keiner von ihnen kam bei den Raubzügen der Wühler ums Leben.

Sie waren seit zwölf Jahren auf der Erde, als Schedemei die erwachsenen Menschen zu einem Treffen zusammenrief. Sie habe die Geheimnisse endlich gelöst, sagte sie. Doch nun gab es einige neue Geheimnisse, und sie mußten einige Entscheidungen treffen.

»Wir haben uns eingemischt«, sagte Schedemei. »Wie ihr alle wißt, führt die sinkende Geburtsrate zu ernster Besorgnis unter den Wühlern.«

»Wir sind auch besorgt«, sagte Volemak.

»Na ja, ich weiß jetzt, wie es dazu gekommen ist. Wir haben es verschuldet. Wir sind dafür verantwortlich.«

Sie warteten. »Ich habe gar nicht gewußt, daß du einen so ausgeprägten Sinn für das Dramatische hast, Schedja«, sagte Mebbekew schließlich. »Wie lange sollen wir warten, bis du uns reinen Wein einschenkst?«

»Das ist erst das Wasser«, sagte sie. »Der Wein kommt später.« Einige lachten nervös. »Das Problem besteht darin, daß wir sie davon abgebracht haben, an ihre Götter zu glauben. Sie verehren sie nicht mehr. Sie stehlen den Engeln nicht mal neue Statuen. Und deshalb bekommen sie keine Kinder mehr.«

»Willst du damit sagen«, fragte Elemak lachend, »daß ihre Religion *wahr* ist?«

»Mit einem Wort gesagt: ja«, sagte Schedemei. »Wir haben ein Dutzend Jahre die örtlichen Stämme der Wühler und Engel genau beobachtet. Zdorab und ich haben auch einige andere Wühler- und Engelsiedlungen besucht und sind ziemlich sicher, daß wir ein allgemeines Muster entdeckt haben. Zum einen gibt es kein einziges Engeldorf ohne eine Wühlerstadt in der Nähe, und keine einzige Wühlerstadt ohne ein Engeldorf in ein paar Fußstunden Entfernung. Das ist kein Zufall. Die Wühler können ohne die Engel nicht überleben. Genauer gesagt, die Wühler können sich nicht fortpflanzen, ohne die Statuen anzubeten, die die Engel bei ihrem Paarungsritual anfertigen.«

»Habe ich den Eindruck, daß es sich eher um eine biologische als um eine theologische Ursache handelt?«

»Natürlich, obwohl es nicht einfach ist, kleine Tonstatuen zu betrachten und einen biologischen Mechanismus zu sehen«, sagte Schedemei. »Zdorab hat mich als erster darauf hingewiesen, daß die Kunstfertigkeit bei der Schöpfung der Statuen biologisch gesehen gar keine Rolle spielt. Es ist der Speichel. Die Engelmänner nehmen den Ton in den Mund, speicheln ihn ein und stellen einen nassen Schlamm her, aus dem sie dann den Klumpen bilden, der zu der Statue wird. Gelegentlich nehmen sie noch mehr Ton in den Mund und durchnässen ihn. Es fließt reichlich Speichel.«

Die Zuhörer dachten angestrengt darüber nach und versuchten, sich einen Reim auf die Sache zu machen. »Du meinst, die Wühler müssen Engelspeichel auf ihre Körper reiben, um sich paaren zu können?«

»Nicht ganz«, sagte Schedemei. »Als wir die Körper der Engel und Wühler zum erstenmal untersucht haben, fanden wir ein kleines Organ – eigentlich eine Drüse – in der Nähe des Hodensacks. Sie war bei beiden Spezies identisch, obwohl sie keinen gemeinsamen Vorfahren mit einem ähnlichen Organ haben. Das war natürlich sehr verwirrend. Aber wir kennen die Funktion des Organs jetzt. Es sondert ständig winzige Mengen eines Hormons ab, das die Produktion von Sperma unterdrückt. Nein, laßt mich das klarstellen. Es unterbindet die Produktion von Sperma. Wenn das Organ arbeitet, sind die Männer völlig steril.«

»Was für ein nützliches kleines Organ«, murmelte Ojkib. Dann fuhr er lauter fort: »Wieso ist es überhaupt entstanden?«

»Es kommt noch schlimmer«, sagte Zdorab.

»In sämtlichen Süßwasserflüssen dieses Massivs lebt ein winziger Plattwurm von mikroskopischer Größe. Wenn die Flüsse während der Regenzeit anschwellen, gräbt dieser Plattwurm sich in feste Tonschichten ein und legt Millionen winziger Eier. Solange sie naß bleiben, entwickeln sie sich nicht. Doch wenn die Trockenzeit kommt und der Wasserpegel sinkt, verändern sie sich und bilden harte, kleine Überzüge, die die Feuchtigkeit halten, die sie noch besitzen. Die Embryos könnten nun jederzeit ausschlüpfen. Aber das ist ihnen nicht möglich, weil sie ihre Schutzhüllen nicht loswerden. Also halten sie einen Winterschlaf und leben von ihrem Eigelb. Sie verbrauchen nur so wenig davon, daß sie auf diese Weise zwanzig bis dreißig Jahre überleben können. Auch bei der nächsten Regenzeit schlüpfen sie noch nicht aus, denn Wasser löst die Hüllen nicht auf. Und nun ratet mal, was sie auflöst.«

»Der Speichel der Engel«, sagte Ojkib.

»Kluger Junge«, sagte Schedemei. »Mein bester Schüler.« Einige lachten, aber die meisten warteten darauf, daß sie ihren Bericht fortsetzte. »Keine andere Flüssigkeit ist dazu in der Lage, denn die Engel haben winzige Organellen in den speichelproduzierenden Zellen ihrer Münder, die ein Enzym absondern, das innerhalb der Körper der Engel nicht die geringste Funktion hat – aber die Hüllen der Plattwurmeier auflöst. Wenn die Männer den Ton also in den Mund nehmen, weichen sie ihn nicht nur auf, um ihre Statuen herstellen zu können. Sie lösen auch die Hüllen Millionen kleiner Plattwürmer auf. Und zufällig enthalten die aufgelösten Hüllen genau die eine Chemikalie, die die Wirkung der prophylaktischen Drüse über den Hodensäcken der Engel und Wühler aufhebt. Die Fruchtbarkeitschemikalie löst sich sehr langsam auf, und die Statuen enthalten solche Mengen davon, daß sie mindestens für fünf, vielleicht sogar für zehn Jahre reichen.«

Nun hatten es alle begriffen. »Wenn die Wühler also die Statuen über ihre Körper reiben ...« – »Schlucken die Engel etwas davon?« – »Wieviel von der Fruchtbarkeitschemikalie ist erforderlich?«

Schedemei hob die Hände, um den Fragen und Kommentaren ein Ende zu machen. »Ja, ihr habt es verstanden. Die männlichen Engel nehmen das Fruchtbarkeitsenzym mit dem Mund auf. Es ist nicht viel davon nötig, um die Tätigkeit der prophylaktischen Drüse aufzuheben, und sie erholt sich erst nach zwei, vielleicht drei Wochen und nimmt die Arbeit wieder auf. Also gibt es ein Zeitfenster, in dem die Fortpflanzung möglich ist. Und die männlichen Wühler haben am Unterbauch, in der Nähe der Leiste, eine besonders aufnahmefähige Stelle, von der aus die Chemikalie direkt ins Blut geleitet wird. Indem sie die Statuen an ihren verschwitzten Bäuchen reiben, lösen sie ein wenig Ton auf, woraufhin das aufgelöste Fruchtbarkeitsenzym ins Blut gelangt und genau wie bei den Engeln die Wirkung der prophylaktischen Drüse aufhebt. Die männlichen Wühler sind nun also zeugungsfähig. Doch da sie von dem Enzym viel weniger bekommen, ist für sie das Fruchtbarkeitsfenster nur ein paar Tage lang geöffnet. Das spielt aber keine Rolle. Während die Engel die Statuen nur einmal im Jahr anfertigen und ihren Fruchtbarkeitstreffer in dieser Zeit landen müssen, sind die Wühler aufgrund ihrer Kultur imstande, die Statuen jederzeit zu verehren. Die Statuen ermöglichen es ihnen also, sich fortzupflanzen, wann immer sie wollen. Sie müssen lediglich vorher beten.«

»Das ist der absurdeste, komplizierteste, unwahrscheinlichste und lächerlichste Mechanismus, von dem ich je gehört habe«, sagte Issib.

»Genau«, sagte Schedemei. »Es ist völlig unmöglich, daß er sich auf natürliche Weise entwickelt hat. Warum sollten die Wühler und Engel unabhängig voneinander Organe entwickeln, die sie steril machen? Darin liegt kein evolutionärer Vorteil. Warum sind die Engel nicht einfach ausgestorben, bevor sie überhaupt damit anfingen, die Statuen anzufertigen? Warum sind die Wühler nicht ausgestorben, bevor sie herausfanden, daß sie die Statuen der Engel über ihre Körper reiben müssen? Und warum ist eine besondere Chemikalie im Speichel der Engel nötig, damit ausgerechnet die Eier einer Plattwurmspezies ausschlüpfen können? Und warum haben die Engel eine Chemikalie entwickelt, die in ihrem Körper keine Funktion hat, aber die Hüllen der Plattwürmer auflösen kann?«

»In der Natur kommen viele seltsame Dinge vor«, bemerkte Ojkib.

»Natürlich«, sagte Schedemei. »Ich hätte nicht sagen sollen, es sei *unmöglich*, daß dieser Mechanismus sich auf natürliche Weise entwickelt hat. Aber zumindest ich halte diese Zufälle für zu groß, daß ich an eine natürliche Ursache glauben könnte. Das hat man den Wühlern und Engeln *angetan*.«

»Aber darum geht es im Augenblick nicht«, sagte Zdorab. »Schedja hat eine Antwort darauf, doch wichtig ist in erster Linie, daß wir den Wühlern die Wahrheit sagen müssen. Sie müssen die Statuen wieder benutzen. Und sich neue besorgen.«

»Vielleicht können wir die Engel dazu bringen, die Statuen den Wühlern einfach zu *schenken*», sagte Padarok. »Sie haben ja keine Verwendung mehr für sie, nachdem die Frauen ein Urteil über die Männer gefällt haben.«

»Vielleicht«, sagte Schedemei. »Aber nicht nur die Wühler leiden unter unserer Einmischung in ihr vorheriges Sozialgefüge. Diese Beziehung, diese Verbindung zwischen Wühlern und Engeln, besteht seit Millionen von Jahren. Seit vierzig Millionen Jahren, um genauer zu sein. Und während dieser unzähligen Generationen haben sich bestimmte Muster entwickelt. Die Zwillingsgeburten der Engel zum Beispiel. Es treten lediglich Doppelschwangerschaften auf. Das ist kein Zufall. Bei allen unseren Beobachtungen ist es nur zweimal passiert – und nie in unserem Engeldorf –, aber *wenn* es zu einer einfachen Geburt kommt, wird das Kind getötet, und die Mutter darf sich nie wieder paaren. Mit anderen Worten – einfache Geburten werden in der Engelgesellschaft gnadenlos ausgemerzt. Ich habe den Eindruck, daß es sich dabei um eine Reaktion auf die Tatsache handelt, daß die

Wühler den Engeln überallhin folgen, wohin sie auch gehen. Die Wühler müssen den Engeln folgen, um die Statuen zu bekommen. Aber andererseits können die Wühler nicht anders, als die Engel als leichte Nahrungsquelle zu betrachten, besonders, wenn die Kinder der Engel in jenem unbeholfenen Alter sind, in dem sie noch nicht so gut fliegen können und doch schon zu schwer sind, als daß ein Erwachsener sie allein tragen und dabei noch fliegen könnte. Im Prinzip ermöglichen die Zwillingsgeburten es jeder Generation von Engeln, ein zum Tode verurteiltes und ein überlebendes Kind zu bekommen. Im Laufe der Jahre hat die Zusammenarbeit innerhalb der Gemeinschaft es ermöglicht, daß zwischen zwei Dritteln und drei Vierteln der Zwillingspaare überleben. Doch in unserem Dorf erreichen sämtliche Zwillinge das Erwachsenenalter. Und alle geschädigten, schwachen, kranken und verkrüppelten Engel überleben, während sie in anderen Dörfern von den Wühlern ausgerottet werden. Kurz gesagt – die Engel haben die Strategie entwickelt, sich viel stärker zu vermehren, als ihre Umgebung ernährungsmäßig eigentlich verkraften könnte, um die Dezimierung durch die Wühler auf diese Weise wettzumachen. Wenn die Wühler keine Jagd mehr auf die Engel machen, gerät ihre Bevölkerung außer Kontrolle.«

»Das Gleichgewicht ist sehr empfindlich«, sagte Zdorab. »Ich habe einen Ort gefunden, an dem es zu einer Krise gekommen war. Die Wühler hatten die Disziplin verloren und zu viele Kinder und kranke Erwachsene verzehrt. Sie rotteten die Engel auf ihrem Gebiet systematisch aus. Als ich dort eintraf, hatten nur noch ein paar in die Defensive gedrängte Engelfamilien überlebt. Doch die Wühler bezahlten bereits den Preis dafür. Sie hatten natürlich noch jede Menge alte Statuen, aber keine neuen. Und so sank ihre Geburtsrate nach etwa fünf Jahren. Genau, wie es hier der Fall ist. Natürlich nicht so plötzlich, da sie die Statuen, die ihnen geblieben waren, noch immer anbeteten. Aber diese Statuen enthielten immer weniger von dem Enzym. Geburten wurden immer seltener. Nachdem weniger Wühler Jagd auf sie machten, erholten die Engel sich schnell, und danach haben sich dann auch die wenigen überlebenden Wühler erholt.«

Schedemei ergriff wieder das Wort. »Ihr seht also, es gibt ein soziales Gleichgewicht. Die Wühler können nicht zu viele Engel zu Nahrungszwecken töten, weil sie dann ihre Fortpflanzungsfähigkeit verlieren. Das Gleichgewicht korrigiert sich von selbst.«

»Was hindert die Engel daran, einfach loszufliegen und eine Kolonie zu errichten, wo es keine Wühler gibt?« fragte Protschnu.

»Nichts«, sagte Schedemei, »und es ist bestimmt schon oft passiert. Aber sie können nur dort leben, wo es Ton gibt, der die Plattwürmer enthält. Das heißt, sie können nur dort leben, wo eine Regenzeit das Land überflutet, und nur auf einer Höhe, auf der auch die Plattwürmer überleben können. Das ist eine ziemlich schmale Bandbreite. Hier, auf diesem Massiv, findet man diese Bedingungen, sonst aber kaum. Und die Wühler treten fast überall auf. Ich glaube nicht, daß die Engel einen Ort finden könnten, an dem ein Wühler sie nicht früher oder später aufspüren würde. Wenn der Wühler sie entdeckt, kehrt er nach Hause zurück und meldet, daß er einen neuen Ort gefunden hat, der von den Göttern begünstigt wird, und so gründen sie eine neue Kolonie. Das geschieht eigentlich zum Vorteil der Engel. Würden die Wühler ihre Jungen nicht verzehren, würde ihre Bevölkerung schnell die maximale Größe erreichen.«

»Schlägst du etwa vor«, fragte Nafai, »wir sollten zulassen, daß die Wühler die Kinder der Engel wieder entführen und verzehren?«

»Das ist die Frage«, sagte Schedemei. »Das ist wirklich die Frage, nicht wahr?«

»Hat irgend etwas davon«, fragte Chveja, »mit der Entwicklung der Intelligenz bei den Engeln und Wühlern zu tun?«

»In gewisser Hinsicht schon«, sagte Schedemei. »Die Frauen der Engel wählen ihre Männer aufgrund der Kompliziertheit, Schönheit, Originalität und Genauigkeit ihrer Skulpturen aus. Je intelligenter und kreativer der männliche Engel ist, desto größer sind offensichtlich seine Aussichten, sich früh und oft fortzupflanzen. Bei den Wühlern ist es etwas anders. Um Engel zu töten, müssen sie verschlagen und klug sein. Wir sehen es jetzt natürlich nicht mehr so oft, denn die Wühler sind *so* klug, daß die Engel den Versuch, sie aufzuhalten, fast schon aufgegeben haben. Aber wir haben all die Fallen gesehen, die die Engel um ihre Dörfer herum errichtet haben. Vielleicht sind früher die dummen Wühler in diese Fallen gestolpert. Jetzt erkennen sie diese Fallen problemlos und weichen ihnen aus. Aber vielleicht hat ihre Intelligenz sich auch deshalb entwickelt, weil nur die klugen Wühler durch die Fallen der Engel kamen und Statuen und Engelkinder rauben konnten.«

»Mit anderen Worten, die Intelligenz hat sich auf natürliche Weise entwickelt«, sagte Chveja. »Aber dieses symbiotische Verhältnis ist unnatürlich.«

»Nicht nur unnatürlich«, sagte Schedemei. »Es wurde von Menschen geschaffen.«

»Woher willst du das wissen?« fragte Protschnu.

»Weil wir der Annahme sind, daß es nicht auf natürliche Weise entstanden sein kann. Und wir wissen, daß die Menschen die Erde zu der Zeit der Emigration verlassen haben, bei der Harmonie und zweifellos auch noch andere Welten besiedelt wurden. Als wir die Schiffsbibliothek mit Hilfe des Index durchsucht haben, mußten wir feststellen, daß sie über einen einzigen Bereich der Geschichte *keine* nützlichen Informationen zu bieten hat … nämlich über das menschliche Leben zur Zeit der Emigration.«

Nun ergriff wieder Zdorab, der Bibliothekar, das Wort. »Wir waren immer der Annahme, es gäbe über diese Zeit keine Informationen, weil sie so schrecklich war, daß die Menschen sie am liebsten vergessen hätten. Es gibt Hinweise auf Waffen, die so fürchterlich waren, daß sie die Erde eine Zeitlang sogar in eine Eiskugel verwandelt haben. Das hat auch die Überseele geglaubt. Doch Nafai hat einmal etwas zu mir gesagt, das mich darauf brachte, daß diese Version über die Informationsknappheit eigentlich nicht glaubwürdig ist. Er hat gesagt: ›Wie konnten diejenigen, die die Menschheit gerettet haben, indem sie die Erde verließen, zulassen, daß man sie selbst völlig vergessen wird?‹ Ich dachte, daß sie das natürlich *nicht* zugelassen haben. Also habe ich die Schiffscomputer durchsucht – diejenigen, die *nicht* mit der Überseele verbunden sind. Und ich habe gefunden, was ich suchte. Eine Datenbank, auf die die Überseele keinen bewußten Zugriff hat. Sie trägt die Bezeichnung ... bitte bedenkt, daß es sich nicht um eine wörtliche Übersetzung handelt ... *Das Buch der Sünden der menschlichen Rasse*.«

»Der Sünden?« fragte Mebbekew.

»Na ja, das ist die knappste Übersetzung. Der Begriff bedeutet ›vorsätzliche Fehler‹. Vielleicht auch ›Verbrechen der vermeidbaren Nachlässigkeit‹. Ich hielt *Sünden* für eine ziemlich gute Zusammenfassung.«

»Was enthält das Buch?« fragte Nafai.

»Ich habe es gerade erst entdeckt und deshalb noch nicht vollständig gelesen. Ich würde mich freuen, wenn jene, die die nötige Zeit haben und sich dafür interessieren, mir bei der Übersetzung helfen. Die Sprache ist mehreren bekannten Sprachen sehr ähnlich, aber sehr, sehr alt, und die Überseele hat sie nicht auf den neuesten Stand gebracht, weil sie nicht wußte, daß es die Datei überhaupt gibt. Aber eine der ersten Schilderungen, die ich darin fand, war die Erklärung dafür, wie es mit den Engeln und Wühlern anfing. Das war nämlich eine der ›Sünden‹.«

Zdorab rief auf dem nächsten Computerbildschirm ein Dokument auf und las laut vor. »Wir haben gesündigt, indem wir mit den Genen von Tieren herumgespielt und ihnen Intelligenz ohne Freiheit gegeben haben, Talent ohne Macht, Wünsche ohne Hoffnung. Wir haben sie zu unserer Erheiterung benutzt, ihre Gemälde und Skulpturen und Musik und Tänze ausgestellt und vorgeführt, während wir die Maler und Bildhauer, die Musiker und Tänzer weiterhin gefangenhielten. Sind sie einmal entkommen, war ihre Freiheit wertlos, weil sie nur in Gefangenschaft Kinder bekommen konnten. Das war eine abscheuliche Tat, und der Hüter der Erde hat sich dagegen aufgelehnt, die Sklavenmacher und die Sklavenhalter vertrieben und die Kleinen befreit.«

Schedemei ergriff wieder das Wort. »Die mögliche Verbindung mit den Wühlern und Engeln sollte offensichtlich sein. Die Engel sind diejenigen, die sich noch auf irgendeine Weise künstlerisch betätigen und vielleicht eigens dafür gezüchtet wurden. Zdorab und ich sind allerdings nicht darauf gekommen, zu welchem Zweck die Wühler ursprünglich geschaffen wurden.«

»Um zu wühlen«, sagte Elemak.

»Vielleicht«, sagte Schedemei. »Daß das *Buch der Sünden* nur die intelligenten Tiere erwähnt, die zur Unterhaltung der Menschen erschaffen wurden, bedeutet keineswegs, daß es nicht auch Tiere gab, die genetisch aufgerüstet wurden, damit sie niedrigere Aufgaben erfüllten. Zum Beispiel, unterirdische Mineralienvorkommen zu suchen. Oder einfach nur Tunnels zu graben.«

»Kanalarbeiten«, sagte Elemak.

»Wie ich schon sagte, wir wissen es nicht. Meines Erachtens waren die Vorfahren der Wühler nicht besonders intelligent. Sie sind körperlich, aber nicht geistig aufgerüstet worden. Doch sie haben überlebt, weil sie intelligent genug waren – oder vielleicht auch das Glück hatten –, in der Nähe eines Stammes von Engeln zu leben, und möglicherweise haben sie sich dann ganz zufällig an den Statuen gerieben.«

»Oder sie haben vielleicht überlebt«, sagte Zdorab, »weil die Wühler in Bauten und die Engel in Höhlen lebten, und als die Erde dann eine schlimme Eiszeit erlebte, haben beide sie dann unterirdisch überstanden und dort ihre Symbiose entwickelt.«

»Oder vielleicht haben sie Träume gehabt, die es ihnen auftrugen«, sagte Luet.

»Wie dem auch sei«, sagte Schedemei, »es könnte von vornherein geplant und genau überwacht worden sein.

Schon als der Hüter der Erde die menschliche Rasse vertrieb, hatte er möglicherweise die Absicht, unsere Vorfahren durch neue Spezies zu ersetzen. Vielleicht hat der Hüter beide manipuliert, damit beide Intelligenz entwickeln konnten.«

»Und vielleicht hat er diese Symbiose eingerichtet«, sagte Zdorab, »damit die eine Spezies nicht ohne die andere überleben konnte. Die alten Menschen haben die Plattwürmer geschaffen und dafür gesorgt, daß die Vorfahren der Engel Ton formen *mußten*, wenn sie sich fortpflanzen wollten. Vielleicht haben sie den anderen gefangenen Tieren keine Mechanismen eingebaut, die es ihnen ermöglichten, ohne das Eingreifen der Menschen die benötigten Chemikalien zu bekommen, und nur die Wühler fanden eine Möglichkeit, sich praktisch im Huckepack an die Überlebensmethode der Engel zu hängen. Wer sagt denn, daß der Hüter der Erde es nicht von Anfang an so vorgesehen hat? Vielleicht hat der Hüter die Menschen erst veranlaßt, den Plattwurm-Vektor zu entwickeln, um die Chemikalien zu schaffen, die die Engel brauchten. Vielleicht hat der Hüter alles so geplant.«

»Was auch immer der Hüter ist«, sagte Meb.

»Ich habe eine andere Idee«, sagte Elemak. »Was, wenn es diesen Hüter überhaupt nicht gibt? Die Träume, die ihr auf Harmonie hattet ... ihr wart euch so sicher, daß sie von diesem angeblichen Hüter kamen, weil die Überseele nichts von den Wühlern und den Engeln wußte. Nun aber finden wir heraus, daß sich alle diese Informationen in den Datenbänken der Überseele befanden, sie aber keinen *bewußten* Zugriff darauf hatte. Also könnten diese Träume doch von Anfang an von der Überseele gekommen sein, ohne daß sie davon etwas wußte, oder? Und damit müßten wir uns nicht den Kopf über einen Mechanismus zerbrechen, der Träume überlichtschnell von der Erde nach Harmonie schicken kann.«

»Eine sehr gute Theorie«, sagte Schedemei. »Aber sie erklärt nicht, wie Kiti einhundert Jahre, bevor wir hier eintrafen, ein perfektes Abbild von Nafais Gesicht schaffen konnte.«

»Ich bin nicht der Ansicht«, sagte Volemak, »die Annahme sei hilfreich, wir hätten bewiesen, daß es den Hüter der Erde nicht gibt, nur weil wir ein paar natürliche Mechanismen gefunden haben, die das eine oder andere bewirken. Wir wissen nicht, wie groß die Reichweite des Hüters ist, oder welche Macht er hat; vielleicht ist er lediglich imstande, den Leuten Träume zu geben. Wunschdenken gibt Menschen, die nach Göttern gieren, falsche Götter; aber diejenigen, die sich nach einer Welt ohne Götter sehnen, können genausoschnell ihrem eigenen Wunschdenken zum Opfer fallen.«

»Das werde ich mir merken, Vater«, sagte Meb. »Das war eine wichtige Erkenntnis.«

Elemak lächelte, sagte aber nichts.

»Wenn wir die spekulative Theologie mal beiseite stellen könnten«, sagte Schedemei, »würde ich euch gern zwei Möglichkeiten zur Auswahl aufzeigen. Die erste wäre die: Wir können den Wühlern und Engeln alles erklären. Die Wühler können dann die Skulpturen wieder benutzen. Die Engel können versuchen, ihr Bevölkerungswachstum zu kontrollieren, indem sie sich nicht mehr so oft paaren. Vielleicht ist dazu lediglich erforderlich, daß die Männer nur jedes zweite Jahr eine Skulptur anfertigen. Es besteht kein Grund, wieder zum Abschlachten der Engelkinder zurückzukehren. Das Problem ist nur, daß es zwar hier funktionieren könnte, woanders aber keine Wirkung haben wird. Aber vielleicht hat der Hüter der Erde uns ja aus diesem Grund hierher gebracht – damit wir den Wühlern und Engeln beibringen, wie sie miteinander leben können, ohne sich umzubringen.«

»Ich dachte, wir würden die spekulative Theologie außer acht lassen«, sagte Meb.

»Die andere Möglichkeit wäre«, sagte Schedemei, »diese prophylaktische Drüse abzuschaffen.«

»Sie abschaffen?« fragte Volemak.

»Ich habe das Gen gefunden, das sie erzeugt. Es ist künstlich – es wurde eingefügt. Indem wir die Gene der Wühler und Engel mit denen nicht veränderter Ratten und Fledermäusen verglichen haben, konnten wir alle eingefügten Gene aufspüren. Es war ganz einfach. Wir haben den spezifischen genetischen Befehl isoliert, der die prophylaktische Drüse entstehen läßt, indem wir jedes einzelne künstliche Gen normalen Ratten und Fledermäusen injiziert und dann festgestellt haben, welches für die Entwicklung der Drüse verantwortlich ist. Nachdem wir das Gen nun gefunden haben, können wir es neutralisieren.«

»Wie?« fragte Volemak.

»Mit einer bakteriellen Infektion, die ein Enzym befördert, dessen einzige Funktion darin besteht, den genetischen Befehl zu finden und auszuschalten. Mit dieser Methode nehme ich alle genetischen Veränderungen vor. Ich muß einfach ein infektiöses Bakterium statt eins der harmlosen nehmen, die ich normalerweise benutze. Dabei treten kaum Nebenwirkungen auf. Bei den Wühlern würden sie sich auf eine leichte Steifheit der Gelenke und schwaches Nasenlaufen beschränken. Bei den Engeln können für ein paar Tage auch tränende Augen auftreten. Sobald die Infektion sich in der gesamten Population ausgebreitet hat, werden sie sich unabhängig von den Plattwürmern fortpflanzen können. Die Engel können natürlich auch weiterhin nach Herzenslust Skulpturen anfertigen, aber sollten sie damit aufhören, hat es nicht die geringsten Folgen. Die Veränderung wird nur jene betreffen, die gezeugt wurden, nachdem die bakterielle Infektion ihre Eltern verändert hat, und nachdem die Infektion eingesetzt hat, könnte es zu spontanen Abtreibungen kommen, die auf die ein paar Wochen alten männlichen Embryos der Wühler und Engel beschränkt ist. Aber nach einer einzigen Generation wird die prophylaktische Drüse verschwunden sein.«

»Das gefällt mir nicht«, sagte Ojkib. »Der Hüter der Erde hat einen Mechanismus eingerichtet, der hier das Gleichgewicht bewahrt, und wir zerstören ihn.«

»Ich weiß nicht, Okja«, sagte Chveja. »Eigentlich haben Menschen den Mechanismus geschaffen. Es steht im *Buch der Sünden*. Das ist eins der Dinge, die der Hüter nicht ausstehen konnten. Vielleicht wurden wir nur zurückgeholt, um diesen Mechanismus zu entfernen.«

»Wie ich schon sagte«, fuhr Schedemei fort. »Wir haben diese beiden Möglichkeiten. Aber ich persönlich ziehe die Intervention vor. Ich habe den Eindruck, wenn wir die prophylaktische Drüse entfernen, nehmen wir einem Sklaven die Handschellen ab. Nach vierzig Millionen Jahren wird es allmählich Zeit, meint ihr nicht auch?«

»Tu es einfach«, sagte Elemak. »Verschwende unsere Zeit nicht mit endlosen Diskussionen darüber, was der Hüter vielleicht will oder nicht. Es steht in deiner Macht, und es ist anständig. Also tue es, und Schluß damit.« Elemak stand auf und ging.

Es waren noch viele Stunden der Diskussion erforderlich, doch schließlich setzte Elemaks Sichtweise sich durch. Die Diskussion dauerte lediglich so lange, weil Protschnu vorschlug, sie sollten die Wühler und Engel fragen, was sie *ihrer* Meinung nach tun sollten. Doch sie alle stimmten schließlich überein, daß weder die Wühler noch die Engel die betreffenden genetischen Themen verstandesmäßig verarbeiten konnten. »Sie werden es nicht als wissenschaftliche Frage betrachten, weil sie keine Wissenschaft haben«, sagte Volemak, als er seine Entscheidung getroffen hatte. »Sie werden es auf die Religion beziehen, und es wird Spaltung und Kontroversen zwischen ihnen hervorrufen und könnte zu echtem Haß auf uns oder gar zu einem Bürgerkrieg in ihren Gemeinden führen. Ich glaube, man sollte alle Wesen eigenständige Entscheidungen treffen lassen, wenn sie imstande sind, die Wahlmöglichkeiten zu verstehen. Aber man läßt seine kleinen Kinder nicht entscheiden, ob sie nun im reißenden Fluß spielen dürfen oder nicht. Man hält sie vom Wasser fern und versucht nicht einmal, ihnen zu erklären, was ›ertrinken‹ bedeutet. Man kann es ihnen später erklären, wenn sie älter sind.«

»Also sind die Wühler und Engel jetzt unsere Kinder?« fragte Meb spöttisch.

»Es ist besser, sie wie unsere Kinder zu behandeln«, sagte Volemak. »So, wie unsere Vorfahren sie behandelt haben – als Sklaven, als Spielzeuge. Also ist die Entscheidung gefallen. Wir erklären ihnen nur so viel, wie sie verstehen können. Ojkib wird es den Wühlern erklären, und Nafai den Engeln. Ich würde es zu schätzen wissen, wenn alle anderen in dieser Hinsicht den Mund halten würden. Schedemei, ich möchte, daß du die Bakterien so schnell wie möglich in beiden Gemeinden einführst.«

»Das ist kein Problem«, sagte sie. »Ich setze einfach alle Anwesenden dem Bakterium aus. Das wird einen leichten Schnupfen hervorrufen, in einigen Fällen vielleicht leichtes Fieber. Trefft euch einfach weiterhin wie gewohnt mit den Wühlern und Engeln, und die Krankheit wird sich auf natürliche Art und Weise ausbreiten. Kommt einfach her und tupft euch dieses Gel in die Nasen.«

»Das ist ja widerlich«, sagte eine der jüngeren Frauen.

»Nur, wenn du einen gebrauchten Tupfer nimmst«, sagte Protschnu.

»Ich sorge mich lediglich darum«, sagte Mebbekew, »was mit den armen Plattwürmern geschehen wird. Niemand scheint sich für sie zu interessieren. Ich glaube, wir haben die Neigung, große Tiere viel zu sehr zu begünstigen. Haben mikroskopische Geschöpfe keine Rechte?« Er grinste, und die anderen lachten mit ihm.

Doch während das Treffen fortgesetzt wurde, traf sich auch Elemak mit jemandem. Er suchte Fusum, der nach dem Tod seines Vaters vor kurzem zum Blutkönig gewählt worden war.

»Ich habe ein Geschenk für dich«, sagte Elemak.

»Was könntest du schon haben, was ich will?« fragte Fusum.

»Oh, jetzt, da wir der König sind, sind wir aber sehr von uns eingenommen.«

Fusum knurrte leise. »Ich führe ein eigenes Leben, Elemak. Ich bin keine Geisel mehr. Ich habe Verantwortung.«

»Du hast auch Macht«, sagte Elemak, »und ich glaube, du hast nichts dagegen, etwas mehr davon zu bekommen. Das ist mein Geschenk – mehr Macht.«

»Ach was«, sagte Fusum. »Ich wußte gar nicht, daß du Macht zu vergeben hast.«

»Wissen ist Macht«, sagte Elemak. »Das habe ich zumindest mal gehört. Aber es gibt eine Bedingung. Du mußt versprechen, deinem Volk zu sagen, daß ich dich auf die Idee gebracht habe.«

»Auf welche Idee?« fragte Fusum.

»Zuerst das Versprechen.«

»Ich verspreche es«, sagte Fusum.

»Aber meinst du es auch wirklich ernst?« fragte Elemak.

»Wenn du mich verspotten willst, kannst du dein Geschenk behalten«, sagte Fusum.

»Ah, jetzt, da wir der Blutkönig sind, sind wir zu wichtig, um eine kleine Hänselei von einem Freund hinzunehmen.«

»Du bist niemals ein Freund gewesen, Elemak«, sagte Fusum. »Du warst eine nützliche Wissensquelle.«

»Vielleicht können wir *jetzt* Freunde sein«, sagte Elemak.

»Sag mir, was für eine Idee du hast, oder sage es mir nicht.«

»Geh sofort zur Statue des Unberührten Gottes«, sagte Elemak.

»Du meinst diejenige, die wie dein leuchtender Bruder Nafai aussieht?«

Elemak ließ sich nicht erzürnen. »Genau die. Geh zu ihr und erkläre vor so vielen Zeugen wie möglich, es würden so wenig Kinder geboren, weil diese Statue nicht angemessen verehrt worden sei. Dann tue damit, was immer ihr damit tut. Reibe sie über deinen Körper.«

»Dafür wird man mich vielleicht umbringen.«

»Nicht den Blutkönig. Nicht sofort. Und nicht, wenn du den Leuten versprichst, daß nun, da du den Unberührten Gott verehrt und das Antlitz dieses Betrügers Nafai ausgelöscht hast, der wahre Gott eine leichte Krankheit schicken wird, um die letzten Spuren des Bösen in eurem Volk auszulöschen. Vielleicht werden ein paar männliche Embryos abgehen, weil sie nicht rein waren. All jene, die jetzt leben, werden die Götter bis zu dem Tag ihres Todes auf die alte Art und Weise verehren müssen. Aber die neuen Kinder, die nach dieser Zeit zur Welt kommen, werden überhaupt keine Götter mehr verehren müssen. Sie werden in Reinheit geboren und sind gesegnet.«

»Was für einen Pilz willst du mir da zu essen geben?« fragte Fusum. »Du hast mir doch selbst gesagt, daß dieses religiöse Zeug Unsinn ist.«

»Aber das Volk glaubt daran, nicht wahr? Also sag ihnen – ganz gleich, was Ojkib oder Chveja oder irgendeiner sonst ihnen erzählt –, daß *ich* dir die Wahrheit gesagt habe und daß *deine* Tat dein Volk davon befreien wird, die Schlucht hinaufgehen und vom Himmelsfleisch eure Götter holen zu müssen. Ihr werdet das Himmelsfleisch nicht mehr *brauchen*. Eure neuen Kinder und Enkelkinder können dann alle töten. Es spielt keine Rolle mehr, weil sie rein sind und die Götter nicht mehr verlangen werden, daß ihr euch erniedrigt, indem ihr Gegenstände anbetet, die das Himmelsfleisch geschaffen hat.«

»Warum sollte ich glauben, daß irgend etwas davon geschehen wird?«

»Es ist mir ganz egal«, sagte Elemak. »Du kannst meine Worte bezweifeln und zögern, und dann wird Ojkib kommen und eine Ankündigung machen, und alle Macht und aller Einfluß werden ihm zufallen und, durch ihn, Emeezem. Oder du kannst mir glauben und *jetzt* handeln, damit du es schon getan hast, bevor irgend jemand ein Wort darüber sagt. Dann werden *du* und *ich* die Befreier der Wühler sein. Es wird auf jeden Fall passieren. Das kleine Schauspiel, das du mit Nafais Statue aufführst, hat in Wirklichkeit gar keine Bedeutung. Abgesehen davon, daß es dein Volk glauben machen wird, du hättest religiöse Kräfte, die über die eines jeden Blutkönigs vor dir hinausgehen. Und es wird nichts schaden, daß du Emeezems Beharren lächerlich machen wirst, der Unberührte Gott müsse unberührt bleiben. Indem deine Prophezeiungen sich erfüllen, bringst du sie in Mißkredit. Aber du kannst die Gelegenheit auch verstreichen lassen, Fusum. Du kannst dir für den Rest deines Lebens wünschen, du hättest die Chance ergriffen, als ich sie dir gab. Das ist mir völlig gleichgültig.«

»Ja, das ist es«, sagte Fusum. »Und du kannst sicher sein, daß ich deinen Namen nennen und ihnen sagen werde, daß ich das alles von dir erfahren habe. Denn wenn es schiefgeht, kann ich mich vielleicht retten, indem ich dir die Schuld zuschiebe.«

»Und wenn es gelingt«, sagte Elemak, »wird dein Volk wissen, wer von den Menschen sein wahrer Freund ist.«

»Und *ich* werde wissen«, sagte Fusum, »daß du ein Lügner bist, der sein eigenes Volk offensichtlich verraten und die Wühler hinter sich haben will, wenn er zuschlägt.«

»Hast du ein Problem damit?« fragte Elemak.

»Nicht das geringste«, sagte Fusum. »Aber denk daran, wer der König der Wühler ist, wenn die Zeit kommt.«

»Ich werde mich daran erinnern«, sagte Elemak. »Ich erinnere mich an alles.«

Also ging Fusum zum Tempel des Unberührten Gottes, hielt seine Rede und vollzog seine blasphemische Verehrung. Emeezem ließ ihn fesseln und in eine Gefängniszelle werfen, doch seine Haft währte nur, bis Ojkib den Ältestenrat der Wühler zusammenrief und ihm erklärte, eine leichte Krankheit würde über ihr Volk kommen, doch alle Kinder, die danach empfangen werden würden, würden keine Statuen mehr anbeten müssen. »Der Hüter der Erde hat euch von euren alten Göttern befreit«, sagte er. Aber es gab viele, die zueinander sagten: Fusum hat uns befreit. Und Emeezem war nicht imstande, sie daran zu hindern, Fusum aus dem Gefängnis zu holen und wieder als Blutkönig einzusetzen.

Die Krankheit kam innerhalb von ein paar Tagen, wie Fusum es vorhergesagt hatte. Doch aus seiner Berührung des Unberührten Gottes erwuchsen keine anderen schädlichen Konsequenzen. Und nun sah der Unberührte Gott nicht mehr wie Nafai aus, und das Volk sagte: Elemak hat uns dieses Geheimnis verraten, und Nafai ist kein Gott und hat nicht einmal die Macht, sein Gesicht auf der Statue zu bewahren. Fusum ist ein wahrer Blutkönig, aber Emeezem als unsere tiefe Mutter hat die Wahrheit über den Unberührten Gott nicht gekannt.

Als Mufruzhuuzh nicht lange darauf starb, wählte das Volk Fusum zum neuen Blutkönig. Es sagte: Er war Nens wahrer Freund und hat den Panther erschlagen, der ihn getötet hat. Und er hat unsere Kinder von den Göttern des Himmelsfleisches befreit. Soll er Kriegskönig und Blutkönig sein, beides zugleich.

Dieser Tag war das Ende von Emeezems Herrschaft über die Wühlerstadt. Sie hatte noch immer großen Einfluß auf die Frauen, doch die Männer gehörten Fusum, und Fusum schickte sich an, sie für den Krieg auszubilden.

Monatelang brüteten Nafai und Ojkib über dem *Buch der Sünden der menschlichen Rasse* und lernten alles daraus, was sie in Erfahrung bringen konnten. Hier fanden sie die Geheimnisse der Evolution der menschlichen Rasse, der Entwicklung von Technologien, der grausamen Zwecke, für die die Menschen sie einsetzten. Hier befanden sich die Geschichten von Kriegen und Gemetzeln, von bedrückender Armut, die für den Reichtum einiger weniger bezahlte, von entkleidetem und zugrunde gerichtetem Land, von uralten Rohstoffquellen, die verbrannt oder weggeworfen wurden.

Und am Ende fanden sie diese Worte: »Diese Sünden waren die Folge einer Rebellion, denn die menschliche Rasse ignorierte die guten Träume, die vom Hüter der Erde kamen, bis der Hüter ihrer Sünden schließlich überdrüssig war und sie abschüttelte. Da erbebten die großen treibenden Kontinente, und die Erde erzitterte, und an tausend Orten brachen die Vulkane auf. Der Himmel war mit Rauch erfüllt, und die Pflanzen starben; die Erde wurde kalt, und Eis bedeckte ihr Antlitz während der tiefsten Eiszeit, die man je gekannt hatte. Die wenigen überlebenden Menschen begriffen, daß der Hüter der Erde mit ihnen fertig war. Die Erde hatte keinen Platz mehr für Menschen, und wenn sie überleben wollten, mußten sie gehen. Sieben Flotten wurden zusammengestellt, um sieben Kolonien zu gründen, und von den anderen haben wir nie wieder etwas gehört. Wir wissen nur dies: daß wir auf unserer neuen Welt, Harmonie, eine Überseele bauen werden, welche die Dienerin des Hüters der Erde sein wird, und daß die menschliche Rasse sich unter dem wachsamen Auge der Überseele nicht mehr daran erinnern wird, wie man in so schrecklichem Ausmaß sündigen kann. Was die Erde betrifft, so gehört sie nun dem Hüter, und menschliche Wesen werden dort nie wieder leben, bis der Hüter uns verzeiht und nach Hause ruft.«

Sowohl Nafai als auch Ojkib übertrugen diesen letzten Absatz; dann verglichen sie ihre Übersetzungen. »Wer hat das geschrieben?« fragte Ojkib. »Woher konnte er wissen, welche Macht der Hüter hatte? Um Erdbeben und Vulkanausbrüche zu verursachen, den Fluß der Kontinentaldrift zu verändern ...«

»Vielleicht hat der Hüter etwas mit den Konvektionsströmen in dem fließenden Magma zu tun, auf dem die Erdkruste treibt. Wer weiß schon, wie schnell diese Strömungen sich verändern können?« sagte Nafai.

»Ich weiß nur eins«, sagte Ojkib. »Wir müssen unseren Leuten den Inhalt dieses Buches nahebringen, sie über die Warnungen in diesem Buch aufklären. Wir müssen sie lehren, was der Hüter von uns erwartet, auch wenn wir nicht genau verstehen, was der Hüter der Erde überhaupt ist.«

»Meinst du mit ›unsere Leute‹ nur die Menschen?« fragte Nafai.

»Natürlich nicht«, sagte Ojkib. »Vielleicht hat der Hüter uns nur aus dem Grund zur Erde zurückgeholt, damit wir einerseits die Engel und Wühler von ihrer uralten Knechtschaft befreien und sie andererseits lehren, so zu leben, daß der Hüter nicht noch einmal das Bedürfnis verspürt, die Erde unbewohnbar zu machen.«

»Du könntest recht haben«, sagte Nafai. »Aber ganz gleich, was wir tun oder wie wir es lehren, es wird zu einer Religion werden. Den anderen werden selbst unsere *naturwissenschaftlich* sichersten Erklärungen mystisch vorkommen. Schließlich klingt das, was unsere Vorfahren im *Buch der Sünden* geschrieben haben, für *uns* auch mystisch.«

»Ist das schlimm?« fragte Ojkib.

»An sich nicht. Aber Religionen haben es nun mal an sich, das Körnchen Wahrheit in ihrem Kern zu verlieren. Die Wühler hatten eine Religion, die sie veranlaßte, sich mit dem Ton zu reiben, der die Chemikalie enthielt, die aus den Eierschalen der Plattwürmer und dem Speichel der Engel gewonnen wird – aber sie hatten keine Ahnung, warum sie es ta ten, und wurden daher davon versklavt. Wir werden unsere Kinder und deren Kinder also nur willkürliche Regeln lehren. Die wahren Gründe gehen verloren oder verwandeln sich in Mythen.«

»Was können wir dagegen tun?« fragte Ojkib.

»Wir können ein Buch schreiben«, sagte Nafai.

»Du meinst, so eins wie das, das du bereits schreibst?« fragte er.

Nafai schaute ihn düster an. »Ich hätte wissen müssen, daß ich vor dir nichts geheim halten kann.«

»Ja, hättest du«, sagte Ojkib. »Besonders, da du wochenlang fast ununterbrochen mit der Überseele darüber gesprochen hast, nachdem du auf die Idee gekommen bist. Ich dachte, du würdest es mir sagen, wenn du dich danach fühlst.«

»Na ja, ich fühle mich jetzt danach«, sagte Nafai. »Denn ich glaube, unsere Nachkommen werden keinen Zugriff auf den Schiffscomputer haben. Die meisten von ihnen werden des Lesens und Schreibens nicht mehr mächtig sein. Aber einigen von ihnen werden wir das Lesen und Schreiben beibringen, damit wir eine Aufzeichnung all dessen bewahren können, was wir gelernt haben. Wir werden es so klar und deutlich niederschreiben, wie es uns möglich ist, eine wahre Geschichte unserer Reise und all unserer Kenntnisse und Taten. Wir werden sie von den Eltern an die Kinder weitergeben, und weil die Geschichte niedergeschrieben wurde, kann sie nicht verzerrt werden.«

»Die Menschen können alles verzerren«, sagte Ojkib.

»Aber solange der ursprüngliche Text erhalten bleibt, kann die nächste oder übernächste Generation wieder auf das Original zurückgreifen und die Wahrheit in Erfahrung bringen. Auf diese Weise haben wir sehr viel von dem *Buch der Sünden* gelernt.«

»Gut und schön«, sagte Ojkib. »Du führst bereits eine Aufzeichnung.«

»Ich führe *eine* Aufzeichnung. Aber wir sollten noch eine zweite führen. In dieser ersten läßt sich alles finden, alle Einzelheiten, alles, woran ich mich erinnern kann. Aber ich hatte gestern nacht einen Traum ...«

»Ah, einen weiteren Traum ...«

»Ich weiß, daß du auch gern Träume hättest, Ojkib, aber ...«

»Ich brauche keine eigenen Träume zu haben«, sagte Ojkib. »Nicht, wenn ich deine habe. Du hast davon geträumt, ein Buch zu schreiben, das du mir und Chveja statt Zhjat und Netsja geben kannst.«

»Ein Buch«, sagte Nafai, »das alles aus dem *Buch der Sünden* einschließt und auf Gold geschrieben ist, damit wir keinen Computer brauchen, um es zu lesen, und damit es nicht verwittern kann. Wir können diesen Teil versiegeln, damit niemand etwas hinzufügen oder verändern kann. Aber der Rest des Buches wird eine Aufzeichnung sein, nicht über die gesamte Geschichte unseres Volkes, sondern nur über unsere Beziehungen zur Überseele und dem Hüter der Erde. Nur die ...«

»Nur die Theologie«, sagte Ojkib.

»Den Wühlern und Engeln wird es wie Theologie vorkommen«, sagte Nafai.

»Und unseren Kindern und Enkelkindern ebenfalls«, sagte Ojkib. »Sie haben nicht mehr im Raumschiff gelebt. Sie haben die große Bibliothek nicht mehr benutzt. Sie werden keine Ahnung haben, was ein Computer ist.«

Nafai nickte. »Also bist du zur selben Schlußfolgerung gelangt.«

»Nein. Ich habe einfach nur gesehen, daß du und Luet und Chveja alle denselben Traum hattet. Das Schiff muß verschwinden. Wir müssen uns von der Maschinerie der Vergangenheit lösen und in der Technologie der Gegenwart leben. Das Schiff muß in die Erdumlaufbahn hinaufsteigen.«

»Wir haben nicht mehr die Technik, um es auf der Planetenoberfläche zu verstecken, wie unsere Vorfahren es auf Harmonie getan haben«, sagte Nafai.

»Ich werde dir bei deinem zweiten Buch helfen«, sagte Ojkib. »Du kannst am Anfang schreiben, was du willst. Du mußt sowieso jene Teile übernehmen, die vor meiner Geburt geschehen sind. Ich setze dann ein, wenn du es mir sagst. Aber bis dahin kann ich das *Buch der Sünden* kopieren.«

»Das *Buch der Sünden*, ja«, sagte Nafai. »Und vielleicht solltest du auch mit einer Aufzeichnung der Träume anfangen, die der Hüter uns schickt. Besonders mit jenen, die sich noch nicht vollständig erfüllt zu haben scheinen. Das ist der einzige Führer zu dem, was der Hüter vielleicht für uns vorgesehen hat.«

»Das *Buch der Sünden* und das *Buch der Träume*», sagte Ojkib. »Ich werde damit anfangen. Und du schreibst *Das Buch Nafai*.«

»Und inzwischen«, sagte Nafai, »werde ich über irgendeine Waffe nachdenken, die die Engel beim Fliegen benutzen können. Irgend etwas, das einen Wühler trotz dessen beträchtlich größerer Kraft töten kann.«

Ojkib nickte. »Also bist du der Ansicht, daß deine Träume von einem Krieg zwischen Wühlern und Engeln vom Hüter der Erde kommen.«

»Ob sie vom Hüter kommen oder meinen eigenen Ängsten entspringen ... ich muß darauf vorbereitet sein, meinst du nicht auch? Und ich muß mein Volk vorbereiten, nur für alle Fälle.«

Ojkib nickte. »Ich liebe die Wühler, Nafai. Ich will mich nicht zwischen ihnen und den Engeln entscheiden müssen.«

»Das wird nicht deine Entscheidung sein, Ojkib. *Du* wirst die Entscheidung treffen müssen, die dir von Anfang an bekannt war. Die zwischen Elemak und mir, sobald Vater tot ist.«

»Noch immer? So gebrochen, wie Elemak ist?«

»Elemak ist nicht gebrochen, Ojkib. Er hat einfach gelernt, Geduld zu haben und abzuwarten. Aber Huschidh hat mir gesagt, daß seine Verbindung mit Fusum stark sei, obwohl sie auf beiden Seiten von Abscheu gefärbt ist. Chveja ist es bestimmt ebenfalls aufgefallen. Schließlich lebt ihr beide ja schon all die Jahre unter den Wühlern.«

»Sie hat es bemerkt«, sagte Ojkib. »Aber ich kann mir einfach nicht vorstellen, wie er diesen Umstand zu seinem Vorteil nutzen könnte.«

»Wieso nicht?« sagte Nafai. »Die Wühler werden Elemak folgen, wenn er sie dorthin führt, wohin sie sowieso gehen wollen.«

»Und wohin wollen sie gehen?« fragte Ojkib.

»Sie wollen die Engel abschlachten. Da sie sich jetzt ohne die Statuen fortpflanzen können, brauchen sie die Engel nicht mehr am Leben zu lassen.«

Ojkib runzelte die Stirn. »Dann haben wir einen Fehler begangen, indem wir die prophylaktische Drüse ausgemerzt haben?«

»Nein«, sagte Nafai. »Es war richtig, beide Völker zu befreien. Aber jetzt müssen wir ihnen dabei helfen, ein neues Gleichgewicht zu finden. Eins, das auf Respekt und Toleranz beruht.«

»Ich würde nicht darauf wetten, daß sie dieses Gleichgewicht allzu schnell finden«, sagte Ojkib. »Nicht, solange die Wühler die Engel für Fleisch und die Engel die Wühler für Teufel halten.«

»Ich weiß«, sagte Nafai. »Deshalb muß unsere Arbeit für uns stehen. Vor uns und vor denen, die dem Hüter der Erde dienen wollen, wenn wir nicht mehr sind, liegen viele Lebenszeiten der Unterweisung. Und bis dahin werde ich mir ein paar Waffen einfallen lassen müssen, die den Kampf zwischen den Engeln und den Wühlern ausgleichen können. Etwas, das die Wühler in ihre Löcher zurücktreibt, wenn sie es wagen sollten, gegen die Engel Krieg zu führen.«

»Dann werden die Engel die Herren sein. Wie sollte uns das weiterhelfen?«

»Die Engel jagen die Wühler nicht, um sie zu verzehren«, sagte Nafai. »Sie wollen überhaupt nicht mit den Wühlern kämpfen. Sie wollen nur in Ruhe gelassen werden. Wie ich es sehe, kippt dies das moralische Gleichgewicht stark zugunsten der Engel.«

»Die Wühler sind keine Ungeheuer«, sagte Ojkib. »Sie sind Kinder ihres genetischen und kulturellen Erbes. Sie verdienen es nicht, vom Himmel aus abgeschlachtet zu werden.«

»Das weiß ich«, sagte Nafai. »Deshalb müssen wir auch sie so gut unterweisen, wie es uns möglich ist. Und wir müssen versuchen, ein Gleichgewicht zwischen ihnen zu bewahren.«

»Ich will nicht wählen müssen«, sagte Ojkib.

»Du wirst gar keine andere Wahl haben, als zu wählen«, sagte Nafai. »Wenn Elemak die Wühler in den Krieg führt, wirst du einer derjenigen sein, die er töten will. Du wirst auf der Seite der Engel stehen, weil dir gar nichts anderes übrig bleibt.«

»Weißt du das aus Träumen?« fragte Ojkib.

»Der Hüter muß mir keine Träume schicken, damit ich etwas herausfinde, worauf ich selbst kommen kann.«

Ojkib wischte wütend eine Träne beiseite, die seine Wange hinabgekullert war. »Nichts davon wäre nötig gewesen«, sagte er. »Warum hast du Elemak nicht einfach getötet, als du die Gelegenheit dazu gehabt hast?«

»Weil ich ihn liebe«, sagte Nafai.

»Und wie viele meiner Freunde unter den Wühlern und deiner Freunde unter den Engeln müssen deshalb sterben?«

»Elemak hat die Hand im Spiel«, sagte Nafai, »aber wenn du glaubst, Fusum oder irgend jemand anders hätte die Wühler nicht zur Rebellion gegen uns oder zum Krieg gegen die Engel aufgestachelt, verstehst du die menschliche Natur nicht.«

»Die Wühler sind keine Menschen«, sagte Ojkib.

»Wenn es um Haß und Zorn und Neid geht, doch«, sagte Nafai.

»Und auch um Liebe und Großzügigkeit«, sagte Ojkib. »Und um Vertrauen, Weisheit, Würde und ...«

»Ja«, sagte Nafai. »In all dieser Hinsicht sind sie Menschen. Wie auch die Engel.«

»Wie unterscheiden wir uns dann von unseren Vorfahren, die vor vierzig Millionen Jahren von diesem Planeten vertrieben wurden?«

»Ich weiß es nicht«, sagte Nafai. »Aber wenn man uns genug Zeit läßt, finden wir und die Wühler und die Engel vielleicht eine Möglichkeit zu einem friedlichen Zusammenleben.«

»Und bis dahin wirst du Waffen entwerfen«, sagte Ojkib.

»Ich denke an Blasrohre«, sagte Nafai. »Mit Pfeilen. Aber ich weiß nicht, ob sie vergiftet sein müssen oder nicht, um wirksam zu sein.«

»Du sprichst davon, meine Freunde zu töten«, sagte Ojkib.

»Versuche, deine Freunde zu lehren, den Krieg zu hassen und nicht daran teilzunehmen«, sagte Nafai. »Lehre sie, schon den Gedanken zu verabscheuen, die Kinder des Himmelsfleisches zu essen. Dann werden sie nie vom Pfeil eines Engels getötet.«

15

Spaltungen

Wenn der Friede vom Leben eines Mannes abhängt, wird jeder neuer Tag zu einer Totenwache. Jeder neue Plan muß den Gedanken einschließen: Kann dies zu Ende geführt werden, bevor er stirbt? Jedes neue Kind wird mit dem Gebet willkommen geheißen: Möge die Sicherheit noch ein Jahr andauern. Noch einen Monat, noch eine Woche.

Nicht, daß die Leute viel darüber sprachen – wie alt Volemak aussah, wie krumm sein Rücken war, wie er vor Arthritis zusammenzuckte, wenn er ging, wie er dazu neigte, schnell außer Atem zu sein, wenn er schwer arbeitete, wie er die Versammlungen nun im Schulhaus einberief, damit er nicht mehr die Leitern im Raumschiff hinaufsteigen mußte. Sie sahen, bedauerten und fürchteten es, behielten es jedoch für sich und taten so, als wäre es gar nicht so schlimm, als hätte er noch viel Zeit, als müsse man sich noch keine Sorgen machen.

Dann starb Emeezem, und Fusum ergriff endgültig die Macht unter den Wühlern. Sie hatte den Mut bereits verloren, als ihr Sohn Nen bei der Jagd von einem Panther getötet worden war. Später war die Entweihung des Unberührten Gottes ein schwerer Schlag gewesen, und ihr Mut erstarb vollends; der Tod ihres Gatten Mufruzhuuzh war im Vergleich dazu lediglich ein unbedeutendes Nachspiel gewesen. Die Welt ist am Ende angelangt, Emeezem, und, o ja, dein Gatte ist tot, und der brutale Junge, der *behauptet*, er habe deinen Sohn retten wollen, ist jetzt sowohl Blutkönig als auch Kriegskönig, und wenn du stirbst, wird er den Frieden unter deinem Volk zerstören, und du kannst nichts dagegen tun, lediglich die Frauen lehren, daß sie eines fernen Tages nach einem Tag des Friedens Ausschau halten sollen, aber die Frauen scheinen kaum noch auf dich zu hören, und der einzige, der dich ehrt, ist der Mensch Nafai, dessen Gesicht vor langer Zeit deine Erlösung war. Als der Tod endlich zu ihr kam und ihr die Lungen aushustete, während sie in der Dunkelheit ihrer tiefen Kammer lag, gepflegt von schweigenden Frauen und ein paar Männern, die auf den genauen Augenblick ihres Todes achteten, damit sie sogleich anfangen konnten, ihr Andenken zu zerstören – als der Tod endlich zu ihr kam, hieß sie ihn mit bitterer Erleichterung willkommen. Weshalb hast du so lange gebraucht? Und wo sind Nen und Mufruzhuuzh? Und was das betrifft – wo ist meine Mutter? Warum hat sich herausstellen müssen, daß mein Leben so wertlos war?

Erst, als sie am Rand des Todes stand, kam ein Traum in ihren Verstand, obwohl sie wach zu sein glaubte. Sie sah einen Menschen, einen Wühler und einen Engel, die gemeinsam auf der Kuppe eines Hügels standen, während sich eine beträchtliche Schar von Leuten aller drei Spezies weinend um sie drängten, dann lachend, vorwärts strömend, um sie zu berühren, und jeder, der sie berührte, sang laut dasselbe fröhliche Lied, und dann sahen der Mensch, der Wühler und der Engel *sie* an, Emeezem, die tiefe Mutter, die im Sterben lag, und sagten zu ihr: Danke, daß du dein Volk auf diesen Weg gebracht hast.

Der Traum holte Nen nicht wieder ins Leben zurück, gab ihr auch keine Hoffnung, daß Fusums Herrschaft nicht blutig und schrecklich sein würde, und holte sie bestimmt nicht vom Rand des Todes. Er ließ sie lediglich mit einem Lächeln auf dem Gesicht und Stolz im Herzen von diesem Rand in das dunkle Unbekannte treten. Er machte den Tod für sie süß.

Fusum sorgte dafür, daß sie mit großen Ehren bestattet wurde, und bei seiner Grabrede lobte er sie dafür, daß sie das Volk auf die Ankunft der Menschen vorbereitet hatte – auch wenn sie nicht verstanden hatte, was die Götter für ihr Volk vorgesehen hatten. Im Verlauf der nächsten Tage verschwanden dann alle seine Rivalen und Widersacher und wurden nie wieder gesehen. Die Botschaft war klar: Das höchste Gesetz des Volkes der Wühler war Fusum, denn

Fusum war Blutkönig, Kriegskönig, tiefe Mutter und, ja, Gott, alles in einem und für alle Zeiten. Die meisten jungen Männer waren damit zufrieden, denn er würde sie wieder zu Kriegern machen; nachdem sie so viele Jahre im Schatten der Menschen und unter dem Daumen der Frauen gelebt hatten. Und da die jungen Männer mit Fusum zufrieden waren, wagte es niemand, unzufrieden zu sein.

Fusum bat Elemak respektvoll, damit aufzuhören, seine lächerlichen Lehren über den Hüter der Erde zu verbreiten. Fusum nahm Chveja beiseite und erklärte ihr, ihre Anwesenheit schüchtere die Wühlerfrauen ein, und sie wären glücklicher, wenn sie damit aufhörte, ihnen die sichere Lagerung und Konservierung von Nahrungsmitteln zu erklären. Ein Mensch nach dem anderen wurde freundlich gebeten, dem Dorf fernzubleiben, bis schließlich nur noch Elemak, Mebbekew und Protschnu die Wühler besuchen durften.

Was konnte Volemak tun? Er bat Elemak, bei Fusum zu protestieren. Elemak sagte, er würde es tun, kam dann zurück und sagte, er hätte es getan. Er übermittelte Fusums Versicherung, nichts habe sich geändert, abgesehen davon, daß die Wühler nun selbst die Verantwortung dafür übernahmen, ihr Volk zu unterweisen. »Er hat gesagt, wir sollten glücklich sein, Vater, weil wir unseren Familien nun mehr Zeit widmen können.«

Es ging alles so still, so höflich vonstatten, daß Volemak sich einfach nicht einmischen *konnte*. Er wußte – alle wußten –, daß die Wühler in Wirklichkeit gegen die menschliche Vorherrschaft revoltierten, obwohl bis zu der Revolte keiner der Menschen sich für einen Herrscher gehalten hatte. Des weiteren wußten alle, daß Elemak irgendwie einen Putsch zustande gebracht hatte; denn nun beherrschte er sämtlichen Zugang zu den Wühlern, obwohl bis zu diesem Augenblick Ojkib und Chveja die vorherrschende menschliche Präsenz beim Volk der Wühler gewesen waren. Alle waren sicher, daß Elemak jahrelang geplant und darauf hingearbeitet hatte, und daß aller Wahrscheinlichkeit nach er und Fusum vor zwanzig Jahren irgendeinen Handel abgesen hatten, als Fusum eine Geisel gewesen war und Elemak die Wühlersprache von ihm gelernt und ihn angeblich zum Freund der Menschen gemacht hatte.

»Fusum hat Elemaks Kind entführt«, sagte Chveja ungläubig. »Wie hat Elemak sich mit ihm *anfreunden* können?«

»Ich glaube«, sagte Ojkib, »Elemak hat begriffen, daß Fusums Wahl des Entführungsopfers nicht persönlich gemeint war. Und ich glaube nicht, daß zwischen ihnen etwas besteht, das du oder ich als Freundschaft betrachten würden.«

Aber es spielte keine Rolle mehr, was die anderen davon hielten. Es war vollbracht.

Zu diesem Zeitpunkt fingen sie an, ernsthaft auf Volemaks Gesundheitszustand zu achten. Volemak sprach sogar mit einigen persönlich darüber.

Er und Nafai kamen mit Huschidh und Chveja zusammen und erstellten eine Liste, wer den Nafari und wer Elemak treu ergeben war. »Wir werden erneut in Nafari und Elemaki gespalten«, sagte Chveja. »Ich dachte eine Zeitlang, diese Tage lägen hinter uns.«

Volemak schaute traurig, aber nicht grimmig drein. »Ich habe gewußt, daß Elemak sich verändert hat. Aber er hat nicht Großzügigkeit, sondern Geduld gelernt. Die Überseele hat es die ganze Zeit gewußt.«

Bei den Menschen waren die Nafari den Elemaki zahlenmäßig weit überlegen, und würde es allein unter ihnen zum Kampf kommen, konnte aufgrund der Anzahl der Erwachsenen, die als Soldaten dienen würden, kein Zweifel am Ausgang des Ringens bestehen. Aber natürlich war nun allen klar, daß die Schlacht, falls sie denn stattfand, zwischen Nafais Menschen und Fusums Wühlerheer ausgetragen werden würde. In diesem Maßstab standen Nafai nur eine Handvoll Soldaten zur Verfügung, und niemand hegte auch nur die geringste Zuversicht, daß die Engel sich, wie bereitwillig sie auch sein mochten, in einem offenen Krieg gegen die Wühler behaupten konnten. Es durfte zu keinem solchen Kampf kommen. Nafai und seine Leute würden fortziehen müssen.

Doch selbst bei Kokors und Sevets Kindern war mehr als die Hälfte Nafai treu ergeben – zum Teil wegen des offenen Geheimnisses, daß ihre Mütter Elemaks Geliebte waren. »Die eigentliche Schwierigkeit«, sagte Huschidh, »ist darin zu sehen, daß Eiadh Nafai vielleicht am treuesten von allen ergeben ist und so viele ihrer Kinder und Enkelkinder wird mitnehmen wollen, wie ihr nur möglich ist.«

»Wie viele von ihnen würden denn mitkommen?« fragte Nafai.

»Die meisten. Die meisten von Elemaks Kindern würden dich begleiten. Allerdings nicht Protschnu und Nadja und deren Kinder. Doch Elemak wird es nicht dulden, daß du überhaupt welche mitnimmst, nicht einmal Eiadh. Er würde uns folgen, wohin wir auch gingen. Wenn wir jemals Frieden haben wollen, können wir sie nicht mitnehmen.«

Volemak hörte sich ihr Gespräch an und traf dann seine Entscheidung. »Ihr werdet alle mitnehmen, die Nafai ehrlich und treu ergeben sind, vorausgesetzt, sie wollen euch begleiten. Ihr müßt darauf vertrauen, daß der Hüter der Erde euch hilft.«

Falls einer von ihnen sagen wollte: Du hast gut reden, Volemak; denn du wirst tot sein, wenn die Kriege beginnen, behielt er es für sich.

Als Volemaks Gesundheitszustand schlechter wurde, rief er die Leute einen nach dem anderen zu sich. Nur zu einem Gespräch, sagte er, doch alle gingen ziemlich erschüttert wieder von ihm. Er setzte sich mit ihnen an einen Tisch und sagte ihnen mit fast brutaler Offenheit, was er von ihnen hielt. Die Worte konnten schmerzen, doch wenn er das Gute in ihnen lobte, ihre Talente, ihre Tugenden, ihre Errungenschaften, waren sie wie Gold. Einige von ihnen erinnerten sich natürlich hauptsächlich an die Kritik, und einige vor allem an das Lob; aber alle diese Gespräche wurden aufgezeichnet, und später schrieben Nafai oder Ojkib die Worte auf die goldenen Blätter des Buches. Wenn sie sich eines Tages daran erinnern wollten, was Volemak gesagt hatte, würden sie seine Worte nachlesen können.

Es war ein offenes Geheimnis, daß Volemak sich von ihnen verabschiedete. Und als er krank wurde, beschleunigte sich das Tempo.

Er traf sich mit pTo und Poto, die die Schlucht zu ihm herabkamen, weil er nicht einmal im Beiboot die Anstrengung der Reise zu ihrem Dorf überstehen würde. »Wir werden für Nafai kämpfen und sterben«, sagten sie zu ihm.

»Ich will nicht, daß ihr sterbt, und ihr dürft nur kämpfen, wenn sie euch dazu zwingen. Die wirkliche Frage, meine Freunde, ist diese: Werdet ihr und alle von eurem Volk Nafai in die Wildnis folgen, um neu anzufangen und in einem anderen Land eine neue Kolonie zu errichten?«

»Wir würden lieber die Wühler besiegen«, sagte pTo. »Wir können wie Männer kämpfen. Nafai hat uns gelehrt, mit neuen Waffen zu kämpfen. Wir können angreifende Panther niederstrecken, wir können sie töten, während wir fliegen, und sie können uns nicht berühren.«

»Wühler sind klüger als Panther«, sagte Volemak.

»Aber Engel sind klüger als Wühler«, sagte Poto.

»Ihr versteht mich nicht«, sagte Volemak. »Ich sage, daß Wühler klüger als Panther sind, weil dies bedeutet, daß ihr Leben wertvoller ist. Ihr solltet nicht stolz darauf sein, daß ihr Wühler töten könnt, weil sie Menschen und keine Tiere sind.«

Verlegen verstummten pTo und Poto.

»Werdet ihr und euer Volk Nafai höher in die Berge hinauf folgen?«

»Ich kann dir mit völliger Zuversicht sagen, Vater Volemak«, entgegnete pTo, »daß das Volk Nafai nicht nur zum Mond oder in die Tiefen der Hölle folgen, sondern ihn auch bitten wird, sein König zu sein und über das Volk zu herrschen. Denn wenn er sein Herrscher ist, weiß es, daß ihm nichts geschehen wird.«

»Und was, wenn Nafai den Mantel des Herrn der Sterne nicht mehr haben sollte?« fragte Volemak.

Sie sahen einander für einen Augenblick an. Schließlich fiel es Poto wieder ein. »Oh, du meinst das Ding, das ihn wie einen Leuchtkäfer glühen läßt, wenn er es will?«

»Das hat keine Bedeutung für uns«, sagte pTo. »Wir wollen nicht, daß er uns führt, weil er irgendwelche magischen Kräfte hat, Vater Volemak. Wir wollen, daß er uns führt, weil er und Luet und Issib und Huschidh die besten und weisesten Menschen sind, die wir kennen, und weil wir einander lieben.«

Volemak nickte. »Dann werdet ihr auf ewig meine Kinder sein, selbst nach meinem Tod.«

Sie kehrten nach Hause zurück und sagten ihrem Volk, es solle sich auf den Aufbruch vorbereiten. Sie sammelten ihre Besitztümer ein und entschieden, was sie mitnehmen und was sie zurücklassen würden. Sie packten ihr Saatgut und Ableger von Pflanzen ein, von denen sie kein Saatgut hatten. Sie packten die Nahrung ein, die sie für die Reise und für die Zeit brauchten, bis sie die Erträge ihrer neuen Felder ernten konnten. Und sie brachten ihre Kinder einen Tagesflug das Tal hinauf und über den nächsten Kamm, so daß sie bereits außerhalb der Reichweite der Wühler sein würden, falls der Aufbruch überstürzt erfolgen sollte.

»Wie lange wird Vater Volemak noch leben?« fragten die anderen sie.

Was sollten sie darauf antworten? »Nicht lange genug«, sagten sie immer wieder, zu jedem, der fragte.

Schließlich hatte Volemak sich von allen verabschiedet, alle gesegnet, allen seine Hoffnungen und Wünsche und seine Liebe zum Ausdruck gebracht, und er lebte noch immer. Rasa kam zu Schedemei und sagte: »Volja und Njef möchten dich sprechen, Schedja. Bitte, komm schnell.« Sie lächelte Zdorab an. »Diesmal bitte allein.« Zdorab nickte.

Schedemei folgte der alten Frau in das Haus, in dem Volemak mit geschlossenen Augen und regloser Brust lag.

»Ist er …«, begann sie.

»Noch nicht«, antwortete Volemak ruhig.

Nafai saß auf einem Stuhl in der Ecke. Rasa verließ das Haus, sagte nur: »Macht schnell.« Ihnen wurde klar, daß sie nicht draußen sein wollte, wenn ihr Gatte starb.

»Nafai«, flüsterte Volemak. »Gib ihr den Mantel des Herrn der Sterne.«

»Was?« sagte Schedemei.

»Schedemei«, sagte Volemak. »Nimm den Mantel. Lerne, wie man ihn benutzt. Bring das Schiff in den Himmel, wo kein Mensch es berühren oder benutzen kann. Lebe lang – der Mantel wird dich erhalten. Paß auf die Erde auf.«

»Das ist die Aufgabe des Hüters, nicht die meine«, sagte Schedemei, aber in Wirklichkeit war kein Protest in ihrem Herzen. Volemak will, daß ich den Mantel und das Schiff bekomme! Volemak will, daß ich das einzige anständige Laboratorium auf der Welt bekomme, und genug Zeit, um es zu nutzen!

»Der Hüter der Erde wird sich über jede Hilfe freuen, die er bekommt«, sagte Volemak. »Könnte er seine Arbeit allein tun, hätte er uns nicht hierher geholt.«

Nafai stand auf und legte dabei seine Kleidung ab. »Er wird von meinem Fleisch in das deine übergehen«, sagte er. »Falls du ihn annehmen willst. Und falls ich bereit bin, ihn aufzugeben.«

»Bist du das?« fragte Schedemei.

»Behandle diese Welt wie deinen Garten«, sagte Nafai. »Und paß auf mein Volk auf, wenn ich schlafe.«

Volemak starb in dieser Nacht, und nur Rasa war bei ihm. Im Morgengrauen war sein Dahinscheiden von der tiefsten Kammer der Wühlerstadt bis zum höchsten Nest der Engel bekannt. Die Trauer unter den Engeln war groß und echt, und auch unter all jenen Wühlern, die nicht in den Krieg ziehen wollten. Sie wußten, daß der Frieden für sie alle zu Ende war; und sie hatten den Menschen Volemak auch geliebt und geehrt, nicht nur seiner Autorität wegen, sondern auch wegen der Art und Weise, wie er sie eingesetzt hatte.

Auf Rasas Bitte verbrannten sie seine Leiche nicht, sondern begruben sie entsprechend der Gebräuche der Wühler.

Erst zwei Tage später kam es zum Machtkampf. Nafai bereitete sich darauf vor, zum Dorf der Engel zurückzukehren, wo Luet bereits auf ihn wartete. Elemak fing, flankiert von Meb und Protschnu und mit einem Dutzend Wühlersoldaten hinter ihm, Nafai am Waldrand ab.

»Bitte geh nicht«, sagte Elemak.

»Luet wartet«, sagte Nafai. »Liegt etwas Dringendes an?«

»Ich würde es zu schätzen wissen, wenn du nicht gehen würdest«, sagte Elemak. »Ich werde Luet benachrichtigen, daß sie hierher kommen soll. Mir wäre es lieber, wenn du jetzt in diesem Dorf wohnst. Das Himmelsfleisch braucht dich nicht mehr.«

Seine Worte und sein Benehmen waren sanft, so daß *Nafai* wie der Aggressor aussehen würde, sollte er Widerstand leisten, und nicht Elemak. Aber die Botschaft war unmißverständlich. Elemak ergriff die Macht, und Nafai war sein Gefangener.

»Es freut mich, das zu hören«, sagte Nafai. »Ich dachte, ich müßte noch sehr viel für sie tun. Aber dann kann ich mich wohl in den Ruhestand zurückziehen.«

»O nein, hier unten ist noch sehr viel zu tun«, sagte Elemak. »Felder müssen gerodet und Tunnel gegraben werden. Sehr viel Arbeit. Und dein Rücken ist noch stark, Nafai. Ich glaube, es steckt noch eine Menge Arbeitskraft in dir.«

Er wurde in Volemaks Haus gebracht. Rasa begriff sofort, was geschah, und sie nahm es nicht ruhig hin. »Du warst schon immer eine Schlange, Elemak, aber ich dachte, du hättest schon vor langer Zeit gelernt, daß du nichts damit erreichst, Nafai gefangenzunehmen.«

»Nafai ist nicht mein Gefangener«, sagte Elemak. »Er ist ein ganz normaler Bürger, der seine Pflicht für die Gemeinschaft tut.«

»Erwartest du etwa, ich hätte so gute Manieren, daß ich so tue, als würde ich deinen Lügen Glauben schenken?« fragte Rasa.

»Herrin Rasa«, sagte Elemak. »Nafai ist mein Bruder. Aber du bist *nicht* meine Mutter.«

»Wofür ich der Überseele dankbar bin, das kannst du mir glauben.«

»Bitte, Mutter«, brach Nafai schließlich sein Schweigen.

»Halte Frieden. Elemak glaubt, er würde hier herrschen, doch diese Welt gehört dem Hüter, nicht ihm oder irgendeinem Menschen. Er hat hier keine Macht.«

Zu einer anderen Zeit wäre Elemak angesichts dieser Worte in Wut geraten, hätte gepoltert und gedroht oder einfach zugeschlagen. Aber er war jetzt ein anderer Mensch, ein gemäßigter Mann, ein Mann mit Disziplin und ruhiger, skrupelloser Klugheit. Er sagte nichts, beobachtete einfach, wie Nafai ins Haus seines Vaters ging. Dann traten zwei Wühlersoldaten als Wachtposten vor die Tür.

Rasa ging zum Schiff, zu Schedemei. »Elemak weiß wahrscheinlich nicht, daß du jetzt den Mantel hast, Schedemei. Du könntest ihn benutzen, um ihn aufzuhalten, ihn niederzuschlagen.«

Schedemei schüttelte den Kopf. »Ich beherrsche ihn noch nicht so gut. Ich lerne noch. Dieser Mantel ist eine schreckliche Last. Ich weiß nicht, wie Nafai sie ertragen konnte.«

»Siehst du denn nicht, daß er völlig hilflos ist? Elemak wird ihn töten, wahrscheinlich noch heute nacht. Er wird Nafai nicht bis zum Morgen leben lassen.«

»Ich weiß«, sagte Schedemei. »Ich habe eine Nachricht von Issib erhalten, durch den Index. Jetzt, da ich den Mantel trage, höre ich ihn nämlich direkt. Er sagt, daß Luet letzte Nacht einen wahren Traum geträumt hat. In dem Traum sah sie, daß alle Wühlersoldaten schliefen, und all jene, die Elemak folgen. Sie schliefen, während du und Nafai und alle getreuen Männer und Frauen und Kinder die Schlucht hinaufzogen, und dann weiter, höher und immer weiter, in ein neues Land.«

»Und was soll das bedeuten?«

»Ich glaube – sie glaubt es, und Issib ebenfalls, und die Überseele sagt es auch –, daß es ein wahrer Traum war. Die Überseele hat genug Macht, um die Menschen schlafen zu lassen. Aber da der Traum vom Hüter kam, müssen wir vielleicht darauf vertrauen, daß auch er die Macht hat, Leute schlafen zu lassen.« Schedemei wandte den Blick ab. »Ich kenne mich mit solchen Dingen nicht aus. Ich hatte nie Visionen. Eigentlich hatte ich nur einen einzigen Traum, einen von einem Garten.«

Zdorab saß verdrossen in einer Ecke. »Sie will mich nicht mitnehmen«, sagte er. »Verdammt, sie beharrt darauf, daß ich Nafai begleite und ihm helfe, eine neue Kolonie zu errichten.«

»Du *mußt* es nicht«, sagte Schedemei.

»Oder daß ich bei Elemak bleibe – ist das die Wahl, die du mir läßt?« sagte Zdorab. »Rede mit ihr, Rasa. Ich bin Bibliothekar.«

»Ich tue nur, was die Überseele rät«, sagte Schedemei. »Sie sagt, daß Zdorab gebraucht wird.«

»Aber was ist damit, was ich *will*?« fragte Zdorab. »Herrin Rasa, habe ich nicht all diese Jahre lang den Eid gehalten, den ich Nafai geleistet habe? Habe ich ihm nicht zur Seite gestanden?«

»Vielleicht«, sagte Rasa, »hast du jetzt Gelegenheit, ihm zu vergelten, daß er dir deinen Fehler während der Reise verziehen hat.«

Zdorab wandte den Blick ab.

»Kannst du ihn nicht mitnehmen?« fragte Rasa.

»Ich will es ja«, flüsterte Schedemei. »Aber die Überseele sagt, jetzt nicht.«

»Dann sag es ihm. Sag ihm, daß es nur jetzt nicht geht«, erwiderte Rasa. »Er glaubt, es sei für immer.«

Zdorab ergriff erneut das Wort, und nun weinte er. »Weißt du nicht, daß ich dich liebe, Schedemei? Weißt du nicht, daß ich ohne dich nicht leben will?«

Auch in Schedemeis Augen traten Tränen. »Ich hätte nie gedacht«, flüsterte sie Rasa zu, »daß er …«

»Dich liebt?« fragte Rasa. »Du hast nie geglaubt, daß dich jemand liebt, aber wir lieben dich tatsächlich. Laß ihn dich begleiten, Schedemei. Die Überseele weiß nicht alles. Sie ist nämlich nur ein Computer.«

Schedemei nickte ernst. Sie wußte ganz genau, daß Rasa keinen Augenblick lang glaubte, die Überseele sei nichts weiter als eine Maschine. »Zdorab«, sagte Schedemei,

»wirst du das Beiboot des Schiffes nehmen und Herrin Rasa und die schwersten Lasten die Schlucht hinauf bringen? Und dann Issib, seinen Stuhl und Herrin Rasa zu dem neuen Ort bringen, an dem die Nafari ihre Kolonie gründen werden?«

»Ja«, sagte Zdorab.

»Und wärest du dann so freundlich, wenn Nafai dir sagt, daß er keine weitere Verwendung für das Beiboot mehr hat, es zu mir zum Schiff zurückzubringen, damit wir beide dann in die Erdumlaufbahn starten können?«

Er lächelte. Er umarmte sie.

»Du weißt, daß der Mantel mein Leben bewahrt«, sagte sie. »Über die natürliche Spanne hinaus. Und ich habe vor, viel Zeit im Tiefschlaf zu verbringen, damit ich viele Generationen des Lebens studieren und sehr viele Daten zusammentragen kann.«

»Ich habe nichts dagegen, vor dir zu sterben«, sagte Zdorab. »Ich würde es sogar vorziehen.«

»Wir werden die ganze Zeit arbeiten müssen«, sagte Schedemei.

»Also brauchst du um so mehr einen Sekretär und Bibliothekar.«

»Und das Gehalt ist schlecht.«

»Ich bin bereits bezahlt worden«, antwortete er.

Als die Dunkelheit sich senkte, schliefen die Wühlersoldaten vor der Tür von Volemaks Haus ein. Nafai trat kurz darauf hinaus, ging von Tür zu Tür, sprach leise mit seinen treuen Anhängern und versammelte sie am Waldrand. Obwohl sie es versuchten, waren sie nicht still; es war unmöglich, die kleinen Kinder daran zu hindern, etwas zu sagen oder – gelegentlich – zu weinen oder sich zu beschweren. Aber niemand gab Alarm.

Chveja stand neben Nafai und betrachtete die Fesseln, die ihn noch immer mit den Leuten verbanden, die er zurückließ. »Falls sie schlafen«, sagte sie, »heißt das doch, die Überseele will nicht, daß sie dich begleiten.«

»Diesmal spielt es keine Rolle, was die Überseele will«, sagte Nafai. »Ich nehme jeden mit, der mich begleiten möchte.«

Chveja nickte. »Tja, dann muß ich dir sagen, daß du noch mit Eiadh und dreien ihrer Kinder verbunden bist.«

Nafai nickte. »Aber ich muß nicht mit ihr sprechen«, sagte er. »Siehst du? Da kommt sie.«

Und es stimmte. Sie wurde von den jungen Männern Yistina und Peremenja und der jungen Frau Zhivoja begleitet, derjenigen, die vor zwanzig Jahren entführt worden war. Yistina und Peremenja hatten ihre Frauen mitgebracht, doch Zhivojas Gatte Muzhestvo war nicht dabei. »Er schläft, und ich kann ihn nicht wecken«, erklärte sie mit Tränen in den Augen.

»Du kannst bei ihm bleiben«, sagte Nafai. »Niemand wird dir deshalb Vorwürfe machen.«

Sie schüttelte den Kopf. »Ich weiß, was er ist«, sagte sie. »Als ich ihn geheiratet habe, habe ich es nicht gewußt, aber jetzt weiß ich es. Er ist einer von ihnen. In seinem Herzen und seiner Seele ist er einer von ihnen.« Sie legte die Hände auf den Bauch. »Aber das Baby gehört mir.«

Eiadh berührte Nafais Arm. »Du mußt uns nicht mitnehmen, Nafai. Ich weiß, in welche Gefahr dich das bringt. Er wird es dir niemals verzeihen. Er wird glauben, daß du und ich ...«

»Er wird glauben, daß wir beide getan haben, was er und Kokor und er und Sevet und wahrscheinlich auch er und Dol schon längst getan haben.« Nafai nickte. »Aber wir beide wissen, daß wir es nicht getan haben und niemals tun werden.«

Eiadh lächelte blaß, als er ihr so sanft klarmachte, daß sie als Mitbürgerin und nicht als seine Geliebte mitkam.

»Dann sind alle da«, sagte Chveja.

»Nein, noch nicht«, sagte Nafai. »Ich muß meine Schwestern einladen.«

»Sie schlafen mit *ihm*, Vater«, sagte Chveja. »Ganz zu schweigen davon, daß sie nicht gerade die vertrauenswürdigsten Personen auf der Welt sind.«

»Nehmen wir nur die Starken und Tugendhaften mit?« fragte er. »Ihre Gatten sind tot, und wie du gesagt hast, war Moral noch nie ihre Stärke. Aber sie sind meine Schwestern.« Er ging davon, zurück ins Dorf.

Es war eine Geisterstadt. Die Türen standen offen; die Leute waren fort oder schliefen in einigen wenigen Häusern tief und fest. Doch als Nafai zur Tür von Sevets Haus kam, stand sie schon auf der Schwelle. Sie schaute verschlafen und überrascht drein. »Ich hatte einen Traum«, sagte sie, als Nafai zu ihr trat. »Ich erinnere mich nicht mal mehr an ihn, aber er befahl mir aufzustehen, und da bist du.«

»Wir gehen«, sagte Nafai. »Bevor Elemak die Gelegenheit bekommt, mich zu töten, gehen wir. Alle, die nicht unter seiner Herrschaft leben wollen. Wir nehmen sämtliche Engel mit und ziehen zu einem fernen Ort.«

»Er wird euch aufspüren und töten, falls er es kann«, sagte Sevet. »Du weißt nicht, wieviel Haß in ihm ist.«

»Doch, das weiß ich«, sagte Nafai. »Möchtest du mich begleiten?«

Sie fing an zu weinen. »Willst du mich mitnehmen? Nach allem, was ich getan habe?«

»Möchtest du wirklich mitkommen?« fragte er. »Willst du jetzt wirklich zu mir stehen?«

»Ich habe solche Angst vor ihm«, sagte sie. »Und meine Vasnaminanja und meine Umja – sie glauben, mit ihm geht die Sonne auf und unter.«

»Aber Panimanja begleitet uns«, sagte Nafai.

»Und ich auch«, sagte Sevet.

Sie gingen zu Kokors Tür. Sie stand zwar offen, doch Kokor wartete nicht auf der Schwelle, wie Sevet es getan hatte. Sie gingen leise hinein und stellten fest, daß sie nicht allein in ihrem Bett war. Mebbekew lag neben ihr, nackt und in der feuchten Hitze der Nacht schwitzend. Doch Mebbekew schlief, während Kokors Augen bereits weit geöffnet waren, als sie das Zimmer betraten.

Sie sagten nichts, aus Angst, Meb könne erwachen. Kokor schaute sie blinzelnd in der Dunkelheit an. Nafai nickte ihr zu, winkte ihr und führte Sevet dann hinaus. Sie warteten einige Schritte vom Haus entfernt. Kurz darauf kam sie hinaus, noch ihre Kleidung richtend. »Ihr geht«, sagte sie leise. »Ich habe es geträumt.«

»Willst du uns begleiten?« fragte Nafai.

Kokor blickte Sevet an, und ihre Augen wurden groß. »Uns?« fragte sie.

»Wenn du willst, kannst du bei ihm bleiben, Kokor«, sagte Sevet. »Ich glaube, er liebt dich.«

»Er liebt keinen mehr«, sagte Kokor.

»Ich habe nicht Meb gemeint«, sagte Sevet.

»Ich weiß«, erwiderte Kokor. »Aber könnte ich euch denn begleiten, wenn ich es möchte?«

»Es gibt keine Rückkehr«, sagte Nafai. »Und in unserer neuen Stadt respektieren wir die Gesetze.«

Sie begriffen, was er ihnen sagte. »Vielleicht haben wir mittlerweile genug davon bekommen«, sagte Sevet.

Kokor verdrehte die Augen. »Ich werde nie genug davon bekommen«, sagte sie. »Aber ich weiß, daß es nicht Basilika sein wird. Ich werde brav sein.«

»Bist du sicher, daß du hier nicht glücklicher wärest?« fragte Nafai.

»Willst du denn nicht, daß wir dich begleiten?« fragte Kokor.

»Natürlich will ich das«, antwortete er.

»Bring uns ein bißchen Vertrauen entgegen, Nafai«, sagte Kokor. »Wir kennen den Unterschied zwischen dir und Elemak. Wir können Stahl von billigem Blech unterscheiden, wenn wir ihn sehen.«

»Dann gehen wir«, sagte Nafai. »Uns erwartet diese Nacht noch eine lange Reise.«

Ojkib führte die lange Prozession bereits auf den Waldweg, so daß nur noch wenige dort waren, als Nafai zurückkam, unter ihnen Rasa und Zdorab an Bord des Beibootes. Schedemei war auch noch da.

»Versiegele das Schiff«, sagte Nafai. »Sie können nicht hinein, wenn du sie nicht läßt.«

»Ich weiß«, antwortete sie. »Dem Schiff wird nichts geschehen.«

»Versuche nicht, den Helden zu spielen«, sagte Nafai. »Wir werden schon klarkommen.«

»Ihr braucht mehr als nur eine Nacht Vorsprung«, sagte Schedemei.

Nafai schüttelte den Kopf und wollte ihr offensichtlich widersprechen. Doch sie streckte eine Hand aus und legte die Finger auf seine Lippen, um ihn zum Schweigen zu bringen. »Njef, mein lieber Freund, ich bin jetzt die Herrin der Sterne. Führe du deine Kolonie in die Wildnis. Ich werde mich um das Schiff kümmern und entscheiden, wie die Macht des Mantels eingesetzt wird.«

Schedemei umarmte Rasa und Zdorab und winkte dann, als das Beiboot sich in den Himmel erhob, über die Wipfel der Bäume raste und dabei alle anderen Reisenden überholte, die den Pfad entlang trotteten. Dann umarmte sie Nafai und kehrte zum Schiff zurück.

Nafai betrat den Weg als letzter. Er glaubte, allein zu sein, als er sich plötzlich von einem Dutzend Wühler umgeben sah. Sein erster Gedanke war, daß der Hüter versagt hatte, daß die Überseele zwar seine menschlichen Feinde in den Schlaf versetzt hatte, die Wühler aber aufgewacht waren. Also werde ich sterben, dachte er.

Dann sah er, daß sie nicht bewaffnet und die Hälfte von ihnen Frauen waren.

»Nimm uns mit«, sagte eine von ihnen in der Wühlersprache.

Nafai sprach sie nicht so fließend wie Ojkib, verstand sie aber. »Und ihr wollt bei den Engeln leben?« fragte er. »Sie werden euch niemals vertrauen.«

»Wir möchten lieber Diener der ... Engel sein«, sagte die Frau, die für sie alle sprach. Nafai bemerkte, daß sie nicht *Himmelsfleisch* gesagt hatte, sich aber beträchtlich abmühen mußte, um mit ihren Lippen und der Zunge die seltsamen Laute aussprechen zu können, die das Engelwort für *Volk* bildeten. »Fusum ist ein schrecklicher Gott.«

Nafai nickte. »Es wird unter den Engeln schwer für euch sein«, sagte er, »aber ihr steht unter meinem Schutz, und ich werde euch vertrauen, bis ihr mir zeigt, daß ich es nicht kann. Legt ihr alle einen Eid ab, mir zu gehorchen und keinem von meinem Volk, ob nun Mensch oder Engel, Schaden zuzufügen?«

Sie leisteten den Eid, und er gestattete, daß sie ihm folgten. Als sie bei den Engeln eintrafen, herrschte Bestürzung unter ihnen, doch Nafais Versicherungen und die bescheidenen Bitten der Wühler selbst bewirkten, daß die Engel sie widerwillig akzeptierten. Es war noch dunkel, als sie das leere Engeldorf verließen und in ein neues Land aufbrachen, um eine neue Stadt, eine ganz neue Gemeinschaft zu errichten.

Als sie nach vielen Tagen des Marsches den Ort erreichten, den Nafai Jahre zuvor in dem Wissen ausgesucht hatte, daß dieser Tag kommen würde, hielten pTo und Poto eine kleine Feier ab. »Ein Ort muß einen Namen haben«, sagten sie. »Und da wir immer als die Nafari bekannt sein werden« – das Wort, das über ihre Lippen kam, klang eher wie Dapati, aber man verstand sie – »und du derjenige bist, den wir zu unserem Anführer gewählt haben, sind wir der Ansicht, daß dieses Land Nafai« – Dapai – »heißen sollte.«

Die anderen bekundeten so laut ihre Zustimmung, daß Nafai nur lächeln konnte. »Niemand könnte ein höheres Lob bekommen als das«, sagte er schließlich, »daß seine Freunde ihre Heimat nach ihm benennen.« Doch trotz der Bescheidenheit seiner Worte wußten alle, was die Namens gebung bedeutete. Nafai war ihr König. Ihr Kriegskönig Und sie würden gern für ihn sterben.

16

Herrin der Sterne

Schedemei hörte, was Issib durch den Index zu ihr sagte. »Es dämmert bereits, und wir sind ein gutes Stück vom Dorf entfernt, aber wir kommen nur langsam voran, Schedja, und ein Heer der Wühler könnte uns bis Mittag eingeholt haben.«

»Heute oder morgen wird kein Heer losziehen«, erwiderte Schedemei.

»Vergiß eins nicht, Schedja«, fuhr Issib fort. »Nur du kannst uns alle schützen. Sei nicht edelmütig. Sei nicht fair. Setze dich durch.«

»Ein guter Ratschlag, Issja. Jetzt wollen wir das Gespräch beenden, damit ich ihn befolgen kann.«

Trotz all ihrer Zuversicht verließ Schedemei den Schutz des Sternenschiffs nur zögernd. Sie versiegelte hinter sich die Tür. Daß sie den Mantel trug, gab ihr ein Gefühl der Nähe, der Zusammengehörigkeit mit jedem einzelnen Teil des Schiffes, doch in Wirklichkeit hatte sie sich zuvor auch nicht anders gefühlt. Das Schiff war, wo ihre Werkzeuge waren, ihre Bibliothek, ihre Arbeit, ihre Karriere, sie selbst. Als sie ins Dorf trat – die Überreste des Dorfes, die zumeist verlassenen, von Menschen erbauten Häuser –, wurde sie zu einer anderen Person. Nafai muß dies genossen haben, dachte Schedemei, dieses Gefühl der Macht, der Kontrolle. Aber ich genieße es nicht. Es interessiert mich nicht besonders, herauszufinden, wieviel Macht durch meinen Körper konzentriert werden kann. Ich habe nicht den Wunsch zu erfahren, wie stark ein elektrischer Schlag sein darf, den ich jemandem verpassen kann, ohne ihn damit zu töten.

Um ehrlich zu sein ... Nafai hatte es vielleicht auch nicht genossen. Aber so gutherzig er auch sein mochte, er *war* ein Mann, und Männer schienen ein obszönes Vergnügen daran zu finden, die Oberhand zu bekommen, den Sieg davonzutragen. Schedemei hingegen wollte es einfach nur *wissen*. Aber vielleicht kam es gar nicht darauf an, ob man ein Mann oder eine Frau war. Vielleicht lag es nur daran, daß Schedemeis Verbindung mit anderen Menschen nie sehr stark gewesen war, zumindest nicht im Vergleich mit ihrer Liebe zu ihrer Arbeit, ihrer Hingabe für das Verständnis, wie das Leben funktionierte. Aber macht das wirklich einen Unterschied? dachte sie. Nafai und Elemak waren geboren, um Menschen zu beherrschen, und entschlossen, den Sieg übereinander zu erringen. Aber ich fühle mich auch zum Herrschen geboren. Allerdings nicht über Männer und Frauen, sondern über Organismen, genetische Kodes, Lebenssysteme, Ökologien. Und wie Nafai und Elemak werde auch ich mich durchsetzen.

Das Problem heute würde nicht Elemak sein ... eigentlich nicht. Das Problem würden die Wühler sein. Schedemei konnte Elemak und seine menschliche Gefolgschaft problemlos aufhalten. Aber sie konnte nicht alle von Fusums Soldaten aufsuchen und zurückhalten, und diese würden das Töten übernehmen, wenn sie die Nafari einholten, solange sie noch unterwegs waren, behindert durch Kinder und Säuglinge, Vorräte und Tierherden.

Was auch immer Schedemei also tun würde, sie würde die Wühler überzeugen müssen, daß sie warteten; wenn die Wühler nicht gingen, würde auch Elemak warten müssen.

Deshalb ging Schedemei durch das Dorf und schenkte dem Geschrei nicht die geringste Beachtung, als Elemak, Mebbekew und Protschnu alle Häuser durchsuchten, genauer gesagt, durchwühlten, und einander zuriefen, wer alles verschwunden war, und von Verrat sprachen. Mebbekew schaute sie an und rief ihr etwas zu, suchte dann brüllend nach Elemak, rief, daß auch Schedemei geblieben war und daß sie das Schiff einfach nicht verlassen konnte. »Wir haben die Laboratorien! Wir haben die Computer! Wir haben die Überseele!« Doch später würde noch genug Zeit bleiben, ihm die Illusionen zu nehmen.

Schedemei ging zu der Stelle, an der die Wachen der Wühler sich entsetzt berieten und sich fragten, was mit ihnen geschehen würde, wenn Fusum irgendwie erfuhr, daß sie fast die ganze Nacht durchgeschlafen und nichts gesehen und gehört hatten, während die meisten Menschen entflohen waren. »Fusum wird euch töten«, sagte sie in ihrer stokkenden Wühlersprache.

Sie antworteten ihr in der Menschensprache, wofür sie dankbar war: »Was können wir tun? Was ist mit uns geschehen? Jemand hat uns vergiftet!«

»Es war der Hüter der Erde«, sagte sie. »Der Hüter der Erde hat euch zurückgewiesen, da ein Mörder über euch herrscht. Ihr habt einen Mörder zu eurem Blutkönig und eurem Kriegskönig gewählt.« Dann ließ sie mit einiger Anstrengung ihre Haut aufleuchten. »Habt ihr etwa geglaubt, es würde unbemerkt bleiben, daß Fusum die Statue des Unberührten Gottes entweiht hat?«

Sie verabscheute es, dies zu tun. Es war sehr mühsam gewesen, die Wühler vom Aberglauben zu befreien, und nun fachte sie all ihre alten Ängste und religiösen Überzeugungen wieder an. Doch wie sonst konnte sie angesichts der geringen Macht, die sie hatte, Kontrolle ausüben?

Sie warfen sich vor Schedemei auf den Rücken, boten ihr in einer Geste der Unterwerfung die Unterleibe an.

»Ich will eure nackten Bäuche nicht«, sagte sie. »Verhaltet euch doch mal wie Männer! Hättet ihr euch zuvor wie Männer benommen, wäre der Hüter der Erde jetzt nicht so wütend auf euch.«

»Was sollen wir tun, Große?«

»Bringt mir den Freund-Töter, den Lügner, der Nen auf der Jagd ermordet hat.«

Die Anklage war wie eine elektrische Strömung, die sie plötzlich durchfloß. »Also war es nicht der Panther! Nicht der Panther!« sagten sie.

»Da war ein Panther«, sagte Schedemei, »aber der Panther hat einen Mann getötet, der zuvor durch einen Schlag von einem Freund niedergestreckt worden war.« Noch während sie dies sagte, fragte sie sich, ob es stimmte, und falls ja, woher sie es wußte.

›Das frage ich mich selbst.‹ Die Stimme der Überseele war klar und deutlich in ihrem Kopf.

Könnte es wahr sein? fragte sie.

›Ich gebe auf die Menschen acht. Ihr seid die einzigen, die so verändert wurden, daß ihr mich hören könnt, so daß es mir möglich ist, euren Verstand zu erreichen.‹

Aber wir haben zwölf Satelliten in die Umlaufbahn gebracht, sagte sie. Du mußt sie doch sehen können, auch wenn du ihre Gedanken nicht hören kannst.

›Ich wurde nie darauf programmiert, auf Tiere zu achten.‹

Nun, erwiderte Schedemei wütend, ich programmiere dich *jetzt* darauf, die Wühler und Engel zu behandeln, als wären sie Menschen.

›Sie sind keine Menschen, also kann ich sie auch nicht als solche betrachten.‹

Dann tue folgendes, sagte Schedemei stumm. Erinnere dich daran, daß die Menschen jetzt unter Wühlern und Engeln leben müssen und unsere Sicherheit und unser Überleben davon abhängt, daß du beobachtest, was diese intelligenten Wesen tun. Du mußt es stets wissen.

›Ich habe nicht die Möglichkeiten, die mir auf Harmonie zur Verfügung standen. Ich habe nicht die Macht, den Speicherplatz, die Schnelligkeit und die Augen, sie alle zu beobachten.‹

Gib dein Bestes.

›Und wenn du mir den Auftrag erteilst, an mathematischen Problemen zu arbeiten oder Untersuchungen und Vergleiche vorzunehmen, Schedemei, kann ich so gut wie überhaupt nichts beobachten.‹

Tue innerhalb deiner Grenzen, innerhalb einer vernünftigen Anordnung von Prioritäten, einfach dein Bestes.

›Wir werden kurz über lang ein ausführliches Gespräch über Prioritäten führen müssen.‹

Tu nicht so, als wärest du hilflos. Ich weiß, was du bist, und *wer* du bist. Du mußt mir nichts erklären. Jetzt tue dein Bestes, mir zu helfen, Elemak zu verstehen.

›Töte ihn nicht.‹

Das hatte ich auch nicht vor, hätte Schedemei beinahe gesagt. Dann aber wurde ihr klar, daß sie in ihrem Hinterstübchen genau das geplant hatte. Wären sowohl Fusum als auch Elemak tot, wären die Nafari in Sicherheit.

Warum soll ich ihn nicht töten? fragte sie.

›Die Wühler müssen gebändigt werden. Ojkib erklärt dies in diesem Augenblick Nafai und Issib. Wenn sie nicht von einem mächtigen Anführer gezügelt werden, laufen sie Amok und töten Engel wie Menschen gleichermaßen. Der Zorn und die Gier nach Blut ist nach so langer Zurückhaltung in ihnen sehr stark. Fusum hat sie nicht veranlaßt, nach Krieg zu gieren; er hat diese Gier ausgenutzt, um an der Macht zu bleiben. Er ist auf dem Panther geritten, hat den Panther aber nicht beherrscht, und jetzt hast du diesen Panther von ihm befreit.‹

Ich habe ihm doch noch gar nichts getan.

›Überall in der Wühlerstadt haben sie sich in einer Revolte erhoben, weil sie die Geschichte erzählen, wie du, die Frau des Turms, leuchtend und zornig herausgekommen bist und sie alle wegen Fusums Verrat verdammt hast.‹

Wie kannst du das wissen?

›Ojkib weiß es. Er hört die Gebete und die Flüche. Ich habe dir doch gesagt, daß ich keine Augen habe, die mir zeigen, was die Wühler unter der Erde tun.‹

Also glaubt Nafai, daß ich Elemak brauche, um die Wühler in Schach zu halten.

›Nafai sagt, wenn sie erst in der Sicherheit ihrer neuen Heimat sind, können sie jeden Angriff abwehren. Natürliche Verteidigungen, gefährliche Steigungen, auf denen die Wühler den Pfeilen der Engel ausgesetzt sind – das wird genügen, falls er sie sicher dorthin bringen kann.‹

Dann hat Nafai das von Anfang an geplant, nicht wahr? Als er mir den Mantel gab, hat er gewußt, daß er mich braucht. Daß ich dies für ihn tun muß.

›Ja, natürlich. Eigentlich war es meine Idee. Hätte er versucht, das zu tun, was du nun tust, Schedemei, hätte er Elemak wahrscheinlich töten müssen, weil es für Elemak ein

Schlag zuviel gewesen wäre, erneut unterworfen zu werden. Doch mit dir im Mantel des Herrn der Sterne müßte Elemak eine weitere Niederlage verkraften können, besonders, da du ihm auch einen Sieg verleihst.‹

Einen Sieg?

›Über seinen einzigen ernsthaften Rivalen im Kampf um die Macht.‹

Sie zerrten Fusum aus einem Loch im Boden und warfen ihn mit gespreizten Gliedern vor ihre Füße. Er zischte und heulte und verfluchte sie. Sie gab ihm einen ganz leichten elektrischen Schlag, und sein Körper verkrampfte sich. »Schweig«, sagte sie.

Er schwieg.

Sie ließ die Wühler Fusum ins Menschendorf bringen, wo nun Elemak und Protschnu standen, während alle anderen Menschen sich hinter ihnen versammelt hatten.

›Mebbekew plant Verrat hinter deinem Rücken.‹

»Sag Mebbekew«, befahl Schedemei Elemak, »er soll sofort herauskommen und zu dir treten, Elja, oder ich muß ein Exempel an ihm statuieren, und es wird kein angenehmes sein.«

Elemak lachte. »Also hat unter unserer schüchternen und stillen Schedemei eine Königin darauf gewartet, zum Vorschein treten zu können. Dazu war nur ein bißchen Macht erforderlich, und nun bist du da, Herrin über uns alle.«

Mittlerweile war Mebbekew hinter einem der Häuser hervorgekommen und hinter Elemak getreten. »Nafai hat unsere Frauen mitgenommen«, beschwerte Mebbekew sich.

»Ich bin sicher, wenn du Protschnu fragst, wird er dir erklären können, wie du deinen Entzug lindern kannst«, sagte Schedemei. Protschnu starrte sie finster an. Mebbekew ebenfalls, als er es kapierte.

»Wie ich sehe, hast du schon die Kontrolle über die Wühler ergriffen«, sagte Elemak und zeigte auf den gefangenen Fusum.

»Ganz im Gegenteil«, sagte Schedemei. »Ich habe über gar

nichts Kontrolle ergriffen. Ich habe lediglich diesen Mann, Fusum, angeklagt, seinen Freund Nen ermordet zu haben.«

»Ich habe ihn nicht getötet«, sagte Fusum.

»Er hat ihn niedergeschlagen, obwohl er merkte, daß ein Panther sie verfolgt hat. Erst, als er wußte, daß Nen tot war, hat er sich auf den Panther gestürzt und ihn getötet.«

»Warum sagst du mir das?« fragte Elemak.

»Bist du nicht derjenige, der erwählt worden ist, die Menschen und Wühler zu einem Volk zu vereinigen?« fragte Schedemei. »Bist du nicht derjenige, der die Nation der Elemaki begründen wird?«

Elemak kicherte. »Ja, natürlich«, sagte er. »Natürlich hat der Herr der Sterne stets gewollt, daß ich herrsche.«

»Die Herrin der Sterne beabsichtigt, an dem Tag, an dem das Beiboot mit meinem Gatten hier eintrifft, das Raumschiff ins Weltall zu bringen.«

»Und wann wird dieser glückliche Tag kommen?«

»Sobald die große Nation der Nafari in Sicherheit ist.«

»Solange ich lebe, wird es diesen Tag nicht geben«, sagte Elemak.

O ja, Nafai hätte ihn mit großer Wahrscheinlichkeit töten müssen. »Es wird genügen«, sagte sie. »Denn du weißt genauso gut wie ich, daß du nur imstande sein wirst, deine Soldaten gegen ihre Festung zu führen, bis das Volk dir nicht mehr folgt. Du bist ein geborener Führer, Elemak. Du wirst wissen, wie weit du dein Volk treiben und anstacheln und verleiten kannst. Und du kannst es nicht zu allem anspornen. Nafai und sein Volk werden in Sicherheit sein.«

»Wie viele Tage?« fragte Elemak. Er hatte verstanden, welchen Handel sie ihm vorschlug.

»Ich glaube, du wirst mindestens acht Tage brauchen, um die Verbrechen dieses Verräters zu untersuchen. Du mußt Zeugen unter seinen Soldaten finden, die öffentlich die Morde an all den anderen gestehen, die sich nach Emeezems Tod zugetragen haben. Gerechtigkeit braucht eben ihre Zeit.«

»Acht Tage.«

»Oder bis das Beiboot zurückkommt. Du wirst auch viel damit zu tun haben, dein Dorf zu verlegen, damit niemand ums Leben kommt, wenn das Schiff startet.«

»Wie ich sehe, hat man meine Arbeit schon für mich getan.«

Protschnu war wütend. »Du wirst doch nicht diesen korrupten Handel akzeptieren, oder, Vater? Diese Schlange hat die Hälfte deiner Familie mitgenommen, die Hälfte *meiner* Familie ...«

»Jeder, der Nafai begleitet hat«, unterbrach Schedemei ihn, »ist freiwillig mit ihm gegangen.«

»Und das sollen wir dir glauben?« sagte Protschnu. »Vielleicht wird Vater deinem Handel im Tausch gegen die Macht über *sie* zustimmen« – er zeigte voller Verachtung auf die Wühler –, »aber *ich* werde sie verfolgen und aufspüren und zur Strecke bringen, und mein Speer wird Nafais Herz aus seinem Körper reißen.«

»Und auch das deiner Mutter?« sagte Schedemei. »Denn sie wird nur als Leiche jemals zu Elemak zurückkehren.«

»Sie ist schon tot!« schrie Protschnu. »Sie hat keine Seele!«

»Du mußt dem Jungen verzeihen«, sagte Elemak. »Er ist außer sich.«

»Er begreift einfach nicht, womit er es zu tun hat«, sagte Schedemei und streckte eine Hand nach Protschnu aus.

»Nein!« rief Elemak. Doch die Luft flirrte bereits vor Elektrizität, und Protschnu flog nach hinten, und seine Glieder zuckten wie verrückt. Dann fiel er, noch immer zappelnd, zu Boden und wimmerte – lange, hohe Seufzer, die schnell leiser wurden. »Also bist du doch ein Miststück«, flüsterte Elemak.

»Ich halte es für sinnvoll, wenn jeder sieht, daß der Hüter der Erde seine Diener mit einer gewissen Macht ausstattet«, sagte Schedemei. »Und jetzt wollen wir alle sehen, wie Elemak Gerechtigkeit widerfahren läßt. Rufe deine Zeugen auf, berate dich mit den Führern des Wühlervolks, und wenn du in etwa acht Tagen zu deinem Urteil gelangst, werden wir alle sehen, ob du geeignet bist, zum Kriegskönig der Elemaki ernannt zu werden. Wenn die Stimme der Wühler und die Stimme der Menschen im Einklang rufen, daß du sie führen sollst, werde ich dich zum Kriegskönig machen, und du wirst dieses Volk mit Autorität führen.«

Elemak lächelte sie an, denn er wußte genau, daß sie die Freiheit dieser Wühler gegen die Sicherheit der Nafari eintauschte. Er bückte sich und half seinem noch immer zitternden Sohn auf die Füße.

»Aber vergeßt nicht«, sagte Schedemei, »ich habe *Kriegskönig* gesagt. Das Volk wird keinen Blutkönig mehr haben. Habt ihr alle mich gehört?«

Sie hatten sie gehört.

»Dieser hier hat das Amt dermaßen geschändet, daß es nie wieder würdig besetzt werden kann. Von nun an ist es verboten, das Fleisch von Engeln oder Menschen zu essen. Und jeder, der dieses verbotene Fleisch ißt, macht sich so schwer schuldig, als hätte er das Fleisch seines eigenen Kindes gegessen. Das ist von nun an das Gesetz für alle Völker auf der ganzen Welt! Und ihr werdet es bei allen Wühlern in jedem Land durchsetzen.«

»Vielen Dank für den Auftrag«, sagte Elemak leise.

»Ich glaube, du wirst einsehen, wie klug es ist, ihnen beizubringen, die Menschen nicht für einen Imbiß zu halten«, sagte Schedemei ebenso leise. »Wenn sie deine Feinde essen dürfen ... wie lange wird es dann dauern, Elja, bis sie auf den Gedanken kommen, daß auch du ein Leckerbissen bist?«

»Ich habe bereits verstanden«, sagte Elemak. »Bist du jetzt fertig?«

»Kein einziger Wühler folgt den Nafari«, sagte Schedemei.

»Glaubst du etwa, wir wären nicht imstande, die Spur später aufzunehmen?« fragte Elemak.

»Keine Attentäter und Meuchelmörder auf dem Weg«, sagte sie.

»Ich kenne den Handel«, sagte Elemak. »Ich weiß, daß ich

erneut erniedrigt worden bin, und diesmal hat Nafai meine Frau und meine halbe Familie mitgenommen, und du hast meinen Sohn niedergeschlagen. Aber ich kann damit leben, denn du hast mir eine Nation gegeben. Eine Nation von häßlichen Nagetieren, die im Dreck leben. Aber bei den Karawanen auf Harmonie habe ich schon mit Schlimmerem zu tun gehabt, auch wenn es in menschliche Gestalt gekleidet war. Ganz gleich, was du glaubst, Schedemei – eines Tages *werde* ich über Nafais Leiche stehen. Aber wenn du dich dann besser fühlst ... ich werde ihn nicht essen. Und ich werde nicht zulassen, daß er von irgendwem sonst gegessen wird. Abgesehen vielleicht von den Krähen und Geiern.«

»Es freut mich, daß der Geist der Versöhnung dich erfüllt.«

Er lächelte sie an. Dann trat er von ihr zurück und wandte sich an die Wühler, die Fusum festhielten. »Schafft den Gefangenen in mein Haus. Und dann bringt mir diejenigen, die glauben, von Verbrechen zu wissen, die dieser Mann begangen hat.« Er schaute wieder Schedemei an. »Damit müßte ich den ersten Tag beschäftigt sein.«

Schedemei wandte sich von ihm zu Protschnu, dessen Wangen naß vor Tränen waren. »Das hättest du mir nicht antun sollen«, flüsterte er. »Das war *falsch*.«

»Du warst ein so vielversprechender Junge«, antwortete sie freundlich. »Von all den Tragödien, die dieser lebenslange Krieg zwischen Brüdern verursacht hat, ist deine die traurigste.«

Er wurde fuchsteufelswild. »Ich werde ihn töten, Schedja. Ich werde sie alle töten. Jeden einzelnen von ihnen.«

»Du willst damit also sagen, du bist überzeugt, daß dein Vater scheitern wird?«

»Ich habe gemeint, daß ich alle töten werde, die er übrigläßt.«

»Du kennst die Wahrheit, Protschnu. Hör auf, dir den Kopf über Rache zu zerbrechen, und lerne, ein Anführer zu sein. Diese Leute brauchen viel dringender einen König, als dein Vater gerächt werden muß. Alles, was er je getan hat,

hat er der Macht willen getan. Jetzt hat er sie bekommen. Du wirst es sehen. Er wird kriegerische Anstrengungen unternehmen. Aber er wird unterliegen, weil seine Gier bereits befriedigt wurde.«

»Du kennst Vater nicht«, sagte Protschnu stolz. »Und du kennst mich nicht.«

»Niemand kennt dich«, sagte Schedemei. »Vielleicht wirst du uns alle überraschen.«

Acht Tage später kehrte Zdorab in dem Beiboot zum Schiff zurück. Er traf noch rechtzeitig ein, um zusehen zu können, wie Fusum für seine Verbrechen hingerichtet wurde. Einer seiner eigenen Soldaten schnitt ihm die Kehle durch. Dann wurde seine Leiche an den Ast eines Baums gehängt, so daß kein Teil davon die heilige Erde berührte. Daraufhin trat Schedemei mit leuchtender Haut vor und vollzog das Ritual, mit dem sie Elemak zum Kriegskönig ernannte. Das Volk grüßte ihn und jubelte ihm zu, und dann beobachteten alle schweigend, wie Schedemei und Zdorab in dem Beiboot hinaufflogen, bis sie den Turm durch die hohe, weite Öffnung betraten, in der das Beiboot aufbewahrt wurde.

Die Tür schloß sich hinter ihnen, und Elemak brach sofort mit zweihundert Soldaten auf und ließ Muzhestvo zurück – Mebbekews jüngsten Sohn, nun ein Mann von dreiundzwanzig Jahren –, damit er während seiner Abwesenheit über das Volk herrschte. Elemaks Heer befand sich auf halber Höhe der Schlucht, als das Raumschiff zum Leben erwachte und in den Himmel stieg.

Es wurde zu einem weiteren Lichtpunkt im Nachthimmel, der die Erde unentwegt umkreiste und gelegentlich seine Position änderte. Es trug den Namen *Basilika;* aber mit der Zeit erinnerte sich fast niemand mehr daran, wieso oder was es war, oder daß es einmal ein Turm gewesen war, der im ersten menschlichen Dorf auf der Erde seit vierzig Millionen Jahren gestanden hatte.

Elemaks Heer folgte dem breiten Weg, auf dem die Nafari ausgewandert waren, doch als es die steinige Klippe erreichte, welche die Südpassage in das breite, hohe Tal blockierte, das das Land der Nafari war, griffen Engel das Heer aus der Luft an und schossen Pfeile in die freiliegenden Rücken der Soldaten. Zwanzig Wühler starben an dieser Stelle, und vierzig weitere wurden verletzt. Sie schlugen sich nach Hause durch, und Elemak lehrte sie, Rüstungen anzufertigen, damit sie es ein Jahr später noch einmal versuchen konnten.

Und so ging es Jahr um Jahr. Doch zwischen den zwecklosen Kriegen wuchsen und gediehen beide Nationen, und beide schickten Händler und Lehrer aus, um in jeder anderen Wühlerstadt und jedem anderen Engeldorf die neue Landwirtschaft zu verbreiten, und die neuen Methoden der Kriegsführung, und die neuen Mythen und Legenden und Religionen.

Generationen zogen vorbei, und die Zahl der Menschen erreichte die Hundert, dann die Tausend, dann die Zehntausend, und es gab keine Wühlerstadt, die keine Menschenhäuser über sich hatte, und kein Engeldorf, in dem nicht die Menschen in den Abendgesang einfielen. In beiden Gesellschaften setzte sich für die Menschen der Ausdruck *Mittelvolk* durch; denn sie standen zwischen den Engeln im Himmel und den Wühlern in der Erde.

Im Himmel kreiste und kreiste das Raumschiff, doch es war voller Leben. Schedemei und Zdorab schliefen lange und oft, aber dann tauchten sie wieder auf und benutzten das Beiboot, um den Planeten zu erkunden, Proben zu sammeln, neue Varianten einzuführen, den Gärten der Erde Form und Kraft und Mannigfaltigkeit zu geben. Mit der Zeit nutzte Zdorabs Körper sich ab, und Schedemei bettete ihn in einem Feld mit Blumen zur Ruhe, die sie von Harmonie mitgebracht hatte. Als sie dann allein war, wachte sie nicht mehr so oft auf. Doch von Zeit zu Zeit besuchte sie die Welt unter sich noch, sammelte Proben, hegte sie und beobachtete schweigend, wie die Menschen, Wühler und Engel sich über das Antlitz der Erde ausbreiteten, jedesmal klüger, wenn sie sie sah, aber auch zorniger, und stets im Krieg.

Was sonst hätte geschehen können? Die menschliche Rasse war wieder zu Hause.

ENDE